태백산맥

조정래 대하소설

태백산맥

3

제1부 한의 모닥불

차례

태백산맥 제1부 한의 모닥불

3권

21

탈주 제보

골목을 돌아서던 이지숙은 또 섬뜩하게 끼쳐오는 인기척을 의식했다. 미행이 붙고 있음을 의심할 여지가 없었다. 그녀는 전혀 동요됨이 없이 태연하게 걸어갔다. 그러나 전 신경은 뒤로 쏠려 있었다. 조심스러운 발소리가 뒤를 따라오고 있었다. 이지숙은 속입술을 물었다.

살이 붙지 않은 보통 키에 검은 편인 얼굴. 그 미행자는 벌써 이틀째 차가운 바람으로 몸을 휘감아오고 있었다. 교문 건너편 가게 유리문 안에서 그 모습은 언뜻 눈에 잡혔고, 병원을 나와 큰길에서 꺾어지는 첫 번째 골목을 지나치면서 곁눈질로 재빨리 포착한 모습도 동일인이었다. 미행자는 언제나 얼굴 모습이 없게 마련이었다. 미행자가 잽싼 동작으로 감추기도 해서였고, 미행을 당하는 쪽에서도 미행을 알아차렸다는 낌새를 보여서는 안 되므로 시선 마주치기를 피하기 때문이었다.

이틀……. 그녀는 긴장했다. 자신이 느낀 것이 이틀일 뿐 미행은 더 오래전부터 시작되었는지도 모를 일이었다. 그럴 가능성은 얼마든지 있었다. 그러면 언제부터였을까. 그녀의 머리는 혼란해졌다. 그녀는 감정의 동요를 막기 위해서 숨을 길게 들이마셨다가 천천히 내쉬었다. 침착하자, 그리고 냉정하게 생각하자, 그녀는 스스로에게 이르고 있었다. 일단 정지한 그녀의 사고(思考)는 과거의 시간의 갈피를 더듬기 시작했다. 하루 전, 이틀 전, 사흘 전, 나흘 전! 그녀의 사고는 과거의 한순간을 포착해 냈다. 과거의 시간은 현재로 바뀌고, 기억은 생생한 현실로 현상되고 있었다. 그녀의 의식의 화면에 확대되고 있는 것은 청년단장의 얼굴이었다. 병원 앞에서 김범우를 마주쳐 잠깐 시간을 빼앗기고 돌아서 몇 걸음 옮겼을 때 정면에서 걸어오고 있던 사나이. 순간적으로 그가 청년단장인 것을 알아차리고 예사롭게 지나치려 했는데 온몸으로 쏟아져오는 것이 분명했던 그 눈초리. 뱀에 감기는 것 같았던 그 전율스러운 불길함.

그때 그녀의 머리를 강타해 오는 것이 있었다. 그는 김범우를 만나고, 김범우에게 자신에 관한 것을 묻고, 김범우는 아는 대로 대답하고, 그럼 토벌대장 앞에서 거짓말한 사실이 드러나고, 그래서 미행을 붙이게 된 것인가! 그녀는 정신이 아뜩해지는 걸 느꼈다. 그렇다면 미행은 이미 이틀째가 아닌 것이다.

위험하다!

그녀가 절망감과 함께 내린 판단이었다. 그러나 행동의 변화를 보일 수는 없었다. 뒤에는 미행이 따르고 있었다. 갑작스런 행동의 변화는 상대방에게 공격 신호를 보내주는 것이나 마찬가지로 어리석은 짓이었다. 만약 나흘 전부터 미행이 붙었다면 그동안 병원에 드나든 횟수만으로도 의심받기에 충분했다.

나흘 전부터 미행이 붙었다면 그렇게 느끼지 못할 수가 있었을까. 그녀의 마음 한구석에 고개를 드는 의문이었다. 그건 자기 변명적이고 자기 최면적인 지극히 위험하고 안일한 발상이었다. 그것은 혁명의 적인 센티멘털리즘의 소산일 뿐이었다. 김범우의 입을 통해서 자신의 신분이 드러날 수 있는 그 당연한 상황을 그냥 지나친 실수를 범한 것처럼 그 의문도 위험하기 짝이 없는 것이었다. 그때 그 상황을 포착하지 못했던 것은 안창민의 병세에 정신을 팔고 있었던 탓이었다. 마찬가지로 나흘 전부터 붙은 미행을 깨닫지 못했던 것도 같은 이유 때문일 확률이 컸다. 그녀는 어설프게 고개를 들었던 의문을 가차 없이 쳐내며, 미행은 나흘 전부터 시작된 것이라고 확정 지었다.

그녀는 교문을 들어섰다. 미행자의 발소리가 학교의 담이 꺾이는 부분에서 멈추는 것을 여실하게 느끼고 있었다. 그대로 돌아서서 얼굴 없는 그 더러운 놈의 가슴팍을 명중시켜 버리고 싶은 충동에 떨었다. 그녀는 자신의 손에 총이 들려 있는 것처럼 착각할 정도로 마음이 조급해져 있었다.

이지숙은 교무실로 들어서며 전화기가 걸려 있는 쪽부터 살폈다. 전화를 거는 사람은 아무도 없었다. 그녀는 자기의 책상으로 가 앉았다. 열 명이 넘는 선생들이 한곳에 떼지어 몰려 떠들고 있었다. "하아, 토벌대장놈이 권총을 쑥 빼들었을 때, 나는 손 선생이 죽는구나 생각했었소." "손 선생, 그때 심정이 어쨌소?" "어허, 그리 물으면 무슨 대답을 헐 수 있겠소. 그냥 머 정신이 하나도 없었겠제." 선생들이 떠드는 소리가 소란스럽게 들려왔다. 그녀는 그쪽을 눈흘김으로 쳐다보았다. 둘러선 선생들 사이로 손승호의 모습이 어렸거렸다. 비겁한 배신주의자, 한심한 센티멘털리스트……. 그녀는 손승호를 향해 침을 뱉었다. 손승호를 둘러싸고 떠들어대고 있는 선생들은 똥통의 구더기만도 못해 보였다. 사회주의를 배신한 손승호가 어제 한 짓은 센티멘털리스트의 충동적인 행위로밖에 여겨지지 않았다. 그녀는 조용히 의자에서 몸을 일으켰다. 전화를 걸기에는 절호의 기회였다. 배신자의 덕을 보는 셈이었다. 그녀는 침착하게 전화기 쪽으로 걸어갔다.

"자애병원 대주세요."

그녀는 교환수가 도청을 할 수 있다는 것을 염두에 두었다. 만일의 사태에 대비해서 병원에 은신하고 있는 염상진을 떠올렸다. 그는 대할수록 신뢰가 깊어지는 사람이었다.

"이지숙입니다. 원장님 부탁합니다."

이런 위급사태에 대비해서 암호를 준비했어야 했다. 그러나 염상진도 미처 거기까진 생각이 미치지 못한 모양이었다. 아니야, 내 잘못이야. 슬그머니 염상진에게로 돌려지려는 원망스러움을 그녀는 사정없이 무지르며 자신을 단호하게 꾸짖었다.

"안녕하세요, 원장님. 이지숙입니다. 염 선생님을 바꿔주셨으면
합니다."

"무슨 일 있습니까?"

원장의 목소리는 금방 당황으로 변했다.

"별일 아닙니다. 하지만, 가능하면 바로 좀 바꿔주십시오."

"전화로 이거⋯⋯."

저쪽에서도 교환수가 신경에 걸리는 것이 분명했다.

"염려 안 하셔도 됩니다. 충분히 알아서 하겠습니다."

"기다리십시오."

이지숙은 염상진에게 위급상황을 전달할 수 있는 방법을 신속하
게 생각하고 있었다. '위험, 오늘 밤 안으로 피신.' 이 간단명료한 한
마디 말을 그대로 전할 수 없음이 문제였다. 교환수도 문제였고, 선
생 누군가가 듣게 될지도 모를 일이었다.

"나, 염이오."

마침내 울려온 짧은 음성, 긴장감이 그대로 느껴져왔다.

"네, 담임 이지숙입니다. 제 말을 들으세요. 애가 성격이 위험해
요. 제가 오늘 시간이 없습니다. 네에, 오늘 밤 안으로 결정을 내리
세요. 언젠가 찾아뵙도록 하지요. 네에, 안녕히 계세요."

"고맙소."

저쪽에서 먼저 전화를 끊었다. 이지숙은 수화기를 전화통의 옆
구리에다 걸며 긴 숨을 소리 없이 내쉬고 있었다. 아직 상처가 제

대로 아물지 않은 몸으로 어떻게 할 것인가. 안창민의 핼쑥한 얼굴이 떠오름과 동시에 눈앞이 흐려졌다. 그녀는 속입술을 깨물며 부르르 떨었다. 여기가 어디라고, 눈물을 보여서는 안 된다. 깨문 속입술 속으로 위아랫이빨 끝이 맞부딪쳤다. 그녀는 고개를 약간 들고 눈을 씀벅거렸다. 입 안에 피냄새가 연약하게 감돌았다. 눈물이 그리도 갑작스럽게 솟을 줄은 자신도 미처 몰랐던 것이다. 자신도 알 수 없는 감정이었고, 자신에게도 부끄러운 감정이었다. 자신의 감정 그 어느 부분에 그렇게 예민한 촉수가 숨겨져 있었는지 모를 일이었다. 그것은 부끄러우면서도 소중하게 여겨지는 새로운 자신의 모습이었다. 그것은 첫 생리를 경험한 이후 두 번째로 느끼는 새로운 자기 생명에 대한 발견의 경이로움이었다.

그녀는 천천히 걸어 자기 책상으로 돌아왔다. 선생들은 그때까지도 무리를 지어 떠들어대고 있었다. 거기에 여선생도 끼어 있었다. 소영웅이 되고 있는 손승호의 기분은 어떨까, 그녀는 생각했다. 그가 비록 배신자일망정 속물근성은 별로 없음을 인정해야 했다. 그는 지금 속물들에 의해 소영웅으로 받들어지고 있었다. 그는 얼마나 고역스럽고 괴로울까. 그녀는 손승호가 가엾게도 여겨졌다.

들몰댁은 아이들에게 다리쉼을 시키느라고 길가에 멍하니 앉아 있었다. 손가락 마디 하나 움직일 수 없을 것처럼 전신이 무겁고 맥이 처져내렸다. 친정을 나설 때도 몸은 마찬가지였다. 그러나 더 머무를 수가 없어서 몸이 다 나은 양 억지웃음을 피워가며 두 아들을 앞세웠던 것이다.

말이 친정이지 아버지가 세상을 뜬 친정은 한끼 밥을 얻어먹는 데도 바늘방석이었다. 그런데 그 바늘방석에 누워 꼬박 이틀을 앓았다. 동생이나 동생댁에게 참으로 면목 없고 미안한 일이었다. 농사철에 호미질 한번 거들지 않았으면서 잡혀 들어갈 때마다 아이들을 맡겨 양식을 축냈고, 이번에는 앓아눕기까지 한 것이었다. 도저히 더 있을 수가 없어서 열이 어느 만큼 잦아들자 바로 몸을 일으킨 것이다.

몸져 앓아눕게 된 것은 잡혀가서 치른 곤욕 탓만이 아니었다. 몸은 갇혀 있을 때부터 등골에 오소소 찬바람이 일고 팔다리가 찌부드드하니 좋지를 못했는데, 동생이 어렵게 꺼낸 말을 듣고는 그대로 병이 나고 말았다. 상심(喪心)이라는 것이 허리 꺾일 병이라는 옛말이 맞는 말이었다.

"누님, 차마 내 입으로 요런 말 허기는 괴롭고 맘 아파 피헐라고는 혔는디, 기왕지사 닥칠 일, 늦게 알아 살 방도 못 채리고 다급해지는 것보담은 미리 알고 차근차근 살길 찾아보는 것이 낫다 싶어 말을 허기로 작정헌 것이요. 무신 말인고 허니, 좌익을 헌 집안에는 내년부텀 소작을 안 내주게 될 것이라는 말이요. 요것이 머 나라가 정해서 시키는 법이 아니고, 원래 지주가 자기 논밭 갖고 자기 맘대로 허는 것인디, 요번 난리에 좌익헌테 안 당헌 지주가 읎고, 그 사람덜언 소작을 안 부치기로 맘얼 정해가는 모냥이요."

그건 어느 정도 예상하고 있었던 일이었다. 그러나 어디까지나 불안스러움이었지 코앞에 닥친 일은 아니었다. 그 불안스러움 속에는 혹시 무사할지도 모른다는 기대감도 섞여 있었던 것이다.

"누님, 너무 상심 마씨요. 누님이 요리 아파불먼 말 꺼낸 내 입장은 머가 되겠소. 산 입에 거무줄 치란 법 읎응께 워치케든 살아갈 궁리럴 혀봅씨다."

동생은 이불 밑에 손을 넣어보고 하며 몹시 민망해했다. 말만으로도 고마웠다. 동생도 소작을 부치고 사는 처지에 무슨 방법이 있을 리가 없었다. 열에 들떠 끙끙 앓으면서, 무슨 짓을 해서라도 동생의 짐이 안 되게 살아갈 결심을 했다. 그건 어머니를 위해서였다. 자신이 너무 오래 머물러 동생의 짐이 되면 어머니가 그만큼 마음고생을 겪게 되는 것이었다.

들몰댁은 하늘을 멍하니 바라보고 있었다. 무신 놈에 하늘이 저리 징허게도 푸를꼬…… 들몰댁은 무심히 생각하다 말고 눈을 껌벅여 새삼스럽게 하늘을 쳐다보았다. 마음먹고 하늘을 눈에 담기도 실로 오래된 일이었다.

어쩌면 하늘이 저리도 맑고 푸르고 끝도 없이 깊을 수가 있을까 싶었다. 하늘의 깊이를 따라 눈길을 길게 길게 뻗치고 있는 들몰댁의 가슴에는 까닭 모를 서러움이 차츰 차오르고 있었다. 서러움은 가슴을 채우고 목을 채우고, 입으로 넘쳐올랐다. 추수를 끝내서 더 넓어 보이는 고읍들이 서러움으로 차고, 산들도 서러움 속에 잠기더니 마침내 하늘까지도 서러움으로 뒤덮었다. 그 하늘이 차츰 흐릿흐릿 변하고 있었다. 들몰댁은 무심결에 눈을 훔쳤다. 손등에 눈물이 묻어났다. 그때서야 들목댁은 자기가 눈물을 흘리고 있었다는 것을 깨달았다. 그리고 자기 가슴에서 일기 시작한 서러움이 하늘을 덮은 것이 아니고 하늘의 그 끝없이 푸른 색깔이 바로 서러움으로 자신의 가슴을 흔들기 시작했다는 사실도 알았다. 하늘의 푸름이 그대로 서러움이었고, 서러움의 색깔이 바로 그 끝없는 하늘색이었다. 내가 살아가야 할 고생길도 저리 끝이 없을 것이다…….

"엄니, 왜 운가?"

큰아들 길남이가 옆에 와 서며 나무라듯 말했다.

"아녀, 엄니가 왜 울어."

들몰댁은 황급히 눈을 훔쳤다.

"아부지 생각 혔제?"

"아녀, 아녀."

들몰댁은 길남이 쪽으로 얼굴을 돌리지 못한 채 몸을 일으켰다.

"엄니 맘 다 알어. 그려도 아부지 생각 허지 말어."

길남이는 화가 난 것처럼 말했다. 들몰댁은 아들의 말이 무슨 뜻인지 알 수가 없었다. 그러나 묻고 싶지는 않았다.

길남이는 더 말을 하지 않고 앞서서 걸어가고 있었다. 그 뒷모습에서 들몰댁은 얼핏 남편을 느꼈다. 정 없이 산 남편이 아니었다. 정을 나눌 새도 없이 놓쳐버린 세월이었다. 하루가 다르게 이리 추워지기 시작하는데 어느 산중에서 겨울을 지낼까. 소문으로는 조계산이라고도 했고, 지리산이라고도 했다. 어느 산이든 가볼 수 없기는 매한가지였고, 몸이나 성하기를 빌 수밖에 없는 일이었다. 더 추위지기 전에 솜바지저고리나 한 벌 전할 수 있었으면 얼마나 좋으랴. 여름옷을 입고 떠났는데, 추위가 이른 산중에서 그 옷으로 어찌 견뎌내고 있는지. 들몰댁은 가슴이 먹먹해왔다. 자신도 모르게 뒤를 돌아다보았다. 멀리 뻗어나가고 있는 산줄기가 푸른 하늘과 경계를 이루며 뚜렷하게 가까워 보였다. 저 옥산 너머 오금재를 넘어가면 조계산 가는 길이 있다고 했다. 조계산을 넘고 넘으면 지리산이 나온다고 했다. 남편이 저 굽이굽이 뻗어나간 산줄기 그 어디에 있는 것일까. 불현듯 남편이 그리워졌다. 당장 저 산줄기들을 넘고 넘어 찾아가고 싶었다. 두 아이만 없다면 정말이지 당장 찾아가고 싶었다. 무슨 고생, 어떤 고초를 겪더라도 함께 있고 싶었다. 그리고 함께 죽고 싶었다. 들몰댁의 꺼칠한 볼로 눈물이 주르륵 흘러내렸다.

사립문이 삐딱하게 열린 집 안은 찬 바람만 가득했다. 쪽마루에는 먼지가 켜켜이 쌓여 있었고, 마당에는 나뭇잎과 지푸라기 등속이 널려져 어지러웠다. 들몰댁은 아궁이에 불부터 지폈다. 애들을 들이려면 방의 냉기부터 없애야 했다. 다 닳아빠진 수숫대 빗자루로 마루에 앉은 먼지를 대충 쓸어냈다.

"들몰댁, 원제 왔소?"

뒷집 구룡댁이 사립을 들어서며 반가워하고 있었다.

"어이 오씨요, 구룡댁."

들몰댁도 마당으로 내려서며 구룡댁을 반갑게 맞았다.

"근디, 몸이 워째 이러시요. 소문대로 그놈덜이 무작시럽게 혔는갑소이?"

구룡댁은 경계하는 목소리로 말했다.

"머, 그런 것이 아니라 친정서 몸살을 잠 앓았소."

"금메, 들몰댁맹키로 짱짱헌 사람이 위째서 몸살을 앓았겄소. 그놈덜한테 무작시럽게 당혔응께 몸살꺼지 앓았제."

구룡댁은 분한 얼굴이었다.

"위쩌겄소, 다 팔잔디."

들몰댁은 쓸쓸하게 웃었다.

"누가 아요? 그 팔자가 양지 될란지. 너무 심난허게 생각 마씨요."

"몰르겄소. 위찌 될 팔잔지."

"마루럴 닦을라고 허던 참이었구만이라? 근디, 물이 없을 성불른디요?"

"인자 샘에 가야제라."

"몸할라 아프담서, 나가 한 동우(동이) 가져올 것잉께 우선 그걸 쓰씨요."

구룡댁은 곧바로 돌아섰다. 들몰댁은 그 뒷모습을 바라보고 멍하니 서 있었다. 저런 인심도 드물리라 싶었다. 마냥 잡혀다니고 주목받고 하는데도 구룡댁의 마음은 변함이 없었다.

"근디, 아그덜언 위뒀소?"

구룡댁이 물동이를 이고 들어서며 물었다.

"방에 냉기 가실 때꺼정 불 쬐라고 아궁지 앞에 앉혀뒀소."

들몰댁은 물동이를 받쳐 잡았다.

"그려서 찍소리가 없었구만. 나는 또 워쩐 일이다냐 혔소."

들몰댁은 걸레를 주물렀다.

"근디 말이요, 들몰댁 없는 새에 길남이 아부지가 행여 올란지도 몰른다 싶어 밤마동 귀럴 종구고 살었소. 인자 영 안 올란갑제라?"

목소리를 낮춘 구룡댁의 말이었다. 그런데 이상한 일이었다. 그 말을 듣는 순간 들몰댁의 전신에는 소름이 쫙 끼쳤다. 그리고 온몸이 오그라드는 것 같은 무섬증에 휩싸이고 있었다. 구룡댁 쪽으로 얼굴조차 돌릴 수 없는 무섬증이었다.

"고것얼, 고것얼 누가 알겄소. 그 문딩이 겉은 인종이나 알제."

들몰댁은 태연하려고 안간힘하며 겨우 그렇게 말했다. 일부러 '문딩이 겉은 인종'이라고 야멸차게 말했다.

"일허씨요. 나도 바쁜 일이 있어서 그만 가볼라요."

구룡댁이 치마를 털어대며 일어섰다.

"물 고맙소. 잘 갑시다."

들몰댁은 그 짧은 말을 하는 데도 힘이 들었다. 치마 속에서 다리가 후들후들 떨리고 있었다.

왜 소름이 끼쳐오고 무섬증이 엄습했는지 말로는 설명이 되지 않았다. 구룡댁의 어조가 달라진 것도 아니었고, 더구나 얼굴을 맞대하고 있었던 것도 아니었다. 그런데도 그 여자가 정겨운 이웃이 아니라 무서운 감시자라는 판단이 백지에 찍힌 먹물처럼 확실하게 들몰댁의 의식에 박혀온 것이다.

들몰댁은 그 순간부터 구룡댁을 경찰의 끄나풀로 단정을 내렸다. 변함이 없다고 여겼던 그 여자의 마음도, 만나자마자 먼저 토벌대를 욕하고 들었던 것도, 양지가 될지도 모를 팔자니 너무 심란해하지 말라던 위로의 말도 모두 거짓이었고 위장이었고 함정이었다. 더구나 아이들이 어디 있느냐고 물었던 것은 노골적인 감시였다. 도대체 구룡댁은 언제부터 그 짓을 해왔던 것일까……. 들몰댁은 팔이 후들거려 걸레를 짤 수가 없었다. 구룡댁이 경찰보다도 토벌대보다도 청년단보다도 더 무섭게 느껴졌다. 산지사방에 감시의 눈이 박혀 있음은 진작부터 알고 있었지만 설마 구룡댁까지 자신을 감시하는 눈일 줄은 꿈에도 생각하지 못했던 일이었다. 남편과의 거리가 점점 멀어지고 있음을 가슴 미어지게 실감할 수 있었다. 남편과의 사이를 가로막고 있는 것이 끝도 한도 없이 이어져나간 산줄기고 첩첩이 싸인 산일 뿐이라면 몇 날 며칠 몇 년이고 걸어 당도할 수 있을 것이었다. 그러나 보이지 않는 감시의 눈은 끊을 수도, 헤칠 수도, 벗어날 수도 없는 거미줄이었다. 무신 짓얼 혀서라도 두 자석 안 굶기고 키울 팅게 꿈에라도 올 생각 마씨요, 꿈에라도 올 생각 마씨요. 들몰댁은 기도하듯이 간절하게 남편에게 말하고 있었다.

한기가 일고 몸을 추스를 수가 없어 들몰댁은 이불을 뒤집어쓰고 누웠다. 시아버지의 굿을 올리기 위해 다시 무당을 찾아가려 했었는데 도저히 움직일 수가 없었다.

내년부터는 소작을 얻지 못하게 될 것이라는 동생의 말을 듣고 제일 먼저 생각했던 것이 뒤로 미루어둔 시아버지의 굿이었다. 시아버지가 이 세상에서 마지막으로 지은 농사였고, 소작을 얻지 못하게 되면 자신으로서도 마지막 농사가 될 그 수확으로 어서 시아버지의 저승길 닦는 굿을 장만하고 싶었다. 그리 험하게 세상을 버린 시아버지를 고이 저승으로 모셔드리고 자신은 새로 살아갈 길을 찾을 작정이었다.

애가 칭얼거리는 소리에 들몰댁은 눈을 떴다. 작은아들 종남이가 흔들어 깨운 모양이었다.

"엄니, 배고파."

종남이가 우는 소리를 했다.

"금세 점심때가 되얐다냐?"

들몰댁은 더디게 몸을 일으켰다.

"밥때 폴세 지냈어!"

종남이가 뾰루퉁한 얼굴로 소리 질렀다. 그동안 깊은 잠이 들었던 모양이었다.

"엄니가 아파서 그랬다."

들몰댁은 작은아들의 머리를 쓰다듬었다. 큰아들은 배를 깔고 엎드려 연필 끝에 침을 묻혀가며 무언가를 쓰고 있었다. 들몰댁의 눈길은 연필에 머물러 있었다. 시누대에 끼워진 몽당연필은 손가락 한 매듭 정도밖에 남아 있지 않았다. 그려, 공부만 열심으로 혀라. 이 에미 뼈가 다 닳아지도록 뒷바라지헐 것잉께. 들몰댁은 새롭게 마음을 다잡고 있었다.

"엄니, 얼렁 밥 줘. 나 배고파 죽겠네."

"은냐, 알았다."

들몰댁은 백통비녀를 뽑아 입술 사이에 물고 두 손으로 머리칼을 대충 손질하고는 다시 쪽을 틀었다. 손길이 닿을 때마다 머리카락 하나하나가 다 저리고 시리도록 아팠다. 지독스러운 몸살이었다.

아이들에게 고구마밥을 해먹였다. 몸은 움직일 수 있는 정도는 되었다. 구룡댁한테서 받은 충격이 잠으로 어느 만큼 가라앉혀진 모양이었다. 들몰댁은 도래등의 무당을 찾아가기로 했다. 그 꽃같이 고운 젊은 무당의 굿은 틀림없이 시아버지를 저승으로 편안히 모셔가리라 믿고 있었던 것이다.

들몰댁은 구룡댁의 사립 앞을 지나며 생각하고 있었다. 절대로 눈치 챈 표를 내서는 안 된다. 예전처럼 변함없이 친한 척하며 지내야 한다. 그러면서 들몰댁은 어떤 안도감을 느끼고 있었다. 그 정체를 알아버린 이상 구룡댁은 하나도 두려울 것이 없는 존재라는 사실을 깨닫고 있었던 것이다.

고흥과 역으로 갈라지는 삼거리에 이르러 들몰댁은 잠시 망설였다. 어느 길로 갈까를 생각하는 것이었다. 역전을 거쳐 소화다리를 건너고 회정리 1구를 지나는 길에 비하면 이 지점에서 철길을 따라가다가 철다리를 건너는 것이 거리로 절반밖에 안 되었다. 더구나 칠길을 따라가게 되면 경찰서나 청년단을 피해가려고 신경 쓸 필요도 없었다. 다른 때 같았으면 망설일 것 없이 철길로 들어섰을 것이다. 그러나 지금 망설이는 것은 철다리 때문이었다. 그냥 평지를 걷기에도 다리가 약간씩 허청거리고 발이 헛놓이는 것 같은 느낌이었다. 그런데 철다리를 건널 수 있을까 하는 주저가 생겼던 것이다. 들몰댁은 다시 해를 가늠해 보았다. 저녁 밀물이 시작될 시간이었다. 밀물이 져오면서 포구에 물이 불어나면 철다리는 더 건너기 어려울 거였다. 몸이 아프지 않을 때도 침목 사이로 밀물져오는 물살을 내려다보면 눈앞이 어질어질해지고 다리가 얼어붙었다. 물살은 그냥 흐르는 것이 아니라 맴을 돌고 꿈틀거리며 불어나는 것이었다. 아무리 내려다보지 않으려 해도 침목 사이사이에 끼여 있는 까마득하게 먼 수면으로 눈길은 한사코 끌려갔다. 들몰댁은 철다리를 건널 자신이 생기지 않았다. 역 쪽으로 길을 잡았다.

회정리 2구나 3구, 장양리 사람들은 으레 지름길인 철다리를 건너 중심가로 들어왔다. 철다리를 건너다닌다는 것이 지극히 위험한 일임에도 불구하고 역원들은 별로 개의치 않았다. 그건 근무 태만해서가 아니라 전혀 말을 듣지 않는 다수의 행위를 막을 재간이 없었던 것이다. 장날 같은 때는 철다리 위에 사람의 행렬이 이어지게 마련이었다. 철다리를 건너다가 기적소리를 듣게 되면 사람들은 재빨리 앞뒤를 살펴 가까운 쪽 교각으로 가서 피신을 하고는 했다. 어떤 짓궂은 기관사는 사람들이 피신해 있는 교각 위에다가 기차를 세우고는 뜨거운 물을 아래로 쏟아내기도 했다. 그러나 그 물에 데어 화상을 입었다는 사람은 읍내에 하나도 없었다.

들몰댁은 지난번처럼 도래등 마루에서 걸음을 쉬었다. 중도들판과 그 끝머리 포구는 여전했다. 시아버지가 돌아가셨으니 소작을 잃을지도 모른다는 불안과, 만약 그리 되면 저 갯뻘밭의 꼬막을 캐서라도 살아가리라 했던 지난번의 생각이 그대로 되살아났다.

"시상사람덜이 저저끔 몸 놀리고 일혀서 묵고살기로는 매한가진디, 거그에 상하귀천이 논두렁 둘러치대끼 딱 정해져 있는 겨. 고것얼 가만히 따지고 보면 심이 들고 목심이 위태로운 일일수록 천허고, 몸 덜 놀리고 편헐수록 귀헌 것이여. 고것이 당연헌 것인지 암스롱도 워쩔 때는 불쑥 틀렸다는 생각이 드는 겨. 고것이 언젠고 허먼, 엄동설한에 뻘밭에서 여자덜이 꼬막 캐는 것을 볼 때여. 널빤지럴 탔다고는 허지만 한쪽 다리는 뻘밭에 넣고 있는 것인디, 고것이 을매나 춥고 심드는 일이겄어. 그 심드는 일에 비허면 꼬막값이 너무 싼 것이제. 남자 허는 일 중에서 질 천허게 여기는 것이 배 타는 것인디, 여자 허는 일로 질 천헌 것이 꼬막 캐는 일일 것이여."

언제인가 겨울에 꼬막장수 여자를 보내놓고 시아버지가 혀를 차가며 한 말이었다. 그 여자의 손등은 얼부풀고 터서 짝짝 갈라져 있었다. 갈라진 자리마다 핏발이 엉켜 있는 그 손을 여자는 몹시도 부끄러워했었다.

아부님, 지가 인자 그 천헌 일얼 헐란지도 몰르겄구만요. 소작이 떨어지고 길남이·종남이 키울라먼 그보담 천헌 일도 헐 것이구만요. 아부님, 지가 심내서 살아가게 지럴 꼭 지켜주시씨요. 들몰댁의 가슴은 눈물로 젖고 있었다.

무당의 집은 비어 있는 것처럼 조용했다. 지난번에 왔을 때와는 정반대였다. 들몰댁은 그 생소한 적막에 주눅이 들며 집 안을 기웃

기웃했다. 댓돌에 얌전하게 놓여 있는 고무신이 겨우 사람이 있음을 알려주고 있었다.

"기신게라?"

한참이 지나도 안에서는 기척이 없었다.

"누구 기신게라?"

들몰댁은 좀더 소리를 높였다. 잠시 후 방문이 소리 없이 열렸다.

"그간 별고 읎으셨는지…… 지럴 알아보시겄는가요?"

들몰댁은 문 앞으로 다가갔다.

"전번에 오셨든…… 안으로 드시씨요."

소화는 들몰댁을 금방 알아보았고, 들몰댁은 그렇게 고마울 수가 없었다.

"칠동에 사는 들몰댁이라고 허느만요."

들몰댁은 방에 앉으며 인사를 했다.

"편히 앉으씨요. 전번에는 고마왔구만요."

소화도 지난 인사를 차렸다.

"근디 무신 굿을 허실라고……?"

"야아, 시아부지께서 시상얼 뜨셨는디, 맴이 자꼬, 긍께 머시냐, 지대로 저승길로 못 가시고……."

어쩐 일인지 들몰댁은 말을 제대로 할 수가 없었다.

"시아부님이 명대로 다 못 살고 무신 험헌 일 당허셨는게라?"

"맞구만이라, 그렇구만이라."

들몰댁은 금방 손뼉이라도 칠 것만 같았다. 위메, 용허기도 헌거.

워째 그리 딱 알아맞혀뿐다냐. 참말로 용허기도 용헌거. 들몰댁은 감탄을 거듭하고 있었다.

"무신 일로 어찌 돌아가셨는지 말해 보씨요."

"긍께, 고것이 머시냐, 저어……."

들몰댁은 남편으로부터 시작되는 그 내용을 다 말하기가 어려웠다. 특히 남편의 이야기는 아무에게도 하기가 싫었다.

"신령님 앞이니께 무신 이약을 혀도 숭이 안 잽히고, 딴 디로 새나가지도 않소. 숨키지 말고 다 말허씨요."

소화가 고개를 보일 듯 말 듯 끄덕이며 어루만지듯 하는 눈길로 말했다. 들몰댁은 '신령님 앞'이라는 말을 듣고 두려움과 동시에 안도감을 느꼈다. 감추고 속이는 것 없이 다 말을 할 수밖에 없다고 생각했다.

"긍께, 아그덜 아부지 이름이 하대친디, 폴세부텀 좌익물이 들었다가 요분 난리에 앞장을 섰구만요. 그란디 결국 쫓게가불고 식구덜만 남았는디, 좌익 손에 부모 잃어뿐 젊은 사람덜이 부모 원수 갚을라고 패럴 짜갖고 밤에 좌익 헌 집덜얼 찾아댕김서 매질을 혔구만이라. 시아부님은 그때……."

들몰댁은 더 말을 잇지 못하고 눈물을 훔쳤다.

소화는 고생에 찌들린 표가 그대로 드러나는 여자의 우는 모습을 지그시 바라보고 있었다. 하대치, 그가 누구인지 알 수는 없었다. 그러나 좌익이라는 그 한 가지 사실만으로 친근감이 가고, 바로 앞에 앉아 있는 가난하고 초라한 여자의 모습에서 자신을 발견하고 있었다.

"들몰댁, 곧 택일을 해야겠소."

소화는 들몰댁의 손을 꼭 쥐며 말했다. 어쩐 일인지 꼭 '들몰댁'이
라고 이름을 불러보고 싶었다.

김범우는 순천행 기차를 기다리며 첨산을 하염없이 바라보고
있었다. 첨봉산이라고도 부르는 그 산은 언제 보아도 신비롭게 느
껴졌다. 그 기이한 생김도 생김인 데다가 자리 잡고 앉은 위치까지
특별해서 생겨나는 신비로움일 것이었다. 한마디로 표현하자면 첨
산은 거대한 세모뿔이었다. 산은 으레 줄기가 있게 마련이고, 그 줄
기를 따라 크고 작은 봉우리가 형성되는 것이다. 그런데 첨산은 그
렇지가 않았다. 양쪽에 아무 줄기도 거느림이 없이 혼자 우뚝 솟
아 있는 것이다. 그리고 하늘과 경계를 짓고 있는 양쪽 능선은 흡
사 자를 대고 그은 것처럼 직선으로 뻗어올라 봉우리에서 만나고
있었다. 첨산이 그런 생김일 뿐이었다면 신비로움을 느끼지 못하게
되었을지도 모른다. 조물주는 직선의 단조로움을 파괴하여 조화
를 이루고 싶었음일까, 직선으로 뻗어오르던 양쪽 능선이 거의 봉
우리 가까이에 이르러 난해한 곡선으로 변했다가는 다시 정상까지
는 직선으로 맞닿고 있었다. 바로 그 부분 때문에 첨산의 신비스러
움은 잉태되고 있었다. 그 모습은 흡사 삿갓을 쓰고 있는 형상이었
다. 그런 단정하고도 기이한 모습의 첨산은 자리를 잡아도 하필이
면 뱀골재 너머에 바로 자리를 잡은 것이다. 지형적으로 보아 뱀골

재는 어찌할 수 없이 벌교와 고흥반도의 경계였다. 그러므로 첨산은 고흥의 문턱에 자리를 잡고 있는 셈이었다. 그래서 고흥사람들은 첨산을 고흥을 지키는 수문장이라고 믿고 있었고, 벌교사람들은 어디서나 그 기이하게 우뚝 솟아 있는 산을 바라보면서 고흥사람들의 말을 수긍했다. 고흥사람들은 그 산을 신성시해서 함부로 오르지 않는다고 했다.

김범우는 자신도 첨산을 한 번도 올라본 일이 없음을 상기하며 엷게 웃음 지었다. 주위에 둘러쳐진 제석산이며 징광산 같은 것은 이미 국민학교 때 오르내렸고, 멀리 있는 조계산이나 지리산까지도 다 올라봤던 것이다. 그런데 한나절 거리밖에 안 되는 첨산은 왜 오르지 않았을까. 아마 '함부로 오르지 않는다'는 금기 때문이었으리라. 오르지 않고 바라보기만 하는 산, 그런 산을 하나쯤 가지고 있는 것도 아름다운 일이라 싶었다. 그렇게 생각하며 바라보니 첨산이 더 신비스럽게 다가드는 것을 그는 느끼고 있었다.

"어이구, 이거 뉘신가 했드만 김 선생 아니시요?"

터무니없이 큰 소리를 내며 한 남자가 불쑥 다가섰다. 김범우는 반사적으로 상체를 약간 뒤로 젖히며 눈앞의 남자를 쳐다보았다. 상업학교에서 무슨 주임인가를 맡고 있는 조한규였다.

"안녕하십니까."

김범우는 의례적인 인사를 하고는 눈길을 돌렸다. 교육자라기보다는 어딘지 모르게 간교한 인상을 풍기는 조한규의 얼굴을 마주 대하고 싶지가 않았던 것이다.

"어디, 순천 가시오?"

조한규는 자신을 꺼리는 눈치를 아는지 모르는지 김범우의 시야로 접근하며 물었다.

"……예."

김범우는 마지못해 대답을 하며 담배를 꺼냈다. 그가 조한규를 싫어하는 것은 인상 때문만이 아니었다. 일제말엽에 조한규가 자행했던 일련의 행위를 용서할 수가 없었던 것이다. 40여 명이 전부인 학생들을 줄을 세우고 구령을 붙여가며 신사참배를 다닌 그 유별난 열성은 접어둔다 하더라도 그는 두 학생을 가미카제 특공대로 설득, 자원시킨 공로로 서장의 표창을 받은 위인이었다.

"마침 잘되었소. 나도 순천에 넘어가는 길인디다가 김 선생을 폴세부텀 만날라고 혔었소."

김범우는 담배만 빨아대며 아무 대꾸도 하지 않았다. 무슨 일로 만나려 했느냐고 물어줘야 이야기가 진전될 것인데, 김범우가 전혀 반응을 보이지 않자 상대방도 더 말을 꺼내지 못했다.

기차 안에는 사람이 반도 차 있지 않았다. 그 사건의 여파는 계속되고 있었다. 김범우는 중간쯤에 자리를 잡고 앉았다. 김범우는 조한규가 다른 자리로 가기를 바라고 있었는데 그는 눈치도 없이 굳이 옆자리에 와 앉았다. 그렇다고 자신이 자리를 차고 일어설 수도 없는 노릇이어서 김범우는 쓴 입맛을 다실 수밖에 없었다. 아무리 역겨운 존재라 하더라도 그런 식의 감정노출은 오히려 이쪽의 인격파괴가 되는 것이었다. 앞으로 한 시간 동안 고역을 참자고 생각하며 김범우는 창밖으로 시선을 보냈다. 덜컹거리는 마찰음과 함께 기차가 움직이기 시작했다.

"쩌어…… 머시냐, 김 선생……."

조한규가 김범우의 눈치를 살피며 조심스럽게 입을 열었다. 김범우의 눈치를 살피고는 있었지만 마흔이 다 되어 보이는 거무스름한 그의 얼굴에는 비굴함 같은 것은 전혀 없었다. 그가 눈치를 살피는 것은 무언가를 탐색하려는 쪽이었다.

"말씀하십시오."

김범우는 창밖을 내다본 채 말했다.

"혹시 손승호 선생을 통해서 무신 말 못 들으셨소?"

"아니오."

김범우는 자신도 모르게 조한규 쪽으로 고개를 돌렸다.

"요상허네, 찰떡 묵디끼 약속을 헌 것이 은제라고 이적지 그 말얼 안 전했을꼬……."

조한규는 고개를 갸웃거리며 혼잣말을 하면서도 눈길은 김범우한테서 떼지 않고 있었다. 김범우는 비로소 그가 자신에게 무슨 용건을 가지고 있음을 알았다. 필요 이상으로 친근한 인사를 보내왔던 것이나, 굳이 옆자리에 와 앉은 것이나 다 까닭이 있는 행동이었던 것이다. 그러나 그의 용건이 어떤 것이든 간에 김범우는 아무런 흥미도 관심도 느끼지 않았다.

"김 선생, 우선 담배나 한 대썩 태웁시다."

조한규는 김범우 쪽으로 바짝 돌아앉으며 담배를 권했다. 김범우는 결코 내키지 않았지만 최소한의 예를 갖추기 위해서 담배를 빼들었다. 성냥을 꺼내려는데 조한규가 재빨리 불을 켜서 디밀었다.

"아닙니다, 조 선생 먼저 붙이십시오."

김범우는 사양했다. 그가 아무리 인격적으로 흠이 크다고 해도 그 문제와는 별개로 그는 연장자였다.

"아, 어서 붙이십시오."

조한규는 불을 더 가까이 디밀었다.

"아닙니다."

김범우는 고개를 저었다. 성냥개비는 반나마 타들고 있었다.

"허 참, 정 그러면……."

조한규는 못 이기는 척 담배 끝으로 불을 가져갔다. 담배를 빠는 그의 얼굴에 흐뭇한 웃음이 번지고 있었다.

"그러니께…… 나가 손 선생얼 통해서 김 선생헌테 부탁헐라고 했든 일은 절대로 김 선생한테 폐럴 끼치는 일은 아니었소."

조한규는 일단 여기서 말을 끊고는 담배를 서너 모금 연거푸 빨아댔다. '부탁'이지만 저자세를 취하고 싶지 않다는 의도를 숨김없이 드러내고 있었다. 부탁이지만 폐가 되지 않는 부탁이 어떤 것일지 김범우는 슬그머니 흥미가 느껴졌다. 그러나 그건 어디까지나 호의적인 흥미유발은 아니었다.

"김 선생도 알고 있는지 몰르겄지만, 아마 내년부터 학제(學制)가 바뀔 것이오. 현행 5년제 중학이 중·고등학교로 분리되면서 각기 3년씩으로 되는 것이오. 신학제 변경에 따라 우리 학교도 정식으로 중·고등으로 분리되어 인가가 나도록 되어 있소. 벌교중학교·벌교 상업고등학교가 탄생되는 것이오. 그리 되면 학생 수도 늘고, 선생도 많이 필요헐 것 아니겠소? 그래, 내가 손 선생을 만났던 거요. 손 선생도 자리를 옮겨 같이 일을 허기로 허고, 김 선생헌테도 고향의 학교를 육성하는 뜻에서 같이 일할 수 있게 권해달라는 부탁을 손 선생헌테 했던 것이오. 헌데, 어찌 손 선생이 그 중요한 말을 이적지 전허지 않았는지 몰르겠소."

김범우는 조한규의 시선을 느꼈지만 아무 반응 없이 그냥 담배만 빨고 있었다. 손승호가 전혀 그런 말을 비치지 않은 것은 그 나름으로 부정적 판단을 내린 결과이리라 싶었다.

"물론 역사와 전통이 깊은 순천중학하고 새로 생기는 벌교 학교하고는 그 차이야 말로 다 헐 수가 없을 것이오. 그래서 허는 말인데, 김 선생보고 그냥 자리를 옮겨앉으라는 것이 아니라 교무과고 학생과고 아무 자리나 맘에 드는 것을 골라서 과장으로 앉으라는 것이오."

김범우는 속으로 쓴웃음을 짓고 있었다. 과장 자리를 미끼로 나를 유혹하면 당신은 뭐가 되는 거지? 교감이 되기로 묵계를 했나, 교장이 되기로 공작을 했나. 그가 하는 짓으로 보아 두 자리 중에 한 자리를 차지하게 될 것은 거의 틀림없을 것 같았다. 식민시대를 그리도 더럽고 치사하게 살아낸 자가 이제 또 똑같은 몸뚱어리, 똑같은 목구멍으로 무슨 행동을 하고 무슨 소리를 지껄여가며 학생들을 교육한다 할 것인가. 역전의 좌측에 자리 잡고 있는 상업학교는 일인(日人)들이 경리인력을 충당하기 위해서 만든 학원 같은 것이었다. 그것을 정식학교로 인가한다는 것은 얼마든지 환영할 일이었지만, 그 일을 조한규 같은 위인이 주도하고 있다는 사실이 문제였다.

김범우는 서글픈 우울감으로 빠져들어갔다. 옆에 앉아 있는 조한규는 하나가 아니었다. 또다른 조한규는 전국적으로 수백만을 헤아릴 것이고, 그들은 사회 각 분야에서 지금 조한규처럼 열성적으로 설쳐대고 있는 것이다. 그런 상황이 해방 3년의 어찌할 수 없는 엄연한 현실이었다.

"김 선생, 어찌하시겠소?"

조한규는 결정을 재촉하고 있었다. 자신감에 차 있는 목소리로 보아 그는 김범우의 침묵을 '마음이 있는 것'으로 판단하는 것 같았다. 김범우는 눈길을 옮겼다.

"내가 지금 왜 순천엘 가는지 아시오? 선생 노릇을 하기 싫어 사표를 내러 가는 참이오."

김범우는 엉뚱한 말을 내뱉었다.

"아니, 선생을 허기 싫다니, 그럼 뭘 헐 작정이오?"

"꼭 알고 싶다면 말하겠소. 마땅하게 할 일이 없는데, 빨갱이질이나 할 작정이오."

"뭐요오? 원, 객담을 해도 유분수지……."

김범우가 자기를 야유하고 있음을 깨달았는지, 그의 얼굴은 험악하게 구겨졌다.

다른 자리로 옮겨가고 있는 조한규의 뒷모습을 바라보고 있는 김범우의 얼굴에는 공허한 웃음이 서려 있었다.

기차에서 내린 김범우는 경찰서로 직행했다.

"고 가짜 중놈, 광주 고법으로 넘어갔소."

한창길이 거침없이 말했다.

"그게 언제요?"

김범우는 놀라움과 함께 물었다. 며칠 사이에 순천 지법(地法)의 재판을 거쳐 광주 고법으로 넘겨졌다는 그 신속성이 믿어지지가 않았던 것이다.

"이틀 되얐소. 근디, 워째 그요?"

한창길이 마뜩찮은 표정으로 물었다.

"됐어요, 아는 사람이라서."

"워째 당신이 아는 사람은 모두 뿔갱이여, 그래."

한창길은 노골적으로 기분 나쁜 기색을 드러냈다.

"그래서 내 볼기짝을 또 한바탕 두들겨보고 싶소?"

김범우의 능청스러운 말이었다.

"볼일 다 봤으면 가보씨요. 나도 눈코 뜰 새 읎이 바쁜 사람잉께."

한창길은 상대 못할 사람이라는 듯 손을 저었다.

"고맙소, 또 봅시다."

"고 가짜 중놈허고도 친척이요?"

돌아서려는 김범우에게 한창길이 불쑥 물었다.

"아니오, 그냥 아는 사람이오. 왜 그러시오?"

"신석주허고 그 중놈허고가 다 한통속이라는 제보가 있는디, 고 뽈갱이새끼덜이 죽어도 아니라고 잡아띤단 말이여."

한창길이 예리하게 눈을 굴리며 고개를 갸웃했다. 김범우는 가슴이 섬뜩함을 느꼈다. 한창길은 불시에 유도심문을 한 것이었다.

"고 중놈허고 을매나 친헌 사인지는 몰라도 더 가차이 안 허는 것이 좋을 것이요. 뽈갱이새끼덜 가차이혀서 이문 볼 것 하나또 읎는 시상잉께."

한창길의 어조는 몽둥이질만큼이나 살벌한 데가 있었다.

"잘 알았소. 그럼 수고하시오."

김범우는 다급한 마음으로 경찰서를 나왔다. 그러나 막상 어디로 가야 할지 발길이 막연했다. 순천으로 넘어온 것은 순전히 송선생을 면회하기 위해서였다. 그분은 뒤를 돌봐주는 누구라도 있기나 한 것인지……. 무질서하고 어지러운 세상이었다. 모략이 진실을 살해할 수도 있었고, 중상이 순수를 파괴할 수도 있었고, 허위가 진실로 둔갑할 수도 있는 상황이었다. 빗장뼈가 부러진 몸으로 광주까지 옮겨갔을 그분의 신변이 염려스러웠다. 그러나 우선은 고법으로 넘어간 사실만으로 위안을 삼아야 했다. 고법으로 넘어갔다는 것은 판결과는 별개로 그만큼 신변의 위험에서 벗어나 있음을 뜻하는 것이었다. 재판의 과정은 냉정하긴 하지만 그만큼 충동적 감정이 배제된 이성적 행위이기 때문이었다.

김범우는 학교로 발길을 돌렸다. 그동안 학교에는 한 차례도 나가보지 못했던 것이 어떤 태만이나 무책임처럼 느껴졌던 것이다.

학교는 썰렁하게 비어 있었다. 교문을 들어서자마자 적막한 냉기가 끼쳐왔다. 넓은 운동장에는 네댓 명의 학생들이 축구를 하고 있었다. 그들은 공을 쫓으며 제각기 소리치고 있었지만 그 소리들이 학교 전체를 에워싸고 있는 적막을 깨뜨리지는 못했다.

김범우는 학교 건물을 무표정하게 바라보고 서 있었다. 건물은 상처투성이였다. 유리가 깨져나간 네모진 창틀들이 흉물스럽게 드러나 보였다. 그것들이 아직까지 방치되고 있음은 학교의 재정곤란을 입증하는 것이었다.

김범우는 교무실 문을 옆으로 밀었다. 조심을 했는데도 쇠 레일 위를 구르는 쇠바퀴의 마찰음은 언제나처럼 귀에 거슬리는 요란한 소리를 냈다.

"아니, 김 선생 아니시오?"

"무사허셨군요, 김 선생."

"어서 오시오, 오랜만이오."

김범우가 교무실로 들어서자마자 서너 명의 선생들이 한꺼번에 인사를 건네왔다. 그 목소리들이 하나같이 반가움에 차 있었다. 그 반가워함에서 이번 사건의 격렬성을 새삼스럽게 느껴야 했다. 그건 단순한 반가움이 아니라 생명의 위기를 무사히 넘긴 사람들이 살아 있다는 사실을 재확인하면서 느끼는 기쁨이 진하게 묻어 있었다.

김범우는 네 선생과 차례로 악수를 나누었다. 선우진을 제외한 세 선생은 이번 사건 이후 첫 대면이었던 것이다.

"무슨 말씀들을 하시던 중인 모양인데 제가 방해를 했나 봅니다."

김범우는 원을 그리며 놓여 있는 의자들을 보며 말했다.

"그러잖아도 이 선생과 선우 선생이 열띤 토론을 벌이던 중이었지요. 김 선생도 함께 앉으십시다."

서근일 선생이 의자 하나를 더 끌어오며 말했다. 김범우는 얼른 그 의자를 받아서 적당한 자리에다 놓았다.

"무슨 토론을 하시던 중이었나요?"

시국상황에 관한 것일 거라고 짐작하며 김범우는 물었다.

"뭐, 토론이랄 게 있습니까. 백날 떠들어봐야 아무 소용없는 소릴 또 지껄인 거지요."

이명준은 자조적인 웃음을 흘리며 담배를 빼들었다.

"이 선생이 말하는 것처럼 우리가 한 얘기가 그렇게 쓸데없는 것은 아닐 겁니다. 이 선생은, 공산주의가 싫어 목숨을 걸고 삼팔선을 넘어온 월남인들의 애국심을 인정하지 않았고, 공산주의 성향이 강한 소작인들을 오히려 두둔했습니다. 그런 사고방식은 교육적으로도 문제가 있습니다."

선우진은 정색을 하고 말했다. 그는 어느새 본격적인 토론의 자세를 갖춘 셈이었다.

"선우 선생, 무슨 말을 그리 하시오. 선우 선생의 말대로 결론을 맺자면 내가 공산주의자나 빨갱이가 될 수밖에 없는데, 옆에서 함께 들은 두 분 선생님들이 없었다면 날벼락 맞을 뻔했소."

이명준은 기가 차다는 표정을 짓고 있었다.

"아니, 이 선생, 내가 이 선생이 하지도 않은 말을 지어낸 것처럼 말씀하시는데, 지주계급을 비판하고 토지개혁을 단행해야 한다는 주장은, 그럼 누가 한 말이오?"

선우진의 얼굴은 상기되어 있었다.

"그 말 내가 했소. 그래서 어쨌다는 거요?"

이명준이 거칠게 담배를 비벼 끄며 언성을 높였다.

"자, 자, 그만들 합시다. 아무 소득도 없는 정치얘기 하다가 괜히 점잖은 체면들 망치게 생겼소."

나이 지긋한 김경찬 선생이 두 사람을 막고 나섰다. 김범우는 담배만 빨고 앉아 있었다. 두 사람이 무슨 이야기를 했었는지 대충 짐작할 수 있었다. 그러나 두 사람의 이야기는 결국 그런 식으로 결말이 날 수밖에 없으리라 싶었다. 김범우가 알고 있는 이명준은 사회개혁 의식이 강한 사람이었다. 그러니까 선우진의 입장에서 보면 이명준은 공산주의자로 오해될 수밖에 없었다.

"이 선생님이나 선우 선생님은 서로 토론 상대로 마땅하지가 않습니다. 선우 선생님은 주관적 경험이 너무 강하시고, 이 선생님은 객관적 논리가 너무 강하시거든요. 원래 토론에는 승부가 없는 법이니까 이 상태에서 끝내는 게 좋겠습니다."

김범우는 두 사람을 번갈아 보며 차분하게 말했다.

"김 선생 말이 맞습니다. 토론은 그만들 끝내시고 두 분 선생님 일직근무 잘하십시오. 이 선생 안 가시오?"

서근일이 일어났다. 이명준도 따라 일어섰다. 김범우는 그제야

김경찬 선생과 선우진 선생이 근무 중이라는 것을 알았다. 자신은 시내에 거주하지 않은 데다가 그동안 일체 얼굴을 비치지 않았으므로 일직근무에서 제외시켜 놓은 모양이었다.

"이 선생은 아무래도 사상이 불온합니다. 김 선생은 어떻게 생각하세요?"

이명준이 자리를 뜨자 선우진이 기다렸다는 듯 꺼낸 말이었다. 김범우는 동의를 구하고 있는 것이 분명한 선우진의 얼굴을 바라보며 조용히 웃었다. 공산당의 피해의식에 사로잡혀 있는 선우진이 딱하기도 하고 답답하기도 했던 것이다.

"선우 선생, 사상의 불온 여부는 경찰이나 기타 수사기관에서 문제 삼을 일이지 선생인 우리가 관심 쓰거나 판단 내릴 문제가 아닐 겁니다. 내가 선우 선생한테 하고 싶은 말이 한 가지 있다면, 현실을 파악하는 데 있어서 선우 선생이 겪은 경험에 예속되거나 또는 피해를 입은 보복감정으로 가치를 설정하거나 판단의 기준을 삼거나 하지 말라는 것입니다. 그것을 탈피하지 못하면 생각이 왜소해지고, 사태를 오판하게 되고, 사람을 오해하게 되고, 스스로 외로워지게 됩니다. 사회개혁이라는 것은 공산주의 사회에서만 부르짖거나 실천하는 공산주의의 전유물이 아니라는 사실을 인식하고 인정할 수 있어야 합니다. 민주주의 사회에서도 사회개혁은 얼마든지 부르짖을 수 있고 실천될 수 있는 것입니다. 민주주의 사회라는 것은 민주주의이기 때문에 더욱 사회개혁이 필요한지도 모릅니다. 민주주의의 정의를 가장 훌륭하게 내린 사람이 누굽니까. 그 유명한 게티즈버그 연설을 한 에이브러햄 링컨 아닙니까. 그는 '민주주의란 국민의, 국민에 의한, 국민을 위한 정치'라고 정의했습니다. 그것은 인권선언이며 인간옹호인 동시에, 국민의 존재를 전혀 인정하지 않는 봉건사회체제나 전제군주체제에 대한 전면부정이며 정면도전이며 혁명선언인 것입니다. 민주주의나 공산주의가 봉건사회나 전제군주체제에 반동으로 생겨났다는 데는 동일성을 갖습니다. 그러나 경제구조의 이질성으로부터 두 주의는 서로 다른 길을 걸을 수밖에 없습니다. 봉건사회나 전제군주사회가 무너지고 민주주의 사회가 형성되려면 인간본위적 사회개혁은 필수적으로 따르게 되어 있습니다. 우리의 현실을 한번 살펴봅시다. 우리는 해방이라는 것을 맞게 되었습니다. 그것은 우리나라 사람들에게 어떤 의미였습니까. 그것은 한마디로 '새 세상의 전개'였습니다. 모든 사람들은 이제야말로 살기 좋은 세상이 열리리라고 기대를 걸었습니다. 사회적으로 억눌리고 살아온 사람들일수록, 경제적으로 궁핍하게 살아온 사람들일수록 그 기대치가 컸던 것은 더 말할 것도 없었지요. 그 팽배한 기운은 역사의 흐름에 따라 생성된 필연적 결과였습니다. 생각해 보십시오. 우리가 처한 역사현실 속에서 우리는 어디로 가야 했겠습니까? 조선왕권으로 복고를 하겠습니까? 아니면, 지주계급을 중심으로 해서 새로운 봉건체제를 만듭니까? 어림없는 일입니다. 절대다수의 사람들은 결코 그런 음모를 용납하지 않도록 되어 있습니다. 오늘의 민중들은 40여 년 전 조선왕조의 백성들이 아니라는 사실입니다. 식민지시대를 거치면서 사람들의 의식은 변화를 거듭했습니다. 우리나라 공산당 역사는 중국보다 앞서 있었고, 자유주의다, 농촌계몽주의다 하는 것들이 의식변화를 촉진했습니다. 만약 미·쏘가 남북을 분단시키지 않고 우리가 해방을 맞았다 하더라도 결국 지주계급의 몰락은 피할 수 없었을 것입니다. 그것은 사회의 기운이고 역사의 필연인 것입니다. 그런데 미·쏘에 의해 남북이 분단되면서 이변이 생기기 시작했습니다. 그 이변은 바로 이남에서 일어났습니다. 집권을 노리는 일파와 자기 방어를 필요로 하는 지주계급이 뭉쳐져 정치세력화한 것이 그것입니다. 그것은 역사의 흐름에 대한 역행이고, 사회의 기대에 대한 배반이었습니다. 그런데 이북에서는 어떻습니까. 선우 선생이 직접 겪었다시피 급속하게 사회개혁을 단행했습니다. 그 여파가 이남 사회에 내재되어 있던 문제점들을 자극하기 시작했습니다. 이북에서는 1946년 초반에 일련의 사회주의적 사회개혁을 끝냈습니다. 그리고 그들은 그 사실을 이남의 남로당세력을 통해서 정치적으로 이용하기 시작했습니다. 사회 저변에 팽배해 있는 불만을 공산세력이 은밀하게 긁어주고 자극하기 시작했으니, 그 형편이 어떻게 되었겠습니까. 그런데 이남에서는 지금까지도 농지개혁법안이 국회에 상정도 안 되고 있는 실정입니다. 그러는 동안 사회 저변층에서는 어떤 변화가 일어나고 있었겠습니까. 당연히 공산화의 유혹에 빠져들게 되었습니다. 오늘날과 같은 사회혼란을 막으려고 했으면 이남에서도 제일 먼저 민주주의적 사회개혁을 단행했어야 합니다. 선우 선생은 민주주의 사회가 바로 지주계급을 보호해 주는 사회라고 생각해서는 안 됩니다. 지금 이남이 내걸고 있는 민주주의는 링컨이 정의한 민주주의가 아닙니다. 진정한 민주주의가 실현되려면 정당한 사회개혁의 절차를 거쳐 지주계급도 한 사람의 시민으로 시작해야 합니다. 그런데 지주계급을 보호하고 있는 이남의 체제는 민주주의라는 허울뿐 봉건사회의 답습이고 연장일 뿐입니다. 과감한 사회개혁 없이 이런 식으로 계속되게 되면 사회혼란은 점점 더 심해질 것입니다. 이번에 일어난 사건을 군부 내에 침투된 소수 공산세력의 책동으로 단순하게 보아서는 안 될 것입니다. 여수·순천만이 아니라 벌교·보성·조성·고흥까지 거의 동시에 공산세력에게 장악당한 것이 그 증거입니다. 아까 이 선생이 했던 말의 의미는 제2, 제3의 그런 사건을 막는 방법은 단순한 폭력행사가 아니라 근본적으로 사회개혁이 이루어져야 한다는 것으로 이해하면 될 것입니다. 선우 선생, 이 선생을 오해하지 마십시오."

"아니오, 아니오! 당해보지 않았으니 하는 소리요. 전 재산을 하루아침에 빼앗기고 알거지가 돼보시오. 그 심정은 당해보지 않고는 몰라요. 절대로 몰라요."

선우진은 느닷없이 부르짖었다. 그는 벌겋게 핏발이 돋은 얼굴로 부들부들 떨고 있었다.

"진정하시오, 선우 선생. 선우 선생이 스스로를 지식인이라고 생각한다면 거짓으로라도 재산에 대한 애착을 감추도록 하시오."

김범우의 음성은 냉정했다.

"난 그런 위선적인 짓은 안 해요. 우리 재산을 빼앗아간 빨갱이놈들, 그리고 소작인놈들을 두고두고 저주할 것이오. 김 선생도 한 번 빼앗겨봐야 알아요. 지금은 말할 자격이 없어요."

선우진의 기세는 점점 격해지고 있었다.

"알겠소, 난 자격이 없다고 해둡시다."

김범우는 의자에서 일어났다. 이쪽을 망연히 바라보고 있는 김경찬 선생과 눈이 마주쳤다. 그는 느리게 고개를 저어 보였다. 김범우는 김 선생에게 목례를 하고는 교무실을 나섰다. 가슴이 답답했다. 괜한 말을 했다는 후회와 불필요하게 긴말을 한 다음의 허탈이 무겁게 밀려왔다. 의식이나 인식의 차이는 어찌할 수 없는 평행선이라는 사실을 새삼스럽게 확인하고 있었다. 이명준 선생에 대한 오해의 대목만 아니었더라도 그런 긴말은 꺼내지 않았을 것이다.

김범우는 현관을 나서며 픽 헛웃음을 흘렸다. 나도 사상이 불온한 놈으로 찍혔군, 하는 생각을 했던 것이다.

교문으로 이어진 자갈 깔린 길을 김범우는 고개를 떨군 채 걸었다. 어찌 된 영문인지 염상진 생각이 떠올랐다. 사상 운운한 이야기의 여파 탓인지도 몰랐다. 투철한 사상을 가진 염상진은 그 누구보다 행복할지 모른다. 그러나 그는 사상보다는 인간적 기대 성취를 바라며 그를 따르고 있는 사람들까지 행복하게 만들어줄 수 있는 것일까. 모든 여건은 차츰 염상진에게 불리하게 변해가고 있었다. 만약 좌절이 오면 염상진은 그때 자신을 따르던 사람들에게 뭐라고 말을 할 수 있을 것인가. 이번 사건의 진압방법도 폭력적이기는 그전 사건들과 마찬가지였다. 미군정의 무력은 변함없이 신속성과 잔인성을 그대로 유지하고 있었다. 아니, 이번 사건에서 그 신속성과 잔인성은 더 확대 팽창되었다. 그 이유는 자명했다. 그들 식의 단독정부를 세워놓은 마당에 첫 번째 일어난 대규모 '반란사건'인데다가, 그 주축이 완전한 무장을 갖춘 현역군인들이었던 것이다. 새로 세운 정부를 보호하기 위해 어떠한 혼란이나 도전도 용납할 수 없는 그들의 입장에서 현역군인들의 '반란행위'를 진압하는 데 총력을 동원한 것은 당연한 일이었다. 이번 사건은 시기적으로도 그렇지만 세력에 있어서도 무장한 군대의 항거였기 때문에 그전의 사건들과는 성격이 다르다는 것을 그들이 모를 리 없었다. 그 반증이 신속한 대응이었고, 막강한 무력의 동원이었으며, 잔인한 색출 처단이었다. 14연대의 조직적인 행동의 신속성과 그에 호응한 지방 조직들의 기민성도 놀랄 만한 것이었지만, 그것에 대응한 미군들의 기동성과 무력행사도 또한 놀랄 만한 것이었다. 비행기로 순천에 무차별 폭격을 가하고, 함대로 여수에 무작정 함포사격을 퍼부어 대면서, 가까운 지역들의 군경을 투입시킨 입체공격은 전에 볼 수 없었던 완전한 전쟁수행이었다. 그건 자신들이 세운 정부를 지키고자 하는 그들의 의지의 표출인 동시에 공산주의를 말살하고자 하는 정치적 행위였다. 그런 가차 없는 군정의 계획된 행위 앞에서 14연대의 병력이나 염상진 같은 조직들은 얼마나 견디어낼 수 있을 것인가. 공산주의를 근절시키려는 군정의 무력울타리 안에 갇혀서 남로당은 손실과 좌절을 거듭하는 이런 정면대결밖에 할 수가 없는 것일까. 그런 모험주의적 투쟁이 아닌 좀더 차원이 다른 투쟁은 모색할 수 없는 것일까. 북로당과는 정반대인 정치상황 속에서 몸부림치고 있는 남로당의 괴로움은 말로 다할 수 없겠지만, 새로운 방법을 모색하지 않는 한 그 운명은 풍전등화가 아닌가. 김범우는 생각에 잠긴 채 교문을 나서고 있었다.

"단장님, 이지숙이 말인디요, 어지께고 오늘이고 병원에는 발을 딱 끊고 얼씬도 안 허는구만요."

"고년, 인자 병이 다 나슨 모냥이구나."

두 다리를 책상 위에 걸친 채 담배를 뻐끔거리고 있는 염상구는 건성으로 대꾸했다.

"근디 말이요, 단장님. 쪼깐 요상시런 것이 있드랑께라."

오칠성은 어조를 바꾸어 말했다. 자신의 보고를 단장이 귓등으로 들어넘기는 데다가 며칠 동안 헛고생만 한 것이 아닐까 싶자 그는 그만 기분이 상했던 것이다.

"머시가 요상혀? 요상헌 것이 있으면 고것부텀 싸게싸게 보고혀. 급헌 내 성질 몰라서 뜸딜이고 있냐?"

염상구는 눈길만 이쪽으로 돌렸을 뿐 자세는 그대로였다.

"머시가 요상헌고니요이……, 워디가 아픈 무신 병이간디 하로에 두세 번썩 병원에 댕기든 병이 워쩌크름 혀서 발얼 뚝 끊는 것인지 몰르겄다 고것이구만요. 병이야 시나브로 낫는 것이제 칼로 무시 짤르대끼 딱 낫는 것이 아니잖은가비요? 하로에 두세 번썩 병원에 댕긴 것도 요상시럽고, 발얼 뚝 끊은 것도 요상시럽고…… 꼭 무신 야로가 있기는 있는 것 겉은디……."

오칠성의 목소리는 차츰 줄어들면서 어눌하게 변하고 있었다. 말을 하다 보니 점점 자신감이 없어져가고 있었다. 그러나 염상구는 반대였다. 오칠성의 말에서 무언가 반짝 짚이는 것이 있었다. 염상구의 가늘게 째진 눈은 갑자기 더 가늘어지면서 예리하게 빛났다.

"오칠성이, 니 미행허다 들켰지야!"

자세는 그대로였지만 염상구의 음성은 차갑고 날카로웠다.

"아닌디요, 절대 아닌디요."

당황한 오칠성은 팔까지 내저었다.

"요런 씨부랄 새끼야, 들켰으면 싸게 들켰다고 혀. 그래야 일이 쉽게 풀리제."

"아니랑께요, 절대 아니랑께요. 거짓말혔다가 죽을라고 거짓말을 혀라?"

오칠성은 맹세라도 하듯이 말했다.

"니놈이 몰르는 새에 고 백여시 겉은 년이 눈치럴 챘을 것이다!"

염상구는 책상에서 다리를 내리는 것과 동시에 벌떡 일어나며 소리쳤다. 오칠성은 질린 표정으로 뒤로 주춤 물러섰다.

"싸게 나가서 단원 셋얼 불러딜여!"

오칠성은 팅기듯이 사무실을 빠져나갔다.

염상구는 팔짱을 낀 채 고개를 푹 숙이고 서 있었다. 깊은 생각을 할 때 그는 으레 그런 모습이 되었다. 생각할수록 무슨 야로가 있는 것만 같았다. 남 서장이 떠나고 새 서장이 오고, 토벌대 사건이 생기고 하면서 이지숙에게 미행을 붙인 일을 소홀히 한 것이 후회스러웠다. 오늘도 하마터면 오칠성의 보고를 건성으로 들어넘길 뻔했다. 날은 저물기 시작하고, 오늘 밤에는 회정리로 넘어가서 외서댁의 그 쫀득쫀득한 맛을 실컷 보리라 생각하고 있었던 것이다. 이지숙……. 그 잘생기지도 못한 것이 능청스럽게 거짓말을 했었다. 그것이 남국민학교 선생이고, 거짓말한 사실을 밝혀냈을 그때 잡아다 조져야 하는 것이 아니었을까. 그년과 안창민은 어떤 사이일까. 연애하는 사이? 이것 봐라, 토벌대장을 찾아와 거짓말까지 해가며 안창민의 어머니를 풀어달라고 할 정도면 연애하는 사이만이 아니지 않느냐. 그럼, 그년도 빨갱이일까? 그 거짓말하는 배짱하고, 잘생기지도 못했으면서 거만기가 흐르는 낯짝이 예사 물건은 아닐 듯싶었다. 어쨌거나 문제는 병원인 것이다. 어디가 아팠을까. 정말 아프기는 했을까. 일단 의심이 생기면 풀릴 때까지 캐보는 것이다. 염상구는 외서댁을 찾아가기로 했던 생각을 지워버렸다. 한번 의심을 품기 시작하면 끝장을 보고야 마는 그의 성미에 불이 당겨지고 있었다.

"다, 단장님, 다 모였는디요."

숨을 몰아쉬고 있는 오칠성이 말을 더듬었다. 염상구는 천천히 고개를 들었다. 네 명의 단원은 부동자세를 취하고 있었다.

"지끔부터 내리는 명령 똑똑허니 들어묵드라고이. 오칠성이허고 느그 둘!"

염상구는 마치 찍기라도 하듯이 힘을 준 검지손가락으로 두 부

하를 지적했고, 지적을 받은 부하들은 "옛." "옛." 절도 있는 대답을
해나갔다.

"느그덜 셋이는 자애병원 간호원얼 쥐도 새도 몰르게 잡아갖고
와. 급헌 일잉께 얼렁 잡아올수록 존 일이여. 만일에 못 잡아오면
느그덜 셋이는 내일 아칙 선수머리 뻘밭에 짱뚱이 밥으로 꺼꿀로
쑤셔백혀 있을 것잉께로."

염상구의 음성에는 잔인기가 끈적이고 있었다.

"그라고 니, 방만복이."

"옛!"

"니넌 이지숙이가 꼼짝 못허게 지키고 있어. 오칠성이."

"옛!"

"이지숙이넌 집얼 갤차주고, 전원 행동개시!"

네 명의 단원은 다투듯 밖으로 몰려나갔다.

염상구는 오른손을 왼손으로 감싸며 지그시 힘을 주었다. 손가
락 관절 마디마디에서 오도도독 소리가 울렸다. 다음에는 왼손을
감싸며 같은 동작을 되풀이했다. 어떤 행동을 개시할 때 그가 무의
식적으로 하는 버릇이었다. 그는 담배에 불을 붙이고는 전화기의
핸들을 돌렸다.

"여그 청년단."

염상구는 언제나처럼 무뚝뚝하게 말했다.

"워메 단장님, 안직도 사무실이시요?"

교환수 영자는 여전히 반색을 했다. 염상구가 단장이 되고 나자

그녀는 말끝마다 '단장님'을 붙이며 전보다 더 반색을 하고는 했다. 염상구의 무뚝뚝함은 그녀의 그런 노골적인 태도 때문이었다.

"중국집 대."

"멀 시키실라고요? 지가 시켜드릴랑께요."

"아, 싸게 대!"

염상구는 버럭 소리를 질렀다. 저쪽에서는 더 이상 아무 소리가 없었다.

"여그 청년단인디, 해삼탕 하나에 빼갈 한 독구리."

염상구는 내뱉듯 하고는 전화를 끊었다. 부하들이 간호원을 잡아오는 동안 배를 채워둬야 했다. 심문을 하자면 배가 부르지 않고서는 제대로 되지가 않았다. 심문을 하는 것처럼 몸과 마음이 한꺼번에 피곤해지는 일도 없었다. 소리를 질러대는 것을 기본으로 해서, 한시라도 상대방 눈치 살피는 것을 게을리해서는 안 되고, 때로는 넘겨짚기도 하고, 필요한 경우에는 주먹질·매질도 해야 하고, 어찌 됐든 쉬운 일은 아니었다.

간호원이 잡혀온 것은 염상구가 해삼탕과 술을 다 치우고 나서 담배 한 대를 거의 피워갈 즈음이었다. 간호원은 이미 하얗게 질려 있었다. 염상구는 간호원의 모습을 보는 순간 무언가 감추어진 것이 있음을 직감했다. 간호원의 모습은 단순히 겁을 먹고 있는 것이 아니었고 배짱 없는 범죄자가 드러내게 마련인 범죄의 냄새를 풍기고 있었다. 그 직감은 거의 틀려본 적이 없었다. 염상구는 전신에 힘이 팽팽하게 뻗치는 것을 느꼈다.

"저년얼 쩌그 벽에다가 뽀오짝 붙여 돌려세우니라."

염상구는 느릿하게 말하며 의자에서 일어섰다. 유난히 길게 늘어지는 '뽀오짝'이라는 어조가 잔인스러웠다. 두 부하가 간호원을 돌려세워 벽에다 바짝 밀어붙였다.

"오칠성이, 니 중국집에 가서 무시럴 큰 놈으로 한나 구해오니라."

염상구는 명령을 하고 나서 담배를 피워물었다. 그는 무언가 큰 것이 걸려들지도 모른다는 예감을 느끼고 있었다. 그런 예감은 이지숙의 만만찮음 때문에 생기는 것인지도 몰랐다.

오칠성이가 장딴지만 한 크기의 무를 가지고 들어왔다.

"그것을 쩌어 책상 우에다 자알 모셔올려라."

염상구는 턱으로 책상을 가리켰다.

"그라고, 저년얼 책상 앞으로 끌어다 세워."

염상구의 말이 떨어지기가 무섭게 부하들은 신속하게 움직였다. 그들의 모든 동작은 아주 익숙해 보였다. 책상 앞으로 끌려온 간호원은 아랫입술을 꼭 물고 있었다. 그런데도 그녀의 입술은 계속 떨려대고 있었다.

염상구는 자기 책상서랍을 열었다. 무언가를 꺼냈다. 가죽장갑이었다. 그것을 느린 손놀림으로 오른손에다 끼었다. 사무실에는 침묵이 흐르고 있었다. 장갑을 낀 염상구는 서랍에서 다시 무언가를 꺼냈다. 그의 손에 들려 있는 것은 자진기 체인이었다. 두 줄의 체인을 그는 장갑 낀 오른손에다 한 번 감았다. 그리고 천천히 걸음을 옮겨놓았다. 그가 걸음을 옮길 때마다 축 늘어진 두 줄의 체인은 무겁게 흔들렸다. 염상구는 간호원을 맞바라보고 책상 앞에 섰다.

"니년, 고개 들고 날 똑똑허니 봐!"

염상구의 목소리는 낮았지만 위압적이었다. 간호원이 무겁게 고개를 들어올렸다. 공포와 두려움에 떨고 있는 그녀의 눈에는 눈물이 번져 있었다.

"이지숙이년얼 잡아다 족쳐서 느그가 무신 짓얼 혔는지 다 알아냈응께 니년도 존 말로 헐 때 다 불어야 써. 만일에 거짓말얼 허먼!"

마치 기합을 넣기라도 하듯 '만일에 거짓말얼 허먼!' 하는 대목에서 염상구의 목소리가 갑자기 커짐과 동시에 체인이 쉬익 소리를 내며 허공을 가르고 책상 위의 무를 내리쳤다. 너무 돌발적인 상황에 간호원은 알아들을 수 없는 짧은 비명을 토하며 푹 주저앉았다. 염상구의 눈짓에 따라 두 부하가 간호원을 일으켜 세웠다. 체인으로 얻어맞은 무는 흰 살을 튕겨낸 채 반 가까운 깊이로 패어 있었다. 손을 입에 물고 상처난 무를 내려다보고 있는 간호원은 두 다리를 비비 꼬았다. 참아내려는 의지를 배반하고 오줌이 쏟아지고 있었던 것이다.

"그짓말얼 허먼 니년 몸땡이가 요리 될 것이여. 허나, 순순히 불기만 허먼 손 안 대. 니년 불기만 허먼 죄가 읎어. 니야 증인 노릇만 허먼 되는 것잉께."

염상구는 두 부하가 받쳐잡고 있는 간호원의 얼굴, 아니 눈을 노려보며 느릿느릿 말하고 있었다.

주여, 주여, 힘을 주소서. 제가 이 고난을 이길 힘을 주시고 사태를 정확하게 판단할 수 있는 힘을 주소서. 주님의 전능하신 빛을 저에게 내리시어 저를 인도하여 주시고, 제가 유혹에 빠지지 않게 이끌어주소서. 이 시간 주님이 저와 함께하심을 믿습니다, 믿습니다, 주여⋯⋯.

그녀는 혼신의 힘을 다해 기도하고 있었다. 공포와 두려움을 이겨야 했고, 정신을 가다듬어 상황판단을 정확히 해야 했다. 자신이 입을 잘못 놀리게 되면 많은 사람이 곤욕을 치르게 되는 것이다. 정말 이지숙 선생이 모든 걸 사실대로 털어놓았을까. 믿어지지가 않았다. 그런데⋯⋯ 이들은 어떻게 이지숙 선생을 알아냈을까. 그럼⋯⋯, 이들의 말이 참말인지도 모른다. 고문에 못 이겨 입을 열었을지도 모른다. 그러면 원장님은 어떻게 되는 것인가. 원장님은⋯⋯.

"자아, 이지숙이년이 자백헌 말허고 니년 말허고 대조럴 헐 것잉게 있는 그대로만 말혀. 자아, 싸게 입 열어!"

그녀는 전혀 판단을 내릴 수가 없었다. 이들이 이지숙 선생을 들먹이는 것을 보면 모든 것을 다 알고 있는 것 같고, 한편으로 어떤 대목대목 따지는 것이 아니라 무조건 말을 하라는 것을 보면 넘겨짚는 것 같기도 했다. 자백을 할 때 하더라도 피할 수 있는 데까지는 피해보리라고 생각했다. 그러다 보면 어떤 정확한 판단이 생길지도 모른다 싶었다.

"아, 싸게 불랑께! 싸게 불어!"

"이지숙 선생은 몸이 아파 병원에 다니신 것뿐인데 왜 그러십니까?"

그녀는 간신히 이렇게 말했다. 거의 동시에 염상구가 콧방귀를 뀌었다. 염상구는 진작부터 그런 말이 나오리라고 예상하고 있었고, 그 거짓말에 대처할 2단계 방법까지 준비해 두고 있는 참이었다.

"요런 씨부랄 년아, 나가 헌 말이 장난으로 딛기냐? 니년이 아매 시집도 못 가보고 신세럴 조지고 잡은 모냥인디, 니년이 원허는 것이람사 고것은 뉘서 떡 묵디끼 쉰 일이여. 야들아, 저년에 옷얼 홀랑 벳게라."

"엄니!"

그녀가 비명을 토하며 두 팔로 가슴을 가렸다. 두 부하가 그녀에게로 거칠게 달려들었다. 그중의 한 명이 쿵 소리가 나게 엉덩이를 마룻바닥에 찧으며 나둥그라졌다.

"저 짜석 무신 지랄병이여!"

염상구가 사납게 소리쳤다.

"워메, 요년이 오줌얼 질퍽허니 싸났구만이라. 어이, 니밀헐 년 같으니라고."

넘어진 사내가 투덜거리며 일어섰고, 그녀는 두 손으로 얼굴을 가리고 서 있었다.

"아 멋들 혀. 싸게 홀딱 벳게!"

염상구가 체인으로 책상을 내리쳤다. 넘어졌던 사내가 그녀의 어깻죽지를 잡아 낚아챘다. 저고리가 북 찢겨나갔다.

"엄니, 엄니, 다 말헐라요, 싹 다 말헐라요."

그녀는 울부짖으며 두 손바닥을 맞비비고 있었다.

"씨부랄 년, 누구 앞에서 그짓말얼 헐라고 혀. 야들아, 옷얼 안 벳기면 요년이 또 맘이 변해 그짓말얼 헐 것잉게 홀랑 다 벳게라."

"아니어라, 아니어라, 다 말허겄소. 참말만 허겄소."

그녀는 마치 미치기 시작하는 것처럼 몸부림치며 팔딱팔딱 뛰고 있었다.

"니년이 참말만 허겄으면 니년 밑구녕 털이 나오기 전에 싸게싸게 혀. 야들아, 싸게 이년 옷얼 벳기랑께!"

한 사내가 치마를 잡아챘다. 치마가 찢어졌다.

"부상당한 안창민 선생을 치료했어요."

울음과 함께 그녀가 토해낸 말이었다.

"머시여!"

염상구는 순간적으로 어리둥절했다. 너무나 의외고, 상상 밖의 일이었던 것이다. 그러나 다음 순간, 확 불꽃을 일구며 그의 뇌리를 치는 기억이 있었다. 그날 밤의 습격이었다. 그랬었구나! 그는 부르르 몸을 떨었다.

"병원으로 출동이다. 총들 잡어!"

염상구가 무기고의 자물쇠를 따며 소리치고 있었다. 그들이 제각기 총을 들고 뛰쳐나가버린 사무실에서 그녀는 몸부림치며 울고 있었다. 그리도 쉽게 속아넘어간 자신의 어리석음을 그녀는 용서할 수가 없었던 것이다.

22

병원사건

전명환 원장과 이지숙 선생이 체포되면서 사건의 전모는 드러났다. 경찰의 심문에 전 원장은 모든 것을 숨김없이 진술했던 것이다. 그 사건에 관한 소문은 다음날로 읍내에 속속들이 퍼졌다. 경찰에서 비밀에 부치지도 않았지만 자기네들의 공로를 내세우고 싶어하는 청년단원들의 과장된 입놀림에 의해 소문이 퍼지는 속도는 그만큼 빨랐던 것이다. 사람들에게 그것은 놀랍고도 흥미로운 소식이 아닐 수 없었다. 우선 부상당한 빨갱이가 읍내 한복판에 있는 병원에서 치료를 받고 있었다는 사실에 놀랐고, 청년단에서 급습을 했을 때는 이미 부상한 빨갱이가 자취를 감춘 뒤였다는 사실이 큰 흥미를 유발시켰다. 아이들까지도 양지쪽에 모여 우김질을 하고 입씨름을 벌일 정도로 그 사건은 관심거리였다. 사람들은 제각기 아는 체를 하고, 사건처리에 관해 의견대립을 보이고는 했지만 전 원장에 대해서는 하나같이 '죄 없음'으로 입이 모아졌다. 그러나 그건 어디까지나 객관성이 결여된 인정론이고 전 원장이 얻고 있는 인심의 반응이었을 뿐, 그가 처한 입장은 그리 간단하거나 단순하지가 않았다.

안창민을 치료한 사실에 대해서 전 원장은, 사상 이전에 한 인간을 치료해야 하는 의사의 직분에 충실한 것이라고 자신의 행위를 증언했다. 경찰이 그 행위의 타당성을 그대로 인정해 준다 하더라도 전 원장은 또다른 함정에 빠져 있었다. 첫째, 의사의 직분으로서 시술을 할 수 있다 하더라도 국법으로 다스리는 범죄자의 도주를 돕거나 방관했으며, 둘째, 며칠 동안 염상진을 묵게 함으로써 범죄자 은닉행위를 자행한 것이었다. 이 범죄성립의 함정에서 전 원장은 빠져나올 도리가 없었다. 전 원장이 그나마 무사할 수 있으려면 안창민과 염상진이 체포되었어야 했다.

유치장에 갇힌 뒤 전 원장은 자신의 문제가 아닌 이지숙의 문제로 계속적인 심문을 받고 있었다. 그것은 전 원장이 처한 또다른 국면이었다.

"의사 양반, 우리 신사적으로 합시다. 점잖은 처지에 있는 분한테 폭력을 쓸 수도 없고, 인간적 견지에서 솔직하게 불어버리고 빨리 끝내는 것이 서로 좋지 않겠소? 나도 살 찢어지고 뼈 부러지는 소리 듣기 좋아하는 사람 아니오."

전 원장을 마주 대하고 앉자마자 토벌대장이 한 말이었다. 전 원장의 가슴에는 그 한마디, 한마디가 예리한 칼날이 되어 섬뜩섬뜩

박혀왔다.

"이지숙이가 빨갱인 줄 알았지요?"

어제 형사부장이 물었던 것과 똑같은 질문이었다.

"몰랐습니다."

"그럼, 뭔지 알았소?"

"안 선생과 애인 사이로만 알았습니다."

"이거 보쇼 의사 양반, 빨갱이새끼를 선생, 선생 하지 마쇼."

"……."

"당신은 지금 거짓말을 하고 있는 거야. 이지숙이한테 연락을 했을 때 벌써 그것들이 한패거리라는 걸 알고 있었어. 그렇지 않고서야 어떻게 피를 뽑으라는 연락을 할 수 있느냐 말야."

토벌대장의 말은 '의사 양반'이 '당신'으로, '존대'가 '해라'로 바뀌어 있었다.

"환자가 위급한 상태라서 다급한 김에 연락을 했던 것이지, 이 선생이 같은 입장에 있는 것을 알아서 그랬거나, 연락을 한다고 꼭 수혈에 응하리라고 생각한 것도 아닙니다."

"이봐, 선생, 선생 하지 말랬잖아!"

토벌대장이 눈을 치뜨며 갑작스럽게 소리쳤다. 전 원장은 가늘게 한숨을 내쉬었다.

"그럼, 그년이 피를 뽑겠다고 나섰을 때도, 아직 시집도 안 간 년이 지 피를 뽑아 사내놈 몸속에 넣겠다는데도 이상한 눈치 못 챘어?"

"그거야! 애인을 위해서……."

"시끄럿! 세상이 아무리 더럽게 망조가 들어가고 있어도 시집 안 간 년이 어떻게 사내놈한테 피를 뽑아줄 수가 있어. 당신 정말 계속 거짓말할 거야?"

임만수의 가슴은 서서히 달구어지고 있었다. 그런데 찬물을 끼 없는 말이 스쳐갔다. "절대 손을 대진 마시오. 그 사람을 심문하는 것은 혹시 이지숙에 대한 정보를 얻을 수 있을까 싶어서 그러는 것이오. 그 사람은 거짓말할 사람이 아니니 손을 대진 말아요. 그 사람이 폭행을 당했다는 소문이 퍼지면 오히려 우리 입장이 곤란해집니다." 서장이 한 말이었다. 임만수는 사지에 맥이 빠짐을 느꼈다. 심문이라는 건 그런 제약을 받아서는 할 맛이 나지 않는 법이었다. 그렇다고 막 판을 벌여놓은 상태에서 심문을 집어치울 수도 없었다. 그는 다시 마음을 추슬러잡으며 입을 열었다.

"그럼, 안창민이나 염상진이하고 그년이 주둥아리를 놀렸을 텐데, 거기서도 아무 눈치를 못 챘단 말이오?"

"염상진하고 이지숙은 초면인 것이 분명했지요. 그리고, 더러 동석을 하긴 했지만 그들은 전혀 사상 얘기는 하지 않았어요."

전 원장은 '선생'이라는 호칭을 붙이지 않으려고 애쓰며 말을 해나갔다.

"그건 그렇다 치고, 이지숙이년이 전화를 걸어왔을 때도 아무 눈치를 못 챘단 말인가?"

이건 어제 형사부장이 묻지 않았던 새로운 질문이었다. 전 원장은 그때의 느낌을 그대로 이야기했다.

"염상진을 바꿔달라고 했을 때 직감적으로 좋지 않은 느낌이 들었어요. 뭔가 위급한 사태가 벌어졌나 보다 하는 느낌이었지요. 그렇지만 이지숙이 좌익일 거라는 의심은 갖지 못했어요."

전 원장은 현재로서도 이지숙이 좌익일 거라는 상상이 가능하지 않았다. 이지숙이 여자라는 선입관 때문이 아니라 그동안 전혀 그럴 만한 낌새를 느낄 수 없었던 것이다.

"당신은 천상 고름이나 짜고 배나 째먹고 살 사람이구만. 세상이 어떻게 돌아가는 줄도 모르고 빨갱이 치료나 해주고 앉았으니, 원. 이번에 세상살이 쓴맛이 어떤 것인지 단단히 보고 나면 철이 들겠지."

토벌대장 임만수는 취조장을 탁 덮으며 일어섰다. 전 원장의 가슴을 찬바람이 휩쓸고 지나갔다. 다소 불안을 느끼지 않은 것은 아니었지만 사태가 이렇게까지 번질 줄은 몰랐었다. 염상진을 며칠씩이나 왜 은닉시켰으며, 그들이 도주한 다음 왜 사건을 은폐시키고 있었느냐는 대목에서는 도무지 할 말이 없었다. 빨갱이에게 동조했다는 죄목을 벗어날 길이 없었고, 더 나아가서 바로 빨갱이로 몰아세운다 해도 고스란히 빨갱이가 될 수밖에 없는, 앞뒤가 막힌 상황이었다. 멀게만 느꼈던 사상싸움의 소용돌이에 휘말려들고 있는 절박감을 비로소 실감하고 있었다.

같은 시간에 이지숙은 불타버린 경찰서의 지하실에서 고문취조를 당하고 있었다. 그 지하실은 일정시대부터 고문취조실로 써왔던 것이다. 건물이 다 불타서 못 쓰게 되어버렸지만 지하실만은 불 길이 닿지 않고 그대로 남아 있었다. 1층에서 지하실로 내려가는 계단에 철문이 달려 있고, 지하실 출입문이 또 철문이어서 그 어떤 비명이나 고함도 밖으로 새나갈 수가 없었다. 밖은 대낮인데도 지하실에는 촛불 두 개가 밝혀져 있었다. 그러나 지하실에는 희끄무레한 어둠이 차 있었다. 천장의 쇠고리에 연결된 밧줄에 두 팔을 위로 묶인 이지숙은 축 늘어져 있었다. 그녀는 홑저고리에 무릎을 약간 덮는 속곳 차림이었다. 잘 차비를 하고 이불 속에서 책을 읽고 있던 그녀는 병원을 거쳐 곧바로 그녀의 집으로 내달아온 염상구의 손에 체포되었던 것이다. 두 팔이 위로 묶이는 바람에 저고리가 따라올라가 그녀의 상체는 거의 맨살 그대로 드러났다. 거기에는 매질이 가해진 검푸른 피멍들이 뜻 모를 문신처럼 쭉쭉 그어져 엇갈려 있었고, 저고리와 속곳의 여기저기에도 피얼룩이 묻어 있었다. 머리카락이 어지럽게 헝클어진 머리를 깊게 떨군 그녀는 미동도 없었다.

"으쩌요?"

염상구는 형사부장 장길춘에게 담배를 내밀며 한껏 낮춘 목소리로 물었다. 그는 밖에서 방금 돌아온 참이었다.

"아닌갑네."

장길춘이 담배를 뽑아들며 고개를 저었다.

"니기럴, 저것이 참말로 아닌께 아니라고 허는지, 독종이라 불지럴 않는 것인지, 고걸 몰르겄응께 사람이 환장을 허겄단 말이요."

"아매 아닐 것이네."

"허먼, 성님 이름으로 조서 쓰고 도장 찍을 자신 있소?"

"워따메 사람 겁믹이지 말소."

"긍께 확실헌 증거 없으면 쓰잘디읎는 소리 허덜 말란 말이요. 옆사람 맘꺼정 흔딜리는디."

"우리찌리 허는 말인디, 다루다 보면 맘에 잽히는 거 머 있지 않더라고?"

"헌디, 저것이 예삿것이 아니라, 빨갱이냐 아니냐럴 개리는 여자란 걸 잊어뿔지 말어야 쓰요."

"빨갱이 첨 다루간디?"

"여자야 첨 아니요?"

"자네년 두 번째여?"

"서로 첨잉께 정신 똑똑허니 채리잔 말이제라."

"자네 말도 틀린 말언 아니시."

장길춘은 쩝쩝 입맛을 다셨다.

"저것이 아직도 살이 덜 아픈 것 아닐께라?"

염상구가 가는 눈으로 이지숙을 날카롭게 쏘아보았다.

"워따, 자네 매질이나 내 매질이 워디 솜방맹이간디?"

"허기는 그렇제라."

염상구는 고개를 갸웃했다.

"저것이 허는 간지러운 말맹키로 그냥 '사랑허는 사이'일 것이네. 니기럴, 사랑이라는 것이 먼디 빨갱이놈헌테 피꺼정 빼줘감시로 저

꼴로 당허는지, 원."

"내 맘은 성님 맘허고는 달부요. 나가 새로 한판 돌려볼 것잉께 성님언 숨 잠 돌리씨요."

"금메, 새로 한판 허는 것도 존디, 저것이 남자도 아니고 주먹댕이만 헌 여자라논께 비행기럴 태울 것이여, 꼬치가리물얼 믹일 것이여, 그렇다고 손톱 밑얼 뜰 것이여. 참말로 영판 지랄이랑께."

"암만 생각혀도 저년이 헌 짓거리럴 보면 빨갱이냄새가 폴폴 난다닝께요. 미행얼 눈치 챈 것도 그렇고, 번개 치대끼 도망시킨 것도 그렇고. 허는 짓짓거리 보면 쩌것이 빨갱이라도 예사 빨갱이가 아닐 것이요."

"이 사람아, 빨갱이 쪽으로만 생각허덜 말어. 저것이 그래도 학교 선생인디 그런 눈치나 머리럴 왜 못 쓰겄는가. 저것이 그냥 무식헌 여자가 아니란 말이시."

말을 듣고 보니 그럴 것도 같았다. 염상구는 다시 마음이 흔들렸다.

"거그 간 일언 워찌 됐는가?"

장길춘이 새 담배에 불을 붙였다. 담배연기로 방 안은 더 침침해져 있었다.

"그 할망구 말도, 그저 그냥 눈치로만 아들허고 그런저런 사인 모냥이다, 혔답디다."

"보소, 가택수색얼 혀도 말끔허고, 그리 매질얼 혀도 나온 말 읎고, 그 할망구 말도 그러면 더 볼 것 읎네, 저것 죄야 지금꺼지 헌

자백만 갖고도 콩밥 묵게 생겼응께 여그서 끝내세."

"……."

염상구는 두 손으로 머리를 받친 채 책상 위를 응시하고 앉아 있었다.

그들이 아무리 목소리를 낮추어 이야기를 한다고 해도 시간이 갈수록 차츰차츰 목소리는 커져갔고, 두 사람의 이야기에 온 신경을 집중시키고 있는 이지숙의 귀에는 그들의 대화가 하나도 빠짐없이 잡히고 있었다. 두 사람의 대화를 따라 그녀의 감정은 명암을 바꿔가고 있었다. 현재 밝은 쪽으로 기울어져 있는 그녀의 감정은 걷잡을 수 없이 출렁이고 있었다. 염상구의 침묵이 못 견딜 정도로 초조하고 불안했던 것이다. 제발 이 상태에서 끝나게 해달라고 그녀는 빌고 있었다. 그러나 그녀에게는 자신의 기구를 하소연할 대상이 없었다. 그녀가 가지고 있는 것은 마르크시즘과 혁명뿐이었다. 그것은 기구의 대상이 아니라 실천적 목표였다. 그 목표에 도달하는 데는 헌신과 희생이 있을 뿐이었다. 그러나 그녀는 이제 자신의 의지와 인내력을 신뢰할 수 없는 극한에 처해 있었다. 그동안 견디어낸 고문도 사력을 다한 것이었다. 고문을 견디어내지 못하면 바로 죽음을 만나게 된다는 명백한 사실을 어금니에 맞물고 고통과 싸운 것이었다. 그런데 또 고문이 가해진다면……. 그녀는 차라리 죽는 것이 낫다고 생각할 정도로 자신감을 잃고 있었다. 그녀는 고문을 당하면서 전혀 저항의 빛이나 대결의 태도를 보이지 않았다. 그저 나약한 여자의 모습만 보였다. 그것만이 수사의 올가미를 빠져나갈 수 있는 유일하고도 최선의 방법이라고 판단해서였다. 한 사람만이라도 혐의를 갖지 않게 된 것은 그 방법이 효과를 나타낸 것이라고 그녀는 믿었다.

"아, 멀 혀. 그만 끝내자니께."

장길춘은 답답하다는 듯 큰 소리로 말했다.

"성님 먼첨 가씨요. 나가 마지막으로 한판 더 혀봐야 쓰겄소."

염상구는 윗도리를 벗어젖혔다.

"허허 이 사람 참, 혀봐야 눈물 철철 흘림서 사랑인가 지랄인가 헌 것뿐이라는 말밖에 더 듣겄어?"

"다른 말이 더 나오게 혀야지라. 기분이 요리 찜찜하고 똥통에 빠진 것맨치로 드럽게 일얼 끝낼 수는 없구만요. 나도 두찌 허라먼 서러운, 눈치가 싼(빠른) 놈인디. 비행기럴 태우든, 꼬치가리물얼 믹이든, 손톱 밑얼 뜨든, 밑구녕에 뱀대가리럴 밀어넣든, 다 나가 알아서 헐 것잉께 성님은 그만 가씨요."

"자네도 참, 자네넌 다 존디 그놈에 고집이 탈이여. 허먼, 나 먼첨 갈라네, 애쓰소."

이지숙은 입술을 깨물며 바들바들 떨고 있었다. 감당할 수 없는 공포가 전신을 비비 틀리게 했다. 견딜 수 없었던 고통이 되살아나며 정신이 빙글빙글 돌았다. 목이 찢어져라 마구 소리를 지를 것만 같았고, 무엇이든 쥐어뜯고 물어뜯고 싶은 충동이 솟구쳐올랐다.

철문 닫히는 소리가 났다. 그리고 구둣발 소리가 가까워지고 있었다. 이지숙은 이빨을 앙다물며 전신의 힘을 모았다. 그때 커다란 손이 우악스럽게 턱을 낚아챘다. 그녀의 고개는 뒤로 발딱 젖혀졌다. 바로 눈앞에는 청년단장의 살기 어린 얼굴이 다가와 있었다.

"저를 살려주세요. 저는, 저는 빨갱이가 아녜요. 그 사람을 좋아했을 뿐예요."

그녀의 눈에서는 눈물이 흘러내렸다.

"요런 썩을 년아, 니넌 틀림읎이 빨갱이여. 이 세상사람 눈언 다 속혀도 내 눈만은 못 속혀. 니넌은 지끔 속으로는 덜컥 놀랠겨. 실토럴 안 허먼 니넌 여그서 살아서 못 나가. 알겠어!"

'알겠어!' 하는 외침과 그녀가 '악!' 소리를 토한 것은 거의 동시였다. 염상구가 무릎으로 그녀의 아랫배를 사정없이 걷어찼다.

"맛이 워띠어, 한 방 더 묵어보겄어?"

그녀의 귀에는 염상구의 말이 가물가물 흐려지고 있었다. 염상구는 그녀의 턱을 받쳐올리고 있었는데, 그녀의 눈은 흰자위로 거의 차고 입에서는 묽은 침이 흘러내렸다. 그녀는 한참 만에 정신을 차렸다.

"저는 아닙니다. 저는 빨갱이가 아닙니다. 저를 살려주세요."

그녀는 아랫배가 비비 꼬이면서 찢어지는 것 같은 통증을 무릅쓰며 애걸하고 있었다.

"오냐, 누가 이기나 혀보자. 니가 실토허게 허는 방법은 을매든지 남었응께."

염상구는 이렇게 말을 하면서도 자신이 잘못 짚고 있나 하는 의문이 일어나기도 했다. 그러나 그 의문과 맞서는 사실이 한 가지 있었다. 대개의 경우 그만큼 고문을 당하면 거짓말이나 헛소리라도 취조에 맞는 자백을 하게 마련이었다. 그러고 나서 고통이 지나가거나 제정신이 들면 다시 부인을 하곤 하는 것이 예사였다. 그런데 이지숙은 전혀 그러지를 않았다. 바로 그 점이 염상구로서는 신경에 거슬리고 의심스러웠다.

염상구는 이지숙의 손목에 묶인 밧줄을 풀었다. 그녀는 허물어지듯 시멘트 바닥에 쓰러졌다. 염상구는 한 가지 방법만 더 사용해 보고 끝낼 작정이었다.

하늘은 암회색으로 두껍고 낮았다. 겨울이 본격적으로 시작되고 있음인지 하늘은 눈을 가득 품어 땅과 가까워지고 있는지도 몰랐다. 김범우는 소화다리를 건너고 있었다. 난간이 없는 다리는 건널 때마다 위태롭게 느껴졌다. 이런 시골의 다리 난간까지 뜯어다가 전쟁물자를 만들어야 했던 일본의 막바지 궁핍이나, 그때 뜯겨나간 난간을 몇 년이 지나도록 복구시키지 못하고 있는 해방된 나라의 궁핍이나 하나도 다를 것이 없다는 생각을 했고, 그 생각이 부질없다는 생각에 김범우는 쓰게 웃었다. 쑥빛보다 진한 색깔로 포구의 양쪽을 덮고 있던 갈숲도 누릇누릇하게 변하고 있었다. 잎과 줄기가 억센 바다갈대는 꽃도 산갈대와는 다르게 피었다. 산갈대가 햇솜처럼 희고 나풀거리는 꽃을 피우는 데 비해 바다갈대는 푸른빛 도는 숱 적은 흰 꽃을 피워올렸다. 김범우는 그 푸른빛 도는 바다갈대의 흰 꽃을 좋아했다. 흰 꽃에 엷게 물들어 있는 그 푸른

빛은 바닷물을 마시고 피워낸 꽃이라서 바다색깔을 머금고 있는 것 같았고, 넓디넓게 펼쳐진 갈꽃의 무리를 보고 있노라면 또 하나의 바다가 물결치고 있는 듯했다. 갈꽃이 그렇게 마음에 담긴 것은 학병에 끌려가기 직전 매일이다시피 혼자 방죽을 걷게 되었을 때였다. 푸른빛 머금은 흰 갈꽃밭은 끝없는 우수였고 우울이었고 고적이었던 것이다. 어렸을 때부터 줄곧 옆에 있어서 무심할 수밖에 없었던 갈밭은 그때부터 그에게 새로운 의미가 되었다. 버마의 정글 속이나 태평양상의 외로운 섬에서 어머니의 얼굴과 함께 문득문득 떠오른 것은 그 갈꽃밭이었다.

겨울철새의 무리가 철교 너머로 낮게 드리워진 암회색 하늘을 헤집으며 날아가고 있었다. 그 새들은 인적이 먼 선수머리의 무성한 갈밭에 깃을 쳤을 것이다. 김범우의 우울한 마음은 그 철새들의 꽁무니를 따라가고 있었다. 그는 걸음을 멈추고 담배를 꺼냈다. 바람결에 성냥불이 꺼졌다. 그는 다시 성냥을 켰다. 그러나 불은 다시 꺼졌다. 그는 바람의 방향을 가늠하며 몸을 돌렸다. 다시 성냥을 그었다. 그래도 바람을 타며 위태롭게 펄럭이는 불꽃에 재빨리 담뱃불을 붙였다. 연기를 깊게 마셨다가 천천히 뿜어냈다. 마음이 무겁도록 우울한 것은 전 원장 때문이었다. 그의 의료행위나 심중은 충분히 이해가 되었다. 그러나 그것은 어디까지나 사적인 입장일 뿐이었다. 이번 사건은 사적인 입장으로 설명되거나 해결될 성질의 것이 아니었다. 사회적 상황이 그러했고, 사건의 내용이 그러했다. 지난번에 만났을 때 갑작스럽다 싶게 전 원장이 정치·사회적 상황의 맥을 알고자 했던 것도 돌이켜 생각하면 다 이유가 있었던 것이다. 그것은 그가 처해 있었던 현실적 갈등의 표현이었던 셈이다. 김범우의 우울은, 전 원장이 받게 될 법적 혐의에 대해서 자신이 별다른 도움을 줄 수 없다는 데 있었다. 지금 경찰서를 찾아가고 있는 것도 조사결과를 알아보는 것과 면회를 하는 것, 그 이상일 수가 없었다.

"제 입장도 정말 난처합니다만, 좌익의 은닉 사실과 도주 협조의 사실만은 어쩔 도리가 없는 일입니다. 사건이 노출되지만 않았더라도 또 모르겠는데, 사건은 초반에 벌써 수습할 수 없도록 노출되고 말았습니다."

경찰서장은 신중하게 말했다.

"어려우신 입장 잘 알고 있습니다. 제가 부탁드리는 것은 사건 자체를 없었던 걸로 덮어달라는 것이 아니라, 전 원장의 혐의에 대한 사건 조서만이라도 잘 꾸며주시기 바라는 겁니다."

"글쎄요, 전 원장이 읍민들한테 받고 있는 신망도 있고 해서 좋은 쪽으로 쓰려고 노력은 하고 있습니다만, 도움이 될 수 있는 어떤 구체적 사실을 생각하고 계시는지……."

경찰서장이 조심스럽게 말머리를 돌렸다. 김범우는 미리 생각하고 있던 말을 차분하게 꺼냈다.

"그러니까, 은닉이나 도주에 관한 건을 전 원장이 자의나 능동으로 한 게 아니라 무기의 협박에 의한 불가항력적 행위였다는 것을 밝혀주시면……."

"……."

책상 위에 시선을 떨군 서장은 보일 듯 말 듯 고개만 끄덕이고 있었다. 두 사람 사이에는 잠시 침묵이 이어졌다.

"전 원장을 만나보시겠습니까?"

서장이 불쑥 한 말이었다. 그 갑작스러움에 김범우는 서장을 주시했다. 서장의 눈을 보는 순간, 김범우는 그 의도가 무엇인지 퍼뜩 깨달았다.

"고맙습니다. 만나지요."

김범우는 의자에서 일어났다. 서장도 따라 일어섰다.

"뭐 하러 오셨습니까, 김 선생. 이거 참, 면목 없게 됐어요."

약간 수척해진 전 원장이 김범우를 보자마자 한 말이었다. 그는 말처럼 쑥스럽고 미안한 느낌의 웃음을 입가에 물고 있었다.

"원장님도 혁명의 영웅이 될 욕심이 있었던 모양이지요?"

김범우가 능청스럽게 한 말이었다. 전 원장은 더 쑥스럽게 웃으며 고개를 끄덕거렸다.

"원장님, 중대한 얘기가 있습니다."

김범우가 목소리를 낮추었다. 전 원장은 김범우 쪽으로 고개를 쑥 뺐다.

염상진이 안창민을 조계산 숯막까지 옮기는 데는 꼬박 이틀이 걸렸다. 아직도 보행을 하기가 어려운 안창민을 들쳐업은 염상진으로서는 필사적인 탈주였다.

이지숙한테서 전화연락을 받은 염상진은 그 시간으로 피신을 감행했다. 이지숙의 말은 전혀 엉뚱한 소리 같았지만 암호의 사전준비가 없는 상태에서 위기상황을 알리는 말로는 너무 완벽하고 훌륭했던 것이다. 염상진의 뇌리에 잡힌 것은 '위험' '오늘 밤' '결정' 세 단어였다. 염상진은 전 원장에게 당장 피신할 필요가 있음을 알렸다. 긴장한 표정의 전 원장이 말없이 앞장섰다. 입원실 복도를 지나 안채로 갔고, 전 원장은 대청마루 구석의 마룻장을 들어 올렸다. 일정시대에 만든 방공호가 그 아래 있었다. 안창민을 그곳으로 옮겨놓고 밤이 되기를 기다렸다. 밤이 되기까지 별다른 이상은 생기지 않았다. 출발에 앞서 전 원장이 조그만 보통이 하나를 내밀었다. "약이오." 전화가 걸려오고 병원을 떠날 때까지 전 원장이 한 말은 그 짧은 한마디뿐이었다. 그러나 염상진의 가슴을 쳐온 그 짧은 한마디는 오래도록 메아리로 울리고 있었다. 염상진으로서는 '가슴 저리게 고맙다'는 말이 무슨 말인지 비로소 알 것 같았다.

안창민을 업고 오금재를 넘어 은신처에 당도했을 때는 희번하게 하늘이 열려오고 있었다. 안창민을 내려놓은 염상진은 몸을 가누지 못하고 잠에 파묻혀버렸다. 염상진은 잠의 수렁으로 빨려들어가며 한사코 잠이 들어서는 안 된다고 생각했고, 의식을 놓치는 마지막 순간에 이건 잠이 아니라 죽음인지도 모른다고 생각했다.

염상진이 잠을 깬 것은 정오 무렵이었다. 안창민은 두 다리를 쭉 뻗은 채 비스듬히 기대앉아 있었다.

"참, 약 먹어야지!"

염상진은 벌떡 몸을 일으켰다.

"많이 피곤하시지요."

안창민은 핏기 없는 얼굴로 어색하게 웃었다. 병원을 떠나온 이후 두 사람의 첫 대화였다.

염상진은 약보퉁이를 끌렀다. 봉지를 집어든 염상진의 눈길이 그위에 머물렀다. 봉지에는 잔글씨가 씌어 있었다. 그건 세세하게 적은 약 복용법이었다. "약이오." 전 원장의 짧은 한마디가 다시 염상진의 가슴을 쳐와서는 긴 메아리로 울리고 있었다.

염상진은 안창민을 떼어놓은 채 숯막으로 걸음을 재촉했다. 앞으로 남은 길은 지금까지 지나온 길보다 훨씬 험하고 멀었다. 혼자의 힘으로 안창민을 업고 숯막까지 간다는 것은 불가능한 일이었다. 숯막에 가서 들것을 준비하고 인력 동원을 하는 것이 오히려 신속한 방법이었다.

사람들의 눈을 피해야 했고, 환자의 안전을 도모해야 했으므로 발길은 더디고 느렸다. 여덟 명이 동원된 그 일은 하루 반이 걸렸다.

거의 숯막에 다다랐을 때였다. 그곳을 책임 맡고 있던 하대치가 헐레벌떡 뛰어왔다.

"대장님, 대장님, 손님이 와 있구만요."

"손님?"

긴장과 함께 염상진의 눈빛이 예리하게 빛났다.

"누구요?"

염상진의 음성이 짧게 튕겼다.

"긍께 술……."

"대장님, 접니다."

하대치의 대답이 끝나기 전에 들려온 굵게 울리는 목소리였다. 염상진의 고개가 소리나는 쪽으로 휙 돌아갔다.

"아니, 자네!"

염상진의 목소리가 격하게 터졌다.

"대장님, 얼마나 고생이 많으십니까."

이쪽으로 성큼성큼 걸어오고 있는 것은 계란장수 차림의 정하섭이었다.

순천포교당에서 하룻밤을 신세진 운정은 아침공양을 마치자 곧 행장을 차렸다.

"스님, 며칠 더 계시다 가시지 그러십니까. 큰절까지 하루걸음이면 되고, 여기도 집안절인데 선암사나 마찬가지 아닌가요?"

중년의 당주승이 살뜰게 말하고 있었다. 사실 쌍암부터 시작해서 순천과 승주군 일대의 대소 사찰은 모두 선암사의 관할하에 들어 있는 말사(末寺)들이었고, 말사승들은 언제나 본산승을 대하는데 각별한 예를 차리는 것이었다. 당주승이 그리 살뜰게 하는 것은 지난밤에 운정이 간략하게 한 말 때문일 것이었다. 운정은 그저 당주승의 말이 고맙고 푸근했다. 어느 때 한 번 얼굴을 본 일도, 이름을 들은 일도 없으면서 본산 출신이라는 한 가지 사실만을 가지고 그리 따뜻하게 대해주는 것이다. 그런 마음이 오고 감은 그저 불연(佛緣)이고 불은(佛恩)이라고밖에는 달리 말할 수가 없었다. 지난밤에 '조계산 선암사 순천포교당'이라고 쓴 한문 붓글씨의 긴 간판을 보는 순간 가슴을 적셔내리던 그 형용할 수 없는 감정도 불연의 고리를 벗어날 수 없음의 증거였고, 불은의 바다에서 서식하는 하잘것없는 목숨임의 확인이었다.

"본산에 들어 긴히 할 일은 없지만 기왕 시작한 걸음이니 멈추고 싶지가 않소이다. 몸은 여기 두고 마음은 거기 빼앗기고 있느니보담은 몸과 마음이 함께 있게 함이 순리가 아니겠소."

"스님 말씀이 그대로 설법이십니다."

"무슨 송구스러운 말씀을……."

운정은 주름진 얼굴에 부끄러운 웃음을 지었다.

"저어…… 어젯밤에는 스님께서 고단하신 듯해서 말씀을 못 드렸습니다만……."

당주승이 손바닥으로 목을 쓸며 말을 망설였다.

"무슨 말씀이시길래…… 어서 하시지요."

운정은 전혀 잡히는 것이 없는 채로 말 들을 마음을 비웠다. 승이 승에게 주저할 말이 없는 법이었고, 승이 승의 말을 듣지 못할 것이 없는 법이었다.

"예에, 다름이 아니옵고 스님께서 본산에 드시기 전에 본산의 형편을 대강 알려드리는 것이 어떨까 해서요. 전혀 모르고 가시는 것보다는 대강 알고 가시는 것이 거(居)하시는 데도 도움이 될 듯싶어 그럽니다."

운정은 천천히 고개를 끄덕였다. 말하는 것으로 보아 본산에 무슨 변고가 있는 모양이었다. 갑자기 마음에 구름이 끼어왔다.

"어서 말씀하시지요."

"예, 속가(俗家)에서도 알 만큼은 알고 있는 사실입니다만, 얼마 전에 본산에서 큰 사건이 생겼습니다. 중요한 줄기부터 말씀드리자면, 절 재산인 사답을 놓고 의견충돌이 생긴 것입니다. 한쪽에서는 사답을 소작인들에게 넘겨줘야 한다는 주장이었고, 다른 쪽에서는 그래서는 안 된다는 주장이었습니다."

당주승은 잠시 말을 멈추었다. 운정은 자리를 고쳐 앉았다. 아주 관심이 끌리는 이야기였던 것이다.

"그래 어찌 되었소?"

"예, 그 문제가 쉽게 해결이 나지 않고 주장이 팽팽하게 맞섰습니다. 사답을 소작인에게 넘겨줘야 한다는 쪽에서는, 부처님의 가르침을 실행해야 하는 승려들의 집단인 절집이 몇백 년에 걸쳐서 지주 노릇을 해온 것만도 부끄러운 죄업을 쌓은 것이니 이제부터라도 사답의 소유권을 소작인에게 넘겨주고 부처님의 가르침을 바르게 따르고 실행하자고 했고, 반대하는 쪽에서는 절 대중들은 뭘 먹고 살라고 그런 소리냐고 맞선 것입니다. 그런데 두 주장이 이쪽이나 저쪽으로 기울지 않고 팽팽하게 맞섰던 것은 주지스님과 부주지스님이 그 주인 노릇을 하고 있었던 까닭입니다."

"어허, 그러면 넘겨주자는 쪽이 누구였소?"

"부주지스님이었습니다."

운정은 느리게 고개를 끄덕였다.

"그런데 주장은 싸움으로 변하고 말았습니다."

"아니, 치고 받고 했다는 말이오?"

운정이 눈을 크게 떴다.

"아닙니다, 그런 싸움이 아니라 대중들이 완전히 두 파로 갈라졌고, 넘겨주자는 쪽에서는 소유권 이전 서류를 몇몇 소작인들에게 만들어주고 말았습니다. 그렇게 되니 반대하는 쪽에서는 인장절취와 공문서위조로 소송을 제기했습니다."

"어허, 저런 놈에 일이 있나."

"일은 거기서 끝난 것이 아닙니다. 대중들이 두 쪽이 나긴 했습니다만 그 수로 보자면 반대하는 쪽이 더 많았지요. 수가 많은 그 쪽에서 본산 대중회의를 소집했습니다. 말사들까지 모이고 보니 반대하는 쪽수는 더 많아졌습니다. 거기서 부주지스님의 해임을 결정함과 동시에 말사 주지로 임명을 했습니다. 말사 주지는 명색이고 본산에서 내쫓기게 된 것이지요."

"쯧쯧쯧…… 그 스님의 법명이 어찌 되는지……."

"법 법(法)에 한 일(一)입니다."

"법일……."

운정은 낮게 외었다. 알 수 없는 이름이었다.

"그런데 일은 그것으로 끝나지 않았습니다."

"아니, 그것으로 막음을 하지 않았으면, 이젠 법일스님이 들이댔단 말이오?"

운정은 환멸스러움을 느끼며 물었다. 자신도 모르게 어조가 짜증스러워졌다.

"오히려 그 반대입니다."

"……?"

"이번 반란사건이 일어나고 일제히 좌익 색출이 시작되자 법일스님이 좌익으로 몰려 잡혀 들어갔습니다. 법일스님은 지금 광주 고법으로 넘어가 계십니다."

계속 말을 해오는 느낌으로 보아 당주승은 법일 쪽인 것이 거의 확실했다. 운정은 짐작만 했을 뿐 군이 묻지는 않았다.

"법일…… 그 스님의 주장이 옳고 뜻은 장하오만 앞길은 평탄치가 못하겠소. 그분은 어찌 공부를 했기에 부처님의 가르침을 그리 바르게 터득하고 또 그렇게 실행할 뜻을 세울 수 있었는지 모르겠소."

운정은 눈을 내리감은 채 중얼거리듯 말하고 있었다.

"법일스님은 예사 스님이 아니십니다. 열여섯에 출가해서 스물넷, 그러니까 법랍(法臘) 8년 만에 법사가 되셨고, 일본 유학까지 하셨습니다. 웬만해서야 만해선사의 총애를 받을 수 있었겠습니까."

운정은 귀가 번쩍 뜨였다.

"만해라니?"

"그 독립운동하셨던 만해선사 말입니다."

"만해의 총애를……."

운정은 중얼거리며 깊이 고개를 끄덕이고 있었다. 승 법일의 됨됨이를 알 것 같았다. 까마득한 망각의 저편에 있던 기억이 25년여의 세월의 간격을 뛰어넘어 생생하게 눈앞에 펼쳐지고 있었다. 뜻하지 아니하게 피 섞음의 인연을 맺고, 그 인연의 줄을 끊기 위해 자신은 금강산으로 가는 길이었고, 만해는 옥고를 치르고 나서 건강회복을 겸한 정진수양을 하고 있던 참이었다. 그 설악산 백담사와 큰승일 수밖에 없던 만해의 모습이 지금 대하고 있는 것처럼 선연했다. 그분의 불교 유신론과 법일스님의 주장이 무관하지 않음을 운정은 느끼고 있었다.

"마음 편한 이야기는 아니었지만 들어둬야 할 이야기였소. 이야기해 줘서 고맙소."

운정은 바랑을 들고 일어났다.

"가셨다가 편편찮으시면 언제라도 나오십시오."

"사람 보고 머무는 것이 아니라 부처님 받들며 머무는 것이니 편코, 안 편코가 어디 있겠소. 말씀만이라도 고맙구료."

운정은 법당을 향해 합장을 하고는 포교당을 나섰다. 이내 큰길에 이르렀다. 오리정 쪽으로 뻗어나가고 있는 그 길을 따라 50여 리면 선암사였다. 기어이 여기까지 되돌아오고 말 길을 그때는 떠나지 않을 수가 없었다. "몸만 가지 말고 마음도 말끔히 거두어가야 한다." 주지스님의 말이 먼 기억 속에서 들려오고 있었다.

운정은 걸음을 옮길 생각은 하지 않고 반대쪽으로 뻗어나가고 있는 길을 하염없이 바라보고 있었다. 그 길은 시내를 관통해서 순천만의 갯가를 감고 돌아가는 것이다. 그 길 60여 리 밖에 벌교가 있었다. 마음 한가닥은 그 길을 따라가고 있었다. 벌교를 거쳐 선암사로 갈 수도 있었다. 그러나 그 땅을 당장 밟아 무엇을 어찌하자는 것인가. 운정은 스스로를 꾸짖으며 결연히 오리정 쪽으로 돌아섰다. 먼 길을 앞에 두고 있는 사람답지 않게 운정의 발걸음은 빨랐다.

사철 맑은 물이 촬촬 흘러내리던 개울, 물에 비치는 그림자까지 합치면 보름달 같은 원이 되던 두 개의 쌍둥이 다리 승선교(昇仙橋), 햇살이 스밀 수가 없도록 울창하던 길고 긴 숲길, 정신이 혼미해지도록 짙게 퍼지던 대웅전 앞뜰의 수국꽃 향기, 항시 자애로운 미소를 머금고 있던 본존불, 겨울새벽의 냉기 속을 슬픈 울음이듯 끝없이 울려퍼지던 쇠북소리……. 젊은 날의 기억들을 보듬고 있는 선암사의 모든 것들이 시간의 먼지를 털며 되살아나고 있었다.

오리정 앞 들녘을 가로지르고 있는 길은 예전보다 넓어져 있었다. 운정은 좌우의 들녘과 마을을 느린 눈길로 둘러보았다. 마을의 집들은 예전과 다름없이 모두 초가들이었다. 인간의 세월 25년여면 결코 짧다 할 수 없는 기간인데 사람이 사는 집에는 아무런 변화가 없는 것이다. 그건 소작인의 생활 25년이 한결같이 궁핍했음을 말해 주고 있었다. 조계산의 물줄기가 이어져내리는 오리정의 들녘은 상답 중에 상답이었다. 그런데 그 기름진 땅 언저리로 초가를 짓고 사는 사람들은 그 땅을 한 뙈기도 갖지 못한 소작인들일 뿐이었다. 그 들녘의 절반 가량이 선암사의 소유였다. 그래서 어떤 승들은 오리정 앞을 지나면서 헛기침을 하는지도 모를 일이었다. 물론 선암사의 재산은 그것뿐이 아니었다. 대개의 본산이 그렇듯 선암사도 사하촌(寺下村)을 거느리고 있었다. 그러니까 쌍암면 일대에도 농토를 가지고 있는 것이었고, 절 재산이라는 것은 주지를 중심으로 해서 재무담당승 등 몇몇만이 알고 있을 뿐이었다. 그 이외의 승들은 알려고도 하지 않았고, 알 수도 없었다. 승에게 재산에 대한 관심은 금기사항이었고, 깨달음의 세계를 향해 용맹정진해야 할 승이 재산에 관심을 써서는 안 된다는 뚜렷한 이유가 전제되어 있었다. 추수철이 되면 쌀가마니를 실은 달구지 행렬이 일주문에서부터 10리를 이어진다고 했다. 그런데 달구지에는 쌀가마니만 실려 있는 것이 아니었다. 김자반이며, 곶감이며, 잣이며, 유과며를 담은 소쿠리들이 따로 실려 있었다. 그런 것들은 이미 체결된 수확량과는 상관없이 소작인들이 마련한 선물이었다. 소작을 부치게 해줘서 고맙고, 앞으로도 계속 소작을 부치게 해달라는 뜻이 거기에 담겨 있었다. 그도 그럴 것이 속인들의 소작을 부치는 것보다 절의 소작을 부치는 것이 어느 모로나 낫다는 것이 일반적 풍문이었다. 그래서 그런지 재무소에는 가난해 뵈는 사람들의 종종걸음이 끊이지 않았고, 어떤 승은 속가의 인연을 통해서 들어오는 간곡한 청을 받고 난감해하기도 했다.

운정은 얼굴을 모르는 법일스님을 생각하고 있었다. 그는 달구지의 행렬을 보면서 겨울을 배부르게 날 수 있음에 즐거워하지 않고 소작인들의 먹이를 빼앗는 것 같아 괴로웠을 것이다. 부처님의 가르침을 되새겼을 것이고, 탁발승의 바른길을 되씹었을 것이다. 부처님의 가장 큰 가르침이면서, 처음부터 끝까지 이어지고 있는 가르침인 '탐욕을 버리라' 함을 그는 절집에서부터 실행하려고 했을 것이다. 운정은 그 사람, 법일의 깨달음과 용기가 눈물겹게 느껴져 왔다. 그런 사람이 좌익으로 몰려 재판을 받고 있다니……. 운정은 부끄러움과 죄스러움으로 몸이 죄어옴을 느꼈다.

"광조, 요 여시 겉은 놈에 새끼 싸게 나오니라. 가쟁이럴 짝 찢어 놀 것잉께 싸게 나와!"

한 여자가 고래고래 악쓰며 죽산댁의 사립을 들어서고 있었다. 악쓰는 것에 걸맞게 여자의 얼굴에는 분이 넘쳐흐르고 있었다. 그 여자의 손에는 대여섯 살 나 보이는 사내애가 잡혀 있었다. 삐쩍 마른 사내애는 여자의 기세와는 반대로 손등으로 눈을 문지르며 징징 울고 있었다. 손에 묻었던 지저분한 것들이 눈물에 범벅이 되어 사내애의 얼굴은 더없이 더러웠다.

"광조, 요 문딩이 겉은 놈, 싸게 안 나올라냐! 찾기만 허먼 다리 몽뎅이럴 작씬 뿐질러놀 것잉께, 고런 일 당허기 전에 싸게 나오라닝께!"

여자는 아무도 없는 마당 가운데 서서 조금도 기세가 꺾이지 않고 소리쳤다.

몸져누워 있던 죽산댁은 퍼뜩 잠을 깼다.

"참말로 못 나오겄냐, 요런 찢어죽일 빨갱이자석놈아. 오냐, 정 못 나오겄으면 인자부텀 나가 찾어내겄다. 찾기만 허먼 아조 모강뎅이럴 확 삐틀어뿔 거이다."

꿈속에서 들은 소리가 아니었다. 죽산댁은 벌컥 화가 치밀었다. 어떤 년이 함부로 집 안에까지 뛰어들어 제멋대로 욕을 퍼질러대고 있단 말인가. 죽산댁의 성질을 자극한 것은 '빨갱이자석놈아' 하는 욕이었다. 남편이 빨갱이질 하는 것만도 치가 떨리는 일인데 아들까지 싸잡아서 빨갱이를 만들고 있는 것이 아닌가. 문둥이하고 화냥질을 해서 새끼를 낳아도 문둥이가 아닌 법인데, 애비가 빨갱이라고 어찌 새끼까지 빨갱이일 것인가. 그녀에겐 그건 욕 중에서도 가장 흉한 욕이었다.

"오냐! 니년이 누구냐. 불쌍헌 우리 새끼 빨갱이로 모는 니년 가쟁이럴 나가 먼첨 찢을란다아!"

죽산댁은 느닷없이 외쳐대며 지게문을 박차고 뛰쳐나갔다. 그러잖아도 붙들려 들어갔다가 나와서 심기가 비꼬이던 참이었는데, 어떤 년이 화풀이감으로 잘 걸렸다 싶었던 것이다.

"오냐? 빨갱이 지집년이 바로 방구석에 처백혀 있었구나. 이년아아, 싸게 나오니라, 나다, 나!"

토방으로 뛰어내리는 죽산댁을 향해 기세등등하게 쏟아지는 욕이었다. 시선을 바로잡은 죽산댁은 멈칫했다. 바로 눈앞에 독을 뿜고 서 있는 것은 민 순경의 마누라 보성댁이었던 것이다.

"나가 바로 니년 새끼럴 빨갱이로 몰았다. 워디, 내 가쟁이럴 니년이 먼첨 찢어봐라. 니년 냄편 손에 우리 냄편이 죽었드끼, 인자 니년 손에 나가 가쟁이 잠 찢어져 죽어보자!"

방을 뛰쳐나올 때의 힘은 어디로 간 것일까. 죽산댁은 팔다리에 맥이 빠지고 눈길이 떨어질 정도로 기가 꺾이고 있었다. 보성댁의 남편 민 순경은 이번 난리통에 총을 맞아 죽었다. 남편이 총질을 한 것은 아니었지만 부하들이 한 짓이니 남편이 죽인 것이나 마찬가지였다. 보성댁은 남편이 죽고 나서 표가 나게 달라졌다. 눈에 살기가 돌고 걸핏하면 싸우려고 들었다. 죽산댁은 보성댁 앞에서는 그저 죄인이었다. 하늘 아래 둘일 수 없는 남편을 죽게 했으니 그 앞에서 무슨 말을 하랴. 보성댁이 무슨 욕을 하건 어떤 행패를 부리건 참고 견디는 수밖에 없었다.

"아, 얼렁 찢어, 호랭이라도 잡을 대끼 쫓아나오든 기운 다 워따 두고 요러고 섰어. 아 니년 맘대로 싸게 짝짝 찢어보랑께!"

보성댁은 주먹을 부르쥐며 악을 악을 써댔다.

"보성댁, 위째 이래쌓소. 워디 조단조단 말얼 혀보씨요."

"워따따, 요년 말허는 것 좀 보소? 사람 속에서 불뎅이가 끓는디 조단조단 말얼 허라고? 시방 니년 눈구녕으로 보면 몰르냐. 느그 새끼, 고 쎄럴 뺄 광존가 빨갱이새낀가가 우리 세훈이럴 요리 무작시리 팬 것이여. 고눔에 손모강뎅이럴 뚝뚝 뿐질러뿔라고 왔다!"

보성댁은 부드득 이빨을 갈아붙였다. 어떤 힘도 당할 수 없을 것 같은 시퍼런 독기가 흘렀다.

"음마 참말로 그 자석이 못된 짓 혔소. 요 일얼 위째야 쓸께라."

심작은 하고 있었지만 막상 말을 듣고 보니 죽산댁으로서는 정말 면목이 없었다. 차라리 보성댁 아들한테 맞고 오는 것이 속 편할 일이었다.

"워쩌기는 머럴 위째, 그놈에 새끼럴 내놔! 참말로 손모가지럴 작신작신 뿐질러뿔 것잉게."

"워쩔께라, 지끔 집에 읎소."

죽산댁은 속으로 안도하고 있었다. 만약 집에 있다면 말 그대로 손목이야 부러뜨릴까마는 볼이라도 두어 차례 얻어맞게 될 수밖에 없는 형편이었다. 자식이 아무리 잘못을 저질렀다 하더라도 바로 눈앞에서 남의 손에 얻어맞는 꼴을 어찌 볼 것인가.

"무신 소리 허는 거여, 시방! 쥐새끼맹키로 집 안으로 도망치는 것얼 뒤쫓아옴시로 이 두 눈으로 똑똑허니 봤는디. 고런 속 뻔헌 거짓말헐 기여? 에미꺼정 지랄허먼 니년 죽고 나 죽고 허는겨!"

보성댁은 당장 머리채라도 쥐어잡을 것처럼 두 팔을 치켜들며 부르르 떨었다. 죽산댁은 분명 아들이 방에 없었다는 사실에 안심하고 있었다.

"얼랴, 나가 거짓말허는가 보성댁이 싹 다 찾아봇씨요."

죽산댁은 옆으로 비켜섰다. 보성댁은 지체하지 않고 토방으로 올라섰다.

"워메 분허고 원통헌 거. 염가눔이 생때겉은 내 서방 죽이등마 인자 그 새끼할라 내 자석얼 개 패대끼 허네웨. 아이고메, 분허고 원통혀서 워찌 살끄나와."

보성댁은 방 안을 뒤져대며 분을 살려올리기라도 하는 듯 소리소리 지르고 있었다.

"워메, 워메, 요런 여시 겉은 새끼가 워디에 숨었당가. 산 잘 타고,

도망 잘 댕기는 즈그 애비 탁해서 딴 디 워디 쪽 숨어부렀구만. 영 축없이 빨갱이 자석언 자석이다. 니가 아무리 숨어도 나가 기엉코 찾아서 그놈에 손모가지럴 기연시 뚝뚝 뿐질러뿔 것잉게."

보성댁은 마치 실성한 것처럼 중얼거리며 부엌문을 열어젖혔고, 다시 헛간으로 달려가고는 했다. 팔짱을 낀 채 토방에서 꼼짝을 않고 서 있는 죽산댁의 마음은 그때마다 조마조마했다.

"워메, 워메, 분혀서 으짤끄나. 요런 여시 겉은 새끼가 워디에 숨었으까이. 사람 복통얼 허고 죽을 일이시웨."

헛간까지 다 뒤지고 나오면서 보성댁은 발을 쿵쿵 구르고 있었다.

진작 울음을 그친 그녀의 아들은 무료한 얼굴로 서 있었다.

"보성댁, 나가 내 새끼 잘못헌 것얼 대신 빌겠소. 그라고 그놈얼 찾으면 내 손으로 보성댁 앞에 끌고 가겠소."

죽산댁은 다행스러움과 미안함이 섞인 마음으로 말했다.

"분 까라진 담에 그놈얼 보면 머 허란 것이여. 여시 겉은 새끼, 지끔 눈앞에 있어야 그놈 귀싸대기럴 치든지 대갱이럴 쥐박든지 혀서 분풀이럴 허제."

보성댁의 화는 어느 만큼 가라앉아 있었다.

"참말로 낯 없고 미안시럽소. 다시는 요런 일 읎도록 단도리허겠소."

죽산댁은 진심으로 사과했다.

"빨갱이집안 새끼허고 순사집안 새끼는 저승꺼지 가서도 상극잉게 다시는 우리 아들허고 못 놀게 맹글어. 빨갱이넌 문딩이만도 못헌 종자들잉께."

보성댁은 금방 살기 돋는 모습으로 말하고는, 퉤 침을 내뱉었다. 죽산댁은 그만 불길이 치받쳐올랐다. 그러나 속입술을 물며 그 불길에 찬물을 끼얹었다. 내 남편이 저 여자 남편을 죽였다…….

"가자, 요 빙충이새끼야. 인자 니넌 평상을 애비 읎이 살아야 헐 팔자여. 긍께 넘덜보담 독허고 싸납고 야물딱져야 혀. 그래야 이 에미가 니럴 믿고 살제. 진돗개맹키로 독허고 싸나와지란 말이여. 알아묵겄어?"

보성댁이 아들의 손을 잡고 사립을 나서며 나무라는 것인지 다짐을 하는 것인지 분간이 안 되게 큰 목청으로 말하고 있었다. 모자의 뒷모습을 멍하니 바라보고 서 있는 죽산댁의 가슴에 그 말은 쇠꼬챙이가 되어 박혀오고 있었다. 그리고 그 말이 꼭 보성댁한테만 해당되는 말 같지가 않았다. 그 불길한 생각과 함께 전신에 소름이 끼쳐왔다.

아들 광조는 한참 만에야 뒤란 쪽에서 뛰어나오면서 헤헤거리고 있었다.

"워메, 니 워디 있었다냐?"

죽산댁은 놀라며 빠르게 사립 쪽을 살폈다.

"잉, 정재(부엌)에 숨어서 엄니허고 말허는 소리럴 가만히 듣고 있었는디, 엄니가, 보성댁이 다 찾아봇씨요, 안 혔는가. 정재에 그대로 있으면 잽힐 것 같아서 뒷문으로 살짝 나가 뒷집 대밭으로 착 내뺐어. 긍께 나럴 찾을 수가 있가디. 엄니, 워쩐가! 나 똑똑허제?"

광조는 양쪽 손 엄지손가락을 세워 보이며 으스댔다. 그렇게 눈치 빠르게 피한 아들이 대견하지 않을 수가 없었다. 그러나 잘했다고 칭찬을 할 수는 없었다. 보성댁에게 너무 양심 없는 짓이 될 터였다.

"니 워째서 세훈이럴 때렸냐?"

죽산댁은 엉뚱한 쪽으로 말을 돌렸다.

"때리고 잡아 때렀간디?"

죽산댁의 서슬에 광조는 금방 기가 죽으며 곁눈질을 했다.

"때리고 잡은께 때렸겄제, 때리기 싫은디도 때렀어?"

"세훈이 그 문딩이 새끼가 자꼬, 느그 아부지 빨갱이, 느그 아부지 빨갱이, 그럼시로 아무 놀이에도 못 끼게 허는디 워째."

죽산댁은 짧게 한숨을 토하며 아들을 멍하니 바라보았다. 빨갱이넌 문딩이만도 못헌 종자들잉께……. 보성댁의 목소리가 쟁쟁히 울리고 있었다. 아들이 더없이 가엾고 안쓰러웠다.

"광조야, 이리 오니라."

죽산댁은 아들에게 손을 내밀었다. 아들은 머뭇거리며 다가왔다. 그녀는 아들을 무릎에 앉혀 꼭 끌어안았다. 까닭 모를 슬픔과 서러움이 복받쳐올랐다. 그녀는 목이 메어 말을 할 수가 없었다. 한참을 그대로 앉아 있었다. 어린것의 숨결과 체온이 느껴져왔다. 무슨 수를 써서라도 살아가야만 한다. 그녀는 스스로에게 새삼스럽게 다짐하고 있었다.

"광조야아."

"으응?"

"니 엄니허고 약속허자."

"무신 약속."

"앞으로는 세훈이허고 안 놀겄다는 약속."

"……알겄어. 엄니가 허라먼 헐껴."

"그려, 우리 광조 착허다. 그라고, 세훈이가 머시라고 놀려도 못 들은 디끼 혀라."

"아부지럴 욕허는디도?"

"그려, 못 들은 디끼 혀."

"……."

"대답혀. 요것도 약속잉께."

"이…… 알겄어."

광조의 목소리가 울먹였다. 죽산댁의 눈에서는 눈물이 주르륵 흘러내리고 있었다.

삼켜 넘기는 울음으로 부풀어오르는 목젖이 맵게 당기는 것을 느끼며 죽산댁은 보성댁을 생각하고 있었다. 같은 여자로서 아직 젊은 보성댁이 남편 없이 평생을 살아가야 될 것을 생각하면 그 신세 기구함 앞에서 자신은 죄인일밖에 없었다. 그러나 그건 사사로운 입장에서 따질 때만 그렇고, 민 순경을 놓고 보자면 보성댁은 과부가 안 될 수 없는 형편이었다. 사람들은 내놓고 말은 하지 않았지만 민 순경이 죽은 것에 대해서는 하나도 안쓰럽게 여기지 않는 눈치들이었다. 사람들에게 인심 얻은 경찰이 백에 하나 있기가 어려운 형편이었지만 특히 민 순경은 인심을 잃을 대로 잃고 살았다. 그는 미군정 덕에 다시 경찰 노릇을 하게 되자마자 남의 집을 뺏는 일을 저질렀다. 동척 쌀창고 옆에서 정미소를 했던 일본놈이 자기 밑에서 일했던 변 서방을 착실하게 보아 일본으로 쫓겨가면서 집을 물려주었다. 그런데 그 집을 완전히 준 것이 아니고 '다시 돌아올 때까지 깨끗하게 간수하라'고 했다는 말이 떠돌았다. 그런 식의 말을 남기고 쫓겨간 일본놈들이 한둘이 아니었으니까 그것이야 일본놈들의 못된 오기거나 넋 빠진 소리로 코웃음당하는 흉거리일 뿐이었고, 어쨌거나 심덕 좋은 변 서방이 봉림 아래터에서 좋기로 이름난 그 일본놈의 왜식집을 차지하게 된 것을 사람들은 '고생끝 보았다'고 좋아하기도 했고, 은근히 부러워하기도 했다. 그런데 민 순경이 그 집을 탐내 변 서방한테 엉뚱한 죄를 뒤집어씌워 빼앗은 것이다. 그 엉뚱한 죄라는 것이, 미군정을 욕하고 다녔다는 것이었다. 술자리에서 그런 말 한두 마디 안 한 사람이 없는 세상에 변 서방만 걸려든 것이다. 결국 변 서방의 집을 차지한 민 순경은 재산 모으는 손쉬운 맛이 들렸는지 그 뒤로도 인심 잃을 짓만 골라서 했다. 좌익 단속을 한다며 걸핏하면 사람들을 끌어가서 겁먹이고 얼리다가 뒤로 무엇인가를 받으면 슬그머니 풀어주었다. 미곡수매에도 누구보다 모질게 사람들을 몰아댔는데, 할당량을 못 채웠다고 닭을 손수 잡아가기가 예사였고, 손찌검도 거침없었다. 그가 잡아가는 닭은 물론 그의 차지였고, 쌀에 손을 안 대는 순경들이 거의 없지만 그가 특히 많이 빼돌리고 있다는 말이 사람들의 입을 건너다녔다. 그리고 민 순경네는 세끼 쌀밥만 먹고 산다는 말도 떠돌았다. 민 순경이 죽자 입바른 여자들은 그래도 말을 참지 못했다. "아, 무신 걱정이여, 걱정이. 평상 묵고살 재산 모타놓고 간 것인디. 그런 과부 노릇이람사 열 분도 허겄네." "아이고메, 없는 과부는 수절허고 살아져도, 있는 과부는 수절허고 못 산다는 말 들지도 못했어?" "이 사람 시방 무신 촌시런 소리여? 자유연애 허는 개명천지가 시작된 것이 원제라고 고런 실답잖은 소리여. 재산 있겄다, 손아래 남자 탈탈 골라 팔자 고치제 멋났다고 수절이여, 수절이. 팔자 고칠 재산까지 떡 모타놓고 가는 냄편 만냈이니 그보다 상팔자가 워딨어. 나넌 똑 부러바 죽겄구마는." "워메 문딩이, 그놈에 창창헌 오기 시퍼런 대창끝이 따로 없네. 아서, 아서." 죽산댁은 그런 말들을 애써 못 들은 척했고, 그런 자리는 서둘러 피했지만 민 순경의 죽음에 대해서는 역시 냉정하지 않을 수가 없었다. 남편이 하는 일과 상관없이 경찰들이나 관공서 사람들이 저지르고 있는 잘못에 대해서는 죽산댁도 누구 못지않게 불신감을 품고 있었다.

경희와 성일은 순천행 기차에 나란히 앉아 있었다. 기차는 진트재의 터널을 지나 구룡을 향해 달리고 있었다. 창가의 경희는 움츠린 앉음새로 발치께에 시선을 보내고 있었고, 성일은 창밖으로 먼 눈길을 보내고 있었다. 경희는 서울로 돌아가는 것이고, 성일은 기차를 갈아타는 순천역까지 누나를 전송하러 가는 길이었다. 기차가 출발하고 나서 지금까지 그들은 서로 다른 생각에 잠겨 있었다.

경희는 역에까지 따라나온 어머니를 생각하고 있었다. 어머니는 놀랄 만큼 강해져 있었다. 눈물 같은 것은 비치지도 않았다. "건강 허고 공부만 열심히 혀라." 어머니는 아버지가 했던 말을 그대로 대신하고 있었다. 지난봄에 아버지는 그냥 '공부'라고 했고, 어머니 는 '공부만'이라고 한 것이 다를 뿐이었다. 그 '만'이라는 제한의 뜻 에 어머니의 심정이 그대로 드러나고 있었다. '모든 것은 내가 알 아서 할 테니까' 하는 말이 그 속에는 담겨 있었다. 그건 앞으로의 삶을 향한 어머니의 의지였고 각오였다. 어머니는 이제 억지로라 도 강해지고 억세어지지 않을 수 없게 되어 있었다. 그 첫 번째 표 현이 바로 자신의 서울 유학을 계속하게 한 것이었다. 여자는 약하 나 어머니는 강하다―어머니의 앞으로의 생애를 상징하는 말이 었다. 앞으로의 어머니 생애에는 여자로서의 삶은 없고 어머니로 서의 삶만 남아 있는지도 모른다. 그건 얼마나 삭막하고 불행한 삶 인가. 벌써 어머니의 그런 삶은 시작되었다. 자신의 서울 유학을 지 속시켰을 뿐만 아니라 전송을 나와서도 눈물을 비치지 않은 것이 다. 지난봄에 아버지 옆에 선 어머니의 모습은 어떠했던가. 아버지 의 다독거림을 받아가며 연방 눈물을 흘리지 않았던가. 이번이 두 번째라서 어머니는 눈물을 흘리지 않은 것이 아니었다. 심정적으 로는 처음보다 이번에 더 많은 눈물을 흘릴 수 있었을 것이다. 어머 니에게는 이제 여자로서의 권리주장은 할 수 없고, 어머니로서의 의무이행만 해야 하는 생애가 남겨진 것이었다. 어머니에게 의무이 행을 강요하는 결과임이 분명한 서울 유학은 계속해야 하는 것일 까……. 이미 그 길을 떠나고 있으면서도, 경희는 마음 무거운 생각에 빠져 있었다.

"그만 서울로 올라가그라."

잠자리를 펴고 난 어머니는 불쑥 그렇게 말했다.

"네?"

경희는 어머니를 건너다보기만 했다. 물론 그 말뜻을 못 알아들어서가 아니었다. 너무 의외였고 너무 반가운 감정이 뒤섞인 상태였다.

"가서, 허든 공부를 계속혀야지."

어머니는 담담하게 말했다.

"엄니이……."

형편이 그리 안 되잖아요, 하는 말을 경희는 하지 못했다.

"다 에미가 알아서 헐 것이다."

어머니는 전혀 딴사람 같은 느낌을 갖게 하는 엄숙함을 지니고 있었다.

"엄니가 혼자서 어떻게……."

"시끄럽다. 아부지가 정허신 일을 그리 쉽게 작파헐 수는 없다. 내일 당장 떠나."

경희는 더 무슨 말을 할 수가 없었다. 그동안 그녀의 생각은 공부를 중단하게 되리라는 쪽으로 기울어져 있었다. 아버지가 남긴 재산이 다소 얼마는 있겠지만 아래로 동생들이 넷이었고, 자신은 여자였던 것이다. 학업을 중단한다는 것은 아버지를 잃은 슬픔 다음가는 슬픔이었지만 집안에 어떤 변고가 생겨 경제적 곤란에 처하게 되면 그 영향을 여자가 먼저 받게 되는 상식적 현실을 수긍하지 않을 수가 없었던 것이다.

"무슨 생각하니?"

경희는 동생 쪽으로 약간 돌아앉았다.

"머 별로……."

동생은 시선을 창밖에 그대로 두고 있었다. 그 무심한 것 같은 모습이 경희는 신경에 거슬렸다. 어머니가 그렇듯 동생도 갑자기 어른의 모습으로 변해가고 있었다. 아버지라는 존재는 역시 그만큼 컸던 것이고, 온 식구는 그 몫을 나눠 갖느라고 힘겨운 고통을 당하고 있었다.

"너 나하고 약속했었잖니. 변하지 말고 그대로 있자고."

경희는 동생의 눈길을 옮기게 하려고 일부러 빤히 쳐다보며 말을 했다.

"그랬었지. 나 변하지 않았어."

성일은 비로소 눈길을 거둬들이며 자리를 고쳐 앉았다.

"난 아무리 생각해 봐도 말이지……" 경희는 잠시 말을 멈추었다가, "서울을 잘못 가고 있는 것 같다" 쫓기듯이 빨리 말했다.

"변하려고 하는 사람은 내가 아니라 바로 누나군. 아무 말 말고 올라가. 그게 엄니가 바라는 거야."

"그렇시만 엄니 혼자 힘으로 앞으로 어떡하겠니. 내가 엄니한테 너무 무거운 짐을 지우는 것 같아 견딜 수가 없다."

"너무 염려할 것 없어. 엄니는 혼자가 아니야. 엄니 옆에는 외삼촌이 계셔."

"그걸 누가 모르니. 그렇지만 외삼촌은 보조자나 충고자일 뿐이야. 외삼촌의 역할에는 분명히 한계가 있어."

"그건 나도 알아. 내가 말하는 건 누나의 문제에 관해서야. 정 집안형편이 어렵게 된다 싶으면 외삼촌의 판단에 따라 누나 문제는 결정된다는 말이지. 외삼촌은 계산이 정확하구 빠른 분이잖아. 누나는 아무 생각 말고 무슨 결정이 새로 내려질 때까지 공부만 하는 거야."

"그래, 외삼촌은 합리주의자니까."

"그렇군, 외삼촌한테 아주 어울리는 말이네. 그런데, 왜 그 말이 좋게 들리지가 않지?"

"왜애? 전혀 나쁜 뜻으로 한 말이 아닌데. 말뜻 자체에도 부정적인 요소는 전혀 없는 말이구."

"그래, 알았어. '합리'를 빼고 '주의자'라는 말 때문일 거야. 나는 무슨 무슨 '주의'나 '주의자'라는 말은 딱 질색이니까."

경희는 가슴이 쿵 울리는 충격을 느꼈다. 그것은 동생이 '공산주의'로부터 정신적인 피해를 얼마나 크게 입고 있는가를 반증하는 것이었다. 공산주의·공산주의자·사회주의·사회주의자·회의주의·회의주의자·배신주의·배신주의자·패배주의·패배주의자·혁명주의·혁명주의자……. 그들은 '주의'나 '주의자'라는 말을 지겹고 넌덜머리나도록 지껄이고 부르짖고 내세우는 유치하고도 저열한 족속들이었다. 경희는, 네가 공산주의 때문에 그렇게 느끼는 것이라는 말은 하지 않았다.

둘 사이에는 다시 침묵이 이어졌다. 경희는 '주의'나 '주의자'라는 말에 대한 혐오감이 유발시키는 생각으로 빠져들어가고 있었다. 그건 집안문제와는 좀 거리가 있었지만 자신의 의식세계와는 직결되는 문제였다.

경희는 아버지의 권유와 바람에 따라 가정과를 택했으면서도 소녀 적부터 가지고 있던 시인의 꿈을 버릴 수가 없었다. 그래서 시간만 나면 국문과의 강의를 도강하고는 했다. 그녀의 가방에는 가정과와 국문과의 강의시간을 함께 표시한 시간표가 상비되어 있었다. 아버지를 실망시키지 않는 가정과 출신이 되면서 또한 시인이 되고자 하는 것이 그녀의 욕심이었다. 부지런을 떨어낸 결과 국문과 강의를 가정과 정규강의의 3분의 2 가깝게 들을 수 있었다. 그 성취감의 만족은 이른 새벽 혼자서 바구니 가득 알밤을 줍는 것 같은 설레임이고 기쁨이었다. 그녀는 국문과의 한 학년 강의만 도강하지 않았다. 주로 시나 시론 강의를 찾아 학년에 구애받지 않고 도강을 했다. 그러다 보니 어떤 강의는 전혀 알아들을 수 없는 것도 있었고, 어느 교수는 분명히 학년도 다르고 강의과목도 다른데 똑같은 소리를 지껄이는 웃지 못할 사실도 발견하게 되었다. 그러나 그런 것은 별문제가 아니었다. 그녀가 충격에 부딪힌 것은 자신처럼 시를 쓰고자 하는 학생들의 의식을 파악하기 시작하면서였다. 그녀는 그때까지 가지고 있던 자신의 시에 대한 개념에 균열이 일어나는 것을 느꼈고, 시간이 갈수록 혼란을 일으키기 시작했다.

시인을 지망하는 학생들 대부분은 계급의식에 젖어 있었다. 그건 바로 사회상황이나 정치의식으로 직결되고 있었다. 그래서 그들이 목청 돋우어 읽어대는 시라는 것은 모두 시 같지 않은 시들뿐이었고, 그들이 써갈기는 시라는 것도 살벌하기 이를 데 없는 격문이나 구호 같은 것들뿐이었다.

8월 15일 밤에 나는 병원에서 울었다.
너희들은 다 같은 기쁨에
내가 운 줄 알지만 그것은 새빨간 거짓말이다.
일본 천황의 방송도,
기쁨에 넘치는 소문도,
내게는 곧이가 들리지 않았다.
나는 그저 병든 탕아(蕩兒)로
홀어머니 앞에서 죽는 것이 부끄럽고 원통하였다.

그러나 하루 아침 자고 깨니
이것은 너무나 가슴을 터치는 사실이었다.
기쁘다는 말,
에이 소용도 없는 말이다.
그저 울면서 두 주먹을 부르쥐고
나는 병원에서 뛰쳐나갔다.
그리고, 어째서 날마다 뛰쳐나간 것이냐.

큰 거리에는,

네거리에는 누가 있느냐.

싱싱한 사람, 굳건한 청년, 씩씩한 웃음이 있는 줄 알았다.

아, 저마다 손에 손에 깃발을 날리며

노래조차 없는 군중이 만세로 노래를 부르며

이것도 하루 아침의 가벼운 흥분이라면……

병든 서울아, 나는 보았다.

언제나 눈물 없이 지날 수 없는 너의 거리마다

오늘은 더욱 짐승보다 더러운 심사에

눈깔에 불을 켜들고 날뛰는 장사치와

나다니는 사람에게

호기 있이 먼지를 씌워주는 무슨 본부, 무슨 본부,

무슨 당, 무슨 당의 자동차.

그렇다. 병든 서울아,

지난날에 네가,

이 잡놈 저 잡놈

모두 다 술취한 놈들과 밤늦도록 어깨동무를 하다시피

아 다정한 서울아

나도 밑천을 털고 보면 그런 놈 중의 하나이다

나라 없는 원통함에

에이, 나라 없는 우리들 청춘의 반항은 이러한 것이었다.

반항이여! 반항이여! 이 얼마나 눈물나게 신명하는 일이냐

아름다운 서울, 사랑하는 그리고 정들은 나의 서울아

나는 조급히 병원 문에서 뛰어나온다

포장 친 음식점 다 썩은 구루마에 차려놓은 술장수

사뭇 돼지 구융같이 늘어선

끝끝내 더러운 거릴지라도

아, 나의 뼈와 살은 이곳에서 굵어졌다.

병든 서울, 아름다운, 그리고 미칠 것 같은 나의 서울아

네 품에 아무리 춤추는 바보와 술취한 망종이 다시 끓어도

나는 또 보았다.

우리들 인민의 이름으로 씩씩한 새 나라를 세우랴 힘쓰는 이들

을……

그리고 나는 외친다.

우리 모든 인민의 이름으로

우리네 인민의 공통된 행복을 위하여

우리들은 얼마나 이것을 바라는 것이냐.

아, 인민의 힘으로 되는 새 나라

8월 15일, 9월 15일,

아니, 삼백예순 날

나는 죽기가 싫다고 몸부림치면서 울겠다.

너희들은 모두 다 내가

시골 구석에서 자식 땜에 아주 상해버린 홀어머니만을 위하여

우는 줄 아느냐.

아니다. 아니다. 나는 보고 싶으다.

큰물이 지나간 서울의 하늘아

그때는 맑게 개인 하늘에

젊은이의 그리는 씩씩한 꿈들이 흰 구름처럼 떠도는 것을……

아름다운 서울, 사모치는, 그리고, 자랑스런 나의 서울아,

나라 없이 자라난 서른 해

나는 고향까지 없었다.

그리고, 내가 길거리에 자빠져 죽는 날,

'그곳은 넓은 하늘과 푸른 솔밭이나 잔디 한 뼘도 없는'

너의 가장 번화한 거리

종로의 뒷골목 썩은 냄새 나는 선술집 문턱으로 알았다.

그러나 나는 이처럼 살았다.

그리고 나의 반항은 잠시 끝났다.

아 그동안 슬픔에 울기만 하여 이냥 질척기리는 내 눈

아 그동안 독한 술과 끝없는 비굴과 절망에 문드러진 내 쓸개

내 눈깔을 뽑아버리랴 내 쓸개를 잡아떼어 길거리에 팽개치랴.

그들이 즐겨 읽는 시들 중의 하나인 시인 오장환의 「병든 서울」이었다. 그녀로서는 그런 종류의 글들이 왜 시일 수 있는 것인지 이해도 납득도 되지 않았다. 그래도 「병든 서울」은 나은 편이었다. 어떤 것들은 시문(詩文) 하나하나가 날 시퍼런 칼이었고, 살기 어린 대창이었으며, 어떤 것들은 시어(詩語) 하나하나가 피에 주린 저주를 물고 있었고, 행간에서는 선지피가 뚝뚝 떨어지고 있었다. 시(詩)—그 얼마나 아름답고 고결한 이름인가. 영혼의 고독과 적막, 인생의 슬픔과 괴로움, 사랑의 아픔과 그리움을 위무하고 포옹하는 간절하고도 애절한 것이 시가 아니던가. 시인(詩人)—그 얼마나 청결하고도 드높으며 외로운 이름인가. 하이네, 릴케 그리고 소월…… 그 영광스런 이름들을 우러러 바친 영혼의 순결은 그 얼마나 진하고 순수했던가. 그러나 대학에 들어가고 나서부터 그녀는 자신의 순결이 짓밟히는 것 같은 혼란과 회의에 몰려야 했다. 그녀는 홀로 어지럼증을 앓으며 새로 발간되는 시집들을 찾아다녔다. 그러나 어지럼증은 가중될 뿐이었다. 새로 간행되는 시집들 중에서 구호나 격문적인 것들이 6할을 차지하고 있었던 것이다.

얇은 사(紗) 하이얀 고깔은
고이 접어서 나빌레라.
파르라니 깎은 머리
박사(薄紗) 고깔에 감추오고
두 볼에 흐르는 빛이

정작으로 고와서 서러워라.

빈 대(臺)에 황촉(黃燭)불이 말없이 녹는 밤에

오동잎 잎새마다 달이 지는데,

소매는 길어서 하늘은 넓고

돌아설 듯 날아가며 사뿐히 접어올린 외씨보선이여!

까만 눈동자 살포시 들어

먼 하늘 한 개 별빛에 모두오고,

복사꽃 고운 뺨에 아롱질 듯 두 방울이야

세사(世事)에 시달려도 번뇌(煩惱)는 별빛이라.

휘어져 감기우고 다시 접어 뻗는 손이

깊은 마음속 거룩한 합장(合掌)인 양하고

이밤사 귀또리도 지새우는 삼경(三更)인데

얇은 사 하이얀 고깔은 고이 접어서 나빌레라.

『청록집』 속에 들어 있는 조지훈의 「승무(僧舞)」였다. 만약 이런 시편들을 만날 수 없었다면 그녀는 시인이 되기를 포기해 버렸을지도 모른다. '기름진 지주의 배꼽에 대창을 꽂아라. 그리하여, 굶주리고 굶주린 소작인의 배를 그 피로 채우자.' 이런 것을 시라고 써서, 낭독이 아니라 울부짖어대는 살벌한 분위기 속에서 조지훈 같은 시인은 자신을 부축해 주는 크고 큰 힘이었다.

해방으로부터 비롯된 남과 북의 분단은 필연적으로 정치의 시대를 잉태시켰다. 그 회오리바람에 휩쓸려 시인들마저 정치를 하고

자 나서고 있었다. 그러므로 시는 구호화되고 격문화되었고, 시인은 시의 창조자가 아니라 시의 살해자로 둔갑해 있었다. 언젠가 정치적 안정이 오면 진정한 문학의 시대가 열리고, 그때에는 그따위 격문적 시들은 쓰레기로 불살라질 것임을 그녀는 확고하게 믿고 있었다. 그런 믿음은 물론 그녀 스스로의 능력으로 파악한 결론이 아니었다. 남과 북이 서로 대치하듯 문인들도 양쪽으로 편갈이를 해서 서로 반대되는 문학론을 내세우고 있었다. 그녀는 독서를 통해서 순수문학론을 접했고, 그쪽에 열렬한 지지를 보내고 있었다. 그녀는 모든 사람에게 목숨이 하나라는 사실은 인정했지만 모든 사람이 인격이나 품격이나 지체가 동일해야 한다는 논리는 수긍하지 않았다. 그래서 그녀는 사회주의니 계급혁명이니 역사발전이니를 경원하고 배척할 수밖에 없었다.

"누나, 내가 이 말 물어서 어떨지 모르겠는데……."

성일이는 난색을 표하며 주저하고 있었다. 어떤 말이 그리 하기 어려운 것인지, 경희로서는 전혀 짐작이 가지 않았다.

"어서 말해. 우리끼리 못할 말이 뭐 있겠니."

경희는 일부러 밝게 웃어 보였다. 기차는 순천을 얼마 남겨놓지 않고 있었다.

"누나는…… 가정과 공부보다 시인이 되는 것에 더 관심 쓰는 것 아닌가?"

경희는 그만 뜨끔했다. 그러나 당황하지는 않았다. 스스로의 양심에 부담됨이 없이 가정과 공부도 충실히 해왔기 때문이었다.

"왜, 네 눈엔 그렇게 보이니?"

경희는 동생을 대견스러운 눈길로 바라보았다.

"상당히."

"왜, 내가 시인 되는 게 마땅찮아?"

"내 물음을 제쳐놓고 자꾸 딴것 묻지 말고 정확한 대답을 했으면 좋겠어."

성일의 말은 갑자기 냉정해졌다. 그 얼굴이 뾰루퉁해져 있었다. 경희는 자신의 태도가 동생에게 오해받고 있음을 느꼈다. 동생은 아마 대답을 피하려는 의도로 받아들인 것 같았다. 말이 난 김에 확실하게 이야기를 해주자고 경희는 생각했다. 동생의 어투는 분명 '시인'이라는 것을 마땅찮게 생각하고 있었다.

"가정과 공부도 충실히 하면서 시 습작도 열심히 하고 있어."

"둘 다 가질려고?"

"희망은 그렇지."

"기분 나쁠지 모르지만…… 누나는 천재가 아니잖아."

경희는 멈칫 긴장했다. 대꾸할 수 없도록 허점을 찔린 것이었다.

"그래, 난 천재는 아니지."

경희는 자조적인 기분으로 중얼거렸다. 동생 앞에서 그 사실을 수긍해야 하는 기분은 참으로 쓰고도 떫었다.

"두 마리 다 놓칠지도 몰라."

두 마리 토끼 쫓지 말라는 속담을 생략한 채 동생의 말은 비약하고 있었다. 그런 동생이 대견해 보이기도 했고, 시건방져 보이기도 했고, 어쨌든 동생에게 추궁을 당하고 있는 형편인 것은 분명해서 기분이 좋을 수가 없었다.

"택일을 하라는 뜻이겠지?"

"그건 내 뜻이 아니라 아버지의 뜻이야. 앞으로의 형편을 봐서, 더욱 아버지의 뜻을 따르는 게 좋을 것 같애."

"그건 또 무슨 소리니?"

경희는 동생을 빤히 쳐다보았다.

"글쎄, 잘은 모르겠는데, 시인보다는 가정과를 나오는 게 앞으로 더 쓸모가 있지 않을까 하는 생각이 들어. 만일의 경우 여학교 선생을 할 수도 있고……."

"성일아!"

경희는 동생의 손을 덥석 잡았다. 정신이 아찔해질 정도로 충격이 왔다. 그리고 걷잡을 수 없이 눈물이 솟구쳤다. 동생은 이미 가장(家長)이 되어 있었던 것이고, 외삼촌 같은 합리주의자가 아니라 그보다 한발 앞선 현실주의자가 되어 있었던 것이다. 경희는 그 사실이 그렇게 슬프고 아플 수가 없었다. 가정과 공부만 하겠다고 확실하게 말해 주고 싶었지만 울음으로 목이 막혀 말을 할 수가 없었다.

"다 왔어, 내려."

동생이 먼저 일어서고 있었다.

23

계엄군 주둔

군인 1개 중대 병력 200명이 네 줄로 질서정연한 대오를 이루며 소화다리를 건넌 것은 11월 20일이었다. 그들은 읍사무소 쪽의 큰길을 따라 행군해 나갔다. 행인들이 걸음을 멈춰섰고, 양쪽 길가의 상점들에서 사람들이 밀려나왔다. 그들의 절도 있는 행군은 사람들의 관심을 끌기에 충분했다. 그들은 경찰이 아니라 군인이었으며, 하나같이 완전무장을 하고 있었다. 그리고 그 수가 200명이나 되는 대병력이었다. 일정시대부터 그때까지 읍내사람들은 무장을 갖춘 200명의 병력을 본 일이 없었다.

"쩌것이 워찌 된 군대랑가?"

"아 보먼 몰릉가?"

"몰르닝께 문제 암스롱도 묻겄어?"

"워따 속 편허게 몰를 것도 쎘네. 아, 빨갱이덜 잡자고 오는 것 아니겄는가."

"빨갱이 잡자고? 위메, 우리는 인자 망해분졌네."

"거 먼 소리여?"

"아니, 먼 소리는 먼 소리겄어. 고 쪼깐헌 토벌대덜 등쌀을 전디기에도 몸서리가 나고 허리가 휘었는디 저 많은 군대 등쌀에 인자 워찌 살겄능가. 빨갱이덜 잡기 전에 우리가 먼첨 등까죽 벳게지고 말 것이네."

"금메 말이시, 수도 택없이 많고, 걱정은 걱정이시."

"참말로 썩을 눔에 시상이시. 해방이 되면 배불르고 활개치는 시상이 올 줄 알았등마 갈수록 첩첩산중, 지옥 중에 불지옥이랑께. 요리 험한 시상일 바에야 일정 때가 훨씬 나았제."

"그려 잉, 내놓고 헐 말언 아니네만 자네 말도 틀린 말은 아니시."

두 남자는 멀어져가는 군대의 행렬을 근심스럽게 바라보며 먹구름 같은 한숨을 토하고 있었다. 어디서 모여들었는지 행렬의 뒤로는 조무래기들이 떼를 지어 따라붙고 있었다.

군인의 대열은 역 앞을 지나 남국민학교로 들어갔다. 교문 양쪽으로는 경찰과 토벌대, 청년단원들이 도열해 있다가 군인의 대열이 들어서자 일제히 박수를 치기 시작했다. 그러나 대열은 조금도 흔들림이 없이 운동장 중앙을 향하여 일직선으로 행군해 나아가고 있었다.

"발으맞추어이 갓!"

행렬의 옆에서 걷고 있던 상사가 병사들의 신경을 모아잡기라도

하듯 힘찬 구령을 내렸다. 병사들은 일제히 소리를 맞춰 하나, 두
울, 셋, 넷, 하나 둘 셋 넷, 하나 둘 셋 넷, 우렁차게 복창을 해댔다.
교문 앞에서 제지를 당한 수많은 조무래기들은 그 우렁찬 구령소
리를 듣고는 안타깝게 발들을 동동 굴렀다.

군인들은 조회대 앞에 소대별로 도열했다.

"열주웅쉬엇!"

상사의 구령에 맞춰 병사들이 민첩하게 움직였다.

"중대에— 차려우엇!"

구두뒷굽 부딪는 소리와 함께 병사들의 몸이 일시에 빳빳해졌
다. 그 절도 있는 동작에 따라 어깨에 멘 총끝들이 햇빛에 반짝반
짝했다.

"중대에— 세우어총!"

개머리판이 일제히 땅을 치는 쿵소리가 둔중하고도 위압적으로
울려퍼졌다.

"사령관님을 향하야 경례엣!"

병사들은 오른쪽 다리 옆에 바짝 붙여 세우고 있던 총을 들어
올려 받들어총을 했다. 상사가 조회대를 향해 돌아섰다. 조회대에
는 키가 껑충하게 크고 깡마른 젊은 장교가 서 있었다. 그의 모자
에는 중위 계급장이 붙어 있었는데, 오른쪽 어깨에는 사병들과 마
찬가지인 M1소총을 메고 있었다. 그의 허리에는 분명 권총이 없었
다. 그의 큰 키에 M1소총이 잘 어울리긴 했지만 장교가 칼빈도 아
닌 M1소총을 메고 있다는 사실은 이색적이지 않을 수가 없었다.

"장병 여러분, 이동에 수고가 많았다. 우리는 마침내 작전지구에 도착했다. 모두 각오를 새롭게 하기 바란다. 이상!"

그의 음성은 깡마른 체구와는 달리 굵으면서도 우렁찼다. 그는 벌교·보성지구 사령관 심재모였다.

심재모는 조회대를 내려와서 그때까지 엉거주춤한 자세로 서 있던 기관장들과 인사를 나누었다.

"벌교·보성지구 사령관 중위 심재몹니다."

그가 읍장과 경찰서장 등 대여섯 명을 향해 한 말은 이 한마디뿐이었다. 그리고 한 사람씩 차례로 악수를 나눠가면서는 상대방이 말하는 직함과 이름을 신중하게 듣기만 했다. 그의 거동에는 공적인 임무를 수행해 나가는 엄격성이 갖춰져 있었다.

"오늘은 장병들이 고단할 것 같아 읍민 환영식은 내일 하도록 했습니다."

읍장이 손을 모아잡으며 말했다.

"그 말씀으로 환영을 받은 것으로 하겠습니다. 그런 형식적인 절차는 생략하시기 바랍니다. 그런 게 다 민폐를 끼치는 일이니까요."

심재모는 엷은 웃음기가 도는 부드러운 얼굴로 말했다. 그러나 어투는 명령적인 위압감을 띠고 있었다. 사실 계엄하의 지역사령관인 그의 말은 그 누구도 거역할 수 없는 명령이기도 했다.

"우리 읍을 위해 이리 고생들을 하시는데 그게 무슨 민폐라고……."

"아니오, 내 말대로 하시오."

심재모는 읍장의 말허리를 잘랐다. 그건 분명한 명령이었다. 읍장은 심재모가 겸손을 부리는 건지 모른다 싶어 한마디 더 했던 것이고, 심재모는 읍장의 그런 심중을 꿰뚫어보고 보다 확실한 태도를 취했던 것이다.

"읍사무소로 자릴 옮깁시다. 경찰서로 가야겠지만……."

심재모는, 불타버렸으니 어쩔 수 없는 일 아니겠소, 하는 뒷말은 생략했다. 그 정도만으로도 자신이 읍내에 관한 정보를 어느 만큼 가지고 있다는 사실을 암시하는 데는 충분했던 것이다.

"고단하실 텐데 우선 여장부터 푸시지요."

읍장이 은근한 어조로 말했다.

"여장이라고요? 난 지금 여행을 하고 있는 것이 아니오. 계엄하의 작전을 수행하고 있소. 계엄하의 군경은 근무에 밤낮이 없다는 것쯤 아실 텐데요."

심재모는 읍장을 향해 정색을 하고 있었다. 그 눈길이 매섭고도 차가웠다.

"강 상사, 강 상사!"

심재모는 뒤로 고개를 돌려 외쳤다. 아까 부대를 지휘하던 상사가 재빠른 동작으로 뛰어왔다.

"나 잠깐 읍사무소에 다녀올 테니깐 장병들 휴식시키도록. 경계 철서, 이탈방지, 기물손상 예방, 잊지 말도록!"

"옛! 알겠습니다."

강 상사가 손끝이 파르르 떨릴 정도의 힘찬 거수경례를 붙였다.

그는 심재모 중위보다 일고여덟 살은 더 먹어 보였다.

"갑시다."

심재모는 어깨의 M1소총을 고쳐 메며 경찰서장을 향해 말을 던졌다. 그의 그런 태도는 읍장이란 존재를 묵살하는 것이었다.

기관장 일행 대여섯 명은 마치 줄을 서듯이 해서 교문을 나서고 있었다. 말없이 걷고 있는 그들의 모습은 평소와는 달리 어딘가 주눅이 든 것 같았다. 토벌대장 임만수는 그 직책으로나 지금까지의 기세로 보아 당연히 경찰서장 앞에 서야 됨에도 불구하고 염상구와 함께 맨 뒤에 처져 걷고 있었다.

"니기미, 사람 팍 겁믹여뿌네."

염상구는 오래 참았다는 듯 쌍소리와 함께 침을 내뱉었다. 그러나 그 목소리는 결코 크지가 않았다.

"첫물이니까 괜히 용써보는 게지. 제놈이 가면 얼마나 가겠어, 흥."

임만수는 콧방귀를 날렸다. 그러나 염상구에게는 그 콧방귀가 그의 푹 꺼진 콧잔등처럼 볼품없고 초라하게 느껴졌다.

이틀 전, 계엄군이 주둔하게 되리라는 소식을 접했을 때 이미 임만수가 쉰밥이 된다는 것을 알았고, 정작 예상했던 것보다 훨씬 큰 규모의 계엄군이 나타나게 되자 염상구의 마음은 임만수한테서 씻은 듯이 떠나고 말았다.

기관장들은 읍장실로 모여앉았다. 무거운 분위기를 깨고 심재모가 입을 열었다.

"우리의 주둔 목적은 다 아시다시피 치안확보 때문입니다. 첫째 반란세력의 소탕 제거, 둘째 민생보호와 민심수습이 그 2대(二大) 목표입니다. 그 목표를 효과적으로 수행 달성하기 위해서 지휘계통을 일원화해야만 합니다. 본관은 벌교·보성지구 사령관으로서 벌교·보성·조성·고흥 일원의 치안책임을 부여받고 있습니다. 그러므로 현재 시간부터 현지 경찰, 파견 토벌대, 청년단 등은 본관의 지휘명령을 받아야 합니다."

실내인데도 모자를 벗지 않고 있는 심재모는 견고하게 느껴지는 음성으로 말을 마치고 사람들을 휘둘러보았다. 사람들은 얼어붙은 듯이 미동도 하지 않았다.

"토벌대 임만수 대장님!"

심재모가 느닷없이 호명하듯 했고,

"예에, 제가 임만숩니다."

임만수가 당황한 몸짓으로 반쯤 일어섰다.

"그동안 수고 많았습니다, 임 대장님. 그런데, 토벌대는 어디에 주둔하고 있습니까?"

"예에, 저어…… 우선 남도여관에……."

"뭐요, 여관? 당장 짐을 꾸려 남국민학교 운동장에 집합시키시오!"

심재모는 의자 옆에 세워둔 M1소총을 불끈 들었다가 놓았다. 쿵! 마룻장 울리는 소리가 유난히 컸다.

임만수는 가슴 한복판에 뜨거운 불기둥이 솟구쳐올랐다. 저 새파란 자식이 어디다 대고…… 따귀를 얻어맞는 것 같은 모욕감을 도저히 참아낼 수가 없었다.

"도대체 그게 무슨 소리요!"

임만수는 눈을 부릅뜨며 버럭 소리쳤다. 좌중의 시선이 일제히 임만수에게로 쏠렸다. 그 눈들이 하나같이 당혹감에 차 있었다. 그러나 심재모의 눈만은 싸늘한 빛을 내쏘며 임만수를 노려보고 있었다. 그의 입 언저리에는 눈빛만큼 싸늘한 웃음이 흐르고 있었다. 숨 막히는 정적이 쌓였다.

"뭔가, 항명하는가!"

마침내 심재모의 목소리가 정적을 깨뜨렸다. 그의 목소리는 결코 크지 않았지만 냉정하고 위압적이었다. 항명—그 한마디가 임만수의 뇌리를 쳤다. 명령으로 시작해서 명령으로 끝나는 군대나 경찰조직 속에서 항명이란 곧 목숨을 내거는 일이었다. 임만수는 난감해졌다. 항명을 시인할 수도, 부인할 수도 없었던 것이다. 항명을 시인하면 불구덩이에 빠지는 것이었고, 부인하면 깨끗한 패배를 하는 것이었다. 그에게 정면으로 대들었을 때 순간적으로 일어난 흥분을 주체하지 못하기도 해서였지만, 전혀 계산이 없었던 것은 아니었다. 그렇게 정면도전을 하면 풋내기 주제에 당황하고 흔들리리라 생각했던 것이고, 그 기회를 포착해서 더 몰아붙여 콧대를 꺾으려 했던 것이다. 그런데 녀석은 당황하거나 흔들리기는커녕 오히려 정면공격을 가해온 것이다.

"대답이 없는 건 항명을 시인한다는 건가!"

심재모의 목소리는 아까보다 약간 크게 울렸다. 아아…… 임만수는 신음을 씹었다. 군인이 안 되고 경찰이 된 것이 또다시 뼈저리게 억울하고 분하고 후회스러웠다. 임만수는 막다른 골목으로 몰리면서도 항명을 시인하거나 부인하지 않는 제3의 방법을 택해야 된다는 것을 분명하게 생각하고 있었다.

"항명이고 아니고를 따지기 전에, 너나 나나 할 것 없이 모두 까내놓고 뒤집어놓고 보면 그저 그 타령인 처지에 군복 입고 경찰복 입었다는 차이로……."

땅!

느닷없는 총성이 사무실을 뒤흔들었다. 질겁을 한 좌중은 벌떡 일어서기도 했고, 머리를 책상 밑으로 처박기도 했고, 손바닥으로 두 귀를 막은 채 눈을 휘둥그렇게 뜨고 있기도 했고, 각양각색이었다. 심재모만 흐트러짐이 없이 똑바로 앉아 있었다. 그는 M1을 세운 채 방아쇠를 당겼던 것이다.

"임만수, 똑똑히 들어! 모두 까내놓고 뒤집어놓고 보면 그저 그 타령이라고? 네놈의 그 한마디로, 네놈이 일정시대에 얼마나 개같이 더럽게 살았는지 환히 알 수가 있다. 개 눈엔 똥밖에 안 보인다고, 나도 네놈처럼 산 줄 아느냐. 네놈이 일본 말단순사질이나 형사질을 해먹다가 해방이 되고 나서도 아무런 처벌도 받지 않고 다시 복직되어 토벌대장 노릇을 해먹으니, 나도 네놈 같은 과거를 가진 관동군 출신쯤으로 뵈는가? 정신 똑바로 차려. 난 독립군 출신은 못 되지만, 학병 출신이다. 글줄이나 쓴다는 놈들은 '영광스런 성전 (聖戰)에 기쁨으로 참전하자'고 선동해 대고, 너 같은 놈들은 덩달아 한 명이라도 더 전쟁터로 내몰려고 혈안이 되어 날뛰었던 바로 그 학병 출신이야. 1년 남은 공부를 작파하고 내가 왜 군대에 투신한 줄 아는가! 바로 네놈들 같은 썩어빠진 종자들이 이 나라의 권력조직 속에 득실거리기 때문이었다. 위로는 친일지주계급들이 뭉쳐지고, 아래로는 네놈 같은 민족반역자들이 모여 권력조직 칠팔할을 장악했으니 이 나라 장래를 좌시할 수가 없었던 것이다. 지금이 어느 때라고, 반란세력을 진압하고 민심을 수습해야 할 임무를 띤 토벌대가 여관잠을 자고 여관밥을 먹어? 그러면서도 그것이 잘못인 줄도 모르고 입을 놀려대? 너 같은 놈들은 해방이 되자마자한 놈도 남김없이 감옥에 처넣었어야 돼. 그리고 엄정한 재판을 거쳐 형량을 정하고, 그 기간을 강제노동으로 채우게 했어야 돼. 그것만이 네놈들의 반역으로 더욱 피폐해진 조국 건설에 다소나마 봉사하게 하고, 민족 앞에 최소한의 사죄를 하는 길이었다. 그런데, 네놈들은 그런 속죄의 기간을 거치지 않았기 때문에 네놈들이 저지른 죄가 얼마나 큰 것인지 깨닫지 못했고, 더구나 다시 권력조직에 포함되고 말았으니 모두가 네놈처럼 안하무인의 짓을 하는 것이야. 여관잠을 자고 여관밥을 먹다니, 네놈은 그 사실 하나만 가지고도 영창감이야!"

두 눈에 힘을 모아 임만수를 응시하고 있는 심재모는 언성을 높이는 법 없이 차분하게 말해 나갔다. 한마디 한마디를 꼭꼭 깨무는 듯한 어조에는 냉기가 흐르고 있었다. 임만수는 물론이고 좌중의 모두는 하나같이 눈길을 떨구고 있었다. 심재모의 말에서 되풀이되고 있는 '네놈들'이라는 복수지칭에서 자유로울 수 있는 사람은 아무도 없었다. 아니, 청년단장 염상구만이 제외되는 유일한 존재였다. 그러나 주먹을 휘두르며 행패를 일삼고 살아온 과거가 괜히 켕기는 데다가 무거운 분위기에 눌려 그도 꼼짝을 못하고 있었다.

"임만수, 즉시 명령을 수행하라!"

심재모의 목소리가 갑자기 크게 울렸다. 좌중의 눈길이 임만수에게 쏠림과 임만수가 벌떡 일어난 것과는 거의 동시였다.

"즉시 명령 수행하겠음."

복창과 함께 거수경례를 붙인 임만수는 쫓기듯 사무실을 나갔다.

"권 서장, 그동안 토벌대의 작전실태와 읍내의 치안상황을 간단하게 요약 보고하시오."

심재모가 권 서장을 주시했다. 권 서장은 빠르게 대답하며 일어섰다. 심재모는, 앉아서 말하라는 손짓을 했다. 권 서장은 머뭇거리며 다시 의자에 앉았다.

"예에…… 토벌대는 그동안 주로 각 동네단위로 불순분자 색출에 주력해 왔습니다. 그리고 읍내의 치안상황은, 통행증을 발급함과 동시에 교통을 통제하고 있으며, 야간 통행금지를 철저하게 시행함과 아울러 해변을 포함한 외곽지대의 봉쇄와 경계를 계속해 오고 있습니다."

"동네단위의 불순분자 색출이라, 안전지대만 찾아다니며 민폐만 끼친 모양이군." 심재모는 혼잣말을 하듯 하고는, "잠적한 반란세력 소탕작전은 전개하지 않았단 말이오?" 눈빛을 예리하게 빛냈다. 권 서장은 대답을 못하고 머뭇거리기만 했다.

"됐소. 다음은 읍내의 치안상황인데, 교통통제, 야간통금 실시, 해변과 외곽지대 봉쇄, 모두 계엄상황하에서 취해야 할 조치들이오. 그러나 그런 조치가 벌써 한 달이 넘게 계속되고 있소. 그동안 민생문제는 어떻게 됐는지, 읍장께서 말씀해 보시오."

"아, 예에……." 갑자기 지적을 당한 읍장 이병주는 당황한 얼굴로 두리번거리다가, "그래서 장도 서지 못하고 읍민들 불편이 다소 있기는 합니다만 시국이 시국이니만치 참아야 하지 않겠습니까." 심재모의 눈치를 살펴가며 조심스럽게 말했다.

"참아야 한다, 좋은 말이오. 그럼, 도대체 언제까지 참아야 한단 말이오?"

심재모의 입가에는 쓴웃음이 어렸다.

"그야 저어……."

자신의 말이 빗나갔음을 눈치 챈 읍장은 난색이 되며 슬쩍 말을 얼버무렸다.

"본관의 직권으로 야간 통행금지만 제외하고 나머지 조처는 내일부터 전면 해제하겠소."

심재모는 강한 어조로 말했고, 이 느닷없는 말에 좌중 모두는 놀라운 표정을 감추지 못했다.

"권 서장, 읍내를 한 바퀴 돌아봐야겠소. 안내를 부탁하오."

심재모는 자리에서 일어서는 것과, M1을 어깨에 메는 것과를 한 동작으로 해치우며 말했다.

심재모와 서장이 큰길로 나서는 것을 바라보고 있는 기관장들의 가슴에는 까닭 모를 찬바람이 일고 있었다. 그의 존재가 믿음직스러운 것 같기도 했고, 불편한 것 같기도 했고, 쓸 만한 사람 같기도 했고, 귀찮은 존재 같기도 했고, 서로 말이 없는 가운데 사람들은 제각기 생각에 잠겨 있었다. 그들은 서로 감추고 있었지만 심재모에 대하여 달갑잖고 마땅찮게 여기는 감정은 공통되고 있었다.

심재모는 경기도 수원 태생이었다. 예로부터 중부이남 지역을 상대로 서울의 관문 역할을 했던 수원의 입지조건에 따라 그의 집안은 상업으로 대물림을 해왔다. 그의 아버지까지는 장사에 유용한 수치계산의 숙달을 우선으로 하여, 글을 익히는 데도 장사에 필요한 만큼의 범위를 벗어나지 않았다. 그런데 세상이 달라짐에 따라 심재모에 이르러 그 범위를 벗어나게 되었다. 그는 신식공부의 최상인 대학에까지 진학했다. 그러나 거기에는 가업 승계를 전제로 한 엄격한 제한이 따랐다. 상업학교를 다녀야 했고, 상과대학에 진학한 것이 그것이었다. 환경의 탓이었는지, 별다른 개성이 없어서였는지 심재모는 그런 제한을 별로 제한으로 느끼지 않고 학교를 다녔다. 그런데 그가 식민지상황을 가슴으로 앓기 시작한 것은 대동아전쟁이 본격화되면서부터였다. 전에 피상적으로만 느껴져왔던 조국이라는 것이나 민족이라는 것이 구체적 실상으로 떠오르기 시작한 것은 학도병 지원이란 몰이를 당하면서였다. 조국이라는 개념과 민족이라는 형체가 잡혀가면서 그는 전에 별로 관심 쓴 일이 없었던 일군의 사람들을 증오하게 되었다. 그들은 다름 아닌, 글줄이나 써먹고 살아가는, 문필가나 문학가로 불리는 사람들이었다.

그들은 내선일체(內鮮一體)만이 우리가 복되게 살 수 있는 최선최상의 길이라는 글을 써대는 한편으로, 성전(聖戰)에 나가 죽는 것만이 가장 영광된 젊은이의 일생이라는 요지의 글들을 뻔질나게 써서 선동을 일삼고 있었다. 그들은 글만 쓴 것이 아니었다. 떼지어 몰려다니며, 청년 장정은 성전으로, 처녀들은 정신대로 솔선해서 나서자고 강연을 하고 다녔다. 심재모는 남태평양 섬들을 이동하면서 그 문필가라는 족속들을 얼마나 증오하고 저주했는지 모른다. 독립투사를 밀고하는 밀정보다도, 독립투사를 고문하는 고등계의 말단형사보다도 그들은 더 더럽고 흉악한 종자들이었다. 그의 그런 판단은, 그들 문필가라는 자들이 모두 배울 만큼 배운 지식층이라는 사실에서 비롯되고 있었다. 위안부로 끌려나온 여자들이 하루에 평균 이삼십 명의 남자들에게 짓밟히다가 임신을 하거나 성병에 걸리게 되면 가차 없이 정글 속에 버려지고, 성전이란 전쟁터에 끌려나온 청년들은 표나는 차별대우 속에서 누구를 위한 것인지 모를 총질을 하다가 매일매일 죽어가고 있었다. 너희놈들은 이 기막힌 꼴들을 아느냐. 너희놈들은 그 짓을 한 대가로 얼마나 호의호식하고 사느냐. 도대체 너희놈들은 어느 나라 사람이더냐. 심재모는 동료의 시체를 정글에 묻으며, 죽을 고비를 넘겨가며 치를 떨었다. 해방이 되었다. 해방은 새 나라 건설과 함께 모든 종류의 친일파나 민족반역자들을 깨끗하게 처단한다는 뜻이었다. 반드시 그렇게 되어야 하고, 그렇게 되리라고 믿었다. 그러나…… 세상의 물결은 그 기대를 완전히 뒤엎고 말았다. 경기지구 학도병 모임을 주도

하고 있던 심재모는 이미 대학생 때의 심재모가 아니었다. 그의 의식은 가업을 이어 장사로 안주할 수가 없게 되어 있었다. 그는 아버지의 만류를 뿌리치고 뜻을 함께하는 학병 출신들과 군대로 뛰어들었다. 그는 학병시절부터 남다른 사격술을 가지고 있었다. 그래서 그는 특별히 M1소총을 다루었었다. 노획물인 M1소총은 저격용이었고, 자연히 사격술이 뛰어난 그의 차지가 되었던 것이다. 일본군의 소총에 비해 M1소총의 성능은 기가 막힐 지경이었다. 조준의 숙달을 거치고, 목표물의 거리와 탄알의 이동곡선이 직감적으로 계산되는 단계를 지나면 이동표적이라도 얼마든지 적중시킬 수 있도록 명중률이 높은 총이었다. 심재모는 M1소총을 통해서 미국이란 나라를 인식했고, 이런 총과 맞서 싸우다가는 일본은 언젠가 패하겠구나, 하는 생각을 떼치지 못했던 것이다. 그는 단기(短期) 장교훈련 때 M1소총을 다시 만지게 되었다. 그의 사격솜씨는 단연 돋보였고, 그 덕에 보병병과를 받게 되었는지도 모른다. 그는 M1소총의 성능을 믿었으므로 다른 총은 휴대할 수가 없었다. 칼빈은 그 방정맞은 생김새처럼 명중률이 형편없었고, 더구나 권총은 적과 싸우는 무기일 수가 없었다. 사병들 사이에서 그의 별명은 'M1'이었고, 아무리 키가 작거나 몸이 약한 사병이라도 M1소총이 무겁다는 내색은 하지 않았다.

심재모와 권 서장은 횡계다리 위에 서서 넓은 낙안벌을 바라다보고 있었다.

"저 앞에 보이는 것이 옥산이고, 그 너머에 조계산으로 빠지는 오금재가 있습니다. 좌측으로 멀리 보이는 저 큰 산이 징광산이고, 우측의 저 뾰족하게 솟은 것이 제석산입니다. 저 산줄기들은 모두 조계산으로 이어져 있는데, 앞으로 특히 문제가 될 것이 징광산입니다. 징광산은 높이보다는 몸집이 커 골짜기가 많을 뿐만 아니라 그 위치가 묘하게도 조성과 보성에 근접해 있습니다. 미확인입니다만, 염상진이라는 자가 이끌고 있는 반란군은 조계산 속에 은거하고 있는 것으로 추측됩니다."

권 서장이 손가락질을 해가며 설명했다.

"아마 그 추측이 맞을 거요. 지리산은 소탕작전이 본격적으로 시작되고 있으니, 그쪽으로 빠졌더라도 다시 조계산으로 피해야 할 형편이오. 날씨가 본격적으로 추워지면 자연히 접근하게 될 게요. 빨갱이도 먹어야 사니까. 염상진의 인적 사항은 어떻소?"

심재모는 옥산 뒤로 굽이굽이 이어져나간 산맥을 먼 눈길로 바라본 채 물었다.

"남로당 보성군책, 벌교 출생, 29세, 광주사범 졸업, 일정 때부터 적색농민운동 주도, 투옥된 경력을 가졌습니다."

"그만하면 영웅호칭을 받을 만한 인물이군."

심재모는 중얼거리듯 말했다. 끼룩, 끼룩, 끼룩……. 심재모는 불현듯 오른쪽으로 몸을 돌렸다. 그리고 어느새 어깨의 총을 벗어 겨냥을 하고 있었다. 총끝이 향하고 있는 하늘에 기러기 수십 마리가 ㅅ자를 옆으로 누인 대형을 이루며 선수머리 쪽으로 날아가고 있었다. 심재모가 겨누고 있는 총끝은 기러기의 움직임에 따라 조금씩 이동하고 있었다. 권 서장은, 괜한 총질을 해선 안 될 텐데, 걱정을 하면서도 심재모를 바라보고만 있었다.

"염상진, 그자의 성품은 어떻소?"

총을 내리며 심재모가 불쑥 물었다. 권 서장은 그때서야 문득, 그가 기러기를 향해 총을 겨눈 것은 기러기를 잡자는 것이 아니라 염상진의 인적 사항을 듣고 촉발된 어떤 감정의 표현이라는 것을 깨달았다.

"만나본 일이 없어서 확실하게는 모르겠습니다만, 들은 바로는 침착하고 냉정한 성격에 과묵한 편인 모양입니다."

"침착해서 그동안 아무 일도 벌이지 않은 건가. 글쎄, 자체 정비가 아직 안 됐는지도 모르지."

심재모는 다리 아래를 내려다본 채 혼잣말을 하고 있었다. 권 서장은 그만 가슴이 뜨끔해졌다. 아까 읍사무소를 나오며, 그동안 빨갱이들의 말썽은 없었느냐고 심재모가 지나치는 말처럼 물었고, 자신도 예사스럽게, 별일 없었다, 고 대꾸했던 것이다. 대답을 해놓고 나서 병원사건이 생각났다. 그 사건은 며칠 전에 마무리해서 세 사람을 순천 지법으로 넘겼던 것이다. 그 사건이 '별일 없었다'고 할 수는 없었지만 이미 종결시킨 사건을 다시 들춰내고 싶지 않았던 것이다. 의무적인 보고사항이 아닌 데다가 현지서장으로서의 자존심이 허락하지 않는 일이었다. 그런데 심새모는 정말 '아무 일도 없었던 것'으로 상황을 파악하는 것이었다. 잘못하다가는 그 사건을 은폐하거나 속이려 한 결과가 될지도 몰랐다. 만약 나중에라도 알게 되면…… 지금이라도 말을 해야 하나……. 그러나 권 서장은 왠지 말을 꺼내고 싶지 않았다.

"그만 학교로 돌아갑시다."

심재모가 먼저 걸음을 떼어놓았다. 제석산 등성이에는 아직 햇살이 남아 있는데, 부용산 그늘이 내려앉은 길거리에는 어스름이 깔리고 있었다.

심재모와 읍내를 살펴본 시간은 두 시간 남짓이었다. 역 쪽으로 나가 장좌리 일원의 해변을 보여주었고, 철로를 따라가다 건널목에서 칠동 일대와 고흥 가는 길을 설명했으며, 소화다리에서 회정리 쪽과 선수머리로 이어지는 포구를 살폈고, 마지막으로 횡계다리 위에 섰던 것이다.

심재모가 남국민학교에 도착하자마자 전 병력이 운동장에 집결되었다. 경찰 토벌대도 군인들 옆으로 도열했다.

"지금부터 작전지구 내에서의 준수사항을 하달한다. 첫째, 군기 철저확립. 둘째, 근무 철저수행. 셋째, 민폐 철저방지. 첫째와 둘째는 부언 생략하고, 셋째 사항에 대하여 첨가하겠다. 셋째 일, 어떤 장소 어느 경우에도 부녀자를 희롱하지 말 것. 셋째 이, 어떤 경우 어느 입장에서도 민간인을 구타하지 말 것. 셋째 삼, 어떠한 상황에서도 민간인의 재산에 대해서는 지푸라기 하나라도 손대지 말 것. 호의라고 해서 밥 한 그릇이라도 얻어먹는 경우에는, 첫째 사항의 군기문란, 둘째 사항의 근무이탈, 셋째 사항의 민폐유발이 적용, 즉결처분을 받게 될 것이다. 허용되는 것은 단 하나, 목이 말라 물을 얻어먹는 것과 배탈이 나서 변소를 이용하는 것뿐이다. 만약 이상의 사항을 어기는 자는 즉결처분을 면치 못할 것이다. 이상."

칼을 내려치듯 하는 심재모의 말이었다.

염상구는 농밀한 어둠을 헤치며 회정리 1구 도래등을 넘고 있었다. 속이 꼬인 데다가 술 몇 잔을 급하게 마셔 그런지 명치께가 묵지근하고 기분이 착 가라앉아 있었다.

"청년단장, 형이 염상진이라고? 사상이야 자유니까 아무래도 좋소. 중요한 건 청년단 문젠데, 청년단에 대해서 전국적으로 좋지 않은 말이 많다는 건 염 단장도 잘 알고 있을 것이오. 그 좋지 않은 평을 듣는 데도 여러 가지 이유가 있겠지만, 특히 민폐를 끼치기 때문일 것이오. 여기 청년단은 그런 일이 없으리라고 믿지만, 앞으로 특히 유의해야 할 것이오. 그리고 청년단의 활동에 관해선데, 그전에는 어떻게 했는지 모르지만 앞으로는 내 명령에 따라 행동해야 하며, 염 단장은 이 점을 잊지 말고 나한테 협조해야 할 것이오. 협조가 잘 이루어지는 것만이 서로에게 유익한 일일 것이오. 앞으로 독자적인 행동은 일체 삼가하시오."

심재모가 그를 따로 불러 한 말이었다. 어떻게 해서든지 심재모에게 가까워지고자 하는 염상구로서는 자신을 따로 불러준 것만으로도 가슴 뻐근한 일이 아닐 수 없었다. 그러나 심재모를 만나고 돌아선 기분은 떫고 쓰고 시고, 영 말이 아니었던 것이다. 심재모의 말은 나직하고 부드러운 것 같았지만 그 한마디, 한마디에는 가시가 돋치고 옹이가 박혀 있었다. 나직하고 부드러운 것은 목소리였을 뿐이지 말의 내용은 이쪽을 완전히 무시하는 명령이었다. 만약 협조를 못하겠다면? 그러나 그건 속에서만 끓어오르는 억지요 오기에 불과했다. 지구사령관이라는 직위 앞에서 청년단장이란 직책은 초라하기 그지없었다. 엄연한 정규경찰병력을 이끌고 있는 토벌대장이 그렇게 허망하게 꺾이고 마는 판에 임시조직에 불과한 청년단의 일개 단장으로서는 속수무책일 수밖에 없었다. 조직의 명령계통이라는 것은 강단과 배짱으로 끝장을 보는 주먹판이 아니었던 것이다. 토벌대장처럼 여러 사람들 앞에서 병신을 만들지 않고 단독으로 부른 것만도 대접을 받은 것이라고 위안을 삼을 수밖에 없었다. 그러면서도 마음 한구석이 뒤틀리고 꼬이는 것은 어찌할 수 없는 감정이었다. 제아무리 나이가 많아봐야 같은 또래밖에 안 되었을 그의 얼굴이 마음에서 떠나지 않았던 것이다.

토벌대장 임만수와 마주친 것은 남국민학교를 나서자마자였다. 임만수는 진작부터 기다리고 있었던 것이 분명했다.

"어, 염 단장, 내가 살 테니 술이나 한잔 하러 가지."

임만수는 다짜고짜 팔을 끌었다. 그는 자못 호기를 부리고 있었지만 몸에서는 초라한 냉기가 느껴졌다.

"나 지끔 술 묵을 기분 아니요."

염상구는 팔을 뿌리치듯 하며 퉁명스럽게 말했다.

"아니, 세상인심이 아무리 조석변이라지만 자네까지 이러기야, 정말?"

임만수는 그 못생긴 얼굴을 일그러뜨리며 버럭 소리를 질렀다.

'자네?' 염상구는 순간적으로 그 말이 가슴을 쳐오는 것을 느꼈다. 임만수가 자신을 그렇게 부른 적은 한 번도 없었던 것이다. 그 말이 묘하게도 서글프게 느껴졌다.

"어허, 공연시 쌩사람 잡지 마씨요, 갑씨다!"

염상구는 임만수의 팔을 끌며 먼저 걸음을 옮겼다.

"가자고, 남원장으로 가! 내가 살 테니까 밤새도록 코가 비틀어지게 마시는 거야."

임만수는 땅이 울리도록 발을 내디디며 부르짖듯 소리를 질렀다.

임만수는 정말 남원장으로 그를 끌고 갔다. 염상구는 짜증스럽고 난감했다. 심재모를 의식해서도 그렇고, 자신의 기분으로도 그렇고, 임만수가 처해 있는 입장을 보아서도 그렇고, 그와 함께 다른 곳도 아닌 남원장에서 계집들을 끼고 술을 마신다는 것은 곤란한 문제였다.

"이봐라, 한 상 떡 벌어지게 차려라!"

임만수는 마루로 올라서며 소리치고 있었다.

"저녁밥이나 묵음시로 술은 반주로 쪼깐 허고 맙시다. 나가 시방 배창새기가 비비 꾀이고 뒤틀리는 것이 영 술 묵을 기분이 아니요."

자리를 잡고 앉자 염상구는 정색을 하고 말했다.

"왜, 그 자식이 청년단을 해체시키기라도 했소?"

임만수는 거칠게 내뱉었다. 염상구는 옆에 앉은 경월이를 눈짓으로 가리키며 임만수에게 입조심하라는 주의를 보냈다.

"음마, 대장님언 술얼 걸게 잡수실라고 허는디 단장님이 위째 훼방 놓으시요. 나가 춘향이허고 이 도령이 만내는 대목얼 이적지 헌 것 중에서 질 이쁘게 뽑을 팅께 술 잠 걸게 드시씨요. 요새겉이 손님 읎음사 밥 굶어 죽게 생겼소. 나도 술얼 위찌 묵는 물건인지 잊어뿌렀는디, 오랜만에 오셨응께 술얼 걸게 드셔야제라."

경월이가 염상구의 겨드랑이로 파고들며 아양을 떨었다.

"느그덜 밥 안 굶기자고 묵어주는 술 아닝께 주딩이 놀리지 말어. 싸게 가서 밥상에 반주 내와."

염상구가 경월이를 밀치듯 하며 싸늘하게 말했다. 여자는 심상찮은 느낌을 가졌는지 부리나케 방을 빠져나갔다.

"나도 인자 존 시절 막음헌 모냥이요. 나야 지닌 것 똥배짱에 주먹댕이뿐잉께 으짤 수가 읎지만도, 대장님언 여그서 더 쉰밥 되지 말고 워디 존 디로 떠야 허는 것 아닐랑가요?"

이것은 염상구의 진심이었다. 임만수는 방바닥을 내려다본 채 아무런 반응이 없었다. 남자라는 것은 권력이 약해지거나, 없어지면 순식간에 허수아비가 되고 만다는 사실을 염상구는 다시 가슴에 새기고 있었다. 밥을 뜨는 둥 마는 둥 한 두 사람은 반주로 나온 술만을 빠르게 바닥을 내고는 일어섰다. 그러는 동안에도 말은 거의 주고받지 않았다.

임만수와 헤어지고 난 염상구는 발길 닿는 대로 걷다 보니 소화다리를 건너고 있는 자신을 발견했던 것이다. 내가 왜 이쪽으로 가고 있나, 그는 걸음을 멈칫하며 생각했고, 자신도 모르게 외서댁을 찾아가고 있음을 깨달았다.

염상구는 무심코 담뱃갑을 꺼냈다가 도로 넣으며 어둠을 휘둘러보았다. 드러나는 것은 가까운 산의 형체뿐인 어둠 속에서 물큰 풍겨오는 냄새가 있었다. 코에 익은 외서댁의 체취였다. 노리치근한 것 같기도 하고, 비리치근한 것 같기도 한 그 냄새는 언뜻 스치고 갔을 뿐 다시 맡으려고 해도 맡아지지 않았다. 외서댁의 몸냄새는 쫄깃거리는 그녀의 그것을 닮았음인지 이상스럽게도 진하고 질긴 느낌을 주었다. 그 아까운 여자가 어찌 하필 빨갱이의 마누라가 되었을까……. 염상구는 새삼스럽게 아깝다는 생각을 하며 그녀의 알몸을 떠올렸다. 큰 젖가슴과 탄력이 좋은 그녀의 알몸이 어둠 속에 뚜렷한 윤곽을 드러냈다. 처음에는 뻣뻣한 나무둥치일 뿐이었던 그녀는 네댓 차례 횟수가 거듭됨에 따라 못 견디겠다는 듯 변화를 나타내기 시작했다. 하반신이 비비 틀렸고, 코에서는 된 신음소리가 흘러나왔다. 그 변화와 함께 그녀의 그것도 달라지는 것이었다. 그냥 쫄깃거리는 것만이 아니라 옴죽거렸고, 쫄깃거림과 옴죽거림은 그 구멍의 깊이가 끝이 없는 것처럼 빨아들임으로 바뀌는 것이었다. 어둠 속에서 그녀의 알몸은 꿈틀거리고, 된 신음소리도 역력하게 들려왔다. 그의 물건은 불끈 일어서고 있었다. 그런데 그의 의식을 싸늘하게 식히는 소리가 느닷없이 들려왔다. "이 바보같은 놈아, 사람을 팰 줄만 알았지 여자가 사랑 때문에 그까짓 일쯤 할 수 있다는 것도 모르면서 무슨 수사를 해! 차라리 날 죽여라! 죽여!" 눈을 부릅뜬 이지숙의 부르짖음이었다. 마지막 고문을 하기 위해 그녀의 잠옷을 다 찢어발겨 알몸을 만들었을 때 그녀는 갑자기 발악하듯 소리치며 비틀비틀 일어섰던 것이다. 뒤헝클어진 머리칼과 온몸에 피멍이 든 그녀의 모습은 그대로 섬뜩한 귀신꼴이었다. 그는 그 순간 그녀가 빨갱이가 아니라고 단정을 내렸다. 그녀가 빨갱이가 아니고, 빨갱이인 애인을 도주시킨 죄목만이라면 너무 가혹하게 매질을 했다 싶어 염상구는 한순간 눈을 감았던 것이다. 이지숙이 순천 지법으로 넘겨지고 나서도 그 미안함은 꺼림칙하게 남아 있었다.

"니기럴, 사랑이라는 것이 먼지."

염상구는 침을 퉤 뱉고는 걸음을 빨리했다. 속 뒤틀리고 기분 까라질 때는 술 마시는 것보다 맛 좋은 그것에 그것 꽂고 전신이 붕붕 떠올라 구름에 실리는 맛인지, 바람을 타는 맛인지, 하여튼 아릿아릿하고 짜릿짜릿하고 시큰시큰한 그 환장할 맛을 숨이 꼴깍 넘어가도록 보고 나서, 찬물 한 사발 마시고 끝없이 깊은 잠 속으로 아슴아슴 빨려드는 것이 훨씬 낫다고 그는 생각하고 있었다.

혹시나 해서 염상구는 권총을 빼들고 좁은 마당을 가로질렀다. 지게문에는 석유등잔 불빛이 흐릿하게 배어 있었다. 염상구는 토방으로 올라서며 큼큼 낮은 인기척을 냈다. 그 소리는 이미 외서댁도 알아듣는 신호이기도 했다. 이내 지게문이 소리 없이 열렸다.

"누가 볼란지 무선디 싸게 들오씨요, 싸게."

언제나 똑같은 외서댁의 겁먹은 목소리였다. 염상구는 구두를 벗어 선반에 올리고 방으로 들어갔다.

"머 할라고 또 오셨소."

외서댁이 흩어진 바느질감을 방구석으로 밀치며 똑같은 말을 했다.

"잉, 자네가 보고 잡아 왔네."

염상구는 탄띠를 풀며 아랫목으로 내려앉았다. 어린것이 엎드려 자고 있었다.

"음마마, 위째 부부맨치로 말얼 허고 그러요."

외서댁은 마땅찮은 표정으로 입술을 삐죽였다. '자네'라는 말이 듣기 싫었던 것이다.

"하면, 자네럴 처녀 적에 만내기만 혔음사 틀림읎이 내 각시 삼았겄제. 지끔도 자네는 내 각시나 마찬가지 아닌감? 짜아, 싸게싸게 옷 벗세."

염상구는 외서댁을 끌어당겼다.

"쪼깐 있으씨요, 나갔다 올 팅께."

외서댁은 몸을 일으켰다. 아무리 마음에 없는 남자를 받아들인다고 해도 뒷물은 해야 했다. 전혀 마음에 없는 남자이면서도 불결한 자신을 보이고 싶지 않은 것, 그건 무슨 마음인지 모를 일이었다. 마음은 하나가 아니고 여러 개일까. 처음 그 일을 당하고 나서는 그리도 더럽고 징그럽고 싫던 남자가 억지로라도 몸을 자꾸 섞게 되니 그 더러움과 징그러움과 싫음이 덜해지는 것 같은 마음은 또 무엇일까. 그래서는 안 된다고 마음을 다잡는데도 몸을 섞게 되면 자신도 모르게 뜨거워지는 몸은 또 무엇일까. 외서댁은 진저리를 쳐가며 찬물로 뒷물을 했다.

두 사람은 알몸으로 부딪치고 뒤엉키고 꿈틀거리며 불씨가 되고, 불꽃이 되고 불길이 되어가고 있었다.

"외서대액ㅡ, 집에 있능가?"

밖에서 들려오는 소리였다. 두 사람의 동작은 뚝 멎었다. "자는 대끼 혀." 그가 숨을 몰아쉬며 말했다. "아니어라, 싸게 나가서 방에 못 들어오게 막아야제라." 그녀가 그를 떼밀며 다급하게 말했다. "워떤 씨부랄 년이여. 통금시간에 싸돌아댕기는 저년얼 팡 쏴줬으면 속 씨언허겠네." 그는 떼밀려 상체를 일으키며 씨부려댔고, "워메, 듣겄소." 그녀는 주먹질을 하며 엉덩이를 사정없이 뒤로 뺐다. 그 바람에 그의 물건이 쑥 빠져나갔고, 동시에 그의 입에서는 흐흑 하는 헛바람 새는 소리가 흘렀다.

"어이, 외서댁, 자는가?"

"아아함…… 누구다요. 누구……."

외서댁은 정신없이 맨몸에 치마를 두르고 저고리를 꿰입고 하면서도 입으로는 하품하는 소리까지 내며 금방 잠에서 깨어나고 있는 시늉을 하고 있었다.

"안직 초저녁인디 먼 잠얼 폴세 자는가?"

"몸살이 나서 그렁마요. 근디, 요 밤중에 누구다요?"

"나 중천댁이시. 지사 떡얼 쪼간 혔길래 입이나 다시라고 갖고 왔구마."

"워메, 통금을 엄허게 다스리는 판인디 머 할라고 그러실께라이.

잽히면 큰일난다든디요. 옷 다 걸쳤응께 쪼깐만 기둘리씨요이."

외서댁은 능청스럽게 통금을 들먹여 상대방에게 겁을 먹이고 있었다. 그녀는 문고리에 꽂았던 숟가락을 뽑았고, 염상구는 발가벗은 대로 방구석에 붙어앉았다.

"나가 몸도 아프고, 통금시간은 짚어져 순찰을 돌란지 몰른께 쉬었다 가시라고 허지도 못허겄고, 워쩔께라? 오늘 온 군인들이 동네마동 이 잡대끼 순찰을 돌고, 잽히는 사람은 모다 빨갱이로 몬다고 안 그럽디여."

마루로 나선 외서댁은 자신도 모르게 잘도 꾸며대고 있었다.

"워쩌? 고런 말이 있었능가?"

중천댁이 겁먹은 소리로 물었다.

"하먼이라. 군인덜언 순사허고는 그 맵고 짜운 것이 저울질이 안된다고 그러드랑께라. 나 땜시 중천댁이 무신 일 당허면 안 된께, 나가 집꺼정 바래다디려야 되겄구만이라."

"아니시, 아니시. 자네 몸도 아픈디다가, 우리 집꺼정 갔다가 되짚어오자먼 자네가 또 위태로울 것잉께 나 혼자 그냥 핑 갈라네."

중천댁은 벌써 토방을 내려서고 있었다. 외서댁은 사립까지 따라나갔다.

"떡 잘 묵겄소. 미안시러서 워쩔께라."

겉으로 태연한 것과는 반대로 외서댁의 가슴은 계속 쿵쿵 울리고 있었다.

"아니시, 자네도 싸게 들어가소."

중천댁이 바삐 어둠 속으로 사라지는 것을 보면서 외서댁은 긴 숨을 내쉬고 있었다.

"워따메, 사람 피 보타 죽겄네. 인자 싸게 가씨요."

외서댁은 방바닥에 털퍽 주저앉으며 쏘아붙였다. 내던지듯 한 떡 사발이 기우뚱하다가 제자리를 잡았다.

"거 먼 싱건 소리여. 심들게 훼방꾼 쫓아뿌렀응께 지끔보톰 맘 푹 놓고 찐허게 시작허는 것이제. 원체 도둑썹 허는 맛은 요렇게 들 킬라 말라 험시로 아실아실허게 피해가는 디에 지맛이 있는 법이 시요. 요 맛이 얼매나 꼬신가."

염상구는 담배를 비벼 끄며 능글능글하게 웃고 있었다.

"워따따, 사람 잡을 소리 고만 허씨요. 가심이 타들어 환장을 허 겄구만은 워찌 그리 배짱 뚜껍게 태평시럽다요."

외서댁은 그때까지도 벌떡거리는 가슴을 손바닥으로 눌렀다. 저 고리 아래로 그녀의 큰 유방이 드러났다. 그것을 보자 염상구의 살 에 불끈 힘이 모아졌다. 상체를 굽히는가 싶더니 그의 손이 그녀의 유방을 거머잡았다.

"워메 참말로……."

그녀는 우는 듯한 소리를 내며 몸을 틀었다. 그러나 그의 다른 손이 나머지 유방을 덮었다.

"참말로 요 짓도 인자 그만 혀주씨요. 요러다가 애나 덜컥 들어 앉아뿔면 내 신세가 워찌 되야불겄소."

그녀는 목이 메어 있었다. 애를 배? 불붙어오르는 감정에 찬물 한줄기가 끼얹어졌다. 그러나 다음 순간 그는 픽 웃어버렸다. 애를 배든 새끼를 까든 내가 알 게 뭐냐. 애를 배면 그것참 재미있겠다. 강동식이란 놈이 알면 어떻게 될까! 눈에 쌍심지를 켜고 펄펄 뛰겠지? 정신 못 차리고 집으로 뛰어들면, 그렇지, 그때 때려잡는 것이다! 생각이 여기에 미치자 그의 성욕은 다시 거세게 불붙기 시작했다.

"애가 들앉으면 머시가 걱정이여. 아조 내놓고 부부로 살아뿔면 될 일이제."

그는 정겨운 목소리로 속삭이며 그녀의 양쪽 유방을 더 힘주어 잡았다. 얼랴, 요것이 무신 소리당가? 요것이 참말이여, 사탕발림 소리여. 지정신이 아닌께 나오는 대로 퍼질르는 소릴껴.

"시방 고것이 무신 소리다요?"

그녀는, 마음으로는 분명 헛소리일 거라고 생각하면서도 입에서는 이 말이 흘러나왔다.

"애 배면 부부로 살겄다는 말이 그리 알아묵기 심드는가?"

그의 혀가 귓불을 핥아대고 있었다. 비록 거짓말이고 헛소리일망정, 내가 알 게 뭐냐고 해버리는 것보다는 얼마나 더 듣기 좋은가. 그가 젖을 어루만지고 귓불을 핥는 감촉이 불두덩 속 깊은 곳에서 찌릿찌릿한 불똥으로 튀기 시작하는 것을 그녀는 느끼고 있었다. 그는 그녀의 감정변화를 민감하게 포착하며 옷을 벗기기 시작했다. 아까 니년이 번개 치대끼 거짓말 꾸며대는 것 본께, 니년도 예삿것이 아니여. 니년 그것에만 미치다가는 큰코다치겄어. 거짓말 둘러붙이는 솜씨가 빨갱이 마누래로 자격이 충분혀. 그는 그녀를 눕히며 한 손을 사타구니로 뻗었다. 그녀의 몸이 꿈틀 요동했다.

전 원장의 재판날이었다. 김범우는 통학열차를 타고 순천으로 넘어가려고 일찍 집을 나섰다. 재판 날짜를 앞당긴 것은 순전히 아버지의 노력이었다. 전 원장의 고초를 하루라도 줄이고, 빠른 해결을 보려 함이었다.

"사람이 사는 경우나 생각하는 이치가 사방, 팔방에 미쳐서도 안 되고 십육방, 더해서 삼십이방까지 미칠 수 있어야 그나마 원(圓)의 모양에 가까운 원만함을 득하게 되는 법인데, 이놈에 세상이 어찌해서 사방도 아니고 이방으로 토막이 나고, 그것도 또 반 토막을 내서 일방만 보라 하니 이것 참 큰일날 세상이 되었다. 전 원장이 당하는 고초가 무어냐. 세상사 사람 사는 이치를 둥글게 크게 보려 함인데, 그걸 죄로 다스리는 것 아니냐. 세상만사가 양이 있어야 음이 있고, 음이 있으니 양이 있고, 그것이 조화를 이루어야 순리로 풀리는 법인데, 양은 양만 옳다 하고, 음은 음만 옳다 하니 갈수록 꼬이고 얽힐 수밖에. 예로부터 이런 세상을 난세라 했고, 난세에는 깊고 넓은 뜻 가진 사람이 살기가 어려우니라. 내가 힘닿는 데꺼정 손을 쓰긴 했다만 결과가 어찌 될지는 두고 볼 일 아니겠냐."

김범우는 아버지의 말을 되새겼다. 유학적(儒學的) 논리이긴 했지만 현실비판의 예리함은 완벽한 것이었다. 아버지가 전 원장의 일을 솔선해서 수습하려고 하는 것은, 전 원장이 획일화된 체제의

희생물이나 피해자가 되지 않게 하려는 의도일 거였다. 김범우는 아버지의 사려 깊음에 머리를 숙일 뿐이었다. 지난번 국회의원 선거 때 문중이 중심이 되고 주위의 여러 사람들까지 합세하여 아주 적극적으로 출마를 종용했었다. "권력을 탐하는 자라면 모를까, 이 시기에 어찌 나더러 부화뇌동하라는 것인가." 아버지는 이 한마디로 주위의 소란을 일소해 버렸다. 김범우는 그때도 아버지의 단호함에 머리를 숙이지 않을 수 없었던 것이다. 아버지의 그 단호함은 한 땅에 두 개의 이름을 내세운 나라가 서는 것을 절대로 용납할 수 없음에서 비롯되었을 것이다. 큰아들이 몸 던져 수행한 독립운동의 뜻이, 당신이 온갖 어려움 견뎌내며 그 뒤를 살폈던 뜻이, 두 쪽의 나라로 갈라지는 것은 아니었을 것이다. 그런데 문중이나 주위사람들의 그런 움직임은 단순하게 권력만을 탐하거나 들뜬 사회분위기에 휩쓸려 충동적으로 일어난 것이 아니라고 김범우는 생각했다. 그런 움직임의 원인은 바로 아버지에게 있었다. 그건 다름이 아니라 아버지가 해방 직후에 건국준비위원회 벌교지부위원장을 지낸 전력(前歷)이었다. 자신이 귀국했을 때는 건국준비위원회는 미군정에 의해 이미 해산되고 없었고, 아버지가 위원장을 지냈다는 사실은 어머니의 귀띔으로 알았던 것이다. 김범우는 그 사실을 알고 얼마나 가슴 저리는 아픔을 느꼈는지 모른다. 아버지가 위원장 자리를 맡은 것은 그동안 독립을 열망해 왔던 마음의 표현이었을 것이다. 그런데 조선인민공화국은 미군정의 조직화와 함께 와해되고 말았다. 이북에 소련군이, 이남에 미군이 진주한 상황 아래서 그건 곧 민족분단의 조짐이었고, 독립국가 건설 의지의 좌절이었다. 그때 아버지가 느꼈을 절망감은 얼마나 컸을 것인가. 문중이나 주위사람들은 아버지의 그 전력을 미루어 국회의원에 출마시키려고 했을 것이 거의 틀림없었다. 다만 그들이 미처 깨닫지 못한 것은, 아버지가 그때 왜 위원장을 지냈는가 하는 점이었다. 그들은 그저 '정치에 뜻이 있는 분' 정도로 간단하게 생각했을 것이다.

김범우는 소화다리 쪽으로 길을 잡았다. 포구를 채우고 넘쳐났을 안개가 엷게 흐르고 있었다. 기온이 떨어지게 되면 안개는 바닷물 속에 숨어왔다가는 포구를 가득 채우고, 동녘이 밝아오면 햇살에 쫓겨 다시 바닷물 속으로 숨어버리는지 자취가 없었다. 생솔가지가 타는 연기내음이 냉기 속에 섞여 싱그러웠다. 김범우는 한껏 심호흡을 했다. 그 매캐한 내음은 언제 맡아도 정겹고 싱싱했다. 김범우의 눈길은 왼쪽 두엄자리 쪽으로 옮겨졌다. 개 두 마리가 뒤로 맞붙어 있었다. 조물주가 부여한 성스러운 임무를 수행하고 있는 중이었다. 김범우는 픽 웃음을 흘렸다. 이상하게도 개가 그러고 있는 것을 보면 언제나 우스웠다. 개는 왜 꼭 이른 아침을 골라 그 짓을 하는지, 어쩌자고 한사코 사람 눈에 잘 띄는 큰길에서 그 짓을 하는지, 그러면서 그 시간은 왜 또 그리도 긴지, 이런 풀릴 길 없는 의문이 매번 점잖지 못하게 스치기 때문에 싱겁게 웃게 되는지도 몰랐다.

김범우는 걸음을 빨리했다. 전 원장의 조서는 무기협박에 의한 강제의료행위로 꾸며졌다. 조서대로 전 원장과 말을 맞추었고, 간호원에게도 단단히 일러두었다. 조서를 그렇게 꾸미기까지에도 문제가 없었던 것은 아니었다.

"난 전혀 협박을 받은 사실이 없어요. 내가 유리하자고 그런 거짓말을 하면 염상진 씨를 악질적인 사람으로 만드는 거 아닙니까."

전 원장이 고개를 저으며 한 말이었다. 김범우는 하도 어이가 없어 전 원장을 한동안 멍하니 바라보고만 있었다. 지극히 사람다운 사람 하나가 눈을 껌벅이며 앉아 있었다.

"자기 때문에 원장님이 이런 궁지에 몰려 있는 것을 알면 그보다 더한 거짓말을 해도 염상진은 이해를 할 겁니다."

"글쎄요, 그건 김 선생 생각이지요."

전 원장은 계속 고개를 저었다.

"원장님, 이건 거짓말이 아니라 위험을 피하는 편법입니다."

"글쎄, 편법도 남을 해치지 말아야지요. 내가 한 치료는 의사의 의무고 권한입니다."

"예, 당연하지요. 그러나 지금은 상황이 다릅니다. 사실대로 재판에 넘겨지면 원장님은 빨갱이가 될 수밖에 없어요. 그렇게 되면 어떻게 하시겠어요? 지금 상황에서 제일 무서운 죄가 빨갱이라는 걸 아시죠? 지금은 냉정하게 선택을 해야 할 땝니다. 종전 직전 패주하는 일본군이 버마 전선에서 무슨 짓을 한 줄 압니까? 보급은 끊겼지, 적은 추격해 오지, 정글 속으로 도망을 치는데 매일을 굶는 겁니다. 사람이 굶고 며칠을 살겠어요. 굶어죽자고 작정을 하면 이삼십 일을 버틸지 모르지만, 살아야겠다고 작정한 사람은 사흘 이상 굶고 견디지를 못합니다. 그때 살기 위해서는 어떻게 해야 하겠습니까. 가장 가까이 있는 먹이를 사냥할 수밖에 없습니다. 그걸 뭐라고 하는지 아십니까. 인간사냥입니다. 자기 생존을 위해 사람이 사람을 잡아먹는데, 원장님은 그까짓 거짓말을 가지고 뭘 그리 망설입니까. 저는 더 이상 권하지는 않겠습니다. 결정은 원장님 스스로 하십시오." "그럼……." 전 원장은, 당신이 바로 사람고기를 먹었단 말인가, 하는 듯한 놀란 얼굴로 김범우를 바라보다가, "다 김 선생 말대로 하겠어요" 더듬듯 말하고는 눈길을 떨구었다.

변호사의 말은 실형을 받을 것 같지는 않다고 했다. 그러면서도 '재판을 받아봐야 알 일'이라는 단서를 잊지 않았다. 사상문제에 대해서는 일벌백계주의로 방침이 정해져 있어서 결과를 낙관할 수만은 없다는 것이었다.

김범우는 소화다리 중간쯤에서 잠시 걸음을 멈추었다. 눈길은 철교 쪽으로 가 있었다. 통통거리는 소리는 분명히 그쪽에서 들려오고 있었다. 그동안 철교 아래 선창에 묶여만 있던 배들이 정말 운항에 나서는 모양이었다. 계엄군이 주둔하게 되면서 어제부터 통제가 풀린다는 소식을 들었던 것이다. 그 소식을 어제 아침 일찍 알려댄 것은 극장의 스피커였다. 계엄군이 주둔하게 되었다는 사실과, 그동안 겪었던 민생의 불편을 해소하기 위해 야간통금을 제외한 모든 통제를 해제한다는 내용이었다. 노래 한 곡이 끝나면 그 내용을 알리고, 다시 노래가 끝나면 알리고 해서 스피커는 오전 내내 왕왕거렸다.

김범우는 그 조치를 다행스럽게 생각했다. 그동안 생활의 불편도 불편이었지만 사람들이 겪은 심리적 압박감은 일종의 고문이었다. 계엄군 지휘관이 누군지 알 수 없는 채로 막연한 호감이 갔다.

재판은 좋게 보자면 신속했고, 나쁘게 보자면 무성의했다. "말 말아요, 재판 건수가 산더미요. 그놈의 반란사건 땜에 순천 광주 판·검사들 골이 빠져요." 불평을 해야 할 변호사가 오히려 판·검사 편을 들었다. 이해가 안 되는 것도 아니었다.

전 원장은 실형 1년을 선고받았다. 간호원과 이지숙도 마찬가지였다. 아무리 협박을 받았다고 하지만 관계기관에 제보할 수 있는 기회는 얼마든지 있었다는 것이 실형선고의 이유였다. 제보기피의 고의성이 문제가 된 것이다. 역시 법관은 그 나름의 예리함을 가지고 있었다. 김범우는 그것이 허점으로 찔리게 될 줄은 미처 생각하지 못했던 것이다.

전 원장은 각오하고 있었다는 듯 실형선고가 내려지는 순간에도 무표정했다. 이지숙도 까딱을 하지 않았고, 간호원만 손으로 입을 가리며 고개를 푹 숙였다.

"걱정할 것 없어요. 상고하면 됩니다. 재판은 상고하는 재미에 하는 것 아닙니까."

변호사는 아주 태평스럽고 수월하게 말해 버렸다. 그런 사람을 상대로 김범우는 더 할 말이 없었다. 의사가 그렇듯 변호사의 직업의식도 피고의 고통에는 철저하게 둔감했다.

"고법에서도 재판이나 빨리 받게 손을 써둬요. 나는 고법으로 빨리 넘어가게 손을 써볼 테니까 말이오."

변호사가 가방을 챙겨들며 말했다. 그의 분주한 모습이 김범우에게는 별로 좋게 보이지 않았다. 한철 만난 무슨 장사치 같은 인상이었던 것이다.

"수고하셨습니다. 다시 연락드리지요."

김범우는 뿌옇게 흐려진 마음으로 변호사 대기실을 나왔다. 경찰서나 마찬가지로 재판소도 사람들로 들끓었다. 많은 사람들이 무질서하게 붐비는 장소는 으레 소란스럽게 마련인데, 그곳은 그렇지가 않았다. 아니 그곳에도 사람들의 소리가 엉키고 부딪치는 소란이 분명히 있었다. 그런데 그 소리들이 소란으로 느껴지지가 않았다. 사람들은 하나같이 우울하고 침울한 모습들이었고, 그들 사이에서 나오는 소리는 목메인 탄식이거나 울음 섞인 넋두리거나 절망적인 부르짖음이었다. 운동시합이 벌어지고 있는 운동장의 소란이 살아 있는 소란이라면 재판소의 혼란은 죽어 있는 소란이었다. 김범우는 얼음덩이 속을 걷는 것 같은 오한을 느끼며 그 죽어 있는 소란 속을 빠져나왔다. 변호사의 말이 아니더라도 그 많은 사람들 중의 거의가 이번 사건에 연루되어 재판을 받아야 하는 피고들의 가족이나 친척이라는 것쯤은 쉽게 알 수 있었다. 하루 재판에 그렇게 많은 사람들이 몰려들게 되면 피고는 도대체 얼마란 말인가. 그리고 재판은 오늘만이 아니라 그 사건 이후 계속되어 왔고, 앞으로도 얼마 동안 계속될 거였다.

재판소의 정문에 이르러 김범우는 무심코 건물을 돌아다보았다.

햇빛이 반짝 눈을 쏘아왔다. 그는 이마에 손차양을 만들었다. 고딕 식인지 뭔지, 서양건물의 모양을 흉내낸 벽돌건물은 화강암 장식을 부착한 채 예전 모습 그대로였다. 일정 때의 냄새가 물큰 풍겨왔다. 그 냄새는 딱히 뭐라고 할 수는 없었지만, 일장기의 섬뜩함과 닛뽄도의 서늘함과 게다소리의 싸늘함 같은 것이 뒤섞인 듯한 아주 기분 잡치는 냄새였다. 높직하게 자리 잡은 재판소에는 비 오는 날만 빼고는 언제나 일장기가 펄럭이고 있었다. 아이들마저도 그 앞을 지나갈 때는 옆걸음질을 쳤다. 달라진 것이 있다면 그때는 일본사람이 주체가 되어 조선인을 재판했고, 이제는 '대한민국' 사람이 주체가 되어 그 국민을 재판하고 있었다. 그런데 그 법관이란 사람들은 모조리 식민지시대 인물들이었다. 재판소는 바로 해방 3년 동안의 사회적 갈등과 문제점이 응집 축소되어 있는 현장이었다.

김범우는 무거운 마음으로 정문을 나서며 실형 1년을 곱씹어 생각하고 있었다. 상고를 한다지만 형량이 줄어들리라는 보장은 없었다. 고통을 겪으며 보내야 하는 1년 세월이 얼마나 지긋지긋하게 긴 것인지를 그는 잘 알고 있었다. 선량하기만 한 전 원장의 모습이 자꾸만 눈앞에 어릿거렸다. 그를 구해내는 방법이 뭐 없을까······. 고개를 뒤로 젖힌 김범우는 방향도 없는 걸음을 무작정 옮겨놓고 있었다.

"엄니, 그냥 여그서 살제 위째 이사럴 가고 그런가!"

마지막으로 부엌살림을 싸고 있는 들몰댁 옆에서 작은아들 종남이가 뾰로통한 얼굴로 대들듯 말했다. 들몰댁은 손만 재게 놀렸다. 곧 달구지가 올 것이었다.

"엄니이, 위째 이사럴 가냐니께에!"

종남이는 울상이 되어 목을 뽑아늘이며 소리를 질렀다.

"이눔으새끼야, 엄니 귀청 떨어지겠다."

들몰댁은 주먹을 치켜들었다. 그런데 작은아들의 눈에는 눈물이 그렁그렁 괴어 있었다. 마음이 찡해진 들몰댁은 그만 주먹을 힘없이 내렸다. 낯선 곳으로 옮겨가는 것을 싫어하는 어린것의 마음이 짠하고 가여웠다.

"위째, 우리 종남이넌 이사 가는 것이 싫은기여?"

들몰댁은 어리광을 받아주는 어조로 말하며 두 팔을 벌렸다. 작은아들은 품으로 왈칵 안겨왔다. 보드랍고 연약한 체구가 품안에서 서러웠다. 들몰댁은 작은아들의 머리에 얼굴을 비볐다. 아직도 아련하게 젖냄새가 풍겨왔다. 다 느그 좋으라고 이사도 허고 고생도 허는겨. 어린 느그가 무신 죄가 있나. 애비넌 죄인이라 혀도 느그넌 살아야제. 하면, 살아야 허고말고. 들몰댁의 가슴은 눈물로 젖고 있었다.

"엄니, 이사 가지 말어."

"위째 그러까?"

"무당이 싫은께 그러제."

들몰댁은 멈칫했다. 의외의 대답이었던 것이다. 그냥, 낯선 곳으로 가는 것이 싫어 그런 줄만 알았던 것이다.

"그런 말 허는 것 아녀. 그 아짐씨가 을매나 맘씨가 좋고 이쁜디 그러냐."

"아녀, 난 무섭단 말이여."

작은아들은 더 가슴으로 파고들었다.

"고것이 무신 소리여. 그리 이쁘고 이쁜 아짐씨가 워째서 무섭단 말이여."

"귀신잉게 무섭제."

작은아들이 몸서리치는 것이 역력하게 느껴졌다. 예삿일이 아니다 싶었다. 호되게 야단을 칠까 하다가 들몰댁은 생각을 바꾸었다. 야단을 친다고 없어질 무섭증이 아니었던 것이다. 사실 어른이라 하더라도 무당한테 보통사람끼리 느끼는 정을 느끼기는 어려운 일이었다. 신춤을 추고, 주문을 외고, 신대 잡은 손을 마구 떨어대게 만드는 그 사람들이 보통사람들과 같을 리가 없었다. 이번에 벌였던 시아버지의 길닦음굿을 보고 어린것은 그런 생각이 든 모양이었다. 그러나 소화는 앞으로 함께 살아야 될 사람이었다. 어떻게 해서든 작은아들의 마음에서 무섭증을 몰아내줘야만 함께 살아질 것이었다. 소화 무당과 함께 살게 된 것은 천행이 아닐 수 없었다. 내년부터 소작을 못 부치게 될 것은 손바닥 들여다보듯 환한 일이었다.

"종남아, 엄니 말 똑똑허니 들어."

들몰댁은 작은아들을 일으켜 앞에다가 세우고는 양쪽 팔을 꼬옥 잡았다.

"엄니가 종남이헌테 그짓말얼 허디야, 안 허디야?"

작은아들의 눈을 똑바로 쳐다보며 물었다.

"안 혀."

"그려, 엄니넌 성이나 니헌테 죽어도 그짓말언 안 허는 사람이여. 긍께, 엄니가 허는 말얼 믿어야 써. 알겄어?"

작은아들은 마지못한 듯 느리게 고개를 끄덕였다. 들몰댁은 혀 끝으로 입술에 침을 바르고, 마른침을 삼켰다.

"그 아짐씨넌 말이여, 귀신이 아니고 우리허고 똑겉은 그냥 사람 이여."

작은아들은 입을 꾹 다물고 도리질을 했다. 들몰댁은 진땀이 났다.

"엄니 말 더 들어. 긍께, 그냥 사람인 것은 똑겉은디, 굿얼 헐 때 만 무당이 되는겨. 그때도 귀신이 아니라, 보통사람덜얼 해꼬지헐 라는 귀신얼 쫓아주는 존 일얼 허는 사람이여."

"근대 워째서 아그덜이 다 귀신이라고 그려?"

작은아들은 계속 믿을 수 없다는 표정이었다.

"아그덜이 니맹키로 먼지 몰라서 허는 소리제."

"아녀, 밤에는 머리 풀고 입에서 피 흘림스로 나 겉은 아그덜 붕 알도 따묵고, 피도 뽈아묵고 헌다는디."

"금메, 고것이 다 그짓말이랑께. 그라면, 이 엄니가 니 붕알도 따 묵고, 피도 뽈아묵고 그러라고 무당허고 항꾼에 살라고 허겄냐!"

들몰댁의 음성은 떨리고 있었다. 종남이는 눈을 깜박거리며 보일 듯 말 듯 고개를 갸웃거리고 있었다. 들몰댁은 얼핏 큰아들을 떠올렸다. 큰아들은 달구지를 기다리며 큰길에 나가 있었다.

"성도 고런 말 허다냐?"

작은아들은 무겁게 고개를 저었다.

"봐라. 엄니허고 성 말얼 믿을 것이냐, 안 그러면 아그덜 말얼 믿을 것이냐. 딱 부러지게 대답혀라."

작은아들은 시무룩한 표정으로 눈만 껌벅거릴 뿐 속 시원한 대답을 하지 않았다. 무엇인가 미진한 데가 있는 것이 틀림없었다. 생각이 돌려지기 시작했을 때 단단히 못을 쳐야 된다고 들몰댁은 마음먹었다.

"니가 엄니 말도, 성 말도 못 믿겄으면 니 혼자 여그서 살어라. 그 아짐씨허고 살먼 1년 내내 쌀밥만 묵고 살 것인게, 니 밥꺼정 성 혼자서 배가 터지게 묵게 생겼으니 잘되았다."

"엄니! 쌀밥만 묵고 살아?"

작은아들의 눈이 금방 휘둥그레졌다.

"글타니께."

"엄니, 나도 이사 갈라네."

작은아들이 불현듯 외치며 품으로 뛰어들었다. 들몰댁은 엉덩방아를 찧으며 아들을 끌어안았다.

"엄니, 나 하나또 안 무섭네, 하나또 안 무서바."

젖가슴에 얼굴을 묻은 작은아들이 또박또박 말하고 있었다. 그런데 그 작은 몸은 떨리고 있었다.

"그려, 그려, 우리 종남이 장허다."

작은아들을 꼭꼭 끌어안으며 들몰댁은 목젖이 아프도록 목이 메고 있었다.

무당인 소화가 함께 살지 않겠느냐는 말을 꺼낸 것은 시아버지의 굿을 마치고 나서였다.

"나도 엄니가 세상을 뜨고 나니 혼자 외로운 몸이고, 들몰댁도 형편을 보니 살기가 편편찮은 것 같은디, 나가 허는 일 옆에서 거들 사람도 있어야 허고 헝께, 서로 의지 삼아 항꾼에 안 살아보실라요? 아그덜 밥 굶기는 일언 읎을 것잉께요."

소화가 조심스럽게 꺼낸 말이었다.

"나가 굿허는 일얼 멀 알아야제라."

들몰댁은 소화의 말이 너무 갑작스럽고 믿어지지 않아 헛소리하듯 대꾸했다.

"굿이야 나가 허는 것잉께 들몰댁언 살림만 살아주면 될 것이요."

"워치께 고런 시답잖은 일허고 세 입이 붙어묵고 살겄는게라. 짐만 되는 염치없는 짓이제라."

밥해 먹고 빨래하는 일만으로 세 입이 살아갈 수 있다면 그건 천국이나 다름없었다. 1년 내내 들일 밭일을 뼈끝이 닳도록 해도 하루 세끼를 제대로 찾아먹을 수가 없지 않았는가.

"짐은 무신 짐이어라. 나헌테는 살림 살아주는 일이 젤 큰일이요. 그라면 결정된 일로 알고, 이삿날은 나가 택일을 혀서 알리겄소."

어차피 혼자 살 수 없는 형편에서 소화가 굳이 들몰댁을 택한 것은 그녀의 남편이 좌익이었던 까닭이다. 서로가 똑같은 입장, 정하섭을 보호하고 비밀을 지키는 데 그보다 더 좋은 사람을 고를수는 없었던 것이다.

"엄니, 구루마 왔네, 구루마."

길남이가 마당으로 뛰어들며 숨찬 소리를 질렀다.

"워메, 숨 넘어가겄다, 살살 댕게라."

들몰댁은 치마를 거머쥐며 사립으로 나갔다. 소달구지가 이쪽으로 느리게 오고 있었다.

"길남아, 짐 들어내라."

달구지를 보자 마음이 바빠진 들몰댁은 큰아들부터 불러댔다.

이삿짐이라야 허술하고 보잘 것이 없었다. 이불보퉁이 하나, 옷가지가 든 헐어빠진 농 두 짝, 부엌살림 한 보퉁이가 전부였다. 필요 없게 된 농기구를 챙기지 않아서 짐이 더욱 단출해진 것이다.

"엄니, 우리 집언 워쩔 것인가?"

큰아들이 시무룩한 표정으로 집을 둘러보며 말했다.

"요까짓 오두막 누가 안 업어갈 것잉게 걱정허지 말어라."

"근디 말이시…… 우리가 요렇게 이사럴 가뿔면…… 혹시, 아부지가 오면 워쩔 것인가."

큰아들은 목소리를 낮춰 조심스럽게 말하고 있었다. 그려도 저것이 장손값 허니라고, 핏줄은 으쩔 수가 없이 땡기는 것이여. 들몰댁은 콧등이 찡 울렸다.

"걱정헐 것 읎어. 느그 아부지넌 안 보고도 우리가 워디로 이사

갔는지 다 아는 사람잉게."

들몰댁은 무심코 말을 해놓고는 놀랐다. 이상하게도 남편이 그런 것쯤 쉽게 알아낼 것 같은 생각이 들었다.

"가자."

들몰댁은 두 아들의 손을 양쪽으로 붙들었다. 그녀는 뒷집 구룡댁의 사립 앞을 지나며 퉤 침을 뱉었다. 그 여자의 감시에서 벗어난다는 것이 그렇게 시원할 수가 없었다.

들몰댁의 이삿짐을 실은 달구지가 소화다리를 건너기도 전에 한 사내가 청년단으로 뛰어들었다.

"단장님, 보고헙니다. 하대치 마누래가 이사럴 헙니다."

그 사내는 하대치네를 고정감시해 온 끄나풀이었다.

"워디로?"

염상구가 가는 눈만을 옆으로 돌렸다.

"회정리 도래등 무당집으로 가느만요."

"왜?"

"처녀무당 엄니가 얼매 전에 죽어서 살림 살아줌서 얻어묵고 산다는디요."

"그려, 워치케든 살아야겄제. 수고혔다."

"단장님, 감시넌 워치케 헐께라?"

"도래등이먼 너무나 먼께 니헌테는 새 임무럴 줄 것이여. 가서 지둘려."

염상구는 그 예쁘고 나긋나긋하게 생긴 처녀무당을 떠올리고 있었다. 니년이 무당만 아니었음사 폴세 빵꾸럴 뚫고 말았을 거여. 참말로 아깝고 아까운 괴기여. 염상구는 입 안에 괸 침을 꿀꺽 삼켰다.

24

분노의 소작인

장터에는 이른 아침부터 사람들이 모여들기 시작했다. 계엄군이 주둔하고 처음 서는 5일장이었다. 차일이 잇대어 처진 장터에는 국밥거리를 장만하거나 팥죽을 끓이느라 지핀 생솔가지 연기가 자욱하게 땅바닥을 기고, 많은 사람들이 마음 놓고 떠들어대는 소리가 왁자하게 피어오르고 있었다. "워따, 오늘은 장이 장맹키로 슬렁갑네." 여자가 팥죽에 넣을 새알심을 잰 손길로 만들며 싱글거렸다. "금메 말이시. 장 기분이 요래보기가 을매 만이랑가?" 건어물전을 펴고 있던 여자가 손길을 멈추며 말을 받았다. "꼬빡 한 달이 안 넘었다고." "나 생각으로는 씨엄씨 죽고 3년 만인 것 겉으네." "나도 그렁마. 요만 혀서 숨통이 티였응게 다행이제, 더 발이 묶였드라면 우리 집언 새끼덜 굶길 판이었구마." "워디 자네 집뿐이여? 장바닥 훑고 사는 신세가 다 한타랑이제. 워쨌거나 그 군대 대장이 고마운 사람이여."ﾠ"긍께 말이시. 젊디나젊은 사람이 워찌 그리 사람 사는 에레움얼 알고 단속을 풀었는지, 속이 짚은 사람이여."ﾠ"하면, 보기 존 떡이 묵기도 좋드라고, 인물이 훤헌께 허는 일도 요리 씨언 허제."ﾠ"음마 쌍암댁언 원제 남정네 인물꺼정 다 봐놨드랑가? 영 쑹 허네이?"ﾠ"워메, 말이 워째 고러크름 꼬랑댕이럴 요상시리 튼단가? 고 키 껀정허게 큰 사람이 자기 키맨치로 긴 총얼 미고 요 장터거리럴 아침저녁으로 오르락내리락허는디, 봉사가 아닌 담에야 워째 그 사람얼 못 보겄어. 장흥댁 눈에넌 명씨가 백혔당가?"ﾠ"금메 말이시, 나 눈에 명씨가 백히긴 백힌 모냥이시, 자네맹키로 인물이 그리 훤허게 뵐덜 않는 것 봉께로."ﾠ"음마, 음마, 다 암스롱도 저 우뭉 떠는 것 잠 보소웨." 두 여자는 마주 보며 소리내어 웃었다. "토벌대장허고 인물얼 비해보소. 그 사람이 을매나 훤허게 잘생겼는가." "워따, 비헐 디가 따로 있제. 그 원생이 낮짝허고 비혀서 이 읍내에 그만 못헌 인물이 워디 있겄능가. 소록도 문딩이도 그보담은 나슬 것잉께."ﾠ"자네 말이 공자님 말씸이시."ﾠ"인물로 친다면야 염상진이 당헐 인물이 읎제."ﾠ"워메, 장흥댁, 누가 듣겄네웨." 두 여자는 당황한 몸짓으로 주위를 살폈다. 그리고 굳어진 얼굴로 제각기 일손을 놀리기 시작했다. 삼삼오오 모인 사람들의 화제는 거의가 계엄조처의 해제에 관해서였다. 사람들은 서로 앞질러 말을 하려고 다투었고, 어느 대목에서는 다 함께 목청껏 웃어대고는 했다. 아침이 일러 거래가 거의 이루어지지 않고 있는 장터에 생기가 도는 것은 그다지 흔한 일이 아니었다. 이른 아침부터 술렁거리거나 부산스러운 활기는 명절 대목장에서나 볼 수 있는 일이었다. 지금 장터를 감돌고 있는 밝은 기운은 장사 경기에 대한 기대라기보다 그동안의 통제에서 벗어나게 된 해방감의 표현일 것이었다.

장터거리 초입에 자리 잡은 극장에서도 여느 때 없이 크게 노래를 틀어대고 있었다. 약간 쉰 듯하면서도 촉촉한 물기가 느껴지는 귀에 익은 변사의 목소리는 울리지 않았다. 미처 악극단을 불러들일 여유는 없었겠지만, 새 활동사진도 준비한 것이 없는 모양이었다. 그렇지 않고서야 변사의 그 청산유수 같은 목소리가 울리지 않을 리가 없었다. 장날이면 으레 극장도 재미를 톡톡하게 보는 날이어서 새로 시작하는 악극단이나 활동사진 내용을 설명하는 변사의 감정 섞은 목소리가 안개가 걷히기 전부터 읍내에 울려퍼지게 마련이었다. '마침내 그리하였던 거시었었다'로 이음하는 변사의 고조되고 변화무쌍한 목소리에 실려 사람들은 활동사진 속의 세계로 떠나는 여행을 즐겼다. 똑같은 활동사진이라고 하더라도 변사에 따라 그 여행의 맛이 전혀 달랐다. 사람들이 변사의 울고 웃는 목소리를 듣지 못한 것도 벌써 한 달이 넘어 있었다.

그동안 극장만 문을 닫아걸었던 것이 아니었다. 가을걷이가 시작되면서부터 장터 옆 빈터에 드높은 천막을 짓고 온갖 깃발 나부끼며 신바람나게 나팔을 불어대는 서커스단도 자취가 없었다. 읍내를 에워싸고 있는 산들은 이미 썰렁하게 잎들을 떨어뜨린 뒤였고, 어느덧 겨울은 옷깃 속에 한기를 일으켰다. 사람들은 하나같이 가을을 빼앗겨버린 것이었다. 들녘에 가득 찬 누른빛이 넘치고 넘쳐나서 산마저 물들이고 마는 그 좋은 계절을 쫓기고 억눌리는 기분 속에서 지나치고 만 것이다. 느긋하게 허리 펴고 먼 눈길을 주면 어깨동무하듯 반원을 그리고 있는 징광산이며 옥산이며 제석산의 상봉으로부터 차츰차츰 물들어내리는 단풍의 물결을 한눈에 볼 수 있었다. 아래로아래로 단풍져 내리는 산들의 변모를 바라보며 사람들은 가슴을 적셔오는 가을을 느꼈고, 멀지 않은 겨울을 준비했다. 그리고 계모임을 한 이웃끼리 이삼일씩 틈을 내어 단풍놀이를 떠나기도 했다. 그들이 마련한 단풍놀이는 그냥 '놀이'만이 아니었다. 그들은 가깝게는 선암사나 송광사를 찾아갔고, 멀리로는 화엄사나 대흥사를 찾아갔다. 그들은 보퉁이에 햅쌀을 싸가는 것을 잊지 않았다. 부처님 전에 햅쌀을 올리고, 남은 1년을 무사히 넘기고, 오는 1년을 복되게 해달라고 두 손 모아 깊은 절을 올렸다. 산 깊은 좋은 터에 자리 잡게 마련인 부처님 도량에는 온갖 색깔의 단풍이 사람들이 입고 있는 흰옷을 금방 색색으로 물들일 것처럼 온 산을 덮고 있었다. 그런데 이번 가을에는 그런 길을 아무도 떠날 수가 없었다. 사람들은 가을이 없는 겨울을 맞게 된 셈이었다.

차츰 햇살이 두꺼워지면서 사람들이 입에서 내뿜던 허연 김도 스러지고, 장터거리의 북적거림과 소란스러움은 제대로 어우러지고 있었다. 아낙네의 머리에 인 쌀보퉁이 위에 올라앉은 암탉은 동그란 눈을 두릿거리다가 날개를 퍼득이며 꼬꼬댁거렸고, 짧은 네다리를 한곳으로 끌어모아 묶이는 바람에 등이 휘어진 돼지는 끈

끈한 침을 질질 흘린 채 있는껏 꽤애꽥 소리를 질러대며 지게에 실려가고 있었고, 별로 볼품없는 좌판을 벌인 장돌뱅이들이 성질 급하게 제각기 호객타령을 뽑아대고 있었고, 장수들이 마수걸이나 하기를 기다리며 주린 배를 안고 늑장을 부린다고 부린 비렁뱅이들이 어느 가게 앞에서부디 장타령을 걸쭉하게 한바탕 뽑을까를 슬슬 눈치보며 장터거리로 스며들고 있었다.

장터거리는 남쪽에서 극장으로부터 시작해서 북쪽으로 횡계다리 못 미처 삼거리 목까지였고, 장터는 그 중앙지점에 좌우로 자리 잡고 있었다. 벌교 5일장은 예로부터 보성의 5일장보다 그 규모가 배 이상 컸다. 인접한 고흥이나 조성의 인구 절반가량이 벌교장을 보려고 몰리는 탓이었고, 그에 따라 순천의 상인들은 물론이었고 멀리 여수에서도 물길을 따라 철교 아래 포구에 배를 묶었다. 벌교의 입지조건에 의해 형성된 필연적이고도 자연스러운 결과였다. 이런 현상 탓에 벌교사람들은 보성에 대해 우월감을 가지고 있었다. 그 우월감은 그저 막연한 것이 아니라 아주 노골적이고 구체적으로 일반화되어 있었다. '보성군 벌교읍'이 아니라 '벌교군 보성읍'으로 행정단위를 바꿔야 한다는 인식이 그것이었다. 벌교사람들의 그런 생각을 행정적으로 뒷받침하고 있는 것이 읍단위에 엄존하고 있는 '경찰서'였다. 군이 될 수 있는 모든 여건이 보성보다 앞서 있으니 끝글자만 바꿔 붙이면 간단하게 해결될 게 아니냐는 것이 벌교사람들의 주장이었다. 벌교의 그런 움직임을 보성사람들이 모를 리가 없었다. 보성사람들로서는 결코 좌시할 수 없는 문제일 것이었다. 두 지방 사이의 그런 공방은 해방과 더불어 생겨난 불씨였다.

계엄군은 새벽녘부터 장터거리의 양쪽 길목에 네 사람씩 무장을 하고 서 있었다. 그들은 가능하면 자신들의 존재가 사람들의 눈에 거슬리지 않게 하려는 듯 길가에 바짝 붙어 부동자세로 서 있었다. 그러나 그들의 눈길은 오가는 행인들을 따라 쉴 새 없이 움직이고 있었다. 그들의 눈길이 주로 쫓고 있는 것은 젊은 층의 남자들이었다. 어쩌다 검색을 하게 되는 경우에는 그들은 거수경례를 붙임과 아울러 공손한 말씨로 검색에 협조해 달라고 했고, 검색도 신속하게 끝낸 다음 처음과 마찬가지의 예의를 갖추었다. 장터 안에는 무장군인이 없었다. 장터 요소요소에는 사복경찰과 청년단원들이 경무장을 하고 배치되어 있었다. 공포 분위기를 조성시키지 않으려고 심재모가 취한 조처였다. 무장군인들은 장터거리 양쪽에만 배치된 것이 아니었다. 소화다리, 역전과 차부, 칠동의 건널목, 낙안 길목, 쇠머리 길목 등 외곽의 요소마다 배치되어 있었다. 그러니까 장터로 모여드는 사람들은 자신들도 모르는 사이에 두 차례씩의 검문검색을 당하고 있는 셈이었다.

심재모는 경찰 토벌대를 철교 아래 선창 옆에 줄지어 선 창고로 내몰았다. 그 창고들은 동양척식주식회사가 소작인들에게서 거둬들인 쌀을 보관했던 장소였다. 일본의 패망과 함께 그 큰 창고들은 텅텅 빈 채 수년 동안 방치되어 왔었다. 심재모는 자신의 휘하에 있는 5개 소대 병력을, 보성지구 2개 소대, 조성지구 1개 소대, 고흥지구 1개 소대, 벌교지구 2개 소대로 분산배치시켰고, 지구사령부는 벌교에 두었다. 계엄군 2개 소대 병력의 숙소도 물론 창고였다. 심재모는 청년단 뒤쪽으로 높게 자리 잡고 있는 공원에 종합지휘초소를 꾸몄다. 그곳은 일정시대에 신사를 모셨던 자리였다. 그곳에서는 읍내가 한눈에 내려다보였고, 특히 동쪽으로 넓게 열려나간 포구가 아스라이 멀었다. 포구 그 끝에서부터 붉은 해가 솟아오르면 일본인들은 그 해를 향해 무릎 꿇으며, 영원무궁한 황실의 번성과 황국의 번영을 기원했을 것이다. 그런데 누구의 손에 의해서 허물어졌는지 신사는 흔적도 없고, 얇은 일본식 기와의 파편만 여기저기 흩어져 있었다. 일본인들이 신사를 얼마나 대단하게 떠받들었는지는 그 터를 잡은 것으로 알 수 있는 데다가, 계단을 보면 더욱 실감이 갔다. 석 자짜리 화강암이 세 개씩 이어져 계단 하나를 이루었고, 공원까지 이어진 계단은 150개가 넘었다. 심재모는 그 공원을 'M1고지'라고 명명했다.

밤이 깊어가고 있었다. 추위를 실은 바람이 나뭇잎을 쓸어가는 소리가 스산스럽고 차가웠다. 어디선가 개 짖는 소리가 이따금 먼 메아리처럼 울렸다. 앙칼지거나 다급한 기운이 없는 그 소리는 겨울밤의 정적을 한층 더 깊게 만들고 있었다.

냉기가 가득한 바깥 기온과는 달리 방 안은 훈훈했다. 그 훈훈한 기운은 군불을 잘 때서 그런 것만은 아닌 듯했다. 어슴푸레한 석유등잔 불빛 아래서 두 남녀가 한창 내뿜고 있는 열기가 방 안에 출렁이고 있었다.

남자의 다부지고 격렬한 동작에 따라 여자는 뜨겁고 숨 가쁜 소리를 거리낌 없이 쏟아내고 있었고, 남자는 여자의 열기를 부추기기라도 하듯 뜨끈뜨끈한 원색적인 소리를 여자의 소리에 맞춰 토해내고 있었다. 박자를 맞추듯 하는 그들의 화답은 알몸뚱이로 뒤엉킨 어지러운 동작과 함께 좁은 방 안을 가마솥으로 만들고 있었다.

  하대치는 세 번째의 일을 치르고 있는 중이었다. 잎 떨군 가는 나뭇가지가 바람에 맞아 우는 소리가 차갑고, 그을음을 긴 꼬리로 피워올리고 있는 등잔불은 두 남녀의 열에 들뜬 행위를 무심한 듯 바라보고 있었다.

  하대치는 큰 짐승이 우는 것 같은 소리를 지르며 몸을 격렬하게 떨었고, 장터댁도 동시에 괴성을 지르며 전신을 비비 틀었다. 곧 이어 하대치는 죽은 듯 미동도 하지 않는데, 그 아래서 장터댁의 신음은 한동안 이어졌다.

  "워따, 조청 찍어 찰떡 묵디끼 오지게도 맛나게 묵어쌓네그려."

  두 팔을 받쳐 무겁게 상체를 일으키며 하대치가 맥이 빠진 소리로 말했다.

  "음마, 숭보요 시방?"

  장터댁이 이마에 진득하게 밴 땀을 손등으로 씩 문지르며 눈을 흘겼다.

  "숭은 무신 숭, 하도 맛나게 잘 묵응께 이뻐서 허는 소리제."

  하대치는 옆으로 둥그러지며 긴 숨을 토해냈다.

"보돕시 물꼬 막고 사는 과부 요리 베레놓고 인자 워쩔라요?"

장터댁이 속곳을 꿰입으며 투정하듯 말했다.

"워쩌긴 멀 워쩌. 배 맞었응께, 맘꺼정 맞으면 서방 각시 삼아 살 아뿔면 그만이제."

하대치는 눈을 감고 반듯하게 누운 채 대꾸했다. 전신이 나른하게 가라앉아가면서 아른아른 잠이 번져오고 있었다. 그러나 그 일을 해결해야 한다는 의식은 또렷하게 깨어 있었다.

"참말로, 몸집언 쪼깐헌 양반이 기운만 씬 게 아니라 뱃보꺼정 크요이?"

"키가 작은께 뱃보는 커야 안 쓰것어? 키 작은디다가 뱃보할라 작아뿔면 고것얼 워디다 써묵겄능가."

하대치는 몰려오는 잠을 밀어내며 느리게 몸을 일으켰다.

"허기넌 밤방아찧기놀음 재미지게 잘험스로 한 남정네허고 뜻 맞춰 사는 것보담 더 존 지집 팔자가 워디 있을랍디어. 고것이 맘 대로 뜻대로 안 된께 탈이제라."

장터댁이 하대치 쪽으로 물사발을 옮겨놓으며 폭 한숨을 쉬었다. 하대치는 물사발을 들어올리며 옆눈길로 빠르게 장터댁을 살폈다.

한숨과는 달리 그녀의 얼굴은 불그레하게 물들어 있었다. 색정의 만족스러움에 취해 있는 모습이었다.

"자네넌 탈일 것도 많네. 사람 한시상 살다 가는 것, 다 맘묵기에 달린 것인디, 워쩐가, 나가 자네 서방이 되먼!"

하대치는 물사발을 내려놓으며 장터댁 옆으로 바싹 다가앉았다.

"와따메, 또 생각이 동해서 이러요?"

장터댁은 눈을 흘겼다. 그러나 눈 언저리에 환하게 피어나는 웃음은 새로운 색정을 부르고 있었다. 요런 징상시런 년아, 니년이 워째 과부가 되얐는지 알겄다. 그리 색얼 써대니 워떤 눔이 당해내겄냐. 하대치는 쓴 입맛을 다셨다.

"딴소리허지 말고 얼렁 나가 헌 말에 대답허소."

하대치는 그녀의 눈치를 모르는 척하며 말머리를 둘러댔다.

"몰르겄소, 밤금실 좋다고 낮금실꺼정 존 것은 아닝께요. 사람 맴이라는 것이 천 층, 만 층, 구만 층이라 밤금실만 갖고 워찌 서방각시, 부부지간이 되겄소. 밤금실이야 요만 허면 된 상싶고, 밤금실이 잘 맞는 우리년 인자 반부부나 마찬가지니께, 더 욕심내덜 맙시다."

장터댁은 차분한 어조로 말했다. 그녀의 얼굴에는 색정을 탐하는 기운이 말끔히 가셔져 있었다. 나가 누군디 색질에 넋빼고 앉아 기둥서방 믹여살릴 것 같으냐. 색질도 꽁 묵고 알 묵는 셈으로 돈꺼정 생기니께 헐 만헌 것이제, 색질만 헌다면야 재미가 그리 오질 리가 있겄냐. 가운뎃다리 심 좋은 것허고, 장작짐 실헌 것 보면 서방 삼아도 될 성부르다만, 아서라 사람 맴 변허기는 잠시 잠깐잉께, 내 장시 믿고 손발 묶고 밍기적이면 먹얼 딸 것이냐, 붕알얼 잡아챌 것이냐. 그가 돌아가고 나서 며칠이 지나면 슬그머니 기다려지고, 다시 만나면 샅부터 화끈거려지던 자신의 헤묽은 마음을 장터댁은 부랴부랴 단속하고 있었다.

하대치는 장터댁의 약은 속셈을 금방 알아차렸다. '반부부'라는 말이 아주 묘하게 이쪽저쪽으로 어울린다 싶었다. 그 말은 더 이상의 접근을 원하지 않는다는 뜻이기도 했고, 한편으로는 앞으로도 이런 관계로만 그냥 지내자는 뜻이기도 했던 것이다. 하대치로서는 장터댁의 그런 약삭빠른 계산이 오히려 좋았다. 서로 부담이 안되는 상태로 필요한 도움만 받으면 되는 입장이니까 마음이 홀가분한 것이었다. 그러나 하대치의 입장에서 무엇보다 다급하고 답답한 것은 이 여자한테 얼마만큼 효과적으로 도움을 받을 수 있느냐 하는 점이었다. 그 신뢰감이 전혀 저울질이 되지 않았다. 세 차례째 잠자리를 하면서 그것을 저울질하는 것이 무리일지 몰랐다. 그래서 그녀의 마음을 꿰는 고리를 만들려고 하룻밤에 대여섯 번씩 그 일을 치러낸 것이었다. 이제, 그동안 자신이 만들어온 고리에 그녀의 마음이 얼마나 걸려 있는지 줄을 당겨봐야 할 판이었다.

"니미럴 것, 장터댁 말 듣고 되작되작 생각혀 본께 사내자석 배창시 비비 틀리게 허는 영 느자구읎는 말이시잉?"

하대치는 잔뜩 찌푸린 얼굴에 화가 난 어조로 말을 내쏘았다.

"워째 그러요?"

장터댁은 저고리를 여미며 정색을 했다. 오냐, 니가 전자리럴 필라는 갑는디, 워디 혀보자. 그녀는 마음을 단단히 다잡고 있었다.

"워째 그러기넌?" 하대치는 눈을 고약하게 뜨며 궐련을 뽑아 불을 붙이고는, "사람얼 멀로 보고 허는 소리여, 시방! 장터댁 눈에는

나가 기둥서방질 해묵고 사는 잡놈으로 뵈는갑는디, 워찌 이려 이
거. 몸 섞다 본께 홀애비 정 표시로 헌 말인디, 장터댁언 등창 빼믹
힐 백여시라도 만낸 거맨치로 그리 딱 짤라서 말허는 심뽀는 머시
냐 이거여. 하로밤얼 잠스로도 만리성얼 쌓는다는디, 아무리 오다
가다 만낸 사이라고 워찌 그랄 수가 있냐 이 말이여. 번개씹에도
정이 솟고, 도둑씹에도 정이 큰다는디, 우리넌 번개씹도 도둑씹도
아니고 요 처억 깔아놓고 허고 허고 또 헌 점잖헌 씹이 아니냐 이
거시여. 근디도 장터댁언 정이라고는 터럭끝만치도 읎이 사람얼 기
둥서방질이나 해묵을라는 잡놈으로 몰아때레야겄어? 그냥 팍 박
치기혀서 면상 싹 잉끄레뿔기 전에 사람 무시허는 말 허덜 말어. 나
가 밥얼 공짜로 묵었어, 씹얼 공씹얼 혔어. 장작 싸게 대주고, 낼 돈
다 내감서 무시는 무시대로 다 당허고, 에잇 빌어묵을 집구석, 내
다시 발길을 허먼 개자석이다!" 담배를 거칠게 비벼 끄고 벌떡 일
어섰다.

"음마, 워째 일어나시요?"

하대치를 올려다보며 말하는 장터댁의 음성이 당황스러웠다.

"몰라서 물어? 요런 빌어묵을 집구석은 당장 떠야제. 잠잘 국밥
집은 을매든지 있응께."

알몸인 채인 하대치는 허리를 굽혀 저고리를 집어들었다.

"워메, 참으씨요. 나가 잘못혔구만이라. 참말로 잘못혔구만이라."

장터댁은 하대치의 허벅지를 두 팔로 감았다.

"무신 잡소리여. 팍 걷어차뿔기 전에 다리 놔!"

하대치의 큰 목소리에 비해 다리를 빼내려는 움직임은 지극히 미온적이었다. 하대치의 허벅지를 붙들고 있는 장터댁의 바로 눈앞에서 하대치의 물건이 흔들리고 있었다. 워메, 저 기맥힌 것이 영영 떠나뿔면 으쩔끄나! 그녀는 갑자기 가슴이 텅 비는 것 같은 공허감과 함께 마음이 다급해졌다. 그리고 그에 대한 정이 경계심을 무너뜨리며 솟구쳐올랐다.

"금메, 존 일 헌다고 앉어서 나 말 잠 들어봇씨요. 나도 지집인디 그리 몸 섞음스로 워찌 정이 안 생기겄소. 그런디도 워낙에 험헌 시상 팔자 사납게 살다 본께 안 속고, 안 둘리는 것이 상책이라 속맘 따로, 겉맘 따로 챙기는 것이 몸에 배서 그리 됐구만이라. 지 맘 단도리허니라고 넘 말 지대로 못 알아묵고 주딩이 놀리는 이년얼 불쌍허니 생각허고 지발 용서허시씨요."

장터댁은 간절하게 말하고 있었다. 기둥서방으로 얹히지만 않는다면야 장작을 시세보다 약간 싸게 사는 이익을 따지기 전에 마음을 주고 정을 키우기에 모자람이 없는 남자인 것이 분명했다.

"이보씨요, 맘 풀고 얼렁 앉으씨요."

"워떤 말얼 믿어야 좋을란지 몰르겄응께 슨 짐에 가야 쓰겄네!"

하대치는 매몰차게 말하며 들고 있던 저고리를 꿰입었다.

"워메, 워째 이러시요. 정 갈라먼 요것 띠놓고 가씨요."

장터댁은 순식간에 하대치의 물건을 두 손으로 거머잡았다.

"어허, 머 허는 짓거리여!"

하대치는 반사적으로 아래를 내려다보며 버럭 소리쳤다. 여자는 얼굴을 박은 채 아무런 대꾸가 없었다. 그런데 하대치는 천천히 천천히 무릎을 꺾으며 앉아가고 있었다. 그 느린 동작은 그녀가 그의 물건을 아래로 당기는 만큼의 힘과 비례하고 있었다. 그려, 니년이 내 연장맛에 환장얼 안 허면 워쩔 것이냐. 하대치는 넉넉한 승리감에 차 있었다. 그것은 그 일을 해결할 수 있다는 자신감으로 이어지고 있었다.

"자네 사람 앉히는 법 한분 기맥히네그랴."

방바닥에 주저앉은 하대치는 담배를 빼들며 허허대고 웃었다. 얼굴을 숙인 채 그녀는 성냥불을 켰다. 하대치는 담배에 불을 붙이며, 그 일을 의논하기에 안성맞춤이라고 생각했다.

"어이 보소, 자네 솜바지저구리 맹글 줄 아능가?"

하대치는 정다운 목소리로 물었다.

"맵씨 있게야 못혀도 맹글 줄이야 알제라."

다급한 김에 물건을 잡고 늘어지긴 했지만 뒤늦게 일어난 부끄러움으로 장터댁은 고개를 들 수가 없었다. 목소리마저 제대로 나오지 않았다.

"맵씨고 솜씨고 볼 것 읎고, 맹글 줄 알면 되얐네." 하대치는 그녀의 곁으로 바싹 다가앉으며, "나가 돈 남는 장시럴 한판 혀야 쓰겄응께 자네가 심 잠 빌려줄란가?" 곧 큰돈이 생기는 것처럼 목소리를 과장했다.

"옷장시럴 헐라고라?"

장터댁이 놀란 듯한 음성으로 말하며 고개를 들었다. 그녀는 어이없다는 표정을 짓고 있었다. 누구나 집에서 만들어 입고 마는 솜바지저고리로 무슨 장사를 한다는 것이냐 하는 뜻이 담겨 있었다.

"나 말 잠 들어보소. 나허고 잘 아는 사람이 목포서 연락얼 혀왔는디, 바다에 보럴 막아 농토를 맹그는 공사가 벌어졌다네. 겨울공사라 옷언 두툼허니 입어야제, 각지에서 몰리는 일꾼이란 것은 다 나맹키로 홀애비가 아니면 총각이제, 솜바지저구리가 읎어서 못 폴아묵는 판잉께, 한 서른 벌 맹글 수 있으면 얼렁 맹글어갖고 오라는디, 워째 장시가 될 성불른가?"

"금메, 듣고 본께 한바탕 장시가 될 만도 허겠는디요이."

장터댁의 얼굴에는 어이없어하던 표정은 간 곳이 없었다.

"워째, 수고비 톡톡허니 쳐줄 팅께 나 돈 잠 벌게 혀줄랑가?"

"근디 말이요, 한두 벌도 아니고 서른 벌이나 되는 그 많은 것얼 밥장시 해감스로 어느 세월에 다 맹글겄소."

"어허, 긍께 자네 혼자 맹글어서 쓰겄는가. 시일이 촉박헌께 자네넌 한 벌만 맹글고, 시물아홉 벌은 시물아홉 집에 풀어서 와짝 맹글어뿔먼 될 일 아니겄는가."

"워따 맞소! 그리 허먼 되겄네잉."

장터댁은 손바닥까지 맞때리며 신이 나 했다.

"솜 사고, 포목 끊고, 시물아홉 집 골라내고, 장터댁이 혀야 헐 일이 태산인디, 그 수고비 톡톡허니 쳐줄 것잉께 말이시."

"아까부텀 수고비, 수고비 해쌓는디 그 말 자꼬 들믹이면, 나 일 안 맡겄소. 나가 돈에 환장헌 년도 아니겄고."

장터댁이 토라지는 시늉을 했다.

"아이고메 고맙네, 고맙네." 하대치는 그녀의 엉덩이를 다독거리며, "고것이 메칠이나 걸릴랑가?" 넌지시 물었다.

"넉넉잡고 사흘이면 되겠제라."

"이틀이면 딱 좋겄는디."

"바느질이 쪼깐 험해져서 그렇제 이틀이라고 못 헐 것 있간디라."

"일꾼늠덜이 입을 것인디 바느질이 험허면 워띠어. 낼 아척부텀 일 시작이시."

"음마, 맨손으로 무신 일얼 시작혀라?"

"쩌그 저것 안 뵌가?"

윗목에 버려진 듯이 놓인 조그만 보퉁이를 하대치가 턱으로 가리켰다.

"쩌것언 점심 벤또라고 안 혔소?"

"고것이 옷 맹글 돈이시."

"음마 참말로, 생김 맨치로 야물딱지기도 허요이."

장터댁이 눈가에 끈적한 웃음을 피워내며 말꼬리에 진한 콧소리를 묻혔다.

"한숨 붙여야 쓰겄네. 자네도 자세."

하대치는 요 위에 벌렁 드러누웠다. 지금으로서는 도저히 그녀의 요구를 들어줄 수가 없었다.

바람이 달음박질치는 소리에 하대치는 마음을 보내고 있었다. 이제 겨울이 완연했다. 산생활이 어려운 고비로 접어들고 있었다.

정하섭 동무가 다녀갔다. 그가 떠나고 난 다음부터 대장 염상진의 얼굴에서 근심기가 사라졌다. 그 내용은 알 수 없는 일이지만 대장은 무언가 새로운 작전을 세우고 있는 눈치였다. 솜옷을 장만하라는 명령을 내린 것도 겨울이 닥쳐서 그런 것만이 아니라 새로운 작전에 따른 계획인 것처럼 느껴졌다. 서른 벌의 옷을 만들 수 있게 솜과 포목이 상점에 비축되어 있을지 걱정이었다. 그것이 마련된다 하더라도 갑자기 물건이 팔려나가는데 의심을 살 염려가 있었고, 스물아홉 집에서 옷을 만드는 동안 의심을 받게 될 수도 있었다. 대장은, 닷새 안으로 장만이 되면 좋겠다고 했다. 의심받기 쉽고 위험스러운 일을 닷새씩이나 끌 수는 없었다. 번개 치듯 해치우는 것이 상책이라 싶었던 것이다. 내일 아침에 솜을 사고, 포목을 끊는 것까지만 확인하면 일단 몸을 숨길 작정이었다. 일이 무사히 되고 안 되고는 이제 운수에 맡길 도리밖에 없었다. 하대치는 몸을 뒤척였다. 잠은 찬 바람결이 쓸어갔는지 멀어지고, 곤한 잠에 빠진 장터댁의 질긴 숨소리가 신경을 자극하고 있었다. 지주계급과 착취계급을 쳐없애는 혁명, 소작인들이 공평하게 땅의 주인이 되는 혁명, 가난도 굶주림도 없는 세상을 일으키는 혁명, 아아 그날은 언제나 올 것이냐. 장맛비에 봇물이 터지듯 그리 시원한 혁명의 날은 언제나 올 것이냐. 하대치는 주먹을 부르쥐며 다시 몸을 뒤척였다.

정현동 사장은 입맛 없는 아침밥을 서너 숟가락째 떠올리고 있었다. 바깥에서 갑자기 사람들 떠드는 소리가 왁자하게 울려왔다.

정 사장은 문득 숟가락을 멈추며 신경을 밖으로 모았다. 욕설까지 섞인 사람들의 목소리는 아주 거칠었다. 까닭 모를 찬바람이 등줄기를 훑어내리는 걸 정 사장은 느꼈다.

"나가보소!"

정 사장은 밥상을 밀치며 아내에게 벌컥 화를 내듯 했다. 의아스러움과 불길한 느낌으로 밖에 귀를 모으고 있던 낙안댁은 지체 없이 일어섰다.

마루로 나선 낙안댁의 눈에 들어온 것은 대문을 사이에 두고 칠팔 명의 사람들이 실랑이를 벌이고 있는 모습이었다. 안으로 밀고 들어오려는 쪽과 못 들어오게 막으려는 쪽이 서로 힘으로 맞서기보다는 입으로 대거리를 하고 있어 소란스러운 것이었다.

"우리 생사가 걸린 문젠께 비켜나란 말시." "쪼깐만 기둘리랑께 이려." "니기미 좆도, 우리도 밥 안 묵었어." "아 팍 밀치고 들어가뿌러." "우리끼리 쌈허잔 거시여?" "긍께 비켜나!" 이렇듯 어지럽게 뒤엉키는 소리를 들으며 낙안댁은 그들이 누구인지를 알아내려고 매운 눈길을 빠르게 움직이고 있었다. 실랑이를 벌이느라고 가려졌다 나타났다 엇갈렸다 하는 그들의 얼굴을 하나씩 간추려 살폈지만 아는 얼굴이라고는 없었다. 그러나 방을 나서면서 첫눈에 그들이 작인이라는 것을 알아보았다. 그 순간, 저것들이 그 일을 알았단 말인가, 하는 생각과 함께 가슴이 덜컥 내려앉았다. 그러나 우리 땅 우리 맘대로 하는데 저것들이 뭐야, 하는 역정과 함께 낙안댁의 마음은 냉정하고 단단하게 변했다.

그들을 들어오게 해야 할지, 남편을 불러내야 할지 판단을 못 내리고 있는 낙안댁의 눈에 얼핏 잡히는 얼굴이 있었다. 그건 틀림없이 마름 허 서방의 얼굴이었다.

"허 서방! 허 서방! 거그서 멀 허고 있소. 싸게 들오씨요!"

낙안댁의 음성은 카랑카랑하게 대문 쪽으로 날아갔다. 대문 앞의 소란이 뚝 멎었다. 일순간 괴이쩍은 침묵이 집 안 가득 끼쳐졌다. 그때 안방 문이 옆으로 밀쳐지며 정 사장이 모습을 드러냈다.

"어인 소란이냐!"

정 사장이 마루 끝에 버티고 서며 호령했다. 그는 그새 양복을 차려입고 나온 것이었다. 불룩한 배, 조끼의 단추와 주머니 사이에 늘어진 샛노란 시계줄이 햇빛에 반짝 빛났다.

"야아, 우리가 거렁뱅이 문딩이떼가 아닌께 소란은 아니고라, 쪼깐 따지고 볼 일이 있어 왔구만이라."

한 젊은이가 마당을 가로지르며 거침없이 말하고 있었다. 정 사장을 노려보며 목을 쑥 빼고 걷는 걸음걸이며 그 어투가 아예 시비조였다. 그 청년의 뒤를 따라 네 사람이 줄을 잇고 있었다. 시큰둥한 표정으로 맨 뒤를 따르고 있는 것이 마름 허 서방이었다.

"허 서방, 요게 무슨 버르장머리 없는 짓거리야!"

정 사장은 허 서방을 질타함으로써 다른 작인들을 묵살해 버렸다.

"글씨요…… 중도들판 논얼 다 풀아묵어뿌렀는지 워쨌는지 나도 통 몰르는 일인디, 요 사람덜이 나럴 막 왈김스로 욜로 끌고 오는 바람에 요리 개새끼맹크로 슬려왔구만이라."

모로 돌아서서 먼산바라기를 한 채 말을 질질 늘여빼는 어조며 힐끔힐끔 곁눈질을 하는 태도는 노골적인 도전이었다. 그는 어제까지의 마름 허 서방이 아니었다. 저것들이 어떻게 그 일을 알았단 말인가, 허 서방 저놈 하는 짓은 또 뭐야, 정 사장의 머릿속은 한순간 갈팡질팡이었다.

"이놈아, 감히 누구 앞에서 그따우로 버르장머리 없이 굴어!"

정 사장은 발로 마룻장을 내리차며 고함을 질렀다.

"엇허어! 인자 이놈, 저놈 허덜 맙씨다. 나도 몰르게 땅 싹 폴아치워뿔고, 피차간에 관계 깨끔허니 끊어뿐 것이 그쪽인디, 나가 인자 머 묵자 것 있다고 굽실굽실허겄소. 나도 나이 묵을 만치 묵은 몸잉께 말조심허씨요."

허 서방은 허리춤에 두 손을 찌른 채 정 사장을 노려보고 있었다. 그 눈에는 증오가 타오르고 있었다.

"아니, 아니, 저, 저……"

정 사장은 삿대질을 하며 말을 더듬거렸고, "위메, 위메……" 낙안댁은 너무 당황하고 분해 안절부절을 못했다.

"허 서방! 말 다 혔어?"

한 남자가 거칠게 내쏘며 술도가 쪽에서 곧바로 허 서방을 향해 내달았다. 낙안댁의 친정동생 한갑수였다.

"그려, 워쩔꺼?"

허 서방이 턱을 치켜들며 맞섰고, 한갑수가 내달아온 기세 그대로 허 서방의 멱살을 낚아챘다.

"쪼오타, 잡은 짐에 늙은 삭신 패대기럴 쳐뿌러라."

아까 앞장을 섰던 마삼수가 이빨 사이로 침을 찍 내깔기며 빈정거렸고, "그려, 깨구락지 때기치대끼 한판 혀봐라. 못허는 것도 빙신잉께" 김복동이가 맞장구를 쳤고, "워따, 돈 안 딜이고 존 귀경허게 생겼네웨. 술살이 붙어서 긍가 기운 잠 쓰게 생게묵었구마." 노덕보가 비실비실 웃으며, 화단가에 반쯤 눕혀진 모양새로 조르르 박힌 벽돌을 툭툭 차고 있었고, 강동기는 팔짱을 낀 채 눈을 찡그려붙이며 말이담배만 빨아대고 있었다. 그들은 회정리 3구에 사는 작인들이었다. 마삼수와 강동기는 20대 후반이었고, 김복동과 노덕보는 30대 후반이었다. 생김새와 몸피가 각기 다른 것과는 상관없이 그들은 하나같이 찌들리고 가난해 보였다. 아까 그들을 제지했던 술도가의 일꾼 셋은 자기들끼리 무슨 말인가를 열심히 수군거리고 있을 뿐 이쪽의 시비에는 별로 관심을 쓰지 않고 있었다. 정 사장이 땅을 전부 처분해 버렸다는 소식은 그들에게도 놀라움일 것이 분명했다. 그들은 직감적으로 정 사장네의 신상 변동을 깨달음과 동시에 자연스럽고도 당연하게 술도가의 행방을 유추할 거였다.

"봐라, 갑수야! 그 손 놔라, 어서."

정 사장은 처남을 만류했다. 이쪽에서 먼저 힘을 쓸 계제가 아니라고 판단했던 것이다. 정 사장은 서운상을 향해 끓어오르는 분노를 견딜 수가 없어 계속 이빨을 갈아붙였다. 잔금이 끝나기 전까지는 절대 비밀에 부치자고 그렇게 난난히 약속을 하고서는 배신을 해버린 것이었다. 허 서방은 끝까지 내 편에 서서 바람막이 노릇을 해줘야 하는 건데……, 판이 이리 될 줄 알았더라면 허 서방한테는 귀띔을 하는 것이었는데……. 정 사장은 때늦은 후회를 씹고 있었다. 그러나 애당초 허 서방의 존재 같은 것은 염두에도 두지 않았던 것이다. 타지로 떠나면서 그는 한 푼이라도 더 손아귀에 잡는 데 급급해 있었던 것이다. 정 사장은 내심으로 단단히 응전태세를 취하고 있었다. 기왕 다 드러난 것, 강하게 밀어붙이자고 작정했다. 날파리 같은 것들, 제까짓 것들이 날뛰어봤자 어쩔 거야. 정 사장은 코웃음을 쳤다.

"편케 마름질시켜 준 은혜도 몰르는 배은망덕헌 놈 겉으니……."

허 서방의 멱살을 놓은 한갑수가 손바닥을 털며 돌아섰다.

"허, 가당찮다. 그리 은혜 베풀어서 마름 알기럴 쥐좃만치도 못허게 아는고나. 은혜 두 분만 베풀었다가는 나는 똥통에 구데기만치도 못 될 뻔혔구만."

허 서방이 퉤 침을 내뱉었다. 저놈이 틀림없이 선동을 했구만, 정 사장은 그야말로 그의 배은망덕에 괘씸함을 누를 길이 없었다.

"그래, 내 땅 내가 알아서 처분했다. 건방지게 따지긴 뭘 따지겠다는 게야!"

정 사장은 아랫배에다 힘을 주며 목청을 돋우었다.

"말 한분 잘혔소. 허나, 술도가럴 폴아묵은 것은 당신 맘대로 혀도 될 일이겄제만, 농토는 당신 맘대로 못 폴아묵는다 고런 말이오."

마삼수가 삿대질을 하며 대들었다. 술도가를 팔아넘긴 사실까지 들통이 나고 있었다. 술도가의 일꾼들이 눈이 휘둥그레져 일제히 이쪽을 쳐다보았다. 정 사장은 또 서운상을 어금니 사이에 넣고 씹었다.

"저, 저 시건방진 놈, 내 땅 내가 처분하면서 네놈들 도장이라도 받아 허락을 맡을까?"

"어허, 듣기 꺼끄러운께 자꼬 내 땅, 내 땅 허덜 마씨요. 토지개혁인가, 농지개혁인가가 시작되면 그 소유권이 우리헌테 우선적으로 있응께, 우리도 그 땅의 반임자다 그 말이요. 유식헌 줄 알았등마 나보담도 무식허요이?"

김복동의 말이었다.

"건방지게, 누구 맘대로 우선적이야, 우선적이."

"나라에서 맹그는 법이 그렇소."

마삼수가 버럭 소리 질렀다.

"버업? 그래, 법 많이들 믿어라."

정 사장은 불룩한 배를 느릿느릿 쓸며 양쪽 입꼬리가 처지는 비웃음을 피워내고 있었다. 법이고 질서라는 것이야말로 돈과 힘의 편이라는 사실을 그는 확고부동하게 믿었다. 왜냐하면 법이나 질서라는 것은 언제 어느 때나 돈과 힘이 있는 사람들이 만들게 마련이었던 것이다.

"폐일언허고, 안직 잔금 전인께 계약얼 파허시요. 고런 값이라면 예편네 고쟁이럴 폴아서라도 우리가 사겄소."

강동기가 팔짱을 풀며 앞으로 나섰다. 얼굴이 강단지게 생긴 그는 강동식의 사촌동생이었다.

가슴이 뜨끔해진 정 사장은 바짝 긴장했다. 서운상, 그놈은 비밀만 안 지킨 것이 아니라 거래가격까지 까발렸단 말인가. 그놈이 무슨 억하심정으로 자신을 이런 궁지에 몰아넣는 것인지, 정 사장은 환장할 지경이었다. 해약, 어림도 없는 일이었다. 땅을 해약하면 양조장까지 해약이 되는 판이었다.

돈이 제대로 돌지 않게 된 서운상은 논을 사들인 값보다 조금 높여 서너 사람에게 줄을 대다 보니 소문이 번졌고, 그 소문을 듣게 된 작인들은 자신들의 생사가 걸린 문제가 터졌음을 알고 서운상에게로 몰려갔던 것이다. 작인들의 서슬에 둘러싸인 서운상은 끝까지 부인을 못하고 사실대로 다 털어놓고 말았던 것이다. 이런 내막을 정 사장이 알 리가 없었다.

"아, 논을 살 요량이면 서운상이한테 가서 사면 될 일이지 왜 나한테 해약을 하라는 게야."

"그새 논값이 올라뿌렀소!"

강동기가 힘주어 말했다.

"허, 그 사람, 잔금도 안 끝내고 돈 벌 심산인가."

정 사장은 헛김 빠지는 소리를 했다.

"고것이 바로 부자라는 놈덜이 허는 베락 맞을 짓거린 것이여."

노덕보가 툭툭 발길질을 하고 있던 화단가의 벽돌을 느닷없이 걷어차며 소리 질렀다. 벽돌 서너 개가 흙을 튕기며 뒤로 누웠다.

노덕보의 행동은 너무나 돌발적이었다. 화단이 망가지는 것을 보자 곧 사나운 말이 터져나오려 했지만 낙안댁은 꾹 참아냈고, 정사장은 먼 데 눈길을 보내며 못 본 체했다. 뭐라고 탓을 하면 금방 벽돌을 집어서 던질 것만 같은 위기감을 부부는 똑같이 느꼈던 것이다.

"해약얼 허씨요."

강동기가 다그쳤다.

"안 돼."

"허면, 폴아넴긴 값에 우리가 살 수 있게 중간에 서주씨요."

"못해."

"허면, 폴아넴긴 값허고 서운상이 내라는 값허고, 그 차액얼 정사장이 책임지씨요."

"나가 미쳤간디?"

그때였다.

"야이 씨부랄 놈아, 니만 사람이고 우리넌 짐생이냐. 니 죽고 나 죽자아아!"

손아귀에 벽돌을 움켜쥔 노덕보가 앞으로 내닫고 있었다. 강동기가 재빨리 그의 앞을 가로막았다.

"성님, 워째 이러시요. 요런다고 일이 해결 안 된께 쪼깐만 더 참으씨요."

강동기가 냉정한 얼굴로 말했다.

"우리 밥줄 끊어놓고도 요것도 못허겄다. 저것도 못허겄다. 천불이 솟아 더 못 참겄다. 저놈 쥑이고 나 죽어뿔란다."

노덕보는 숨을 씩씩거리며 벽돌 움켜쥔 손을 힘없이 떨구었다. 그의 흐릿한 시야에는 네 자식의 얼굴과 노모와 아내의 얼굴이 어릿거리고 있었다. "말기지 말고 냅둬." "대갱이 팍 잉끄레뿔게 혀." "하먼, 쓴맛 뵈여." 마삼수와 김복동이는 몸에 잔뜩 힘을 넣은 채 내뱉고 있었고, 낙안댁은 기둥 뒤에 바짝 웅크리고 있었으며, 정 사장은 태연한 척 큼큼 헛기침을 했고, 한갑수는 댓돌 아래서 방어태세를 취하고 있었고, 술도가 일꾼들은 눈만 멀뚱거리면서 구경을 하고 있었다.

"다시 말허겄소. 세 가지 중에 하나럴 골르씨요."

강동기가 단호하게 말했다.

"안 된다면 안 돼."

정 사장도 단호했다.

"저, 저 도적놈에 심뽀 잠 보소. 저런 도적놈덜 땀세 빨갱이가 되는겨."

마삼수가 제 손바닥을 주먹으로 치며 기가 막혀했다.

"참말로 저것이 도적놈 중에 상도적놈이시. 저놈이 저리 지독헌 도적놈 심뽀럴 가졌응께 즈그 아덜이 대신 죄닦음 허니라고 빨갱이질얼 나섰겄제. 근디도 저놈은 도적놈 심뽀 못 고치고 저 지랄얼 허는 것 본께 즈그 아덜 발샅에 땟국만도 못헌……."

느물느물 야유를 하고 있던 김복동이가 얼굴을 감싸며 비틀거렸다.

한갑수가 느닷없이 달려들어 김복동의 면상을 갈겼던 것이다. 김복동의 코에서 피가 흐르고 있었다.

"온냐, 니놈이 사람얼 쳤겄다아!"

작달막한 체구의 김복동이 이빨을 빠드득 갈아붙였다. 그는 코로 손을 옮기는가 싶더니 한갑수를 향해 팽 코를 풀었다. 핏방울이 사방으로 흩어졌다. 그 바람에 한갑수는 엉거주춤 뒤로 물러섰다. 그때를 놓치지 않고 김복동이는 한갑수의 가슴을 치받고 들어갔다. 이미 눈빛이 이상하게 변해 있던 마삼수·노덕보·강동기도 맛 좋은 먹이라도 다투듯이 일제히 한갑수에게 달라붙었다. 마당은 삽시간에 난장판이 되었다.

"어! 어! 저놈들이…… 저놈들이……." 댓돌로 뛰어내린 정 사장은 무엇을 찾는 몸짓을 하며 허둥거렸고, "사람 죽이네에, 사람 죽이네." 낙안댁은 더는 참을 수 없다는 듯 기둥을 부둥켜안은 채 목청을 다해 소리를 질러댔다.

어지럽게 몰매를 때리고 있던 속에서 한 사람이 빠져나왔다. 노덕보였다. 그는 화단가로 달려가더니 벽돌을 집어들었다.

"니기미 시펄, 죽기 아니먼 살기다. 분허고 원통혀서 인자 더는 못 참겄다."

그는 울부짖듯 하며 벽돌을 던지기 시작했다. 마루의 유리창이 날카로운 소리를 내며 깨져나갔다. "나 겉은 놈 새끼덜 많고 뱃보 읎어 빨갱이질언 못헌다만 니놈 한나는 죽일 수 있다." 노덕보는 연방 소리치며 벽돌을 뽑아 계속 내던졌다. 벽돌들은 마루에 떨어져

뒹굴기도 했고, 방문 창살을 부수고 방 안으로 뛰어들기도 했고, 벽에 맞고 떨어지기도 했고, 제멋대로 날아갔다.

"어이 자알헌다, 씨언허게 자알헌다, 얼씨구, 씨언하다, 절씨구, 자알헌다……."

한쪽 구석으로 안전하게 피해 선 마름 허 서방은 히물히물 웃어대며 씨부리고 있었다. 그는 박자라도 맞추듯 상체를 꺼떡거렸다.

언제부턴가 대문 앞에는 사람들이 가득 몰려들어 법석을 떨고 있었다. 그 사람들을 헤치고 군인 두 명이 마당으로 뛰어들었다. 순찰을 돌던 군인이었다.

"정지! 정지!"

군인이 외쳤다. 그러나 그들은 군인의 출현을 전혀 모르고 있었다.

"정지하라니까! 쏜다!"

두 군인이 총을 벗어들며 고함쳤다. 그때서야 그들은 군인의 존재를 의식했고, 자신들의 가슴을 겨누고 있는 총구 앞에 천천히 두 팔을 들어올리고 있었다.

"이 사람들 이거 어디서 집단폭행이야. 모두 다섯? 다들 이쪽으로 집합."

군인이 총 끝으로 지시했다.

"나넌 아니요. 귀경만 혔소."

허 서방이 주춤주춤 물러서며 고개를 저었다. 그는 팔을 들어올리지 않았고, 군인이 팔을 들어올리고 있는 네 명을 훑어보았지만 그들은 아무 반응도 보이지 않았다.

"좋아, 모두 넷. 경찰서까지 그대로 팔을 들고 간다. 만약 팔을 내리거나 도주하면 발포한다. 앞으로이 갓!"

그들은 꼼짝없이 두 군인에게 끌려나갔고, 허 서방은 운집한 구경꾼들 속으로 재빨리 몸을 감추어버렸다.

난폭하게 날아드는 벽돌을 피해 안방에 웅크리고 있던 정 사장과 낙안댁은 갑자기 바깥이 조용해진 이유를 몰라 더듬거리며 마루로 나서고 있었다. 난동을 부리던 작인들이 간 곳이 없는 집 안은 온통 수라장이었고, 피투성이가 된 한갑수는 정신을 잃은 채 마당에 나둥그러 있었다.

"저걸 워쩔끄나……."

낙안댁은 울먹이며 버선발로 마루에서 뛰어내렸다.

"경남아, 동명아, 춘복아, 워디 있냐."

정 사장은 술도가 일꾼들을 찾고 있었다. 그들은 무언가 마뜩찮은 얼굴들을 하고 어슬렁어슬렁 나타났다.

"어찌 된 일이냐?"

"군인덜이 싹 잡아갔는디요. 사장님이 전화로 군인덜 불른 거 아닌게라우?"

그중 나이 많은 함경남이가 말했고, 그들은 의아스런 눈으로 서로를 쳐다보았다.

"그리 멍허니 섰덜 말고 상무님 싸게 병원으로 옮겨."

정 사장이 팔을 내저으며 역정을 냈다.

"저어…… 참말로 술도가도 풀어넘기셨는게라?"

이춘복이가 슬슬 눈치를 살피며 물었다.

"잔소리 말고 싸게 병원으로 옮기랑께."

정 사장이 주먹을 치켜들었다.

"아, 의사가 잽혀가고 읎는디 병원으로 가봤자 무신 소양이 있겄소이."

김동명이가 불퉁스럽게 말했다. 정 사장은 그 말을 듣고서야 전 원장 사건을 상기했다.

"별수 없다. 조심해서 방으로 옮기고 한의사라도 싸게 불러라."

정 사장은 휴우 한숨을 토했다.

처남을 방으로 옮긴 다음 정 사장은 담배를 피워물었다. 그때까지도 웅성대고 있는 사람들을 쫓고 대문을 걸어잠그게 했다. 그러나 수라장이 되어 있는 집 안은 일체 치우지 못하게 했다. 경찰을 불러 집단폭행을 가하고 난동을 부린 현장을 확인시키려는 것이었다. 정 사장의 머릿속에는 반격을 가할 생각만이 가득 차 있었다. 그즈음에 경찰서에서 전화가 걸려왔다.

"저 서장입니다. 방금 보고를 받았는데, 댁에서 불미스런 사건이 발생한 모양이군요."

"아, 예, 그러잖아도 지금 금방 경찰서로 나갈려고 하던 참이었소. 아, 글쎄 그 죽일 놈들이……."

"예, 알았습니다. 사건전말은 경찰서에 나오셔서 말씀하시지요."

"아, 여보시오, 여보시오, 집단폭행당한 사람의 상태와 난동현장,

우리 집 피해상황을 알아야 할 것이니 경찰을 좀 보내주시오."

정 사장의 어조는 꽤나 거칠었다. 경찰서장이 자신의 말허리를 잘라버려 감정이 꼬였던 것이다.

"조금 전에 보냈으니 곧 도착할 겁니다."

"알았소. 기다리고 있겠소."

전화를 끊고 나서도 정 사장의 기분은 언짢았다. 서장의 어투가 지극히 사무적인 데다가, 자신을 그놈들과 동격으로 취급하는 느낌이었던 것이다.

"곧 경찰이 피해조사를 나온다 허니까 잘 보여주소. 나 경찰서에 나가네."

정 사장은 낙안댁에게 이르고 집을 나섰다. 집 앞에는 그때까지도 열댓 명이 모여 무슨 말들인가를 하다가 정 사장이 나가자 우르르 한 옆으로 비켜섰다. 정 사장은 평소보다 더 거드름을 피우며 그들 옆을 지나쳤다. 모여선 사람들은 거만스런 정 사장의 뒷모습에다 불신에 찬 눈총들을 쏘고 있었다.

정 사장은 그 느닷없이 당한 행패와 난동이 꿈만 같았지만 한편으로는 앓던 이빨 뽑아버린 것처럼 후련하기도 했다. 앞으로는 더마음 졸이거나 신경 쓸 필요가 없게 된 것이었다. 이제는 잔금 챙길 일만 남은 셈이었다. 처남이 얼마나 다쳤는지 걱정이었지만, 그놈들한테 치료비를 물리는 것은 물론 집단폭행죄로 콩밥을 먹여 상것들의 버르장머리를 고치고, 훼손된 체면을 말끔히 회복하리라고 작심했다.

경찰서에서 정 사장을 기다리고 있는 것은 서장이 아니라 계엄
사령관이었다.

"본 사건을 중대시하는 데는 두 가지 이유가 있습니다. 첫째는,
본대가 주둔하고 첫 번째로 발생한 대형 집단사건이며, 둘째는, 단
순한 개인감정으로 유발된 사건이 아니라 토지문제로 야기된 사건
이라는 점입니다."

움직일 줄 모르는 석고상처럼 책상에 똑바로 앉은 심재모의 첫
마디였다. 정 사장은 자신이 앉아 있는 위치부터가 마음에 들지 않
았다. 책상 정면에 의자 하나를 달랑 놓고 사람을 앉힌 데다가, 새
파랗게 젊은것의 태도가 꼭 범인을 취조하듯 해서 심기가 비꼬이
고 있었다. 벌교바닥에서 일정 때부터 여태까지 이런 불쾌한 취급
은 받아본 적이 없었던 것이다.

"지금 날 취조하는 거요?"

정 사장의 목소리는 터무니없이 컸다. 그 순간 심재모의 미간이
경직되며 눈빛이 날카로워졌다. 경찰서장이 요약한 정현동의 인적
사항이 심재모의 비위를 건드렸다.

"사건경위를 조사하려고 합니다."

심재모는 미동도 하지 않았다.

"경위조사를 꼭 이런 식으로 해야 되겠소?"

"여기는 사석이 아니라 공무집행 중인 자리입니다. 불필요한 말
은 삼가하십시오."

심재모는 정 사장의 눈을 직시하고 있었다. 정 사장은 그 매서

운 눈빛을 더 견디지 못하고 슬그머니 고개를 돌렸다. 우리넌 죽기로 작정혔소. 굶어서 죽으나 그놈 쥑이고 깜빵에서 죽으나 죽기는 매일반잉께. 지놈 살자고 수십 목심 쥑이는 놈얼 살려둘 수야 읎지요. 그들의 절망적인 분노와 정현동의 안하무인격인 우월감이 심재모의 의식 속에서 대비되고 있었다. 이번 사건을 경솔하거나 편파적으로 다루어서는 안 된다는 것을 심재모는 다시 환기하고 있었다.

"그들 네 명이 저지른 집단폭행은 일단 사건접수를 시켰습니다. 사건을 공정하게 처리해야 하는 우리 입장에서는 그런 결과를 초래한 원인조사를 철저히 할 필요가 있습니다." 심재모는 만년필 뚜껑을 돌리며, "담배를 피워도 좋습니다" 지나가는 말처럼 했다.

"소작인들한테 일체 비밀로 하고 농토를 처분한 것이 사건발단의 원인인 모양인데, 비밀거래는 사실입니까?"

"그건 비밀거래가 아니오. 내 땅 내가 처분하는데 까짓 소작인놈들한테 일일이 알릴 필요가 없어서 안 알린 것이오."

"좋습니다, 관련 소작인들한테 알리지 않고 농토를 매매한 것은 사실이군요. 그럼, 농지개혁이 될 경우 기존소작인들에게 농지분배가 우선할 거라는 사실은 알고 계십니까?"

"그걸 모를 바보가 어딨소."

정 사장은 심히 불쾌한 표정을 지었다.

"예, 좋습니다. 그 사실을 알면서도 관련 소작인들에게 농토매매를 사전에 알리지 않은 이유는 매매방해를 받을까 봐 그랬군요."

정 사장은 아차 싶었다. 스스로 비밀거래를 시인한 꼴이 되고 말았던 것이다.

"내 땅 내 맘대로 하는데 제깐놈들이 방해는 무슨 방해를 해요. 나 그런 뜻 추호도 없었소."

"그럼, 기존소작인의 우선권을 알고 있는 입장에서, 농토를 소작인들 모르게 매매하게 되면 소작인들이 갖고 있는 우선권이나 기득권, 즉 재산권의 침해가 된다는 사실은 알았겠지요."

"그게 도대체 무슨 소리요. 소작인들의 우선권이란 소문일 뿐이고, 농지개혁법은 아직 만들어지지도 않았어요. 그런데 무슨 재산권침해 운운하는 거요, 지금."

정 사장의 얼굴은 온통 벌겋게 달아올라 있었다.

"그럼, 잠정적 재산권이라고 말을 고치지요."

"그것도 말이 안 돼요. 법이 어떻게 만들어질지도 모르는 형편에서 도대체 소작인이 지주의 땅에 무슨 권리가 있다는 게요."

"좋습니다. 그럼, 일방적으로 농토를 처분했을 때 기존소작인들의 소작권이 상실된다는 사실은 아셨겠지요."

"그까짓 걸 내가 알게 뭐요. 지놈들이 새 지주를 찾아가서 다시 소작을 부치든 말든. 나 한 가지 확실하게 해둘 말이 있는데, 거기서는 자꼬……."

"잠깐, '기기'라는 말은 나를 두고 하는 말이오?"

심재모의 얼굴이 쇠판처럼 딱딱하고 차가웠다. 정 사장은 가슴이 섬뜩해지는 걸 느꼈다. 아니꼽고 못마땅한 감정에서 일부러 '거기'라고 불렀던 것이다. 정 사장은 이제 어떻게 대처해야 좋을지를 몰라 당황했다.

"아까도 말했지만, 여긴 사석이 아니라 공무집행의 자리요. 내 직책은 계엄지구 사령관이오. 공적 직책은 곧 호칭과 지칭으로 병용되며, 직책은 계급에 우선한다는 사실도 아울러 밝혀두는 바이오."

"아, 예, 죄송합니다. 계엄지구 사령관께서는……." 정 사장은 더욱 아니꼽고 더럽다는 생각이 치밀어 일부러 그 직책을 또박또박 발음하고는, "자꾸 무슨무슨 '권'자 쓰기를 좋아하는데, 지주권은 있어도 소작권은 없다는 것을 알아야 할 것이오. 모르겠소, 억지로 말을 짜맞추자면 소작권이란 말을 할 수 있을지 모르나, 실제로 그런 권리란 있을 수가 없다 그런 말이오. 지주가 소작을 주면 농사짓는 거고, 소작을 거두면 그만인 것이지, 소작인한테 소작을 지을 권리라니, 그런 가당찮은 권리가 이 세상에 어디 있단 말이오."

정 사장은 심재모에게 당한 분풀이라도 하듯 길게 코웃음을 쳤다. 어깨의 힘을 뺀 심재모는, 지주라는 것이 저런 존재들인가, 하는 새로운 인식으로 정 사장을 물끄러미 바라보았다. 소작권이란 말이 성립이 안 된다면 그럼 생존권으로 말을 바꾸자, 고 하려다가 더 들어보았자 그 소리가 그 소리일 것 같아 심재모는 마음을 닫아버렸다.

"됐습니다, 돌아가도 좋습니다."

심재모는 의자를 뒤로 빼며 일어섰다.

"아니, 왜 정작 그놈들이 집단폭행을 가하고 난동을 부려 집을 다 파괴한, 진짜 중요한 대목에 대해선 묻지 않는 거요?"

정 사장은 벌떡 일어나며 눈을 부릅떴다. 심재모는 불쾌감을 꾹 눌렀다.

"공정한 수사를 위해 군경합동 조사요원을 댁으로 보냈으니 그 점은 염려 안 해도 됩니다."

"그래요오, 공정한 수사를 하는 거 좋지요. 그러나 계엄지구 사령관이라면 똑똑하게 알아둘 사실이 한 가지 있소. 바로 이 사건의 중대성에 관해선데, 그놈들의 짓은 간단한 폭력행사가 아니라 공산주의 빨갱이 사상에 물들어 자행한 빨갱이식 집단폭력행위란 사실이오. 어찌 감히 소작인놈들이 지주 집에 뛰어들어 그런 만행을 저지를 수 있냐 이거요. 이건 지주층을 중심으로 엄존하고 있는 사회기강의 파괴행위인 것이오. 만약 이번에 그놈들을 섣불리 다뤘다간 다른 소작인놈들이 본을 받을 것이니, 이 점 명심해얄 것이오. 소작인놈들은 농지개혁이다 뭐다, 괜히 허파에 바람 들어 꺼떡대고 나대지만 이 나라는 아직까지도 지주층이 다스리고 있다, 그런 말이오."

"됐습니다, 잘 알았습니다."

심재모는 말을 중단시키며 오른팔을 문 쪽으로 뻗쳐 보였다. 정 사장은 마지못해 문을 나서며 오기스럽게 내뱉고 있었다.

"내 말 명심하시오!"

심재모는 책상 위로 눈길을 옮기며 자신이 무심결에 써놓은 '지주?'라는 글씨를 보았다. 주둔하고 나서 첫 번째 대하는 사건이 반란군에 의한 것이 아니라 의외로 농지분쟁이었고, 그때까지 지주에 대해서 어떤 구체적인 인식이 없었던 그로서는 '지주' 뒤에 의문표를 붙이지 않을 수가 없었다. 심재모가 가지고 있었던 지주라는 개념은 그저 막연하고 상식적인 것이었다. 대대로 땅을 많이 가진 양반이란 사람들, 많은 소작인들을 거느리고 호의호식하는 사람들, 언제나 사회권력층을 형성하고 영향력을 행사하는 사람들, 그런 정도로만 알고 있었다. 지주와 소작인 사이에서 일어나는 갈등문제 같은 것이 그의 의식의 표피를 스치고 지나가버린 것은 생활환경의 탓이었다. 상업에 종사한 그의 집안은 땅과는 거리가 멀었던 것이다.

"수고하셨습니다. 다 끝내셨습니까?"

경찰서장이 들어오고 있었다.

"자아, 앉읍시다. 만나본 결과부터 말씀드리자면, 뭐랄까…… 꽤 복잡하고 심각한 문제라는 생각이 듭니다. 서장님 판단은 어떻습니까?"

"예, 제 생각도 마찬가집니다. 농지문제라는 것이, 저는 전문지식은 없고 직무상 파악하려고 하는 정돕니다만, 나랏일 중에서 무엇보다 중요한 일이 아닐까 합니다. 특히 농지가 많은 여기 전라도지방은 더욱 심각한 문제가 아닐 수 없습니다."

"서장님도 함께 듣자고 일부러 문을 반쯤 열어놓았었는데, 들으셨어요?"

"예, 들었습니다."

"어떻습니까, 정 사장 같은 지주가 특별난 지줍니까, 아니면 보편적인 지줍니까?"

"글쎄요…… 보편적이라고 봐야겠지요."

"내 생각도 마찬가집니다. 문제는…… 문제는 거기에 있습니다. 지주들이 그런 사고방식을 가지고 있으면 앞으로 이런 사태는 계속 일어날 것이고, 또 공산주의자들의 지하책동은 그런 불만요인을 이용하고…… 이건 사회 분열요인을 완전하게 갖추고 있는 셈입니다."

"그런 셈이지요."

"이번 사건을 단순한 집단폭행이나 기물파손으로 처리할 수 없는 건, 이미 양쪽 증언을 들으셨다시피, 그 원인이 악질적인 데 있는 것이 아니라, 최소한의 생존권 박탈에서부터 기인된 것입니다. 우리는 이 점을 중요시해야 하지 않을까 생각합니다. 서장님 생각은 어떻습니까?"

"그건 공정한 판단입니다. 그러나……." 경찰서장은 심재모를 빤히 쳐다보다가 눈길을 잠시 내리깔더니 다시 쳐다보면서, "오해 없이 들어주시기 바랍니다. 아까 정 사장의 말에도 그런 의미가 포함되어 있었습니다만, 이번 사건을 읍내 지주들이 아마 주시하게 될 겁니다. 절대로 그들을 의식하거나 편들거나 하라는 뜻이 아니고, 공정을 기해 처리하되 그들과 마찰이 일어나지 않게 하시라는 겁니다. 아시다시피 그들은 현실 세력이고, 머리를 짜내면 마찰을 피해 가는 방법이 있을 겁니다."

"무슨 말씀인지 알겠습니다. 서장님이 나를 좀 도와주십시오."

"힘닿는 데까지 노력하겠습니다."

심재모는 서장에게 담뱃갑을 내밀며, 이번 기회에 농지문제 전반에 걸쳐 구체적인 파악을 해야 되겠다고 생각했다.

25

농민, 그 사무치는 설움

가랑비가 내리고 있었다. 땅이 촉촉하게 젖을 만큼 하염없이 내리는 세우(細雨)였다. 하늘이 낮았다. 제석산 중턱이 묻히고 선수머리까지의 포구가 반나마 가릴 정도로 하늘은 무겁게 내려앉아 있었다. 큰비라도 쏟아낼 것처럼 험상궂어 보였다. 바람기는 없었다. 어디서 행보를 시작했는지 모를 가랑잎들이 갈 길을 멈춘 채 함초롬히 몸을 적시고 있었다. 그러나 기온은 싸늘했다. 냉기 서린 실비에 읍내가 스산하게 젖고 있었다. 길거리에는 행인이 드물었다.

하나같이 몸을 웅크린 네 여자가 종종걸음을 치며 소화다리를 건너고 있었다. 서로 다투듯 부산스런 그 여자들의 걸음걸이는 무엇에 쫓기는 것 같기도 했고, 비와 추위를 피해 한 걸음이라도 더 빨리 목적지에 당도하려는 것 같기도 했다. 그녀들 중에는 종이우산 하나 든 사람이 없었다. 비가 바로 얼굴에 뿌리는 것을 막아주는 건 각기 머리에 두른 무명수건이었다. 그 여자들의 입성은 궁기가 흐르고, 무명수건도 거의가 낡아 있었다. 그러나 낡을수록 희어지는 무명수건을 머리에 두른 맵시만은 물 흐르듯 자연스럽고 고와 보였다. 이마 위로 가붓하게 얹힌 듯, 살포시 내려앉은 듯하며 이마를 반쯤 가려 차양을 만들고 있는 수건의 끝머리는 가랑비 정도가 얼굴에 바로 뿌리는 것을 얼마 동안 막아내기에는 그럴듯한 우비였다.

들일이며 밭일이며를 치러내야 하는 농촌 아낙네로서 수건을 머리에 두르는 맵시를 익히는 것은 부잣집 여인네들이 비단저고리 옷고름 매는 맵시를 익히는 것보다 중요한 일이었다. 농사일을 하는 아낙네들이 머리에 수건을 두르는 것은 들일이나 밭일을 나가면서 농구를 챙기는 것이나 다름없었다. 오뉴월 땡볕 아래서 농사일을 할 때 그것은 직사광선을 막는 모자였고, 팥죽땀을 닦아내는 수건이었고, 그늘에서 쉴 때는 깔개였고, 일을 마치고 나면 옷털이개였고, 임질을 할 때는 또아리였고, 예기치 않은 물건이 생겼을 때는 보자기였고, 길을 가다가 내외해야 할 남자라도 마주칠 때면 눈길가리개였다. 머릿수건은 여름에만 소용되는 것이 아니었다. 겨울에는 부족함이 없는 방한모자의 구실을 해냈다. 겨울 마파람을 받고 걸을 때 귀는 그 얼마나 시린가. 그런데 머릿수건은, 머리카락 한 올이라도 흩어짐이 없도록 꼭꼭 붙여 빗어 추위를 잘 타는 쪽진 머리만을 감싸는 것이 아니라 귀까지 넉넉하게 감쌀 수 있도록 매는 것이라서 더없이 좋은 방한모자였다. 다만, 머릿수건은 여름에는 삼베로, 겨울에는 무명으로 바뀔 뿐 농가의 아낙네들은 사시 사철 머릿수건을 두르고 살았다. 머릿수건을 두르는 맵시는 쪽진 뒷머리 위에 매듭을 짓는 솜씨에 따라 좌우되었다. 수건의 두 귀가 한데로 모아져 느슨한 듯 낙낙한 듯 매듭을 지어야 수건이 바람결에 날아와 머리에 가볍게 얹힌 듯 살포시 내려앉은 듯 자연스러운 태가 나는 것이다. 매듭을 그렇게 짓는 것은 외관상으로 태를 내기 위해서가 결코 아니었다. 수건이 그처럼 얹힌 듯 내려앉은 듯해야만 머리 사이에 공간이 생기고, 그 공간이 더위나 추위를 막아내는 효용성을 발휘하게 되었다. 그러므로 수건의 두 귀는 무작정 '묶는 것'이 아니라 그런 효용성을 최대한 살리기 위한 솜씨 있는 '매듭짐'이었다. 그런데 그 매듭이라는 것이 기묘했다. 쪽머리에서 비녀를 빼면 머리채가 얽히거나 맺힘이 없이 풀려내리듯 머릿수건도 그 끝을 손으로 잡아당기기만 하면 매듭이 그냥 풀리는 것이었다. 그러면서도 그 매듭은 웬만한 바람이나 어지간한 몸놀림에는 풀리는 법이 없었다. 느슨한 듯 낙낙한 듯 매듭을 짓되 그 매듭이 손을 대기 전에는 풀리지 않게 한다는 것은 그리 쉬운 일이 아니었다. 그러나, 농가의 사내아이가 누구에게 특별히 배운 바 없이 낫질이며 지게질을 익혀 장성한 농사꾼이 되듯 아낙네들도 언제부터인지 자신들도 모르게 머릿수건을 맵시 있게 두르게 되는 것이었다. 그것은 이 땅의 아낙네들이 머릿수건을 언제부터 두르게 되었는지 아무도 모르는 것이나 마찬가지였다. 오랜 옛날부터 이 땅의 사람들은 8할이 농사를 지으며 연명해 왔고, 농사일에 노동을 바치지 않을 수 없는 여인네들은 삶의 슬기를 모아 그런 다목적인 머릿수건을 두르게 된 터일 것이다. 머릿수건은 농가의 아낙네만 두르는 것이 아니었다. 장사하는 여인네나 주막집 주모까지도 머릿수건을 둘렀다. 그건 유행이 아니라 머릿수건의 다목적인 이용도 때문일 것이었다. 그러니까 이 땅의 여인네 거의 전부가 머릿수건을 두르고 사는 셈이었다. 그래서 일본의 입장에서 일찍이 이 땅을 찾아왔던 어느 서양여자는 '단아하고 정갈하게 흰 수건을 머리에 쓴 말수가 적은 아름다운 여인들'의 모습에서 '조선인을 발견'하게 되었는지도 모른다. '흰 빨래를 정성스럽게 빠는 여인들'과 '일본인에 비해 월등히 잘생기고 몸집도 큰 남자들'의 모습을 보고 '이 민족이 왜 일본의 식민지 노릇을 하고 있는 것일까'를 그 서양인은 회의하고 안타까워하기 시작했다. 하이얀 천을 머리에 맵시 있게 두른 여인네들의 모습은 분명 그 여자에게 경이롭고 특징적으로 보였을 것이다. 흰 머릿수건을 두른 여인네의 모습은 앞에서 보나, 옆에서 보나 그지없이 단정하고 정숙해 보이는 것이 사실이었다. 외간남자와 정면으로 눈이 마주치면 고개를 살짝만 숙여도 이미 이마를 반쯤 가리고 있던 차양에 의해 남자 쪽에서는 얼굴을 볼 수가 없고, 옆얼굴은 아예 반쯤 가려져 있어서 표정을 읽을 도리가 없었다. 그 서양여자는 머릿수건의 흰 색깔에서 종교적 경건을, 쉽사리 얼굴을 볼 수 없음에서 여성적 정숙을 느꼈는지도 모른다. 그러나 빨면 빨수록 희어지다 못해 하늘빛을 닮아가는 무명이라는 천은 천년에 걸쳐 이 땅에 이음하여 내려온 가난과 배고픔의 색깔인 것이고,

그 흰 천을 머리에 두르고 있는 여인네들이 정작 흰색을 경원해 마지않는다는 사실을 그 서양여자는 몰랐을 것이다. 한평생 흰 수건을 쓰고 살아야 하는 자기네의 신세를 여자들은 한스러워했고, 누구나 마음속에는 언젠가 그 지긋지긋한 흰 수건을 벗고 비단 치마 저고리에 머리에는 동백기름 자르르 바르며 살게 되기를 한 가닥 소망으로 간직하고 있었다. 그러나 여자들은 십중팔구 시집올 때 한 번 그리고 죽어서 다시 한 번 그 소망을 이룰 수 있을 뿐이었다.

네 여자는 서로 말 한마디 나누지 않고 회정리 1구를 지나고 있었다. 그 여자들은 남편들을 면회하려고 경찰서에 갔다가 집으로 돌아가는 길이었다. 경찰에서는 면회를 시켜주지 않았다. 그녀들은 없는 살림 중에 애써 장만해 간 음식들을 맡기고 돌아서야 했다.

"워따메 이 사람덜아, 숨 잠 돌리세."

도래등 마루에 이르러 김복동의 아내 장흥댁이 긴 숨을 토해냈다.

"요리 비가 한정도 읎이 오는디, 비 피헐 디가 있어야 숨얼 돌리든지 말든지 허제. 더 옷 젖기 전에 한 걸음이라도 싸게 집으로 가세."

노덕보의 아내 조성댁이 장흥댁의 등을 떼밀었다. 두 사람보다 나이 아래인 마삼수의 아내 목골댁이나 강동기의 아내 남양댁은 잔뜩 웅크려 팔짱을 낀 채 서너 걸음 앞서 걸어가고 있었다.

"자네 말이 옳네. 근디, 무신 놈에 늦비가 요리도 청승시럽게 가랑가랑허는지 몰겄네?"

장흥댁은 미간을 찡그리며 낮게 드리운 하늘을 올려다보았다.

"다 시국이 뒤숭숭헌게 생기는 징조시."

조성댁이 혼잣말을 하듯 하며 걸음을 빨리했다. 장흥댁은 고개를 끄덕이며 뒤따라 걸었다. 마음이 쓰이고 닿는 데는 다 마찬가지라 싶었던 것이다. 그녀는 꼭 숨이 가빠서 잠시 쉬자고 했던 것이 아니었다. 불안감과 답답증을 혼자 주체하기가 어려워 무슨 말이든 주고받으며 걸으려 했던 것이다. 도래등을 넘으면서부터는 속에 든 무슨 소리를 지껄여도 마음을 놓을 수가 있기 때문이었다.

목골댁과 남양댁은 가풀막진 길을 뛰듯이 빠르게 걸어내려가고 있었다. 장흥댁은 질정 없이 펄럭이는 두 여자의 치맛자락을 바라보며, 저것덜이 장딴지 심이 좋아 저리 날래게 가는 것이 아니라 맴얼 추슬르지 못혀 저럴 거이다, 짐작하고 있었다. 술도가 정 사장네로 몰려갈 때만 해도 남정네들이 그런 큰일을 저지를 줄은 몰랐던 것이다. 네 사람만 갔으면 몰라도 마름 허 서방이 앞장을 선 길이어서 일이 좋은 쪽으로 풀리게 될지도 모른다는 한 가닥 기대를 가지고 있었다. 네 남정네가 저지른 일을 동네사람들은, 속 시원하게 잘한 일이라고 입을 모았다. 기분으로야 열 번 속 시원하고 가슴 후련한 일이 아닐 수 없었다. 그러나 당사자들은 죄인으로 끌려가 갇히고, 앞일이 어떻게 될지 모르는 가족들로서는 너무나 애가 타고 답답할 뿐이었다.

"집에 돌아가 계세요. 아직 조사가 다 안 끝났으니 면회를 시킬 수가 없는 겁니다. 여기서 밥 굶기지도 않고 때리지도 않으니 아무 걱정 말고 돌아가 집안일들 하세요."

소문으로만 들었던 '군인 대장'이 한 말이었다. 장흥댁은 그 군인 대장의 말을 다시 떠올리고 있었다. 그 사람은 거짓말을 하는 것 같지는 않았다. 밥 안 굶기고 때리지 않는다는 것만으로도 당장의 걱정은 던 셈이었다.

회정리 3구에 다다른 그녀들은 약속이나 한 것처럼 초입에 자리 잡은 조성댁의 집으로 들어갔다.

"싸게들 방으로 드소. 뜨건 물 한 사발썩 혀야 쓸 것잉께, 나 얼렁 아궁지에 불 붙이고 들어갈라네."

조성댁이 세 여자에게 먼저 방으로 들어가라는 손짓을 하며 부엌 쪽으로 부산한 걸음을 옮겼다.

"엄니다아!"

"엄니, 아부지 워치케 되았능가?"

"아부지 오는가?"

세 아이가 문을 박차고 나오며 제각기 소리치고 있었다.

"워따, 귀들도 볽다." 장흥댁은 소리치는 아이들을 나무라려다가, 언뜻 아이들의 귀 밝음이 초조한 기다림이었다는 것을 깨닫고는, "그려…… 그 맛에 새끼덜 키우는 것 아니겄냐" 중얼거리며 더디게 마루로 올라서고 있었다.

방으로 들어선 세 여자는 아무렇게나 퍼질러앉았다. 아무리 가랑비라고 하지만 5리가 넘는 길이라서 옷은 축축하게 젖어 있었다. 한기가 전신을 감고 돌며 진저리를 일으켰다. 장흥댁은 머릿수건을 벗어 얼굴을 훔쳤다. 목골댁과 남양댁은 머릿수건을 벗을 생각도 않고 앉아 있었다.

"자네덜 넋 나갔는가!"

장흥댁이 머릿수건을 털며 목골댁과 남양댁을 나무라듯 했다.

"금메 말이요, 넋이 나갈라고 그요."

목골댁이 어색스럽게 웃으며 자리를 고쳐 앉았다. 남양댁은 아무런 반응이 없었다.

"앞으로 당해야 헐 일이 첩첩산중일 것잉께 넋 빼덜 말어야 써."

장흥댁은 연장자답게 말했다.

"근디 말이요, 빨갱이로 다 몰아붙여뿔면 워쩌제라?"

남양댁이 불현듯 한 말이었다.

"거 먼 소리당가?"

목골댁이 움찔했고, 장흥댁은 잠시 생각하는 표정이다가, "고런 베락 맞을 짓언 안 헐 것이네" 자신 있게 말했다.

"고걸 워찌 장담허시요?"

남양댁은 눈자위가 붉어져 있었다.

"나넌 그 젊은 군인 대장얼 믿네."

"장흥댁도 참…… 이 일이 그 사람 혼자서만 허는 일이랑가요? 정 사장이 뒤에서 종그고 있당께요."

그때서야 장흥댁의 얼굴이 변했다.

"시장들 허고 춥제? 뜨건 물에 요것 한입썩 묵어보소."

조성댁이 다 낡은 소반에 물사발 네 개와 조그만 소쿠리 하나를 올려 가지고 들어왔다. 소쿠리에는 손바닥 크기의 거무칙칙한 개

떡이 서너 개 들어 있었다.

"워쩐 개떡이다요?"

목골댁이 제일 먼저 물사발을 집어들며 물었다.

"면회 감스로 하도 가지갈 것이 읎어서 개떡얼 맨들기는 혔는디, 아무리 읎이 살아도 사람 체면이란 것이 있제, 행여 누가 볼란지도 모른디 요리 숭악허게 생긴 개떡얼 차마 가지갈 수가 있더라고."

"아그덜이나 믹이씨요."

"아그덜언 폴세 다 묵었네. 다 시장헌 판인디 얼렁 하나씩 묵어 보드라고."

세 여자는 뜨거운 물만 달게 마실 뿐 개떡은 집어들지 않았다.

"워따, 인자 쪼깐 살 만허시. 자네덜 안 갈란가?"

장흥댁은 빈 사발을 소반에 놓자마자 수건을 머리에 둘렀다. 수건의 물기가 느껴져 그녀는 가벼운 진저리를 쳤다.

"새끼덜이 기둘린께 가야제라."

목골댁이 일어날 채비를 했다.

"음마, 속 답답헌디 이약이나 허다 가제 요리 금세 갈라면 머헐라고 들어왔당가? 개떡 묵으라고 안 헐 것잉께 쪼깐 앉았다가 가소."

조성댁이 정말 싫은 기색을 했다.

"요 벌교바닥서 우리만치 속 답답허고 애간장 타는 여편네덜이 어디 또 있었는가. 근디, 우리찌리 입방아 찧고 애태우면 무신 소양이 있능가. 쉬느니 한숨이요, 짜느니 눈물 아니었어? 앞일이 워찌 될란지 모른께 우리넌 남정네덜 뒷수발헐 궁리나 각단지게 혀야 써."

장흥댁이 세 사람을 둘러보며 야무지게 말했다.

"참말로 벌이나 받지 말고 풀려나야 쓸 것인디, 벌받게 되면 당자 고상은 더 말헐 것 옰고, 무신 수로 옥바라지럴 해낼 것이여."

조성댁의 목소리가 잠기며 한숨을 쉬었다.

"보소, 금세 한숨이고 눈물 아닌가? 갇힌 사람덜에 비허면 우리야 극락에 있응께 무신 짓인들 못허겄는가. 헌 고쟁이꺼정 폴아서라도 뒷수발얼 혀야지."

"성님 말이, 칼 쓰고 앉은 춘향이 기운 채리게 허는 이 도령 말이나 진배옰소. 맘 독허니 묵고 뒷수발 잘혀야지라."

목골댁이 마음가짐을 새롭게 하듯 앉음새를 고쳤다.

"참말로, 좌익 냄편 둔 여자덜언 워찌 사는고."

여태껏 말이 없던 남양댁이 탄식하듯 입을 열었다. 그녀의 머릿속에서는 사촌 시아주버니 강동식의 존재가 한사코 떠나지 않았다. 남편을 강동식과 얽어 빨갱이로 몰아붙일 것만 같은 불길한 생각을 떼칠 수가 없었다. 그동안에도 강동식과의 연관을 의심받아 몇 차례나 경찰서에 불려가 조사를 받아왔던 것이다. 자신이 일을 당하고 보니 동서 외서댁이 겪어내고 있는 고초가 얼마나 아프고 쓰린 것인지를 알 것 같았다.

"그렇제, 거그다 비허자면 우리 팔자는 또 상팔자제. 문딩이 콧구녕 겉은 눔에 시상, 여자들이야 무신 죄가 있겄어."

조성댁이 짧고 빠르게 한참이나 혀를 차댔다.

"우리찌리 앉었응께 터놓고 허는 소리제만, 남정네덜이라고 무신 죄가 있다요? 사람이 사람맹키로 공평허게 사는 시상얼 맹글겄다고 나선 사람들인디, 고것이 워째 죄겄소."

목골댁이 입바른 소리를 하고 나섰다.

"누가 들을랑가 무섭네."

장흥댁이 입조심하라는 손짓을 했다.

"참말로 나넌 애가 터져 이놈에 시상 못살겄소. 엊저녁에도 남정네 읎는 썰렁헌 방에서 새끼 달랑 품고 잠 한숨 못 잠스로 되작되작 생각혀 본께 기가 찹디다. 일정 때넌 일정 때대로 그 고초 당험시로 근근이 살고, 해방이 됐는디도 하나또 달라진 것 읎이 살다가, 베락 맞은 거맹키로 소작꺼정 날라가뿐디다가 갇히는 신세가 되얐는디, 있는 놈덜언 이제나저제나 양지살이고, 읎는 것덜언 이제나저제나 음지살이 허는 것도 분허고 원통헌디, 더 분헌 건 나라가 있는 놈덜 편역드는 것이요."

목골댁의 열기 받친 말을 조성댁이 막았다.

"이 사람아, 있는 사람덜이 나라 채럴 잡었응께 그것이야 당연지사 아니겄어? 자네는 나라 따로 있고, 있는 사람덜 따로 있는 것맨치로 말얼 허는디, 이 사람아, 나라가 있는 사람덜이고, 또 있는 사람덜이 나라시."

"긍께 빌어묵을 놈에 나라고, 있는 놈덜이 요강꼭지가 된 배꼽도 모지래서 솥뚜껑꼭지가 되게 혈 욕심으로 읎는 사람덜 몰아쳐서 죄 맹그는 것인디, 나라가 정헌 죄고 벌이고 다 틀려묵었다 그 말이요. 나라럴 믿으니 지 병 고치자고 아그덜 잡아다가 간 빼묵는 문딩이덜얼 믿겄소."

목골댁이 분결에 사발을 들어올렸다가 물이 없는 것을 알고는 도로 내려놓았다.

"고걸 누가 몰르겄는가. 배불르고 식자 들었다는 유식헌 사람덜이야 우리 겉은 가난헌 농새꾼 알기럴 바보 멍텅구리로 알제만, 시상살이 쓰고 짜운 맛이나, 시상이 순리로 돌아야 헐 이치나, 우리만치 세세히 아는 사람덜이 워디 있겄어. 다 암스롱도 심 읎응께 그저 몰른 디끼, 바본 디끼 사는 것이제. 아까 자네 일정 때 말 비쳤는디, 그때 농새꾼덜이 당헌 고초 워찌 말로 다 허겄능가. 근디, 정작 나라 폴아묵고 뺏긴 것은 누구였냔 말이여. 고 알량헌 양반에다가 배불른 사람덜 아니었는감? 그런디 고것덜이 일본놈덜허고 짝짝꿍이 되야갖고 못살게 주리럴 틀어댄 것이 누구였어? 우리 가난허고 심 읎는 농새꾼 아니었냔 말이여. 1년 농새짓고 쭉쟁이만 보듬고 울어야 허게 지독시럽든 동척 소작료에, 항꾼에 놀아난 조선지주덜. 오직이나 못살겄으면 고향 버리고 그 먼 간도땅으로 떠나고, 산중으로 화전 일구로 들어가고 혔을 것인가. 말얼 허자면야 한이 읎고, 그저 몰른 디끼, 바본 디끼 사는 것이 이놈에 팔자니께."

장흥댁이 허전한 웃음을 지으며 목골댁을 건너다보았다.

"아이고메 성님, 심 파허게 일정 때 이약 멀라고 허고 그요. 이약얼 허자면 지끔 시상얼 이약혀야제라. 일본헌테 그리 나라 폴아묵고, 일본놈덜허고 싹짝꿍 되야갖고 돌아감스로 배 터지게 잘 묵고 잘산 양반이고 지주라는 것덜이 또 미국놈덜허고 강강수월래 험스로 잘도 돌아가는 요 빌어묵을 시상에 헐 말이 을매나 많소."

목골댁이 기를 세웠다.

"아이고 저놈에 입, 큰탈나것다. 우리찌리라도 안 헐 말언 안 혀야 쓰는겨. 미국 이약 씀벅씀벅 잘못했다가 좌익으로 몰려 졸갱이 친 사람덜이 워디 한둘이여? 말언 해버릇허먼 자꼬 느는 것잉께 그 이약은 애시당초 입에 담덜 말어."

조성댁이 고개를 내둘렀다.

"성님, 무신 말얼 그리 심 빠지게 허고 그요. 우리 남정네덜이 아무 죄 읎이 철창신세 지고, 우리 꼬라지가 요리 각다분허고 깝깝헌 것이 누구 땀세요. 헹펜이 요리 돼갖고도 입얼 봉허고 앉었으먼 고것은 빙신 중에 상빙신이랑께요."

없는 듯이 앉아 있던 남양댁이 다부지게 말을 하고 나섰다.

"근다고 무신 일이 풀리간디? 우리가 잘못했다가는 일만 되갱기제."

장흥댁이 눈을 흘겼다.

"와따 성님, 서울 무섭당께 영산포서부텀 기는 꼴이요이. 성님맹키로 말헐람사, 사람이 죽으면 멀라고 울겄소. 운다고 한분 죽어뿐 사람이 살아날 것도 아닌디. 운다고 살아날 것 아닌지 뻔허니 암스롱도 지 설움에 우는 것 아닙디여? 사람이 무신 일 당허고 말 씹는 것이야 워디 일 풀리라고 그러간디라? 맺힌 속 풀고, 전후 사정 따져 기운 채리잔 것이제라."

남양댁의 옹골진 대꾸였다.

"참말로, 저눔에 입 변사 회쳐묵겄네웨. 자네 말도 영 틀린 말은 아니시."

장흥댁이 고개를 주억거렸다.

"말이 났응게 말인디, 우리 남정네덜이 저리 갇히게 된 것은 재작년 11월에 들고일어났든 일얼 망쳤기 땜세요. 그때 그 일만 성사됐드라면 지주고 머시고 싹 다 없어지고, 지끔이야 을매나 살기 존 시상이 되얐겄소. 근디, 골골이 기세 뻗어올라 성사가 다 된 일얼 가로막고 나서서 우리 농새꾼덜헌테 무지막지허게 총질허고, 잡아가고 헌 것이 누굽디여? 양코배기덜 아닙디여? 그놈덜언 생김생김만 징헌 것이 아니라 허는 행투도 을매나 모지락시럽고 징헙디여. 일본놈덜만 독살시런지 알었등마 그놈덜도 일본놈덜 찜쪄묵게 악독헌 것덜인디, 고것덜이 지주 편들지 안 혔음사 우리 남정네덜이 인자 와서 워째 철창신세가 되얐겄소. 알고 보면 우리 웬수는 정 사장도, 순사덜도 아니요. 질로 큰 웬수가 양코배기덜이고, 그 담이 정 사장이고 순사요."

남양댁은 핏기 돌아오른 얼굴로 숨을 몰아쉬고 있었다.

"잉, 그 말이 영축없어. 순사덜이야 일정 때나 지끔이나 천하에 못된 심바람꾼덜이고, 그때 일 훼방 놓고 뎀빈 것이야 양코배기덜인 것얼 우리 눈으로 똑똑허니 본 일 아니드라고? 고런 양코배기덜이 우리럴 해방시켜 줬다고? 가당찮다. 고것덜얼 믿느니 외손지가 지사 지내준다는 말얼 믿는 게 낫제. 숭악헌 눔덜. 그때 우리덜도 나섰응께 알제만, 그놈덜이 먼첨 총질 시작헌께 이쪽에서도 남정네덜이 대창 깎아든 것 아니드라고? 근디 그놈덜언 사람얼 그리 무작시럽게 쥑이고도 시체꺼지 즈그 맘대로 파묻어뿔지 안 혔어? 고것이 워디 사람이여? 일본놈덜허고 근수 똑겉이 나가는 숭악헌 즘생이제."

목골댁도 따라서 감정이 흔들리고 있었다.

"참말로, 그때 일 생각헌께 지끔도 가심이 새시로 방맹이질 시작헐라고 그네. 그때 참말로 골골이 많이도 들고일어났제. 이 전라도에서 안 일어난 골이 읎었는디, 노친네덜 말이, 농새꾼덜이 그리 일시에 심 모타 일어나기는 갑오난리 후로 첨 보는 일이라고 안 허든가. 그 기세로 몰아때렜음사 시상이 열 분도 뒤집어졌제. 근디 군정이 나스고 봉께, 그 씬 기세 땀세 애꿎은 사람덜만 더 많이 죽어간 것이제."

장흥댁이 깊은 한숨을 내쉬었다.

"금메 말이여, 그때 죽어간 사람덜이 골골이 수도 없이 많은디, 그 수가 전부 을맨지 아는 사람이 아무도 없고, 안직꺼지 시체럴 못 찾은 사람덜이 수두룩헌디, 그리 아까운 목심덜만 상허게 허고 된 일 암 것도 없을 줄 알았음사 애초에 일어나덜 말었어야 헐 일이었제."

조성댁의 한숨도 깊었다.

"그리 말허자면 시상에 맘묵고 헐 일이 암 것도 읎제라. 일이 틀어지고 난께 속 씨리고 가심 아퍼 고런 말도 나오는 것인디, 그때야

들고일어나덜 않으면 안 될 헹펜 아니었는게라. 쌀값은 하늘이제, 억울허게 싼값에 내는 공출은 순사덜 등쌀에 피헐 도리가 읎제, 배급표는 지대로 안 나와 다 굶어죽을 판이제, 사는 방도야 군정이 맹근 공출법 읎애고, 공출법 읎어지먼 순사덜 날치는 꼴도 읎어지고, 우리가 지대로 살게 되는 것인디 워찌 안 일어나고 젼디겄습디여? 니나 나나 다 그런 생각으로 한통속이 된 것이제라."

빈틈없이 아귀를 맞춘 남양댁의 말이었다.

"그려, 사람덜 맴이 찰 대로 다 찬 봇물이었제. 넘칠 일만 남은 그 봇물을 어느 장사가 막고 나서겄는가. 한 분은 터질 일이었슨께로."

장흥댁이 고개를 끄덕거렸다. 네 여자들의 감정은 어느덧 그때처럼 한줄기로 이어지고 있었다.

화순탄광의 소문이 빠르게 퍼져나가면서 사람들은 마을마다 인민위원회를 중심으로 뭉쳐졌다. 미군정의 미곡수매에 반감이 쌓일 대로 쌓이고, 그 정책을 강압적으로 수행하는 경찰들의 횡포에 불만이 쌓일 대로 쌓인 사람들에게 화순탄광의 사건은 큰 충격인 동시에 행동에 불을 붙이게 하는 더없는 계기였다. 거기다가 인민위원회가 사람들을 조직적으로 결속시켰다.

인민위원회에서는 전단을 뿌렸고, 농민들은 남자와 여자를 가리지 않고 구호를 외치며 대열을 이루었다.

"공출제도 쳐 없애고 토지개혁 단행하라!"

"이북식 토지개혁 그것만이 살길이다!"

이런 구호를 목이 터져라 외치며 각 마을사람들은 읍내로 몰려갔다. 이 마을, 저 마을 사람들은 큰길에서 합류했고, 그 구호는 더한층 어기차게 11월의 하늘로 퍼져올랐다. 그들의 목소리에 기운이 오른 만큼 징소리 북소리도 크고 빠르게 울렸다.

농민들만이 나선 것이 아니었다. 학생들도 머리띠를 두르고 대열을 꾸몄다. 학생들은 팔을 치뻗어 주먹으로 하늘을 치며 외쳤다.

"미군정은 각성하라. 조선은 식민지가 아니다!"

"경찰은 각성하라. 어느 나라 사람이냐!"

"민족을 살해하는 경찰을 타도하자!"

학생들로 끝난 것이 아니었다. 영세상인들도 하나로 뭉쳐졌다.

그렇게 한 덩어리가 된 사람들은 경찰서로, 읍사무소로 몰려갔다. 징소리에 맞추어 구호를 외치고, 북소리에 맞추어 구호를 외치는 사람들의 얼굴은 오랜 굶주림으로 광대뼈가 불거져나오고 볼들이 패어 있었다. 광목 일색이다시피 한 입성들도 궁기가 흘렀다. 그러나 소리를 합친 구호는 힘이 넘쳐났고, 메마른 얼굴얼굴에는 결의가 서려 있었다.

지잉, 지잉, 지잉, 징징징…… 징!

"공출제도 쳐 없애고 토지개혁 단행하라!"

"민족을 살해하는 경찰을 타도하자!"

둥둥둥둥…… 두둥 둥!

"이북식 토지개혁 그것만이 살길이다!"

"미군정은 각성하라. 조선은 식민지가 아니다!"

분위기는 갈수록 고조되었다.

그러나 경찰서나 읍사무소에서 그들을 기다리고 있는 것은 해결 방안이 아니었다. 그것은 총구멍이었다. 대기하고 있던 경찰·소방관·청년단원 들은 시위대가 가까이 가자 총을 쏘아댔다. 시위대의 전진이 멈춰지며 대열이 헝클어졌다.

"모두 진정하시오. 저건 공포요!"

"여자들은 모두 뒤로 빠지고 남자들이 앞으로 나오시오!"

"겁먹을 것 하나도 없어요. 우린 당당하게 우리 권리를 주장하는 겁니다."

　인민위원회 청년들과 학생들이 대열을 정비하고, 사람들의 마음을 묶고 있었다. 남자들이 앞으로 나서고 여자들이 뒤로 물러나면서 대열은 곧 정비되었다. 사람들의 굳어진 얼굴에는 더 강한 결의가 드러나고 있었다.

"우리는 이 기회에 기필코 우리의 권리를 찾아내야 합니다. 우리가 다 같이 찰떡처럼 뭉쳐지면 틀림없이 우리의 권리를 찾을 수 있습니다. 우리는 똘똘 뭉칩시다. 구호도 더 크게 외칩시다. 그리고 정당한 우리의 권리를 찾도록 합시다. 갑시다, 경찰서로!"

　경찰은 공포를 쏘아 시위대를 저지할 수 없게 되자 마침내 사격을 가하기 시작했다. 사람들이 피를 쏟으며 픽픽 쓰러졌다. 시위대에서는 비명과 아우성이 터져올랐다. 대열도 헝클어지고 흩어졌다. 대열은 다시 정비되지 않았다. 총 맞은 사람들을 수습하느라고 아까처럼 앞에 나서는 청년도 학생도 없었다.

　대열은 흩어지고, 사람들은 총소리에 계속 쫓겼다. 경찰들은 공포를 쏘아대며 뒤쫓고 있었고, 사람들은 자기네 동네 쪽으로 각기 밀려가고 있었다. 총에 맞은 사람들에 대한 불안과 경찰에 대한 분노를 안고 사람들은 동네로 밀릴 수밖에 없었다. 총 앞에서 맨주먹으로 버틸 재간이 없었던 것이다.

경찰은 그날 밤 총을 꼬나들고 각 마을을 덮쳤다. 주모자들을 체포하기 위해서였다. 그러나 그 기습은 별다른 성과를 올리지 못했다. 그런 수법을 일정 때부터 겪어온 데다가, 특히 화순에서 경찰이 저지른 행투를 알고 있는 인민위원회 사람들이나 학생들은 미리 피해버렸던 것이다. 경찰들이 집집마다 뒤지고 다니며 폭행을 가하고 협박을 하고 해서 사람들의 분노는 더 뜨거워졌다.

다음날 시위는 일어나지 않았다. 하루 내내 읍내는 조용했다. 그리고 모든 마을도 평온할 뿐이었다.

그런데 밤이 깊어지자 제석산에 봉화가 타올랐다. 그 봉홧불을 따라 마을마다 둥둥둥 두둥 둥둥 두둥 두둥 두둥…… 북소리가 울리기 시작했다. 어둠을 헤치고 마을 당산나무 아래로 사람들이 모여들었다. 그들은 모두 남자들이었다. 그리고 그들은 각기 무장을 하고 있었다. 그 무기는 각양각색이었다. 대창이 제일 많았고, 쇠스랑·괭이·낫 같은 농기구를 들기도 했다. 그런데 그들이 그런 무기들 말고 공통적으로 지닌 무기가 있었다. 그건 허리에 찬 망태기나 보자기에 담은 감자 크기만큼씩 한 돌들이었다. 경찰의 총알에 맞서는 그들의 총알이었다.

구호를 외치지 않고 어둠에 몸을 감추고 읍내로 밀려든 그들에게 경찰서와 읍사무소는 삽시간에 장악당하고 말았다. 경찰은 미처 몇 방의 총을 쏘아보지도 못하고 그들 앞에 무릎을 꿇었다. 낮의 조용함에 방심한 경찰에서는 서너 명만을 숙직시키고 있었던 것이다. 경찰들은 누구인지 모를 많은 발들에 채이며 쏟아지는 욕들을 고스란히 먹어야 했다. 그러나 경찰이 두 명을 죽이고, 여섯 명을 부상 입힌 것처럼 그들은 경찰을 죽이거나, 죽게 패지는 않았다. 그들은 경찰서와 읍사무소를 뒤져 미곡수집대장을 찾아내서 불 질러버렸다.

다음날부터 싸움은 본격적으로 일어났다. 다른 지방에서 경찰 병력이 밀려들었고, 그 뒤를 기관총을 단 미군 지프차들이 따랐다. 동네마다 들이닥친 경찰들이 젊은 남자들을 닥치는 대로 잡아갔다. 집집마다 남자들은 뒷산으로 줄행랑을 놓았다. 경찰은 그들을 향해 사격을 가했다.

그날 밤 다시 봉화가 오르고, 북소리에 징소리까지 울리면서 남자들은 모여들었다. 그들은 또 어둠에 몸을 감추며 읍내로 나아갔다. 읍내에서는 오래도록 총소리와 사람들의 외침이 뒤섞여 울리고 있었다.

양쪽이 서로 죽고 다친 그날 밤의 싸움을 고비로 농민과 학생들의 기세는 점점 기울어지기 시작했다. 경찰이 인민위원회 사람들을 잡아내려고 혈안이 된 데다가, 젊은 사람들을 닥치는 대로 끌어갔고, 읍내 안통으로 이어지는 길목길목에다가 모래가마니를 쌓아올리고 언제라도 총을 갈겨댈 준비를 하고 있었기 때문이다. 그렇다고 싸움이 다 끝난 것은 아니었다. 전체적으로 힘을 합쳐 경찰과 정면으로 맞서는 것을 피했을 뿐 한두 마을씩이 합쳐져 여기저기서 싸움은 계속되고 있었다. 그 싸움이야말로 경찰들을 더 신경질나게 만들었고, 괴롭히는 방법이었다. 사람들은 이제 공격표적을 친일파나 악질지주로 바꾸었기 때문에 경찰은 피해를 입은 그들에게 항의를 받고 시달림을 당하게 되었던 것이다. 친일파들은 나무에 거꾸로 매달리기가 예사였고, 눈치 없이 불호령을 놓다가 대창이나 쇠스랑에 찔려 죽어가기도 했다. 그리고 악질지주들의 쌀창고는 문이 박살나 속이 텅 비어버리기 일쑤였다.

악이 받칠 대로 받친 경찰들은 장터거리에서든 마을 고샅에서든 개머리판으로 사람을 개 패듯 했고, 청년단원들은 제철을 만난 듯 몽둥이며 자전거 체인을 말아들고 다니며 닥치는 대로 폭력을 휘둘렀다. 그러나 그들도 혼자서는 어느 마을에도 접근할 수가 없었다. 혼자 나돌며 그런 짓을 했다가는 누구의 손에 당했는지 모르게 목숨이 끊어져 철둑에 버려지거나, 논가의 커다란 똥구덩이에 처박혔다. 처음에 그런 꼴을 당한 경찰이나 청년단원이 네댓이었다. 그 뒤부터 그들은 대여섯씩 패를 짜게 되었다.

젊은 남자들이 당하는 수난은 말이 아니었다. 젊은이들은 무조건 잡혀 들어갔고, 뼈가 부러지는 매타작을 당하며 주모자로 몰렸고, 결국에는 빨갱이가 되어 죽거나 감옥살이로 넘어갔다. 젊은이들은 경찰과 청년단의 무자비한 손길을 피해 도망을 가지 않을 수 없었다. 그들이 안전하게 피할 수 있는 곳은 단 한 군데, 군대였다.

새로 조직을 만들어놓고 자원자들을 기다리고 있는 군대는 그들에게 더없는 좋은 은신처였다. 그리고 그들도 무장을 갖출 수 있는 기회이기도 했다.

날이 날마다 들려오는 것이 소문이었다. 나주에서 수천 명이 일어났다고 하는가 하면, 다음날이면 해남에서 또 수천 명이 일어났다고 했고, 그 다음날이면 영산포에서 일어나 얼마가 죽었다고 하고, 또 그 다음날에는 무안에서 얼마가 일어나 얼마가 죽었다는 소문이 잇따라 들려왔다. 11월이 저물어갈 때까지 그런 소문이 빠진 날이 거의 없었고, 소문의 반만 잡는다고 하더라도 한 달 동안에 죽어간 사람들의 수는 수천을 헤아렸다.

결국 농민들만 수없이 죽어간 채로 11월의 커다란 싸움은 끝났다. 미곡수매는 더 강력하게 시행되었고, 경찰들은 더욱 인정사정없이 몰아쳐댔다. 기가 꺾일 대로 꺾여버린 농민들은 당장 끓일 쌀이 없어도 할당량을 채우기에 숨을 헐떡거려야 했다. 사람은 죽었으되 시체도 찾지 못한 많은 사람들의 한은 그 밑에 깔려 또 한 겹의 켜를 이루었다.

"그려라, 요리 말얼 혀바도 결국에는 천불만 끓어올른께 말얼 허덜 말아야제라. 참말로 나넌 해방만 되면 배 안 곯고 사는 존 시상이 올 줄 알았는디……."

목골댁이 어깨를 부리며 말끝을 흐렸다.

"염상진이 그 사람, 딱 한 가지 잘못헌 것이 있구만."

남양댁이 느닷없이 한 말이었다.

"그 사람이 멀?"

조성댁이 의아한 눈으로 물었고, 장흥댁과 목골댁도 의문스럽게 그녀를 쳐다보고 있었다.

"아들 체면 보지 말고 술도가놈얼 그때 쥑였어야 허는겨!"

남양댁은 야멸치게 내쏘았다.

"위메, 저 뜸금없는 소리 허는 것 잠 보소웨. 겁나게 징허시."

장흥댁이 놀란 얼굴로 어이없어했고, 조성댁은 기가 질린 표정으로 그녀를 멍하니 쳐다보고 있었고, 목골댁은 아랫입술을 문 채 고개를 끄덕이고 있었다.

"못쓰겄다, 요리 앉었다가 집안 망칠 중죄인덜 되겄다. 싸게 파허자."

장흥댁이 자리를 털고 일어났다.

"망칠 집안이나 머 있고라?"

목골댁이 말을 받으며 따라 일어섰다.

"위따, 염병헌다."

조성댁이 목골댁의 어깻죽지를 치며 눈을 흘겼다.

책방주인 문기수는 무쇠난로 옆에 앉아 꾸벅꾸벅 졸고 있었다. 언제나처럼 장사를 해야 하기 때문에 이른 저녁밥을 배불리 먹고 훈훈한 난롯가에 앉았으니 식곤증이 생긴 것이다. 해가 짧아진 데다가 하늘에 구름까지 끼어 여느 날보다 빠르게 어둠살이 퍼져내렸다. 통금이 아직 멀었는데도 밖은 진한 어둠으로 차 있었다. 책방 옆에 붙어 있는 방에서는 정님이가 친구 순덕이와 횃댓보에 십자수를 놓고 있었다. 둘이는 경쟁이라도 하듯 동그란 수틀을 위아래로 숙달된 손놀림을 계속하면서도 입은 입대로 놀려 이야기가 끊이지 않았다. 둘이의 횃댓보는 거지반 완성되어 가고 있었다. 중앙에 두 마리의 봉황이 마주 보며 온갖 색깔의 휘황한 꼬리를 양쪽으로 길고 길게 늘였는데, 그 꼬리는 수평으로 나가다가 자연스럽게 꺾여 수직으로 늘어져 있었고, 두 개의 긴 꼬리가 만든 넓적한 직사각형 가운데에 '壽·福' 두 글자가 다섯 송이씩의 줄장미 꽃송이에 떠받치듯 자리 잡고 있었다. 여기까지는 두 사람 다 완성을 시켰고, 지금 놓고 있는 수는 가장자리를 빙 돌아가는 완자무늬였다. 횃댓보는 마무리 단계에 있었다. 그런데 십자수가 그려낸 여러 그림 중에서 횃댓보의 주인은 길고 휘황한 꼬리를 가진 두 마리의 봉황도 아니었고, 다섯 송이씩의 싱싱한 꽃을 달고 있는 두 줄기의 장미도 아니었고, 감색(紺色) 한 가지만으로 수놓아진 터무니없이 큰 '壽'자와 '福'자였다. 오래오래 살며 복을 받으라는 것인지, 복을 받으며 오래오래 살라는 것인지 모를 일이지만, 그 두 글자가 횃댓보의 주인인 것만은 틀림없는 사실이었다. 壽와 福, 두 글자는 미완성인 채 구겨져 있는 횃댓보 위에서도 그지없이 근엄하고 엄숙한 표정이었다.

"피이, 거짓말허고 있네. 본정통에 소문이 짜아허든디."

"얼랴, 무신 소문이?"

정님이는 수틀을 팽개치듯 하며 고개를 발딱 들었다. 예쁘장한 얼굴에 찬 기운이 돌고 있었다.

"들으나마나 아녀? 솥공장집 태주허고 니가 그렇고 그런 사이란 것이제."

순덕이는 부지런히 손을 놀리며 느릿느릿 말하고 있었다. 쌍갈래로 단정하게 땋아내린 머리 사이로 뒷가르마가 하얗게 일직선을 긋고 있었다.

"가시내야, 손 놓고 딱 뿌러지게 말혀 봐. 구렝이 담 넘어가는 시늉허덜 말고."

정님이는 순덕이의 팔을 낚아챘다.

"히히, 도적놈 지 발 저린다고, 니 몸 다는 것 봉께로 무신 일 있기넌 있구나. 못된 가시내, 얼굴값 허니라고."

순덕이는 둥글넓적한 얼굴에 장난스런 웃음을 짓고 있었다.

"아녀, 아녀. 그 자석이 누구 신세 망칠라고, 싸게 말혀, 싸게."

정님이는 순덕이의 소매를 잡으며 바짝 다가앉았다.

"참말로 아무 일 읎는겨?"

"아, 그렇탕께!"

정님이는 발칵 짜증을 냈다.

"얄궂어라, 니가 지 것이라고 태주가 나팔 불고 댕긴다는디?"

순덕이가 무엇을 알아내려는 듯 정님이의 눈을 빤히 쳐다보았다.

"아이고메, 고런 문딩이 겉은 자석!"

정님이가 몸을 벌떡 일으켰다가 부리는 바람에 엉덩이가 방바닥에 철퍼덕 부딪쳤다.

"궁뎅이에 금 가겄다, 가시내야. 근디, 워째서 그 자석이 험헌 소리럴 허고 댕길꼬?"

순덕이는 고개를 갸웃거렸다.

"고런 오살헐 놈, 다 우리 아부지 땀세 그리 된겨. 그놈이 책 산다고 핑계허고 책방에 들락이면 책만 딱딱 폴고 엄허게 대해야 허는디, 웃어주고, 말 받아주고 헝께 그놈이 그 지랄병 허고 댕기는 것이여."

눈자위가 붉어진 정님이는 숨까지 쌕쌕거렸다.

"근디, 니넌 통 맘에 읎냐?"

"니넌 워쩌냐?"

정님이가 눈꼬리를 세우며 반문했다.

"나야 니보담 못났다만, 솔공장집 재산이 탐났으면 탐났제 윤태주 갸는……."

순덕이는 고개를 홰홰 저었다.

"나 맘도 니허고 똑같어."

정님이는 정하섭을 생각하고 있었다. 윤태주하고는 인물이나 사람됨됨이가 비교할 수조차 없는 사람이었다. 한 번도 표현할 길 없는 채로 그녀는 정하섭에게로 쏠려가는 마음을 외롭게 간직하고 있었다. 그가 대학생이 되면서 서울로 떠나 멀어진 것만도 안타까웠는데, 빨갱이까지 되어버리자 그녀의 마음은 무시로 허방을 딛고는 했었다. 순덕이에게는 전혀 내색을 하지는 않았지만 십자수를 놓는 손끝에서 신명이 식어버린 지는 이미 오래전의 일이었다.

책방 유리문 밖에서 늙수그레한 여자가 안을 기웃기웃하다가 문을 옆으로 밀었다. 레일 위를 구르는 작은 쇠바퀴소리에 놀라 문기수는 잠을 깼다.

"쥔이제라?"

여자는 고개만 디밀고 낮고 다급한 음성으로 물었다.

"그런디요."

문기수는 잠이 덜 깬 눈을 껌벅거리며 의자에서 느리게 일어났다.

"요것 받으씨요."

여자가 무엇을 던지는가 싶더니 문을 거칠게 닫고 황급히 돌아섰다. 그 순간 문기수는 정신이 번쩍 들었다. 몸이 얼어붙는 것 같은 긴장감이 엄습했다. 그는 다급하게 문 쪽으로 내달았다. 시멘트 바닥에는 네모로 접힌 조그만 종이쪽이 떨어져 있었다. 전신에 소름이 쭉 끼쳐왔다. 그것은 살아서 꿈틀거리는 징그러운 벌레와도 같았다. 그는 발로 종이쪽을 밟았다. 그리고 조심스럽게 문을 밀치고 밖을 내다보았다. 그의 시야를 차단하는 것은 어둠뿐 여자의 모습은 간 곳이 없었다. 그는 눈을 부릅뜨고 어둠 속을 헤집으며 여자의 얼굴을 떠올리려고 애를 썼다. 늙었다는 느낌이 어렴풋이 남아 있을 뿐이지 여자의 얼굴은 윤곽조차 잡히지 않았다. 졸았던 것을 그는 뒤늦게 후회하고 있었다.

그는 발밑의 종이쪽을 향해 천천히 팔을 뻗어내렸다. 그것을 집고 싶지 않은 거부감이, 끌리듯 아래로 내려가고 있는 손의 반대방향으로 뻗쳐오르고 있었다. 종이쪽이 손끝에 잡혔다. 그 건조하고도 싸늘한 감촉이 일직선으로 심장을 찔러왔다. 종이쪽을 집은 그의 손이 부들부들 떨렸다.

그는 서둘러 책방의 덧문을 닫아걸었다.

최후의 명령이다. 내일 오후 4시에 부용산 용연사 미륵바위 아래
로 오라. ☆

문기수가 펼쳐든 종이쪽지에 적힌 내용이었다. 처음 순간 염상진
의 명령 하달일 것이라고 판단했던 직감은 종이쪽지 위의 '별'로써
현실이 되었다. '별'은 염상진의 고유표지였던 것이다. "혁명은 어둠
을 밝히는 것이며, 혁명동지는 어둠 속에서 빛나는 영원한 별이다."
감히 범접할 수 없는 염상진의 말이 쟁쟁하게 울리고 있었다. '최후
의 명령' '어둠 속에서 빛나는 영원한 별', 문기수는 혼란한 의식 속
을 헤매며 종이쪽지를 난로에다 넣었다.

심재모는 서민영의 조그마한 앉은뱅이책상 앞에 단정하게 앉아
있었다. 서민영의 방은 꽂히기도 하고 쌓이기도 한 책들로 어지럽
기 그지없었다. 그곳은 서재라기보다 정리가 전혀 안 되어 있는 서
고 같은 인상이었다.

심재모가 서민영의 서재에 앉게 된 것은 농촌문제 전반에 걸친
이야기를 듣기 위해서였다. 심재모가 정 사장의 사건을 공정하게
처리하기 위해 농촌문제를 구체적으로 파악할 필요가 있다는 의
사를 표하자 경찰서장이 처음에 천거한 사람이 김범우였다. 심재

모를 만나본 김범우가 심재모의 뜻을 이해하고 소개한 것이 서민영이었다. 심재모가 알고자 하는 정도의 농촌문제에 대해서는 김범우로서도 충분히 개략해서 들려줄 수가 있었다. 그러나 기왕이면 그 방면에 전문적인 견식과 이해를 갖춘 사람을 소개하고 싶었던 것이다. 그것은, 군인의 신분으로서 군이 그런 문제를 파악하고자 하는 심재모의 바람이 보다 정확하고 효과 있게 이루어지게 하기 위함이었고, 그와는 다른 측면에서, 서민영 선생이 엄연히 있는데 자신이 농촌문제에 대해서 입을 뗀다는 것은 턱없이 주제넘는 일로 여겨졌던 것이다.

"주색잡기 빼놓고, 모르는 것을 무엇이나 배우고 알려고 하는 것은 가상한 일이지. 더구나 군인이 그런 태도를 취한다니 기특한 일이 아닐 수 없구만. 그런데, 나더러 자기 앞으로 오라는 것인가?"

"그럴 리가 있겠습니까. 배우려는 자가 의당 선생님을 찾아뵈어야지요. 제가 찾아뵌 것은, 선생님께서 그 사람의 뜻을 거두어주십사고 말씀 여쭈려는 것이었습니다."

이렇게 되어 심재모는 서민영의 비좁고, 오래된 종이냄새가 그득한 서재를 찾아들게 된 것이다. 심재모는 방문에 앞서 서민영이 어떤 사람인지를 김범우에게 대충 들었다.

서민영은 고흥사람이었다. 그의 집안은 고흥에서 첫손가락 꼽을 만큼 널리 알려져 있었다. 그것은 농토가 많은 양반지주여서도 아니었고, 높은 권력의 자리를 누리고 있어서도 아니었다. 물론 그의 집안은 지난 왕조에 걸쳐 벼슬자리깨나 누린 거창한 족보를 가지고 있었다. 그런데 사람들이 그의 집안을 첫손가락에 꼽는 것은 그 족보를 자랑 삼지 않은 데서 연유하는 것이었다. 양반이 족보 자랑을 하지 않는 것, 자기 과시욕구를 본능 중의 하나로 가진 인간의 상태로서 그것은 그리 쉬운 일이 아님은 분명했다. 그러나 자기 과시욕구 못지않게 상대 비하욕구 또한 인간 본능 중의 하나이고, 양반에 대해서는 피해의식과 적대감을 동시에 가지고 있는 일반인들의 입장에서 족보자랑을 하지 않는다는 것만으로 주저 없이 첫손가락을 꼽는다는 것은 만족스러운 납득의 이유로 부족감이 없는 일이었다. 그런데 거기에는 그럴 만한 또다른 이유가 있었다. 그의 집안은 경제적으로 몰락한 것이 아니라 100여 마지기의 논을 가지고 소작을 내놓는 입장이면서도 가장(家長)이 손수 농사를 지었다. 양반이라는 신분으로 농사를 손수 짓는다고 하는 경우 그 정도가 문제이겠는데, 옛날에 임금이 권농책을 내걸고 그 목적 달성을 위한 효과극으로 어느 하루를 골라 모내기 시늉을 하는 그런 식은 분명 아니었다. 지게로 똥장군을 진다거나, 볏잎에 눈 찔려가며 논매기를 한다거나 하지는 않았지만, 모내기 때 무논에 예사로 들어서거나, 소매를 걷어붙이고 물꼬를 막고 트는 모습은 아무나 흔하게 볼 수 있었다. 그런 직접노동도 중요한 것이었지만, 그의 집안어른들은 대를 이어가며 효과적인 영농법을 개발 실천하면서, 그것을 주위사람들에게 일깨우고 활용시키려는 노력을 계속했다. 그런 가풍은 그의 고조부가 세운 것이었다. 그의 고조부는 전통적인 유학을 토대로 한 학문을 닦은 외에 실학사상을 수용한 인물이었다. 그는 다산(茶山) 정약용(丁若鏞)이 강진에 유배되어 와 있을 때 절친한 교분을 나눌 정도로 학문의 깊이를 지니고 있었다. 그가 양반의 지체를 개의치 않고 직농의 가풍을 세운 것도 결코 우연의 사실은 아닌 것이었다. 그는 다산의 『목민심서(牧民心書)』를 행동으로 옮긴 셈이었다. 그러고 보면 그의 고손자 서민영이 중학교를 기독교 재단인 순천 매산학교로 가게 된 것 또한 우연일 수가 없었다. 다산의 유배는 정치적 결과였지만 원인은 종교적인 것이었다. 다산 일가는 천주교 박해의 소용돌이에 휘말려 그의 셋째 형 약종은 참형의 순교를 했고, 다산은 천주를 부인함으로써 참형을 모면하고 유배의 천 리 길을 걷게 된 것이다. 약종의 순교와 비교하여 다산의 행위를 비겁이나 이중인격으로 비판하는 것은 종교주의자들의 입장일 뿐이고, 한 인간이 하나뿐인 목숨을 내걸어야 하는 극한상황에 처해 신의 존재 긍정이나 부정의 선택은 '믿음의 절대성과 유동성'에 따라 좌우되는 것이므로 인간성이나 인격과는 아무런 상관이 없는 문제일 것이었다. 신의 존재를 부인한 다산은 순수한 종교의 입장에서 '방황하는 가엾은 영혼'으로 긍휼히 여겨질 수는 있으나, 그 행위 자체가 곧 인간으로서의 제반 자격을 심판받아야 하는 요인이 될 수는 없는 것이리라. 다산이 비록 신을 부인하긴 했지만 그의 의식 속에 스며든 기독사상마저 일소된 것은 아니었을 것이다.

매산학교를 마친 서민영은 동경제대 영문과를 졸업하고 광주사범의 선생이 되었다. 그는 학교에서는 영어선생이었고, 일과가 끝나면 농민야학의 교장이었다. 농촌계몽운동은 1920년대 후반부터 시작되어 1930년으로 접어들면서 전국으로 본격화되었다. '브나로드, 브나로드(민중 속으로, 민중 속으로)'를 외치지 않은 학생이 없을 정도였다. 그 운동은 '아는 것이 힘이다, 배워야 산다' '가르치자, 나 아는 대로' 등의 구호를 앞세운 문맹퇴치운동 같았지만 야학공부를 통해서는 독립정신과 애국정신을 암암리에 일깨우고 주입하는 것이었다. 이와 때를 같이해서 자유주의, 자유사회주의, 공산주의, 무정부주의 같은 것들이 여러 가지 형태로 농촌사회를 파고들어갔다. 서민영이 뜻있는 학생들을 이끌고 야학운동에 열성을 바친 것도 그런 사회 분위기에 포함되는 것이었다. 그러나 일본 식민정치는 그런 운동을 오래 두고 보지 않았다. 1935년을 기하여 농촌계몽운동은 전면적으로 금지되었다.

공개적 활동을 금지당하게 되자 서민영은 음성적인 학생조직을 만들었다. 그가 지향하는 바는 '이상농촌의 건설'이었고, 굳이 성분을 따져 이야기하자면 그는 '기독교사회주의자'였다. 한때 염상진, 안창민, 김범우, 손승호 등이 그의 영향 아래 있었던 것은 말할 것도 없었다. 그는 1941년 치안유지법에 저촉된 공산주의자로 몰려 1년 6개월의 실형을 받았다. 그때 당한 고문의 상처로 그는 왼쪽 절름발이가 되고 말았다. 감옥에서 풀려난 그는 사람들과의 접촉을 일체 끊고 농촌문제에 대한 자료를 모으거나, 책 읽는 것으로 나날을 보냈다. 해방이 되자 순천사범과 순천중학에서 다투어 찾아다녔지만 그는 끝내 교단에 다시 서지 않았다. 그는 전혀 말 한

마디 하지 않고 고개를 젓는 것으로 거절을 하고 말았는데도 그가 선생을 하지 않는 것은 절름발이의 창피스러움 때문이라는 약간 속되면서도 그럴듯한 소문이 퍼졌다. 그런데 그가 교단에 다시 서지 않은 이유는 그후에 곧 밝혀졌다. 그는 자신의 농토 전부를 공동농장화했고, 야학을 개설했다. 그는 일제하에서 중단당한 일을 다시 시작한 것이었다. 농토의 공동농장화는 그가 꿈꾸던 '이상농촌의 건설'이었는데, 고흥과 벌교 일대에서 두고두고 화젯거리가 되었다. '다 함께 농사짓고, 다 함께 먹고산다'는 목표가 기독교정신 아래 세워져 있었다. 기독교인이 아니면 그의 공동농장의 농사를 지을 수 없는 제약이 있었지만, 기존 소작인들 중에서 그 제약을 거부하고 이탈하는 사람이 있을 리가 없었다. 그는 3년 동안 그야말로 '다함께 농사짓고, 다 함께 먹고산다'는 약속을 지켰고, 그의 공동농장은 모든 소작인들의 부러움의 대상이었다. 그는 지주들에게는 지극히 못마땅한 존재였지만 그 외의 사람들에게는 더없는 존경과 대접을 받았다. 자애병원 전 원장이 받고 있는 존경을 그도 받고 있는 것이었다. 그가 벌교에도 초가삼간을 두고 있는 것은 야학 경영을 위해서였다.

"그래 자네가…… 아니, 내가 자네라고 해도 실례가 안 되겠소?"

심재모의 인사를 건성으로 받고 나서 거의 20분 가까이 자료들을 추려낸 서민영의 첫마디는 이랬다.

"그러믄요, 저는 배우러 온 학생입니다. 말씀도 편히 낮추십시오."

심재모는 김범우의 말을 들은 터라 자신을 있는껏 낮추었다.

"옳지, 말 한번 상 받게 잘하는군. 태도가 그래야만 배우는 효과가 나는 법이지. 난리통에 벌교가 인물을 하나 만난 게로군."

서민영은 간추린 자료들을 앉은뱅이책상으로 옮겨놓으며 고개를 끄덕였다. 그의 외모만으로는 책 속에 파묻혀 있는 것이 전혀 어울리지 않았다. 허름한 옷이며 햇볕에 그은 얼굴이며가 천생 농사꾼이었다. 잡티가 없이 깊고 예리한 두 눈이 그가 범부가 아님을 나타내고 있을 뿐이었다.

"에에, 장황하게 얘기해 봤자 쓸모없는 일이겠고, 중요한 대목들만 짚어서 말할 테니 필요한 건 적고, 물을 것이 있으면 내 말 다 끝난 다음에 하시게."

"네, 알겠습니다."

"에에, 우리나라에 있어서 농민의 문제라는 것은 한마디로 말해서 바로 나라의 문제인 것이야. 왜냐하면 조선시대로부터 지금에 이르기까지 국민의 8할이 농민이기 때문이야. 농민의 문제를 잘 푸느냐, 못 푸느냐에 따라서 나라의 안정과 불안정이 좌우되는 것도 다 그 까닭이지. 조선 500년의 곪고 곪은 농정(農政)의 실패와 관리의 타락이 결국은 동학란이라는 농민봉기를 일으키게 한 것인데…… 참, 동학란을 아시겠지?"

"예, 얘기 많이 들었습니다."

"암, 의당 알고 있어야지. 역사상 조선이 망한 건 1910년 한일합방과 동시로 기록되어 있지만, 실질적으로는 그보다 16년 전인 동학란 때 조선이라는 나라, 아니 정확하게 말해서 이씨 왕조라는 집권세력은 붕괴한 것이야. 국호를 바꾼다, 왕의 칭호를 높인다, 하는 짓들은 다 허수아비 발버둥에 지나지 않았던 게야. 동학란의 중요성은 크게 두 가지로 나눌 수가 있지. 첫째, 내적인 중요성으로, 농민의 힘으로 농민이 원하지 않는 집권세력을 타도하려 했다는 것이고, 이것은 곧 농민의 문제가 정치적으로 그만큼 비중이 크다는 사실을 입증한 것이지. 내가 서두에 동학란을 들먹이는 이유도 거기 있고. 둘째, 외적인 중요성인데, 외세배격이 그것이야. 동학란은 전반부에는 착취를 일삼는 부패한 봉건체제의 타도를 목적으로 싸우다가, 일본이 본격적으로 개입하기 시작한 후반부로 접어들면서부터는 일본놈들을 상대로 싸운 거야. 조선왕조가 그때 무너졌다는 것은, 자체 방어능력이 없어서 청국과 일본을 끌어들인 사실이 입증하는 것이지. 일본이 발악적으로 동학란의 진압에 총력을 쏟았던 것은, 첫째, 청국세를 압도하려는 것이었고, 둘째, 반도땅을 손아귀에 넣고자 하는 자신들의 의도를 방해하는 국내 세력을 일소하고자 함이었지. 결국 일본놈들의 우세한 무기 앞에 동학군은 패했지만, 그 의의만은 참으로 다대한 것이었네. 안으로는, 봉건왕권체제를 타도하고 자기 권리를 찾으려는 사회혁명이었고, 밖으로는 외세를 배격하고 나라를 지키려는 애국전쟁을 수행했으니 말이야. 그런 의미에서 볼 때 '동학란'이라는 명칭은 잘못된 게야. 그건 어디까지나 집권세력 입장에서 붙인 것이고, '난'이란 대의명분 없이 개인적 야망만으로 무력을 행사했을 때 쓰는 명칭이야. 자체부패로 집권 수행능력이 없어 국민 절대다수의 불신을 당한 왕조에서 어찌 감히 그런 명칭을 붙일 수가 있나. 여러 이유로 그리 됐지만, 앞으로 필히 고쳐져야 할 거야. 어떤가, 지루한가?"

"아닙니다, 재미…… 아니, 많이 배우고 있습니다."

심재모는 '재미있다'는 말을 꿀꺽 삼키고는, 그 멋쩍음 탓으로 자신도 모르게 뒷머리로 손이 올라갔다. 사실 동학란이라는 것을 배고픈 농민들이 일으킨 난리 정도로 알고 있었을 뿐이지 그렇게까지 거창한 의미가 있는 것인 줄은 몰랐던 것이다. 그런 새로운 사실을 알게 되는 것이 흥미롭지 않을 수 없었고, 더욱이, 바글거리는 소학생들을 몇 마디 구령으로 정연하게 줄을 세우는 선생처럼 조리 있게 말을 해나가는 서민영의 말솜씨가 지루한 줄을 모르게 했다.

"재미있으면 됐네."

이렇게 말하는 서민영의 얼굴에는 희미한 웃음이 스치고 지나갔다.

"내가 왜 이렇게 동학에 대해 장황하게 늘어놓는고 하니, 그것이 그후의 일제통치 기간 동안의 의병활동, 3·1운동, 독립운동, 소작쟁의 같은 것들과 연관이 되는 농민정신의 바탕을 이루고 있기 때문이야. 자아, 그럼 본론으로 들어가서, 오늘날 나타나고 있는 농촌의 문제점에 대해선데, 그건 바로 일본놈들이 침략과 동시에 만들어낸 것이니만큼 한일합방을 기점으로 하여 전후부터 훑어내려야 맥이 잡히게 되네. 일본놈들은……."

일본은 청나라와의 전쟁에서 승리함으로써 이권산업을 목적으로 그들의 대기업 자본을 한반도에 끌어들이기 시작했다. 그때 이미 왕이나 내각은 정치 수행능력을 완전히 상실한 상태로, 한반도를 식민지화하려는 일본·러시아·청국 등의 세력다툼에 따라 좌우를 모른 채 휘둘리고 있었다. 청나라를 물리친 일본은 다시 1905년에 러시아와 싸워 이김으로써 우리나라와 을사보호조약을 체결하기에 이르렀다. 이 조약은 일본이 한반도를 독무대로 삼을 수 있는 법적 근거가 되었고, 식민지화를 위한 발판을 완전하게 굳힌 것이었다. 일본은 그 1단계 작업에 착수했는데, 그것은 토지의 약탈이었다. 곡창지대인 삼남지방을 목표로 삼고 대자본을 동원시켰다.

일본이 토지 소유욕을 첫 번째로 나타낸 데에는 뚜렷한 이유가 있었다. 첫째, 식민지화를 위한 실질적 세력확대였고, 둘째, 이윤이 큰 사업이었다. 한반도의 농토는 일본에 비해 열 배에서부터 서른 배까지 싼값이었다. 그런데 소작조건은 지주에게 수확량의 절반을 바치도록 유리하게 되어 있었던 것이다. 땅을 사서 소작을 주는 경우 투자이윤은 연간 2할 3부에서 3할 1부에 달하는 기막힌 장사였다. 1907년 우리나라를 여행한 시가(志駕)라는 사람은 여행기를 통해 '망망한 전주 평원의 하유일망(下游一望) 5만 석이 내다보이는 곳이 1단보에 사오 원이니, 더 말하여 무엇하랴. 한국에 이주하라, 한국에 이주할지어다'라고 쓸 지경이었다.

땅의 확보와 함께 일본인의 이민이 뒤따랐는데, 1907년 3월에 10만 280명이 우리나라에 거주하고 있었다. 이들이 소유한 토지는 대략 12만 9,300여 정보(3억 8,790만 평)에 이르고 있었다.

"……그러니 이것 보시게. 이 나라는 한일합방 이전에 벌써 일본 자본주의의 식민지가 되고 말았던 게야. 이 대목에서 보자면, 일본을 탓하기 전에 우리들의 어리석음을 먼저 반성해야 할 것이네. 역사를 돌이키는 것은 지난날의 어리석음을 다시 되풀이하지 않으려는 데 그 목적이 있으니까. 다음은 한일합방으로 넘어가세나."

완전한 국권상실인 한일합방이 되면서 일본은 '토지조사사업'을 전국적으로 본격화시켰다. 그 목적은 첫째, 식민지 지배정책을 효과적으로 수행하기 위한 조직구성의 수단으로 식민지인의 실제 재산권을 파악할 필요가 있었고, 둘째, 옛날부터 토지대장이 불완전하고 토지소유의 문서화가 불확실했던 허점을 이용하여 토지를 강탈할 계기를 만들어야 했으며, 셋째, 토지조사로 토지소유권을 확립해야만 더 많은 일본 자본을 끌어들이게 되며, 매입·저당·차압 등의 업무처리가 신속하게 되고, 넷째, 세금원의 확보를 위함이었다.

이미 1908년에 건립된 동양척식주식회사가 토지조사를 맡았다. 조선총독부가 만든 '토지조사령'이란 법령은 총독이 정한 일정기한 내에 자기 소유의 토지를 신고하도록 규정했다. 그러므로 기한 안에 신고를 하지 않으면 토지의 소유권을 인정받지 못하는 것이었다. 그리고 행정단위별로 토지조사위원회 조직을 만들었다. 각도의 위원장은 도지사였고, 다섯 명의 위원 중 세 명은 도참여관이나 도의 부장급인 친일파 관리였고, 나머지 두 명이 지주를 중심으로 한 지방유지들로 짜여졌다. 그 아래 조직은 지방관청의 관리를 중심으로 해서 면장·이장·지주대표로 구성되는 지주위원회였고, 거기에는 지방관청이 선정한 마을 지주대표 두 사람이 끼여 있었다. 그들의 임무는 농민이 자기 땅의 신고서를 제출하면 그 내용을 검토하고 인정 가부의 도장을 찍는 것이었다.

토지조사가 시작되자 각 지방, 각 마을마다 말썽이 빈발했다. 그 중 가장 심각한 문제가 기한 내에 신고를 못해 소유권을 박탈당하는 경우였다. 홍보의 무성의로 기한을 놓친 사람들도 있었지만, 대부분 글을 모르는 농민들이 당한 수난이고 억울함이었다. 애초에 신고제를 실시한 것부터가 그런 식의 약탈을 전제로 했던 것이다. 그 다음의 말썽은, 공동소유의 땅인데도 한 사람만 신고를 하면 그 사람에게 소유권을 인정해 버려 발생하는 것이었다. 세 번째의 문제는, 현지활동을 하고 있는 지주위원회에 소속된 지주대표가 마음대로 저지른 만행이었다. 그들이 신고서에 도장을 찍어주지 않으면 그대로 토지소유권이 박탈되는 것이었다. 그런 절대권을 가지고 그들은 무식한 농민의 땅을 가로채거나, 일부를 상납받고 도장을 찍어주는 횡포를 저질렀다. 네 번째의 문제는, 조선시대부터 조상 대대로 경작해 오던 공전(公田)을 총독부는 모조리 국유지로 편입시켜 소유권을 박탈한 점이었다. 토지소유의 문서화가 불확실한 까닭에 이름만 공전이었지 실질적으로는 사유지였던 것이다.

"결국 토지조사사업이란 일본의 악랄한 토지탈취작업이었던 게야. 자아, 이것 한번 들어보게나. 1910년 6월 21일자 황성신문에 실린 동척 중역의 말이네. '본 회사가 현재 소유한 토지는 인계받은 역둔토 및 매수지단(買收地段)을 합하여 약 3만 정보에 달하니 이는 세계의 한 신례(新例)라, 식민정책에 빈능(頻能)한 독일도 그 영지 프러시아 및 폴란드에서 1년간에 그처럼 많은 토지를 차지하지는 못했다. 합방의 책은 형식에 있지 아니하고 이민정책으로 동화술을 시행함에 있도다.' 어떤가?"

"괘씸하게도 약탈을 자랑하고 있군요."

"뻔뻔스럽기 짝이 없는 왜놈이지. 이게 왜놈들의 근성인 게야. 좀 편히 앉고, 담배 피우거들랑 피우게."

"아닙니다, 안 피웁니다."

심재모는 짐짓 거짓말을 했고, 서민영은 무감한 얼굴로 고개를 끄덕였다.

"토지조사는 8년 만에 끝났는데, 이 자료를 보면, 그해인 1917년에 동척이 소유한 땅이 7만 4,738정보였구먼. 제일 많았던 해가 1921년으로 9만 9,480정보니까 10만 정보고, 10만 정보면 3억 평의 땅일세. 동척은 이 나라에서 제일가는 지주가 된 셈이지. 그게 다 우리 농민의 땅이었으니, 땅을 잃은 농민들의 형편이 어떻게 됐겠나. 동척뿐만이 아니라 기존 일본인 지주와 우리나라 지주들까지 토지약탈에 가세했으니 수많은 농민들이 하루아침에 파산당하게 되고, 농촌사회의 안정이나 질서는 파탄상태에 빠지고 말았지. 물론 토지분쟁이 끝없이 일어났어. 그러나 칼자루 쥔 놈들의 흉계가 따로 있는데 약자의 항의가 제대로 받아들여질 리가 있었겠나. 이때부터 우리 농촌의 참담한 현실이 시작된 게야."

헌병과 경찰력을 동원하면서 강행된 토지조사 결과 농촌사회는 분해와 파탄의 수렁이 되었다. 그전의 중·소 지주가 자작농이 되어야 했고, 자작농은 자작 겸 소작농으로, 자작 겸 소작농은 소작농으로 몰락하는 과정을 거쳤다. 물론 이것은 대체적인 단계였을 뿐이고, 소지주에서 바로 소작농으로, 자작농에서 바로 소작농으로 전락하는 경우도 허다했다. 공전을 소유하고 있었거나, 토지소유를 문서화시키지 않고 있던 사람들이 당한 비극이었다. 그런 사람들 중의 일부는 도시 노동자가 되어 농촌을 떠나거나 떠돌이장수로 변모하기도 했다. 그런 사람들의 땅을 모아들여 한편에서는 대지주가 생겨나게 되었다. 그것은 다름 아닌 식민성 지주의 탄생이었던 것이다. 일본은 토지조사사업을 통해서 효율적인 지주적 수탈을 목적으로 하는 식민통치 방법을 체계화한 것이었다.

지주체제를 일단 구조화시킨 일제는 소작 경영에서 보다 구체적이고 치밀한 방법으로 지주세력을 확대 강화하고, 수탈을 극대화시켰다. 첫째, 소작기간을 최대한 짧게 정했고, 둘째, 소작계약을 문서화했으며, 셋째, 고리채를 실시했다.

소작기한은 대체로 1년이었다. 이것은 일제가 실시하기 시작한 제도였다. 그전 시대에는 소작기한이라는 것이 없었다. 일제가 소작기한을 1년으로 한 것은 착취를 극대화하기 위한 방법이었다. 첫째, 소작기한을 짧게 함으로써 소작권의 쟁탈을 유도하고, 둘째, 일방적으로 새로운 조건을 첨부해 나갈 수 있는 기회를 마련할 수 있었다. 그 결과 기본소작료 5할 이외에도 각종 공과금(수리조합비·지세·비료값·종자값·타작마당 사용세·운반비·소작지 개간비용 등)을 소작인이 부담해야 하는 악조건이 생겨나게 되었다. 그렇게 됨으로써 소작인들은 보통 수확량의 7할 이상, 심한 경우에는 8할에서 9할까지 착취당하게 되었다.

"왜 그리 고개를 젓고 있나. 믿어지지 않아서가 아니라 기가 막혀서겠지? 그래, 식민지시대에 우리 농민들은 그리 어렵게 살았어. 목구멍이 포도청이라는 말이 있잖던가. 옳지, 여기에 쓸 만한 자료가 있구먼. 1932년 4월 29일자 동아일보 기사일세. 들어보게나. 이 나라의 소작료가 세계 최고율로, 최고 8할 내지 9할에 달하는 곳도 있다. 이는 조선총독부 당국자들이 행한 소작관행조사의 결과 판명된 것인데, 특히 우심한 곳은 삼남지방이며, 그중에서도 심한 곳은 전라도지방이다, 이리 돼 있구먼."

"선생님, 아무리 목구멍이 포도청이라지만 그런 악조건 밑에서 농부들은 집단항의 같은 것도 못했단 말입니까?"

"아까 내가 뭐라던가? 물을 게 있으면 내 말 다 끝난 다음에 하랬지? 잊어버릴 것 같으면 적어둬. 자네가 말한 집단항의 같은 것을 '소작쟁의'라고 하는데, 꽤 치열하게 했었지. 내가 순서대로 차근차근 다 말할 테니까 진득하니 기다리고 있게나."

"네, 죄송합니다."

"소작기한이 1년이었던 것이 전 소작의 7할이었어. 나머지 3할은 2년이나 3년 정도로 길었는데, 그나마 조선인 지주들이 베풀어준 은혜라고 해야 할까? 그러나 자기 이익 앞에서는 조선인 지주들도 거의가 일본놈 지주들과 똑같았어. 일본의 식민정책은 어디까지나

지주를 보호하는 것이었으니까 조선인 지주들도 법의 보호를 받아가며 마음대로 착취했고, 그 대가로 식민정치를 북돋우는 기부금이다 헌납이다를 했던 거지."

소작계약을 문서화한 것도 일본인들이 고안해 낸 방법이었다. 그것은 첫째, 소작인의 정확한 거주 파악과 대리소작을 예방하기 위해서였다. 둘째, 소작인들에게 법적 구속력을 과시함으로써 계약조건을 위반할 수 없게 했고, 만약 계약조건을 위반했을 때는 법적 조처를 취할 수 있게 함이었다.

일본이 고리대금을 공공연하게 실시했던 것은, 첫째, 가장 손쉬운 금전 이윤을 취하기 위함이었고, 둘째, 농토를 빼앗기 위한 적극적 수단이었다. 농민들을 상대로 한 금리는 연 1할 2부에서 4할 내지 5할에 이르는 고리였다. 어떤 피할 수 없는 사정으로 이런 고리의 돈을 빌려쓰게 되면 결국 그 이자 때문에 가산은 파산하게 마련이었다. 해가 갈수록 소작인의 수가 증가했던 것은 바로 이 고리채 때문에 자작농이나 자작 겸 소작농들이 농토를 상실해 갔던 것이다. 그리고 소작인들의 경우는 빚을 갚지 못해 입도선매(立稻先賣)나 입도압류(立稻押留)를 당하는 사례가 비일비재했다.

"선생님, 죄송스럽습니다만 하도 답답해서 여쭙지 않을 수가 없습니다. 지주에게 칠팔 할씩이나 바쳐야 하는 소작인의 입장에서 입도선매나 입도압류를 당해 쌀 한 톨 구경하지 못하면 그 사람들은 무슨 수로 살았단 말입니까?"

심재모의 어조에는 비장감이 서려 있었다.

"그래, 분이 솟을 만한 일이지. 그러니 소작인들의 생활이 어디 생활이었겠나. 춘궁이라는 말만이 아니라 추궁이라는 말이 왜 있었겠나. 가만있어 보게나, 내가 뭐라느니보다 왜놈이 직접 쓴 글을 읽어보는 것이 더 실감나지 않겠나. 그래, 여기 있구먼. 이건 농업경제학자 히사마 켄이치라는 자가 쓴 거야. 어디, 들어보게. '……밥은 죽으로, 쌀은 잡곡으로, 그 잡곡도 만주산 조로, 그러나 실제로는 대부분의 농민들은 만주산 조를 사먹는 데도 형편이 어려워, 조선 술의 찌꺼기나 쌀겨를 극소량 섞은 야채나 마른 풀잎사귀로 끓인 멀건 죽으로 연명하며, 그것마저 얻기 어려울 때면 친척 일가의 집을 전전하며 강제식객 노릇을 하거나, 그것도 여의치 못한 사람들은 거지가 되어 각처를 유랑 걸식하고 있다. 소작계급의 농민으로 1년간의 식량을 지탱하는 자는 극소수이고, 봄·여름의 보릿고개나 칠팔월경에 이르면 식량이 떨어져 지주로부터 벼나 그 밖의 식량을 빌려 먹는 자가 많고, 추수기에 이런 부채의 상환과 소작료를 물고 나면 식량이 얼마 남지 않으므로 매년 식량을 빌려 먹는 자가 적지 않다.' 이런 지경이었으니 빚 탕감을 위해 딸을 지주에게 바치는 일쯤 예사였고, 마누라를 탐하면 마누라까지 바쳤고, 그래서도 못 견디게 되면 야반도주를 해서 만주나 간도로 가거나 화전민이 되기도 했었지. 소작인들 생활은 그렇게 비참한데도 지주들의 횡포는 갈수록 심해졌어. 소작료 선납제를 쓰는가 하면, 계약시 보증금제를 만들어내기도 했으니까 말야. 그렇게 미리 착복한 돈으로 무얼 했겠나. 소작인을 상대로 고리채놀이를 했다네. 소작인들이 당한 것은 그뿐만이 아닐세. 지주 집의 관혼상제 때마다 불려 가 아무런 보수 없는 부역노동을 해야 했어. 그게 1년이면 열흘 이 상씩이었지. 그런 것 외에도 소작인들은 사음(舍音: 마름)에게도 시 달리지 않았나. 추수 때면 으레 술·닭·계란·밤·곶감·조청 같은 것들을 상납해야 했지. 그렇지 않으면 소작이 떨어지는 걸 어떡하 겠나. 일본놈 마름은 농감(農監)이라고 따로 불렀는데, 그자들의 횡포야말로 대단했었지."

아리랑 아리랑 아라리요
아리랑 고개로 도망을 한다
매끈매끈 먹기 좋은 쌀올벼쌀은
호미속(胡米粟) 바람에 도망을 한다
아무렴 그렇지 그렇고말고
이팝 먹기 좋은 줄 누가 모르나

주린 배를 달래며 고된 농사일을 하는 소작인들이 시름겨워 부 른 노래였고, 소작권마저 박탈당한 사람들이 고향을 등지며 읊조 린 노래였다.

계약조건을 위반하지 않았는데도 소작권을 박탈당한 것은 두 가지 경우였다. 첫째는 농업이민을 본격화하면서 일본인들과 교 체를 시킨 것이었고, 둘째는 소작쟁의나 농민운동 같은 것에 가담 하거나 연루되었을 때의 보복조처였다. 당시 일본인의 농업이민은

100만 명을 헤아렸다.

우리나라 전인구의 8할이 농민이었고, 농민의 8할이 소작농이었으며, 소작농의 8할이 절량농가였던 것이 식민지시대의 현실이었다.

"지금까지 전반적 실태를 얘기했으니까, 이제부터는 아까 자네가 물었던 소작쟁의에 대해서 얘길 하지. 어찌, 지루하지 않으신가?"

"아닙니다. 정말 많이 배우고 있습니다."

"다행이군. 얘기도 얼마 남지 않았어. 그러니까 그런 악조건 아래서 사람이 견딘다는 것은 한계가 있는 법이지. 그런 악조건을 개선해야 하는데 혼자의 힘으로는 불가능한 일이고, 그래서 자연히 힘이 뭉쳐지게 될 수밖에 없는 게지. 암암리에 뭉쳐진 그 농민의 힘이 거국적으로 폭발한 것이 바로 3·1운동 아니었겠나. 자네 거 기미독립선언문이라는 것 내용을 기억하는지 모르겠는데, 그 내용 보면 허약하고 나약하기 짝이 없어. 평화적으로 독립을 찾으려 한다는 것이 골잔데, 정작 그 실행 자체는 어떠했나 말이야. 규모에 있어서 전국적이었고, 방법에 있어서 투쟁적이었던 거야. 그렇게 된 것이 누구에 의해서였겠나. 그게 바로 농민들 힘이었어. 농민들은 그 기회를 이용해서 일본놈들을 이 땅에서 몰아내고자 했던 것이지. 그런 의지가 아니고서야 전국적으로 일시에 일어났을 리가 없고, 투쟁도 그렇게 격렬해질 수가 없는 일이지. 내가 만나본 바 없으니까 장담할 수는 없는 일이지만, 아마 민족대표라는 사람들도 그렇게 범위가 확산되고 치열한 항쟁이 될 줄은 예상하지 못했을 거야. 농민들이 그렇게 용감할 수 있었던 것은 생존권을 쟁취하고자 한 누적된 욕구의 폭발과 동학봉기의 정신이 밑바탕에 깔려 있었기 때문일 게야. 그 투쟁에서 죽은 농민이 8천여 명, 검거된 농민이 5만 3천여 명이었으니, 3·1운동의 실질적 주체는 농민이었다고 해도 과언이 아닐걸세. 3·1운동은 성공하지 못했지만 농민들은 어떤 일체감을 발견하게 됐지. 자기는 혼자가 아니라 어떤 큰 힘 속에 포함되어 있다는 자각, 그것을 굳이 이름 붙여보자면 '민족적 자각'이라고 할 수 있겠지. 1920년대부터 해방이 되기까지 전국 도처에서 끊임없이 일어났던 소작쟁의는 그런 자각 아래서 벌인 생존권의 투쟁이었고 항일운동이었던 거야. 조직화된 힘으로 우리나라 최초로 소작쟁의를 일으킨 곳이 어딘지 아나? 바로 60리 밖에 있는 순천에서였네. 3·1운동 다음 해인 1920년 그들은 '농민대회'라는 단체를 결성하고 '부당한 소작권 이동 폐지'를 내걸고 투쟁한 거야. 여기서 주목해야 할 것은, 그 단체를 시작으로 해서 농민단체가 해마다 늘어났는데, 13년 후인 1933년에는 전국으로 일천삼백오십일 개로 확산된 점이야. 1920년부터 일제는 그 악질적인 치안유지법을 시행했는데도 힘의 조직화와 체계화를 꾀하는 농민단체 수가 가속적으로 늘어났음은 무엇을 의미하는 것이겠나. 3·1운동을 통해서 얻은 민족적 자각의지가 그렇게 표출된 것이네. 소작쟁의는 다 그 단체들을 중심으로 일어났지. 소작쟁의의 요구조건은 대체로, 소작권의 이동 반대, 소작료의 인하, 소작료 체납제 실시, 각종 공과금의 지주 부담, 사음제도 폐지, 소작인의 사역 폐지

등이었지. 소작인들로서 당연히 주장할 것을 주장한 것이야."

1930년대로 접어들면서 소작쟁의는 한층 격렬해지기 시작했다. '토지는 농민의 것으로' '일제를 타도하라' 같은 전투적 구호를 내걸고 주재소·동척 지사·군청·면사무소 등을 습격하고 파괴했다. 그 것은 경제투쟁이 정치투쟁으로 변모했음을 의미하는 것이었다. 그에 따라 일제는 철저한 탄압을 가중시켰다.

농민단체는 성격상 세 가지로 분류할 수 있었다. 첫째, 공산주의적 성격, 둘째, 민족주의와 사회주의가 복합된 성격, 셋째, 온건한 성격이었다. 단체수로는, 첫째의 것이 206개, 둘째의 것이 1,096개, 셋째의 것이 149개였다. 그런데 일제는 거의 모든 농민단체들이 공산주의 운동을 하는 것으로 몰아 치안유지법으로 탄압을 가했다. 농민단체들은 해체의 위기를 맞았고, 공산주의 성격의 단체들은 지하로 잠적했다. 일제는 그들의 농민운동을 '적색농민조합운동'이라고 부르며 탄압의 고삐를 늦추지 않았다.

"이렇게 지주의 착취와 소작쟁의와 무력의 탄압이 뒤섞이면서 1930년대가 지나고, 1940년대로 접어들면서 장기화하는 중일전쟁을 치르랴, 태평양전쟁을 일으키랴, 일제의 발악이 극에 달했으니 농촌의 피폐는 더 말할 것이 없었지. 농민은 지주의 착취만이 아니라 징용·징발·징병·여자정신대·보국대 등의 대상이 되었고, 공출이 의무화되었던 게야. 공출도 쌀만이 아니고 잡곡·면화·삼·채소·고사리·칡넝쿨까지 40여 종을 헤아렸으니 농민생활이 어찌 됐겠나. 그렇게 기막히게 몇 년을 살다가 해방이 된 게야. 여기까지가 제1단계네."

서민영은 깊은 눈길로 심재모를 바라보며 긴 숨을 내쉬었다. 그의 입가에는 침찌꺼기가 희게 말라붙어 있었다.

"선생님, 뭐라고 감사의 말씀을 드려야 좋을지 모르겠습니다. 정말로 감사합니다."

심재모는 머리를 깊이 숙였다. 그분의 진지한 태도와 최선을 다하는 성의가 가슴을 뻐근하게 저리게 했다.

"고맙기는, 열심히 들어줘서 내가 외려 고맙구먼. 그럼 제2단계를 간략하게 정리하고 이 얘길 끝내기로 하지. 제2단계란 말할 것도 없이 해방 이후와 미군정이 되겠지. 이북을 쏘련군이, 이남을 미군이 점령하고 양쪽에 자기들 식의 정권을 세우려고 한 의도야 너무 자명한 것이니 더 말할 필요가 없겠네. 그런데, 미쏘가 서로 자기네식 정권을 세우는 데 있어서 차이점을 보였으니, 그게 중대한 문제네. 그 차이점이란 공산주의다, 자본주의다 하는 체제의 다른 점이 아니라 그 체제를 꾸미는 과정에서 발생한 문제를 말하는 것이네. 이북은 친일파·민족반역자 들은 완전하게 정치적 사회적으로 숙청을 단행해 버렸네. 그래서 50만이 넘는 친일반민족자들이 삼팔선을 넘어 이남으로 도망을 나왔네. 그런데 이남에서는 이북과는 반대로 오히려 친일반민족자들을 옹호하고 보호하며, 그들을 핵심세력으로 해서 정권을 세워나갔네. 그 차이란 뭔가? 한쪽은 절대다수의 민중들이 권력기반을 이룩했는데, 다른 한쪽은 극소수의 반민중들이 또다시 다수민중들을 노예화한 것이네. 다시 말해 그것은 물이 높은 데서 낮은 데로 흐르는 순리와, 그 물을 낮은 데서 높은 데로 거꾸로 흐르게 하려는 역리와의 차이다 그 말이지. 그 차이에 따라 당연하게 나타난 현상이 이북의 전면적인 토지개혁 단행과 이남의 법조차 아직까지 만들지 못하고 있는 처사 아니겠나? 군정이 그런 역리를 저지르면서 야기된 사회적인 문제가 한두 가지가 아니지만, 자네가 알고자 하는 문제로 국한시켜 살펴보자면 1946년 10월부터 11월까지 두 달 동안에 일어난 대대적인 민중봉기를 들어야겠지. 자네, 내가 말하는 그 사건이 뭔지 모르진 않겠지?"

"예, 대구에서 일어난 10·1폭동을 말씀하시는 것 아니신가요?"

"맞네. 10·1폭동이라…… 그래, 자네는 군인이니까 그렇게 부르는 것을 이해해야겠지. 명칭에 대해선 내 이야기를 먼저 듣고 나서 생각해 보도록 하세. 농민들이 주축이 되고, 학생이나 선생들까지, 그러니까 민족적 양심과 사회적 정의를 가진 모든 사람들이 하나가 되어 일어난 그 사건은 미군정에 대한 전체적인 항거인 동시에 미군정 정책의 전면적인 실패를 입증한 것이었네. 친일반민족세력을 옹호하다 보니 그들의 반대에 부딪혀 토지개혁이거나 농지개혁은 실행할 수가 없지, 그러면서 미곡수집책은 강제로 단행해서 민중들의 생활은 도탄에 몰아넣지, 친일반역세력의 횡포는 날로 심해져가지, 이런 군정에 대해 모든 민중들의 불신감은 깊어질 대로 깊어지고, 불만은 쌓일 대로 쌓여 터지고 만 것이 바로 그 사건이네. 그 사건이 일어나면서 외친 구호들이 다양했는데, 그것을 간추리면 세 가지야. 첫째가 미곡수집 없애고 토지개혁 단행하라는 생존권과 직결된 문제였고, 둘째가 조선은 미국의 식민지가 아니라는 민족의 자존심과 연결된 문제였고, 셋째가 경찰이나 포악한 지주들을 표적으로 삼은 친일반민족세력의 척결문제였지. 그 세 가지는 바로 군정이 안고 있는 현실적인 정치문제였던 거야. 민중들은 무서운 기세로 일어났는데, 그 큰 규모로 보거나 그 치열하게 싸운 강도로 보거나 그건 단순한 사건이 아니었어. 그건 군정을 상대로 한 일종의 전쟁이었지. 나도 그 틈에 끼였던 한 사람으로서, 미군들이 행사한 폭력은 가관이었지. 완전히 적을 섬멸하는 식으로 탱크는 말할 것도 없고 비행기까지 하늘에 띄웠으니까. 미군이 점령군이고, 우리 땅을 식민지화하려는 의도를 숨김없이 증명했던 것이지. 수많은 사람들이 죽었고, 죽은 사람들보다 몇 배가 부상을 당했고, 부상당한 사람들보다 몇 배가 잡혀 들어가 고문을 당했고, 그리고 수없이 감옥에 갇히게 되었네. 그 정황은 어느 모로 보나 내가 앞서 말했던 동학혁명의 재현이라고 해야 옳아. 그래서 내가 아까 '10·1폭동'이라 하지 않고 '민중봉기'라고 한 거네. 그건 나혼자만 그리 부르는 것이 아니라 당시의 신문들도 한둘을 빼놓고는 다 민중봉기라고 썼던 거지. 물론 경찰에서는 가담자들을 모두좌익으로 몰아대는 상투적인 악의를 저질렀지. 그러나 좌익은 극소수였고, 거의가 순수한 민족애와 절박한 생존욕구를 가진 사람들이었지. 결국 그 봉기가 실패로 끝나자 미곡수집은 강행됐고, 경찰을 포함한 우익의 횡포는 앙갚음이라도 하듯이 날로 심해지면서 오늘에 이르렀네. 여기서 한 가지 중요하게 지적할 대목이 있네. 그때 봉기가 궁지로 몰리면서 경찰에서는 젊은이들을 무작정 잡아들였는데, 그 위험을 피해 많은 젊은이들이 군대로 들어갔네. 그들의 상당수가 14연대를 이루고 있다는 사실이네."

"아니, 그게 그렇게 됩니까?"

심재모가 놀라며 눈을 크게 떴다.

"그렇다네. 이 세상 일이란 시작 없는 끝이 없는 법이고, 나무는 괜히 흔들리는 법이 아니지. 어쩔 수 없이 군인이 된 그 젊은이들이 현 정권이나 경찰에 품은 원한을 잊었을 리 만무고, 더구나 수많은 농민들이 갈수록 심해지기만 하는 정책 시행에 시달림을 당해오면서 가슴속에 채곡채곡 쌓은 게 뭐였겠나? 자아, 이만 내 얘기는 끝내기로 하겠네."

서민영은 마른 입술을 훔치며 자리를 고쳐 앉았다.

"선생님, 정말 수고하셨습니다." 심재모는 머리를 조아리고는, "선생님 말씀을 듣고 보니 이번 사건도 일종의 소작쟁의인데, 아둔한 저로서는 어떻게 다뤄야 할지 방도가 생각나지 않습니다. 정 사장이 나쁘고, 소작인들의 요구가 정당하다는 쪽으로만 생각이 기울었는데, 선생님 말씀을 듣고 더 그쪽으로 기울어집니다. 그렇다고 제 입장에서 소작인들을 바로 풀어줄 수도 없는 일입니다. 무슨 좋은 방안이 없겠습니까."

"소작인의 입장을 이해하는 건 참 고마운 일이네. 그런데…… 지주의 행위는 도의적인 문제일 뿐 법적으로 잘못이 없고, 소작인들

의 행위는 도의적으로 동정은 가지만 법적으로 폭행과 주거침입에
다 재산파손까지 했으니…… 자네 입장이 딱하네그려. 낸들 당장
묘책이 있을 리 있나. 두고 생각해 보겠네. 그런데 말일세, 그 사건
을 자네 권한 내에서 처리할 수는 있는가?”

“네, 계엄상태니까 가능합니다.”

“그렇다면 무슨 방법이 있겠구먼.”

눈을 내리감은 서민영은 느릿느릿 고개를 끄덕이고 있었다.

“지주와 소작인의 문제가 해결되지 않는 한 빨갱이문제도 해결
되지 않을 것이란 생각이 듭니다. 이번 반란사건도 공산주의자들
의 반란만이 아니라 일제 때의 소작쟁의 같은 성격이 있다고 보이
는데, 제 생각이 틀렸습니까?”

“허어! 군인으로서 마땅한 말은 아닐지 모르지만, 아주 정곡을
찌르는군그래. 평소의 식견인가, 교육의 효과가?”

눈을 크게 뜬 서민영은 밝게 웃고 있었다.

“물론 교육의 효과입니다.”

심재모는 쑥스럽게 웃었다.

“그렇네, 내가 처음에 농민의 문제가 곧 나라의 문제라고 하지
않았나. 이 나라는 지금 가상 중대한 문제를 해결하지 않은 채 덮
어놓고 있네. 식민지시대 지주들과 결탁해서 권력을 잡은 정부이
기 때문이야. 지주치고 친일파고 민족반역자 아닌 자는 1퍼센트도
안 될걸세. 앞에서 살펴본 바대로, 그들은 일제치하에서 누린 부귀
와 지은 죄로 해방과 동시에 마땅히 모든 기득권을 박탈당했어야

했고, 민족 앞에 사죄했어야 했네. 그리고 모든 소작인들은 일제치하에서 겪은 굶주림과 당한 고통의 대가로 마땅히 지주들의 소유를 분배받았어야 하네. 그런데 미국의 세력이 작용하고, 이승만은 집권야욕으로 민족을 배반하고, 지주계급들은 자기 방어를 위해 뭉쳐지고, 서로를 위해 상호 작용을 일으켜 오늘에 이르렀네. 내가 크게 우려하는 바는 지주계급들로 이루어진 현 정권이 농민이나 반대세력권을 일본놈들 식으로 무작정 공산주의로 몰아가는 것이야. 그 방법은 모든 계층, 모든 분야의 친일파나 민족반역자들한테까지 퍼져나가 공산주의를 자기네들의 방어를 위한 적극적인 공격무기로 사용하고 있는 실정 아닌가. 이거야말로 어불성설이고 주객전도야. 참으로 큰일날 일이지. 일본놈들한테 배워도 못된 것만 배웠지. 일본놈들은 하나님 믿는 나 같은 사람도 공산주의자로 몰아댄 형편이었으니까, 농민운동에 가담한 농민들의 경우에는 더 말할 것이 없었지. 물론 앞에서 살폈듯이 농민단체 중에는 공산세력이 이끌었던 게 있었어. 그러나 거기에 연관된 농민 전부를 공산주의자로 모는 건 위험천만한 경솔이고 악의야. 설령 그들이 공산주의적 구호를 외쳤다고 하더라도 그건 어디까지나 생존권을 보호하기 위한 소작쟁의의 수단일 뿐이었어. 그들이 마르크스 철학에 대한 신조가 있었던 것도 아니고, 공산주의 사상으로 무장된 정치의식이 있었던 것도 아니야. 다만 감상적이거나 소영웅적인 지식인이나 지하 공산조직이 그들을 이용했을 뿐이야. 지금도 형편은 마찬가지지. 당장 농지개혁을 단행해 논밭을 무상으로 분배해 봐. 벌교

지역을 예로 들더라도, 이번에 입산한 농민들의 90퍼센트는 아마 하산하게 될 거야. 자기네들의 절대목적이 성취됐는데 공산주의를 추종할 이유가 없지 않는가 말야. 현 정부는 그 간단명료한 원인해결은 하려 하지 않고 공산주의만 척결하려 하고 있어. 말이 해방일 뿐이지 정치하는 방식이나, 지주들이 그대로 군림하고 있는 것이나, 변하지 않은 소작조건이나, 그대로 일정시대의 연장인 게야. 그러니 소작쟁의가 계속될 수밖에. 친일파 지주계급들, 참 짐승만도 못한 족속들이야. 일제 때의 죄를 뉘우치기는커녕 군정과 야합해서 더 부자가 되지 않았는가 말이야. 적산을 차지한 게 다 그들 아닌가. 그 부귀영화를 지키기 위해서 앞으로도 반대세력은 계속 공산주의자들로 몰아붙이겠지. 이미 정치적으로 국토와 민족이 분단됐는데, 그것도 모자라 반쪽에서지만 민족분열까지 조장하고 있는 게야. 이런 식으로 나가다간 점점 더 문젯거리가 생길 거야. 이 나라 장래가 큰 걱정이네."

책 냄새 그득한 방에는 침묵이 한 겹씩 내려앉고 있었다.

26

겨울달빛 실린 고샅길

    안창민의 어머니 신씨는 햇볕이 가득한 마루에 쪼그리고 앉아 있었다. 쪼그리고 앉은 모습은 조그마했고, 아무런 표정이 없는 초로의 얼굴에는 병색과 함께 깊어 보이는 근심기가 서려 있었다. 신씨는 테러를 당한 후유증이 거지반 회복되어 가고 있을 즈음에 병원사건 소식을 알게 되었다. 아들이 다리에 총을 맞고 병원에 숨어 있었다는 것도, 아들을 치료해 준 죄로 원장과 이지숙 선생이 잡혀 들어갔다는 것도, 신씨에게는 테러를 당한 것보다 더 심한 마음의 병이 되었다. 아들이 피했다니까 그나마 다행이지만, 다리에 총을 맞은 몸으로 산생활을 할 아들 걱정으로 신씨는 다시 앓아눕고 말았다. 눈만 붙이면 외다리의 아들이 나타나거나, 죽은 아들을 만나게 되는 것이었다. 신씨는 아들을 만나고 싶은 안타까움과 만날 수 없는 고통을 병으로 앓았다. 끓었다 식었다 하는 열에 시달리면서 신씨는 그저 나무관세음보살만 염하였다. 그러면서 마음은 깊고 깊은 산골짜기들을 지향 없이 헤매고 있었다. 산은 언제나 자비로워 무슨 죄든 짓고 쫓기는 죄인을 다 보듬어 피난을 시켜주었다. 그러나 머리카락 검은 짐승은 끝까지 배겨내지 못하고 산을 벗어나 화를 만나는 것이었다. 그저 관세음보살만 염하면서 꼭꼭 숨어 견뎌라. 신씨의 마음은 그 말을 당부하면서 산 골짜기 골짜기를 헤매고 있었다. 아들을 걱정하는 마음 한편에는 원장과 이지숙 선생에 대한 염려가 떠나지 않고 있었다. 고마움과 죄스러움이 생각할수록 가슴 저리게 했다. 물질로 갚아지는 것이 아닌 고마움은 어찌하는 도리가 없더라도 죄스러움에 대한 자기 몫을 감당하기 위해서라도 신씨는 하루라도 빨리 몸을 일으키려고 애썼던 것이다. 재판을 받게까지 되었다는데 그 뒷바라지는 의당 자신의 몫이었던 것이다. 사나흘 전부터 열의 오르내림이 없어지면서 한기도 도지지 않았다. 기운을 얻으려고 밥도 일삼아 먹었다. 뼈마디의 저리고 시림이 점차 물러나앉으며 몸에 기운이 돌기 시작했다. 바람끝이 맵싸한 것이 별로 달갑지 않았지만 맑고 깨끗한 햇살에 이끌려 마루로 나앉은 것이었다.

신씨는 이지숙을 생각하고 있었다. 선생 이지숙이 아니라 여자 이지숙을 바라보고 있는 것이다. 방 서방이 전하는 말을 들으면 재판에 넘겨지기 전에 벌써 말 못할 고초를 당한 모양이었다. "모다 사랑혀서 헌 일로 낙착되어 빨갱이죄는 면했다는구먼요. 을매나 다행시런 일인지 몰르겄구만이라. 고상헌 끝이 있어 참말로 잘

된 일이구만요." 방 서방은 그런 좋은 소식을 전하게 된 것까지도 기쁨인 듯 연방 벙글거리며 말했었다. 신씨는 이지숙이 빨갱이죄를 면했다는 것도, 시무룩한 얼굴로 드나들던 방 서방이 오랜만에 웃음 짓는 것도 기쁨이 아닐 수 없었다. 그러나 그 기쁨은 이내 식고 말았다. 모두 사랑해서 한 일……. 그 말 앞에는 이지숙 선생이 여자 이지숙으로 바뀌어 있었던 것이다. 신씨는 여자 이지숙을 의식하는 순간 가슴이 메는 슬픔을 느꼈다. 진작 그런 눈치를 못 챈 것은 아니지만, 여자의 몸으로 남들 앞에 그런 발설을 했다는 것은 이미 한 남자에게 일생을 바칠 각오가 되었다는 뜻이었다. 신씨는 아들의 평탄하지 못할 앞길과 함께 그런 아들을 사랑하는 이지숙한테서 가엾고 안쓰러운 한 여자의 일생을 보았던 것이다. 어쩌면 신씨는 이지숙의 모습에서 자신을 보고 있는지도 몰랐다. 이제 이지숙이를 놓고 며느릿감으로서 적합 여부를 따질 단계가 아님을 신씨는 너무나 잘 알고 있었다. 이지숙은 아들을 무사히 도망시킨 은인이었고, 그 죄로 갇히기까지 했다. 이지숙은 당당히 남편을 얻은 것이고, 자신은 이지숙을 며느리로 맞아들일 것을 신씨는 이미 마음속으로 정하고 있었다. 마음을 정하게 되자 안쓰러움과 가엾음은 한결 진하게 가슴을 메우는 것이었다.

"아짐씨, 바람 끝이 매운디 감기 들리면 워쩌실라고 이리 나와 기신가요오?"

대문을 들어서던 방 서방이 놀란 듯한 목소리로 말했다. 그러나 방 서방의 얼굴에는 반가워하는 기색이 역연했다. 마루에 나앉을 만큼 기운을 차렸다는 것이 방 서방으로서는 반갑지 않을 수가 없었다.

"머 헐라고 또 오시는가."

신씨는 망연하게 던지고 있던 눈길을 모으며 희미하게 웃었다.

"냉풍 오래 쐬면 해로우실 것인디요."

방 서방이 작은 보퉁이를 마루 끝에 놓으며 걱정스레 말했다.

"나온 지 을매 안 되네. 앉소."

신씨는 흐트러지지도 않은 치맛귀를 여미며 작게 웅크린 몸을 약간 꼼지락거렸다.

"요것, 잣죽에다가 갈치속젓으로 무친 배추속이구만이라. 묵을 만허든디, 죽 식기 전에 얼렁 잠 드시써요."

"이 시끌시끌헌 시국에 귀헌 잣은 어찌 또 구했는고. 너무 애쓰지 말소. 나가 옹색시럽네."

"와따, 옹색시럽기는 머시가 옹색시러라. 우리가 입고 있는 음덕에 비허먼 요런 것이 무신 애쓰는 것이간디라. 그라고, 시국이 시끌시끌헌 것은 사람찌리의 일이라 잣은 잣대로 장에 나온께 쉽게 구허는구만요."

방 서방은 둥실둥실하게 생긴 무던한 얼굴에 웃음을 담아가며 이야기했다.

"방 서방 안사람이 고상이제. 잣죽이 손 가는 음식이니. 맹글어 보낸 가실댁 정성을 생각혀서라도 한술 떠야제."

신씨는 두 손을 무릎에 받치고 힘겹게 몸을 일으켰다. 방 서방은 위태위태한 기분으로 신씨의 거동을 지켜보며, 저 맘씨 고운 마나님이 아들 땀세 질레(지레) 무신 일 당허겄다, 속으로 혀를 차고 있었다. 신씨가 몸을 제대로 가누기를 기다려 방 서방은 방문을 열었다.

"읍내 무신 일 읎제?"

신씨는 문지방을 넘어서며 물었다. 방 서방이 올 때마다 묻는 똑같은 물음이었다.

"야아, 술도가집 일 말고는 별일 읎구만이라."

"그래, 그 일언 워찌 돼가는고?"

"안직 무신 변동이 읎이 그러고 있구만요. 조사가 덜 끝났다고 허드만이라."

"인제라도 정 사장이 나서서 풀어주라고 해야 헐 것인디. 불쌍헌 사람덜헌티서 소작 뺏었으면 됐제 죄꺼정 살리겄다고 혀서는 안 될 일이제. 사람이 천년만년 사는 것이 아닌디, 정 사장도 욕심 쬐끔 줄이고 넘 가심에 못 치는 일 안 혀야 쓰는디."

신씨는 중얼거리듯 말하며 아랫목 요 위에 더디게 앉았다. 그 낮은 어조에는 걱정스러움이 배어 있었다.

방 서방은 요 밑에 손부터 넣어보았다. 방 공기에서 별로 온기를 느낄 수 없었던 대로 방바닥은 미지근했다.

"수저꺼정 다 챙게왔응께 드시고 계시씨요. 지는 나가서 군불 잠 때고 오겄구만요."

"심드는디 그만두시게. 나 안 추워."

"심은 무신 심이 들어라. 젊은 지가 썰렁헌디 아짐씨야 나이 잡순 다다가 몸할라 성찮으신디요."

신씨는 고개를 보일락 말락 끄덕이며 보자기를 끌렀다. 방 서방을 중심으로 다섯 명의 작인들이 지성스럽게 돌보아주는 것이 신씨는 더없이 고마울 뿐이었다. 잣죽은 놋그릇에 담긴 데다가, 그릇을 다시 솜보자기로 감싼 탓에 금방 솥에서 퍼낸 것처럼 따끈따끈했다. 알뜰살뜰한 가실댁의 정성이 잣죽만큼 따끈하게 신씨의 가슴에 전해져왔다. 보시기에 담긴 배추속 무침은 보기만으로도 맛깔스러워 어금니 사이에서 신 침이 배어났다. 고춧가루를 아끼지 않고 써서 색깔이 고운 데다가 실고추와 참깨까지 뿌려놓아 식욕을 돋우고 있었다. 전라도 젓갈이라면 팔도에서도 유명했고, 그중에서도 갈치속젓은 으뜸이었다. 신씨는 갈치속젓의 고소름한 향내를 맡으며 숟가락을 들었다.

소작인들의 지성스러움은 다 신씨의 베풂이 되돌아오는 것이었다. 그러나 신씨는 자신의 베풂을 잊어버리고 소작인들이 알뜰하고 깍듯하게 하는 것만을 고마워하고 소중하게 여겼다. 애초에 소작료를 파격적으로 내릴 것을 제안한 것은 안창민이었고, 신씨는 아무런 이의 없이 동의했던 것이다.

"그동안 소작료를 높게 받았던 것은 제가 학교를 다녀야 했으니 어쩔 수 없는 일이었습니다만, 제가 인제 월급을 받게 됐으니 당연히 낮춰야 하지 않겠습니까."

"장헌 생각이다. 그리 혀야지."

안창민네 소작인 다섯은 4할씩 내던 소작료를 2할씩만 내게 되었던 것이다. 안창민의 말로는 전에 소작료를 높게 받았다고 했지만, 4할씩 받아들인 데서 제세공과금을 물었으므로 안창민네 작인들은 다른 작인들에 비해 엄청난 혜택을 받아온 터였다.

소작료를 2할로 내리고 나서도 만족해하지 않는 아들의 마음을 신씨는 말없는 속에서 다 헤아리고 있었다. 아들이 남모르게 하고 있는 운동이 무엇인지 신씨는 대충 윤곽을 잡고 있었던 것이다. 언젠가 아들은 소작료를 안 받는 것만이 아니라 농지의 소유권까지 소작인들에게 넘겨주자고 하리라는 것을 신씨는 예측하고 있었다. 그 시기는 아마 아들이 하는 일을 남들에게 숨길 필요가 없게 될 때일 것임도 짐작하고 있었다. 그런 날이 오면 신씨는 또 아들의 의견을 따를 마음이었다. 그건 아들이 하는 운동을 이해해서도 아니었고 동조해서도 아니었다. 부처님의 말씀으로 마음을 채우고 사는 신씨로서는 재물에 별다른 애착이 없었다. 신씨는 그 먼먼 날의 인연 이후 부처님의 말씀의 바다에서 두 발 다 빼본 일이 한시도 없었다.

"쪼깐 기둘리먼 방이 뜨셔질 거구만요."

방 서방이 윗목에 무릎을 꿇고 앉았다.

"애썼네. 편히 앉게나."

"야아. 위쩌신게라, 짐치가 잡수실 만허신게라?"

"어이, 맛나네. 그래 이리 잣죽을 다 묵은 거 아닌가. 가실댁이 워낙에 손끝이 매시라운 사람이제."

"그 멍청이가 머…… 위쨌거나 아짐씨가 많이 드신 걸 본께로

지 맘이 아조 좋구만이라."

방 서방은 잣죽 그릇이 거의 다 비워진 것이 그렇게 좋을 수가 없었다.

"방 서방, 장날이 언젠가?"

"이틀…… 아니구만요, 바로 내일인디요."

"내일 장에 쌀을 다 냈으면 허는디, 자네가 손이 나겠는가?"

"하먼이라. 김 서방·임 서방 불러서 후딱 해치워뿔제라. 근디…… 인자 시안(겨울)이 시작인디 워쩨서 쌀얼 다 내실라고……."

방 서방은 신씨의 눈치를 살피며 어렵게 묻고 있었다. 자기네들이 바치는 소작료가 손바닥 들여다보듯 환해서 앞으로 1년을 살아내자면 쌀이 별로 여축이 없음을 알고 있었다. 더구나 안창민의 벌이도 없어진 형편이었다.

"광고헐 일은 아니고, 방 서방이 알아서 안 될 일도 아니시. 우리 창민이 살리니라고 병원 원장님이 그 고초를 당허고 기신디, 나가 워찌 손 묶고 앉어 있어야 허겄는가. 기동을 헐 수 있게 됐응께 내 힘닿는 디꺼지는 뒷수발얼 혀야제."

"그렇구만이라. 원장님이나, 이 선상님이나, 간호부나 다 고마운 사람덜이제라."

방 서방은 크게 고개를 끄덕였다.

"내일 아침 일찍허니 냈으면 싶으네."

"시세가 스자면 오정 때나 돼야 헐 것인디요. 긴허게 쓸 돈인디 한 푼이라도 더 받아야제라."

"맘이 급헌께 오기는 일찍 오시게."

"그리 허겄구만요."

"그라고 지끔 가는 길에 봉림 김범우 선생님 찾아뵈웁고, 나가 잠 만냈으면 허드라고 전헐란가?"

"하먼이라. 김 선상님이 안 기시면 안어른헌테 전해도 되제라?"

"안어른? ……아니여, 그리 허먼 맘 쓰인께……."

"알겄구만요. 한 행보 더 허드락도 김 선상님얼 꼭 만나겄구만요."

방 서방이 시원스럽게 말했다.

"그려, 고맙네."

"참말로 아짐씨도 무신 말썸을……."

"오래 있었는디 인자 가보시게."

"야아, 바로 김 선상님댁에 가겄구만요."

방 서방은 빈 보퉁이를 들고 일어났다.

방 서방은 빠른 걸음으로 고샅을 걸으며 안창민을 생각하고 있었다. 크지 않은 체구에 비해 통이 크고, 그다지 잘생겼다고 할 수 없는 인물에 비해 세상 이치 모르는 것 없이 똑똑한 사람이었다. 나라에서는 죄인취급을 할망정 자기네 소작인들한테는 더없이 고맙고 존경스러운 사람이었다. 안창민의 속 깊음도 깊음이었지만, 그 어머니 신씨의 한량없는 마음 넓음도 눈물겹게 고마울 따름이었다. 그분은 펄쩍 뛰는 것이었지만 작인들의 입에서는 저절로 '생불' 소리가 나오지 않을 수 없었다.

"아저씨들은 우리 집 종이 아닙니다. 그러니까 마님이니 마나님이니 하지 말고 그냥 아주머니라고 불러요."

'마나님'을 '아짐씨'로 바꿔 부르며 자꾸만 더듬거렸던 것은 입버릇이 재빨리 고쳐지지 않기도 해서였지만, 그보다는 꼭 죄를 짓는 것 같은 황송함 탓이었다. 자기네들을 스스럼없이 '아저씨'라고 불러주는 안창민의 그 과분한 사람대접은 소작료를 내려주는 것만큼이나 고마운 일이었다. 자기네가 신씨네 소작을 부치고 있음을 작인들 모두는 천복을 받은 것이라 여기고 있었다.

방 서방은 김범우네 작인 방찬돌의 친동생이었다. 자기네 형제가 복이 많아 인심 좋은 주인을 만났음을 방 서방은 항시 마음에 새기고 있었다. 그 겸손하고자 하는 마음 한구석에는 형에게 으스대고 싶은 유혹이 간지럼처럼 스멀거리고 있었다. 김사용 어른네가 아무리 인심 후하다고 소문이 나 있지만, 소문이 안 난 신씨네의 인심에는 비할 바가 아니었던 것이다.

병원사건이 일어난 다음부터 방 서방은 청년단에 몸담고 있는 조카 만복이를 뻔질나게 찾아다녔다. 그 사건에 관련된 것이면 무엇이나 속빠르고 정확하고 자세하게 알기를 원하는 신씨를 위해서는 그 방법밖에 없었다. "작은아버지, 행여 그쪽 세포 노릇은 아니겄제라?" "이눔아, 주딩이 찢기기 전에 닥쳐라. 은혜갚음이라고 을매나 더 말해야 쓰겄냐." "쪼깐 삐딱했다가는 작은아부지나 나나 절딴난께 히는 말이제라." 조카놈한테 가당찮은 의심을 받아가면서도 찾아다닐 수밖에 없었던 것은, 그래도 그놈이 내뱉어주는 소식이 속빠르고 정확하고 자세한 대목이 있어서였다. 아들 걱정으로 마음병을 앓으며 신씨가 헛소리를 해댈 때면 그대로 들쳐업고, 징광산이고 조계산이고 샅샅이 까뒤집어 모자를 상봉시켜 주고 싶은 충동을 느끼고는 했다.

내일 쌀을 다 처분하게 되면, 다섯 작인이 힘을 모아 신씨를 받들어야 한다고 방 서방은 마음을 굳히고 있었다. 그것만이 큰 은혜를 받은 작은 보답의 길이라 여겨졌던 것이다.

몸피도 작고 색깔도 볼품없는 굴뚝새 한 마리가 짧은 꽁지를 깝신거리며 잎 다 떨어진 나뭇가지 사이를 포르륵포르륵 옮겨다니고 있었다. 잎들이 지기 시작하면서 그 무성하던 여름 숲이 시나브로 무너져내리고, 산은 본래의 야성을 숨김없이 드러내고 있었다. 숲이 있어야 사는 여름새들은 다 어디로 갔는지 굴뚝새 한 마리가 겨울산의 적막 속을 헤집고 있었다.

문기수는 다리쉼을 하느라고 바위에 걸터앉아 담배를 빨고 있었다. 그는 담배에 불을 붙이며 시계를 보았으면서도 또 시계를 꺼내 보았다. 명령된 시간에서 아직 30분이나 남아 있었다. 용연사가 멀지 않았으니 시간은 충분했다. 그는 두려움을 지우려고 담배를 깊이 빨아들이며 눈길을 멀리 보냈다. 선수머리까지의 긴 포구가 한눈에 들어왔다. 왼쪽으로 뻗어나가고 있는 중도방죽과 오른쪽의 장좌리 해변이 반쯤 편 쥘부채 모양으로 선수머리를 향해 넓어지고 있었고, 선수머리 밖으로는 먼 바다가 산굽이에 가리고 숨고 하면서 아득하게 솟아 보였다. 석양빛을 담뿍 받고 있는 그 풍경은 여느 때 없이 아름다워 보였다.

그 풍광에 하염없는 눈길을 보내고 있던 문기수는 자신도 모르게 긴 한숨을 내쉬었다. 사람 한세상 산다는 것이 무엇인가 하는 생각이 문득 스쳤던 것이다. 그는 자신의 생각에 놀라며 또 시계를 꺼내 보았다. 시간은 미처 5분도 지나지 않고 있었다. 그런 생각이 떠오르는 것은 마음이 흔들리고 있는 탓이었다. 그동안 그는 자신을 나무라기도 했고, 설득하기도 했고, 욕하기도 했다. 그러나 한번 균열을 일으키기 시작한 또다른 자기를 원상태로 돌려놓기란 그다지 쉽지가 않았다. 그는 그런 자신을 미워하고 비난했다. 염상진을 향하여 비겁해지고 싶지가 않았고, 더구나 배신할 생각은 추호도 없었다. 그러면서도 상황전개에 따라 조금씩 조금씩 자신감을 잃어가고 있었다. 그는 염상진이 읍내를 장악했을 때 그야말로 꿈꾸던 세상이 실현되었음에 전율하고 환호했었다. 그런데 읍내를 그렇게 쉽게 장악했던 것처럼 또 그렇게 쉽게 퇴진하고 말았다. 처음의 쉬움이 염상진에 대한 영웅적 신뢰였다면 다음의 쉬움은 패자적 실망이었다. "문 동무는 노출되지 마시오." 염상진은 그 서릿발 같은 위세를 떨치면서도 속으로는 패배를 예측하고 있었던 것인가. 아마 그렇지는 않았을 것이다. 주도면밀한 염상진은 만일의 사태에 대비해서 자신을 은폐시켰을 것이다. 조직의 비밀은 철저해서 1차의 경찰 검거를 무사히 넘겼고, 2차의 토벌대 검거도 무사히 넘겼고, 이제 3차의 계엄군하에 놓이게 된 것이다. 염상진이 자신을 그처럼 철저하게 은폐시켰던 것은 이런 상황하에서 활동시키려는 목적이었을 것이다. 그것을 알면서도 그는 자신을 에워싸고 있는 상황에 눌려 오금을 펼 수가 없었다. 강동식이가 명령을 전했을 때는 얼렁뚱땅 넘길 수 있었다. 그런데 바로 그 일로 하여 염상진 대장은 '최후의 명령'을 내린 것이었다. 최후의 명령을 거역하면 어떻게 될 것인지는 생각조차 할 필요가 없었다. 혁명의 적으로 판단하면 가차 없는 처단명령을 내리는 것이 염상진이었다. 그런데 읍내 상황은 처음의 명령을 비켜섰던 때보다 한층 나빠져 있었다. 토벌대보다 배가 많은 계엄군이 주둔하고 있는 데다가, 계엄군은 토벌대처럼 엉성하지가 않았다. 그렇다고 '최후의 명령'을 거역할 수는 없었다. 문기수는 대장 염상진을 만나 확답을 듣고 싶은 마음이 간절했다. "문 동무, 참고 기다리시오. 혁명 성취의 날은 곧 올 것이오." 염상진의 굵고 믿음직스러운 목소리로 이런 말을 직접 들으면 마음의 금이 메워질지 모를 일이었다.

문기수는 용연사에 불공을 드리러 가는 것처럼 보자기에 쌀 한 됫박을 싸들고 집을 나섰던 것이다. 신사 자리에 'M1고지'가 설치된 위험상황인데 대장이 용연사까지 접근했을 리가 없다고 생각하면서도 혹시나 하는 기대감이 없지도 않았다. 문기수는 시계를 꺼내 보고 천천히 몸을 일으켰다. 명령시간 15분 전이었다. 보통걸음으로 올라가면 시간이 제대로 맞을 것 같았다.

문기수는 용연사를 먼발치로 돌았다. 부용산 7부능선 움푹한 터에 자리 잡은 용연사는 벌써 산그늘이 덮여 햇빛 한줄기 없었다. 잘그랑거리며 울리는 맑은 풍경소리가 절의 위치를 알리고 있었다.

문기수는 콧속으로 물씬 풍겨드는 향내음을 맡았다. 풍경소리를 듣거나 단청을 보면 으레 맡아지는 환향(幻香)이었다. 미륵불은 절 뒤로 더 올라가 바위들이 덩이를 이루고 있는 곳에 있었다. 문기수는 다시 시계를 꺼내 보려다가 그만두었다. 그 지점에서 시계를 본다는 것이 혹시 누구의 눈에라도 띄어 이상스럽게 여겨질지도 모른다는 생각이 스쳐갔던 것이다. 자신은 어디까지나 미륵불을 찾아 소원을 빌러 가는 불교신도여야 했다. 그는 걸으면서 숲이 없는 것이 신경에 거슬렸다. 말아쥔 손아귀에서 땀이 배어났다.

미륵불로 오르는 자연석 계단 앞에 다다른 문기수는 고개를 치켜들었다. 어디에도 인적은 없었다. 잔잔한 웃음을 머금은 미륵불만이 커다란 돌덩어리들을 거느리고 서 있었다. 빠르게 좌우를 살폈다. 괴이쩍은 산의 적막만 끼쳐왔다. 먼 안개빛처럼 흐린 어둠살이 산그림자 속에 섞이고 있었다. 그는 돌계단을 느린 걸음으로 밟아올랐다. 계단은 모두 일곱 개였다. 계단을 다 올라서자 미륵불은 올려다보아야 하게 가까워져 있었다. 그는 다시 좌우를 살폈다.

"문 동무, 시간 영축없이 맞치니라고 수고했소."

문기수는 소스라치게 놀랐다. 그 숨죽인 목소리는 어디서 들려오는지 알 수 없었다. 그는 질정 없이 좌우를 두리번거렸다. 사람의 모습은 보이지 않았다.

"문 동무, 시키는 대로 허씨요. 미륵불에 대고 절을 험시로 나가 허는 말 똑똑허니 들으씨요."

목소리는 왼쪽 바위 뒤에서 들려오고 있었다.

"누구요, 얼굴이나 내미씨요."

문기수도 숨죽여 빠르게 말했다.

"볼 필요 읎소. 미행이 있을란지 몰른께 싸게 절을 험시로 내 말 얼 들으씨요. 요것은 다 대장님 명령이요."

문기수는 하는 수 없이 쌀보자기를 미륵불 앞에 놓고 느린 동작으로 절을 하기 시작했다. 목소리로 보아 대장은 분명 아니었고, 목소리만으로는 그가 누구인지 전혀 짐작이 가지 않았다. 이지숙의 존재가 그렇고, 어젯밤의 늙은 여자 존재가 그렇듯이 바위 뒤에 몸을 감추고 있는 사람도 아는 얼굴이 아니라 전혀 엉뚱한 사람인지도 몰랐다. 조직의 철저성을 다시 느끼며, 행여라도 대장을 만나게 될지도 모른다는 기대를 걸었던 자신의 어리석음을 그는 뒤늦게 깨닫고 있었다.

"이것은 최후의 명령이다. 똑똑허니 듣고 철저허게 책임완수혀라."

존댓말이 '해라'로 바뀌어 있었다. 두 번째의 절을 시작하려고 두 팔을 높이 들어올린 문기수의 전신을 찬바람이 휘감았다.

"읍내에 세포조직망을 구축혀라. 첫째, 청년단에 세포럴 심어라. 둘째, 계엄군을 포섭혀라. 계엄군 중에는 사상적 동지가 분명 있을 것잉께, 접촉해서 찾아내라. 셋째, 문 동무의 중지된 정보활동을 적극적으로 전개혀라."

잠시 말이 끊겼다. 그 명령이 염상진의 명령임을 의심할 여지가 없었다. 목소리가 다른데도 대장의 어투를 그대로 느낄 수 있었다.

"이것은 최후의 명령이다."

문기수는 땅바닥에 이마를 박고 한참이나 엎드려 있었다. 더 이상 아무 소리도 들리지 않았다. 산의 적막만이 그를 에워싸고 있었다.

철새들의 바쁜 날갯짓에 쫓기듯 해는 남쪽으로 기울어 서산 너머로 잰걸음질을 했다. 그럴수록 북쪽 하늘은 갈매빛으로 시리고 높아갔다. 아침이면 어김없이 서리가 뽀얗게 내려 있고는 했다. 짚단이나 대나무 잎에 돋은 예리한 서릿발들은 언제 닥칠지 모를 강추위를 물고 있었다. 추워질수록 행렬의 길이가 길어지던 기러기떼는 어느덧 광목 한 필의 길이보다 더 긴 행렬을 이루며 포구의 창공을 무시로 날았다. 추위를 피해온 새떼의 행렬이 그리 길어지면 사람들은 습관처럼 깊어지는 겨울을 느꼈다. 그리고 겨우살이 손길을 바삐 놀리게 마련이었다. 남정네들은 새끼를 꼬거나 가마니나 덕석을 짤 볏짚을 고르고, 해동이 되면 거름으로 쓸 볏짚재를 받아낼 자리를 넓히느라 헛간이나 뒷간을 치웠다. 아낙네들은 마당가나 부엌 쪽 흙담 아래 갈무리한 무 구덩이의 덮개를 새로 단속하고, 헛간 벽에 걸린 물레를 꺼내다가 손질을 하는 한편 시루에 콩을 안쳐 안방 윗목에 콩나물 기를 자리를 꾸몄다. 두세 달을 못 넘겨 시래기죽을 끓일 수밖에 없이 궁한 살림살이라 하더라도 모든 농가에 그래도 훈기가 돌고 이맛살이 펴지는 절기가 이때였다. 고구마를 섞을망정 자식들에게 '밥'을 먹일 수가 있는 것이고, 내년 농사를 위해 일손을 게을리할 수는 없지만 여름의 피곤을 풀기에는 부족함이 없는 휴식이 있었던 것이다. 배불리 먹은 자식들이 곤한 잠에 빠져가는 건넌방의 숨소리를 들으며, 새 보리가 날 때까지 저것들을 저렇게 먹일 수 있었으면 얼마나 좋을까, 하는 안쓰럽고도 아쉬운 바람을 떨치지 못한 채로 그래도 내외가 느긋하고 안온한 기분으로 깊은 화합을 할 수 있는 것도 이즈음이었다.

그러나 금년 겨울의 시작은 예년과 같지 않았다. 사람들의 마음은 뒤숭숭하고 불안했다. 어디서 생겨나서 누구의 입으로 전해져 온 것인지 알 도리가 없는 소문이 흉흉하게 퍼지고 있었던 것이다. 그 소문은 선암사의 미륵불이 사흘 밤을 통곡했다거나, 징광산의 약수샘에 피가 흥건하게 괴었다거나, 어느 마을 상여움막에서 며칠 밤에 걸쳐 여자들의 곡성이 울렸다거나 하는 식의 미신적인 것이 아니었다. 거의가 반란군과 군경 사이의 전황에 관한 것이거나, 반란사건으로 파급되는 시국에 대한 것이었다.

순천에서 일단 물러난 반란군은 백운산과 지리산에 진을 쳤는데 군경이 도저히 당하지를 못한다는 것이었다. 타지사람들로 꾸려진 군인은 길을 모르는 데다가 지리에 밝은 경찰이 앞장을 서지 않고 꽁무니를 빼기 때문이라고 했다. 반란군들은 낮에는 산속에 꼼짝 않고 숨어 있다가 밤이 되면 기습작전을 펴는 까닭에 군경의 피해가 크다는 것이었다. 이 정도의 소문이 들렸을 때는 사람들은 '빨갱이니까' 하고 귓등으로 들어 넘겼다. 빨갱이가 밤눈이 밝다는 것은 새삼스러운 관심거리가 아니었다. 일정 때부터 공산당 하는 사람들은 밤길 100리를 떡 먹듯 오간다는 말을 익히 들어왔던 것이다. 그런데 계속 피해를 입게 된 군경이 그 원인을 따진 결과 현지의 민간인 동조세력이 밤이면 좌익으로 변한다는 판단을 내렸고, 대대적인 색출작업을 벌여 광양과 구례에서 수많은 사람들이 억울하게 죽어간다는 소문이 뒤를 이었다. 이 소문은 사람들의 가슴에 섬뜩한 찬바람을 뿌렸다. 군경 한 사람의 목숨은 민간인 열 사람의 목숨과 같다는 것을 사람들은 이미 알고 있었고, '북진통일'을 부르짖는 대통령의 뜻에 따라 공산도배는 씨를 말려야 한다는 '멸공'이 앞세워진 마당에 '억울한 죽음'이란 있을 수가 없었다. 소문은 그것으로 그치지 않았다. 백운산의 반란군들은 광양만 노리고 있는 것이 아니라 순천까지 다시 점령하려고 오리정 앞의 국도를 따라 야간기습을 감행해 오는 것을 북국민학교께서 어렵게 막아냈고, 다음날로 오리정 다릿목과 농업학교 앞에 이중으로 대창을 엮은 방어선을 설치했다는 것이었다. 순천의 몇몇 부자들은 난리가 완전히 다스려지기를 기다리며 해남 쪽 섬으로 피난을 떠났다고도 했다. 반란군을 돕기 위해 이북에서 대규모 지원병을 파견했는데, 태백산맥을 따라 내려오고 있는 그들은 머지않아 지리산에 도착해 반란군과 합세하게 될 것이고, 염상진이 여태까지 죽은 듯이 있는 것은 바로 그 지원병이 도착하기를 기다리는 것이며, 염상진이 힘을 얻게 되면 벌교바닥에서 큰 싸움판이 벌어질 것이라고 했다. 소문이 여기에 이르자 사람들은 불안한 안색을 감추지 못했다. 서로 쉬쉬하면서 사람들은 의미가 불확실한 고개젓기를 했다. 염상진이 처형을 감행하고, 뒤따라 경찰이 처형을 감행하고…… 사람들은 그 되풀이를 두려워하고 있었다. 전후를 가릴 수 없는 소문은 뒤죽박죽이 되어 찬바람을 타고 흉흉하게 떠돌았다. 곧 이남 군대가 이북으로 쳐올라가 통일을 이룩할 것이라 했고, 이남에서 밀고 올라가기 전에 이북 군대가 먼저 내려올 것이라고도 했다. 그때에 맞춰 일제히 총공격을 가하기 위해 이남에 숨어 있는 공산당들이 준비를 진행시키고 있다고 하는가 하면, 남북간에 전쟁이 벌어지면 수백만이 죽을 것이라고도 했다. 사람들은 그런 소문 듣기를 끔찍해했고, 더욱이 낯 모르는 사람 앞에서 입에 올려 되씹는 것을 한사코 피했다. 모두 귀를 막아 귀머거리이고자 했고, 입을 봉해 벙어리이고자 했다. 그런데도 어찌 된 영문인지 소문은 무성하게 퍼질 뿐이었다. 춘향이가 겉눈을 감은 대신 속눈은 크게 떠 이도령을 살폈듯 사람들이 막은 건 겉귀였고 봉한 건 겉입이었을 뿐 속귀는 더 예민한 촉수로 열려 있었고, 속입은 더 은밀한 소리로 속삭이고 있었던 것이다.

사람들은 겨울추위를 피부로 느끼기보다 먼저 가슴으로 느끼고 있었다. 그런데 그 추위는 피부에 닿는 추위와는 사뭇 달랐다. 옷으로 감싸도, 방에 들어앉아도 가셔지지 않는 추위였다. 그 조마조마하고 아슬아슬하고 꺼림칙한 소문의 추위를 가슴에서 몰아내거나 다스릴 방도를 아는 사람은 아무도 없었다. 사람들은 다리를 마음 놓고 뻗지 못한 채 잠을 잤고, 길을 걷다 보면 자신도 모르게 종종걸음을 치고 있기 일쑤였다. 이웃을 만나도 주위를 살피기부터 먼저 했고, 무슨 말을 하든 간에 목소리는 낮고 조급했다. 아낙네들은 끼니때마다 쌀독 앞에서 머뭇거리는 버릇이 생겼다. 몇 번이고 가늠해 가며 주먹되로 쌀을 바가지에 담으면서도 고개를 갸웃거렸고, 다시 눈가늠을 해가며 몇 걸음 옮기다 말고 되돌아서 바가지의 쌀을 한 줌 집어 쌀독에 넣고서야 안심이 되었다. 난리가 나면 어떡해. 가슴속의 추위가 속삭이는 말이었다.

남원장에서는 저녁상을 겸한 술자리가 벌어지고 있었다. 상좌인 아랫목에는 읍장과 정현동 사장이 나란히 앉았고, 맞은편에는 윤삼걸과 최익달이 좌정하고 있었다. 네 사람의 좌측으로는 서로 예쁜 꽂이기를 다툼하듯 야하게 분칠을 한 기생 넷이 자리를 잡고 있었다.

"이 물오리고기는 특별히 장만시킨 것잉께 많이들 드십시다. 겨울 보신에야 이것 당헐 게 없다고 안 그럽디까."

술자리를 마련한 정 사장이 헛웃음을 치며 좌중을 둘러보았다.

"산에는 산삼, 바다에는 해삼 허디끼 겨울보신으로야 산에는 꿩이요, 바다에는 물오리 아니든가요."

윤삼걸이가 유식한 문자라도 쓰듯 거드름을 피우며 말하고는, "요 괴기가 물이 어쩐가 몰르겄다?" 그는 빠끔하게 뜬 눈으로 일삼아 아가씨들을 살펴나갔다.

"음마, 회장님도 무신 말씸얼 그리 섭허게 허시는지 몰르겄네라. 오늘 아칙 일찍허니 물오리럴 잡아왔는디, 그때도 퍼덕퍼덕 살아 있었당께요."

정 사장 옆에 붙어앉은 아가씨가 재빨리 말하며, 눈짓으로 다른 아가씨들에게 응원을 청하고 있었다. 어색한 표정의 정 사장은 엉거주춤 정종잔을 들고 있었다.

"하먼, 그 포르소롬헌 색깔에 윤기가 자르르 흘르는 날개럴 퍼덕이든 놈을 잡아묵기는 아까웠제. 집오리맹키로 키웠으면 싶등마는."

읍장 옆에 앉은 경월이가 입술에 침도 안 바르고 능청을 떨었다. 윤삼걸이와 최익달의 옆에 앉은 두 아가씨도 눈치 빠르게, 참말로 이뿌등마, 나도 키우고 잡다 생각혔는디, 한마디씩 맞장구를 쳤다. 그들이 얼핏얼핏 보았던 물오리는 모가지를 축 늘어뜨린 채 부엌 기둥에 거꾸로 걸려 있었던 것이다.

"그러면 그렇겠제. 정 사장이 특별허니 주문헌 것잉께 펄펄 산 놈이었겄제."

윤삼걸이 흡족한 얼굴로 고개를 끄덕이며 물오리고기를 덥석 집어들었다. 정 사장의 얼굴은 어느덧 편안하게 풀려 있었다.

"통금을 그리 엄하게 실시허는디도 밤중에 물오리 잡는 사람은 따로 있으니 원……."

읍장이 언짢은 기색을 드러내며 혼잣말하듯 했다. 물오리 사냥에서 읍내의 경비 소홀을 간파해 내는 읍장다운 면모였다. 읍장의 말이 자신에게로 겨누어진 화살인가 싶어 멈칫했던 정 사장은 그것이 심재모를 향해 날아가야 한다고 순간적으로 판단했다.

"그거 열 번, 백 번 맞는 말씀입니다. 우리가 아무리 겨울보신을 하자 해도 물오리가 주안상에 올르지 못해야 정상이지요. 그런데 말하기가 무섭게 척척 올라오는 형편이니 문제는 문제지요."

정 사장은 심재모를 향해 시위를 당겼다. 성질 같아서는 더 직설적으로 말을 해버리고 싶었지만 계집아이들까지 끼여 있는 자리여서 말을 다독였다.

"목구멍이 포도청이라고, 물오리사냥꾼놈덜이야 겨울 한철 목빠지게 기둘리고 사는 놈덜잉께 통금이고 머시고 무서울 것 있겄능가요."

윤삼걸이 물오리고기를 우물거리며, 아무러면 어떠냐 하는 투로 말했다.

"열 포교가 한 도둑 못 지킨다고 혔는디, 군인덜이 지아무리 통금을 단속헌다 혀도 그 넓디나넓은 선수머리 갯가럴 싸돌아댕기는 사람꺼정 워쩌겄소. 그저 읍내 안통에만 빨갱이 얼찐대지 못허게 허먼 될 일 아니겄소."

최익달이가 심재모를 향해 날아가는 화살막이로 나서듯 눈치 없이 말하고 있었다. 정 사장은 그 둔하고 주책없음에 혀를 찼다.

"글씨요, 그렇기도 헙니다만……."

읍장이 석연찮게 말꼬리를 흐렸다.

"빨갱이놈덜이 선수머리 갯뻘밭에서 꽹맥이를 치든, 징광산 골짝에서 징을 쳐댐서 지랄발광을 허든, 워쨌거나 읍내 안통만 철통같이 지켜줘서 우리가 편헌 잠 자게 혀주먼 될 일 아닌가요?"

최익달은 읍장의 석연찮아하는 기분을 돌려놓기라도 하려는 듯 말에 힘을 넣고 있었다. 정 사장으로서는 최익달이가 멋모르고 화살막이로 나서고 있는 것을 더 이상 용납할 수가 없었다. 읍장의 말에 따라 아주 자연스럽게 심재모를 향해 화살을 쏘아댈 기회를 잡았는데 최익달의 주책으로 망칠 수는 없었다. 아까운 돈 써가며 술자리를 마련한 목적 중의 하나가 그것이기도 했다.

"최 사장 말도 틀린 말은 아니오. 허나, 읍내 안통만 통금이 지켜지고, 안통을 둘러싸고 있는 사방팔방 모든 동네가 지멋대로 통금을 안 지켜 빨갱이놈들이 활개치게 되면 안통이라고 두 다리 뻗고 자질 것 같으요? 안통이 편헌 잠 자자면 멀리 변두리부터 철저하게 단속을 혀야 하는 법이오. 지금 시국이 어떤 시국이고, 빨갱이가 노리는 목숨이 어떤 목숨인데 최 사장은 그리 태평시런 말을 하시오."

정 사장은 일부러 검지손가락을 꼿꼿이 세워 자신의 목을 찌르는 시늉을 해 보였다. 그 효과는 최익달이 엉겁결에 목을 쓰다듬는 것으로 금방 나타났다.

"정 사장 말이 맞소. 물오리괴기 맛난 것은 맛난 것이고, 통금법을 지켜야 허는 것은 지켜야 헌께, 엄허게 다스리는 것이 이치에 맞소."

입가에 묻은 기름기를 손등으로 썩썩 문지르며 윤삼걸이 진하게 동의를 표하고 나섰다. 읍장은 느리게 고개를 끄덕이고 있었고, 최익달은 아직 목에서 손을 떼지 않은 채였다.

"이건 심재모가 전적으로 책임져야 할 문제요. 우리 목숨이 어디 둘씩이오, 셋씩이오?"

정 사장은 심재모의 심장을 향해 활을 있는 힘껏 당겼다.

"거 말이 났으니 말인디, 그 심이라는 사람 워떻소?"

윤삼걸이 고개를 삐딱하게 틀고는 딱히 누구에게 묻는 것이 아닌 말을 던졌다.

"그 젊은 대장, 을매나 근사하고 멋지다고라."

윤삼걸의 옆에 앉은 춘매가 눈마저 가느스름하게 뜨며 날름 말을 받았다.

"쩌, 쩌, 방정맞은 것. 어른들 말씸허시는디 어디다 토를 달고……."

정 사장은 혀를 차대며 춘매에게 고약스런 눈길을 보내고 있었다. 손으로 입을 가린 춘매는 겁 실린 눈을 동그랗게 뜨고 있었다.

"소문이야 그럴싸허게 났든디, 그 소문이란 것이야 토벌대가 원체 못되게 굴었응께 쉽게 얻은 인심이라 치고, 그 사람이 쓸 만헌지 워쩐지는 앞으로 두고 볼 일 아니겠소? 진돗개맹키로 빨갱이 잘 때레잡고, 눈치 싸게 우리 편 들어감서 일허면 누님 좋고 매부 좋고 헐 것이고……."

최익달이가 된소리로 입맛을 다시며 밍기적밍기적 자리를 고쳐 앉았다. 읍장이 두어 번 헛기침을 했고, 정 사장은 무슨 말로 심재모를 물어뜯을까 생각하며 정종잔을 홀짝 비웠다.

"앞으로 두고 볼 것이나 머 있겠소? 마침 정 사장 일이 걸린 판잉께, 고 느자구읎는 놈덜헌테 을매나 맵고 짜게 벌을 내리느냐에 따라 결정될 것 아니겠소?"

윤삼걸이 정 사장을 쳐다보며 대답을 요구하고 있었다. 정 사장은 고개부터 젓는 것으로 심재모를 구석으로 몰아대기 시작했다.

"윤 회장이나 최 사장도 내 꼬라지 나기 전에 정신 똑똑허니 채려야 쓸 것이오. 언제 작인놈들이 들고일어날지 모를 일이고, 죄진 놈들헌테 내 속 풀릴 만치 벌주기도 힘들게 되었응께……." 정 사장은 윤삼걸이와 최익달의 긴장된 눈길을 의식하면서도 술잔을 천천히 기울여 뜸을 들이고는, "워쨌거나 윤 회장이나 최 사장은 나 같은 꼴 되기 전에 정신들 바싹 채리씨요." 정 사장은 변죽만 울리고 입을 닫았다.

"정 사장, 그 일이 꾀이는 모냥인디, 탁 터놓고 말얼 혀봇씨요." 윤삼걸이가 의분을 느낀다는 듯 언성을 높였고, "우리찌리 못헐 소리가 머 있겄소. 정 사장 일이 우리 일이나 똑겉은디, 워째, 일이 잘 안 풀리요 시방?" 최익달도 목을 쑥 빼내는 관심을 보였다.

정 사장은 비로소 술자리를 마련한 목적이 달성되어 가는 쾌감을 느낄 수가 있었다. 자신이 던진 투망에 윤삼걸과 최익달은 그리도 쉽게 걸려든 것이었다. 동병상련이란 말은 역시 성현의 말씀이렷다! 정 사장은 속으로 쾌재를 올렸다.

"내 체면 깨이는 일이라 말하고 잡덜 않소만, 두 분도 당허게 될지 몰를 일이라 말혀 두겄소. 거 작인놈덜이 집단폭행에다 주거침입·재산파손·공갈협박 등등, 진 죄는 천하가 다 아는 사실인디도 그 심이라는 자는 제까닥제까닥 일을 처리해 죄인들을 처벌하지 않고 공정한 조사를 내세우며 날짜만 보내고 있단 말이오. 집단폭행당한 사람이 앓아눠 있고, 다 부서진 집이 그대로 있는디 더 무

신 공정헌 조사냔 말이요. 심 그자가 시간을 질질 끌고 있는 건 작
인놈덜 편을 들자는 수작이 아니고 뭐시겠소. 요번에 작인놈덜이
콩밥을 단단히 먹지 않고 그냥 풀려난다면, 어찌 되는지 아시겠지
요?"정 사장은 위협이 담긴 눈길을 윤삼걸과 최익달에게 번갈아
가며 던지고는, "두 양반도 몟 조금 못 가 나맹키로 당하게 될 것이
오."비감한 어조로 말하더니 긴 한숨을 토해냈다.

"우리가 당허다니, 고것이 무신 소리요?"최익달이 허리를 곧추
세우며 눈을 부릅떴고, "듣고 봉께 그 젊은 놈이 영판 싸가지 읎네
그려."윤삼걸이 숟가락으로 상머리를 내리쳤다.

읍장은 목젗을 다듬는 듯한 기침을 두어 번 하고는 맞은편 벽에
붙은 서화로 먼 눈길을 보냈고, 네 아가씨는 죽은 듯이 웅크리고
앉아 있었다.

"읍장님 면전에서 차마 허기 거북한 말이긴 허지만도, 지금 읍내
서 심의 권력을 덮을 사람이 누구 있소. 심은 안하무인인 권력을
쥐고 있으니 어떤 일이든 지멋대로 처리헐 위험이 크요. 요번 내 집
사건도 작인들 편을 들어 경찰서에 메칠 더 가둬뒀다가 어물어물
풀어줄란지도 몰를 일이오. 만약 그리 되면 워떤 사태가 벌어질지
아시겠소? 그때는 나 혼자 당하는 문제가 아니라 여기 앉아 기신
윤 회장, 최 사장, 그라고 읍내 지주 모두가 당허게 될 사태가 터질
것이오."

정 사장의 말은 자못 선동적이었다.

"고것이 대체 워떤 사태요?"

최익달이 술상 앞으로 바싹 다가앉았다. 윤삼걸은 긴장된 얼굴로 마른침을 삼켰다.

　"두말헐 것 없이, 작인이란 작인들은 누구를 막론허고 지주럴 못 잡아묵어 한이 되야 있는 거야 두 분도 잘 아실 거요. 근디 요번 사건을 일으킨 작인놈덜이 중벌을 받지 않고 적당히 풀려나보시오. 그 영향이 워디로 가겠소? 읍내 작인들이 간을 보고 여그저그서 들고일어날 것 아니겠소? 나가 사람을 놓아 알아보니, 작인놈덜이 모여앉으면 요번 사건을 입에 올리고, 어떻게 결말이 나나 맘덜얼 쓰고 있다는 것이오."

　정 사장은 이제 느긋한 마음으로 투망을 끌어올리고 있었다.

　"작인놈덜 심뽀야 면경 딜에다보디끼 뻔헌 것이고, 워쨌거나 요번 사건이 중허긴 중헌디, 우리헌테 해가 안 미치게 좋도록 막음헐 방도가 머 없었소?"

　윤삼걸이 심각해진 얼굴로 읍장과 정 사장을 번갈아보았다.

　"이 마당에 딴 방도가 머 있겠소. 심간가 계엄대장인가가 우리 편에 서서 작인놈덜이 꼼짝을 못허도록 야물딱지게 처벌허게 맹글어야제."

　최익달은 다급한 최씨 성질을 그대로 드러내며 정 사장이 해야 할 말을 대신하고 있었다.

　"글씨요…… 최 사장 생각이 정통을 찔르긴 찔렀소만, 근디 우리가 바라는 대로 심가가 우리 말얼 안 듣는 데야 별수가 없덜 않컸소?"

정 사장의 느물거리는 어조는 최익달의 성질을 자극하는 촉수로 변하고 있었다.

"아니, 지까짓 놈이 먼디 우리 말얼 안 들어. 우리 지주덜언 핫바지저구리요? 계엄 덕에 지놈 권세가 하늘을 찔른다 혀도 그것은 어디까지나 빨갱이 때레잡는 디 써묵을 권세지 우리 지주들 앞에 내세울 권세가 못 된다 이것이요. 나라가 지눔헌테 그만한 권세를 준 것은 빨갱이덜 때레잡고 지주덜얼 잘 모셔라 혀서 준 것인디, 정작 우리 지주 편을 안 들고 작인덜 편을 들어? 고런 싸가지 읎는 짓거리 허다가는 모가지가 열 개라도 모지랄 것이여. 지주들 재산을 무조건 갈라묵자는 생각을 품고 있는 작인놈덜언 모다 빨갱이 사상에 불그덕덕허게 물이 든 반빨갱이들이요. 근디, 빨갱이럴 때레잡아야 헐 자가 반빨갱이들 편을 들어? 고건 참 간딴헌 문제요. 사상적으로 착 얽으면 고만이요."

최익달은 이미 제풀에 흥분되어 있었다. 정 사장은 최익달의 흥분을 부채질하듯 폭넓게 고개를 끄덕이고 있었고, 방 안에는 뜨악한 침묵이 이어졌다. 정 사장이 술자리를 마련한 목적은, 지주들을 충동질해서 힘을 모으고, 그 힘으로 심재모에게 압력을 가해 자신의 직성이 풀리도록 작인들을 처벌하게 할 작정이었다. 그런데 의외로 최익달의 입에서 심재모의 직위까지 좌우할 수 있는 묘안이 나온 것이었다. 사상적으로 얽는다 —그것은 그지없이 만족스러운 수확이 아닐 수 없었다. 최익달의 육촌형이 바로 국회의원 최익승임을 생각할 때 그 방법이야말로 허황된 큰소리가 아니라는 실감이 왔다. 솥공장 윤 부자의 사촌이고 남국민학교 사친회장인 윤삼걸과 제재소 사장인 최익달을 술자리에 불러앉힌 것은 그들이 재산을 소유한 만큼 보호욕도 크다는 것을 계산했던 탓이었다. 읍장을 한자리에 앉힌 것은 자신들의 움직임을 심재모에게 전하는 중간역할을 시키기 위함이었다.

"요거 오랜만에 기분 좋게 한잔 헐라고 헌 것인디, 이약이 어찌 요상허게 돌아가 기분덜 망치덜 않았나 몰르겠소?"

정 사장이 좌중을 둘러보며 능글맞게 말했다.

"기분얼 망치다니요. 정 사장 덕에 아조 중대헌 문제에 뜻을 모은 것 아니겄소? 인자부텀 술맛 지대로 나게 생겼소."

윤삼걸이 손바닥으로 입을 야무지게 훔쳤다.

"그려, 이년덜아, 꿔다논 보릿자루맹키로 뚱허니 앉었지덜 말고 술 잠 맛나게 쳐라!" 최익달이 기분을 돋우듯 큰 소리를 지르며 옆에 앉은 아가씨의 어깻죽지를 치고는, "워쨌거나 지주는 지주들찌리 똘똘 뭉치는 도리밖에 읎소. 요런 빌어묵을 시상이 워찌 돼갈라고 상것들이 날치고 지랄 발광인디, 시상이 지대로 될라면 일정 때맹키로 꼼짝달싹 못허게 마구잡이로 두들겨 패서 다스려야 허는 것이요. 근디 해방이다, 자유다, 민주주의다, 새 날아가는 소리가 퍼져싼께 아, 상것들이 허파에 바람 들고 간뗑이가 부어올라 위아래 몰라보고 설레발치는 것 아니겄소. 짐승허고 상것들은 몽둥이찜질로 다스리는 길밖에 읎응께, 나라에서 민주주의고 지랄이고 다 때레치우고 일정 때 법을 그대로 시행해야 헐 것이요. 시상이 요런 판세로 돌아가다가는 언제 빨갱이 시상으로 엎어질지 몰른께."

최익달은 목덜미까지 벌겋도록 열이 올라 있었다.

"그려도 이승만 대통령이 우리헌테는 상감이요. 그 양반이 국부로 앉아 기시니 우리 지켜주는 시상 이만치 끌고 가지 딴 사람이 정권을 잡았으면 위떤 시상이 닥쳤을란지 모를 일이요."

윤삼걸이 자신의 말을 재삼 확인하듯 술잔을 내려다보며 고개를 끄덕였다.

"윤 회장은 한나는 알고 둘은 몰르는 말을 허시요그려. 이 대통령이 참말로 우리 편에 섰다면야 위째서 우리 한민당이 원허는 분을 국무총리 자리에 앉히지 않았느냐 그 말이요. 길짐승 날짐승꺼정 다 아는 일이제만, 우리 한민당 읎는 이 대통령이 워디 있겄소. 근디도 우리 한민당이 힘을 합쳐 대통령 자리에 모셔논께 정작 국무총리를 정허는 마당에서는 한민당얼 외면해 뿌렀소. 문제는 바로 여그에 있소. 우리 한민당이 국회고 정부고 다 틀어쥐고 흔들었어야 토지개혁이니 뭐니 허는 개잡소리가 안 나왔을 것인디, 방구가 잦으면 머가 나오드라고 토지개혁 문제가 요리 시끄럽다 보면 언제 덜컥 법이 통과될란지 모를 일이란 말이오. 토지개혁법이 통과되는 날에는 우리덜 신세가 워찌 되겄소. 총리 자리럴 놓고 얼굴을 싹 바꿨디끼 이 대통령이 언제 토지개혁법을 통과시키게 헐란지 몰를 일이다 그 말이요."

최익달은 정견발표라도 하듯 목청을 돋우고 있었다.

"자아, 자아, 정치 얘기는 그만두고 술이나 한잔씩 나누고 헤어지도록 합시다. 통금시간도 얼마 안 남았고 허니⋯⋯."

읍장이 공직자답게 분위기를 바꾸고 나섰다. 윤삼걸은 무슨 말인가를 하려다가 중지당한 언짢음을 풀려는지 정종잔을 단숨에 비웠고, 정 사장은 만족스러운 기분으로 옆에 앉은 아가씨의 치마를 들춰 손을 디밀고 있었다.

술이 한 순배 돌았지만 술좌석의 흥은 돋아오르지 않았다. 상위의 온갖 음식들도 이미 식거나 헤집어져 술자리의 고비는 진작 넘어가 있었다. 그렇다고 정 사장은 새 술상을 봐오라고 할 마음은 추호도 없었다. 그는 추월이의 허벅지 탄력을 손바닥으로 만끽하고 있는 참이었다.

윤 부자네 작인 네 사람은 오늘 밤에도 유동수의 아랫방에 모여 앉았다. 약속을 한 것도 아니었고 무슨 볼일이 있어서도 아니었다. 저녁밥을 먹고 나서 누가 먼저라고 할 것 없이 한 사람씩 어슬렁거리며 유동수네 사립을 들어섰고, 그러다 보면 네 사람은 마주 앉아, 머 묵자 것 있다고 밤마동 마실얼 도냐고 서로를 핀잔하며 희멀건하게 웃고는 했다. 그 말은 자신들이 집을 나설 때 뒤통수에 부딪혀오던 마누라의 투정이었다. 사실 밤마다 모여앉아 하는 일이라고는 아무것도 없었다. 그렇게 모여앉아 있을수록 일거리만 쌓여간다는 것을 그들 자신이 너무나 잘 알고 있었다. 그러나 일거리가 손에 잡히지를 않았다. 까닭 모르게 마음이 소란스럽고 들뜨고 흔들리는 것이었다. 애써서 일손을 잡았다가도 마음이 들썩거려 방문을 박찰 수밖에 없고는 했다.

그들 네 사람이 또아리를 틀듯 마음이 엮어진 것은 같은 작인의 처지여서만은 아니었다. 토벌대에 끌려가 볼기를 맞고 나온 사건이 있은 다음부터였다. 청년단에서 아무리 *끄나풀*을 감쪽같이 심었다 하더라도 다섯 사람 중에서 *그것이* 누군가를 밝혀내는 데는 사흘이 걸리지 않았다. *끄나풀*은 마름 오 서방이었던 것이다. 그들 앞에서는 볼기가 아파 앉고 설 때마다 앓는 소리를 입에 무는 오 서방이 집 안에서는 아무렇지도 않게 앉았다 일어섰다 한다는 사실을 알아냈던 것이다. 서인출·김종연·유동수·장칠복 네 사람은 마침내 서로의 볼기를 까보여 멍자국을 확인한 다음 서로간에 가졌던 의심과 경계심을 풀고 오 서방을 범인으로 확정했다. 오 서방의 소행은 딱 몰매감이었지만 그는 어찌해 볼 수 없는 마름이어서 몰매를 치기는커녕 그런 소문조차 낼 수가 없었다. 그런 일을 당하고도 계속 웃는 낯으로 오 서방을 대해야 하는 그들은 쓰리고 아린 속을 서로 어루만지듯 밤이면 모여앉기를 자주 하게 되었다. 그런 데다 세상 돌아가는 뒤숭숭한 소문들은 일에 마음을 붙일 수 없게 그들을 들썩여댔다.

"거 뻔헌 일 놓고 조사헐 것이 멀 그리 많다고 오늘 해럴 또 그냥 넘겄을꼬?"

허리가 구부정한 앉음새를 한 장칠복이가 고개를 갸웃했다.

"공평하게 조사럴 허니라고 그런다드랑께요."

김종연은 퉁명스럽게 말했다. 그는 정 사장 사건에 대한 소식을 알아내는 책임을 맡고 있었고, 장칠복의 되씹는 말이 자신을 믿지 못하는 것 같아 속이 꼬였던 것이다.

"그려…… 그리 들으면 그렇고, 무신 수작 꾸미니라고 찍 소리도 안 내는 것이 아닌가 싶으면 꼭 그런 것 같고, 도깨비에 홀린 것맨치로 정신이 왔다리 갔다리 혀서 그러네."

"그 사령관이 토벌대장허고는 사람이 생판 달분 것은 틀림읎응께 믿고 기둘리는 수밖에 더 있겄소."

김종연의 수고를 생각해서 서인출이 거들었다.

"우리 겉은 작인 신세에 기둘리지 않으면 멀 워쩌겄는가. 밥줄 끊기고 벌꺼정 받게 된 그 사람덜 신세가 하도 불쌍허고 답답혀서 이러는 것이제. 그 사령관이란 사람이 을매나 똑바른진 몰라도 믿을 만허진 못헐 것이네. 그 사람도 보나마나 있는 집 자석일 것이고, 작인덜 속 몰라주는 나라가 시키는 대로 허는 군인인디 우리 편얼 들 리 있겄능가. 팔은 다 안으로 굽는 법잉께 애시당초 바라지럴 말더라고."

장칠복은 자조적인 웃음을 흐흐거렸다. 흐린 등잔불빛 아래 웃음소리만 잠길 뿐 세 사람은 아무 말도 없었다. 읍내의 작인들이 거의 그렇듯 그들도 정 사장네 사건이 터진 다음부터 작인들의 처벌 결과에 대해 관심이 집중되어 있었다. 사장의 처사도 충격적이었는 데다가 그에 맞선 작인들의 행동은 더욱 큰 충격이었던 것이다. 그런 때 나는 어찌했을 것인가를 생각하게 했고, 그 사건은 결코 남의 일이라고 여겨지지 않았던 것이다.

"그나저나 아무리 생각혀도 그 작인덜이 영판 똑바라진 사람덜 아니여. 재작년 11월 일 낭패보고 나서 야물딱진 작인덜언 싹 다 읊어져뿐 줄 알었등마 그 사람덜이 용허니 남었드랑께로."

유동수가 생각에 잠긴 얼굴로 말했다.

"와따, 성님언 벨 요상시런 소리 다 허요이. 개도 밥그럭 뺏으면 주인이고 머시고 물고 뎀빈다는디, 사람이 지 밥통 뺏기고 가만히 있었겠소? 이판사판, 당연헌 것이제라."

김종연이 화를 내듯 하는 말투로 내질렀다.

"니도 그런 꼴 당허면 그리 용감허니 뎀빌 자신이 있다 그것이여?"

장칠복이 비웃듯이 말했다.

"아아니, 성님언 또 무신 맥아리 빠지는 소리럴 그리 허요? 허면, 성님언 두 손끝 맺고 당허고만 있었다 그 말이요?"

김종연은 이제 정색을 하고 있었다.

"글씨이…… 그저 고런 꼴 안 당허기럴 바래야제, 정작 당해뿔면 워쩔 것이여. 홧김에 사람 몇 방 치고, 집구석 뚜둘겨뿌식어봤자 남는 것은 철창신세 아니겄어?"

"아, 고것이야 허나마나 헌 소리 아니요. 그라고, 그 사람덜이 술도가집서 헌 일이 워찌 홧김에만 헌 일이겄소? 자기덜 권리 찾자고 헌 일이제."

김종연은 야무지게 공박하고 들었다.

"권리이? 고것이 다아 원님행차 떠난 뒤에 나팔이제 권리라는 것이 찾는다고 찾아지는 것이드냐? 일정 때나 해방이 되고 나서나 그리 혀서 찾아진 권리가 머시가 있냐? 그저 죽고 상허기만 혔제."

장칠복이 쓰게 웃으며 코웃음을 쳤다.

"성님맹키로 말허자면 그간에 죽고 상헌 사람덜만 빙신이다 그 것인디, 그리라도 뎀비고 싸우고 안 혔으면 지주눔덜 행투넌 워찌 되고, 그나마 나라에서 농지개혁법인지 먼지럴 맹글라고 헌다는 소리라도 나와졌을 것 겉으요?"

"아, 그놈에 법도 맹글어져야 맹글어졌는갑다 허제 지끔으로서 야 그 가망이 아시무락헌 일이고, 니나 나나 재작년 겉은 때 죽지 도 않고, 그렇다고 빨갱이질로 나스지도 못허고 요리 앉었음시로 큰소리칠 것 읎다 그것이네."

장칠복은 김종연의 허점을 노리듯 이렇게 내질렀다.

"그리 말해 불면 나도 말이 맥히요. 근디, 나도 그간에 눈치나 살 살 봄스로 산 놈이 아닝께 근천시럽게 그 말에 대꾸허고 잡은 생 각은 읎소. 헌디, 말이 났응께로 한 말만 허겄는디, 우리도 은제 밥 통 싹 뺏길 일 당헐지 몰른다는 것은 똑똑허니 알고 있어야 된다 그것이요."

김종연이 결론짓듯 말했다.

"하면, 요분 일이 워치케 결말나느냐에 따라 지주놈덜이 묵는 생 각도 달라질 것잉께로."

그때까지 말없이 앉아 있던 서인출이 못을 치듯 분명하게 말했다.

"워찌 됐거나 결판이야 날 일잉께 진득허니 기둘려보는 도리밖에 머 있었어." 유동수가 벽에 기댔던 등을 일으켜 담배쌈지를 끌어당기고는, "갇힌 사람덜이야 안되았다만 우리는 또 우리대로 살아야 헌께, 인자 답답헌 이약 그만 허고, 종연이 니 간질간질허게 재미진 음담이나 한 자리 혀봐라." 발끝으로 김종연의 허벅지를 찔벅였다.

"성님도 차암, 간질간질허긴 워디가 간질간질혀라?"

김종연이 물러나 앉으며 픽 웃었다.

"기분도 지랄 겉은디 재미진 것으로 한 자락 읊어봐라."

"금메 성님, 양심 잠 있으씨요. 누구넌 냉돌 유치장에 갇혀 생똥 싸는 고상을 허고 있는디 우리넌 뜨뜻헌 방에 다리 뻗고 앉어 음담이나 늘어놓다니, 요것이 워디 사람이 헐 짓이겠소?"

김종연은 장칠복의 눈치를 힐끗힐끗 보며 말하고 있었다.

"워따, 니 인자 본께 공자님헌테 절 받을 양심가다와. 헌디, 양심도 찾을 때 찾아야지 빛을 내는 양심인 것이여. 사람 사는 이치라는 것이 드럽고도 요상시런 것인디, 부모 시체 붙들고 통곡허다가도 밥은 묵고, 호열자로 죽은 새끼 파묻고 와서 숨 넘어가게 밤일은 허는 것이라 이 말이여. 긍께 양심 찾지 말고 오늘 저녁 우리 사는 것은 우리대로 살고, 우리도 소작얼 뺏기는 날에는 윤 부자네로 쳐들어가 죽기 아니면 살기로 싸우다가 유치장에 갇히자 그것이여."

"워따 성님, 워찌 그리 청산유수시요이? 변사 밥 굶게 생겼고, 선암사·송광사 도통헌 중덜 가사 장삼 다 벗게 생겼소. 근디 말이요,

쓴 막걸리 한 잔도 읎이 간질간질헌 음담얼 허라니, 없는 살림에 내놓는 것 읎기로 약조럴 허기는 혔어도, 음담얼 들을라면 술언 아니라도 씨언헌 동치미 국물이라도 한 사발 내놔봇씨요."

"저것이 시방 무신 냄새럴 맡고 허는 소리다냐, 되나케나 씨부렁이는 소리다냐?"

유동수가 장난스런 웃음을 지으며 김종연의 얼굴을 빤히 들여다보았다.

"맞소! 술이 있제라?"

김종연이 눈치 빠르게 다잡고 들었다.

"허 참, 쩌것이 귀신이당께로. 할아부지 지사럴 지내 막걸리가 딱 한 되 있구만."

유동수가 빙긋 웃으며 일어섰다.

"워쩐지 아까부텀 코끝에서 술내가 폴폴 나드랑께."

김종연이 손바닥을 맞때렸다. 서인출은 기분이 넘치고 있는 김종연을 바라보며 가만히 웃음 짓고 있었고, 장칠복은 목울대가 움직이도록 입에 괸 침을 삼키고 있었다.

유동수가 사발 두 개와 막걸리가 목에까지 차오른 대두병을 들고 들어왔다. 사발 하나에는 서너 가지 나물이 담겨 있었고, 빈 사발은 술잔이었다. 연장자 순으로 장칠복이가 먼저 술잔을 받았다. 막걸리는 사발에 찰랑찰랑하도록 따라졌다. 그렇게 따라 한 사발씩이면 술이 동난다는 것을 그들은 알고 있었다. 장칠복은 꿀럭꿀럭 소리를 내며 잔을 기울였고, 소리가 날 때마다 오르내리는 목울대를 세 사람은 부러운 듯 지켜보았고, 장칠복은 사발을 입에서 떼지 않고 한숨길에 술을 다 비웠다. 아하! 술맛 장단을 겸해 막혔던 숨을 토해낸 장칠복은 손가락으로 나물을 이것저것 집어 고개를 뒤로 발딱 젖히고 입에다 몰아넣었다. 나머지 세 사람도 장칠복과 닮은 모습으로 술 한 사발씩을 비우고 안주를 먹었다. 술병처럼 나물사발도 깨끗하게 비워졌다. 네 사람은 달디단 입맛을 다셔가며 담배를 말아 피워물었다. 술이 부족한 아쉬움이 그들의 얼굴에는 역력했지만 그것을 아무도 입 밖에 내지는 않았다. 담배가 반나마 타들어가고 있었다.

"자아, 인자 걸쩍허니 한 자리 혀보소."

유동수가 두 손바닥으로 방바닥을 훔쳐댔다. 무엇을 치우는 것이 아니고 이야기 들을 준비가 되어 있다는 표시와 동시에 이야기하는 사람을 모신다는 예절인 셈이었다. 그런 예절은 판소리 마당을 차리는 데서 보배워 몸에 익은 것이었다.

"술꺼정 얻어묵었응께 한 자리 허긴 허겄는디, 고눔에 음담이 좆대감지럴 간질간질허게 헐라는지, 귓구녕얼 간질간질허게 헐라는지, 배창시럴 간질간질허게 헐라는지, 워쨌거나 워디거나 간질간질허게 허기는 혀얄 것인디, 고눔에 음담이 워찌 풀릴란지 이 몸도 걱정이 태산이라, 기왕지사 간지럴라먼 좆대감지 간지런 것이 음담패설의 왕도렷다. 그러허나 지아무리 좋고 존 음담이라도 귀먹쟁이헌테는 소양없는 것, 보배귀 지녔음사 내 이약 들음시로 좆대감지만 간지런 것이 아니라 용두질도 칠 것이고, 먹통귀 달았음사 마이

동풍에 우이독경일 것잉께, 간지럼 타고 안 타고는 내 탓이 아니라 다 즈그덜 귓구녕 생게묵은 탓일시 분명허니 날 원망 말렷다!"

입담이 좋은 김종연이 가락까지 넣어가며 즉흥적인 사설을 늘어놓았다.

"얼싸 쪼오타!"

유동수가 손바닥으로 방바닥을 한 번 치고, 두 손바닥을 맞때리며 박자를 맞추었다. 그대로 판소리 마당의 흉내로서, 김종연은 명창이요 유동수는 고수인 셈이었다. 서인출과 장칠복도 어느새 흥이 일어 자신들도 모르게 상체를 끄덕이고 있었다. 소년시절부터 귀동냥하고 눈동냥한 값이었다.

"장흥골에 길 장자 장가가 살았는디, 이 사람 성만 긴 것이 아니라 팔도 기라죽허고 다리도 기라죽허드라. 워디 그뿐인가, 팔다리가 기라죽허다 본께 키 또한 아니 길 수가 읎는 이치렷다. 어허 이 사람 대밭에서 밤일혀서 불거졌다냐, 긴 것도 많기도 허다. 근디, 요것 보소, 긴 것이 하도 많다 본께로 또 한 가지 긴 것을 빼묵었네그랴. 고것이 무엇이냐, 좌중은 알아뿌렀겄제. 알았드락도 초 치지 말고 입 닥치고 있드라고잉! 키 길고, 팔 길고, 두 다리가 긴디, 가운뎃다리라고 빠질 수가 있겄어. 당연지사로 가운뎃다리도 기라죽허드라 그것이여. 옛말에 키 크고 싱겁지 않은 놈 없고, 팔다리 긴 인종치고 게을르지 않은 인종 없다고 혔는디, 그 말언 바로 이 길 장자 장가릴 두고 이른 말이겄다. 이 장가 게을르기가 오뉴월에 추욱 늘어진 말좆꼴새였는지라, 남정네 일꺼정 도매금으로 떠

맑은 예펜네 고상이 말로 다 헐 수가 읎는 지경이라. 헌디도 그 예펜네 찍소리 한 분 내덜 않고 그 고상 다 참고 견뎌내는디, 하 고것 참 알다가도 몰를 일이라. 허나, 자고로 음양의 조화란 인간만사 형통이라 혔으니, 장가의 사대육신 게을르기가 늘어진 오뉴월 말좆이라 혔지만도, 그중에 부지런헌 것이 딱 한 가지 있었겄다. 고것은 물을 것도 읎이 가운뎃다리였당께로. 고것이 부지런허기가 장닭이 무색허고, 기운이 씨기가 개좆이 성님! 헐 판이라. 고 눈도 코도 읎는 것이 밤마둥 구녕얼 찾니라고 사죽을 못 써대니 밝은 날 사지가 축 늘어지는 것이사 당연지사 아니겄는감. 그 예펜네 찍소리 않고 고상 참아내는 것도 다 그런 야로였는디, 하 요것 봐라, 하늘이 무너질 크나큰 변고가 터졌겄다. 고것이 무엇이냐, 장가의 길고 실헌 물건이 구녕 속에서 뚝 뿌라져뿌러? 사람 물건이 뻭다구든 개좆이간디 뚝 뿌라지고 말고 혀? 고것이 아니라면, 글먼 고 부지런허던 물건이 팔다리맹키로 축 늘어져 게을러져뿌렀을까? 음질얼 앓은 것도, 늦은 홍역얼 앓은 것도 아닌디 무담씨 물건이 게을러져? 고것이 무엇인고 허니, 장가가 읍내 기생 설매허고 구녕얼 맞춰뿐 것이었어. 음기가 승헌 설매가 장가 물건이 좋다는 소문 듣고 살살 꼬디긴 것인디, 지까진 것이 좋으면 을매나 좋을라고, 반 믿고 반 못 믿는 마음으로 이부자리 깔고 구녕얼 맞춰본 설매년, 눈에서 불이 번쩍, 입에서 쎄가 낼름, 워야워야 내 서방님 워디 있다 인자 왔소, 설매년이 코울음을 울어대는디, 장가눔 정신이 지정신이 아니더라. 배라고 다 똑같은 배가 아니고 구녕이라고 다 똑겉은 구넝이 아니라, 호시가 좋기럴 춘풍에 흔들리는 나룻배요, 구녕이 요술을 부려대는디 사대육신 6천 마디가 저릿저릿 녹아내리는 판이라. 천국이 여그다냐 용궁이 여그다냐, 장가는 정신얼 채릴 수가 읎었더라 그것이여. 형국이 이리 되니 장가 예펜네는 독수공방이라. 사지에 맥이 탁 풀리는 것이 일헐 기운얼 잃었고, 성질대로 허자면 읍내로 발통 달고 쫓아가서 설매년 대갱이럴 와드득 잡아뜯고, 속곳 발기발기 찢어 그년이 구녕얼 다시는 못 쓰게 참나무 말뚝을 박았으면 쓰겄는디, 넘새시런 시앗다툼은 칠거지악 중의 하나라, 가심에 불화로럴 안고 남정네 맘 돌리기만 기둘림스로 독수공방만 지켰니라. 헌디, 아무리 기둘려도 남정네가 맘 돌릴 기색은 보이덜 않고, 슬쩍슬쩍 곡식얼 퍼내 들고 읍내걸음을 허는 것이 아니겄는가. 사람 뺏기는 것도 분허고 원통헌디, 읎는 살림에 곡식꺼정 뺏기다니, 더 참고 있다가는 설매 그년 밑구녕에 집안살림꺼정 쓸어 넣 판세라, 맘 독허게 묵고 남정네헌테 눈 치뜨고 대들었겄다. 근디, 남정네 허는 말이, 구녕이라고 다 똑겉은 구녕인지 아는갑구만? 내 참 깝깝혀서. 이러고는 사정없이 떠다밀고 방문을 차고 나가뿔었겄다. 방구석에 처백혀 울다 본께 남정네가 내뱉은 말이 귓속에서 앵앵이는디, 다 똑겉은 구녕이 아니면 그년 구녕은 워치께 생겼을꼬? 아무리 생각혀도 워치께 달븐지 알 수가 읎어 고개만 자웃자웃허고 있는디, 서방이 그년헌테 넋얼 빼는 것은 그년 낯짝이 아니라 구녕이라는 것만은 똑똑허니 알 수 있는지라, 서방 맘얼 돌리자면 내 것도 그년 것만치 돼야 쓰겄다는 생각이 번쩍 떠올랐겄다.

근디, 그년 것이 워쩐지 알 방도가 있어야제. 그 방도는 딱 하나, 그년얼 찾아가는 길밖에 읎드라 이것이여. 그년얼 찾아가자니, 챙피시럽고 천불이 끓어오르는 일이었제만 서방얼 찾고 집안 망허는 것얼 막자면 그만헌 일 못헐 것도 아니었다. 그리하여 설매럴 찾아가게 되얐는디, 설매년 머리끄뎅이럴 휘어잡아 패대기럴 치고 잡은 속마음 꾹꾹 눌러감스로, 서방 뺏기고 집안꺼정 망허게 생겼으니 이년 신세 불쌍허니 생각혀서 우리 서방 홀긴 고것이 나 것허고 워찌 달븐지 갤차주라고 눈물 흘려감스로 사정얼 혔겄다. 설매가 보자 허니 같은 여자 입장에서 딱허기도 허고, 넘 서방 홀겨 재미본 것이 미안허기도 허고 혀서 그 여자의 청을 들어주기로 혔겄다. 설매가 묻되, 밤일얼 헐 때 워처께 허느냐. 여자가 대답하되, 워처께 허긴 멀 워처께 혀라, 그냥 누웠으면 남정네가 다 알아서 허제라. 허먼, 장작개비맹키로 뻣뻣허니 뉘만 있단 말이요? 여자가 그래야제 멀 워쩔 것이요. 설매가 기가 찬 얼굴로 쎄가 끊어지도록 쎄럴 차둥마는, 참말로 답답허요이, 나가 허는 것 보고 배우씨요, 치마럴 홀렁 걷어올리고 속곳바람으로 방바닥에 누웠겄다. 여자가 남정네럴 받자면 먼첨 몸을 깨끔허니 씻어야 허고, 속적삼이라도 옷이란 것은 몸에 걸치지 말 것이고, 뉘서 말얼 허는 설매는 엄헌 선상님이고, 야, 야, 대답 찰방지게 잘허는 장가 마누래년 착헌 생도라. 남정네 물건이 편히 들게 두 다리럴 요리 벌리고 있다가, 물건이 지대로 자리럴 잡았다 싶으면 그때부텀 여자 헐 일이 시작되는 것이요. 요리 궁뎅이럴 살살 돌리는디, 좌로 몇 분 허다가 우로 몇 분허고, 번차례로 돌리는디, 요것얼 소꼬리뱅뱅이라고 허는 것이요. 소꼬리가 이쪽으로 빙글 돌아 포리럴 쫓고, 저쪽으로 빙글 돌아 포리럴 쫓는 격이나 같으다 그런 말이요. 그 다음이 궁뎅이럴 좌우가 아니라 상하로 움직기리는디, 요렇게, 소꼬리뱅뱅이 때보담 싸게싸게 흔들어야 쓰요. 요것얼 조리질뱅뱅이라고 허는 것이요. 쌀일 적에 조리질허디끼 허란 것이요. 인자 끝막음으로 물명태뱅뱅인디, 물통에 갇힌 명태가 지멋대로 정신읎이 튀고 돌고 박치고 허디끼 상하좌우 가릴 것 읎이 미친 거맹키로 궁뎅이럴 흔들고 돌리고, 봇씨요, 똑똑허니 봇씨요, 요렇게, 요렇게 허는 것이요. 장가 마누래넌 실습꺼정 혀서 설매의 기술을 배와갖고 집으로 돌아왔겄다. 날이 어둡기럴 꼬박꼬박 기둘려 몸얼 깨끔허니 씻고, 마실 나갈라는 서방얼 붙들고 살살 음기럴 풍겨대기 시작혔겄다. 허나 설매헌테 빠져 있는 장가가 마음이 동헐 리 만무라, 서방이 꿈쩍도 안 헌께 맘이 급해진 장가 마누래넌 옷얼 홀랑홀랑 벗어대기 시작혔겄다. 아니, 저년이 미쳤다냐? 생판 안 허든 짓거리럴 해대는 마누래럴 보고 장가는 첨에 놀랬고, 옷얼 홀랑 다 벗어뿐 마누래 맨몸얼 오랜만에 보니께 장가 맘에도 불이 붙기 시작혔는디, 장가의 그 크고 실헌 물건이 구녕을 파고들기 시작허자, 장가 마누래는 하도 오랜만에 그 기맥힌 맛얼 보는디다가 궁뎅이 운전허는 기술도 새로 배왔겄다, 절로 신바람이 나는 것이었다. 그리하야, 소꼬리뱅뱅이! 장가 마누래넌 느닷없이 소리 질르고는 궁뎅이럴 살살 돌리기 시작혔다. 얼라, 요것이 워쩐 일이다냐! 요 멍텅구리가 워찌 요런

재주럴 알았을꼬? 장가는 마누래가 변헌 것이 놀랍고도 재미진 바람에 새 기운이 솟고, 새로 이뻐보여 용얼 써대는디, 인자 조리질 뱅뱅이! 마누래가 또 소리 질름스로 궁뎅이럴 위아래로 추슬러대기 시작했겄다. 워따메, 요것이 참말로 지대로 허네? 장가는 더 신바람이 나서 숨얼 헐떡이는디, 담은 물명태뱅뱅이! 마누래가 더 크게 소리 질름시로 궁뎅이가 상하좌우 없이 요동질을 쳐대니 장가의 기분은 안개에 싸였는 듯 구름에 실렸는 듯 그 호시가 너무 좋아 정신없이 오락가락허는 판인디, 장가 마누래가 물명태뱅뱅이럴 너무 심허게 허는 바람에 장가 물건이 쑥 빠지고 말았겄다. 헌디도, 장가 마누래넌 물건이 빠진지도 몰르고 정신없이 물명태뱅뱅이만 해대고 있드라. 마누래 허는 꼬라지럴 내레다보고 있자니 장가는 하도 기가 맥혀서 소리럴 뻐럭 질렀는디, 그 소리가 워떠했는고 허니, 야 이년아, 헛뱅뱅이다!"

김종연은 반 남짓 타다가 꺼진 꽁초를 입에 물더니 성냥을 그었다. 그의 표정은 언제 음담패설을 했더냐 싶게 천연덕스러웠다. 그런데 이야기를 듣고 있던 세 사람은 웃음을 걷잡지 못하고 있었다.

"옛끼 순, 저놈에 주딩이 농사 지어묵고 살기 서럽겄다."

장칠복이 헛주먹질을 했다.

"참말로 은제 들어도 우리 종연이 입심 하나는 아깝당게로. 그존 입담 돈 버는 디 쓸 수는 없을끄나?"

유동수가 진정 아깝다는 듯 말했다.

"다 일 읎소. 나가 바래는 것은 내 논 열 마지기 정도 갖고 농새짐스로 요런 자리서 음담 헐 적에 막걸리 석 되썩만 비울 수 있었으먼 더 바랠 것이 읎소."

"참말로 꿈도 오지다. 고런 시상이 우리헌테 원제 오겄냐. 통금이 다 되얐을 것잉께 그만덜 가드라고."

장칠복이가 무거운 몸짓으로 일어섰다. 방 안 분위기는 금방 침울해졌다.

겨울달이 밝았다.

"빌어묵을, 머 묵자고 달은 요리 밝은고."

김종연이 불뚱스럽게 말하며 하늘을 올려다보았다. 세 사람은 무심결에 달을 쳐다보았다. 드높은 달은 차고 맑았다. 아무도 말이 없었다. 서인출은 문득 누님을 생각했다. 서러움 한 줄기가 가슴을 찡하니 울렸다. 무당집이라 꺼림칙하긴 했지만 두 자식을 배곯게 하지 않게 되었으니 우선은 다행이었다. 그리고 소작을 못 부치게 될지도 모른다는 그 큰 시름을 덜게 된 셈이었다. 이 겨울을 산속에서 워찌 살라는고…… 매형 생각이 잇따라 마음을 춥게 만들었다.

"가세들."

장칠복이 걸음을 떼어놓았다. 김종연과 서인출은 그 뒤를 따라 걸었다. 고개 수그린 세 그림자가 고샅을 가고 있었다.

27

우리의 국토를 양단시킴으로써 민족을 분열
시키어 동족상잔의 비극을 초래하려 한다
—백범 김구

"참말로, 무신 짓거리고 다 해묵어도 징역살이넌 못해묵을 것이로구만."

마삼수가 신경질적으로 턱을 훔치며 한숨을 토해냈다.

"그러다가 턱 떨어져 나가겄다. 앞으로 요리 갇힌 신세로 1년얼 살게 될란지, 2년얼 살게 될란지 몰를 일인디, 성질 끓이지 말고 진득허니 전디는 연습 혀얄 것이여. 성질 있는 대로 다 부리다가는 밝은 시상 보기 전에 피보타 죽을 것잉께."

작은 체구를 웅크려박고 앉은 김복동이 눈을 깜박거리며 감정이 담기지 않은 어조로 말했다.

"워따, 성님은 그새 도통해뺀 것맨치로 말얼 허요이?"

마삼수는 어처구니없다는 얼굴로 김복동을 쳐다보았다.

"니미럴 것, 늙은 엄니에 처자석만 읎다면야 내사 평상이라도 징역살이 해묵것다. 패기럴 허냐, 일얼 시키기럴 허냐, 쎄빠지게 일험스로도 맘 놓고 못 묵어본 뜨신 국밥 끼니때마동 믹여줌시로 요리편안허게 모시는디, 요러크름 호강허기는 내 평상에 첨이다. 담배럴 못 꼬실리는 것이 쪼깐 서운혀서 그렇제, 담배만 꼬실린다면야 극락이 따로 있것냐."

몹시도 담배 생각이 난다는 듯 쩝쩝 입맛을 다시며 노덕보는 능청을 떨고 있었다.

"아이고 덕보 성님, 그 오기 한분 창창허요. 엄동설한에도 시퍼렇게 살아오르는 대꼬챙이 겉은 그 오기 끄자면 천상 담배 한 대가 있어야 쓸 것인디, 섭혀서 워쩔께라?"

마삼수도 지지 않고 느물거렸다.

"소금도 읋는디 싱건 소리덜 고만덜 허고, 어이 말이시, 동기, 오늘 해도 그냥 넴길라는가 몰르것네?"

김복동이 강동기에게 말을 옮겼다. 그때까지 유치장 마룻바닥만 내려다보고 있던 강동기가 느리게 고개를 들었다.

"글씨요……."

마지못한 듯 이 한마디를 하고는 그의 입은 무겁게 다물려버렸다.

"콩밥얼 믹이겄으면 싸게싸게 콩밥얼 믹일 일이고, 풀어줄 것이면 속 씨언허게 풀어줄 일이제, 하로이틀도 아니고 참말로 사람 환장헐 일이시."

김복동은 웅크려박고 있던 상체를 일으키며 화를 내듯 했다.

"성님, 시방 꿈꾸요? 행여라도, 터럭끝맨치라도 그냥 풀어줄란지

도 몰르겄다는 생각은 허덜 마씨요. 우리가 저질른 잘못도 잘못인
디다가, 지끔이 위떤 시상이라고 그냥 풀려나지겄소? 우리찌리 치
고 박은 것도 아니고 지주놈 집구석얼 그 모냥 맹글었응께 콩밥이
야 진작 받아논 콩밥 아니겄소?"

마삼수는 조금 전의 장난기를 전혀 느낄 수 없는 태도로 말했다.

"나가 고걸 몰라서 허는 소리가 아니시. 딱 부러지게 결정이 안
나고 날만 질질 끌어간께 답답허고 애가 타서 허는 소리제."

김복동은 마삼수의 말에 야무지게 쐐기를 박았다.

"두고 볼 일이겄제만, 조사허는 날짜가 길어지면 길어질수록 우
리헌테 이로울 것이요."

강동기가 신중하게 말했다.

"워째 그까? 그 대장이란 사람이 무슨 귀뜸이라도 허등가?"

노덕보가 강동기 옆으로 바싹 다가앉았고, 김복동과 마삼수도
강동기에게 눈길을 모았다.

"찬찬히 생각덜 혀보씨요. 정 사장 편얼 들어 우리럴 처벌혈라고
혔으면야 폴세 순천재판소로 넘게뿌렀을 것 아니요? 허고, 조사럴
힘스로도 두들겨 패고 난리가 났을 것 아니겄소? 근디 패는 일도
읎고, 순천으로 넴기지도 않음시로 나흘째가 되얐소. 우리가 머가
이쁘다고 사령관이 우리 편 들 리가 읎지만서도, 그렇다고 정 사장
편얼 드는 것도 아닌 섯이 분명허요. 그 사람이 중도에 서서 공평
허게 일얼 혀주면 우리가 벌얼 받아도 그만치 적게 받게 될 것 아
니겄소."

"잉, 그렇구만, 자네 말 듣고 봉께 필경 그런 것이로구만. 그리만 됨사 을매나 고마운 일이겠는가." 노덕보가 금방 변색된 음성으로 말했고, "그려, 죄인덜헌테 끼니때마동 값나가는 국밥 믹에주는 것을 봐도 정 사장 편 드는 것은 아니로구만. 고마운 일이고말고." 김복동도 동의를 표하며 연신 고개를 끄덕였다.

"와따, 짐칫국덜 너무 급허게 마시지 마씨요들."

마삼수가 불퉁스럽게 내쏘았다. 노덕보와 김복동이 무슨 소리냐는 얼굴로 마삼수를 쳐다보았다.

"사령관인가 대장인가가 공평허게 중도에 섰는지 워떤지 안직 확실허게 몰르는디다가, 혹시 중도에 섰다고 혀도 우리가 징역 살기는 매일반일 것인디 고맙기는 머시가 그리 고맙냐 그런 말이요."

마삼수는 급한 성미를 그대로 드러내고 있었다. 저것이 유치장생활 나흘에 몸살이 나는구나, 생각하며 강동기는 피식 웃었다.

"마삼수야 이눔아, 고 개도 안 뜯어묵을 빌어묵을 성깔 눌르고 내 말 똑똑허니 들어라. 사령관이 중도에 안 스고 정현동 쪽에 붙어뿔면 우리 신세가 워찌 되는지 아냐? 정현동이는 워쨌거나 지눔 속 씨언헐 만치 우리럴 중죄로 처벌헐라고 허고, 거그에 사령관이 짝짝꿍이 돼서 놀아나는 날에는 우리 네 사람 목심 포리목심이여. 요새 닭 모강댕이 비틀기보담도 쉽게 사람 모가지 비틀어뿌는 것이 먼지 니 알지야? 고것이 바로 빨갱이여. 사령관이 조서에다 '빨갱이'라고 써서 도장 찍어뿔면 워쩔 것이냐? 그려도 징역살이가 매일반일 것이냐?"

마삼수는 두려움이 서린 눈으로 강동기를 멍하니 쳐다보고 있었고, 노덕보와 김복동도 찬물에 낯 씻은 표정을 하고 있었다.

"다 늦게 그리 놀래지 말어, 인자 그럴 위험은 지내간 것 겉응께."

강동기는 무심결에 주머니로 손을 밀어넣었다. 분명 손에 잡혀야 할 것은 잡히지 않고 헛집힌 손에는 허전함만 가득했다. 담배쌈지는 유치장에 갇히기 전에 압수당했던 것이다.

"여시 겉은 놈, 워째 고런 생각꺼정 세세허게 허고 앉았다냐."

마삼수는 강동기에게 신뢰의 눈길을 보내며 멋쩍게 웃고 있었다.

"마누래 읎이는 살아도 담배 읎이는 못살겄다는 말 인자 알아묵겄네웨."

강동기는 딴전을 피우고 있었다.

"어이 보소, 동기, 자네 말얼 들은께 그럴 법도 헌디, 그 반대로 말이시, 우리럴 빨갱이로 몰 궁리허니라고 날얼 질질 끄는 것이 아니까?"

노덕보가 불안한 표정으로 조심스럽게 말했다. 강동기는 단호하게 고개를 저어 보였다.

"사령관 권한으로 우리 겉은 것덜 빨갱이로 몰아치자면 나흘씩이나 궁리허고 자시고 헐 것이 읎는 일이요. 그 사람이 맘 고약허게 묵고 우리럴 빨갱이로 몰아 소화다리서 총살얼 시켜뿌러도 그 짓이 부당허다고 들고 나실 사람은 읍내에 하나도 읎을 것이요. 그리 큰 권한 가진 사람이 우리럴 해꼬지 헐랐음사 폴세 혔을 것 아니겄소."

"금메, 그럴 법도 헌디, 좌우당간 걸핏허면 빨갱이로 몰아때리는 요런 놈에 망쪼 든 시상도 다시 또 없을 것이로구만."

노덕보는 고개를 설레설레 저었다.

"공평허게 헌다면 징역얼 을매나 살게 될란고?"

김복동이 주저하며 입을 열었다.

"금메 말이요, 우리가 저질른 잘못이 있는디…… 삼동을 살어야 허지 않을랑가 몰르겄소."

미간을 좁히며 강동기가 신중하게 말했고, "삼동 내내 깜빵에서 살어?" 김복동은 눈을 크게 열어젖히며 목청을 높였다.

"와따메 성님, 멀 그리 놀래뿌요? 코피 탱 풀어 던짐스로 박치기 허고 들어갈 적에 깜빵에서 삼동 날 생각은 미처 안 해뒀습디여? 그때 기백으로 깜빵 살아내면 삼동도 눈 깜짝헐 새에 지나갈 것잉께 그리 겁묵덜 마씨요."

마삼수가 히물거렸다.

"저, 저, 물에 빠져 죽어도 끝꺼정 떠서 옴죽기릴 저 주딩이……."

김복동은 마삼수를 향해 마뜩찮은 눈길을 쏘며 혀를 차댔다.

"성님, 나가 그냥 혀본 소린께 맘 쓰덜 마씨요. 당헐 때 당허드라도 당장당장은 삼수맹키로 웃는 소리 혀감스로 때우는 것이 상책이요."

강동기가 김복동을 위로하듯 말했다.

"그려, 자네 말이 맞네. 삼수 저것도 속맘이야 을매나 씨리고 아플 것잉가."

"와따 우리 성님, 쪽집게 무당이시. 내 속 그리 딱 알아맞춰뿐 판에 우리 각시 뱃속에 든 것이 꼬친지 조갑진지 워디 잠 알아맞춰주실라요?"

마삼수는 임신도 하지 않은 아내를 어느새 임산부로 만들어버리고 있었다.

"온냐, 복채나 톡톡허니 내라. 꼭 찍어 맞춰줄 팅께."

김복동은 앉음새를 고치며 명랑한 척 어조를 바꾸고 있었다.

"김범우 선생의 움직임을 알고 계신가요?"

심재모가 갑작스럽게 이런 말을 물어올 때까지 경찰서장 권병제는 아무것도 모르고 있었다. 아니, 무슨 일이 있습니까? 아무것도 모르는 입장에서 반사적으로 나가야 할 이 당연한 반문을 얼버무린 채 그는 모호한 태도를 취했다. 그가 엉거주춤할 수밖에 없었던 데는 두 가지 이유가 있었다. 먼저 자신의 직책에 대한 책임감 탓이었고, 다음은 김범우의 움직임이 어떤 것일까 하는 의문이 순간적으로 압박을 가해왔던 것이다. 병원사건에 대해서일까, 아니면 정 사장 사건과 관련된 것일까. 일단 두 갈래로 나누어진 생각 앞에서 그의 추리력은 더 이상 작동을 못하고 있었다. 그의 의식 속에 박혀 있는 김범우라는 인물은 두 사건 모두에 '움직임'을 보일수 있었던 것이다. 병원사건에는 이미 재판소를 드나들 정도로 적극성을 띠고 있었고, 정 사장 사건에는 소작인들 편에서 어떤 움직임을 보일 가능성이 농후했던 것이다.

"전 원장이란 사람의 무죄석방을 위해서 진정서에다 도장을 받고 있소."

심재모의 말이 그의 막힌 추리에 답을 마련해 주었다. 그 답 앞에서 그는 또 추리를 해야 했다. 심재모가 병원사건에 대해 이미 알고 있을까, 아직 모르고 있을까. 그러나 그 답은 명료했다. 숨김없이 사실대로 밝히는 것이 현명한 방법이었다. 진정서의 내용을 알고 있는 심재모가 나름대로의 정보망을 통해 병원사건을 캐지 않았을 리가 없었다. 그 사건을 심재모에게 고의적으로 감춘 것은 아니었다. 그가 주둔하기 전에 이미 일단락진 사건이어서 굳이 들춰내고 싶지 않았고, 더 이상 말썽 없이 재판이나 좋은 결과로 끝나기를 내심 바라고 있었던 것이다. 그런데 김범우가 읍민들을 상대로 진정서를 꾸미게 될 줄은 전혀 예측하지 못했던 상황이었다. 심재모가 병원사건에 대해 다 알고 있다 하더라도, 그것을 알아내는 과정에서 혹시 자신에게 품었을지도 모를 오해를 제거하기 위해서라도 권병제는 사건 전말을 자세하게 밝힐 필요를 느꼈다.

"큰 사건 처리하느라 수고 많이 하셨겠군요."

이야기를 다 듣고 난 심재모가 지극히 무감하게 한 말이었다. 그 무감한 반응이 바로 사건내용을 이미 다 알고 있었다는 간접표현일 수밖에 없었다. 그 무감함 앞에서 권병제도 무감한 태도를 취하려고 노력했다. 그러나 김범우가 진정서를 돌리고 있는 형편에 무감할 수가 없었다.

"그 진정서 돌리는 걸 어떻게 해야 할까요?"

권 서장은 심재모의 눈치를 살피며 어렵게 말을 꺼냈다. 그는 진정서가 나돌게 된 것에 스스로 책임감을 느낄 뿐만 아니라, 정 사장의 사건처리로 신경을 쓰고 있는 심재모가 김범우의 행동을 그다지 달가워하지 않을 것 같았던 것이다.

"글쎄요, 무슨 조처를 할 필요가 있으십니까?"

"아니, 뭐……."

예기치 못했던 심재모의 반문에 권 서장은 당황하고 있었다.

"진정서를 돌리는 일이 위법행위도 아닌 데다가, 하나밖에 없는 병원에 의사까지 없어서 읍민들이 애로가 많은 모양인데, 진정서를 내서 효과를 볼 수 있다면 좋은 일이지요."

권 서장은 하마터면, 그리 이해해 주셔서 감사합니다, 할 뻔했다. 심재모가 그렇게 좋은 쪽으로 생각하는 것은 김범우에 대한 호의가 작용하고 있음을 권 서장은 눈치채고 있었다. "나와 같은 학병 출신을 이런 데서 만날 줄이야……." 김범우를 처음 만나고 나서 심재모는 무척 기뻐했었고, "서민영 선생이야말로 훌륭하신 분입니다. 그리고 자기를 내세우지 않고 그런 선생님을 앞세울 줄 아는 김범우 선생의 겸손한 태도도 본받을 만큼 훌륭합니다. 이런 데 그런 분들이 계시다니……." 서민영을 만나고 와서 심재모는 흡족한 기분으로 무척 만족을 표시했는데, 그의 만족의 도는 '이런 데'라는 지역감이 앞서서 상대적으로 커지는 것 같았다. "나는 여기 오기 전까지는 '벌교'라는 이름은 들어보지도 못했어요. 순천이야 많이 들어봤지만 벌교는 처음 듣는 이름이었습니다. 벌교, 한자의 뜻을 알지 못하고 소리로만 들을 때는 얼마나 이상스런 이름입니까. 빨갱이들이 득시글거리는 어느 심심산골인 줄 알았었지요. 와서 보니 교통도 편리하고, 경치도 아름답고, 생각보다 괜찮은 곳이로군요."

권 서장은 심재모가 잠깐잠깐 자신에게 했던 말들을 떠올렸다.

"서장님, 정 사장 사건을 해결하는 데도 진정서를 돌리면 어떻겠습니까?"

"네?"

심재모의 말이 너무 돌연해서 권 서장은 얼핏 말뜻을 파악할 수가 없었다.

"아, 미안합니다. 나 혼자 생각을 하다 보니까 설명을 붙이지 않고 결론부터 말을 하고 말았군요. 다름이 아니라, 이건 비밀에 부쳐야 할 사항입니다만……."

정 사장 사건을 처리하는 데 있어서 소작인들이 유리한 쪽으로 해결하자고 작심은 했는데, 그 최선의 방법이 쌍방간에 화해를 하고 가해자 측에서는 피해자 측에 치료비와 손해배상을 하면 되는 것이지만, 현실적으로 정 사장이 화해를 할 리가 만무하고 그렇다고 화해를 강압할 수도 없는 처지이니, 일을 처리할 수 있는 계기를 자연스럽게 만들자면 읍민들의 진정서가 꼭 필요한데, 그 일을 비밀리에 지시할 수 있는 선이 있느냐는 것이 심재모가 말한 골자였다.

"참 묘안이긴 합니다만 경찰이 움직일 수는 없는 일이고, 청년단이 있긴 합니다만 그쪽 끈도 경찰의 끈이나 마찬가지로 지시의 비밀이 끝까지 지켜지기는 어려울 것 같습니다."

"나도 같은 생각이오. 만약 지시 사실이 누설된다면 일은 난감하게 되고 말아요."

권 서장은 어제 읍장이 귀띔해 준 말을 할까 말까 망설이고 있었다. "젊은 혈기도 좋지만 조심하라 이르시오." 정 사장의 움직임을 상세하게 알려주고 나서 자리를 뜨며 읍장이 했던 말이었다. 권 서장은 그 생각을 털어버렸다. 그 사실을 알려준다고 심재모가 마음을 바꿀 것 같지 않았고, 자신이 당장 해결해야 할 일은 따로 있었다.

"비밀이 지켜지자면 김범우 같은 사람이 앞장을 서야 하는데……."

권 서장은 다급한 마음으로 중얼거렸다.

"그렇소! 적임자가 있소!"

심재모가 느닷없이 소리치며 손바닥으로 무릎을 쳤다.

"등잔 밑이 어둡다더니 왜 진작 그 생각을 못했는지 모르겠소."

심재모의 기뻐하는 얼굴은 상기되어 있었다. 권 서장은 그 적임자가 서민영일지도 모른다고 직감했다.

"서민영 선생이 어떻소?"

심재모가 동의를 구해왔다.

"그분이 나서주시기만 한다면 더 바랄 게 없지요. 비밀이 지켜지는 건 물론이고 정 사장이나 다른 지주들한테 미치는 파급효과가 클 테니까요."

"고맙습니다, 서장님이 이 일을 해결했습니다."

"무슨 과분한 말씀을……."

병원사건을 뒤늦게 밝히고 나서 찜찜하게 남아 있던 감정의 찌꺼기가 말끔하게 씻겨나가는 것을 권 서장은 느끼고 있었다.

김범우가 진정서를 돌리고 있다는 정보를 입수하자마자 심재모는 직접 그를 찾아갔던 것이다. 김범우는 병원사건 전말을 들려주었다.

"담당 판사가 제 아버님한테 요구해서 시작한 일이니 무용지물은 안 될 겁니다. 책임한계가 불분명하고 책임전가를 쉽게 할 수 있는 요즘 같은 과도기적인 사회에선 이런 물건들의 효과가 의외로 큰 법 아닙니까."

김범우가 진정서를 들어 보이며 한 말이었다.

20평 남짓한 창고 안은 차곡차곡 쌓아올려진 짚단으로 반 가까이 차 있었다. 나머지 공간에는 과일궤짝들이 정돈이 안 된 채로 쌓여 있었고, 여러 종류의 농기구들이 벽에 걸리거나 기대어져 있었다. 북쪽으로 뚫린 창에는 창문 대신 곧은 나뭇가지들이 한 뼘 간격 정도로 박혀 창살을 이루고 있었다. 그 창살들 사이로 석양 햇살이 곧게 비쳐들고 있었다. 창의 크기만큼 비쳐드는 햇살은 창살의 수효에 맞춰 쪼개져 있었다. 여러 조각의 햇살 속에 수없이 많은 먼지들의 끊임없는 부유가 투명하게 드러나고 있었다. 창고 안에는 정적만이 가득했고, 어디에서도 인적이라고는 느낄 수가 없었다. 그러나 유심히 살펴보면 먼지들의 부유 속에 희미한 연기가 섞여 있었다. 그것은 짚더미 속 그 어디에선가 흘러나오고 있는 담배연기였다.

나무의 마찰음과 함께 창고문이 약간 열렸다. 그 사이로 여자 노인네가 황급히 들어섰다. 배성오의 어머니 과수원댁이었다. 그녀는 행주로 싸들고 있던 냄비를 바닥에 내려놓고 밖을 살핀 다음 창고 문을 재빨리 닫았다. 나이에 비해 무척이나 기민한 동작이었다.

냄비를 조심스럽게 들어올린 그녀는 북쪽 벽면인 짚더미의 왼쪽을 향해 곧장 걸어갔다.

"성오야, 에미다, 에미."

과수원댁은 짚더미의 구석에다 대고 낮게 그러나 또렷한 음성으로 말했다.

"엄니요? 기둘리씨요."

짚더미 속에서 흘러나온 소리였다.

냄비를 바닥에 내려놓은 과수원댁은 허리 높이의 짚단 하나를 힘도 들이지 않고 뽑아냈다. 그리고 그 아랫것들도 들어냈다. 그런데도 천장 가까이까지 쌓인 짚단은 끄떡없이 그대로였다.

"엄니, 심드는디 가만있제 머 헐라고 짚단은 들고 그러요."

짚더미 속에서 얼굴을 쑥 내밀며 배성오가 말하고 있었다.

"워쩌끄나, 짚단 서너 개 드는 것이 심드는지 아는 효자가 워째 에미 애간장은 그리 태우는고?"

과수원댁은 아들을 향해 눈을 흘겼다. 그러나 눈자위에는 그지 없이 따스한 웃음이 어려 있었다.

"엄니도 참, 얼렁 들오씨요."

배성오는 과수원댁의 저고리 소매를 잡아끌었다.

"가만있거라, 요것 들어야 쓴다."

아들의 손을 뿌리친 과수원댁은 날랜 몸놀림으로 냄비를 들고 돌아섰다.

"고것이 멋이다요?"

"닭얼 한 마리 괏다."

"참 엄니도 태평시럽소."

"호랭이헌테 열 분 물려가도 정신얼 채려야 살드라고, 아무리 다급허게 쫓기는 몸이라도 닭 한 마리는 과묵고 떠나야제 기운얼 쓰제."

허리를 반으로 구부려 짚구덩이 안으로 비집고 들며 과수원댁은 중얼거리듯 말하고 있었다.

"얼렁 자리 잡고 앉으씨요. 문얼 막을랑께요."

왼손으로 짚단 하나를 들며 배성오가 말했다.

"어이 와, 닭얼 묵어야 쓴디 고걸 안 막으면 워쩌겄냐?"

"그러다가 누가 불쑥 들어와불면 워쩌고라?"

"컴컴헌 속에서 닭언 워치게 묵으라고 그러냐? 여그 들 올 사람 집에는 아무도 없다."

"지아무리 컴컴헌 속에서도 묵을 것은 다 코로 안 들어가고 입으로 들어가는 법잉께 하나또 염려 마씨요. 하나부텀 열꺼정 철저헌 방비가 최고요."

배성오는 빠른 동작으로 짚단을 쌓기 시작했다.

"참말로, 연필이 워디 있는지, 잡기장얼 워디다 뒀는지 사방팔방 몰르고 덤벙대든 것이 워찌 저리 야물딱지게 철이 들어뿌렀는지 모르겠네웨."

과수원댁은 정신없이 짚단을 쌓고 있는 아들의 뒷모습에 눈을 박은 채 중얼거리고 있었다.

높이가 앉은키보다 약간 높고, 넓이가 한 사람이 겨우 누울 정도인 짚굴은 위아래로 통나무가 받쳐져 있었다. 문은 짚단을 세 겹으로 서로 엇지게 쌓아올려 막았으므로 전혀 표가 나지 않았고, 일삼아 발길질을 하기 전에는 허물어질 염려도 없었다. 그것은 배성오가 이번에 단독으로 읍내 침투를 하게 되면서 하룻밤 동안에 만든 은신처였다. 짚단을 빼내면서 통나무를 받쳐들어간 그 작업은 땅을 파는 일보다 수월하게 해치울 수 있었다. 굳이 짚더미 속에다 은신처를 만든 것은 다른 은신처가 없어서가 아니었다. 그는 군경이나 청년단의 눈을 피하기 전에 먼저 아버지나 형의 눈을 피해야 했던 것이다.

"그 짚단만이라도 안 막으면 워쩌겠냐와."

세 겹의 짚단 중 맨 앞것을 막으려는 아들에게 과수원댁이 말했다.

짚굴 속은 이미 어둠침침해져 있었고, 마지막으로 그 세 겹을 막아버리면 빛은 완전히 차단되는 것이었다.

"묵을 것은 다 입으로 들어간당게요."

배성오는 퉁명스레 말하며 빠끔하게 뚫린 공간에 짚단을 우악스럽게 쑤셔박았다.

"워메!"

과수원댁은 왈칵 밀려드는 어둠을 느끼는 순간 반사적으로 냄비를 감싸잡았다.

"쪼깐 있으면 눈앞이 번허게 티이요."

자리를 더듬거려 앉으며 어둠 속에서 배성오가 말했다.

"뜨시고 존 방 다 놔두고 짚북데미 속에서 요것이 멋 허는 지랄인지 몰르겄다. 요리 고상혀서 무신 벼슬을 얻을 것이냐, 무신 상을 받을 것이냐."

과수원댁의 탄식 담긴 목소리에 냄비뚜껑 달그락거리는 소리가 섞였다.

"인민 해방얼 얻고, 영웅 칭호럴 받제라."

배성오의 목소리가 어둠 속에서 투박하게 울렸다.

"워따메 장허다, 내 아덜."

과수원댁의 비꼬는 목소리가 뒤따랐다.

그때 어둠 속이 확 밝아졌다. 배성오가 성냥을 켠 것이었다. 그는 담배에 불을 붙였다.

"요런 쥐콧구녕만 헌 굴속에서 연기가 워디로 가라고 담배럴 피냐. 그라고, 짚북데미에 불이 붙으면 워쩔라고 그러는겨? 니가 정신이 있냐 읎냐?"

과수원댁의 음성은 자못 사나웠다.

"엄니, 아무 걱정 마씨요. 연기야 지푸랑구 새로 솔솔 다 빠져나가게 되야 있고, 나가 요 고상 험시로 한때럴 못 보고 짜잔허게 담뱃불에 타죽을 상불르요?"

"말이나 못험사 밉지나 않제. 어여 담배 끄고 닭이나 묵어라. 국물 식어빠지면 묵으나 마난께."

"어두운디 국물 뜨거우면 묵기가 고약헌께 식으라고 쪼깐 더 두씨요."

"아니다, 손꾸락 담가봉께 지끔이 딱 묵기 좋다. 어여 손 일로 뻗어라, 냄비 여그 있다."

과수원댁은 오른손으로 냄비를 붙든 채 아들이 빨고 있는 담뱃불 쪽으로 왼팔을 뻗어 어둠 속을 휘저었다.

"봉사놀음 허는 것도 아니것고, 머 할라고 손얼 뻗고 말고 혀라."

다시 어둠이 밝혀졌다.

"욜로 냄비 옮기씨요."

성냥불이 꺼질세라 과수원댁은 냄비를 아들 앞으로 잽싸게 옮겼다.

"엎친디 꼭꼭 씹어묵어라."

어두워진 속에서 과수원댁이 말했다.

"엄니도 좀 잡수씨요."

"니나 이여 많이 묵어라. 해 떨어지자면 당아 멀었응께 찬찬히 꼭꼭 씹어서 국물꺼정 다 묵어. 그간 을매나 배럴 곯았겄냐."

"안 선생 엄니넌 만냈소?"

배성오의 말은 벌써 입에 먹을 것을 잔뜩 넣고 있는 소리였다. 그는 두 발바닥으로 냄비를 고정시키고는 손에 잡히는 대로 닭을 찢어 입에 몰아넣었던 것이다.

"잉, 안 선상 엄니가 금메 나가 올 줄 알았다는 것맹키로 큰돈얼 선뜻 내놓덜 않컸냐."

"돈은 무신 돈을요?"

배성오는 문득 씹기를 멈추었다.

"아들 치료비로 쓰게 해도람서 돈얼 내놓드란 말이다."

"을매를요?"

"쌀 열 가마니 값이라고 허드라."

배성오는 어금니를 물며 눈을 감았다. 가슴이 찡 울리더니 먹먹해져와 닭고기를 넘길 수가 없었다. 테러를 당하던 날 밤의 비명과 아직도 기동이 어려운 안창민의 모습이 겹쳐지고 있었다.

"나가 돈얼 잘못 받아 온 것이나 아닐랑가 몰르겄다?"

"아니요, 아니구만요. 잘 받아오셨어라."

배성오는 서둘러 대답하며 닭고기를 꿀떡 삼켰다. 피를 많이 흘렸을 것이고, 먹는 것도 부실하니 그 돈으로 보약을 먹이면 되겠구나, 생각하고 있었다.

"그 안 선상도 늙은 홀엄씨 속깨나 태우고 있드라. 그 노친네가 워낙이 엄전혀서 넘 앞에 눈물얼 쏟덜 안 혀서 그렇제, 전신이 눈물로 맥질이 되야······."

"엄니, 엄니, 나가 부탁헌 돈 워찌 되얐소?"

배성오는 어머니의 말허리를 자르며 거칠게 내쏘았다. 과수원댁은 그만 찔끔해져서 말꼬리를 삼켰다.

"어찌어찌 장만은 혔다."

"되얐소. 요분에 엄니가 아조 고상얼 많이 허셨소."

"말도 마라, 피 다 보타뿌렀다."

"엄니도 인자 당당헌 혁명전사가 되얐소."

"아이고메 이놈아, 꿈에라도 고런 징헌 소리 허덜 말어. 새끼 일이라 죽지 못혀 나선 것이제 빨갱이 돕자고 헌 일이 아닝께, 이 에미 속 똑똑허니 알아야 써."

과수원댁은 싸늘한 어조로 말했다.

"요분에 엄니가 일 척척 해내는 배짱 본께 나가 꼭 엄니럴 탁했는갑소."

"와따, 염병헌다!"

과수원댁은 어이없는 웃음을 흘렸다.

"다 장난말이고라, 워낙에 행편이 다급헌께 그랬제, 나라고 늙은 엄니헌테 그런 위험시런 일 시키고 잡겄소. 앞으로는 그런 일 다시 없을 것잉마요."

"나야 워쩌든 간에 암시랑 않다만 아부지나 느그 성이 못 당헐 고초 당허는 것이 애가 씨리다. 이참에도 느그 성이 조사럴 받고 야단났었다. 자꼬 그러다가는 읍사무소 쫓겨날란지도 모를 일이다. 워쩌냐, 여러 사람 살리는 셈치고……."

"엄니!"

배성오는 버럭 소리쳤다.

"아녀, 아녀. 나도 장난말이여."

과수원댁은 황급히 자신의 말을 수습했다. 지금 작은아들의 얼굴 모양이 어떨지 그녀의 뇌리에는 환히 떠올라 있었다. 이빨을 앙다물고 눈을 부릅뜬, 노서히 자신의 새끼로는 믿어지지 않는 험악한 모습일 것이었다. 큰아들에 비해 성격도 서글서글하고 정도 많은 편이어서 그녀의 마음자락은 어느 면 작은아들한테 더 기울어져 있었는지도 모른다. 그런데 작은아들이 공산당을 하고부터 그녀는 자신의 마음자락을 거두어야 한다는 서운함과 아픔을 겪고는 했다. 그 누구든 공산당을 못하게 하면 작은아들은 생판 딴사람으로 돌변하고 마는 것이었다. 공산당 사상이라는 것이 무엇인지, 제 아버지한테 몽둥이찜질을 그리 당하면서도 끝내 버리지 않은 것이었다. 속마음까지야 그럴까마는 남편은 자식 하나 없는 셈 친다고 한 지가 오래였다. 다 부질없는 짓인 줄 알면서도 한가닥 행여나 하는 마음을 떼치지 못해 또 그 말을 입 밖에 냈던 것이고, 오랜만에 입에 대게 한 닭을 그나마 못 먹이게 될까 봐 부랴부랴 자신의 말을 없는 것으로 해버린 것이다.

"시방 닭 묵고 있냐?"

"야아."

"목 미인디 국물 홀홀 마셔감스로 묵어라."

작은아들은 대꾸가 없었다. 새끼라는 것이 무엇일까, 과수원댁은 그 지향 없는 물음에 빠져들었다. 가랑잎처럼 파삭 시들어버린 안 선생 모친의 모습이 지워지지 않고 있었다. 아들이 건강하게 잘 있다는 말을 듣고 그 어쩔 줄 모르던 모습, 그것이 시작도 없고 끝도 없는 에미들의 마음인 것이었다.

아들이 국물 들이켜는 소리가 들렸다. 그려, 한 방울도 넘기지 말고 다 묵고 몸 실해야 쓴다. 염상진 대장도 안창민 선상도 똑똑 허기로 읍내서 꼽히는 사람덜인디, 공산당이 그리 나쁘기만 험사 그 똑똑헌 사람덜이 워째서 허겄냐. 서로가 나쁘다고 욕질에 총질 허기로 치자면 피장파장이다. 니가 바라는 대로 끝이야 보든지 못 보든지 간에 기운이 좋아야 당장 도망이라도 잘 칠 것 아니겄냐.

"여자가 있는 것도 아닐 것인디 솜옷은 워찌 그리 날래게 해입었 드라냐?"

"돈만 있음사 뛰는 호랭이 눈썹도 뽑소."

"솜옷 한 벌 혔는디 갖고 가그라."

"그러제라."

아들의 대답이 의외로 선선해서 과수원댁은 한 가지 더 욕심이 동했다.

"이불은 있나?"

"솜옷이 이불이요."

과수원댁은 이불을 주어 보낼 생각은 단념했다.

"행여라도 보릿짚 믿고 잠자지 말어라와."

"다 아요. 보릿짚은 냉해서 얼어죽소."

"그려, 볏짚허고는 달른께. 몸 숨키고 댕기자면 밥헐 적에도 싸리

나무만 때야 써. 그래야 연기가 안 난께."

"다 아요. 맹감나무도 내가 안 나요."

"맹감나무도? 고런 것얼 워찌 그리 다 아냐?"

"다 알게 되야 있소."

"산중에 칡 많겄제?"

"있겄제라."

"일삼아 칡얼 캐묵어라. 고것이 보약이다. 물이 오르는 이삼월 칡얼 음지에 말렸다가 가리럴 내서 한 주먹씩 묵으면 하로 세끼 굶어도 까딱읎다. 이삼월 솔잎도 그리허면 보약이고 임시변통 양식이 되나라. 괸 물언 묵지 말고 흘르는 물만 묵고, 시상읎이 춥드라도 땀 찬 발로 자버릇허지 말어. 땀 안 씻고 자다가는 영축없이 발꾸락에 얼음 백일 것잉께. 발꾸락·손꾸락·귀에 젤 쉽게 얼음 백이고, 얼음 백이기 시작했다 허면 문딩이가 따로 없응께. 그라고, 그라고……."

"나가 세 살 묵은 애기가 아닌께 인자 고만 허씨요."

니가 백 살얼 묵어도 이 에미 맘에는 세 살 묵은 애기여, 과수원댁은 속으로 안타깝게 부르짖었다. 일러 보낼 말이 끝없이 많을 것 같은데 막상 떠오르지가 않았다.

"인자 해가 떨어졌을 상불른디요?"

"국물도 다 묵었냐?"

"한 방울도 안 냄겼소."

"잘혔다. 나가 나가보고 올 것잉께 기둘리고 있거라."

"돈허고 짐언 워뒀소."

"돈언 여그 있고, 짐언 대밭에 내다놨다."

"얼렁 나갔다 오씨요."

배성오는 짚단을 허물기 시작했다. 조성에 침투한 강동식과 오금재에서 만나기로 되어 있었다. 강동식이 무사한지 궁금했고, 문기수가 대장의 명령을 제대로 수행할 것인지 염려가 되었다.

사방 벽을 따라가며 쌓아올려진 책들뿐 방에는 장식이라고는 아무것도 없었다. 벽지나 장판마저 낡을 대로 다 낡은 방에는 언제나 오래된 종이냄새가 매캐하게 감돌고 있었다. 비좁고 볼품없는 방인데도 발을 들여놓기만 하면 허리가 꼿꼿하게 긴장되고 어깨가 눌리는 압박감을 느끼게 되고는 했다. 그 원인이 무엇인지 더러더러 생각했고, 그럴 때마다 싱겁게 웃고 말고는 했다.

지금도 김범우는 주인 없는 방에 혼자 오두마니 앉아 여기저기 눈길을 보내며 또 그 생각을 하고 있었다. 저 예수상(像) 때문인가, 저 많은 책들 때문인가, 이 가식 없는 청빈 때문인가. 김범우는 고개를 저었다. 그 어느 것도 아니었다. 그리고 그 모든 것이 원인이었다. 꼭 하나로 원인의 대상을 밝히자면 그건 서민영일 수밖에 없었다. 예수도, 책도, 청빈도 서민영을 이루는 일부분들일 뿐 서민영 자체는 아니면서, 그 하나하나는 완전한 서민영을 표현해 내고 있었다. 예수상은 진정한 종교인 서민영을, 책들은 정직한 지식인 서민영을, 청빈은 진실한 사회인 서민영을 나타내고 있었다. 그 세 가지 복합체가 서민영이었고, 긴장과 압박감은 그 앞에서 생기는 것이었다.

김범우는 예수상을 물끄러미 올려다보고 있었다. 가시면류관을 쓴 고통스러운 모습의 예수였다. 서른세 살의 나이로 문둥이나 창녀·걸인 같은, 버림받은 자들의 편에 서서 스스로의 목숨을 버린 청순한 사나이. 가시면류관뿐인 생애를 살다가 끝내 십자가에 못 박히며 저리도 고통스럽게 죽어간 갸륵한 사나이. 스스로의 믿음을 지켜 육신을 버림으로써 인간의 역사 위에 영생의 삶이 무엇인지를 일깨워준 거룩한 사나이. 종교적인 위압감보다 인간적인 외경감으로 예수상을 올려다보며 김범우는 언제나 했던 생각을 되풀이하고 있었다.

예수를 인간적인 친근감을 가지고 대할 수 있게 해준 것이 서민영 선생이었다. 그분은 기독교사회주의와 무교회주의자답게 예수를 신앙적 대상으로 떠받들지 않고 실천적 선구로 따르려 하고 있었다. 그러므로 그분에게 예수는 내용이었지 형식이 아니었고, 풀어야 할 숙제였지 맹종해야 할 심판자가 아니었다. 김범우는 가시면류관을 쓴 똑같은 예수상 중에서도 저 벽에 걸린 예수상에 한층 친근감과 절실감을 느끼고 있었다. 그건 서민영 선생이 손수 그린 것이었다. 매산중학 시절에 꼬박 1년이 걸려 그렸다는 그 펜화는 헤아릴 수 없이 많은 선들로 이루어져 있었다. 그 무수한 선들이 모아져 예리한 가시가 돋친 면류관을, 방울져 떨어져내리는 핏방울을, 하늘을 우러르고 있는 슬픔과 고뇌에 찬 눈동자를, 생살이 찢기는 고통을 물고 있는 입을 그려내고 있었다. 그건 서민영의 그림솜씨를 나타내는 것이 아니라 믿음의 깊이를 나타내는 것이었다. 그 수많은 선들이 단순한 손재주로 그어진 것이라면 예수의 고뇌를 그처럼 생생하고 절실하게 표현해 내지는 못했을 것이라 싶었다. 그 선 하나하나에는 소년 서민영의 순수하고도 뜨거운 믿음이 응결되어 있었다. 어쩌면 어린 서민영은 예수를 그림으로 그린 것이 아니라 자신의 손으로 스스로의 영혼 속에 각인했는지도 모를 일이었다. 교회의 제도화된 종교적 권위를 배격하고 의식화된 맹신적 아집을 비판하면서 스스로를 버리는 생활로 일관하고 있는 오늘의 서민영 선생을 생각하면서 예수상을 바라보노라면 자연히 그런 느낌이 드는 것이었다.

김범우는 예수상에서 눈을 옮겨 책들을 찬찬히 훑어나갔다. 건성으로 보아넘기면 그 책들은 언제나 먼지를 뒤집어쓴 채 제자리에 쌓여 있을 뿐이었다. 그러나 유심히 보면 그 책들은 쉴 새 없이 위치 변동을 하고 있었다. 그건 서민영 선생이 끊임없이 책을 펼치고 무언가를 찾아헤매고 있다는 증거였다. 남들의 눈에는 그지없이 무질서해 보이는 그 책더미들은 서민영 선생에게만은 완전히 정돈된 상태였던 것이다. 그분은 필요한 책을 언제나 잠시도 지체하지 않고 뽑아내곤 하는 거였다. 책들은 대충 세 종류로 분류할 수 있었다. 농촌과 농업, 사상과 철학, 종교와 문학이었다. 그분은 정작 전공인 영문학 서적은 별로 가지고 있지 않았다. 스스로가 영문학을 전공한 것을 탐탁지 않게 여기는 것 같았고, 특히 미국에 대해서는 경멸적인 감정을 가지고 있었다. 황금만능을 앞세운 그들의 패권주의를 경원했고, 스포츠에 열광하는 그들의 단순한 행동성을 경멸하면서 경계했다. 미국이란 나라를 직접 경험한 김범우로서는 그 투시력 강한 안목에 머리를 숙일 뿐이었다. 그런데 그분의 서재에서 정말 소중하고 값진 것은 따로 있었다. 그분이 다각도로 수집해 놓은 자료들이었다. 톨스토이는 두 번 읽을 필요가 없는 책은 애당초 읽지를 않는다고 했는데, 서민영 선생의 서재에 쌓인 책들이야말로 몇 번씩이고 읽을 필요가 있는 것들이었다. 그러나 그 책들의 가치가 자료들의 중요성을 능가하거나 대신할 수는 없는 것이었다.

김범우는 서민영의 전갈을 받고 서재를 찾아온 것이다. 이런 일은 아주 드문 경우였다. 그래서 그는 약속시간보다 먼저 오게 되었고, 주인 없는 방에서 다른 때보다 더한 긴장감과 압박감을 느끼는지도 몰랐다.

"선생님, 계십니까? 저 손승흡니다."

조심성이 잔뜩 밴 손승호의 목소리였다. 손승호도 부르셨구나, 대체 무슨 일일까. 김범우는 순간적으로 생각했다. 그러나 전혀 잡히는 것이 없었다.

"손 군인가. 어서 들어오시게."

김범우는 서민영 선생의 음성을 흉내내고 있었다.

"예에……."

상체가 굽혀지는 느낌이 여실한 손승호의 대답에 뒤이어 쪽마루 삐걱이는 소리가 가늘게 들렸다. 김범우는 앉음새를 고쳐 허리를 펴고는 눈을 지그시 내려감았다.

"아니, 자네!"

"어서 앉으시게. 좀 늦었구만그래."

김범우는 눈을 감은 채 여전히 선생의 흉내를 내고 있었다.

"이 사람아, 어쩐 일인가?"

손승호는 김범우의 어깨를 흔들었다. 그때서야 천천히 눈을 떠 손승호를 올려다보았다.

"호출명령을 받지 않았나."

자네도 그렇겠지, 하는 말을 김범우는 눈으로 묻고 있었다.

"무슨 일이실까?"

손승호는 고개를 갸웃하며 자리를 잡고 앉았다.

"선생님이 곧 오실 테니 기다리기로 하고, 자네 머리의 상처는 괜찮은가?"

"그럼, 그때가 언제라고."

"그러고 보니 못 만난 지도 꽤 오래됐구먼. 그래, 어찌 지냈나?"

"나야 뭐 그렇지. 전 원장님 일로 자네가 애쓰고 있다는 소식 듣고 있네. 효과는 있겠는가?"

"그럴 것 같네."

"다행이군, 모두를 위해서."

두 사람의 대화는 여기서 끊겼다. 손승호는 망연한 눈길을 예수상에 보내고 있었다. 서민영과 마음의 끈이 연결되어 있는 사람은 누구나 이 방에 들어오면 예수상에 눈길을 보내게 마련이었다.

김범우는 이지숙을 생각하고 있었다. 여전히 불투명하고 해득이 어려울 뿐이었다. 구름에 가렸거나 안개에 싸인 것 같은 여자였다. 병원사건이 마무리될 때까지는 수시로 생각하지 않을 수 없는 존재였다.

"이런, 먼저들 와 있었구만그래."

서민영의 목소리였다. 두 사람은 튕기듯 일어났다.

"그냥 앉어들 있지 나오기는……."

두 사람은 토방으로 내려서 허리를 굽혔고, 서민영은 방으로 들어가라는 손짓을 하며 인사를 받았다. 의례적인 인사일망정 주인 없는 방에 먼저 들어가 있었던 실례를 아무도 입에 올리지 않았다. 서민영의 집은 언제나 사립문이 반쯤 열려 있었고, 인기척이 나면 아랫방에 거처하는 불구 노파가 문을 빠끔하게 열었다. 서민영이 머무를 때 끼니를 장만하는 것이 맡은 임무의 전부인 그 그림자 같은 노파가 문을 닫는 것으로 출입허가는 끝났다. 그 다음에 서재로 들어가는 것은 실례가 아닌 것으로 되어 있었다.

"내가 고흥에서 넘어오느라고 조금 늦었어."

서민영이 책상머리에 앉으며 말했다.

"선생님께서 늦으신 게 아닙니다. 저희가 빨리 온 거지요."

김범우가 건성으로 시계를 보며 말했다.

"그런가. 이게 농사진 곶감일세. 맛이 어떤지 하나씩 들어보시게."

서민영이 보자기를 두 사람 앞으로 밀어놓았다. 싸리꽂이에 꿰지 않고 말린 곶감이었다. 흰 분이 고르게 돋아 있는 곶감에는 잡티 하나 묻어 있지 않았다. 정성스럽게 다룬 청결감이 구미를 당기게 했다.

"어서 맛들을 봐. 먹으면서 내 이야기 듣게나."

두 사람은 곶감을 하나씩 집어들었다.

"내가 자네들을 보자고 한 건 다름이 아니라, 신설될 상업학교 문제를 의논하려 함이야."

김범우와 손승호는 약속이나 한 것처럼 서로를 맞쳐다보았다. 두 사람의 눈빛은 똑같이 의문에 차 있었다.

"학교 신설은 기정사실인 모양이고, 중요한 것은 교사진이 문제인데, 우리 읍내에 최초로 생기는 상급학교가 내실을 기하자면 실력 있는 올바른 교사들을 모으는 게 급선문데, 내 생각 같아서는 자네들 두 사람이 자리를 옮겼으면 싶으네. 의향들은 어떠신가?"

"그 일에 조한규가 설치고 있습니다."

손승호가 불쑥 한 말이었다. 선생님은 그 사실을 알고 계십니까? 하는 뜻이 분명한 손승호의 어투는 김범우가 듣기에도 민망할 지경으로 투박스러웠다. 마땅찮은 것을 참아내지 못하는 손승호의 성미가 그대로 드러나고 있었다.

"그자가 바람을 일으키기 때문에 자네들을 거기로 보냈으면 하는 거네."

서민영의 의도는 확실해졌다.

손승호는 고개를 수그렸다. 얼굴이 침울했다. 그런 그를 바라보며 김범우는 가만히 웃음 지었다. 이미 조한규의 제의를 물리친 그가 서민영 선생한테 똑같은 제의를 받고 얼마나 난감한 심정일까를 헤아릴 수 있었던 것이다. 제의는 같았지만 그 목적이 서로 다르기 때문에 거부도 다를 수밖에 없었다. 조한규는 자파세력으로 이용하려는 목적이었고, 서민영 선생은 조한규를 견제하려는 목적이었다.

"손 군이나 저는 벌써 조한규한테 부임 제의를 받고 거절한 입장입니다."

김범우는 이렇게 말함으로써 거부의사를 대신하고자 했다.

"벌써 그런 일이 있었던가……."

서민영은 무언가 생각하는 얼굴이 되어 고개를 주억거렸다.

"선생님, 제게 생각할 시간 여유를 좀 주셨으면 합니다."

손승호가 말했다. 그렇게 말할 수밖에 없으리라고 생각하며, 김범우는 잠자코 있었다.

"물론이네. 내가 강요하는 건 아니니까 두 사람 다 자유롭게 생각들을 해보게나."

서민영의 말은 오늘 자리를 함께하게 된 용건의 결론인 셈이었고, 두 사람은 같은 숙제를 받은 것이었다.

아무도 더는 말이 없었다. 어색스러운 침묵이 이어졌다. 분위기를 바꿔야 된다고 생각하면서도 김범우는 마땅한 화제를 찾지 못하고 있었다.

"선생님, 선생님께서는 어찌하실 겁니까?"

손승호가 고개를 들며 갑작스럽게 한 말이었다.

"내가⋯⋯."

무슨 뜻인가, 하는 얼굴로 서민영은 손승호를 쳐다보았다.

"선생님께서 교장 자리에 앉으시면 되겠습니다."

손승호는 엉뚱한 듯했으나 묘책 중의 묘책을 내놓고 있었다.

서민영은 아무런 반응이 없었다. 앉은뱅이책상에 시선을 던진 채 붙박인 듯 앉아 있었다. 그 침묵 앞에서 손승호는 자신이 너무 입바른 소리를 한 것이 아닐까 염려하고 있었고, 김범우는 손승호의 제안이 결코 받아들여지지 않으리라 짐작하고 있었다.

"그래, 자네 말뜻을 내 모르는 바 아닐세." 서민영은 앉음새를 고치며 손승호와 김범우를 차례로 눈여겨 쳐다보고는, "허나, 재목이란 다 제각각 쓰임새가 있는 법이야. 몸도 불편한 나로서는 지금 하고 있는 일이 최선이야. 내가 또 달리 하고자 하는 일이 있다면, 자네들 같은 젊은 인재들을 지원하고 면학능력이 있는 가난한 학생들을 위해 장학회 같은 걸 만드는 것이네. 나는 모든 면에서 일선 교육자로서 적임이 아니네." 차분한 어조 속에 거부의사를 분명히 담아 말했다.

"선생님께서 적임이 아니시라면 사범학교밖에 못 나온 저는 중학교 교사가 되기에는 기본자격 미비입니다."

빈틈이 없는 손승호의 반격이었다. 김범우는 속으로 빙그레 웃고 있었다. 서민영 선생의 말은 개인적으로 거부의사는 확실했지만 객관적으로 설득력이 약하다는 것을 느꼈고, 그 점을 손승호가 놓치지 않으리라고 예상했던 바였다. 그리고 손승호의 말도 현실성을 제거해 버린 억지였던 것이다. 사범학교를 나오면 소학교 교사자격을 갖게 되고, 중학교 교사가 되려면 전문학교 이상의 학력을 취득해야 한다는 원칙은 이미 해방과 함께 깨어진 것이었다. 일본인들이 쫓겨가고 나자 사회 각 분야에서는 인력공백 상태가 발생했다. 가장 심한 것이 행정조직이었고 그 다음이 교육계였다. 그런 인력부족 사태는 친일 공무원이나 경찰을 재등용시키는 그럴듯한 명분과 구실이 되었고, 교육계에서도 자격기준의 원칙이 자연스럽게 파기될 수밖에 없었다. 김범우 자신이 대학 중퇴의 학력으로 중학교 선생 노릇을 할 수 있었던 것도 그런 변동의 일환이었다. 사범학교 출신이라 하더라도 단기강습을 받고 소정의 시험을 거치면 얼마든지 국민학교에서 중학교로 자리옮김을 할 수 있었다. 그런데 손승호는 이런 현실적 여건을 묵살한 채 서민영 선생의 회피를 막고자 억지를 쓰는 것이었다.

"나는 나서려 하지 않고 자네들한테만 자리를 옮기라 하는 내 말이 납득이 안 될 수도 있겠지. 허나, 우리 각자가 처해 있는 입장을 한번 생각해 보세나. 나는 내가 이상하는 바를 실현시켜 보려고 벌여놓은 일이 있네. 자네들도 알다시피 교단을 떠나 그 일을 시작한 게 벌써 몇 년챈가. 그런데 그게 이제 겨우 싹이 트고 있는 형편이네. 열매를 맺자면 아직도 멀었는데 어찌 다른 일을 생각할 수 있겠는가. 쉬운 말로는 겸직하라고 할 수 있겠지. 그러나 그거야말로 쉬운 말일 뿐이고 두 가지 일을 다 망치는 교만이고 어리석음이네. 새삼스러운 말이지만 인간의 능력에는 분명 한계가 있는 법 아닌가. 하나님이 인간을 지으실 때, 한 가지 일에 겸허한 성실을 다하는 경우에만 당신을 닮게 하는 영광을 베푸셨고, 두 가지 일을 해낼 수 있다는 교만한 불성실을 결코 용납하지 않으셨네. 물론 이런 섭리는 인간에게만 국한된 것이 아니라 모든 생명 있는 것들에게는 균등하게 주어졌지. 동물의 제왕이라 일컬어지는 호랑이나 사자가 먹이를 사냥할 때 그 사냥감의 대소를 가리지 않고, 노루를 쫓을 때나 토끼를 쫓을 때나 힘의 경중을 두지 않고 최선을 다한다는 것이네. 그게 아마 하나님의 섭리를 따르는 성실한 삶의 본보기가 아닐까 싶어. 나는 내가 현재 서 있는 자리에서 해내야 할 책무가 있고, 자네들은 현직교사로서 좀더 뜻있게 바쳐야 할 노력이 있는 게 아니겠나."

김범우는 곁눈질로 손승호를 일별하며 속으로 웃고 있었다. 서민영 선생은 마침내 설득력 있는 논리를 전개한 것이고, 그것은 바로 손승호가 내놓은 묘책의 와해였던 것이다.

손승호는 아무 할 말이 없었다. 서민영 선생의 말 앞에서는 언제나 그랬다. 논리적이기에 앞서 교훈적이고, 설득적이기보다는 대화적인 그분의 말에 이의를 제기할 수 없이 압도되는 것은—설득되는 것이 아니라 분명 압도였다—그분이 가진 진실의 힘 탓이었다. 자신이 공산주의에 등 돌리게 된 것도 그분의 영향이 컸음을 손승호는 자인하고 있었다. "하늘이 세상만물을 창조하실 때 상호간에 조화와 균형을 이루며 생존해 나갈 수 있는 질서와 지혜를 주셨지. 그 질서를 인간의 말로 하자면 먹이사슬이고 지혜는 동면을 위한 영양섭취나 갈무리가 되겠지. 그런데, 만물 중에서 유일하게 하늘의 뜻을 거역한 존재가 일찍부터 있었어. 그게 바로 인간이야. 하늘이 내린 지혜를 활용하되 탐욕적 이기(利己)를 채우는 무기로 악용하기 시작한 거야. 인간의 역사란 탐욕을 채우기 위해 지혜를 악용해 가며 인간끼리 살육을 되풀이해 온 기록에 불과해. 뱀이나 개구리가 동면을 위한 영양섭취를 하나 다음 해 봄까지 빈사상태로 견딜 수 있을 정도만 하는 것이고, 개미나 벌이 겨우살이 갈무리를 하지만 마찬가지로 해동이 될 때까지 필요한 최소량의 먹이만을 보관해. 그런데 인간은 어떤가. 다음 해 봄까지가 아니라 자신의 평생을 위해, 그것만으로도 모자라 자손대대로 이어질 갈무리를 하고자 탐욕한 것이야. 그 탐욕의 부가 상대적인 빈을 낳게 되고, 더 큰 탐욕을 채우고 지키기 위해 필연적인 폭력이 조직화되고, 그 폭력에 대항하고자 하는 또다른 힘이 결속됨으로써 필연적으로 살육이 자행되는 것 아닌가. 먹이다툼을 해서 동류끼리 살육을 자행하는 것도 인간뿐이야. 동물끼리 상대방의 생활터전이나 사냥터를 침범하지 않는 것은 모든 동물들의 불문율이네. 동물들이 동류끼리 싸우는 경우가 있긴 하지. 그러나 그건 먹이 때문이 아니라 암컷을 차지하기 위한 수컷들의 힘겨룸이지. 힘세고 건강한 수컷이 암컷을 차지함으로써 우량한 새끼를 낳게 하려는 것, 그것이야말로 싸움이 아니라 종족보존을 위한 신성한 의식 아닌가. 그런데 인간들이 스스로를 일컬어 뭐라고 했지? 만물의 영장이라고 하지 않았나. 그건 신의 섭리를 거역한 존재로서 당연히 저지르게 된 자만이야. 탐욕과 자만으로 가득 찬 인간사회는 착취를 위한 폭력이 조직되고 상대적으로 인간의 노예화와 굶주림이 상습화되었네. 모든 만물은 신의 섭리에 따라 골고루 나눠 먹고 겨울을 무사히 넘기는데 인간만은 헐벗고 굶주려 죽어갈 수밖에 없게 된 거야. 그건 인간들 스스로가 만든 지옥이지. 그 지옥 다음에 올 것이 무엇이겠나. 파멸이지. 그 극점에 이르러 하나님은 인간들을 일깨우고 구원하기 위해서 예수를 보내신 거야. 하나님께서 예수를 통해 하신 말씀이 '서로 사랑하며 고루 나누어 먹으라'는 것이었네. 곧, '박애의 실천'으로 스스로 만든 지옥에서 벗어나 천국을 얻게 되리라는 일깨움이었지. 그러나 인간들은 그 일깨움을 알아듣지 못했어. 심지어 하나님의 말씀을 지키고 실천한다는 성직자들까지 인간의 탐욕과 자만을 키워 하나님을 욕되게 했네. 중세 암흑시대가 그 좋은 증거 아닌가. 성직자들까지 그 모양이었으니, 인간이란 과연 어디까지 신뢰할 수 있는 존재인지 회의로워. 나 스스로부터 말이야. 그런 회의를 바탕으로 하여 보자면 인간의 역사는 끝없이 발전한다는 변증법적 논리나, 물질중심의 가치체계로 인간세상의 모든 문제를 해결하려고 드는 유물론이나 다 동의할 수가 없어. 난 크리스천 입장에서 신의 존재를 부정하는 유물사관이나 마르크시즘을 상대적 감정으로 비판하려는 것이 아니야. 지배와 피지배로 얼룩져 온 인간사의 과정을 통해 볼 때 그런 것들의 발생은 충분한 당위성을 가지고 있어. 또, 인간사의 모순을 해결하고 불합리를 개혁하고자 하는 노력의 일환으로 그런 것은 소중하고 값진 거지. 그러나 인간이 만들어내는 그 어떤 새로운 주의나 주장이라 하더라도 인간의 문제를 근본적으로 해결할 수가 없고, 인간의 행복을 절대적으로 보장할 수가 없네. 왜냐하면 인간이란 탐욕과 자만을 근본적으로 버릴 수 없는 존재이기 때문이야. 인간이 탐욕과 자만을 버리지 못하는 한 제아무리 새로운 주의나 사상을 내세워도 거기에는 또다른 모순과 불합리를 내포하게 마련이야. 마르크시즘은 핍박받는 민중을 혁명세력으로 응집시킴으로써 최초의 불꽃이 되었고, 혁명을 성취시킴으로써 최후의 불꽃이 되었네. 공산주의 정치체제를 수립함으로써 마르크시즘은 정작 살해당하기 시작한 거야. 프롤레타리아 독재를 내세움으로써 새로운 지배계층이 형성되었고, 그에 따라 공산주의적 계급사회가 이루어지면서 공산주의적 귀족이 생겨나게 되었지. 그리고 전인류적 인민해방이라는 미명하에 코민테른이란 국제조직을 만들어 세력 팽창을 꾀했는데, 소련의 그 팽창주의가 황금만능이란 자본주의를 앞세운 미국의 패권주의와 어떻게 다른지 나로선 구분이 안 되는구면. 자본주의든 공산주의든 근본적으로 신뢰할 수가 없고, 그 어떤 것도 인간의 문제를 해결할 수가 없네.”그래서 그분은 기독교사회주의의 실천이 그 길이라 믿고, 자신의 농토를 공동소유화해서 몸소 농사를 짓는 생활을 한다는 결론이었다. 그분을 교장 자리에 끌어내고자 했던 자신의 의도가 얼마나 얄팍한 것이었나를 생각하며 손승호는 그분이 전에 했던 말을 새롭게 되새기고 있었다.

　“자네, 무슨 생각을 그리 하나.”

김범우가 손승호의 허벅지를 찔벅였다.

"아니네, 그저······."

손승호는 생각을 떨치며 자세를 고쳤다.

"자네들 말이야, 그냥 내 생각을 부담 없이 피력한 것뿐이니까 자네들도 그저 부담 없이 들어주면 좋겠어. 내가 괜한 소릴 한 것이나 아닌지 원."

"마음 쓰지 마십시오. 선생님." 김범우는 고개를 숙이고 예를 갖추며 말했고, "저희들이 자리를 옮기든 안 옮기든 그 문제와는 별도로 조한규 같은 위인이 만약 교장이 된다면 그건 참 곤란한 문제가 아닐까 합니다." 손승호가 심각하게 말했다.

"그리는 안 될 것일세."

서민영은 단호하게 고개를 저었다. 김범우와 손승호는 동시에 눈길이 마주쳤다. 그리고 같은 느낌을 교환했다. 그분의 단호한 태도는 학교 신설문제에 쏟고 있는 관심의 정도를 나타내는 것이었고, 한편으로는 행정적인 어떤 영향력을 행사할 수 있다는 표현이기도 했던 것이다. 학교 신설에 대한 그분의 관심은 당연한 것이었다. 그분은 조국독립의 방법으로 도산 안창호의 교육준비론에 결코 동조하지 않는 입장이면서도 가르침에 대한 열성은 대단했었다. "그대들이 공부를 하지 않으면 도대체 뭘 할 것인가!" 영어공부에 게으른 학생들을 향해 그분은 울부짖듯 했고, 끝내는 회초리를 들고 들어와 자신의 장딴지에 피멍이 들도록 회초리질을 해댔던 것이다. 그때서야 비로소 학생들은 "······도대체 뭘 할 것인가!" 하는 그분의 애타는 말에, "그대들이 공부를 하지 않으면 독립운동을 할 것 인가!"라는 의미가 감추어져 있음을 깨닫게 되었다. 독립운동을 못 할 바에는 공부나 열심히 해야 할 것이 아니냐는 그분의 자학적 회 초리질은 학생들에게 무서운 경종이 되었다. 그 일이 있은 후로 그 분의 별명은 '재림예수'가 되었다. 공부에 등한한 학생들의 잘못을 벌하는 대신 자신의 몸에 회초리질을 가한 것은 예수가 모든 인간 의 죄를 스스로 지고 십자가에 못 박힌 것과 같다는 뜻이었다. 그 것은 결코 비아냥거림이 아니라 존경의 뜻으로 붙여진 별명이었다. 그분을 대하는 학생들의 태도가 일변한 것이 그 증거였다. 그분은 학교에서 열성적으로 가르치는 것만이 아니라 야학을 운영했고, 해 방이 되고 나서 지금까지도 고흥과 벌교에서 야학을 계속해 오고 있었다.

서민영 선생의 뜻밖의 제의로 김범우는 마음의 갈피가 헝클어짐 을 느끼고 있었다. 교직에 계속 머무를 것인지, 아버지의 지시를 따 라 만학(晚學)을 해야 할 것인지를 결정하지 못하고 있는 상태에 서 그분의 제의는 또 하나의 문젯거리였다. 그는 자신의 의식이 정 치·사회적 미궁 속에서 질정 없이 부동(浮動)하고 있음을 잘 알고 있었다. 중단된 공부를 계속하라는 아버지의 뜻도 결코 우연한 것 이 아니었다. 아버지는 자신의 관심이 어디에 쏠려 있는지 정확하 게 파악한 것이고, 혼란한 시류에 잘못 말려들 위험을 사전에 막고 자 함이었다. 그러나 자신의 정치·사회적 관심은 단순한 호기심의 발동이거나 졸렬한 소영웅심리의 충동이 아니었다. 공부를 계속한

다 하더라도 그 관심의 도는 엷어질 수가 없었다. 그건 전공 그 자체였던 것이다.

"선생님, 앞으로 김구 선생의 입장은 어떻게 되겠습니까?"

김범우는 화제도 돌릴 겸 하여 평소부터 마음에 담아왔던 문제를 꺼냈다.

"백범의 입장? 글쎄에…… 그건 이 나라 장래가 어찌 될 것인가 하는 문제만큼이나 예측하기 지난한 문제 아니겠는가?"

서민영은 신중한 태도를 취하며 반문했다.

"예, 제 식견으로는 전혀 판단이 안 됩니다. 선생님께서 좀 정리를 해주시지요."

"글쎄에…… 낸들 뭘 알 도리가 있겠나. 그저 한 가지 자명한 사실이 있다면, 그분의 정치적 입장이 임정을 외롭게 지킬 때보다 더욱 외롭게 되리라는 점이지."

"예, 그 문제와 연관해서, 백범이 좀더 나라의 장래를 길게 내다보고 지난 선거에 참여해 국회를 장악한 다음 이승만의 독주를 견제했어야 한다는 비판이 점점 커지고 있습니다."

"그래, 백범이 우남보다 정치역량이 한 수 낮다, 백범은 우남에 비해 국제정치 기류의 파악능력이 모자란다, 백범은 혁명가일 뿐이고 정치가는 역시 우남이다, 별의별 말들이 다 많지. 허나, 그런 대조 비교는 양지쪽만 찾아 혈안이 된 현실주의자들의 얄팍한 입놀림에 지나지 않는 것이네. 백범과 우남은 민족관이나 국가관이나 정치관이 당초부터 판이한 극과 극이었으니 대조하고 비교하는 것부터가 어불성설일세. 두 사람의 차이는 신탁통치 반대서부터 확연하게 드러났네. 백범의 반탁은 또다른 형태의 식민지 상황을 용납할 수 없다는 것이었고, 우남의 반탁은 자신의 집권욕구를 하루라도 빨리 앞당기려 함이 아니었나. 여기서부터 백범은 역사적 대의명분의 길을 택했고, 우남은 반역사적 소아이익의 길을 택했네. 좌익진영의 찬탁과 우익진영의 반탁이 엇갈리는 소란 속에서 이승만 중심의 남한정부 단독수립이 싱가포르 통신을 통해 들어온 것이 1946년 4월이었고, 우남은 마침내 6월 3일에 남조선만이라도 즉시 자율적 정부를 수립해야 한다는 그 유명한 '정읍 발언'을 한 것이 아닌가. 백범의 입장에서 보면 그 발언은 곧 민족분단의 획책이었지. 같은 민족이 서로 상대되는 주의를 앞세워 정권을 수립함으로써 필연적으로 민족분단을 야기시킨다, 그건 백범으로서는 절대로 용납할 수 없는 대사건이었지. 식민지시대에도 민족의 분단은 없었으니까. 그때부터 백범과 우남은 서로 등을 돌릴 수밖에 없었고, 백범은 민족분단을 막고 통일조직을 이룩하기 위한 일념으로 금년 4월의 남북협상까지 분투했던 것이고, 우남은 자신의 집권만을 조직화한 것 아닌가. 백범이 미·쏘 양군의 철수와 남북 지도자 간의 협상에 의한 자주적 통일정부 수립을 주장하게 되었을 때, 이승만과 한민당 계열은 백범의 그런 구상이 비현실적이라고 일제히 비난을 하지 않았나. 그때 백범이 기자회견을 통해 한 말, 그것이 백범의 진실이고 사명감이었네. 자네도 기억하겠지?"

"예…… 우리는 현실적이냐 비현실적이냐가 문제가 아니라 그것이 정도(正道)냐 사도(邪道)냐가 생명이라는 것을 명기해야 합니다. 이 대목만 겨우 기억하고 있습니다."

"바로 핵심을 기억하고 있구먼. 민족일체의 자주독립을 정도로 본 백범은 그것을 저해하는 다른 모든 행위를 사도로 취급한 것이었네. 미·쏘가 분할점령한 상황은 뜻을 합쳐 자주독립을 추구할 시기이지 분열을 해가며 권력쟁취를 시도할 시기가 아니라는 판단인데, 민족사적 입장에서 볼 때 그야말로 탁견이고 진실이 아닐 수 없네. 백범의 그런 진실은 '삼천만 동포에게 읍고함'이라는 성명서로 이어지고 있지 않나. 권력에 대한 인식에 있어서 백범과 우남은 본질적으로 다르네. 그건 자네도 알겠지만, 임정 초기에 이미 나타나지 않았나. 백범은 임정 청사의 '문 파수'를 자청했는데, 우남은 대통령이 아니면 임정 참여를 절대 수락할 수 없다고 했으니까 말이야."

"예, '白凡'이란 호에서도 그분의 그런 겸양은 잘 나타나고 있습니다. 외람된 말씀입니다만, 김구 선생의 정치능력은 어떻게 보십니까?"

"글쎄, 그것참 관심 가는 문제로구만. 백범의 정치능력이야 잘 모를 일이지만 정치적 끈기만큼은 아마 당할 사람이 없지 않나 싶으이. 이동녕 선생과 함께 30여 년간 임정을 끝까지 지켜낸 것이 그 좋은 증거겠지. 과욕을 부리지 않았을지 모르지만 정치적 욕구도 끈기만큼이나 강했다고 보아야지. 임정의 경무국장으로 출발해서 노동국총판, 내무총장을 거쳐 국무령이라는 최고의 자리에 올랐고, 다시 국무위원이 되었다가 주석의 자리에 올랐거든. 그런 전력을 헤아려 그분의 정치능력을 자네 나름으로 생각해 보게나."

"그런 전력을 가진 분이 정권쟁취의 기회를 단호하게 외면했다는 것은 장하고 훌륭한 일이 아닐 수 없습니다."

"그렇지, 그리 보아야 백범의 값을 제대로 평가하는 거겠지. 헌데, 우남의 행동은 정반대였네. 참 유감스럽게도 대중들이 우남을 훌륭한 독립투사로만 알 뿐 그 비행은 거의 모르고 있다는 것이 문제일세. 이제 조심스럽게 알려지고 있는 사실이지만, 우남은 상해 임정의 수반이 될 때부터 말썽이 많았지 않았나. 그가 수반이 되는 것을 적극적으로 반대한 분이 단재 신채호 선생인데, 미국 정부에 한국의 위임통치를 청원한 매국노 이승만을 어찌 수반으로 앉힐 수 있느냐는 것이었지. 그러나 국제외교를 통한 독립획득이라는 외교론 쪽이 우세하여 이승만이 수반으로 결정되었네. 물론 미국의 국제적인 영향력을 감안한 조처였지. 이에 분개한 단재는 임정과 관계를 끊고 세상을 떠날 때까지 등을 돌리고 말지 않았나. 대통령에 취임하기 위해 미국에서 상해 임정으로 온 이승만은 얼마 머물지도 않고 다시 미국으로 돌아가고 말았네. 미국 교포들이 모금해 준 독립자금을 우남이 유용하고 말았다는 사실이 뒤늦게 밝혀지는 가운데, 조선 민족의 이름으로 미국 정부에 낸 위임통치 청원서 문제가 계속 파문을 일으켜 마침내 탄핵재판소가 개정되었고, 이승만은 대통령직에서 파면되는 선고를 받았지. 그런 이승만이 해방과 함께 미국의 힘에 얹혀 민족의 영웅이 되어 귀국해서

민중 앞에 군림하지 않았나. 백범과의 사이에 남한만의 단독선거에 대한 공방이 치열해졌을 때 우남은 임정의 법통을 부인하는 공개연설을 했지. 그리고는 대통령에 취임하면서는 임정의 법통을 이어받았다는 정통성을 앞세웠어. 그게 우남의 면모야. 우남이 35년에 걸쳐 망명 항일투쟁을 했다는 사실은 인정하고 존중해야겠지. 허나, 한편으로 생각하면 문제가 없는 것도 아니네. 상해 임정에 잠시 머물렀던 것을 제하면 그는 위험의 무풍지대인 미국에서만 살았던 것이 사실이야. 그가 내세운 외교독립론은 허황되기 짝이 없는 것이었으니 말이야."

"참 주제넘는 말입니다만 임정의 역할에 대해서도 저는 회의적입니다. 30여 년의 세월에 비해서, 비록 망명 임시정부라 하더라도 성취한 일이 너무 미미하다는 느낌입니다. 정부다운 독립운동의 조직화도 이루지 못했고, 정부로서 국제적인 인정도 받지 못했고……."

김범우는 흔들리려는 감정을 자제하느라고 말을 중단했다. 정부가 없다는 이유로 포로취급을 당했던 그때의 분노가 되살아나려고 했던 것이다.

"그건 한마디로 말하기는 복잡하고 어려운 문제일걸세. 우리의 역사에서 식민지시대를 지울 수 없듯이, 독립운동사도 빼놓을 수 없이 위대하고 소중한 민족사인 동시에 민족유산이 아니겠나. 앞으로 두고두고 조사 연구해야 할 부분이네. 그 일이 바로 자네 같은 젊은 역사학도들이 해내야 할 임무가 아니겠나. 필히 명심하게나."

서민영은 김범우의 눈을 응시했다. 김범우는 생빛 한줄기가 번쩍 의식을 관통하는 것을 느꼈다. 그는 눈을 감았다. 서민영 선생의 견고한 모습이 그대로 망막에 남아 있었다. 공부를 계속해야 할 이유와 그 방향을 찾은 것 같은 느낌이 스쳐갔던 것이다.

"상해 임시정부의 기능이나 업적에 대해선 논란의 여지가 많네. 그러나 식민지국가로서 망명 임시정부 하나 갖추지 못했다고 생각해 보게, 우리 민족의 꼴이 뭐가 되었겠나. 상해 임시정부를 세움으로써 우리 민족이 독립과 자유를 쟁취하고자 한다는 결의를 세계적으로 보여주었고, 그것은 또한 전통적 독립국임을 입증하고 체통을 세우는 일이었네. 그것만으로도 임정의 가치는 우선 평가해야 할 것이네."

"선생님, 결국 국토고 민족이고 두 쪽이 나고 말았습니다. 앞으로 어떻게 될지가 더 문제 아니겠습니까?"

돌덩이처럼 앉아 있던 손승호가 불쑥 한 말이었다.

"그렇겠지. 허나, 아까도 말했지만 그건 예측 불가능한 문제 아니겠나. 남한만의 단선을 실시하려는 유엔 한국위원단을 향해 백범은, 우리의 국토를 양단시킴으로써 민족을 분열시키어 동족상잔의 비극을 초래하려 한다고 공박했지. 나로서는 그 판단 이상은 할 수가 없구먼그래."

"국토양단, 민족분열, 동족상잔……."

손승호는 글을 갓 깨친 어린이가 책을 읽듯 한마디, 한마디를 또박또박 되뇌고는, "인제 한 가지만 남은 셈이로군. 아니, 그것도 아

닌데, 지금 서로 죽이고 죽고 잘들 하고 있는 판이군그래." 비웃음
서린 얼굴로 중얼거리고 있었다.

"선생님, 분단이 기정사실이 된 마당에 다 부질없는 소리긴 합니
다만, 아무리 미·쏘의 힘이 작용하고 있다고 해도 분단을 막을 다
른 무슨 방법이 없었을까요?"

김범우는 화제를 새로운 방향으로 돌리고 있었고, 손승호는 그
런 김범우를 피곤한 눈길로 바라보았다.

"그래, 그건 현시점에서 불필요한 것 같은 말이지만 사실은 우리
에게 가장 필요한 자문(自問)인 것일세. 민족의 장구한 미래를 내다
보고, 민족적 양심을 가지고 그 자문을 진실하게 계속할 때 민족
일체의 길이 모색되는 것 아니겠나. 우리의 현실을 단적으로 진단
하자면, 민족을 위한 이념이냐, 이념을 위한 민족이냐, 두 갈래 길
일 것이네. 전자를 택하는 경우 민족은 하나가 되고 선택할 이념
도 다양해지고, 후자를 택하는 경우 민족은 분열되고 이념도 선택
의 여지가 없어지고 마는 거지. 일단 우리는 후자의 길로 들어서고
말았네. 그러므로 그 자문은 더욱 필요하게 되었네. 민족이란 물줄
기와 같은 것이지. 바위를 만나면 갈라지기도 하고, 무른 땅을 만
나면 스미기도 하지만 끝내는 합쳐져 하나로 흐르는 물줄기 말이
야. 어떤 정치이념이나 조직화된 폭력이 한 민족을 영원히 갈라놓
을 수 없다는 것은 세계 도처의 역사가 입증하는 바이네. 자네가
찾고자 하는 '다른 무슨 방법'이란 다른 말로 바꾸면 현재의 분단
상황에 대한 비판과 원인규명이 되겠는데, 그건 성급하게 될 일이

아니라고 생각하네. 내 나름대로도 생각해 보았지만, 그건 외적 내적, 종적 횡적으로 얽힌 그야말로 복잡미묘한 문제일세. 그 문제도 두고두고 검토 연구해야 할 과제일 것이네. 지금 앞에 놓인 것은 현상일 뿐 감추어진 것이 너무나 많지 않은가."

"선상님, 저녁진지 다 되얐는디요."

쪽마루에 상 놓이는 소리와 함께 노파의 갈라진 음성이 밖에서 들려왔다.

"벌써 그리 되었나."

서민영은 눈을 좁히며 방 안을 휘둘러보았고, 김범우는 빠른 동작으로 방문을 열었다. 조촐한 밥상 위에 어스름이 묻어 있었다. 서민영 선생을 만나면 언제나 이런 식이었다. 그분은 무심하다고 할 정도로 말이 없으면서도, 무언가를 알고자 하는 물음 앞에서는 온 성의를 다해 긴 시간을 할애하는 것이었다.

김범우는 상을 들여왔고, 손승호가 방문을 닫았다.

"소찬일세, 어서들 들게나."

숟가락을 얼굴 높이로 들어 잠시 멈추고 나서 서민영이 말했다. 얼핏 보아서는 눈치를 챌 수 없도록 짧은 그 순간적인 동작은 기도였던 것이다. 그의 말에는 언제나 하나님의 말씀이 섞여 있었으나 그 누구에게도 '예수를 믿으라'고 직설적으로 말한 적이 없었다. 무교회주의자다운 태도였다.

반찬은 언제나처럼 간소했다. 김치와 시금치나물, 간장 한 종지가 전부였다. 그리고 잡곡밥과 뜨물로 끓인 콩나물국이 각각 놓여 있었다. 간소하다기보다 빈한에 가까운 이 식사가 언제나 달고 맛있게 느껴지는 까닭을 김범우는 신기해하고는 했다.

"선생님, 아까 단재 말씀을 잠깐 하셨는데, 저는 그분에 대해서 별로 아는 것이 없습니다."

첫술의 밥을 삼킨 김범우가 말했다.

"그럴 테지. 그분은 1936년에 돌아가신 데다가 자넨 어린 나이였으니까. 그분의 글을 대충 모아놓았으니 필요하면 가져다가 읽게나. 독립운동에 몸 바친 훌륭한 분들이 많지만 단재 선생은 그중에서도 출중한 분이셨지. 사학자고 독립투사며 문장가고 논객이었는데, 그분은 어느 한 부분에서도 소홀함이 없었네. 민족의 자존을 일으킨 투철한 사관은 단재사학의 산맥을 이루었고, 민중을 힘의 주체로 파악하고 끝까지 행동투쟁을 벌인 독립운동은 가히 독립투사의 본보기가 아닐 수 없네. 우남이야 말할 것도 없고, 백범이다, 도산이다, 그 누구든 단재 옆에 서면 빛이 바랠 수밖에 없는 노릇일세. 나도 감옥살이를 해봤지만, 변호사를 거부한 채 법정투쟁을 벌여 10년 형을 받았고, 겨울이면 영하 20도까지 내려가는 혹한에 시달리며 지장 하나만 찍으면 가출옥을 시켜주겠다는 끊임없는 유혹을 뿌리치며 어찌 8년 세월을 견뎌낼 수 있었는지, 그 사실 하나만 가지고도 숙인 머리를 들 수가 없을 지경이네. 끝끝내 옥사하고 만 그분의 영혼이나, 도처에서 이름 없이 죽어간 수많은 희생들 앞에 오늘의 현실은 치욕일 뿐이고, 우리들 모두는 죄인일 따름이지."

서민영의 음성이 가라앉고 있었다. 손승호가 젓가락 끝으로 김범우의 허벅지를 쿡쿡 찔렀다. 그리고 눈이 마주치자, 아무 말도 하지 말라는 눈짓을 해보였다. 김범우는 무슨 기분전환이 될 만한 화제를 찾고자 했으나 이상하게도 머릿속은 점점 비어가고 있었다.

28

아부지는 얼굴도 몸도 뻘건 디는 하나또 읎는디 워째 사람들은 아부지보고 빨갱이라고 헐까?

　북쪽 징광산 줄기를 넘어온 바람이 낙안벌을 달음박질쳐 포구로 몰려들고 있었다. 썰물진 포구에 가득 찬 바람은 갈숲을 성가시게 흔들어대고, 물살을 못 견디게 괴롭히며 선수머리로 빠져나갔다. 거친 바람결에 시달리는 갈숲에서는 마르고 억센 잎들이 서로 비벼대 서걱거리는 소리가 끊임없이 파문지고 있었다. 바람이 심할수록 날카로워지고 음산해지는 그 소리는 깊은 병을 앓는 신음소리 같기도 했고, 한스런 가슴앓이를 못 견뎌하는 여인의 울음소리 같기도 했다. 바람이 센 어두운 겨울밤이면 그 소리는 유독 치렁치렁하게 머릿단을 풀어 포구에 넘쳐났다. 언제부터인지 모르게 그 소리는 바다에 빠져 죽은 혼령들이 추위에 쫓겨 뭍으로 올라오며 떠는 소리라는 말이 퍼져 있었다. 그래서 그런지 어두운 겨울밤 방죽길을 걷는 사람은 드물었다.

갈대의 마른 꽃술들은 잎들보다도 몇 갑절 심하게 바람을 타고 떨었다. 갈숲을 뒤흔든 바람은 잇따라 수면을 거칠게 핥아댔다. 바람에 부대낀 물살은 잘게 쪼개지고, 서편으로 기웃한 햇살이 그 물조각들에 부딪쳐 수없이 많은 금가루를 뿌렸다. 수면이 금빛으로 반짝거림에 비해 거무튀튀한 색깔의 뻘밭은 빈 운동장처럼 넓고 썰렁하게 펼쳐져 있었다. 여름 뙤약볕 아래 그 많던 꽃게도, 크고 작은 바닷벌레도, 발이 수십 개 달린 갯지렁이도 보이지 않았다. 모두 추위를 피해 뻘 속 어딘가로 숨어든 것이었다. 뻘밭 여기저기에 뚫려 있는 빠끔빠끔한 구멍들이 바로 꽃게의 집이었다.

덕순이와 광조는 철도를 넘어 방죽길을 걷고 있었다. 광목저고리에 검정색 몽당치마를 입은 덕순이는 단지를 안고 있었다. 속옷을 입고 버선까지 신기는 했지만 속옷이 짧아 걸음을 옮길 때마다 속옷과 버선목 사이로 장딴지가 얼핏얼핏 드러났다. 드센 바람결에 단발머리와 몽당치마가 어지럽게 나부꼈다. 덕순이를 뒤따라 종종걸음을 치고 있는 광조는 꾀죄죄하게 때가 낀 수건으로 귀를 싸매고 있었다. 일본 군복을 뜯어 만든 광조의 옷은 한복도 아니고 양복은 더구나 아닌 얼치기였다. 재봉틀이 있을 리가 없는 죽산댁이 모양새야 볼 것 없이 추위막음만을 생각해서 손수 지어 입힌 옷이었다. 둘이는 참게를 잡으러 가는 길이었다. 몸살을 며칠째 앓고 있는 죽산댁은 고열에 시달려 입맛까지 완전히 잃고 있었다. "진간장에 푹 담군 참게다리나 씹으면 입맛이 돌아슬란지, 원……." 죽산댁은 밥상을 밀치며 무심코 말했고, 덕순이는 어머니 몰래 참게를 잡으러 나서게 되었다.

"당아 멀었는가?"

광조가 빽 소리를 질렀다. 덕순이는 얼른 뒤돌아섰다. 벌써 두 번째 하는 투정이었다.

"쪼깐만 더 가면 되야. 다리 아푸냐?"

심통이 난 동생의 얼굴을 들여다보며 덕순이는 온정스럽게 말했다.

바람에 날리는 머리카락 사이로 드러난 까칠한 얼굴에는 목소리만큼 따스한 웃음이 담겨 있었다.

"아까도 쪼깐, 또 쪼깐, 나 발 아퍼 죽겠단 말이여어!"

광조는 두 발을 굴러댔다.

"인자 참말로 쪼깐만 가면 되야. 손잡고 싸게 가자."

덕순이는 동생 앞으로 손을 내밀었다.

"참말이여?"

"잉, 참말."

광조는 씨익 웃으며 덕순이의 손을 잡았다. 둘이는 나란히 걷기 시작했다.

"똑 엄니 한숨맹키로 길다."

광조가 불쑥 말했다.

"머시가?"

덕순이가 동생을 쳐다보았다.

"방죽 말이여."

"방죽이 엄니 한숨맹키로 길어?"

덕순이는 의아해하며 앞을 바라보았다. 방죽길은 끝없이 뻗어가고 있었다. 길고 길게 뻗어나간 방죽길은 점점 가늘어지다가 그 끝은 아물아물하게 흐려지고 있었다. 방죽길 끝이 선수머리에 닿아 있다는 말은 오래전부터 들어왔지만 거기까지 걸어가본 일은 없었다. 다른 아이들도 거기까지 가볼 엄두를 내지 않았다. 그 멀고 먼 길을 걸어갔다가는 다리에 힘이 빠져 다시 되돌아오지 못할 거라고 아이들은 겁먹고 있었다. 동생은 어째서 어머니의 한숨을 저 방죽길처럼 길다고 했을까. 어머니가 밤낮없이 내쉬는 한숨을 이어놓으면 방죽길만큼 길어질지도 모를 일이었다. 학교에도 못 들어간 쪼깐헌 것이…… 덕순이는 그런 생각을 하는 동생이 갑자기 철들어 보이기도 했고 건방지게 느껴지기도 해서 입을 삐죽였다.

"그려, 엄니 한숨이 방죽보담 더 길란지도 몰르제."

덕순이는 동생의 손을 꼭 쥐었다.

"엄니 한숨은 아부지 부르는 소린디, 아부지는 그 소리 들을랑가?"

"하면, 아부지가 누군디. 다 듣것제."

"글면 아부지넌 워찌 대답허는가? 아부지도 한숨 쉴까?"

"아녀, 남잔디. 원체 남자는 짜잔허게 한숨 쉬는 것이 아니여. 그런디다가 아부지넌……."

덕순이는 그만 말을 꿀꺽 삼켰다. 하마터면 '아부지는 대장인디' 할 뻔했던 것이다.

"그런디다가 아부지는 워쨌다는 것이여? 워째 말얼 허다 만가?"

광조가 누나를 올려다보며 맞잡은 손을 흔들었다.

"아녀, 아녀, 누가 듣는디 아부지 이약 허지 말어."

덕순이는 사방을 두리번거리며 말했다.

"누나 니넌 바보 빙신 겁보여. 여그 방죽에 순사가 있냐, 군인이 있냐. 사람은 우리 둘뿐인디 워째 아부지 이약 못허게 허는겨."

덕순의 손을 뿌리친 광조는 목청껏 소리치고 있었다.

"니 엄니 말 잊어뿌렀냐!"

"알어, 알어, 다 알어. 밤말은 쥐가 듣고 낮말은 새가 들은께 입 놀리지 말란 말 다 안단 말이여."

광조는 계속 소리 지르며 숨을 씨근거렸다.

"다 암스로 워째 그러는겨."

"여그는 쥐도 새도 읎고 바람뿐이란 말이여. 우리가 아부지 이약 아무리 배가 터지게 혀도 바람에 다 날라가뿐단 말이여."

아, 정말 그래! 덕순이는 하늘을 바라보았다. 눈이 시리게 맑고 푸른 하늘이 넓고 넓을 뿐 바람은 보이지 않았다. 덕순이는 옆얼굴을 간질이며 나부끼는 머리칼을 쓸어올리다가 문득 느꼈다. 나 여기 있어. 바람이야. 무슨 이야기든지 하고 싶은 게 있으면 다 해. 멀리멀리 날려보내줄 테니까. 머리칼을 날리고 있는 바람의 속삭임이었다.

"약속 걸어. 여그서만 말허겄다고."

덕순이는 새끼손가락을 세워 동생 앞에 내밀었다. 광조는 누나의 새끼손가락에 자기의 새끼손가락을 걸며 씨익 웃었다.

"오늘 일 엄니헌테도, 세상 누구헌테도 비밀인 것잉게. 알겄어?"

광조는 누나의 눈을 쳐다보며 고개를 끄덕였다.

둘이는 손을 잡고 타박타박 걷기 시작했다. 포구에는 물새 한 마리 날지 않고 갈숲만 바람에 물결치고 있었다.

"아부지는 얼굴도 몸도 뻘건 디는 하나또 읎는디 워째 사람들은 아부지보고 빨갱이라고 헐까?"

덕순이는 대답이 난감해졌다. 공산당의 이름이 빨갱이인 줄만 알았지, 어째서 빨갱이라고 하는지는 생각해 본 일이 없었던 것이다.

"그냥 공산당 이름이 빨갱이제."

"글먼 성이 공산당이고?"

"금메……?"

덕순이는 고개를 갸우뚱했다.

"근디 워째 순사나 군인덜 이름은 파랭이가 아녀?"

"고런 걸 나가 워치께 아냐."

덕순이는 그만 짜증스럽게 내쏘았다.

"학교 댕김스롱도 고런 것도 몰러?"

"학교서는 고런 것 안 갤친께 모르제."

"치이, 니 공부 잘헌다는 것 순 그짓말이여. 다 넘덜 시험지 보고 써서 점수 잘 받은 것이제."

덕순이가 동생의 손을 홱 뿌리치며 걸음을 멈춰섰다.

"니 참말로 분질를껴?"

동생을 노려보고 있는 덕순이의 기세는 안고 있는 단지를 곧 내동댕이칠 것만 같았다.

"누나는 고런 걸 다 안 줄 알었는디……."

광조는 눈을 내리깔았다. 금방 기가 꺾이는 동생을 보자 덕순이는 마음이 짠해졌다. 알고 싶은 것을 속 시원하게 알 수 없게 되니까 억지소리를 한 것이었다. 동생이 알고 싶어하는 것을 제대로 가르쳐줄 수 없는 것이 자신의 잘못이라고 뉘우쳐졌다.

"광조야, 고런 생각 다 잊어뿌러라. 고런 것은 어른들찌리 허는 일잉께."

덕순이는 동생의 머리를 쓰다듬었다. 광조는 무슨 말인가를 하려다 말고 고개를 끄덕였다.

덕순이는 동생의 손을 잡고 다시 걷기 시작했다. 동생은 또 무슨 엉뚱한 생각을 하고 있는지 말없이 걷기만 했다. 덕순이는 돈이 없어 약도 지어다 먹지 못하고 끙끙 앓고 있는 어머니를 생각했다. 다리마다에 털이 숭숭 나고 눈이 툭 불거진 참게를 열 마리쯤 잡아 단지에 담아갔으면 싶었다. 한번 잘못 물리면 아이들 손가락은 잘려나간다는 크고 억센 집게발이 겁나지 않는 것이 아니었지만, 그까짓 것쯤, 하고 마음을 사려먹고 있었다. 덕순이는 참게를 잡아본 적이 없었다. 작년인가, 재작년인가, 어머니를 따라 참게잡이를 구경했을 뿐이었다. 참게는 바닷물 반대편인 개울둑에 굴을 파고 살았다. 어머니는 비탈진 개울둑에 거꾸로 엎드려 곧 개울물에 처박힐 것 같은 아슬아슬한 자세로 참게를 용케도 잘 잡아냈다. 큰 것은 장에 내다팔아 돈을 만들었고, 작은 것들만 끓인 간장에 담았다. 참게 한 마리만 있으면 밥 한 그릇을 다 먹을 수 있었다. 참게는 짜면서도 고소한 맛이 침을 스물거리게 했다.

앞쪽 포구 위에 나란히 줄을 선 기러기떼가 날아가고 있었다. 끼룩거리는 소리가 희미하게 들렸다.

"물오리 날르는 것 봉께로 저녁이 다 되얏는갑다."

덕순이는 혼잣말을 하며 고개를 돌렸다. 해는 부용산 쪽으로 꽤나 기울어 있었다. 덕순이의 걸음은 빨라졌다.

"빙신 겉은 물오리!"

광조가 기러기떼를 향해 침을 뱉었다.

"물오리가 워째서?"

"저것 우는 소리 들으면 더 배고푸고, 눈물 날라고 형께 그렇제."

"니 배는 항시 고픈 배고, 워째 눈물이 날라고 허냐?"

"아부지 보고 잡은 생각나게 형께 그렇제."

광조는 퉁명스러웠고, 덕순이는 가슴이 뭉클해지며 말이 막혔다. 동생은 계속해서 아버지만을 생각하고 있는 모양이었다.

"누나, 물오리들도 순사고 빨갱이고 있으까?"

"물오리가 사람이간디? 물오리는 그냥 물오리제."

"나 물오리가 되얏으면 좋겄다."

"머시여? 물오리?"

광조는 아무 대꾸도 없이 한결 멀어진 기러기떼를 향해 먼 눈길을 보낸 채 발만 옮겨놓고 있었다. 덕순이도 묵묵히 걷기만 했다.

동생은 싸움만 야무지게 잘하는 것이 아니었다. 덕순이는 동생의 손을 꼭 쥐었다. 동생의 손이 꼼지락거렸다. 덕순이는 언뜻 겁이 났다. 그 꼼지락거림이 또 무슨 엉뚱한 말을 물을 것처럼 느껴졌던 것이다. 꼭 거짓말처럼 그때 동생이 팔을 당기며 걸음을 멈추었다.

"누나, 나 똑 하나만 허고 잡은 일이 있는디."

광조가 덕순이를 빤히 올려다보며 말했다.

"또 무신 뜸금없는 소리 헐라고 그러냐?"

덕순이가 얼굴을 찡그렸다.

"여그 아무도 없는 디서 아부지럴 목 터지게 불러보고 잡은 디……"

누나를 올려다보고 있는 광조의 눈은 간절했다.

"그려, 나랑 항꾼에 허자."

덕순이는 안고 있던 단지를 마른 풀섶에다 내려놓으며 활기차게 말했다.

"근디 말이다, 읍내럴 보고 소리 질르면 안 돼야." 덕순이는 읍내를 후딱 돌아보며 말했고, "하면 순사가 들으면 워쩌라고." 광조가 재빨리 대꾸했다.

"하나, 둘, 셋 허면 항꾼에 허는겨. 자아, 하나아, 두울, 셋!"

"아부우우지이이이—."

선수머리를 향해 선 덕순이와 광조는 허리가 차츰차츰 구부러져 반으로 접힐 때까지 목청을 뽑고 있었고, 바람은 둘이의 긴 외침을 멀리멀리 실어갔다.

외서댁은 뉘엿뉘엿한 석양빛을 등에 받으며 논둑길을 걷고 있었다.

머리에는 묵직한 느낌의 보퉁이를 이었고, 등에는 아이를 업고 있었다. 끼니 끓일 것이 없어 친정에 눈치걸음을 해서 쌀이며 잡곡을 얻어가는 길이었다. 업은 아이를 받쳐잡은 한쪽 손에는 황홍색 치자가 달린 가지묶음이 들려 있었다. 친정집 부엌문 옆에 탐스럽게 걸려 있는 묶음 중에서 손에 잡히는 대로 가지 몇 개를 꺾어 지푸라기로 묶었던 것이다. "고것얼 머 헐라고 그러냐?" 어머니는 무심코 말을 했을 것이다. 그러나 그 말은 외서댁의 가슴에 서러움이 복받치게 했다. 어머니의 말은, 끼니 끓일 것도 없는 신세에 치자물 들여 옷 해 입기는 틀렸는데 그것을 가져가면 무슨 소용이 있느냐는 뜻으로 들렸던 것이다. 머리에는 곡식 말을 이고 뒤에는 아이까지 매단 거추장스러운 몸가짐으로 치자가지를 꺾으려고 비척거렸던 것은 아무래도 어울리는 짓은 아니었을 것이다. 그러나 햇볕에 마를수록 선연한 황홍색을 피워내는 치자들이 무슨 꽃다발인 양 벽에 거꾸로 걸려 있는 것을 보는 순간 그것을 꺾고 싶은 욕구가 불현듯 가슴에서 일렁였던 것이다. 그건 어쩌면 처녀 적의 그리움이 되살아나서였는지도 모르고, 아니면 곡식을 얻으려 친정에 눈치걸음 하는 무색함을 다소나마 감추려 했음인지도 모른다.

남달리 큰 젖가슴이 근심거리이던 처녀시절에 그녀가 유달리 좋아했던 꽃이 봉숭아와 치자꽃이었다. 꽃이라면 어느 꽃이나 다 곱고 예쁘지 않을 수가 없었지만 꽃이라고 다 마음에 드는 것은 아니었다. 눈바람 속에서 제일 먼저 피는 진홍빛 동백꽃에서부터 찬 바람이 비쳐서야 꽃망울을 여는 보랏빛 들국화까지 꽃은 헤아릴 수 없이 많았다. 그러나 동백꽃은 한스러운 아름다움이 있었으나 그 나뭇잎이 너무 억세어서 싫었고, 작약은 흐드러진 큰 꽃송이에 넘치는 붉은빛이 눈 시리게 고왔지만 어딘지 거만스러운 것 같아 친해지지 않았고, 연보랏빛 수선화는 꽃 모양도 특이하고 곧게 뻗은 진초록 잎새도 정갈해서 좋았지만 꽃이 너무 연약해 빨리 지는 것이 아쉬웠고, 진하게 붉은 칸나의 선명함도 마음을 시원하게 해주지만 턱없이 큰 소리로 웃어대는 실없는 가시내 같아 마음에 닿지 않았고, 보랏빛 잔 꽃송이가 풍성한 덩이를 이루는 수국은 먼발치에서 보면 구름덩이 같아 가슴을 설레게 하지만 가까이 가면 쿠린 느낌의 향기가 역해 마음을 돌리게 했고, 마치 와와 소리치기라도 하는 듯 무더기로 일시에 피었다가 꽃샘바람을 타고 숨 자지러지도록 나부끼는 벚꽃의 그 지향 없는 슬픔이 가슴 저리게 했지만 일본놈들의 꽃이라서 미움이 앞섰고, 땅바닥에서 반뼘도 자라오르지 않고 연분홍꽃을 피우는 채송화의 그 앙증스러움도 귀여웠으나 그건 예뻐할 수는 있어도 이쪽 마음을 담을 수는 없었고, 장닭의 붉은 볏을 빼박은 맨드라미는 친근한 꽃이었지만 계절이 바뀌어도 시들거나 변할 줄을 모르는 그 둔감이 지루했고, 보랏빛 꽃망울을 열어 가을을 장만하는 것 같은 들국화는 그 외로움이 마음을 끌어당겼지만 한편으로 그 외로움이 앞으로 팔자가 될까 두려워 뒷걸음치게 했다.

다른 꽃들에 비해 그다지 곱지도 않고 탐스럽지도 않은 봉숭아를 좋아하는 까닭은 아무래도 손가락에 물을 들이는 꽃이어서일 것이었다. 모기가 극성을 부리는 한여름으로 접어들면서 봉숭아 꽃물이 진해지면 그녀는 손가락에 물들이는 것을 일삼아 했다. 저녁 설거지를 끝내고 나서 갓 피어난 싱싱한 꽃을 따고 시디신 백반을 섞어 장독대 가장자리 돌에 꽃잎을 콩콩 다질 때의 설레임이란 그렇게 행복할 수가 없었다. 정성스레 다진 꽃잎을 종지에 담고, 울 옆에 큰 키로 선 피마자잎을 따다가 등잔 밑에 머리를 조아렸다. 서로가 묶어줘야 하는 일이라서 품앗이 친구가 있게 마련이었다. 묶어줄 사람이야 어머니도 있고 동생도 있었지만 그런 일이란 친구와 함께 머리를 맞대고 키득거리는 재미가 따로 있었던 것이다.

꽃다짐을 손톱 위에 올리기 전에 손톱 가장자리로 밀가루반죽을 먼저 붙였다. 꽃물이 살로 번지는 것을 예방하기 위해서였다. 손톱을 따라 밀가루반죽을 붙이는 일은 여간 정성이 들지 않았다. 그것도 손가락 한두 개가 아니라 엄지손가락 두 개를 빼고 여덟 개의 손가락에 붙여야 하는 것이었다. 해마다 품앗이를 하는 친구 점분이는 네 손가락에 물을 들일 뿐인데도 아무런 불평 없이 그녀의 여덟 손가락에 밀가루반죽을 붙이고, 꽃다짐을 놓고 피마자잎으로 싸서 실로 동여매는 일을 정성스럽게 해냈고, 그녀 또한 점분이에게 일을 배로 시키는 것에 대해 전혀 미안함을 느끼지 않았다.

그저 서로 흥겹고 즐거운 일일 뿐이었다. 밀가룩반죽을 아무리 정성스럽게 붙이고, 실을 아무리 꽁꽁 동여매도 아침에 일어나 보면 야속스럽게도 피마자잎이 터져 있거나 꽃다짐이 엉뚱한 데로 옮겨가 있기가 일쑤였다. 잠을 자는 동안에 일어난 변고였다. 그래서 두 손을 배 위에 올려놓고 동생에게 묶으라고 해서 잠을 자보기도 했지만 별로 효과가 없었다. 물들이기는 한 번으로 끝나는 것이 아니었다. 못해도 세 번은 반복했다. 그래야만 흑홍빛이 되도록 진하게 물이 들었다. 그 색깔은 처음에는 약간 칙칙해 보이지만 물일을 하면서 한 보름 정도 지나면 물에 탈색이 되어 밝고 고운 제 색을 갖추게 되었다. 봉숭아물이 제일 아름다울 때는 여름이 가고 가을이 시작되면서 새하이얀 손톱눈이 초승달 모양으로 살 속에서 솟아오를 즈음이었다. 손톱눈과 봉숭아물은 서로 대조를 이루어 손톱눈은 손톱눈대로 더 희게 빛나고, 봉숭아물은 봉숭아물대로 더 붉게 빛나 꿈꾸는 것 같은 아름다움에 젖어들게 했다. 겨울이 깊어질수록 봉숭아물은 시나브로 손톱을 떠나가고, 봉숭아물이 반나마씩 남은 손을 놀려 베갯잇 수를 놓는 깊은 밤이면 식어가는 아랫목 온기마저 넘치는 행복이었다. 그믐달로 손톱 끝에 걸려 있던 봉숭아물마저 사라지고 말면 어느덧 겨울도 끝나 있었다. "이년아, 귀신발맹키로 징허게 무신 짓이여. 끝엣 손꾸락 두 개에만 딜여" 어머니는 질색을 했고, "냅둬, 그 짓도 한철인디 시집가면 허라도 안 헐 짓잉께" 아버지는 그것만은 너그럽게 보아넘겼다. 엄지손가락에 물을 안 들인 것은 누가 시켜서 한 일이 아니었다. 그것은 꼭 아버지같이만 여겨져 감히 물들일 엄두를 내지 않았던 것이다.

치자꽃은 희고 작았다. 어찌 보면 소복한 청상 같은 꽃이었다. 그런 춥고 외로운 느낌의 꽃에서 어떻게 황홍빛 물감이 풀리는 열매가 맺히는지 모를 일이었다. 그녀는 치자꽃을 좋아하기보다 어쩌면 그 열매인 치자를 더 좋아했는지도 모른다. 잘 마른 치자를 반으로 쪼개 물에 띄우면 누에실처럼 풀려나가는 황홍빛 물감. 그 물감을 따라 피워올렸던 부끄럽고도 가슴 두근거리던 꿈. 결 좋은 모시를 담그면 올올이 물드는 그 곱고 고운 황홍빛 저고리에 남빛 치마를 받쳐입고 친정나들이를 하고자 했다. 처녀 적에는 얻어입지 못했을망정 시집은 잘 가 그 꿈을 이루리라 했었다. 그러나 그 꿈은 깨어지고 끼니를 끓일 수 없어 눈치걸음까지 하지 않을 수 없게 된 형편이었다.

눈시울이 젖어 그녀는 코를 들이마셨다. 그리고 아이를 추슬렀다. 실수인 듯 치자가지 묶음이 떨어져내렸다. 그러나 그건 실수가 아니었다. 이걸 가져가면 뭘 해, 치솟는 서러움을 삼키며 그녀가 한 생각이었다.

"니 무신 근심 따로 있냐?" 고샅 끝에 이르자 어머니가 한 말이었다. "아니어라, 근심은 무신……." 그녀는 가슴이 철렁해지며 황급히 대답했다. "얼굴에 근심이 덕지덕지허다. 속 끓이지 말고 전뎌라. 다 팔자니께." 그녀는 인사도 하는 둥 마는 둥 돌아섰던 것이다. 그러면서 엄니, 속이 껄쩍지근헌 일이 생기긴 생겼구만이라, 그녀는 속으로 뇌고 있었다.

외서댁의 불안감은 날이 갈수록 심해지고 있었다. 처녀 적부터 어느 때 한 번 거른 일이 없었다. 그런데 이번에 꽃이 비치지 않고 지나친 것이었다. 만약 그리 되었다면 어찌할 것인가, 그녀는 이 불안감에서 놓여나지 못하고 있었다. 남자와 몸을 섞은 것이 한 차례도 아니면서 아무 일 없기를 바라는 것이 오히려 어리석은 것일지도 몰랐다. 만약 그렇다면 어찌할 것인가…… 그녀는 걸음을 옮겨놓을 수 없이 다리가 팍팍해옴을 느꼈다.

12월로 접어들면서 산중에는 강추위가 엄습하기 시작했다. 남쪽으로 기울 대로 기운 해는 늦게 뜨고 일찍 졌다. 온기 잃은 햇살이나마 서산에 가리고 말면 추위는 어둠살과 함께 골골을 채워왔다. 밤이 깊어갈수록 추위는 기승을 부렸고, 산들마저 추위를 견뎌내기가 어려운 양 이따금씩 긴 울음을 울고는 했다.

바람이 세차게 불고 있었다. 나뭇가지들이 시달림당하는 소리와 솔잎들이 휩쓸리는 소리가 쉼 없이 퍼져 어둠 속을 방황하고 있었다. 쩌렁 산이 울었다. 줄기가 길고 골이 깊어서인지 산울림은 둔중하고 긴 파장으로 울려나갔다. 그 울림은 흡사 쇠북소리 같았다. 그러나 느낌의 가닥을 세심하게 잡고 보면 그 울림은 엇비슷하게 닮아 있을 뿐 똑같지는 않았다. 쇠북소리나 산울림이 긴 여음을 남기는 것은 동일했다. 그러나 그 울림의 강도는 동일할 수가 없었다. 쇠북소리가 귀에 울려와 마음에 닿는 소리라면 산울림은 가슴을 울려 가슴을 치는 소리였다. 쇠북소리가 청각적 울림이라면 산울림은 근원적 흔들림이었다. 그건 쇠가 울리는 소리와 땅이 울리는 소리의 다름일 것이고, 인공적인 소리와 자연적인 소리의 차이일 것이었다.

"그럼…… 우리는 위대한 지도자 레닌 동지의 지도의 말을 끝으로 오늘 회의를 마치도록 하겠습니다. 레닌 동지께서 일찍이 투쟁이 난국에 봉착했을 때, '필요한 것은 공산주의 이념에 최대한 철저하게 충실하면서 동시에 타협이나, 방침전환, 협정체결, 우회, 후퇴 등 필요한 온갖 형태의 조치를 취할 수 있는 능력을 발휘하는 일'이라고 했습니다. 우리는 다시 한 번 그 지도의 말을 명심합시다. 그리고 혁명의 열정을 투쟁의 불길로 태워올립시다."

말을 마친 염상진이 팔을 뻗어 돗자리 위에 힘주어 편 손바닥을 붙였다. 그 위에 한 사내의 손이 포개졌다. 다시 그 위에 다른 사내의 손이 포개졌다. 그리고 마지막으로 안창민의 손이 포개졌다.

"사회주의 혁명 완수 만세!"

염상진의 음성은 낮았지만 견고했다.

"사회주의 혁명 완수 만세!"

세 사람은 염상진과 똑같은 어조로 복창했다.

네 사람의 손은 포갤 때의 역순으로 차례차례 거두어들여졌다.

"산이 깊어서 그런지 자주 우는구만요."

멀어져간 산울음을 쫓아가는 듯한 세심한 얼굴로 사내가 말했다.

"삼동이 닥쳤으니……."

염상진이 무심한 듯 대꾸했다.

"산도 저리 추위럴 타는 판인디……."

사내가 고개를 끄덕이며 꽁초를 집어들었다. 그는 사그라져가고 있는 모닥불 가장자리를 헤집어 작은 불씨를 꽁초 끝으로 찍듯이 해서 빨았다. 연기가 피어오르자 사내의 한쪽 눈이 찡그려들었다.

자정이 넘어 있었다. 숯막 안은 어둠침침했다. 가물거리는 흰 석유등잔의 불빛은 숯막의 어둠을 사르기에는 너무 미약했다. 거기다가 담배연기마저 자욱하게 담겨 있어서 침침함은 한결 더했다. 제각기 시선을 달리한 네 사람은 말이 없었다. 음산하고 괴기스런 소리들을 뿌려대며 바람이 달음박질하고 있었다. 아이의 울음소리, 여자의 비명, 짐승의 신음소리, 바람소리에는 그런 것들이 섞여 있었다. 숯막 안에는 문득문득 냉기가 끼쳐들었다. 모닥불이 사그라드는 만큼 추위가 기세를 올리는 터일 것이다. 안창민은 미적미적 앉음새를 고쳐 마른 솔가지를 두 손으로 모아잡았다. 허벅지의 부상은 거의 완치되었지만 거동이 자유롭지 못함과 함께 후유증이 남아 있었다. 상처 부위가 꼭 온도계의 수은주처럼 추위에 민감한 것이었다. 약간만 추워도 상처 부위에서 사르르 찬바람이 일어나 허벅지를 감았고, 조금 심한 추위에는 시리다 못해 아려오는 통증이 등줄기로 뻗어오르는 듯하며 전신을 옥죄어들었다.

"안 동무, 그냥 앉아 있으시오. 말을 하잖고 왜……."

염상진이 재빨리 다가들어 안창민의 손에 들린 솔가지를 빼앗듯이 했다.

"안 동무가 추위럴 많이 타는 것은 요분에 피럴 많이 쏟아부러

몸이 허해져서 그럴 것이요. 보럴 시켜야 헐 것인디, 때레잡을 멧도 야지도 읂고⋯⋯."

말끝을 얼버무린 사내가 입술이 델 정도로 짧아진 꽁초를 한쪽 눈을 찡그려붙이며 빨아댔다. 그의 감기지 않은 한쪽 눈은 염상진의 옆얼굴에 박혀 있었다.

"그러잖아도 보약을 지어오게 조처했소."

염상진이 사내의 눈길을 이미 의식하고 있고, 그 의미까지 다 파악하고 있다는 듯 솔가지를 옮겨놓으며 나직하게 말했다.

"참말로 자알 허셨구만이라, 자알 허셨어라."

'자알'에 유난히 힘을 넣으며 연신 고개를 끄덕이는 사내의 음성은 그지없이 밝았고, 염상진을 바라보는 그의 눈길에는 진한 신뢰감이 흐르고 있었다. 그는 염상진의 하부조직인 조성책 오판돌이었다.

"보약도 환약으로 지을 수가 있는데요."

여지껏 오판돌 옆에 묵묵히 앉아 있던 사내가 입을 열었다. 그는 보성책인 이해룡이었다. 염상진은 솔가지를 부러뜨리며 엷게 웃었다. 이해룡답게 기민한 머리 회전이라 여겨졌던 것이다.

"물론 환약도 생각해 봤소. 허나, 탕약에 비해 효과가 느릴 뿐만 아니라 적다는 건 상식 아니오? 두 번 먹을 보약도 아니겠고, 탕약으로 짓게 했소."

"약효야 두말헐 것 읂이 그런디, 탕약 대리자면 애 잠 묵을 것인디요?"

오판돌이 넓적한 어깨를 추스르며 고개를 갸웃했다.

"염려 없소. 내 손으로 할 일이니까."

염상진의 담담한 어조였다.

가는 솔가지들이 톡톡 소리를 내며 실오라기 같은 연기를 피워 올리기 시작했다. 염상진은 숨을 한껏 들이켜 한곳을 향해 길게 내뿜었다. 사그라져가던 불씨들이 바알갛게 살아오르며 연기가 더 진하게 일더니 솔가지에 확 불이 붙었다. 불길이 일어남과 동시에 연기가 줄어들었다. 그래, 불길이 일듯이, 불꽃이 피듯이 그렇게, 그렇게 끝없이 일어서는 것이다. 나무만 있으면 불길은 끝없이 타오르게 마련이다. 다만 일시적 악조건이 닥침으로써 불씨가 재 속에서 그 열도를 지키듯 자신들은 은신하는 동안 혁명의지를 투철하게 지키는 혁명의 불씨여야 하는 것이다. 그리하여 땔감과 산소만 공급되면 언제 어느 때나 불길을 일으키는 불씨처럼 자신들은 혁명의 불씨로 이글거려야 하는 것이었다. 아니다, 불씨처럼 타동적이어서는 안 된다. 불씨는 땔감이 주어지고 산소가 공급될 때에만 비로소 불길을 일으킬 뿐이다. 끝내 땔감과 산소가 주어지지 아니하면 불씨는 재 속에서 소멸되고 마는 것이다. 혁명은 그런 수동성이 아니다. 혁명은 능동이며 행동이며 투쟁이다. 일시적 은신은 재 속의 불씨로 숨어 수동적이 되는 것이 아니라 보다 더 결정적이고 성공적인 혁명성취를 위한 능동적 투쟁의 연속인 것이다. 혁명의 열정은 불 같아야 하고, 혁명의 의지는 물 같아야 하는 것이다. 불길처럼 활활 타오르는 열정을 갖되 물길처럼 끊임없이 흐르는 끈기를 지녀야 하는 것이다. 한 방울의 물이 끝끝내 바다에 이르듯 한 사람, 한 사람, 모든 혁명전사들이 불길 같은 혁명의 열정과 물길 같은 혁명의 의지를 고수하는 한 기필코 혁명의 바다, 인민 해방의 바다에 당도하고 말리라. 그날의 승리와 영광을 믿을진대 투쟁이 고통일 수 있으며, 고난이 고생일 수 있으며, 죽음이 두려움일 수 있으랴. 염상진은 불길을 응시한 채 몇 시간에 걸친 회의를 되새기고 있었다. 오판돌이나 이해룡의 혁명적 열정이나 의지는 소나무처럼 굳세고 청청했다.

"인자 밤도 에진간히 저문 상싶으고, 새복에 길 뜨자면 눈도 쪼깐 붙여야 쓸 것인디, 한 가지 염려시런 것이 있구만이라."

오판돌의 말에 염상진이 눈을 들었다.

"다른 것이 아니고, 삼동이야 대장님이 계획허고 예비허신 대로 그작저작 난다고 혀도, 그 담이 또 문제 아니겄는게라? 입이 한둘이 아닌 식구들인디……."

"오 동무, 그 점은 염려 안 해도 될 거요. 거기에 대비해서 당중앙은 지금 모종의 계획을 수립하고 있는 중이오."

"알겠구만요."

오판돌의 수긍하는 태도는 확실하고 분명했다. 그건 '당중앙'에 대한 신뢰의 표현으로서 완전무결한 태도였다. 염상진은 당중앙을 내세움으로써 옹색스런 답변을 대신했을 뿐이었다. 그러나 그건 임기응변이나 임시변통이 아니었다. 부하에게 당을 신성시하고 신뢰하게 하는 것은 중간책으로서 마땅히 해야 할 일이었다. 오판돌의 염려가 아니었더라도 염상진은 벌써부터 해동 후의 문제에 대해 내심으로 고심하고 있었다. 상황의 변화에 따라 대처해 나간다는 대전제 아래 몇 가지 방법을 구상했었다. 그러나 어느 방법도 아직 확신을 갖게 하지 않았다. 자신이 거느리고 있는 병력은 이미 옛날의 지하세포조직이 아니었다. 전투병력화해서 집결되어 있었다. 무력투쟁 이전에 그 병력유지를 위한 의식(衣食)문제 해결이 급선무였다.

"더 하실 말씀 없으신가요?"

이해룡이 물었다.

"없소. 그만 눈들 붙이도록 하시오."

염상진이 이글거리는 솔가지불 위에 장작들을 엇갈리게 놓아가며 말했다.

"대장님도 지무셔야제라."

오판돌이 벽에 등을 기대고 팔짱을 끼며 염상진을 쳐다보았다.

"그러지요. 먼 길 왔다가 또 떠나자면 너무 늦었소. 어서들 주무시오."

염상진은 오판돌을 향해 고개를 끄덕여 보였다. 오판돌은 흐뭇한 웃음을 지으며 눈을 감았다. 이해룡도 그 옆에서 눈을 감고 있는 참이었다.

요는 물론 이불이 있을 리 없었다. 입고 있는 옷이 바로 요이고 이불이었다. 그나마 산이 깊어 나무가 흔한 것이 다행이라면 다행이었다. 염상진은 너훌거리는 불길 너머로 두 사람의 모습을 물끄러미 바라보고 있었다.

오판돌은 염상진보다 나이가 네 살이나 많은 서른셋이었다. 그는 조성에서 태어난 토박이였지만 간도땅에서 15년 남짓 산 남다른 이력을 가지고 있었다. 소작쟁의에 연루되어 일본인 중도의 소작을 잃게 된 그의 아버지는 말로만 들어온 간도땅을 향해 길을 떠난 것이었다. 그때 그의 나이 열넷이었다. 간도땅이라고 하여 그들의 삶을 편안하게 보장한 것이 아니었다. 동포들이 모여 사는 땅이라는 것뿐 맨주먹인 그들 가족에게 간도는 배고프고 추운 타향이었다. 그의 아버지와 어머니는 노동을 일삼았다. 돈도 기술도 없는 그들로서는 생계수단으로 믿을 수 있는 것은 몸뚱이뿐이었다. 그의 아버지는 농사철이면 농촌으로, 추수가 끝나면 산판을 찾아, 벌이가 되는 일이면 몸을 사리지 않았다. 그의 어머니도 마찬가지였다. 음식점 물일에서부터 임질까지 안 하는 일이 없었다. 그의 부모가 그토록 몸을 사리지 않았던 것은 여섯 식구가 먹고살기 위해서만은 아니었다. 그와 그의 동생을 가르치고 있었던 것이다. "요런 개명천지에서 배와야 산다. 죽으면 썩을 살, 애비 에미가 뼈 닳게 일혀서 느그 사내눔 둘 뒷수발헐 것잉게 느그덜언 공부나 열성으로 혀야 써. 그래야 못 배운 이 애비 한도 풀리제." 그의 아버지의 결심이었다. 그러나 그 결심은 그의 아버지의 독자적인 깨달음에서 비롯된 것은 아니었다. 간도땅에는 조국독립의 기운이 말없는 속에 팽배해 있었고, 그 한 가지 방법으로 자식들을 가르쳐야 한다는 것은 상식으로 되어 있었다. 그래서 그는 뒤늦은 공부를 시작하게 되었다. 그러나 그의 공부는 미처 6년을 채우지 못하고 끝이 났다. 통나무들이 무너져 구르는 산판사고로 아버지가 세상을 떠난 것이다. 그때 그는 나잇값을 해서 보통학교를 4년 만에 마치고 중학교 2학년에 재학 중이었다. 학업을 중단한 그는 상점에 사무원으로 취직을 했다. 그는 직장생활을 하면서도 책읽기를 게을리하지 않았다. 그러나 그는 학업을 계속하기 위한 독학을 한 것이 아니었다. 그가 남모르게 읽어가고 있는 것은 마르크스의 사상이 담긴 서적들이었다. 그 사상에 빠져들어갈수록 그는 조직에 가담하고 싶은 유혹과 행동하고 싶은 충동을 느끼게 되었다. 그러나 그건 실현이 불가능한 꿈이었다. 다섯 식구의 가장이라는 현실이 그의 발목에 족쇄를 채우고 있었다. 남편이 세상을 떠난 다음부터 그의 어머니는 딴사람처럼 변하고 말았다. 거의 말을 잃어버린 데다 일손도 놓아버린 상태로 나날을 보냈다. 상심이 만든 병 아닌 병이었다. 시름시름 앓으며 고향땅으로 돌아가기를 간청하는 어머니를 모시고 그가 조선땅을 다시 밟은 것은 해방 이태 전이었다. 고향으로 돌아온 그의 어머니는 죽을 자리를 찾아온 것처럼 한 달을 못 채우고 눈을 감았다. 장례를 치르고 난 그는 허탈에 빠져 있었다. 사회주의 운동에 대한 열망을 이루기에는 이제 간도나 만주는 너무나 멀고 먼 땅이었던 것이다. 그는 간도에서 보배운 대로 잡화상점을 차려놓고 속으로는 공산당 조직에 가담할 길을 모색하고 있었다. 그런 그에게 염상진이라는 존재는 쉽게 포착되었다. 그의 사상성은 염상진을 만족시켰고, 특히 그의 간도 체험담과 견식의 폭은 염상진을 감동시켰다. 그는 염상진의 손에 다듬어져 어렵지 않게 조성을 책임 맡았다.

이해룡은 보성의 지주 이상원의 셋째아들이었고, 김범우보다 순천중학 1년 선배였다. 그는 보성전문 법학부를 다니다가 학병에 끌려가지 않을 수 없게 되자 염상진을 따라 자취를 감추어버렸다. 그는 1년 반 동안 지리산 속을 헤매며 산짐승처럼 거칠고 험하게 살았다. 지리산 속에는 학병을 피해온 젊은이들이 전라도 쪽 골짜기에만 100명이 가까웠다. 소문으로는 경상도 쪽 골짜기에도 그만한 수가 있다고 했다. 그들은 위험을 피해 몇 명씩 조를 이루어 산재해 있었지만 모두 조직화되어 있었다. 그들을 정신적으로 연결시키고 있는 것은 공산주의였다. 처음에 소극적이거나 미온적이던 사람들도 해방과 더불어 하산을 할 때는 완전한 공산주의자로 변해 있었다. 피신하는 산생활 1년은 사상무장을 시키기에는 충분한 시간이었던 것이다. 학병이나 징병을 피해 적지 않은 젊은이들이 지리산으로 숨어들었다는 소문이 세간에 퍼지지 않을 리가 없었다. 순천경찰서에서 몇 차례 색출대가 파견되기도 했었다. 그러나 지리산이란 산은 그렇게 간단하게 색출작업이 이루어지는 산이 아니었다. 앉음새가 열두 폭 치마처럼 넓고, 품고 있는 골짜기가 그 치마의 주름보다 많아 피신하는 100여 명을 찾아내기란 모래밭에 빠뜨린 바늘을 찾아내는 것만큼이나 가당찮은 일이었다. 이해룡은 피신생활 동안 사상무장은 물론 체력단련까지 톡톡히 한 셈이었다. 그건 다름 아닌 빨치산훈련이기도 했다. 나무열매를 따먹거나 더

덕이나 칡을 캐먹는 것은 말할 것도 없었고 개구리나 뱀을 눈에 띄는 대로 잡아먹을 수 있게 길들여졌던 것이다. 해방이 되었으나 그는 학업을 계속하지 않았다. 염상진과 함께 공산당 활동을 본격적으로 전개해 나갔다. 그의 집안에서 그의 공산당 활동을 이해하거나 지지하는 사람은 단 한 사람도 없었다. 특히 두 형의 반대는 극렬했다. 그의 이름을 족보고 호적에서고 빼버려야 한다는 극단적인 말을 부모 앞에서 서슴지 않았다. 그의 부모는 두 아들의 극언이 못내 마땅찮고 서운했지만 나무람 한마디 하지 않았다. 광주에서 공무원과 은행원 생활을 하고 있는 그들은 동생 때문에 자신들에게 언제 끼칠지 모를 피해에 전전긍긍하는 형편이었고, 그의 부모도 그런 현실을 모르는 바 아니었다. 이재에 눈이 밝은 그의 아버지는 일찍부터 소작인들이나 근동에 인심을 잃은 부자였다. 그리고 두 형은 일제시대에 공무원과 은행원이 된 터였다. 해방을 억울하게 받아들인 전형적인 친일파 집안이었다. 그는 자신의 그런 성분과 환경을 극복하려고 몸부림이라도 치듯 공산당 활동에 열성적으로 몰입했다. 검도 유단자인 그는 행동이 민첩할 뿐만 아니라 판단력도 기민했다. 총의 휴대 유무와는 상관없이 그의 허리춤에는 언제나 통소가 꽂혀 있었다. 그는 어쩌다가 그 통소를 불기도 했지만, 그것은 오히려 호신용 검도였던 것이다. 어떤 불리한 상황에 처해 통소를 뽑아들었다 하면 그는 혼자 힘으로 서너 명의 상대를 물리치는 실력을 발휘했다. 그의 남다른 솜씨는 안창민의 부러움을 살 정도였다. 몸집이 작은 데다 가늘기까지 해서 도무지 힘이라고는 쓸 수가 없는 안창민으로서는 그런 번개 치듯 하는 솜씨가 부러울 만도 했다. "안 동무, 그 통소 끝으로 눈도 푹 쑤셔뿔고, 명치도 팍 찔러서 그저 한 방으로 상대방얼 때레잡는 기술도 장허요. 근디, 한 방으로 때레잡는 기술이 통소 안 쓰고도 또 있응께 너무 부러워허덜 마씨요. 고것이 무엇인고 허니, 부자지럴 걸어차뿌는 것이요. 부자지럴 걸어채였다 허먼 지아무리 천하장사라도 힘 못 쓰고 나가뻗게 되야 있응께요. 부자지럴 걸어차는 기술은 검도기술 배우는 것에 비허자먼 100배로 심이 안 드는 쉰 일이요. 그저 하로에 열 분썩만 다리 쭉쭉 뻗어감서 걸어차는 연습을 허먼 되는 것잉께라. 검도란 것은 통소라거나 작대기가 없으먼 써묵지 못허는 기술이제만 부자지 걸어차는 기술이야 워디 그러요? 안 동무, 나가 쌈빡허니 갤차드릴께라?" 하대치가 느물느물 웃으며 하는 말이었다.

"그만 주무시지요."

안창민이 말했다.

"그럽시다."

염상진이 불길에 눈을 던진 채 대꾸했다. 그의 견고한 앉음새로 보아 쉽게 잠을 잘 것 같지가 않았다. 눈이 씀벅거림을 느끼며 안창민은 안경을 벗었다. 눈을 내리감았다. 모래라도 들어 있는 것처럼 눈알이 꺼끌거리고 따끔거렸다. 피로한 탓만이 아니었다. 부상을 당하고 나서부터 심하게 느껴지는 증상이었다. 과한 출혈에 따른 허약증상일 것이었다. 이지숙과 어머니의 모습이 함께 떠올랐다. 서로 색채가 다른 아픔이 가슴에 담겨왔다. 배성오 편에 어머니가 돈을 보내오기 전에 벌써 염상진은 보약먹기를 제의했었다. 그는 완강히 거절하고 말았다. 염상진의 말로는 겨울 날 돈은 걱정이 없다고 했지만 그 말을 그대로 믿고 보약을 먹는다는 것은 지극히 뻔뻔스럽거나 아니면 지극히 어리석은 일이었다. 그런데 어머니가 돈을 보내왔다. 그것은 어머니의 입장에서는 상상할 수 없는 거액이었다. 안창민은 그 돈이 어떻게 장만된 것인지 금세 알아차렸다. 그동안 모아둔 돈이 있었던 것도 아니고, 그렇다고 남들에게 돈을 돌릴 수 있을 만큼 인간관계를 넓히고 살았거나 융통성이 있는 어머니가 아니었다. 1년 동안 살아야 될 쌀을 몽땅 내다 팔았을 것임은 자명한 일이었다. 한결 강해진 염상진의 태도가 아니었더라도 그는 보약먹기를 작정했을 것이다. 어머니의 뜻을 거역하고 싶지가 않았던 것이다. 이지숙에게는 진정 미안한 마음뿐이었다. 그녀가 재판소로 넘어갔다는 데까지밖에는 모르고 있었다. 염상진은 시기상조라고 생각하고 있음인지 그녀에 대해서는 전혀 말이 없었다. 지금으로서는 그녀가 실형을 받지 않고 풀려나기만을 바랄 수밖에 없었다. 그녀가 자유롭게 되면 염상진은 필경 무슨 말인가를 꺼낼 거였다. 그녀와 조직과의 관계는 그때 가서 생각할 문제였다.

염상진은 마침내 조직책회의를 비밀리에 소집했다. 그것은 전략회의인 동시에 투쟁개시였다. 월동대비를 겸한 투쟁은 제2의 국면으로 접어들고 있었다.

도당의 지시에 따라 그동안 해온 일은 군당의 조직강화였다. 조직강화는 사상교육과 무장투쟁교육, 양면으로 이루어졌다. 사상교육은 혁명에 대한 기초적인 인식과 한글깨치기였다. 무엇인가를 알고자 하는 대원들의 욕구에 힘입어 사상교육은 기대보다도 효과를 거두고 있었다. 그런데 문제는 무장투쟁교육이었다. 소총무장이 가까스로 3할 정도밖에 안 되고, 나머지는 대창이나 농기구를 이용한 원시무장에 지나지 않았던 것이다. 소총이나마 제대로 갖추었으면 얼마나 좋았을까……. 그건 순간순간 스쳐가는 안타깝고 그러나 부질없는 바람이었다. 염상진은 그런 생각을 단호하게 뿌리쳐가며 3할 정도밖에 안 되는 소총이 모든 대원의 것이 되도록 훈련을 시켜나갔다. 누구나 총을 다룰 수 있도록 한 것이 그것이었다. 그리고 무장투쟁과 산생활에 필요한 모든 것을 익히게 했다. 비밀 아지트 장소 물색 요령, 그것을 만드는 법, 전호 구축방법, 산의 경사면을 타야 하는 필요성과 요령, 은폐의 여러 가지 방법, 암호의 이용과 비상선 찾는 법 등 다양했다. 그런데 그런 것들에 앞서서 그가 제일 중요하게 생각하고 치중한 것이 기동성기르기였다. 적보다 기민하고 신속하게 움직일 수 있는 것, 그는 그것을 유격대의 기본이고 생명이라고 생각했다. 그래서 그는 주력을 기르기 위해 산타기를 계속시키면서 그런 여러 가지 훈련들을 실시했다. 무장의 빈약을 극복할 수 있는 유일한 방법은 상대를 압도할 수 있는 행동의 기민성뿐이었다. 대원들은 그 점을 충분히 납득했고, 조계산은 그 능력을 기르는 데 안성맞춤이었다. 조계산은 경사가 급한 데다 나무가 많았고, 다른 산줄기들을 많이 거느리고 있어서 여러모로 좋은 훈련장이었다. 산은 탈수록 그 요령이 늘게 마련이므로 주력은 보통기준의 세 배 정도까지 빨라져야 한다는 것이 그가 세운 목표였다. 그는 그 목표달성을 위해 대원들을 독려하고 이끌었다. 그런 훈련들은 별다른 어려움 없이 목표에 다다라 있었다.

염상진은 담배에 불을 붙였다. 야산무력투쟁개시…… 그는 다시 뇌었다. 상황의 진전에 따라 당연히 올 것이 온 것이었다.

"14연대가 여수에서 일어나지 말고 제주도까지 가서 그곳 동지들과 합류했으면 오히려 좋지 않았을까요?"

읍내를 떠나온 직후에 안창민이 한 말이었다. 그의 말은 꽤나 깊은 의미를 담고 있었다. 그것은, 날이 갈수록 궁지에 몰리고 있는 제주도의 4·3투쟁을 다시 활성화시키면서, 반면에 몇몇 지역을 겨우 1주일 안팎으로 장악하고 나서 지하조직을 전부 노출시켜야 하는 손실은 보지 않았을 것 아니냐는 뜻이었다. 안창민의 지적은 결과론이기는 해도 매우 예리하고 논리적이었다. 제주도의 고립된 투쟁에 어떤 돌파구가 마련되어야 한다는 것은 현실적으로 절실한 문제였다. 어디에서나 마찬가지로 제주도에서도 총지휘를 맡고 있는 미군은 공군과 해군으로 섬을 완전봉쇄하고, 육군에 군경병력과 서북청년단을 합세시켜 인민투쟁을 잔악하게 저지해 나가고 있다는 것은 널리 알려진 사실이었다. 그런 상황에서 14연대가 아무런 통제나 의심을 받지 않고 제주도로 들어가 동지들과 한 덩어리가 될 수 있었다면 그것보다 더 좋은 기회는 없었을 것이다. 완전무장한 연대병력의 투쟁화, 그렇게만 되었다면 제주도의 투쟁은 완전히 새로운 전기를 맞게 되었을 게 아닌가.

그러나 그것은 어디까지나 불행하게 된 결과에 집착해서 나오게 된 방법론일 뿐이었다. 눈을 크게 뜨고 보면 적은 제주도에만 있는 것이 아니고 남쪽땅 전역에 있었으며, 미군을 완전히 척결하기 위해서는 어차피 투쟁은 전역화할 수밖에 없었다. 그 필연적인 현실 앞에서 안창민의 생각은 무위할 뿐이었다. 미군정이 공산주의를 용납할 수 없는 적으로 단정한 이상 미군은 혁명의 적이 아닐 수 없었고, 그 본격적이고 대대적인 싸움이 바로 10·1인민항쟁이었다. 그 싸움을 통해 미군정은 일찍이 자기들 멋대로 부정해 버렸던 '조선인민공화국'의 실체를 완전히 파괴하고 제거해 버렸던 것이다. 해방과 함께 인민들이 새 나라 세우기를 염원하며 자발적 협동으로 이룩한 수많은 인민위원회를 군정은 산산이 부쉈고, 자각한 인민들을 수없이 죽였다. 군정의 그 행위는 이미 구축된 혁명민족국가의 기틀을 파괴하고, 인민들이 갖추고 있는 국가수립능력을 말살하려는 만행이었다. 군정은 그 만행을 통하여 인민의 적이 되기를 자청했고, 인민을 적으로 삼는다는 것을 자인했다. 그것은 곧 남쪽땅의 식민지화 선언이었고, 인민의 노예화 선언이었다. 그 흉계를 본격적으로 실천에 옮기기 위해 1단계로 좌익의 무력탄압을 공개적으로 가속화시켰으며, 2단계로 괴뢰정권을 세우려는 단독선거 실시안을 내놓게 되었다. 그러나 군정의 흉계는 각본대로 착착 진행될 수는 없었다. 인민의 투쟁의지는 엄연히 살아 있었던 것이다. 그 불길은 바로 제주도에서 솟아올랐다. 미제국주의자들의 식민지

지배를 거부하는 제주도 인민항쟁은 결국 거기서 단독선거를 실시할 수 없도록 치열하게 전개되었다. 군정의 무력으로 괴뢰정권은 세워졌지만 또다시 전라도 땅에서 투쟁의 불길은 오른 것이다. 괴뢰정권이 세워지고 최초로 일으킨 대규모의 투쟁, 그 의미는 결코 작을 수가 없었다. 제주도의 투쟁을 확산시키고, 미국의 흉계를 박살낼 수 있도록 투쟁은 전개되어야 하는 것이었다. 마침내 제2단계 투쟁이 앞으로 다가와 있었다.

염상진은 모닥불의 불꽃을 응시하고 있었다. 역사의 확신 위에 이 한 몸 저 불꽃처럼 태우리라…….

소화와 들몰댁은 각기 다른 장소에서 고문취조를 당하고 있었다. 계란장수로 변장한 정하섭이 현 부자네 별장에서 하룻밤을 머물며 돈을 장만해 떠난 것을 청년단에서 알아챈 것이었다. 끄나풀에게 별장에서 나와 소화가 전송하는 장면을 들켰으므로 범행을 부인할 도리가 없었다. 끄나풀의 보고를 받은 염상구는 계엄사령관이나 경찰서장에게 알리는 것은 뒷전 쳐놓고 정하섭을 뒤쫓아 청년단원들을 비상출동시켰다. 회정리 3구와 장양리를 거쳐 진트재에 이르기까지 두 시간이 넘게 수색을 했지만 정하섭의 모습은 자취가 없었다. 끄나풀이 청년단으로 뛰어가고, 사건보고를 하고, 단원들을 모으고, 뒤쫓고 하는 시간 동안에 정하섭의 한가로울 수 없는 걸음걸이는 진트재를 넘어 자취를 감추기에 넉넉했던 것이다. 맥이 빠질 대로 빠져버린 염상구는 돌아오는 길에 이삭을 줍듯 소화와 들몰댁을 잡았던 것이다.

"이거 도대체 무슨 시건방진 짓이야! 청년단원이 무슨 기동성이 있고 수색능력이 있다고 그따위 짓을 하느냐 이거야! 너의 월권은 명령불복종과 동일하고, 계엄하의 명령불복종은 즉결처분이야!"

뒤늦게 보고를 받은 사령관 심재모는 눈에 불을 켠 채 고함을 질러댔다. 곧 총살이라도 시켜버릴 것 같은 기세 앞에서 염상구는 바들바들 떨며, 잘못했습니다만을 연발했다.

심재모가 그렇게 감정이 고조된 것은 단순히 빨갱이를 놓쳤기 때문만은 아니었다. 사흘 전에 해결 지은 정 사장 사건의 후유증이 의외로 커서 신경을 소모하고 있는데 그 보고를 받은 것이었다. 서민영에게 진정서 작성을 은밀하게 제의하자 그는 오히려 고마움을 표하며 그 일을 맡고 나섰다. 그는 이틀 만에 400여 명의 도장을 받은 진정서를 정식으로 제출했다. 그 신속성과 사람 수의 많음에 심재모는 놀라지 않을 수 없었다. 불편한 몸을 이끌고 이틀 동안에 그 많은 사람들의 도장을 받아낸 것은 유치장에 갇혀 있는 소작인들이 한시라도 빨리 풀려나기를 바라는 서민영의 마음인 것을 느낄 수 있었다. 그리고 그 많은 사람들이 호응한 것을 보자 소작인들을 관대하게 조처하기로 한 자신의 판단에 만족감과 자신감을 동시에 느꼈던 것이다. 심재모는 진정서를 접수한 다음날 오전에 정 사장과 네 소작인을 동석시킨 가운데 사건종결을 알렸다. 400여 읍민들의 진정을 받아들이지 않을 수가 없고, 7일간의 구속 상태로 가해의 잘못은 충분히 면죄된 것으로 판단되어 귀가 조처한다. 단, 사인(四人)의 가해자는 피해자의 치료비 및 일체의 피해에 대하여 보상하여야 한다. 피해자는 가해자들에 대한 감정을 이성적으로 수습하고, 일체의 피해보상을 받아들이는 선에서 본 사건의 종결에 동의하여야 한다. 이런 결정을 내리고 몇 시간이 지나지 않아 후유증은 터지기 시작했다. "당신, 벌교 지주덜얼 홍어좆으로 아는 기여, 아니면 개좆으로 아는겨? 느자구 싹수머리 없는 작인놈덜 편얼 들었다는디, 그래갖고 벌교바닥서 붙어나질 상싶으당가아? 거그는 워치께 생각허서?" 윤삼걸이라는 사람의 전화였다. "와따메, 명사또 나으리시여? 어허, 해방인지 지랄인지 되니께 깨구락지도 뛰고 짱뚱이도 뛰고, 오만 잡것들이 다 뜀스로 작인놈덜이 상전 집얼 쳐들어와 가족을 복날 개 패디끼 허고 집얼 뚜들겨뿌시는 무법천지가 되았는디, 법을 지키게 허고 질서를 잡겄다고 온 사람이 고런 폭도들을 엄벌허는 것이 아니라 뎁되 편얼 들어 기릴 키워줘? 명사또 한나 벌교땅에서 솟았네그랴. 사또 나으리, 사또께서 받으시는 월급이 누가 낸 돈인 줄은 아시는가? 다 우리 겉은 지주들이 뭉텅뭉텅 낸 돈이다 그것이여. 벌교가 갯가라는 것은 아시겄제? 갯가는 짜운 물이 많여. 우리는 고런 땅 지주들잉께 딴 땅 지주들보담은 훨씬 짜울 것잉만. 고 짜운맛얼 앞으로 간간허니 보고 잡은 모냥이구만. 솔찬히 속이 씨리씨리 탈 것잉께 물이나 수십 통 자알 준비혀 두더라고잉." 최익달이라는 사람이 걸어온 전화였다.

그가 아연한 것은 협박에 앞서 지주라는 사람들이 거침없이 쏟아내는 상스러운 말투였다. 지주라면 그래도 양반이고, 양반이면 무슨 격이 있어야 할 텐데 그들의 말투는 형편없이 천박했던 것이다. 아무리 감정이 상했다 하더라도 그런 말투를 서슴없이 내뱉는다는 것은 이해가 되지 않았다. 그것이 이해되기까지는 꽤나 시간이 걸렸다. 지주들의 압력은 그것으로 끝난 것이 아니었다. 대책위원회를 조직하기 위해 남원장에서 모인다느니, 광주 도청과 경찰국에 사건조사를 의뢰한다느니, 그들의 움직임이 심재모의 신경을 날카롭게 자극하고 있었다. 그런데 대낮에 읍내에 침투한 빨갱이를 발견하고서도 놓쳐버렸다는 것이다. 그 과실이 지주들의 귀에 들어가면 그들은 그 사건을 새 무기로 삼아 자신을 더욱 강하게 공격해 오리라는 것을 심재모는 직감했던 것이다. 직책상 그것은 피할 도리가 없는 공격이 될 거였다. 그는 흥분하지 않을 수가 없었다.

"도대체 그놈은 어떤 놈이야?"

"정하섭이라고, 술도가 정 사장 큰아들로……."

"뭐라고? 정 사장 아들?"

염상구의 말을 무지른 심재모의 음성은 얼굴만큼 밝아지고 있었다. '술도가 정 사장의 큰아들'이라는 말을 듣는 순간 심재모는 출구가 열리는 것을 문득 느꼈던 것이다.

"두 여잘 잡아왔다고 했지?"

"옛!"

"철저히 심문해서 배후를 완전히 캐내. 관련자는 하나도 남김없이 뿌리를 파내란 말야. 알겠어?"

"옛, 철저히 명령 수행하겠습니다."

심재모는 정 사장과 그 아들의 침투가 어떤 식으로든 연결되어 있기를 바라며 그런 명령을 내렸다. 그것은 지주들의 움직임을 제지하고 그 압력에서 벗어날 수 있는 유일한 출구일 수 있었던 것이다.

심재모의 명령을 받은 염상구는 소화를 불탄 경찰서의 지하실로 끌어다가 초장부터 매타작을 시작했다. 심재모 앞에 보란 듯이 공을 세우려다가 오히려 궁지에 몰려버린 염상구는 분풀이할 데가 필요했던 판인 데다가, 남김없이 뿌리를 파내라는 명령이나마 철저히 지켜 궁지에서 빠져나갈 기회를 잡아야 했던 것이다. 그래서 염상구의 매질은 무작스럽게 가해졌다. 소화가 세 차례에 걸쳐 정하섭의 심부름을 한 사실을 숨김없이 털어놓은 것은 매질이 시작되고 30분이 미처 못 되어서였다. 소화는 매질을 못 견뎌서 있는 대로 다 털어놓은 것이 아니었다. 그 사실을 털어놓는다고 해서 무사히 몸을 피한 정하섭에게 해가 미칠 리 없었고, 자신에게 품고 있을 의심을 속 시원하게 풀어주고자 했던 것이다.

소화의 자백은 염상구를 통해 곧 심재모에게 보고되었다. 세 차례에 걸쳐 정 사장이 아들에게 공산당 활동자금을 조달했다는 사실은 심재모를 충분히 만족시키고도 남았다. 심재모는 즉시 정 사장 내외의 체포를 명령했다.

그러나 소화는 그 자백만으로 염상구의 손아귀에서 놓여날 수가 없었다. 예상보다 쉽게 입맛을 다신 염상구는 더 가혹한 매질을 가해댔다. 두 번째로 빨갱이라는 자백을 받아야 했고, 세 번째로 읍내의 세포조직을 고구마 캐듯 해버려야 한다는 확고한 계획이 염상구에게는 서 있었던 것이다. 정하섭을 놓친 실수를 공으로 만회하고자 하는 그에게 소화는 회가 동하는 먹이였다. 또 그에게는 그런 계획을 뒷받침할 만한 충분한 증거도 있었다. 자백을 듣고서야 뒤늦게 무릎을 친 것이지만, 그녀를 술도가집 앞에서 처음 맞닥뜨렸던 때 그건 바로 자금운반책 노릇이 아니었던가. 그런데도 그녀는 능청스럽게 재수굿을 빙자했던 것이다. 그 태연스러운 배짱은 갈 데 없는 빨갱이들의 가면이고 위장이었다. 그리고 하대치의 마누라를 식모로 부리는 척 꾸며서 동거를 시작한 것이야말로 움직일 수 없는 결정적 증거였다. 그때 만약 끄나풀을 붙이지 않았더라면 어떻게 할 뻔했던가. 염상구는 아슬아슬한 위기감에 몸서리를 치며, 손바닥에 침을 뱉어 가죽혁대를 손아귀에 두어 번 감아돌려 힘껏 팔을 치켜올렸다. 공중을 회전하며 싸늘한 마찰음을 뿌린 가죽혁대는 그대로 소화의 몸뚱이를 감고 돌았다. 그녀의 매달린 몸이 꿈틀 흔들리며 비명이 터졌다.

"싸게 불어, 원제부터 빨갱이가 되았어!"

가죽혁대를 내려칠 때마다 기합이라도 넣듯 염상구는 이렇게 소리 질렀다.

"아니어라, 그냥 심바람만 혔구만요."

소화는 같은 소리만 되풀이하고 있었다. 살이 찢어지는 매질의 아픔으로 정신이 오락가락하면서도 그녀는 거짓말을 해서는 안 된다고 스스로를 일깨우고 있었다. 매질의 고통을 못 이겨 한마디라도 거짓자백을 하는 날에는 끝장이라는 것을, 그것이 바로 죽는 길이라는 것을 그녀는 곱씹고 있었다.

"요런 오살육시헐 년아, 빨갱이가 아님서 고런 위험헌 심바람얼 허다니, 고것이 곧이딛길 말이라고 허고 자빠졌냐! 불어, 싸게 불어!"

가죽혁대가 그녀의 몸뚱이를 난타했다.

"아니구만이라, 아니어라우."

그녀는 몸을 비비 틀며 피울음을 울고 있었다. 그녀의 홑적삼에는 새로운 피가 번져나고 있었다.

"빨갱이가 아니면, 돈얼 받아묵고 심바람얼 혔냐. 불어, 싸게 불어!"

소리지름과는 달리 염상구의 마음에는 일체의 동요가 일어나지 않고 있었다. 냉정한 마음으로 먹이를 몰이하고 있을 뿐이었다.

"아니랑께요, 그냥 혔어라, 그냥."

염상구는 소화의 턱을 거칠게 받쳐올렸다.

"눈떠!"

그는 주먹으로 소화의 볼을 후려갈겼다. 소화는 가까스로 눈을 떴다. 흐리게 흔들리는 시야에 눈이 옆으로 째진 강파른 얼굴이 맞바라보였다.

"요런 설빠진 무당년아, 고런 그짓말 헌다고 요 염상구가 믿어줄 상불르냐? 날 똑똑허니 봐라. 니가 실토릴 안 혔다가는 여그럴 살아서 못 나가. 내 손에 죽고 말겄으면 고것도 니 맴이여. 나야 니까징 거 하나 죽여뿔기는 식은 죽 묵긴께. 무신 말인지 알아묵겄어?"

독물이 흐르는 것 같은 눈과 질겅질겅 씹는 것 같은 말은 여태껏 당한 매질보다 더 무섭고 공포스럽게 느껴졌다. 여기서 죽어? 소화는 완강하게 고개를 저었다. 도저히 그럴 수는 없는 일이었다. 그녀의 온 정신은 아랫배로 쏠렸다. 거기에는 분명 그분의 생명이 담겨 있었다. 벌써 두 달째 꽃이 비치지 않고 입맛이 멀어지며 아침저녁으로 신열이 스치는 것은 무슨 까닭이랴. 마음도 몸도 영원히 그분의 것이고자 그 얼마나 간절히 소원했던 씨받음이었던가. 무슨 수를 써서라도 여기를 살아서 나가야 한다. 그녀는 마음을 다잡았다. 그분을 마음에 두어왔음을, 앞으로도 그 마음이 변하지 않을 것임을 그녀는 그 누구에게도 발설하지 않으려 했었다. 만약 발설을 하면 그분과의 소중한 인연에 액이 끼고, 인연의 실이 끊길 것만 같았던 것이다. 신령님에게만 고함으로써 그분과의 인연을 보호받고 싶었고, 지키고 싶었던 것이다. 그러나 이제 어찌할 도리가 없었다. 무작정 아니라고만 했다가는 끝내 매타작을 당해 죽게 될 것만 같았다. 살아나려면 그분과의 인연을 발설하지 않을 수가 없었다. 그분의 씨를 지키기 위해 의당 그래야 할 일이었다.

"다, 싹 다 말허겄구만이라."

소화는 거친 숨을 들이켰다. 염상구의 눈이 빛을 발했다.

"옛날 옛적부텀 지 맘속에 그분이 있었구만이라. 그런디, 그분이 꼭 꿈에 뵈디끼 지 앞에 나타나서 심바람얼 시켜서, 지는 그냥 심바람허는 것만 좋아서, 그분얼 돕는 것만 좋아서 그냥 정신읎이 헌 일이구만요."

"머시가 워쩌고 워째!"

이빨을 부드득 갈아붙인 염상구는 소화의 면상을 사정없이 후려갈겼다. 언제부터 빨갱이가 되었고, 또다른 세포는 누구누구인가 하는 자백이 나올 줄 알고 잔뜩 긴장해 있던 그는 엉뚱한 소리를 씨부리는 바람에 그만 걷잡을 수 없이 성질이 치솟아올랐던 것이다. 소화의 코에서는 피가 주르륵 흘러내렸다.

"요런 싸가지없고 느자구없는 무당년아, 싸게 불어, 불어!"

가죽혁대가 소화의 몸을 휘감았고, 뚝뚝 떨어지는 코피가 흰 적삼을 선홍으로 물들였다.

"인자 헐 말 다 혔응께 죽일라먼 죽이씨요. 나가 그짓말 안 허는 것은 신령님이 내려다보고 기시요."

소화는 이빨을 앙다물며 염상구를 뚫어져라 응시하고 있었다.

"화, 요거 사람 미치고 사까다찌 허겄네웨. 선생년도 사랑타령, 무당년도 사랑타령, 요런 니미럴 눔에 시상이 워찌 돌아가니라고 지집년덜이 먼첨 꼬랑댕이럴 치고 지랄 염병이여 이거. 암탉이 먼첨 울어 날 새는 법 없는디, 암컷덜이 요리 설레발치는 것 봉께로 망쪼가 들어도 단단히 망쪼가 든 드런 눔에 시상이다. 헌디, 지집년덜이 설레발얼 쳐도 한도가 있제, 이년덜이 문딩이고 빨갱이고 안 개리는 것은 으짠 일인기여. 빨갱이 좆대감지에는 개좆맹키로 싱이 들었는감?"

한바탕 떠들어댄 염상구는 카악 가래를 돋우어 내뱉었다. 그리고 책상 위의 종이를 북 찢어 손바닥으로 비벼서는 소화의 코에 틀어

막았다. 코피가 멎을 줄을 모르고 흘러내렸던 것이다. 그가 소화의 코를 틀어막아주는 것은 결코 그녀를 위해서가 아니었다. 출혈이 과해 다음 취조에 지장을 줄까 봐서였다. 염상구는 가죽혁대를 책상 위에 던지고 손바닥을 털었다. 잠시 휴식을 취하며 출출한 배를 채워 기운을 돋울 필요를 느꼈다. 그는 지하실 철문을 밀었다.

한편, 들몰댁은 형사부장 장길춘에게 고초를 당하고 있었다. 식모로 위장해 무당과 함께 살며 어떤 공산당 활동을 했고, 염상진에게 무슨 지령을 받고 있으며, 정하섭 외에 어느 입산자와 접선했으며, 남편 하대치는 몇 번이나 다녀갔고, 읍내 세포는 누구누구인지를 추궁당했다. 그러나 들몰댁으로서는 하나도 모를 소리였다. 정하섭이라는 사람이 별장에서 하룻밤을 잤다는 것도, 소화가 그 사람 심부름을 했다는 것도 까맣게 모르고 있었던 일이었다. 소화는 정하섭이라는 사람과 그런 관계를 맺고 있다는 것을 언제 한 번이라도 입을 뗀 적이 없었던 것이다. 이번 일을 당하고서야 비로소 소화가 왜 그리 자신에게 고맙게 했는지를 확연하게 깨달았을 뿐이었다. 그리고 일손을 들이자면 사람은 얼마든지 많을 터인데도 왜 굳이 자신을 택했는지도 알 것 같았다. 들몰댁은 계속되는 추궁에 모른다는 대답만 되풀이할 수밖에 없었다. 그럴 때마다 매질은 차츰 거세어져갔다.

징역 1년에 집행유예 1년을 선고받은 전 원장 일행이 기차편으로 도착할 시간이 가까워지고 있었다. 집행유예로 풀려나기는 했지만 전 원장과 간호원, 이지숙은 엄연히 실형을 받은 것이었다.

"어떻게, 세 사람을 만나보시겠습니까?"

경찰서장이 심재모에게 조심스럽게 물었다.

"글쎄요, 관심이 안 가는 것은 아닙니다만, 제가 역으로 나갈 수도 없는 일이고, 그렇다고 이리로 오라고 할 명분도 없는 일 아닌가요. 차츰 만나보도록 하는 것이 좋겠어요."

"그리 하시겠습니까. 그럼 저는 나가보도록 하겠습니다. 제가 맡았던 사건이고 해서."

"그러시지요."

심재모는 경찰서장을 따라 의자에서 일어서는 예의를 보였다.

노천 플랫폼에는 마중 나온 가족으로 보이는 열서너 명의 사람들이 광주 쪽 철로를 향해 몸들을 돌린 채 서성이고 있었다. 권 서장은 그들로부터 멀찍이 떨어져 포구 쪽으로 눈길을 보내고 있었다. 그는 경찰이란 직업의 곤혹스러움을 씹고 있었다. 일제하에서 경찰이 되고자 해서 된 것이 아니었다. 아버지의 돌연한 죽음과 다섯 형제가 들끓는 빈한을 구제하라고 외삼촌이 어렵게 마련했다는 자리를 피할 방법은 없었다. 먹고 살아야 하니까―그건 부족할 것이 없는 명분이 되어주었다. 그러나 그건 어디까지나 사적인 것일 뿐 대의 앞에서는 부끄럽기 짝이 없는 변명이었다. 해방이 되고 친일파들을 죄인으로 다스려야 한다는 인심이 뜨겁게 일어났을 때 두렵기보다 차라리 홀가분한 심정이었다. 그런데 그것도 흐지부지되고, 다시 배운 도둑질인 걸 뭐 어쩌고 우물쭈물하며 경찰복을 입게 된 것이다. 누가 누구를 죄인이라고 잡아넣고, 재판을 하고 할 수 있는 것인지, 그는 가끔 자괴감에 빠지고는 했다.

기차는 검고 육중한 동체를 밀어붙이듯 하며 역구내로 진입해 오고 있었다. 권 서장은 자신도 모르게 두어 발짝 뒤로 물러섰다. 달리는 기차를 근거리에서 대할 때면 그 서리와 상관없이 일어나는 반사작용이었다. 증기를 내뿜으며 육박해 오는 기차는 언제 보아도 숨을 씩씩거리며 달려드는 성난 황소 같았다. 검은 칠을 맥질한 터무니없이 큰 체구에 못생기기까지 한 기차는 도무지 사람 손으로 조작되는 기계 같지가 않았다. 자주 대하는 것에 비해 정이붙지 않기로는 돈푼깨나 깔고 앉아 거드름을 피우는 지방유지라는 사람들과 흡사했다.

기차가 멈추자 마중 나온 듯한 사람들의 발길은 우왕좌왕 엇갈리고 있었다. 권병제는 아까부터 김범우를 찾아보고 있었지만 그의 모습은 거기에 끼여 있지 않았다. 아마도 광주에서 전 원장 일행과 함께 내려오는 모양이었다. 김범우, 나이에 비해 의젓하고 당당하고, 그러면서도 겸손하고 침착한 사나이. 그도 한때 염상진과 함께 사회주의에 물들어 있었다고 했다. 사실 일제치하에서 고등교육을 받은 사람치고 똑바른 정신과 올바른 양심으로 조국과 민족의 장래를 염려했다면 사회주의에 경도되지 않을 수가 없었을 것이다. 일본 경찰이나 헌병들이 공산주의자나 사회주의자나 아나키스트나 모두 한 두름에 엮어 색출하느라고 그렇게 혈안이 되었던 것만큼 그것은 일본을 무너뜨릴 수 있고, 조국과 민족의 독립을 쟁취할 수 있는 방법으로 믿어졌을지 모른다. 염상진이라는 사람도 김범우와 비슷한 사람일까. 그는 아무런 근거 없이, 언제부터인가 두 사람이 많이 닮았을 거라는 생각을 하게 되었다.

권병제는 웅성거리는 사람들 사이에 시선을 고정시켰다. 전명환 원장이 그 천진스러운 것 같은 웃음을 웃고 있었다. 그런데 얼굴은 몰라볼 정도로 수척해져 있었다. 사형수가 사형장으로 끌려나갈 때는 이미 혼이 다 빠져나가버린다고 했다. 마지막 소원으로 담배를 받아 피우거나 하는 짓은 제정신으로 하는 행동이 아니라는 것이었다. 사람이 갇히고, 조사받고, 포승에 묶이고, 하는 것은 반사형을 당하는 고초나 다름없었다. 매질 앞에 장사 없다는 말이 있지만 그야말로 구속 송치되는 과정에서 제대로 견뎌내는 장사가 없음을 그는 경험을 통해서 잘 알고 있었다. 그는 전 원장에게 표현할 길 없는 죄의식을 느끼고 있었다. 분명 그의 진실을 알면서도 법원송치를 시키지 않을 수 없는 것이 직업상의 괴로움이었다. 전 원장 옆으로 반쯤 등 돌린 채 두 손으로 얼굴을 가리고 우는 여자가 있었다. 부인인가 싶었지만, 이내 간호원이라는 판단이 왔다. 그 옆에 고개를 약간 수그리고 있는 여자가 이지숙이었던 것이다. 이지숙은 간호원과는 달리 무표정한 얼굴이었다. 그녀의 창백하게 여윈 얼굴은 섬뜩한 느낌이 들 정도로 냉정해 보였다. 저 여자는 독을 품고 있구나! 그의 머리를 스치는 생각이었다. 그는 전 원장에게 가지는 죄의식과는 또다른 곤혹감에 빠지고 있었다. 징역 1년에 집행유예 1년, 그 실형은 그녀에게서 교직을 박탈할 것이다. 자유직업인 의사는 생업에 구애를 받지 않지만 공직인 선생은 자격을 정지당할 수밖에 없었다. 면대하기가 괴로운 일이 아닐 수 없었다. 그렇다고 피할 수 있는 입장도 못 되었다. 그는 전 원장에게 건넬 첫마디를 생각하며 무거운 걸음을 옮기기 시작했다.

부인과 함께 유치장에 갇혀 있는 정 사장은 그 시간에 중대결정을 내리고 있었다. 아들에게 돈을 장만해 준 사실을 모두 자신이 뒤집어쓰도록 한 것이다. 마누라가 자기 몰래 세 차례나 그 짓을 했다는 것은 날벼락이 아닐 수 없었다. 볏짚을 지고 불구덩이로 뛰어드는 그따위 멍텅구리 같은 짓을 저지르다니, 속에서 천불이 끓어오르고, 성질대로 하자면 여편네 머리끄덩이를 낚아채 대가리를 벽에다 직신직신해버려야 할 것이었다. 그러나 한편으로 생각하면 새끼를 어쩌지 못하는 에미의 마음이었다. 다 엎질러진 물이었다. 다시 퍼담을 수는 없어도, 닦아내기나 제대로 해야 할 판이었다. 우선, 둘이 다 갇혀 있을 이유가 없었다. 아무나 하나는 풀려나야 했다. 그런데 마누라를 남겨놓고 자신이 풀려날 수는 없는 노릇이었다. 차마 남자의 체신으로 할 짓이 못 되었다.

마누라를 일단 내보내고 나서 심재모와 담판을 짓든지 조사를 받든지 할 작정이었다. 그러나 정 사장의 마음은 전혀 밝지가 못했다. 그는 담판 쪽으로 일을 몰아가야 된다고 생각하면서도 거의 자신감이 생기지 않았던 것이다. 상대가 옛날 서장 남인태가 아니라 심재모였던 것이다. 돈 앞에 녹아나지 않는 놈이 어딨어, 그는 이 불변의 법칙을 스스로 강조했지만 심재모를 생각하면 그 법칙이 적용되지 않을 것만 같았다. 그 꼬락서니 보기 싫은 절뚝발이 예수쟁이놈 서민영이가 진정서를 만든 것이 화근이기는 했지만, 아무리 진정서 아니라 협박장을 받았다 하더라도 묵살해 버리면 그만일 일이었다. 현실적으로 어느 편을 들어야 유리한 것인지는 세 살 먹은 어린애도 아는 판에 심재모는 소작인들 편을 든 것이다. 그런 놈이 돈에 녹아날까?⋯⋯ 정 사장의 자신감은 물에 녹는 설탕이 되고 있었다. 담판이 안 된다면 벌을 받는 길밖에 없었다. 정 사장은 몸서리를 쳤다. 그것은 끔찍해서 생각하기조차 싫었다. 나는 공산당 빨갱이라면 치가 떨리는 사람이여. 하섭이 그놈 이름을 호적에서 파라면 파고, 지우라면 지울 수 있어. 그는 속으로 외쳐댔다. 하섭이 그놈은 자식이 아니었다. 낳고 키운 공을 갚지는 못할망정 애비를 두 번씩이나 유치장에 처넣은 놈이었다. 아무리 생각해도 집안을 망쳐먹고 말 놈이었다. 그래서 벌교를 뜨려고 했던 것이 아닌가. 어쩌자고 하필이면 이 대목에서 사건이 터진단 말인가. 정 사장은 생각할수록 안타깝고 애가 탔다.

"똑똑찮은 놈, 빨갱이질얼 해처묵을라면 들키지나 말고 해처묵을 일이지."

정 사장이 감정을 누르지 못하고 내뱉은 말이었다.

"무슨 소리다요?"

세운 무릎에 얼굴을 박고 쪼그려앉았던 낙안댁이 황급히 고개를 들었다.

"무신 소리는 무신 소리!"

정 사장은 아는 정 보던 정 없이 내질렀다. 그리고 주머니를 더듬었다. 손이 헛집혔다. 유치장에 갇히며 압수당한 담배가 있을 리없었다. 그는 이빨을 뿌드득 갈아붙였다. 낙안댁은 그런 남편한테서 얼른 시선을 거두어 다시 무릎에 얼굴을 묻어버렸다.

이틀 동안 줄기차게 고문을 당한 소화는 혼미한 의식 속을 헤매고 있었다. 위로 치켜들려 묶인 두 팔의 통증도 잊은 지 오래였고, 매질의 아픔도 둔감해져가고 있었다. 그러나 염상구의 자백강요만은 또렷하게 거부하고 있었다. 아무리 매질의 아픔이 가혹하다 한들 빨갱이라고 거짓자백을 할 수는 없었다. 그것이 죽음의 길이라는 것을 그녀는 명백히 알고 있었다. 그녀는 죽고 싶지 않았다. 죽어서는 안 되었다. 다시 정하섭을 만나야 했다. 그의 씨를 정히 보존해야 했다. 그 일념은 매의 아픔도 이겨내게 했고, 거짓자백도 거부하게 했다. 매질이 가해질 때마다 그녀는 신령님을 불렀다. 내 딸아, 내가 너를 지켜줄 것이니라. 그녀는 여실한 신령님의 응답을 듣고 있었다.

시간이 흐를수록 염상구는 짜증이 받쳐오르고 있었다. 매질을 몇 차례 하지 않아 술술 불어대기에 녹록하게 보았는데 정작 필요한 대목에 가서는 매질이 전혀 효과가 없어진 것이었다. 저것이 참말로 멋모르고 심바람만 헌 것이 아닐랑가? 이런 생각이 들기도 했지만, 그는 그 생각을 야멸차게 뿌리치고는 했다. 정하섭이는 말단세포가 아니었다. 그자가 믿어 거점을 확보하고, 임무를 부여할 정도면 빨갱이가 아니고서는 안 될 일이었다. 그리고 정하섭을 놓친 실수를 만회해야만 했다. 골수빨갱이일수록 독하다, 그는 스스로에게 경고했다. 그리고 힘을 돋우었다. 그의 매질은 갈수록 난폭해졌다.

"아우, 아우, 아우 배야. 아우 어엄니이이······."

소화가 몸을 비비 틀며 신음을 토해냈다. 한바탕 매질을 하고 나서 의자에 걸터앉아 담배를 빨고 있던 염상구는 후딱 소화 쪽으로 고개를 돌렸다.

"아우우 배야, 어엄니, 나 죽어, 아우 배야······."

소화는 몸부림치며 발을 버둥거렸다.

"저년이 위째 저려······?"

염상구는 이상한 예감이 들어 담배를 내팽개치며 의자에서 벌떡 일어섰다.

"위째 이려, 위째. 정신 채려!"

염상구는 소화의 턱을 틀어잡았다. 그녀의 눈은 뒤집혀져 있었고, 이빨은 응등물려 있었다. 이년이 배창새기가 터져뿌렀능가? 염상구는 덜컥 겁이 났다.

"아이고메 엄니, 나 죽네, 안 되야 엄니, 나 죽어. 안 되야, 아이고 배야······."

"정신 채려! 워디가 아파서 이려, 워디가!"

소화는 염상구의 고함을 듣지 못하고 있었다. 아랫배가 비비틀리고 찢어지고 갈라지고 터지는 것 같은 통렬한 아픔에 휘둘리며 환각에 사로잡혀 있었다. 신령님이 들고 있는 동삼을 받으려고 하는데 어머니가 한사코 앞을 가로막는 꿈의 장면이었다.

"엄니, 안 되야, 엄니, 엄니이……."

염상구는 심상찮은 느낌이 들어 두 팔을 매달아 묶은 밧줄을 풀었다. 그녀의 몸이 시멘트 바닥으로 무너져내렸다.

"아니, 워쩐 일이여!"

염상구는 주춤 뒤로 물러섰다. 시멘트 바닥에는 피가 흥건히 괴어 있었던 것이다. 그리고 그녀의 다리에도 흘러내린 핏자국이 선명했다. 참말로 배창시가 터져부렀는갑다! 염상구는 아찔해졌다. 이대로 죽게 되면 자신의 앞날은 캄캄해지는 것이었다. 무당을 잘못 건드리면 해를 입는다더니 그 말이 영축없다 싶었다.

"정신 채려, 정신! 어이, 정신 채리랑께로!"

염상구는 어찌해야 좋을지 몰라 허둥거리는 마음으로 소화의 볼을 쳐대며 소리 질렀다. 소화는 차츰 정신을 수습해 가고 있다. 어머니의 푸르죽죽한 얼굴이 사라지고 정하섭의 모습이 나타났다. 정하섭의 얼굴이 흔들리더니 염상구의 얼굴로 바뀌었다.

"그려, 정신 채려. 배 워디가 아픈겨? 말얼 혀봐."

염상구는 다급하게 다그쳤다.

소화는 자신의 팔이 풀려 있음을 알았고, 아랫배의 통증이 소용돌이치는 속에 무엇인가가 쏟아져내리고 있음을 깨달았다. 그녀는 불현듯 몸을 일으켰다. 하체는 피범벅이었다.

"안 되야, 엄니이! 안 된당께로오!"

그녀는 느닷없이 울부짖었다. 그리고 시멘트 바닥에 괸 피를 두 손으로 떠올리듯 하며 소리쳤다.

"안 되야, 안 되야. 엄니, 그이 씨럴 요리 맹글어뿔먼 안 되야. 내 소원얼 요리 망쳐뿔먼 안 되야. 엄니, 엄니이이……."

그녀는 꼭 실성한 것처럼 몸부림치며 울부짖고 있었다.

염상구는 그때서야 소화가 정하섭의 아이를 배고 있었다는 사실을 알아차렸다. 그와 동시에 그녀가 빨갱이가 아니라는 사실도 깨달았다. 정하섭이놈, 무당 뱃속에 새끼를 까다니, 순간적으로 야릇한 질투심이 솟았다.

괸 피 위에서 몸부림을 치는 바람에 소화의 옷은 전부 피범벅이 되어 있었다. 염상구는 그녀의 하체를 유심히 살폈다. 피는 계속 흐르고 있었다. 애가 떨어져 흐르는 피가 어느 정도 흐르다가 멎는 것인지, 아니면 계속 흐르는 것인지 알 수가 없었다. 계속 흐른다면 죽고 말 것이었다. 매질을 심하게 해서 애를 떨어뜨리고, 하혈을 방치해 죽게 했다. 그건 모면할 길 없는 살인이었다. 배창자를 터쳐 죽였건 아이를 떨어뜨려 죽였건, 사람이 죽은 것은 매일반이었다. 살려내는 것이 아니라 죽지 못하게 해야 했다.

"꼼지락 말고 자빠져 있어."

염상구는 몸부림을 그치지 않고 있는 소화를 향해 내뱉었다. 그는 철문을 떼밀었다. 피냄새가 확 끼쳐왔다. 외기를 쐬자 피냄새가 의식된 것이었다. 그 피냄새는 염상구의 마음을 다급하게 만들었다. 그는 계단을 서너 칸씩 뛰어올랐다.

29

대나무 전설

    첫 얼음이 얼었다. 11월의 하늘을 검은 날개로 뒤덮던 까마귀떼들은 어디로인지 자취를 감추어버리고 12월의 하늘은 기러기떼 차지가 되었다. 기러기떼는 까마귀떼와는 달리 아무리 많은 무리가 날아도 하늘을 어지럽히는 일이 없었다. 언제나 정연한 대오를 갖추어 날았고, 우짖음도 대오만큼 정확하게 박자를 맞추는 합창이었다. 얼음이 얼고 철새가 기러기뿐이면 바야흐로 엄동이 열린 것이었다. 삼남의 겨울은 늦게 오고 일찍 떠나갔다. 바다 가까운 남녘은 더욱 그러했다. 그럼에도 사람들은 유난히 추위를 꺼렸다. 긴 여름을 살아내는 데 익숙해진 체질 탓인지도 모른다. 결빙 추위를 헤치며 이른 아침부터 고샅, 고샅을 바지런하게 잰걸음질 치고 있는 것은 큰 광주리를 무겁게 인 꼬막장수 여인네들뿐이었다. 꼬막 맛은 제철이었고, 살림살이가 어지간한 집들은 꼬막장수를 그냥 지나쳐보내는 일이 없었다.

김범우는 빠른 걸음으로 소화다리를 건너고 있었다. 들몰을 줄 달음질쳐온 매운 바람에 그의 머리카락이 흩날리고 입에서는 허연 김이 뿜어져나왔다. 그는 머리카락을 쓸어넘기며 귀가 시린 것을 느꼈다. 벌써 겨울이구나, 그는 겨울을 실감했고, 뒤따라 염상진이 생각났다. 그는 어디에서 무엇을 하고 있는 것일까. 쫓겨야 하는 겨울 산생활이 앞으로 얼마나 어려울 것인가. 김범우는 자신도 모르게 옥산 쪽으로 고개를 돌렸다. 안창민의 부상은 어떠한지, 염상진은 앞으로 어떻게 행동할 것인지, 염려스러운 생각들이 다시 떠오르며 김범우는 마음이 무거워졌다. 그는 걸음을 더 빨리했다. 순천행 통학열차 시각이 임박해 있었다. 전 원장의 집행유예 판결과 석방을 기다리며 광주에 머물다가 집에 돌아와 보니 학교에서 보낸 편지가 와 있었다. 12월 초하루부터 정상수업에 들어간다는 내용이었다. 본의 아니게 이틀 동안 무단결근을 한 셈이었다. 그러나 김범우는 결근에 별다른 신경을 쓰지 않았다. 정상수업을 실시한다고는 했지만 실제로 정상수업이 이루어지기란 거의 불가능한 것 같았던 것이다. 선생들이나 학생들이 적지 않게 죽고 상한 데다 사회 분위기도 뒤숭숭하고 불안한 상태였다.

플랫폼에서 기차를 기다리고 있던 열서너 명의 남학생들이 김범우를 보자 인사들을 했다. 거지반 거수경례를 하는데 굳이 모자를 벗고 고개를 숙이는 학생도 두어 명 있었다. 대충 인사를 받고 난 김범우는 담배를 빼물었다. 통학열차를 타기 전에 담배를 피우는 것은 그의 습관이었다. 학생들이 태반인 열차 안에서는 되도록 담배를 피우지 않기로 하고 있었다.

김범우는 먼 눈길로 첨산을 바라보며 담배연기를 깊이 빨아들였다. "그리 염려하지 마시오, 선방(禪房)이 어디 따로 있나요. 그저 선방에 앉아 있는 것이려니 생각하면 되는 게지요. 마음 놓이는 자리에 따라 극락이고 지옥이고 정해지는 법 아니던가요." 송선생, 아니 법일스님이 담담한 어조로 한 말이었다. 잔잔한 미소가 감돌고 있는 그의 얼굴은 감방에 갇혀 있는 몸이라는 것을 의식할 수 없도록 평온했었다. "어디 나만 겪는 고초인가요. 나는 역사의 줄기를 꿰뚫어볼 안목이나 식견은 갖추지 못했지만 어차피 해방이 되고 한 번은 치러야 할 역사의 홍역이 아니었겠소?" 법일스님은 어조를 바꾸지는 않았다. 그러나 눈빛이 변화를 나타냈다. 약간 치켜뜬 듯한 눈은 의지적이고 신념에 차 있었다. 그 눈은 관념적 허무를 바라보는 승려의 눈이 아니라 역사적 진실을 지키고자 하는 인간의 눈이었다. 법일스님과 작별한 다음에도 '역사의 홍역'이라는 말이 자꾸만 되씹혀졌다. "그 중, 골치 아픈 중이오. 중이면 열심히 목탁이나 칠 일이지 뭘 먹겠다고 빨갱이질이냔 말야." 검사는 거침없이 내쏘았다. "순수한 사회개혁 의식이라고요? 그게 무슨 근거가 있는 말이오? 김 선생, 괜히 동정하지 마시오. 그자는 골수 빨갱이오. 순천지구에서 발행된 지하신문에 자금을 댔소. 그런데도 순수하오?" 검사는 증오의 빛까지 드러냈다. 그의 앞에 내놓은 소개장이 무색할 지경이었다. "사회개혁이나 사회주의나 공산주의나 다를 게 뭐가 있소. 다 이웃사촌이고, 그게 그거지." 일정치하에서 자격을 획득한 검사다운 말이었다. 더 말할 필요를 느끼지 않았다. 검사실을 등지고 나오는데 빗장뼈가 부러져 한쪽 어깨가 기울어져 있는 법일스님의 모습이 어른거렸다.

기차는 쇠끼리 맞갈리는 마찰음을 뿌리며 멈춰서고 있었다. 김범우는 학생들이 먼저 오르기를 기다리며 느리게 걸음을 옮겨놓았다.

"선생님, 여기 앉으시지요."

한 학생이 자리를 권해왔다. 빈자리는 드문드문 있었다. 그러나 굳이 권하는 자리를 피할 까닭은 없었다.

"응, 고맙구면."

김범우는 학생의 얼굴을 일별하고는 창가의 자리에 앉았다. 학생의 얼굴은 다소 눈 익었지만 누구인지는 알 수가 없었다.

"선생님, 저 잘 모르시지요?" 자리를 권한 학생이 옆자리에 앉으며 물었고, "짜아석, 니까진 걸 선생님이 워치께 아시냐?" 맞은편 자리에 앉은 학생이 비꼬는 투로 말했다.

자리를 권한 것이 의례적인 예의를 차리기 위해서가 아니라 무슨 용건이 있어서였음을 느낀 김범우는 두 학생의 명찰을 빠르게 살폈다. 앞자리에 앉은 학생은 양효석이었고, 옆자리의 학생은 현오봉이었다. 양효석의 옆에 앉은 학생은 책읽기에 열중해 있는 것으로 보아 아는 사이가 아닌 것 같았다.

"저는 양효석이라고 합니다. 본정통에 있는 포목점이 제 집입니다." 앞자리의 학생이 말하며 엉덩이를 들먹했다가 앉았고, "저는

현오봉입니다. 청년단장이 제 아버님이었습니다." 옆자리의 학생이
모자를 약간 들어올리며 고개를 꾸벅했다. 아, 네가 바로 죽은 현
준배 씨의 아들이구나, 그 확인과 함께 김범우의 머리를 스치는 것
이 있었다. 염상구에게 제지를 종용했던 테러 행위였다. 거기에 청
년단장의 아들이 끼여 있다는 염상구의 말은 기억에 남아 있지만
포목점의 아들에 대해서는 기억이 없었다. 그런데도 그들이 함께
행동했을 것이라는 짐작이 들었다.

"저어…… 선생님께 한 가지 여쭤볼 것이 있어서요."

현오봉이 어려워하며 말을 꺼냈다. 김범우는 무슨 말인지를 눈
으로 묻고 있었다.

"저어…… 다름이 아니고, 내년 봄에 학교를 졸업하는데, 육군
사관학교를 가는 게 어떨지, 그걸 좀 알아보고 싶어서요."

"육군사관학교?"

김범우는 고개를 갸우뚱하며 반문했다. 의외의 질문이었던 것
이다.

"자아석, 말재주도 드럽게는 읎네. 으째서 육군사관학교럴 갈라
고 허느냐, 이만저만혀서 육사럴 갈라고 허는디 선생님 생각은 어
쩌시냐, 허고 조단조단 말얼 해야 선생님이 쉽게 알아들으실 것 아
니겄냐, 요런 등신아."

양효석은 상대방이 무색할 만큼 핀잔을 주었다.

"그렇게 애초에 성보고 말허라고 안 그랬냔 말여."

현오봉이 얼굴을 잔뜩 구기며 핀잔을 튕겨냈다.

"알겠어." 모자챙을 매만지며 자리를 고쳐 앉은 양효석은, "선생님, 다른 것이 아니고 요번에 우리 아부지나 오봉이 아부지나 다 염상진이놈 손에 돌아가셨습니다. 고것이 너무 분허고 참을 수가 없어서 웬수를 갚자고 뜻 맞는 사람 다섯이서 멸공단을 조직했습니다. 멸공단이 본격적으로 활동을 시작하는 판인데 강제로 해산을 당했습니다. 분은 다 풀지 못했고, 두고두고 빨갱이놈덜헌테 원수 갚을 생각을 허다가 육사를 가면 좋겠다고 우리찌리 의견을 모으게 됐습니다. 우리들 계획이 어떤지, 선생님 말씀을 듣고 싶습니다."

양효석의 말은 그런대로 조리가 있었다. 책을 읽고 있던 옆자리의 학생은 어느새 책을 덮고 양효석의 말에 귀를 기울이고 있었다. 김범우는 불현듯 흡연욕구를 느꼈다. 그러나 담배를 꺼내지 않고 창밖으로 시선을 돌렸다. 기차는 순천만의 염전지대 옆을 달리고 있었다. 겨울철 염전은 벼포기만 남은 들판보다 더 황량해 보였다. 김범우는 무슨 말인가를 해야 된다고 생각했다. 그러나 할 말이 없었다. 아니, 아무 말도 하고 싶지가 않았다. 그들이 군인이 되고자 하는 결정은 그 원인이 지극히 감정적이고 충동적이었다. 그러나 개인적으로는 더 이상 바랄 수 없을 정도로 완벽한 행동의 계기인 셈이었다. 그건 교육적인 의견을 피력할 성질의 문제가 아니었다. 그들이 의견을 듣고자 하는 것도 부정이 아니라 긍정 쪽일 것이고 반대가 아니라 찬성을 원하고 있을 터였다.

"다섯 사람이 다 육사를 가기로 했나?"

김범우는 선생으로서의 최소한의 임무를 의식하며 입을 열었다.

"아닙니다, 우리 둘이만 그렇게 생각하고 있습니다."

다른 사람들은 왜 그런 생각은 하지 않았느냐고 물어야만 이야기가 순조롭게 풀릴 것이었다. 그러나 김범우는 그렇게 묻지 않았다.

"자네들 생각이 나쁠 건 없지. 그런데 육사를 가는 건 평생 직업 군인이 되는 길이네. 부친들의 원수를 갚는 것도 중요한 일이긴 한데, 군인으로 일생을 살아야 한다는 문제에 대해서도 원수를 갚는 일과 구분해서 진중하게 생각해 봐야 되지 않을까?"

두 학생은 말이 없었다. 김범우는 담배를 피울까 말까 생각하며 그들의 반응을 기다리고 있었다. 한동안이 지나도 아무런 반응이 없었다. 김범우는 시선을 창밖으로 옮겼다. 그들의 침묵이 긍정인지 부정인지 궁금하기는 했지만 굳이 살펴보고 싶지는 않았다. 양효석의 옆자리에 앉은 학생이 다시 책을 폈다. 기차는 야산 굽이를 돌아가며 쉰 듯한 소리의 경적을 울리고 있었다.

"난 공산주의라면 치가 떨려요. 이가 갈린단 말요. 빨갱이는 내 철천지웬수요." 선우진 선생의 증오였다. 그의 반공에는 피해자로서의 원색적 감정뿐이었다. 배울 만큼 배운 그에게서 이성을 기대할 수 없었는데 부친을 잃은 두 학생이 이성적이기를 바라는 것은 더욱 불가능한 일일지 몰랐다. "당해보지 않은 사람은 몰라요. 말할 자격이 없어요." 선우진 선생의 그런 부르짖듯 하는 거부 앞에서는 논리적 이해라는 것이 오히려 감상이 되었다. 빼앗긴 자가 빼앗으려는 욕구나, 빼앗은 자가 빼앗기지 않으려는 욕구가 본능적이기는 마찬가지였다. 그러나 그 본능 사이에는 엄연한 차이가 있었다. 빼앗긴 자의 본능이 생존권 선언이라면, 빼앗은 자의 본능은 재산권 옹호였다. 빼앗긴 자가 많으면 많을수록 그 힘은 공격적일 수밖에 없고, 빼앗은 자는 어쩔 수 없이 방어적 입장이 되는 것이다. 그 대립은 필연적으로 폭력을 낳고, 그 피해자인 선우진 같은 사람들은 감정적 반공세력을 형성하는 것이다.

"우리가 이렇게 양쪽으로 갈라져 싸우는 것은, 아니, 싸운다고 하는 것이 말이 될지 모르겠는데, 이게 대체 누구 잘못인가요? 꼭 미국이나 쏘련의 잘못일까요?"

기차를 타고 광주에서 내려오며 전 원장이 꺼낸 말이었다. 무언가를 깊이 생각하는 듯한 그의 표정이나 어감은 다분히 부정적 의미를 내포하고 있었다. 어쩌면 그는 자신의 질문에 대한 답을 스스로 마련하고 있는 것 같기도 했다. 김범우는 입을 열기에 앞서 전 원장을 바라보며 어색스런 웃음을 지었다. 전 원장도 따라서 떨떠름한 웃음을 떠올렸다. 그야말로 고래 싸움에 새우등 터지는 격이된 전 원장은 감방에 갇혀 이런저런 정치적 문제를 되작거려 생각하지 않을 수가 없었을 것이다. 그런 전 원장을 생각하자 자신이 잘못이라도 저지른 것처럼 민망하고 난처해서 어색하게 웃음 짓지 않을 수가 없었다.

"원장님 말씀은…… 바로, 분단의 책임은 누구한테 있느냐 하는 것인데요. 글쎄요, 그게 한마디로 하기는 불가능한 일일 것 같습니다. 지금 원장님께서 의문을 표시한 대목만 잡아 말하자면, 물론 미국과 쏘련만의 책임일 수 없습니다. 각 개인의 집에 주인이 있듯이 한 나라에도 분명 주인이 있습니다. 어느 집에 도둑이 들었습니다. 도둑이 든 것까지는 주인의 책임이 아닐 수 있습니다. 그러나 일단 들어온 도둑에게 어떻게 대처하고, 무슨 방법으로 몰아낼 것이냐 하는 것은 주인의 책임입니다. 도둑을 맞아 한 집안이 망하게 되었을 때, 도둑은 그 집안을 망하게 한 원인일 뿐이지, 책임을 물을 대상은 아닙니다. 도둑은 직업상 책임을 지는 존재가 아니니까요. 다만 그 집안 사람들이 비겁하고 빙충맞아 자신들이 져야 할 책임을 도둑에게 전가시킬 수는 있겠지요. 아니면, 무식하고 아둔해서 원인과 책임을 구분조차 못하고 있거나 말입니다."

"그래요, 내 짧은 생각에도 그러리라 싶었어요. 그런데 도둑이 하나도 아니고 둘씩이나 들었는데 어째서 힘을 합쳐 도둑들을 몰아낼 생각은 안 하고 양쪽으로 갈라져 도둑들 편을 드나요?"

"예, 그건 분단의 원인규명이 되겠는데요, 그게 참 복잡하고 미묘한 문젭니다. 저도 서민영 선생께 그 점을 여쭤봤었습니다. 선생님 말씀이, 시간이 흐르고 세월이 가야 밝혀질 문제라고 하시더군요. 저는 제 나름대로 막연하게나마 몇 가지로 의문을 정리하고 있는 상태일 뿐입니다."

"그거라도 좀 들려주시지요."

"글쎄요, 원장님이 아시고자 하는 데 도움이 안 되고 혼란만 드릴 텐데요."

"혼란이라도 안 겪는 것보다 낫지 않겠어요? 이런 시국에 살면서."

"그런 문제에 관심 쓰시다가 우리 읍이 명의 한 분 잃는 게 아닌지 모르겠습니다."

"그래요, 나도 당이나 하나 만들어야겠소."

두 사람은 마주 보고 웃었다. 그 웃음은 아까처럼 어색하거나 떨떠름한 웃음이 아니었다.

"그냥 한번 들어보시지요. 그게 그러니까, 먼저 외적인 원인과 내적인 원인으로 대별할 수 있을 것입니다. 외적인 원인을 다시 열강들의 국제정치 역학과 이데올로기의 상충으로 나눕니다. 국제정치 역학은 세계 2차대전 전과 후로, 이데올로기의 상충은 미·쏘의 냉전상황으로 세분합니다. 그리고 내적인 원인은 사회적인 측면과 정치적인 측면으로 구분합니다. 사회적 측면은 다시 전통적 인습사회와 서구적 개조사회로, 정치적 측면은 식민지시대와 해방후시대로 나눕니다. 또한 서구적 개조사회는 사회주의와 자본주의로, 식민지시대 정치는 보수적 독립운동과 진보적 독립운동으로, 해방후시대 정치는 식민지시대 정치세력과 친일세력으로 세분됩니다. 대충 이렇게 갈라놓고 보면 외적인 원인은 수평적이고 횡적이 되며, 내적인 원인은 수직적이고 종적이 되어 상호 교차하게 됩니다. 위에서 구분한 항목들을 따라 세밀하게 조사하고, 그것들의 상관관계를 따져가며 종합하게 되면 원인이 규명되지 않을까 생각하고 있습니다. 어떠십니까, 머리만 혼란해지셨지요?"

"짐작했던 대로 역시 간단치 않은 문제로군요. 그런데 말이지요, 난 이번에 너무 딴 세상을 겪으면서 정치니 사상이니 하는 것에는 무식한 대로 이런저런 생각들을 해봤어요. 아무리 생각해 봐도 무식한 결론은 하나였어요. 왜 우리끼리 죽이고 죽고 하느냐는 것이었지요. 서로 한 발씩 양보하고 힘을 합치면 될 게 아니냐는 것이지요. 역시 단순하고 무식한 결론이죠?"

전 원장은 줍게 느껴지는 웃음을 어색하게 지었다.

"아닙니다, 바로 그 방법이 우리 입장에서는 가장 현실적이고 영리한 방법이었습니다. 구라파에서 연합군한테 분할점령된 나라가 독일 말고 또 오스트리아가 있습니다. 오스트리아는 지금 연합국의 신탁통치를 받으며 모든 정치세력들이 신탁통치의 종식을 위해 단합하고 있습니다. 오스트리아에도 공산당이 있고, 보수정당이 있고, 종교세력 정당이 있습니다. 그런데 그들은 서로 알력하지 않고 연합세력으로 뭉쳐 있습니다. 외세를 몰아내기 위해서죠. 그들은 되는데 왜 우리는 안 되느냐, 그것이 그들과 우리의 차이점이고, 우리의 문제점입니다."

"그것참 묘한 일이군요. 똑같은 조건 아래서 한 나라는 외세를 몰아낼 준비를 하는데, 또 한 나라는 외세에 앞장서 둘로 갈라졌으니, 그 원인이 어디에 있을까요."

"그게 아까 말했던 분단 원인 아니겠습니까."

"그렇군요, 김 선생은 이쪽에도 저쪽에도 치우치지 않는 입장이니까 그런 일을 하기엔 적임자란 생각이 드오."

"원 별말씀을……."

김범우는 담배를 꺼내다가 언뜻 자신을 쳐다보고 있는 눈길을 의식했다. 반사적으로 고개를 돌렸다. 이지숙이 자신을 쳐다보고 있었다. 눈이 마주쳤는데도 그녀는 눈길을 피하지 않았다. 햇쑥하게 야윈 얼굴은 차가울 정도로 무표정했는데, 눈에는 파악하기 어려운 무슨 말인가를 담고 있었다. 김범우는 성냥을 켜는 체하며 그녀의 눈길을 피했다. 그로서는 여자의 눈길을 그처럼 똑바로 받아보기는 처음이었다. 그 눈길이 여자가 남자에게 보내는 것이 아님을, 그러나 어떤 호감을 표하고 있었음을 김범우는 느끼고 있었다. 김범우는 비로소 그녀를 에워싸고 있었던 안개가 걷히는 것을 의식했다. 너는 단순히 안창민의 애인만은 아니다!

기차 안이 소란스러워지고, 기차는 덜컹거리며 흔들렸다. 김범우는 옆자리로 고개를 돌렸다. 두 학생이 언제 자리를 떴는지 의자는 비어 있었다. 김범우는 빙그레 웃으며 의자에서 일어났다. 그들이 자신의 말을 올곧게 받아들이지 않았으리라는 생각이 들었다.

"수우운처어어언, 수우운처어어언, 여기는 순천, 순천역입니다. 승객 여러분께서는 잊으신 물건 없이 차례차례 하차하시어 후미끼리를 건널 때 유의하시와 개찰구로 나와주시기 바랍니다."

안내방송이 울리고 있었다. 김범우는 자신도 모르게 어이없는 코웃음을 흘렸다. 도착역의 이름을 청승맞을 정도로 길게 늘여빼는 것도 일본식 그대로였지만, 후미끼리라는 일본말을 아직까지도 우리말로 바꾸지 않은 채 쓰고 있는 것이 한심스러웠던 것이다. 그 말은 들을 때마다 신경에 거슬렸다. 그것이 해방 한국의 현실이었다.

예상했던 대로 수업은 제대로 되지 않았다. 유고를 당한 학생들의 책상은 반마다 모두 치웠기 때문에 전과 달라진 것이 없는 것처럼 보였다. 그러나 출석부에는 유고자의 수가 숨김없이 드러났다. 한 반에 칠팔 명이 보통이었고, 어떤 반은 열 명이 넘기도 했다. 학생들은 공부할 의욕을 전혀 보이지 않았다. 선생들도 기계적으로 종소리에 맞춰 움직일 뿐이었다.

김범우가 선우진 선생이 사고를 당한 것을 알게 된 것은 네 시간째가 끝나고서였다. 선우진은 개학 첫날 수업에 들어갈 때마다 공산주의와 빨갱이에 대해서 거침없는 비판을 퍼부었다는 것이다. 그는 그날 밤 서너 명의 괴한들에게 난도질을 당했다고 했다. 그가 소리를 지르며 반항하는 바람에 주위사람들에게 빨리 알려졌고, 병원으로 옮겨져 가까스로 목숨을 건졌다는 것이었다.

사건전말을 듣고 난 김범우는 담배 한 대를 다 태울 때까지 책상에 앉아 있었다. 선우진의 성급함이 딱하고, 피해의식에서 벗어나지 못함이 안타까웠다. 그는 단순하게도 좌익학생들이 완전히 제거된 줄 알았을 것이고, 어리석게도 자신의 증오에 찬 감정을 마음껏 토로했을 것이다. 그가 조직의 생리에 대해 몰이해했던 것이 불찰이었고, 화를 자초한 원인이었다. 정치성을 띤 조직이란 그 어떤 것이나 양성과 음성의 양면을 지니고 있다는 것을 알았어야 했고, 특히 공산당 조직이란 자기네가 본받은 천주교 조직을 능가할 정도로 치밀하고 비밀스럽다는 것쯤은 알고 있었어야 했다.

김범우는 점심시간을 이용해서 도립병원을 찾아갔다. 선우진이 당한 자상(刺傷)은 예상했던 것보다 심했다. 배를 깊이 찔려 내출혈이 심했으므로 개복수술까지 받은 것이었다. "그나마 천만다행한 일입니다. 가슴부위를 찔려 허파가 상했거나 심장이라도 다쳤더라면, 큰일 당할 뻔했지요." 담당 의사의 말이었다. 선우진은 실물대 크기의 붕대 뭉치라고 해야 옳을 지경이었다. 머리부터 팔다리까지 온통 붕대로 감겨 있었다. '난도질을 당했다'는 말이 결코 과장이 아니었음을 실감할 수 있었다.

"김 선생, 내가 이 꼴이 될라고 월남을 한 게 아닙니다."

김범우를 알아본 선우진이 목이 메어 한 첫말이었다. 그의 눈에 괸 눈물이 눈꼬리를 타고 흘러내려 붕대로 스며들었다. '월남'이라는 말과 나이 든 남자의 눈물이 기묘한 힘으로 김범우의 가슴을 자극해 왔다. 자신의 의사와는 상관없이 고향을 버려야 했고, 다시 타향에서 생명의 위기를 당한 한 남자의 외로움과 비통함이 붕대에 싸여 있었다.

"선우 선생, 의사 말이, 경과가 아주 좋다고 하더군요."

김범우는 궁색한 거짓말을 찾아내고 있었다.

"김 선생, 범인들, 아니 날 이 꼴로 만든 빨갱이놈들은 잡았다고 하던가요?"

"글쎄요, 난 오늘 첫 출근해서 선우 선생이 변을 당했다는 말을 듣고 바로 병원으로 오는 길이라서 그것까진 잘 모르겠군요."

"세 놈이었어요, 세 놈. 어두워 얼굴을 보지 못한 게 원통해요. 김 선생, 그놈들을 꼭 잡아야 합니다. 김 선생이 그놈들을 꼭 좀 잡아주세요."

선우진의 감정은 격해지고 있었다.

"알았어요, 알았어요. 선우 선생은 그런 데 신경 쓰지 말고 몸이나 빨리 회복하도록 해요."

김범우는 연신 고개를 끄덕이면서, 그런 자기 자신에게 어이없어하고 있었다. 알았다는 말이나 고개 끄덕임을 선우진은 분명 약속으로 받아들일 것이기 때문이었다.

"김 선생, 내가 월남해서 크게 잘못한 일이 한 가지 있어요."

선우진은 어느새 감정을 다스렸는지 착 가라앉은 음성으로 말했다.

"뭘요?"

"월남했을 때 선생이 되지 말고 남들처럼 경찰에 투신하거나 군대에 들어갔어야 했어요. 그랬으면 빨갱이한테 원수도 속 시원하게 갚고, 이런 꼴도 안 당했을 것 아닙니까."

김범우는 한심스러운 심정으로 선우진의 옆얼굴을 물끄러미 바라보고 있었다. 기차에서 두 학생의 말을 듣고 선우진을 떠올렸었는데 이제 선우진의 말을 듣고 두 학생을 떠올리게 된 것이었다.

"선우 선생, 그렇게 편리할 대로 생각하지 말아요. 만약 경찰이나 군인이 되었더라면 이미 이 세상 사람이 아닐 수도 있어요. 경찰이나 군인이 되면 빨갱이한테 속 시원한 복수를 가할 수는 있겠지만 그만큼 죽을 확률도 크다는 것을 잊지 마시오."

김범우는 매정하다 싶게 말을 해버렸다. 그 말은 진작 기차 안에서 두 학생에게 하려다가 그들이 나이 어린 것을 생각해서 입 밖에 내지 않았던 말이었다. 그런데 선우진의 말이 그런 식으로 나가다가는 완치가 되면 경찰이나 군인이 되겠다고 할지도 모른다 싶어 미리 그 말을 해버렸다.

선우진은 더 말이 없었다. 그는 눈을 꼭 감고 누워 있었다. 눈두덩이 부석부석했다. 김범우는 자신의 말이 다소 지나쳤나 싶어 미안한 생각이 들었다. 눈까지 감아버린 선우진의 침묵이 자신의 말에 충격을 받은 것으로 느껴졌던 것이다.

"선우 선생, 나 다음 수업이 있어서 들어가봐야 되겠습니다. 또들를 테니 몸조리 잘하세요."

"와주셔서 고맙습니다."

선우진은 눈을 감은 채 말했다. 김범우는 붕대로 감싸인 그의 몸을 측은한 눈길로 훑어보고는 침대에서 돌아섰다. 있는 집 자식으로 아무런 고생을 모르고 자라 영문학을 전공했고, 지주의 기득권을 천부적 절대권인 것처럼 믿어 그 부(富)가 형성된 과정의 모순에 대해서는 한 번도 의문을 제기하거나 회의해 본 적이 없는 사나이. 그러므로 시대의 흐름이나 사회의식의 변화를 이해하거나 수용하지 못한 채 스스로의 우리에 갇혀 불행을 키워가는 연약한 사나이. 가문의 재산이나마 보호되어 있으면 모르되 빈손에 혈혈단신이 되어버린 처지에 세파를 헤쳐나가기에는 부적격한 사나이. 김범우가 긴 복도를 걸어나오며 정리하고 있는 선우진이었다.

낙안댁은 남편이 시키는 대로 아들 하섭에게 세 차례에 걸쳐 돈을 장만해 준 것은 전혀 모르는 일이라고 부인했다. "남정네가 허는 일얼 안에서 어찌 다 알겄소." 그녀는 이 말을 태연스럽게 했다. 그녀는 자신의 말이 아주 그럴듯하다고 느낌과 동시에 자신이 저지른 죄를 고스란히 남편에게 뒤집어씌우는 죄스러움에 가슴이 아팠다. 남편과 20년이 넘게 살을 맞대고 살아오면서 수다하게 거짓말도 하고 속이기도 했지만 죄스러움으로 그렇게 가슴이 아픈 것은 처음이었다. 그리고 아들 하섭한테는 전에 없던 미움이 솟는 것이었다. 남편에 대한 죄스러운 마음이 아들을 향한 미움으로 바뀌었다. 세 차례씩이나 남편 모르게 돈을 꾸려줄 때만 해도 에미의 안타깝고 안쓰러운 정풀이로 한 일이었을 뿐 남편이 죄인으로 갇힐 후환이 끼치리라고는 상상하지 못했던 것이고, 더욱이 공산당이 번창하고 융성하라는 뜻은 털끝만큼도 없었던 것이다. "아주머니는 전혀 몰랐던 일이라고요? 그게 사실인가요?" 심 대장이라는 사람은 찬바람이 이는 웃음을 입가에 물고 있었다. 그 웃음이 이쪽의 속을 환히 알고 있다는 표시 같기도 했다. 그러면서도 그 사람은 더 캐묻지 않았다. "좋습니다, 부부 일심동체라고 하지만 죄 없는 아주머니까지 잡아둘 수는 없지요." 아들이 미워지는 건 그 심 대장이라는 사람 때문인지도 몰랐다. 그 젊은 사람이 어느 한 구석이라도 녹록해 보이는 데가 없이 강단지고 반듯해 보였던 것이다. 인상만이 그런 것이 아니라, 지난번 사건을 소작인들 좋도록 해결한 것을 보면 분명 만만한 사람이 아니었다. 낙안댁은 집으로 돌아와서도 줄곧 그 생각에서 놓여나지 못하고 있었다. 무슨 수로 그 사람의 마음을 돌려 남편이 풀려나게 할 것인가……. 아무리 궁리를 해도 뾰족한 수가 생각나지 않았던 것이다. 시간이 갈수록 애가 타고, 애가 타다 보면 아들에 대한 미움이 살아오르고는 했다. 그리 애를 끓이고 앉아 있는데 염상구가 찾아들었다. 낙안댁은 마음이 조급하고도 허하던 참이라 염상구를 대하는 순간 평소에 하시하던 감정은 간 데가 없고 반가움이 앞섰다. 저것이 그래도 청년단장인데 무슨 수가 있을지도 모르지. 저 구름에 비 들었으랴 싶은데 소나기 쏟아진다 하지 않던가.

"어쩐 일이신가, 날도 추운디."

낙안댁의 음성은 여느 때 없이 부드럽고 그 얼굴에는 반가움이 드러났다.

"전헐 말이 있어 왔구만이라."

염상구는 심드렁하게 말하며, 옳지 죄럴 짓고 봉께 나 겉은 놈헌테도 기가 팍 죽어 요리 살붙게 허는구만, 하고 넘겨짚고 있었다.

"무신 말, 심 대장이 무신 말 전허라고 허등가?"

낙안댁은 성급하게 속을 드러내고 있었다.

"심 대장이요? 아닌디요."

염상구는 상대방의 심정을 다 헤아리며 일부러 불퉁스럽게 대꾸했다.

"허먼, 무신 전헐 말이 있으까아?"

말꼬리가 길어지며 낙안댁의 안색은 새치름하게 변했다.

"워따메, 날이 쇠불알 얼어붙게 칩네이." 염상구는 혼잣소리처럼 말을 뱉으며 과장되게 진저리를 치고는, "나가 전헐라는 말이 사령관님 말씸은 아니드락도 요분 사건에 직접 관련된 말이구만이라. 워째, 들어보실랑게라?" 싫다면 그냥 돌아가겠다는 태도를 취했다.

"어이, 날이 찬디 방으로 잠 들오소. 나가 정신이 읎어서 사람얼 추운 디다 세우고 이러네, 시방."

낙안댁은 자신의 경솔을 책하며 염상구를 방으로 들게 했다. 염상구는 간단히 한마디 전하고 돌아서려 했던 당초의 마음을 바꿔 일삼아 안방으로 들어갔다. 제 기분 내키는 대로 사람을 반기는 척 했다가 홀대하다가 하는 못돼먹은 심보에 비위가 상해, 속을 좀 긁어주고 싶은 오기가 동했던 것이다.

"아짐씨, 무당며느리 보게 생겼습디다?"

염상구는 방바닥에 엉덩이를 붙이자마자 고개를 외로 틀며 느닷없는 말을 내던졌다.

"머시여? 고것이 무신 귀신 씨나락 까묵는 소리여?"

생각했던 대로 낙안댁은 소스라치게 놀라며 얼굴이 딱 굳어졌다. 염상구는 낙안댁을 곁눈질하며 태평스럽게 담뱃갑을 꺼내고 있었다.

"이 사람아, 고것이 무신 소리냐니께?"

말을 다그치고 있는 낙안댁의 가슴은 쿵쿵 울리고 있었다. 소화가 임신이라도 했단 말인가! 설마 하섭이가 천한 무당의 몸에 손을 댔으랴. 소화가 심부름한 것을 그렇게 과장하며 이놈이 돈푼을 알겨내려는 것인가. 낙안댁의 머릿속은 어지럽게 엇갈리고 있었다.

"아짐씨넌 안직 몰르고 있었습디여? 그라면 나가 먼첨 알았는가 아?"

염상구는 담배연기를 천장을 향해 푸우 뿜어내고는 딴전을 피우듯 말하고 있었다.

"이 사람아, 사람 속 태우덜 말고 싸게싸게 말을 허소."

"알겄구만요. 확 말얼 혀뿔제라. 그 처녀무당이 아들 아럴 뱄드만이라."

염상구는 낙안댁을 똑바로 쳐다보며 터무니없이 큰 소리로 말했다.

"아이고메, 이 일얼 워쩔끄나!"

쪼그려앉았던 낙안댁은 털퍼덕 주저앉고 말았다. 아랫입술을 문채 눈을 꼭 감은 낙안댁의 얼굴은 하얗게 질려 있었다. 담배연기를 건성으로 내뿜으며 실눈 아래로 낙안댁을 보고 있는 염상구의 입 언저리에는 가소로워하는 웃음이 는적거리고 있었다.

"나 인자 가봐야쓰겄소."

낙안댁이 질겁을 하며 눈을 떴다.

"이 사람아, 이러고 가불면 워쩔 것잉가. 나허고 의논 잠 허세."

낙안댁은 일어날 생각도 하지 않고 있는 염상구의 소매를 붙들며 매달렸다.

"시악씨가 아조 이쁘고도 얌전튼디, 아짐씨 허는 것 봉께로 며느리 삼기가 싫은갑제라?"

"이 사람아, 넘 속에 불 질르지 말소. 근디, 애럴 뱄어도 안직 표는 안 날 것인디, 자네 취조에 그것꺼정 자백허등가?"

머리 돌아가는 것이 제법이라고 염상구는 생각했다.

"활동사진 보디끼 훤허게 아시능마요이."

"고것이야 워찌 되었거나 상관읎는 일이고, 인자 워쨌거나 애럴 못 낳게 혀야 헐 것인디……."

낙안댁은 속입술을 잘근잘근 씹고 있었다. 그녀는 어느새 감정을 수습하고 냉정하게 해결방법을 찾고 있었다. 염상구는 이제 그만 사실대로 털어놓을까 하다가 기왕 시작한 거 좀더 애를 먹이기로 했다.

"어이 이보소, 무신 존 방도가 읎겄능가?"

"글씨요, 천허고 징헌 무당 배에 씨럴 뿌리지 말았어야제라."

"인자 고런 소리 허면 무신 소양이 있어. 애럴 못 낳게 헐 방도럴 말허랑께."

낙안댁이 짜증을 부리며 내쏘았다. 그려, 애가 타제? 쪼깐 더 애가 타야 써. 염상구는 박하사탕을 와삭와삭 씹는 기분이었다.

"금메, 으짤께라. 내사 무당헌테 씨럴 못 뿌려봐서 잘 몰르겄는디요."

"자네 시방 내 가심에 불 질를라고 작정혔능가!"

낙안댁이 그만 소리를 빽 질렀다.

"와따메, 귀창 떨어지겄소. 나도 답답헌께 허는 소리제라."

염상구는 낯 두꺼운 능청을 떨고 있었다.

"그려, 존 방도가 있네." 낙안댁이 갑자기 밝은 음성으로 말하고는 염상구와 눈길이 마주치자 앞으로 다가앉으며, "자네가 애럴 띠주소." 정색을 하고 말했다.

"머시라고라? 나가 의사도 아니고 무당도 아닌디 무신 수로 애럴 띠어라. 의사먼 수술이나 허고, 무당이먼 굿이라도 허겠지만 나넌 헐 것이 아무것도 옰지 않는개비요?"

"내 말 듣소. 자네 취조험시로 매질 안 허능가? 고때 애 떨어지게 해도란 말이시."

낙안댁의 목소리는 속삭이듯이 낮았다. 아, 이 무서운 여자. 양반입네 부자네 하며 겉으로는 점잖은 척, 깨끗한 척하면서 속으로 이런 끔찍한 생각을 품고 있는 징허고 징헌 여자. 그래, 기왕 애는 떨어진 것, 이런 부탁을 맨입으로 할 리는 없을 것이다! 염상구는 낙안댁을 응시한 채 두 가지 생각을 거의 동시에 하고 있었다.

"글씨요잉, 아무리 보도 듣도 못허는 것이라 혀도 고것이 인종은 인종이고, 살아 있는 목심인디……."

"보소, 수고비 톡톡허니 낼 것이니 나 잠 살려주소. 무당이 새끼럴 낳아서 안고 들어오는 날에는 우리 집안 망혀뿌네."

"근디, 을매럴 주실라는디요?"

"쌀 닷 가마."

염상구는 고개를 저었다.

"허먼, 여섯 가마니."

다시 고개를 저었다.

"음마, 그라면 일곱……."

"니기럴, 싹 다 그만두씨요. 누구럴 거렁뱅이새끼로 아요? 살인얼 허라고 시킴스로 헌다는 짓거리가 요게 머시여, 재수대가리 읎이!"

염상구는 방바닥을 박차고 일어났다.

"아니시, 아녀. 여자 소견에 그리 되얏응께 자네가 불러보소."

낙안댁은 염상구를 붙들고 늘어졌다.

"쪼옷소, 일곱에 세 곱얼 내씨요."

"글먼, 고것이 을매여?"

낙안댁이 입을 딱 벌렸다.

"삼 칠에 이십에 일이요. 남자가 짜잔허게 꼬랑댕이 붙은 것꺼정 받기 싫은께 딱 스무 가마니만 내씨요. 더 무신 말 허먼 나허고는 끝장이요."

"아이고메, 알겄네."

낙안댁은 맥 빠진 소리를 흘리며 염상구를 붙들었던 두 손을 힘 없이 떨어뜨렸다.

"당장 가서 일얼 깨끔허니 끝내겄소. 쌀언 일 끝내고 챙길 것잉 께 준비혀 두시씨요."

염상구는 당당하고도 기운찬 걸음걸이로 안방을 나섰다.

그 뒤로 염상구한테서 낙안댁에게 전화가 걸려온 것은 두 시간 쯤 지나서였다.

"패도 너무 무작허게 팼는지 피가 주체럴 못허게 쏟아져, 죽을까 겁이 나서 병원으로 옮겨놨구만이라. 애 떨어진 것 확인도 허고 병 문안도 허고 겸사겸사혀서 병원에 한차례 가보시제라."

이 말은 낙안댁을 만나 처음에 전하려고 했던 말이었다. 다만 '애 떨어진 것 확인도 허고' 하는 대목이 새로 들어갔을 뿐이었다.

"확인헐 것 읎네. 근디 병원에 있음서 그 일이 소문나면 워쩔 것인가?"

"매질 심허게 혀서 애 떨군 것이야 나가 뒤집어쓰는 잘못으로 끝나제 그 일이 워찌 소문이 나겄소?"

"알었네, 쌀 실어가소."

"고맙구만이라. 헌디, 그 여자가 피 쏟아지는 것을 보고 애 떨어진 줄 알고는 피럴 보듬고 보듬고 험시로 발광허대끼 통곡얼 해대는디, 맘이 짠혀서 못 보겄드만이라. 은제라도 병문안얼 한분 가보시는 것이 워쩌실게라?"

"내 알아 헐 일잉게 간섭 말소."

낙안댁은 전화를 끊어버렸다.

낙안댁이 사람들의 눈을 피해 어두워진 다음에 병원을 찾아간 것은 나흘 뒤였다. 다음날이 소화의 퇴원이었다. 낙안댁은 치료비와 입원비를 치르고 소화의 방을 찾았다. 방문을 열고 들어서던 낙안댁은 소화를 보는 순간 걸음을 주춤했다. 이불을 덮고 누워 있는 것은 소화가 아니라 전혀 다른 여자 같았던 것이다. 그 곱고 풋풋하던 모습은 간 곳이 없고 창백하게 시든 병자가 누워 있었다. 저것이 못할 고생을 하는구나. 낙안댁은 뜨거운 물이 덮씌워오는 것 같은 죄의식을 느꼈다. 작정하고 왔던 마음이 허물어지려고 했다. 그녀는 스스로를 꾸짖으며 마음을 다잡았다.

낙안댁을 알아본 소화는 몸을 일으키려 했다.

"아닐세, 그냥 뉘 있게."

낙안댁은 소화의 어깨를 지그시 눌러 일어나지 못하게 했다.

"머 헐라고 이리 오셨는게라."

소화의 목소리는 병색 짙은 파리한 모습만큼이나 가녀리고 힘이 없었다.

"하섭이 땀시 자네 고상이 너무 크고 무겁네. 입이 열 개라도 미안허고 면목 읎는 말언 다 헐 수가 읎네. 차차로 갚아가도록 험세."

낙안댁은 품위를 갖추어 반듯하게 인사치레를 했다.

"아니구만요, 그리 말씸허시면 지가 더 면목 읎고 부끄러지는구만요."

낙안댁의 귀에는 소화의 말이, 당연히 할 일을 했고, 당연히 당할 일을 당한 것이라는 뜻으로 들리고 있었다. 그리고 소화의 입에서 금방 '어머님' 소리가 나올 것만 같았다.

"자네가…… 워째서 입원얼 했는지 다 들었네. 우선 책임 못 질 짓 헌 하섭이가 양심 읎는 인종이시. 그라고 그 담이…… 여자로 몸간수 지대로 못헌 것이 자네 잘못이네. 둘이는 애당초 인연이 아니었제. 젊은 사람덜이 철없이 저질른 잘못이었응께 인자 깨끔허니 잊어뿌러야 헐 것이네. 허고, 앞으로는 하섭이가 무신 소리럴 혀도 심바람 나서지 말고 퇴허소. 자네가 심바람얼 와도 자네럴 내가 퇴헐 것잉께. 아픈 자네 앞에서 차마 못헐 소리 허고 있는 줄 알제만, 나만 야속타고 타박허진 말아주소. 요런 좋잖은 소리 허는 내 속도 편치럴 않네.”

낙안댁의 말 마디마디에서는 찬바람이 일고 있었다. 죽은 듯이 누워 있는 소화의 양쪽 눈꼬리에서 흘러내린 눈물은 관자놀이께의 머리카락을 적시며 아래로 스미고 있었다.

이지숙은 중병을 앓듯 하며 이틀 동안 자리에서 일어나지 못했다. 식은땀으로 온몸을 적시며 끝이 없는 악몽과 환각에 시달렸다. 살점이 떨어져나가 뼈가 드러나도록 끊임없이 매질을 당하고, 염상구에게 목이 졸려 죽기도 하고, 자신이 염상구를 난도질쳐 죽이기도 하고, 안창민의 한쪽 다리가 썩어 들어가고, 목발을 짚은 안창민이가 염상진에게 버림받아 산골짜기를 헤매며 짐승처럼 소리를 지르고, 안창민이가 건강한 두 다리로 자신에게 뚜벅뚜벅 걸어와 손을 내밀며 사랑한다고 말하고, 자기 학급 아이들이 자신을 향해 일제히 빨갱이를 외치며 신주머니고 필통이고 돌멩이를 던지고, 선생들이 자신을 에워싸고 온갖 욕을 퍼붓고, 자신이 난사하는 총 앞에서 염상구고 경찰이고 안창민이고 김범우고 거꾸러져 죽고……. 그녀는 눈 감기를 두려워하며 이틀을 보냈다.

서너 숟가락을 뜨다 말고 아침밥상을 물린 그녀는 벽에 몸을 부린 채 멍하니 앉아 있었다. 몸을 제대로 가눌 수가 없이 허물어져 내리는 것 같고, 정신마저 흐리멍덩한 채 갑작스러운 현기증으로 아뜩해지거나 터무니없는 환각현상이 일어나기도 했다. 몸 여기저기에 잡힌 멍자국들은 처음의 검푸르칙칙한 색깔에서 누르퉁퉁하고 푸르죽죽하게 변색되어 있었다.

"이 선생님, 선생님 계십니껴?"

조심스러운 여자아이의 목소리가 방문 가까이에서 들렸다. 누구일까를 생각하며 몸을 수습한 이지숙은 앉은걸음으로 몸을 옮겨 방문을 열었다.

"선생님, 안녕허셨어요?"

고개를 숙여 인사하는 단발머리의 소녀는 학교 사환이었다. 이지숙은 그 아이가 왜 왔는지를 순간적으로 알아차렸다.

"선생님, 교장선생님께서 뵙자고 허십니다."

이지숙은 웃음을 지어 보이며 소녀에게 고개를 끄덕였다. 방문을 닫으려는데 소녀는 돌아설 낌새가 없이 그대로 서 있었다. 이지숙은 소녀에게 먼저 가라는 눈짓을 보냈다.

"선생님이 영 아파 뵈는디 지가 뫼시고 갈라능마요."

소녀가 울 듯한 표정으로 말했다.

"괜찮아, 나 혼자 갈 수 있다. 학교 일이 바쁜데 늦게 가면 야단맞는다. 난 세수도 하고 옷도 갈아입고 해야 하니까 어서 가서 교장선생님한테 금방 오신다더라고 여쭤라."

이지숙은 그녀의 마음을 고마워하며 다정스러운 음성으로 말했다.

"참말로 혼자 오실 수 있으신게라?"

"그러엄."

"글면 지 먼첨 가겄구만요."

소녀는 꾸벅 인사를 했다. 까만 단발머리가 탄력 있게 흔들렸다. 이지숙은 그 머릿결의 흔들림을 보며, 곱기도 해라, 순간적인 신선감을 느끼고 있었다. 봄의 양지에서 삐약거리는 병아리의 노란 솜털을 보았을 때 감정의 현을 울려오는 감탄스러운 경이로움 같은 것이었다. 내가 교단 떠나기를 아쉬워하고 있구나, 그녀는 자신의 감정을 판독하며 쓸쓸레하게 웃음 지었다.

의례적인 인사를 끝낸 교장은 담배에 불을 붙였다. 호흡 짧은 연기를 두어 번 내뿜고는 자리를 고쳐 앉았다. 헛기침을 하고는 다시 담배를 뻐끔거렸다. 눈을 아래로 뜬 이지숙은 교장의 그런 동작들을 빠짐없이 감지하며 어서 말을 꺼내주기만을 기다리고 있었다. 말의 서두를 시작하기만 하면 더 이상 교장의 입장을 난처하게 방치하지는 않을 생각이었다.

"이 선생, 저어 다름이 아니라…… 나도 중간입장에서 어떻게 할 수가 없는 난감한……."

"교장선생님, 말씀 안 하셔도 다 알고 있습니다. 제가 돌아오는 날로 사표를 제출하는 것이 예의고 도리인 줄 알고 있으면서도 몸이 아프고 거동하기가 어려워 부르시게까지 한 불찰을 저질렀습니다. 죄송합니다."

이지숙은 준비했던 말을 한달음에 마치고, 써가지고 온 사표를 손가방에서 꺼내 교장 앞에 밀어놓았다.

"이거 참, 내가 아무 힘도 되지 못해 정말 면목이 없습니다."

"전 그만 물러가겠습니다."

이지숙은 일어섰다. 교장이 담뱃불을 끄며 따라 일어섰다. 이지숙은 교무실을 향해 복도를 걸었다. 2년 동안 낯익었던 환경이 갑자기 낯설게 느껴졌다. 어느 교실에선지 풍금소리와 아이들의 노랫소리가 울려왔고, 어느 교실에서는 아이들의 깔깔거리는 웃음소리가 방울 구르듯 맑게 들려왔다. 내 학급은 누가 가르치나! 이지숙은 뒤늦은 생각에 부딪히며 걸음을 멈칫했다. 사표를 내기 전에 이미 자신의 자리는 없어진 것이었다. 불현듯 아이들이 보고 싶었다. 태반이 가난하여 점심을 굶어야 하는 아이들, 손가락마디만 한 몽당연필을 대나무에 끼워 써야 하는 아이들, 그들이 못 견디게 보고 싶었다. 교직을 박탈당한 것과는 별개로 그 아이들을 가르칠 수 없게 되었음이 새로운 슬픔과 헛헛함으로 가슴을 아리게 했다.

수업 중이라서 교무실은 텅 비어 있었다. 교감은 정물처럼 멀리 앉아 있었고, 사환아이가 그림자처럼 소리 없이 움직이고 있을 뿐이었다. 이지숙은 책상정리를 서둘렀다. 수업이 끝나기 전에 학교를 벗어나고 싶었다. 선생들을 만나보았자 반가워할 사람도 없었고, 반가운 사람도 없었다. 그들은 하나같이 겉으로는 입에 발린 소리들을 늘어놓으면서 속으로는 구경거리를 삼을 것이었다. 마지막으로 아이들이라도 한번 만나보고 싶었지만 담임이 이미 바뀌어 있었다. 만나보고 싶은 마음을 간직하면 되었지 정작 만나서 무얼 할 것인가. 그리고 학교 측도, 새 담임도 원하는 바가 아닐 수도 있었다.

책상서랍들에서 챙겨야 할 사물은 몇 가지 되지 않았다. 보자기에 싸서 들고 교감 앞으로 다가갔다.

"교감선생님, 안녕히 계십시오."

무언가를 읽고 있던 교감은 초점이 맞지 않은 눈길로 이쪽을 보다가 이지숙을 알아보고는 황급히 의자에서 일어났다.

"교, 교장선생님은 만나보셨는가요?"

"네에."

"아아, 그러셨구만요. 뭘 좀 읽니라고 이 선생 들어오신 것도 몰르고 있었습니다그려."

"책상은 다 정리했습니다. 안녕히 계십시오."

이지숙은 고개를 숙였다.

"아, 예, 이거 서운해서……."

교감은 교무실 문까지 따라나왔다. 이지숙은 고개를 숙이고 운동장을 가로질렀다. 뒤돌아보지 말자고 자신에게 약속하고 있었다. 세상이 바뀌지 않는 한 다시는 교단에 설 수 없는 것이다. 앞으로 무엇을 해야 할 것인지를 냉정하게 생각하지 않을 수 없는 시간과 맞서게 된 것이었다. 이지숙은 한 번도 뒤를 돌아보지 않고 교문을 벗어났다.

이지숙의 고향은 담양이었다. 담양은 예로부터 농산물보다는 죽세공품으로 이름난 고장이었다. 그 이름이 널리 알려진 만큼 무성한 대밭이 사철 푸름 속에 산재해 있었다. 담양의 대가 이름을 얻게 된 것은 타지방의 대에 비해 질이 월등히 좋은 까닭이었다. 삼남지방에서만 자생하는 대는 어디에서나 눈에 띄는 다년생나무였는데 특히 호남지방에서는 집집의 뒷울타리 노릇을 하는 양하며 울울이 퍼져 있었다. 그런데 담양의 대는 그 많은 고장의 대들 중에서도 으뜸으로 꼽힐 만큼 질이 좋았던 것이다. 담양의 대는 흔히들 '왕대'라고 불렸는데, 그 이름대로 원통의 크기가 대개 어른의 양쪽 손가락 엄지와 중지를 맞대어 만든 원(圓)만큼씩 했고, 키도 열 길 높이로 치솟았다. 담양대가 그렇게 걸출한 것은 품종이 특별해서가 아니었다. 담양대를 다른 지방에 옮겨다 심으면 그 걸출한 모습은 간 데가 없고 '졸대'가 되고 마는 것이었다. 사람들은 이상해하기도 하고, 신기해하기도 했지만, 그것이 기후와 토양 탓이라는 것쯤은 헤아리고 있었다. 담양에서 대가 아무리 유명하다 하나 치부의 수단이나 기준은 역시 전답이었다. 이지숙은 담양 지주 이장원의 4남 1녀 중 막내인 고명딸이었다. 그녀가 사회주의에 경도된 것은 셋째오빠의 영향이었다. 그녀는 생김새는 물론 성격까지 셋째오빠를 닮은 데가 많았다. 셋째오빠는 말수가 적은 냉정한 성격에 사리분별이 정확했다. 그녀는 어렸을 적부터 그런 셋째오빠가 좋아 유달리 따랐고, 오빠도 여동생을 남달리 사랑했다. 그녀의 셋째오빠는 광주서중학교를 다닐 때부터 사회주의 의식으로 무장하기 시작했다. 소학생인 그녀에게 셋째오빠는, "부자와 가난한 사람은 서로 같으냐, 틀리냐?" "부자가 가난한 사람을 업신여기거나 하대하는 것은 옳으냐, 그르냐?" 하는 말을 불쑥불쑥 묻고는 했다. 그녀가 대답을 제대로 하면 셋째오빠는 그녀를 꼭 끌어안아주기도 했고, 캐러멜을 교복주머니에서 꺼내기도 했다. 그리고 대답이 잘못되면 셋째오빠는 왜 잘못된 생각인지를 알아듣기 쉬운 말로 차근차근 설명해 주고는 했다. "떡 한 쪽이라도 가난한 아이들과 나눠 먹어라." "내가 배가 부를 때 배가 고픈 동무가 열이 있다는 걸 생각해야 한다." 이런 말도 수시로 들려주고는 했다. 대나무의 전설을 들려준 것도 셋째오빠였다.

옛날 어느 작은 마을에 큰 부자가 하나 있었다. 작은 마을에 큰 부자라는 것은 다름이 아니라 그 마을의 논밭이며 산이 모두 그 부자의 것이었고, 30여 가구 사람들은 모두 그 집의 종이나 마찬가지인 소작인들이었다. 그 부자는 어찌나 욕심이 많고 마음이 혹독한지 추수 때 나락을 받아들이며 자기가 보는 앞에서 일일이 말질을 시킨 것은 말할 것도 없었고, 말을 쿵쿵 두 차례씩 다지게 했다. 자기 산에서는 솔가지 하나 꺾지 못하게 하는 것은 물론이고 솔잎 한 갈퀴 긁어내지 못하게 단속을 했다. 동네사람들은 나무 한 짐을 하자면 몇십 리 밖으로 나가야 했다. 그러면서도 그는 소작인들의 닭을 예사로 잡아갔고, 자기 집 잔치에 돼지를 추렴시키고는 했다. 그런 그가 흉년이 들었다고 해서 소작료에 사정을 둘 리가 없었다. 그런데 한 해도 아니고 내리 3년을 흉작이 덮쳐왔다. 빚무서운 줄 알면서도 굶어죽을 수는 없어 두 해에 걸쳐 빌려다 먹은 장리쌀빚이 있는 데다가 또 흉년이 겹쳐 소작료에 장리빚 이자만을 합쳐 나락을 바치더라도 사람들은 거의가 굶어죽게 될 형편이었다. 그래서 사람들은 장리빚을 내년으로 연기해 주거나, 그것이 아니면 소작료 반을 1년 동안 연기해 달라고 사정했다. 그러나 그 사정은 받아들여지지 않았다. 동네사람들은 추수가 끝나고 오히려 굶주리기 시작했다. 겨울이 닥치는데 그대로 굶어죽을 수가 없어 사람들은 몇 차례나 지주를 찾아가 장리쌀을 풀어달라고 애걸했다. 그러나 지주는 쌀쌀하게 고개를 내저었다. 겨울이 깊어가면서 죽마저 끓일 수 없는 집들이 늘어갔다. 그러던 어느 날 밤 세 남자가 부잣집 담을 넘어갔다가 그 집 하인들에게 붙들리고 말았다. 다음날 세 남자는 동네사람들이 보는 앞에서 부잣집 하인들에게 맞아죽었다. 그 일이 있고부터 그 누구도 부잣집 창고를 넘볼 수 없게 되었다. 그러나 사람들은 앉아서 죽기를 기다리지는 않았다. 여섯 남자가 비밀리에 굴을 파기 시작했다. 그 굴은 부잣집 창고를 향하여 뚫려나갔다. 죽도 제대로 못 먹으면서도 여섯 사람은 사생결단 굴을 파서 마침내 창고 아래까지 다다르게 되었다. 그러나 그들을 기다리고 있는 것은 쌀가마니가 아니라 죽음이었다. 창고에 차곡차곡 쌓인 쌀가마니 무게로 굴이 무너지고 만 것이다. 결국 여섯 사람은 쌀가마니에 깔려 죽은 것이었다. 부잣집 종들이 파낸 시체들은 장례도 치르지 못하고 모두 한 구덩이에 매장되었다. 그리고 여섯 사람의 가족들은 마을에서 강제로 내몰렸다. 그것은 부자가 분풀이를 한 것만이 아니었다. 농사지을 남자가 없어졌으므로 그 가족은 필요가 없었던 것이다. 이 집 저 집에서 굶주려 죽는 사람들이 생기기 시작했다. 먼저 노인네들이 죽어갔고, 아이들이 그 뒤를 따랐다. 사람들이 부잣집으로 몰려가 제발 살려달라고 애걸하고 애걸했지만 대문은 열릴 줄을 몰랐다. 겨울이 지나고 났을 때 동네사람들은 3할 정도가 굶어죽었고, 살아남은 사람들도 영양실조에 걸려 사경을 헤매고 있었다. 그때서야 농사지을 일이 걱정이 된 부자는 장리쌀을 풀어 내놓았다. 그런데 땅에서 싹이 돋고 나무에서 움이 트기 시작하면서 동네 이곳저곳에서는 이상야릇한 일이 벌어졌다. 전에 전혀 볼 수 없었던 괴상스럽게 생긴 싹이 돋아오르기 시작했던 것이다. 잎도 줄기도 없이, 성낸 새벽남근같이 생긴 그 싹은 부잣집 마당은 말할 것도 없고, 안방 구들을 뚫고도 솟았고, 창고 쌀가마니를 뚫고도 솟았다. 부자는 종들에게 그 싹을 다 쳐 없애라고 호령했다. 그러나 그 다음날이면 다른 싹이 돋아올랐고, 쳐내고 나면 또다른 싹이 돋아올랐다. 여름이 되자 부잣집은 그 이름 모를 나무로 가득 차 완전히 폐가가 되었고, 농토에도 빽빽이 들어차 농사를 지을 수가 없게 되었다. 부자가 마을을 뜬다는 소문이 퍼졌다. 농사를 지을 땅이 없어졌으므로 소작인들도 마을을 떠나지 않을 수가 없게 되었다. 그런 어느 날 밤이었다. 동네 남자들은 꿈을 꾸었다. 맞아죽은 세 사람과 굴에 파묻혀 죽은 여섯 사람이 함께 나타나서, 배곯는 것도 서러운데 우리는 죽음도 너무 원통절통하게 했다. 우리는 가슴에 서리서리 맺힌 한(恨)을 풀 길이 없어 나무로 환생을 했다. 먹을 것은 전부 부자놈한테 뺏기고 배를 곯을 대로 곯아 겉모양만 사람이었지 속은 텅텅 비었던 생전의 꼴새 그대로 환생한 까닭에 나무 속도 마디마다 텅텅 비어 있다. 나무를 잘라보면 알 것이니 놀라지 마라. 그 나무를 길게 잘라 한쪽 끝을 뾰족하게 다듬어 그것으로 부자놈 배때기를 찔러 죽여라. 그리고 빈 통에 그놈의 피를 채워 우리 묻힌 자리에 뿌려주면 맺힌 한을 풀고 저승길을 편히 갈 것이다. 부자놈이 떠나기 전에 당장 우리 원수를 갚아라. 너희들은 우리가 원통하게 죽은 것을 보고도 못 본 체했다. 이번에도 우리 원수를 갚아주지 않으면 화가 너희들에게 미칠 것이다. 이런 말을 남기고 아홉 사람은 홀연히 자취를 감추었다. 꿈이 하도 기이하고 생생해 남자들은 일시에 잠이 깨었고, 옆집 옆집으로 연락을 취해 다 한자리에 모여앉고 나서 모두 똑같은 꿈을 꾼 줄 알게 되었다. 남자들은 망자들의 뜻을 따라 원수를 갚기로 결의했다. 그래서 나무를 잘랐는데, 나무는 과연 속이 텅텅 비어 있었다. 남자들은 나무 끝을 뾰족하게 깎아 창을 만들어 들고 어둠을 헤쳐 부잣집으로 쳐들어갔다. 부자는 창에 전신을 찔려 죽었고 창을 뺄 때는 그 빈 통에 부자의 피가 가득가득 채워져 있었다. 그 피는 아홉 사람이 묻힌 자리에 뿌려졌다. 며칠 뒤에 마을에는 이상한 일이 벌어졌다. 농토에 솟은 그 나무들이 노란꽃을 피우더니만 꽃이 지면서 그 나무들도 죽어갔다. 왜 하필 농토에 솟은 나무들만 죽는지를 사람들은 생각하게 되었고, 마침내 그 노란꽃은 한을 푼 넋들의 승천이고, 나무들이 말라죽은 것은 다시 농사를 짓고 살라는 뜻임을 깨닫게 되었다. 사람들은 죽은 나무숲에 불을 질러 다시 농토를 일군 다음 골고루 몫을 나누었다. 그런데 그 농토는 전보다 훨씬 기름져 곡식이 제 몸을 가누지 못하고 누울 지경이었다. 사람들은 자기들을 보살피는 망자들의 넋에 고마워하며 추수 첫 곡식으로 제사상을 걸고 정성스럽게 차렸으며, 그 나무는 옮겨 심는 사람도 없는데 해마다 이 고을, 저 고을로 번창해 나갔다. 누가 이름 지었는지 모른 채 사람들은 그 나무를 '대나무'라 부르게 되었다. 대를 물린 가난한 넋의 환생이란 뜻이라고도 했고, 남들 대신 죽어 남을 이롭게 한 넋의 환생이란 뜻이라 말하기도 했다. 대나무는 가난한 소작인의 넋이라서 춥고 배고픈 것을 싫어해 기온이 따뜻하고 농지가 넓은 땅에만 산다고 했다. 그리고 겨울에 댓잎들이 유난히 서걱거리는 것은 '추워, 배고파, 옷 줘, 밥 줘' 하는 넋들의 읊조림이라고 했다.

그런 이야기들을 들으며 소학교를 졸업한 이지숙은 공주사범에 진학하자 자연스럽게 사회주의에 빠져들었다. 셋째오빠가 세상을 떠난 것은 그녀가 3학년 때였다. 일본 경찰의 체포를 피해 도주하다가 총에 맞아 죽은 것이다. 오빠의 죽음을 계기로 그녀는 더 열성적인 사회주의자가 되었다. 그녀가 벌교에서 교편을 잡고 있었던 것은 생계를 위해서가 아니라 일종의 은신책이었다.

이틀 동안 자리에 누워만 있던 이지숙은 사흘째 되는 날 외출을 했다. 그녀가 찾아간 것은 서민영이었다. 그녀는 자신을 대충 소개했고, 전 원장 사건의 결말에 관심을 기울여왔던 서민영은 이지숙을 그런대로 친근하게 대해주었다.

"저를 선생님 야학에서 일하게 해주십시오."

이지숙이 또렷하게 한 말이었다. 서민영은 아무런 내색 없이 이지숙을 한동안 바라보기만 했다.

"야학에는 보수가 없소."

서민영이 말했다.

"알고 있습니다."

"생계는 어찌할 거요?"

"그동안 저축한 게 있습니다."

"결혼할 연령이 아니시오?"

"아실지 모르지만 아직 결혼할 처지가 못 됩니다."

서민영은 고개를 끄덕였다. 그리고 또 한동안 말이 없었다.

"강요는 아니오만, 신 앞에 기도할 수 있으시오?"

"지금까지 종교를 갖지는 않았지만, 모든 종교는 경배해야 된다고 알고 있습니다."

"그래요, 그건 부처님의 올바른 가르침이오. 뜻이 있다니 일을 해보도록 해요."

"선생님, 고맙습니다."

이지숙은 깊이 고개를 숙였다.

"일정보수는 없지만 주식을 해결할 만큼 양식은 드리게 될 게요."

"그런 건 신경 안 쓰셔도 좋습니다."

"그건 최소한의 내 소임일 뿐이오. 신성한 노동의 착취란 인간 최대의 죄악이오."

이지숙은 감동 어린 눈으로 서민영을 바라보고 있었다.

법으로 집행유예 판결을 내린 이상 자신이 군이 그녀의 사상문제에 신경 쓸 필요가 없다는 것을 서민영은 되짚고 있었다.

30

전라도

소화는 퇴원을 하기는 했지만 집으로 돌아가지 못하고 유치장에 갇히게 되었다. 유치장에서 그녀를 맞은 건 들몰댁이었다. 자신이 병원에 입원해 있는 동안 들몰댁은 혼자 유치장에 갇혀 있었던 것이다.

"들몰댁……."

소화는 들몰댁의 손을 움켜잡으며 목이 메었다. 그 목메임은 반가움이나 서러움으로 생긴 것이 아니었다. 죄스러움과 미안함을 어찌할 도리가 없었던 것이다. 들몰댁은 아무것도 모른 채 고초를 당하고 있는 처지였다. 조사를 받으며 들몰댁은 '모른다'는 말만 되풀이할 수밖에 없었을 것이고, 조사관은 그 참말을 거짓말하는 것으로 여겨 자꾸만 심하게 다루었을 것이다. 그 억울함과 답답함이 어떠했을까. 소화는 들몰댁 앞에서 얼굴을 들 수가 없었다. 함께 살기로 마음 정했을 때 이런 고초를 겪게 하려고 했던 것이 아니었다.

"몸언 잠 어떠신게라?"

들몰댁은 반가움으로 소화의 손을 맞잡으며 물었다.

"그만허구만요."

소화는 핏기 없이 부석부석한 얼굴에 희미한 웃음을 지었다.

"아무리 죄럴 졌다고 혀도 사람얼 병원에 떠메가도록 무작시럽게 패다니……."

들몰댁은 혼잣말을 하며 고개를 돌렸다. 여기저기 멍이 잡힌 그녀의 얼굴이 곧 울 것처럼 일그러졌다. 들몰댁은 소화가 낙태로 입원했었다는 것을 까맣게 모르고 있었다.

계엄사령관 심재모는 소화의 입원 사실을 보고받았었다. 그러나 정도에 지나친 고문취조에 대해서는 굳이 따지지 않았다. 입원을 시킬 정도로 심한 고문을 했다는 사실이 읍민들에게 좋지 않은 인상을 주기가 십상이기는 했지만, 그 반면에 여러 측면에서 파급효과를 나타낼 수도 있었던 것이다.

자신이 주둔하고 나서 처음 발생한 좌익사건인 데다가, 침투한 자를 놓치고 말았으므로 심재모는 꽤나 긴장해 있었다. 그는 체포된 두 여자로 만족할 수가 없었다. 그들을 취조해서, 분명히 뿌리를 내리고 있을 읍내의 지하조직이 어느 정도라도 드러나기를 기대했다. 그러나 조사 결과를 살펴보면 두 여자는 빨갱이가 아니었고, 그렇다고 말단세포도 아니었다. 소화라는 여자의 행위는 사상이나 조직과는 전혀 연관이 없는 단순범죄에 지나지 않았다. 조직 구성이 치밀하고, 기밀 유지에 철저하다는 공산당이 그런 식으로 허술하게 공작을 해왔다는 사실이 심재모로서는 믿어지지 않았다. 그러나 한편으로 생각하면, 그건 또다른 그들의 전략전술일 수 있었다. 조직과는 전혀 상관없는 의외의 인물을 동원함으로써 상대방의 탐지를 철저하게 피할 수 있는 기만술인 동시에 불리한 상황에서 기존 조직을 움직이는 데 따르는 위험부담을 해결할 수 있는 방법이기도 했던 것이다. 그의 기대는 어긋났고, 그는 한층 긴장하지 않을 수 없었다. 그러나 그로서는 한 여자가 입원함으로써 얻게 될 파급효과에 만족할 도리밖에 없었다.

첫 번째 파급효과는, 읍내의 지하조직에게 계엄군의 단호함을 보이고, 그 사실이 어딘가에 숨어 있을 염상진 일당에게까지 전해지는 것이었다. 두 번째로, 앞으로 포섭당할 가능성이 있는 사람들에게 경고와 예방이 될 수 있었다. 세 번째, 정 사장 사건으로 무례하게 굴고 있던 지주들의 콧대를 꺾고, 악의에 찬 발언에 대한 충분한 응답이 될 것이었다.

심재모는 이번 사건을 어떻게 처리해야 할 것인지 매일 고심하고 있었다. 정 사장이 공산주의자가 아닌 것은 분명했다. 그러나 공산주의자인 아들에게 세 차례에 걸쳐 돈을 건네준 것은 피할 수 없는 범법 행위였다. 그 액수는 아버지가 공산주의에 빠져 있는 아들의 신변을 염려해서 마련해 준 노자 정도가 아니고 거액이라는 데 문제가 있었다. 그 거액의 돈이 공산당 활동자금으로 소모되었음은 주지의 사실이었다. 그러므로 정 사장은 공산당의 자금책 노릇을 한 셈이었다. 그것도 한 번이었으면 또 모르겠는데 세 번씩이나 저지른 일이었다. 만약 이번에 발각되지 않았더라면 앞으로도 계속 돈을 대주었을 것이다. 정 사장은 횡설수설하며 어떤 방법으로든 풀려나려고 급급했다. 그러나 심재모에게는 그런 정 사장은 안중에도 없었다. 그의 신경은 오로지 이번 사건을 어떻게 처리하는 것이 현명한 것인지에만 집중되어 있었다.

심재모는 계엄사령관으로서 자신이 행사할 수 있는 권한을 검토하지 않을 수 없었다. 자신이 행사할 수 있는 권한은 치안권·작전권·즉결처분권이었다. 그 세 가지 권한 중에 어떤 것을 행사해서 정 사장 문제를 해결할 것인지 곰곰이 따져보았지만 어느 것도 합당한 것이 아니었다. 그 권한들은 어디까지나 공산당이나 부하들을 대상으로 하여 행사할 수 있는 것들이었고, 민간인을 상대로 하는 것은 그들의 생명과 재산을 '보호'하거나 '안전'을 도모하기 위하여 쓰여지는 권한일 뿐이었다. 정 사장은 공산주의자도 아니었고, 군인도 아니었다. 그렇다고 자신에게 민간인 재판권이 부여된 것도 아니었다. 정 사장의 죄를 공정하게 따지기 위해서는 그를 법원으로 넘기는 방법밖에 없었다. 정 사장을 그렇게 조처하는 경우 자금운반책 노릇을 한 여자도 함께 처리할 수밖에 없었다.

"읍민들의 관심이 쏠려 있는 사건인 만큼 그렇게 처리하는 것이 좋을 것 같습니다."

경찰서장이 동의를 표해왔다.

"읍민들의 관심은 대체로 어떤 것인가요?"

"예, 여러 말들이 많은 모양이지만 간추려보면, 벌을 받을 것이냐, 그냥 풀려날 것이냐, 하는 것일 겁니다."

"사람들은 어느 쪽을 더 바라나요?"

"글쎄요, 그건 잘 모르겠고, 돈 많은 정 사장이 그만한 일 가지고 벌을 받을 리 없다는 것이 지배적인 것만은 사실입니다."

"허어, 그럼 정 사장 돈을 먹을 사람은 바로 나 아니요?"

심재모는 어이없어하는 헛웃음을 흘리며 경찰서장을 바라보았고, 경찰서장은 민망해하는 얼굴을 슬며시 돌렸다.

날이 지체될수록 마음이 조급해지는지 정 사장은 돈거래를 차츰 노골적으로 드러낸 것이 사실이었다. 심재모는 이미 예상하고 있던 바여서 혹독하리만큼 매정하게 잘라버렸던 것이다.

"서장님, 정 사장 문제와는 별개로 말입니다, 한 가지 의문이 있습니다. 그게 뭔고 허니, 만약 정 사장 아들 정하섭이를 우리가 추격하다가 사살했거나, 아니면 체포해서 총살을 했다면 읍민들 반응이 어땠을 것 같습니까?"

"글쎄요, 그건 참…… 뭐라고 하기가…… 글쎄요, 그게……."

경찰서장은 예상했던 것보다 한결 더 난처해하며 이쪽의 눈치를 살피려 하고 있었다.

"내가 무슨 딴 저의를 가지고 묻는 말이 아닙니다. 만약 그렇게 되었을 때 좋아하는 사람들보다는 좋아하지 않는 사람들이 더 많을 것 같은 것이 제 느낌입니다. 제 느낌이 틀린 것인지 맞는 것인지를 서장님 말을 듣고 확인하고 싶어서 한 말입니다."

"예에, 그런 뜻이었군요."

서장은 가늘게 한숨을 내쉬고 고개를 주억거리는 것으로 이쪽을 경계했음을 감추지 않았다.

"예에, 직책상 조심해야 할 말이겠지만, 제 생각도 사령관님 생각과 같습니다."

서장은 신중을 기해 말을 했다.

"그렇군요, 내 판단이 틀리지 않았군요. 그게 말입니다, 이곳에 오기 전까지는 전혀 느끼지 못했던 문제였습니다. 그런데 여기 와서 보니 군인이나 경찰을 대하는 사람들의 눈치나 태도가 어쩐지 이상했어요. 슬슬 피하는 것도 같고, 무서워하는 것도 같고, 믿지 않는 것도 같고, 미워하는 것도 같고, 하여튼 뭔가를 꼭 찍어내거나 딱 잡아낼 수는 없는데 어딘지 석연찮고, 찜찜하고, 떨떠름한 눈치들이었어요. 나는 처음엔 도시사람들과 촌사람들의 차이겠거니 생각했지요. 그리고 전라도 사람들의 기질이 그렇겠거니 생각했지요. 그런데 내 나름으로 정보를 수집해 가면서 따져보니 그게 아니라는 판단이 생기기 시작했어요. 이곳 사람들 대부분은 근본적으로 군인이나 경찰을 믿지 않는다고 생각되는데, 어떻습니까, 제 판단이?"

"예, 이곳만 그러는 게 아닙니다. 농촌지역의 가난한 대다수 사람들은 군·경이 자기네들 편이 아니라고 생각하고 있습니다. 특히 경찰에 대한 불신감은 아주 깊게 박혀 있습니다."

"그럼, 군·경이 지주나 부자들 편이란 생각이겠지요?"

"그런 셈이지요. 대민접촉이 별로 없는 군인들한테야 그다지 심한 편이 아니겠지만, 경찰한테 갖는 원한은 일정 때부터 계속되어 온 것 아닙니까."

"그거야말로 심각한 문제가 아닐 수 없습니다. 사람들이 그런 생각을 가지고 있는 한 우리가 일선에서 아무리 최선을 다한들 무슨 효과가 나겠습니까?"

"그렇습니다. 나라에서 가난한 사람들이나 소작농들을 위한 근본정책을 하루빨리 시행해야 합니다. 그래야 군·경도 제대로 설자리를 찾게 되고, 공산당의 뿌리도 뽑게 될 겁니다."

"그럴 것이오, 그래야 될 것이오……."

심재모는 지향 없이 고개를 끄덕이며 자신의 생각 속으로 빠져들고 있었다.

현장에 와서 확인한 사실이었지만 반란군은 진압된 것이 아니라 화력의 열세로 후퇴한 것뿐이었다. 전투에서 후퇴라는 것은 패배가 아니라 엄연한 작전 중의 하나였다. 여수 앞바다에서 군함의 포격을 받고, 순천 상공에서 폭격기의 폭격을 받고, 지상군의 공격까지 받아야 했던 연대병력의 반란군은 후퇴를 하지 않을 수가 없었을 것이다. 그들은 퇴로를 확보하기 위해 지리산 줄기로 방향을 잡았고, 산을 이용해 일단 위기를 넘긴 그들은 거점을 확보하고 나서 다시 전투를 개시한 것이다. 그 전투가 벌써 두 달 가깝게 계속되고 있었다. 그런데 반란세력과 대치함에 있어서 큰 문제점은 김지회가 이끌고 있는 군주력부대가 아니었다. 파견명령을 받고 출발

하기에 앞서 요약해서 들은 상황설명으로는, 여수에서 반란을 일으킨 부대가 인접도시 순천까지 장악했고, 그 기회를 틈타 주변지역에서는 공산당 지하세력이 준동한 것이며, 반란군들은 일단 진압되었으므로 잔당들로부터 지역의 치안을 유지시키는 데 주력하면서 소탕전을 병행하라고 했었다. 그러나 현지의 상황은 그렇게 간단하지도 단순하지도 명료하지도 않았다. 적들은 진압된 잔당이 아니라 일시 후퇴한 주력이었고, 대부분의 민간인들은 말이 없는 속에서 군·경을 불신하거나 귀찮아하고 있었다. 가난에 지친 그들은 상황의 변화에 대해 거의 무표정했다. 세상이 어떻게 변해도 자기네들의 행불행과는 아무 상관도 없다는 듯한 무관심한 태도들이었다. 반항도 하지 않고 그렇다고 협조도 하지 않는 사람의 무리. 눈만 힐끗거리고, 자기네들끼리만 수군거리고, 군·경과 마주치면 부산하게 옆걸음질을 치는 상황 속에 김지회는 하나가 아니었다. 각 지방마다 또다른 김지회가 있었다. 지역적으로 구분해서 볼 때 그들은 또다른 김지회일 뿐 전체를 합쳐서 보면 그들은 얼굴도 이름도 없어지고 오로지 공산당이 있을 뿐이었다. 군부대의 주모자 김지회나, 보성책이라는 염상진이가 중요한 것이 아니었다. 공산주의자인 그들이 하나의 목적으로 성취시키고자 하는 사회주의 혁명이 문제였고, 사회 저변층에 소리 없이 흐르고 있는 불신감과 불만이 문제였고, 그 두 가지가 쉽게 접촉될 수 있는 위험성이 문제였고, 그 위험성을 제거하기 위해 군·경이 우격다짐으로 나가는 것이 최선의 해결책이 못 된다는 점이 문제였다.

심재모는 읍내의 지하조직이 일망타진되었다는 경찰이나 청년단의 보고를 믿지 않았다. 조직원끼리도 누가 누구인지 알 수가 없는 점조직의 일망타진이란 가능한 일이 아니었던 것이다. 심재모는 염상진 조직의 움직임을 탐지해 내기 위해서 자신의 병력은 말할 것도 없고 각 지역경찰과 청년단에도 비상을 걸어왔었다. 그런데 염상진의 조직은 씻은 듯이 움직임을 보이지 않았다. 그렇다고 그 조직이 그동안 어느 지역에도 전혀 침투한 일이 없다고 안심하지는 않았다. 밤을 이용해 얼마든지 침투는 가능했고, 다만 이쪽에서 발견을 못했을 거였다. 그건 물론 경계의 소홀이나 실수는 아니었다. 어둠이란 공격하는 입장에서는 최선의 무기였지만 방어하는 입장에서는 최악의 무기였다. 미군과의 대치 전선에서의 일이었다. 그가 소속된 연대는 패주하고 있었는데, 어느 지점에선가 미군부대 앞을 통과하지 않을 수 없게 되었다. 그 부대의 앞은 강이었고 뒤쪽은 밀림이어서 우회할래야 우회할 수 없는 상황이었다. 밀림 속에서 밤이 깊어지기를 기다린 연대는 자정이 가까울 무렵 미군 부대로 접근했다. 허리와 허리를 끈으로 연결한 병사들은 수신호에 따라 낮은포복을 하기 시작했다. 먼동이 터올 무렵 연대병력은 단 한 명의 낙오도 없이 미군 부대 앞을 통과하는 데 성공할 수 있었다. 보초가 서 있는 부대 정문과 연대병력이 통과한 강가의 풀숲과의 거리는 불과 삼사십 미터 정도밖에 되지 않았다. 어둠은 그토록 신효한 무기였던 것이다.

염상진 조직의 움직임을 파악하기 어려울수록 심재모의 신경은 긴장되어 갔다. 그 긴 침묵을 의식할 때마다 이쪽이 노출된 표적으로 겨냥당하고 있는 것 같은 기분이었다. 작전상 염상진은 어딘가로 멀리 이동했을지도 모를 일이었다. 그러나 그건 가능성이 희박한 예측이었다. 혹시 이동을 했다 하더라도 그는 기필코 돌아올 거였다. 보성책이라는 그의 직책이 바뀌지 않는 한. 반란세력이 산개하여 산줄기마다 거점을 확보함으로써 전선이 없어짐과 동시에 전투지역은 가늠할 수 없게 넓어진 상황이었다. 적들은 이미 게릴라전을 전개하고 있었고, 그 적들을 상대로 지구전과 소모전은 불가피하게 되어 있었다.

심재모는 정하섭의 침투를 여러모로 중시했다. 벌써 세 차례에 걸친 침투라는 점, 결코 세포가 아닌 그가 직접 움직이고 있다는 점, 그의 주임무가 자금조달이 아닐 것이라는 점, 아무리 변장을 했다하나 버젓이 대낮에 움직이고 있는 점 등을 면밀하게 짚어나갔다. 그런 사실들의 점검에서 어떤 명확한 결론을 찾아낼 수는 없었다. 그러나 그들의 조직이 끊임없이 살아 꿈틀거리고 있다는 것과, 머지 않아 그들의 어느 세력과 맞서게 되리라는 예감은 확실했다.

정하섭의 침투를 계기로 심재모는 휘하부대의 일제 점호를 실시했다. 민폐근절, 군기엄수, 근무철저를 재삼 강조했고, 머지않아 작전을 개시하게 될 것임을 시사했다. 그것은 부하들의 정신무장을 촉구한 것일 뿐만 아니라, 상대방의 지하조직망에 전해질 것을 전제로 한 발언이었다.

소화는 미처 부기가 빠지지 않은 몸으로 정 사장과 함께 순천재판소로 송치되었다. 들몰댁은 자기만 풀려난 것이 죄스럽고, 타지로 끌려가는 소화가 걱정이 되어 고문으로 상한 다리를 절룩이며 한사코 기차를 따라 뛰다가 끝내 나둥그러지고 말았다.

"신령님, 신령님, 살펴주십소사……."

들몰댁은 땅바닥에 엎드린 채 멀어져가는 기차를 바라보며 중얼거리고 있었다.

염상구는 양쪽의 높낮이가 다르게 삐뚜름히 치켜올린 어깨에, 상체를 건들거리는 그 불량스러운 걸음걸이로 공설시장 앞을 지나고 있었다. 휘파람으로는 일본 군가의 같은 소절을 되풀이하여 불어대면서 그의 눈은 좌우측 상가며 행인들을 살피느라고 빠르게 희번덕이고 있었다. 그는 무엇을 특별히 찾고 있는 것이 아니었다. 썩 기분이 좋은 상태로 사무실로 가고 있는 중이었다. 눈을 잠시도 고정시키지 못하고 어지러울 정도로 굴려대는 것은 그의 오래된 버릇이었다. 그의 잽싼 몸놀림은 그 빠른 눈놀림으로 가능한 것인지도 몰랐다.

염상구는 정 사장 부인 낙안댁을 만나고 가는 길이었다. 낙안댁은 염상구를 붙들고 남편의 일을 어찌했으면 좋겠느냐고 애달아했던 것이다. 그는 낙안댁의 말을 그저 귓등으로 흘려들었다. 이미 법원으로 넘겨져버린 정 사장 일을 놓고 왈가왈부해 보았자 국물도 떡고물도 생길 리 없었던 것이다. 이번 사건으로 생각지도 못했던 쌀 스무 가마니를 깨끗하게 먹어치웠으니 낙안댁과는 더 이상 상종할 필요가 없었던 것이다.

"재판소로 넘어가분 마당에 인자 사령관인가 심 대장인가도 닭
쫓든 개 신세요. 앞으로는 검사영감이다, 판사영감이다 허는 사람
덜이 칼자리 잡았응께 돈얼 쓰든 금뎅이럴 주든 그 사람덜 붙들고
늘어지씨요. 나 겉은 눔 붙들고 세월 보내봐야 정 사장 어런 고상
만 늘어난께 싸게 면회부텀 가시씨요. 정 사장 어런 만내보면 무신
말씸 일러줄 것이요."그가 떼치기 위해 한 말인지 모르고 낙안댁
은 그저 고마워했다. 그러나 그 말이 전혀 터무니없거나 황당한 것
은 아니었다. 일을 제대로 풀어가자면 그것이 바른길이었던 것이
다. 염상구가 술도가를 나서며 마음이 홀가분하고 기분이 썩 좋았
던 것은 쌀 스무 가마니를 감쪽같이 먹어치운 데다가, 무당을 입원
시킨 일도 아무런 문제가 되지 않고 지나간 때문이었다. 심한 고문
을 한 것에 대해 심 사령관에게 문책당할 각오를 하고 있었던 것이
다. 문책을 당해보았자 별것이 아니겠지만 문책을 당하지 않은 것
에 비하면 기분상으로 천양지차인 것은 말할 것도 없는 일이었다.

"쪼깐 요상허시?"

고개를 갸웃한 염상구는 혼잣말을 흘리며 걸음을 늦추었다. 책
방 앞이었다. 군인이 손짓을 해가며 무슨 이야기를 열심히 하고 있
고, 아가씨는 재미있어 죽겠다는 듯이 웃어대는 광경이 유리문을
통해 그대로 드러나고 있었다.

"저 군인놈은 책얼 사로 온 것이여 새살을 까로 온 것이여. 그라
고 저년은 위째 또 저려. 저년이 장사럴 허잔 심뽀여 쌕을 쓰자는

심뽀여. 저것덜 노는 것 봉께로 하로이틀 눈 맞춘 사이가 아닌갑는
디? 저 호로새끼, 벌교바닥 반반헌 기집년헌테 말뚝 박아보겄다 고
런 심뽀다냐, 시방? 워디 잠 보자."

염상구는 책방의 유리문을 거칠게 옆으로 밀어젖혔다. 두 남녀
가 움찔 놀라며 엉거주춤한 몸짓을 지었다.

"아부지넌 워디 가셨다냐?"

염상구는 책방으로 한 발을 들여놓으며 버럭 소리치듯 하고 있
었다.

"야아, 워디 쪼깐 나가셨구만요."

정님이는 달갑지 않은 얼굴로 대꾸하며 떨이개를 집어들었다.

"김 상병이시구만." 염상구는 군인의 명찰을 힐끗 보고는, "나가
누군지 잘 몰르시겄는가?" 시비조로 말했다.

"아요."

군인이 퉁명스럽게 내뱉었다.

"아아요오?" 길게 늘여빼는 목소리와 함께 염상구의 작은 눈이
옆으로 가늘게 찢어졌고, "암스롱도 인사 안 허는 버르장머리는 워
디서 배와처묵은 것이제? 육군 상병 눈구녕에는 청년단장이 개좆
으로 뵈는겨?" 곧 후려칠 것 같은 기세였다.

"단장님, 단장님, 단장님이 간 떨어지게 급허게 밀어닥쳐뿐께 인
시헐 새가 읎었제라. 지도 인사럴 못 올렸는디라."

정님이는 염상구 앞으로 다급하게 나섰다. 군인을 치든 말든, 우
선 책방이 난장판 되는 것은 막아야 했다.

"니년은 또 머시여? 니년이 저놈 변사냐, 각시냐? 아가리 쫙 찢어지기 전에 새살 까덜 말어."

염상구는 정님이를 밀쳐버렸다.

"이분 말이 맞습니다. 너무 급해서 그만…… 제가 잘못했습니다."

군인은 위기를 모면하자고 판단했는지 거수경례까지 올려붙였다.

"그려, 잘못얼 알고 늦게라도 경례를 허는 것은 존디, 시방 허는 짓거리가 참말로 잘못헌 것얼 알어서 허는 것이여 아니먼, 속으로는 좆 뿔아라 험시로 겉으로만 시늉허는 것이여?"

"진심입니다."

군인의 말을 들으며 정님이는 가느다랗게 한숨을 내쉬고 있었다.

"그러먼 되얐어. 근디, 한 가지 물을 말이 있는디, 여그 책 사로 온 것이여, 이 시악씨 보로 온 것이여?"

실눈을 뜬 염상구는 낮으면서도 끈적거리는 어조로 묻고 있었다. 군인은 당황한 얼굴로 대답을 머뭇거렸다.

"그려, 나가 딱 봉께로 책 사로 온 것이 아니라 이 시악씨 히야까시 헐라고 왔드라 그것이여. 나 말 똑똑허니 들어. 앞으로 이 시악씨헌테 히야까시 헐라고 여그 오덜 말어. 이 시악씨는 내 각시가 될란지도 몰른께. 무신 말인지 알아잡수시겄어?"

"음마, 음마, 음마, 고것이 무신 소리다요?"

염상구의 느닷없는 말이 너무 놀랍고 어처구니가 없어 정님이는 있는 대로 목청을 돋워올렸다. 염상구는 아무 말도 못 들은 척 책방을 나서고 있었다.

"워메 워메, 염병헌다와. 누구 맘대로 지 각시여, 각시가. 호랭이가 칵 씹어가그라."

오냐, 내 맘대로다. 염상구는 뒤따라오는 정님이의 화가 받친 목소리를 들으며 그저 흐흐거리고 있었다.

책방집 딸 정님이가 인물이 반반하게 생긴 것은 눈 둘 박힌 사내면 누구나 아는 일이었다. 그러나 정님이를 놓고 무당 소화한테서 느꼈던 것 같은 음심을 품어본 적은 없었다. 그런데 정님이가 사내놈과 이상한 느낌의 수작을 하는 걸 목격하게 되자 속이 뒤틀리는 오기가 치받쳐올랐던 것이다. 유독 파닥거리는 생선일수록 회쳐 먹고 싶은 마음을 동하게 하듯 악다구니 쓰는 정님이한테서 그는 전에 느낄 수 없었던 여자를 새롭게 느끼고 있었다. 이 시악씨는 내 각시가 될란지도 몰른께, 염상구는 자신의 말을 되씹으며 피식 웃었다. 마누라를 삼기에는 집안이 볼품이 없었다. 족보를 따지는 것이 아니라 재산이 더 있어야 했다.

사무실에는 토벌대장 임만수가 기다리고 있었다. 염상구는 그 원숭이 낯짝이 사무실을 드나드는 것이 싫으면서도 겉으로는 반기는 척, 친한 척해두고 있었다. 지나간 관계를 보아서가 아니라 앞으로 또 어떻게 바뀔지 모르기 때문이었다.

"광주서는 원제 오셨소?"

염상구는 담배를 권하며 물었다.

"지금 막 도착하는 길이오."

"일은 워찌 되얐소?"

"빌어묵을, 계속 합동근무하라는 거요."

임만수는 담배연기를 신경질적으로 내뿜었다. 그는 벌교지구를 떠나기 위해서 도경찰국을 벌써 두 번째 찾아갔다 온 것이었다. 병력을 더 충원해야 될 형편이라는 이유로 그의 원대복귀 상신은 묵살되었다. 토벌대장의 권한을 행사할 때도 볼품이라고는 없이 못생겼던 얼굴이 권한을 잃고 나서부터 항시 찡그리고 있거나 짜증을 냈으므로 더 한층 못생기고 험해 보였다.

"머시냐, 요것은 나 혼자 생각잉께 오해 읎이 들도록 헙시다이?" 염상구는 다짐부터 먼저 했고, 임만수는 무슨 소리든 상관없다는 듯 건성으로 고개를 끄덕였고, "긍께 말이요, 뜰 때 뜨더락도 기왕 지사 합동근무럴 허는 판에는 심 사령관허고 화해럴 허는 것이 위쩌겄냐 그 말이요. 병력 수로도 그렇고 법으로도 계엄사령관이 먼첨이먼 일단 머리 숙여주고, 합동근무허는 입장에서 토벌대장 권한이 따로 있을 것잉께 고것얼 찾아 챙기라 그런 말이요. 경찰서장도 못나서 자기보담 나이 어린 사령관헌테 머리 숙이겄소? 법이 그렁께 참고 전디는 것이제라. 아, 화해만 험사 토벌대장이 서장보담도 높은 두찌 아니요, 두찌. 근디 등 돌리고 있응께 요것이 머시요? 으쩌요, 손잡는 것이 낫겄제라?"

"글쎄, 골치 아픈 일 됐다 생각하고, 오늘 밤 술이나 한잔 합시다." 임만수는 담배를 비벼 껐다.

"아, 술도가집 아들 놓친 담부텀 보성·조성꺼지 비상 걸린지 몰르요? 임 대장님이 광주 간 새에 사령관이 부대 순시꺼지 허니라고 뺑뺑이럴 돌았소."

염상구는 다소 허풍을 섞어 말하고 있었다. 그는 벌써부터 딴생각이 있었던 것이다. 한바탕 북새질쳤던 일이 말끔하게 끝났으니 외서댁을 품고 하룻밤 지낼 작정을 하고 있었던 것이다.

"제길헐, 그렇다면 혼자 마실밖에 없지."

임만수는 맥 빠지는 소리로 중얼거리며 일어났다.

"비상만 풀리면 나가 코가 삐틀어지게 한잔 사겠소."

"심재모 사령관 각하 계시는 동안 비상 풀리기 기다리느니 차라리 술을 끊지."

임만수는 비아냥거리는 듯 목소리를 길게 늘이며 사무실을 나가고 있었다.

한편, 문기수는 딸에게 염상구가 책방으로 들이닥쳐 한바탕 소란을 피우고 떠난 이야기를 묵묵히 들었다. 문기수가 입 한번 떼지 않고 딸의 이야기만 듣고 있는 것은 과묵해서가 아니었다. 그는 속으로 부들부들 떨고 있었던 것이다.

"아서라, 그 군인 발걸음 못허게 혀라. 큰 난리 당허겄다."

딸이 이야기를 마치자 문기수가 막힌 숨을 토하듯 한 말이었다.

문기수는 군인이 아무나 하나만 책방으로 들어서기를 기다리고 있었다. 며칠을 기다린 끝에 책방을 기웃거리는 군인 하나를 발견하게 되었다. 문기수는 이때다 싶어 굳이 밖으로 나가 군인을 맞아들이는 친절을 베풀었다. 책을 살 돈이 없다느니, 안 사도 좋으니 오늘은 구경이나 하고 돈이 생기면 다음에 사라느니, 해서 군인을 반강제로 끌어들이다시피 했다. 군인을 일단 안으로 끌어들인 문기수는 딸에게 눈짓을 보냈다. 정하섭이를 낚았던 방법을 그대로 적용하는 것이었다. 딸년의 모란꽃 같은 얼굴에 피는 그 곱고 차진 눈웃음을 한번 받아본 젊은 놈은 두 번 걸음 하지 않을 수 없다는 것을 문기수는 자신하고 있었다. 그는 슬그머니 자리를 피해 안채로 들어가고 있었다.

문기수는 염상진의 '최후의 명령'을 따르지 않을 수가 없었다. 염상진의 명령을 거역할 수도 없었지만 동지들의 고생을 생각해서라도 자신에게 주어진 몫은 최소한 해내고도 싶었다. 그러나 청년단원이나 읍내사람들을 상대로 포섭공작을 한다는 것은 지극히 위험스러운 일이었다. 청년단원들은 아예 가망이 없는 일이었고, 읍내 사람들 사이에도 바늘구멍 들어갈 틈새를 찾아내기가 어려울 지경이었다. 염상진이 읍내를 장악한 동안 어설프게 공산당 시늉을 했거나 멋모르고 신바람을 냈던 사람들까지 몰이를 당해 죽어가는 꼴을 본 읍내사람들은 공산당이라는 말조차 입에 담기를 무서워하고 꺼리는 실정이었다. 그래서 문기수가 눈을 돌린 것이 군인 쪽이었다. 군인이 만만할 리 없었지만 일면식이 없는 상태로 접근하는 것이 자기 보호에 유리하리라는 판단이 섰던 것이다. 군인을 제대로 포섭하기만 하면 실속도 크리라는 계산도 되어 있었다.

짐작대로 그 군인은 다음날 바로 책을 사러 왔다. 딸은 더욱 친근한 눈웃음을 보냈고, 군인은 이미 거미줄에 걸린 나비였다. 그 군인은 시간만 나면 벙글거리며 책방을 찾아들었다. 그는 차츰 집안 이야기도 털어놓게 되었고, 이쪽에서는 밥을 먹여 보내기도 했다. 나비의 몸을 거미줄로 한 가닥씩 감아가고 있던 참이었다. 그런데 염상구가 난데없이 훼방을 놓고 든 것이었다. 염상진의 명령도 무서웠지만, 염상구의 감시도 그에 못지않게 무서웠다. 염상구가 엉뚱한 일로 눈총을 쏘기 시작했지만 일단 그의 눈길이 모아진 이상 그 일을 계속할 수는 없었다. 눈치 빠르기가 비린내 맡는 고양이 콧구멍 같은 염상구를 상대로 벌일 일이 따로 있었다.

문기수는 일을 작파하기로 결정을 내리고서도 마음 한구석은 꺼림칙했다. 그놈이 참말로 정님이럴 각시 삼을라고 허능가? 그게 사실이라면 야단이 아닐 수 없었다. 그놈이 마음 작정하고 덤비는 날에는 딸을 못 주겠다고 버틸 재간이 없는 일이었다. 무슨 수를 써서라도 딸을 요절을 내고 말 것이고, 그런 위험을 막자고 딸을 어디로 피신시키면 자신의 이마빼기에 그 무서운 단칼을 꽂을 놈이었다. 그놈이 사위가 되면 염상진 대장하고는 또 어떻게 될 것인가. 그 사이야 어찌 되거나 말거나, 어쨌든 딸을 그놈한테 줄 수는 없는 일이었다. 그 불량하고 독한 놈이 딴 계집 보기를 예사로 할 것이고, 제 뜻에 안 맞으면 사흘거리로 개 패듯 할 판이었다. 딸 신세 쪼그라진 망태기 꼴 되는 것은 정한 이치였다. 문둥이헌테 줬으면 줬지 니놈은 안 되겠다. 문기수는 된 신음을 씹으며 이빨을 앙다물었지만 그놈의 손아귀에서 벗어날 수 있는 묘안은 쉽사리 떠올라주지 않았다.

염상구는 왼팔로 외서댁의 목을 끌어안고 오른손으로는 샅을 매만지며 혀로는 탱탱한 젖을 핥아대고 있었다. 정님이 고년이 낯짝이야 해반닥허게 잘생겼는디, 니노지 맛도 쓸 만헐랑가 몰라? 탱자가 동골동골허게 잘생겼음스롱도 속맛은 지랄이고, 유자는 얼턱얼턱허게 못생겼는디도 속맛이야 알짜배기 아니드라고. 정님이년이 탱자 아닐랑가 몰라? 정님이년 낯짝에 비허자면 외서댁이야 천상 유자제. 그런디도 속맛이야 을매나 찰지고 쫀득쫀득허냐 이 말이여. 외서댁은 얼굴이야 그냥저냥 생겼어도 속맛 좋다는 것이 얼굴에 삼삼허게 쓰였는디, 정님이년은 해반닥허게만 생겼제 얼굴에 고것이 맛나다는 표식이 쓰이질 안 했단 말이여. 얼굴도 잘나고 속맛도 좋으면 을매나 홍시감 맛일꼬. 고런 년이 있음사 당장에 장개들겄다. 아녀, 고런 년이 있는디? 무당 소화가 바로 고런 년 아니라고? 맞어, 바로 고년이 고런 년이여. 낯짝이 잘났음시롱도 잔잔허고 새치름헌 고것이 바로 그 표식이여. 정님이년헌테는 바로 고것이 읎는 것이여. 정하섭이 그놈이 상품 중에 상품을 입 다셔뿐 셈이시? 에라이 좆겉은 늠, 무당 배에 씨 깔린 죄로 총 100방만 맞고 뒈져라. 염상구는 소화와 정하섭을 생각하자 시멘트 바닥에 맥질이 되었던 피가 떠오르며 성욕이 식는 것을 느꼈다. 그는 외서댁의 샅 사이로 손을 더 깊이 디밀며 두 젖무덤 사이에 얼굴을 비벼댔다. 그러다가 그는 문득 외서댁의 몸이 딱딱하게 굳어 있음을 의식했다. 어느 때라고 외서댁이 다방 화자년이나 남원장 경월이년처럼 야단스럽지는 않았지만 그래도 언제부터인가는 몸이 다소 풀렸던 것이다. 외서댁의 변화를 의식하자 욕구는 완전히 식어버렸다.

"자네, 무신 근심 있능가?"

샅으로 뻗고 있던 오른팔을 걷어들여 외서댁을 감싸안으며 귀엣말로 물었다.

"아니어라."

외서댁은 고개를 외로 튼 채 대꾸했다. 염상구는 그녀의 짧은 한마디에도 냉기가 서려 있음을 느꼈다.

"보소, 날 속일 생각은 말소. 나가 풀어줄 만헌 근심이먼 풀어줄 것잉께 얼렁 말얼 허소."

염상구의 음성은 다정했다. 외서댁은 그 다정스러움이 오히려 징그럽고 정떨어졌다. 그녀는 망설이고 있었다. 그러나 어차피 한 번은 입 밖에 내야 할 말이었다. 어쩌면 빠를수록 좋은 일일지도 몰랐다.

"쌀이 읎는가, 워디가 아픈가? 다 풀어줄 것잉께 싸게 말얼 허랑께."

염상구가 어떤 태도를 취하든 간에 자신이 해야 될 말은 해야 했다. 언제까지 미적미적 뒤로 미루어둘 수는 없는 문제였다.

"일 나부렀소!"

외서댁이 불쑥 말했다.

"일?"

반문과 동시에 염상구의 머리를 스치는 것이 있었다. 임신─그녀가 언제던가 걱정했던 문제였다.

"애가 들어서부렀소."

외서댁은 염상구 쪽으로 고개를 돌리며 말하고 있었다.

"낳소."

염상구는 몸을 일으키며 거침없이 말했다.

"무신 소리다요?"

외서댁은 너무 의외의 말에 놀라 염상구를 멀뚱하게 올려다보고 있었다.

"무신 소리넌 무신 소리. 나서 키워야제. 내 새끼 나가 뒷수발헐 것잉께 아무 걱정 말고 낳기나 허소."

외서댁의 배 위로 한쪽 다리를 걸친 염상구는 태평스럽게 담배에 불을 붙이고 있었다.

"자꼬 무신 엉뚱헌 소리 허고 그려요, 시방?"

외서댁은 그만 짜증을 냈다.

"엉뚱헌 소리? 허면, 자네가 듣고 잡은 소리가 고것이 아니고 따로 있었드랑가?"

염상구는 알 수 없다는 표정으로 외서댁을 내려다보았다.

"인자 발을 끊으란 말이요."

염상구는 가슴이 뜨끔해졌다. 본심을 들켜버린 것 같았던 것이다.

"애기는 워쩌고."

"나가 알아 헐 일이요."

"허면, 강동식이 자석 맹글겄다 고런 말인감?"

"그러요."

외서댁은 아랫입술을 물고 염상구를 똑바로 올려다보고 있었다. 염상구는 그녀한테서 끼쳐오는 찬 서슬을 느꼈다.

"알겠네, 자네 뜻대로 허소. 그리 허겠다먼 총각인 나야 훨씬 이문 아니겠능가. 근디 오늘로 끝판이라먼 서운혀서 으쩌까?"

담뱃불을 끈 염상구는 외서댁의 다리를 감고 들었다. 자네 겉은 물건이야 애럴 퍼질러대먼 베레부는디, 하는 말은 하지 않았다.

외서댁은 비로소 올가미를 벗어난 기분이었다. 남편에게는 죽는 날까지 죄로 남을 일이었지만, 소문이 나기 전에 염상구를 떼쳐내고, 남들 눈을 속여넘기기에는 애가 빨리 생긴 것이 다행인지도 몰랐다.

긴 고샅길의 바닥에는 꼬막껍질들이 촘촘히 박혀 있었다. 엎어져서 등을 희게 드러낸 것들이 있는가 하면, 뒤집어져 배에 흙을 가득 채운 것들도 있었다. 그런데 한눈에 잡히는 것은 흰 등을 드러낸 것들이었다. 흰 바둑알을 부려놓은 것 같은 꼬막껍질들은 흙색깔과 조화를 이뤄 고샅길을 치장하고 있는 하얀 꽃무늬 장식이었다. 그것들이 질서정연하게 박혔더라면 무미했을는지도 모른다. 어느 부분에는 듬성듬성, 어느 부분에는 촘촘하게 흩어짐을 이루었음이 들녘을 덮고 있는 꽃무리나 밤하늘을 흐르고 있는 별밭의 자연스러움을 간직하고 있었다. 비라도 한차례 쏟아져 고샅길을 씻어낸 다음이면 꼬막껍질들은 해맑은 유백색의 빛을 머금었다. 길고 짧은 고샅마다 꼬막껍질이 박히지 않은 곳이 없었다. 꼬막이 흔한 벌교 고샅들의 모습이었다. 꼬막껍질들은 두껍고 단단해서 길바닥에 박혀 자갈 역할을 훌륭히 해내고 있었다. 장마에 길바닥이 패거나 씻겨나가는 것을 막았고, 남도지방에 내리는 물기 많은 눈의 미끄러움을 줄였다. 그뿐만 아니라 새싹이 움터오르는 봄이면 양지바른 곳을 찾아 소꿉놀이를 차리는 계집애들은 꼬막껍질을 파내 각종 소꿉으로 삼았다. 그리고 구슬이 없는 사내아이들은 꼬막껍질로 구슬을 대용하기도 했다. 심술이 난 어떤 아이는 코를 씩씩 불어대며 대꼬챙이로 꼬막껍질을 마구 파헤쳐 심술풀이를 하기도 했다. 옆을 지나치는 어른은 "이놈아 손꾸락에 물 잽힐라" 할 뿐 꼬막껍질 파헤치는 것은 탓하지 않았다. 이 집 저 집에서 내다버리는 꼬막껍질은 얼마든지 있었던 것이다. 내다버려진 꼬막껍질들은 며칠 동안 사람들의 발에 밟히면서 땅바닥에 제자리를 잡아갔다. 꼬막껍질은 고샅길을 다지는 데만 쓰여지는 것이 아니었다. 집집마다 장독대 바닥에는 몇 겹인지 모르게 꼬막껍질들이 깔려 있었다. 여자들이 장독대에서 움직일 때면 발이 옮겨놓일 때마다 꼬막껍질들이 밟히고 부딪치는 소리가 다그락다그락 맑게 울렸다. 봉숭아가 핀 토담 밑의 화단가에도, 흙으로 쌓아올린 낮은 굴뚝의 몸피에도 꼬막껍질은 하얗게 박혀 있었다.

아침햇살을 받아 꼬막껍질들이 유난히 희게 돋아 보이는 고샅길을 호산댁은 힘겹게 걷고 있었다. 그러지 않아도 굽어진 호산댁의 허리는 쌀자루의 무게에 눌려 반으로 접히다시피 되어 있었다.

큰며느리가 몸져누운 지 벌써 며칠이 지났는데도 일어나지를 못해 찾아오는 길이었다.

"광조야아."

호산댁은 언제나처럼 사립을 들어서며 손자의 이름부터 불렀다. 거친 숨결에 막혀 그 목소리가 굴곡져 떨렸다.

"할메!"

덕순이가 부엌에서 뛰어나왔다.

"온냐, 얼렁 요것 좀 받어라와."

호산댁은 숨을 몰아쉬며 쌀자루를 받쳐잡았다. 너무 욕심을 부려 쌀을 퍼담았던 모양이었다. 쌀자루를 붙안은 덕순이가 휘뚱거렸다.

"워메, 나도 인자 저승 갈 날 벨모렌갑다. 워따 죽겠다."

호산댁은 두 손으로 허리를 받치며 숨을 토해내고 있었다.

"할메, 오늘은 멀 사왔능가?"

고무신도 제대로 꿰신지 못하고 쫓아나온 광조가 할머니의 치맛자락을 붙들며 성급하게 물었다.

"하이고 요놈아, 니는 항시 묵는 타령이여."

호산댁은 쥐어박는 시늉을 했다. 그러나 얼굴에는 더없이 흡족한 웃음이 퍼지고 있었다.

"밥얼 쪼깐썩밖에 못 묵은께 그러제 어째."

광조는 옹골차게 대꾸했다.

"워따 내 새끼 똑똑키도 허시."

호산댁은 손자의 볼기를 토닥거렸다.

"할메, 멀 사왔냐니께 그러네."

"이놈아, 추운께 얼렁 방에 들어가서 풀어봐라."

광조는 제 누나가 막 마루에 올려놓고 있는 쌀자루를 향해 뛰어 갔다. 거기에는 집에서 삶은 고구마 네댓 개와 발 굵은 설탕이 묻은 왕사탕 다섯 개가 들어 있었다. 왕사탕은 지난번에 광조놈이 사 오라고 신신당부한 것이었다.

큰며느리는 일어나 앉아 머리쪽을 고치고 있었다.

"날도 추운디 워찌 요리 일찍허니 걸음허셨는게라. 욜로 내려앉 으시씨요."

큰며느리는 이불을 걷어 아랫목 자리를 권했다.

"괜찮허다, 니나 얼렁 뉘라. 근디, 몸언 잠 위떠냐?"

"많이 낫구만요. 인자 곧 일어나질 상싶구만이라."

"그려, 얼렁 일어나야제. 읎는 살림에 맘고상꺼정 허고 사는 판에 몸이나 실해야제. 니가 이 집안 기둥이고 대들본다. 니 병이 그냥 몸살이 아니다. 끌려댕김서 겁묵고, 매타작당혀서 얼병 들고, 마음 고상 몸고상이 항꾼에 도진 거이다."

호산댁은 일부러 이 말을 했다. 너의 고생 내 다 안다는 뜻과, 시 어머니로서 미안한 마음을 나타내고자 했던 것이다. 아무리 부부 가 무촌이고 한몸이라 한들 궂고 험한 일 당하면서 살게 되면 말 같지만은 않은 것이었다. 살림살이 편안하고 얼굴 맞대고 웃음 나 눌 적에 부부는 무촌이고 한몸인 것이지 살림살이 팍팍하고 고생 으로 울타리 친 신세가 되면 부부 사이는 자연히 금이 가고 간격이 생기는 것이었다. 고생을 함께 겪어내고 험한 고비 함께 이겨내며 서로 다독이고 살아간다면 또 모른다. 남자 쪽은 제멋대로 잘못만 저지르며 놀아나고, 여자는 그 잘못을 고스란히 떠안고 혼자 마음고생 몸고생 치르다 보면 원망도 미움도 안 생길 수가 없는 일이었다. 여자는 자식을 위해 밥을 굶을 수는 있어도 남편을 위해 밥을 굶기는 어렵고, 자식을 위해 죽을 수는 있어도 남편을 위해 죽기는 어려웠다. 여자는 자식에게는 어머니였지만 여자의 하늘은 남편인 까닭이었다. 자식한테서도 원망이 생기고 미움이 생기는 법인데 남편한테서야 더 말해 무엇하랴.

"아가, 심드는디 뭐라."

허우대만 컸지 진기라곤 다 빠져나가버린 것 같은 큰며느리가 측은해서 호산댁은 이불깃을 들쳤다.

"야아, 쪼깐 어지러운께 눌라능마요."

"하면, 하면, 몸 아픈 사람이 상감 앞이라고 체면 채리겄냐."

호산댁은 큰며느리의 어깨를 부축해서 뉘었다. 어깨뼈가 맞잡히는 것이 가슴을 찡하게 울려왔다. 몹쓸 놈 못된 짓 많이도 헌다. 호산댁은 큰아들을 타박했다. 언제라도 큰며느리를 생각하면 그저 가엾고 불쌍하기 짝이 없었다. 시집이라고 온 뒤로 햇볕 드는 날을 제대로 살아본 적이 없었다. 자칫 남편 하나 잘못 만나 시집살이 아닌 지옥살이를 해온 것이었다. 부처님이야 부부는 3천 년 인연으로 맺어지는 것이라고 하셨지만, 모자라는 소견으로 보면 제비뽑기 요행수 같은 것이 남녀의 만남이 아닐까 싶기도 했다. 큰며

느리는 하고많은 사람들 중에 어찌 하필 큰아들을 만나 젊은 세월을 그리 아프게만 살아야 하는지 모를 일이었다. 뒤얽힌 실꾸리처럼 풀 길 없는 답답한 인생사니 그저 제 팔자요 제 운수라고 할밖에 없었다.

"맘 단단허니 묵어라. 한시상 살다 보면 느그 냄편 시상도 올 때가 안 있겄냐."

호산댁은 이불을 다독거렸다.

"다 틀려묵었소. 군대고 경찰이고 다 핫바지저구리간디라?"

큰며느리 말을 듣고 호산댁은 불현듯 작은아들을 생각했다. 큰아들 세상이 오면 작은아들은 어떻게 될 것인가. 지금과는 반대로 작은아들이 쫓기는 신세가 될밖에 없었다. 큰아들 세상이 오기를 바랄 수도, 작은아들 세상이 계속되기를 바랄 수도 없었다. 빌어묵을 놈덜, 아무 쪽으로나 한패가 되든지……, 호산댁은 자신의 팔자 기구함을 가슴 삭아내리는 아픔으로 느끼고 있었다. 형제간이 무슨 짓을 못해서 서로를 겨누어 총질을 해대고 있단 말인가. 아무나 하나 딴 일을 하면 간단할 것을, 큰아들이고 작은아들이고 에미의 말을 들을 리 만무했다. 큰아들 총에 작은아들이 죽고, 작은아들 총에 큰아들이 죽는 꿈에 놀라 잠이 깨고는 한 것이 한두 번이 아니었다. 그런 흉악한 꼴 당하기 전에 내가 먼저 죽어야지 생각하다가도 뒤미처 떠오르는 두 손자새끼의 얼굴과 부딪치면 그래도 내가 오래 살아야지 하는 생각으로 바뀌고는 했다. 자기가 살아 있으니까 작은아들 눈치 보아가며 쌀말이라도 이어 나르지, 자기 죽고 말면 작은아들이 조카들 돌볼 리가 없었던 것이다. 쌀말이나마 퍼내는 것을 모른 척해주는 작은아들의 마음이 변하지 말고, 자기가 오래 사는 방법밖에 당장은 다른 도리가 없었다.

"광조야, 워디 있냐? 할메 갈란다."

호산댁은 아랫방 쪽에 대고 목청을 높였다.

"이잉 할메, 나 여깄어."

금방 사잇문이 열리고, 광조가 얼굴을 내밀었다. 한쪽 볼이 불룩했다. 사탕에다 고구마에 정신이 팔려 찍소리가 없었던 것이다.

"사탕 엄니 잠 잡숴봇씨요 허제, 니 혼자 묵었냐?"

호산댁이 나무라는 얼굴을 해 보였다.

"사탕은 애기덜이나 묵제 어른이 묵간디?"

광조는 베실 웃으며 옆눈질을 쳤다.

"아이고메 쩌 쩌 삼시랑, 말허는 것 잠 보소웨."

호산댁은 행복에 겨운 함박웃음을 지어냈다.

"할메, 담에 올 때넌 모찌떡얼 사다 주소. 고것이 묵고 잡아 죽겄는디."

"온냐, 니가 애 스는갑다. 묵고 잡은 것도 많게."

호산댁은 손자의 머리를 쓰다듬었다.

"엄니, 할메가 쌀허고 고구마허고 사탕얼 가져오셨구만요."

덕순이가 제 이머니에게 알렸다.

"어무니……"

죽산댁은 시어머니를 깊은 눈길로 바라보았다.

"그려, 몸조리나 잘혀. 나 갈란다."

"점심 잡숩고 가시제라."

죽산댁이 몸을 일으키며 말했다.

"아니다, 밥 한 그럭이라도 축낼 것 읎다. 나 핑 갈랑께 나오지 말고 늬 있거라."

호산댁은 어느새 방을 나서고 있었다.

그려, 나가 내 부모 속 몰랐대끼 느그덜이 내 속얼 워찌 알 것이냐. 맴이라는 것이 부부지간 다르고, 부모자석지간 다르고, 형제지간 다른 법인디, 그저 나가 하로라도 더 오래 살어야제…… 호산댁은 스산스럽고 허한 마음으로 고샅길을 걸어가고 있었다. 길바닥에 박힌 꼬막껍질들이 자신의 가슴에 박힌 수많은 근심만 같았다. 인자 지팽이럴 짚어야 될랑가? 문득 떠오른 생각이었고, 뒤따라 밀려드는 서글픔에 호산댁은 하늘을 쳐다보았다. 시집오던 날의 향기가 일순 스쳐갔다. 허리가 예사스럽지 않게 뻣뻣하고 무거웠다.

술청에서 술꾼들이 마음 놓고 떠드는 소리가 왁자하게 들려오고 있었다. 사투리에 술기운이 섞인 데다가 여러 사람들의 목소리가 범벅되어 심재모로서는 한마디도 알아들을 수가 없었다. 그 흥겨운 왁자함 속에 자신의 존재는 이미 잊혀지고 있음을 느끼며 심재모는 빙긋이 웃었다. 조금 전 자신이 술집을 들어섰을 때 술청에 앉아 있던 사람들은 지나칠 정도로 긴장하거나 쭈뼛거렸던 것이다. 그는 민망한 기분으로 술청을 지나 방으로 안내를 받으며 술집에 의외로 사람이 많음을 이상하게 생각했었다. 그런데 자리를 잡고 앉아 생각해 보니 그럴 수도 있는 일이라 싶었다. 차라고는 타볼 수가 없는 정글전투를 하며 병사들은 어쩌다 생기는 술을 서로가 다투었고, 나눠 마신 한 모금의 술에 거짓말처럼 다들 취했다. 그리고 저녁밥도 굶고 밤새도록 싸우다가 새벽녘에 설핏 든 잠 속에서 몽정을 한 일도 있었다. 이쪽저쪽에서 번차례로 사람을 죽여대고, 통행금지가 실시되고 하는 속에서 사람들은 더 술에 끌리는지도 모를 일이었다. 그리고 아무리 세상이 뒤숭숭해도 생리화된 생활은 계속 이어지게 마련인 것이었다.

심재모는 손목시계를 보았다. 약속시간 5분 전이었다. 겨우 5분 남짓 지났는데 꽤나 지루하게 느껴졌다. "정직한 사람이지. 대신에 성질이 풀 먹인 무명이야. 꺾일망정 휘진 않아." 손승호에 대한 서민영 선생의 말이었다. 그래서 사무실에서 만나는 것을 피해 이런 장소를 택했고, 전화를 걸지 않고 편지를 써 보내 오늘의 약속이 이루어진 것이었다.

"대장님, 손님 오셨구만이라."

주인여자가 격자문을 열어젖히며 투박한 음성으로 말했다. 심재모는 재떨이를 옆으로 밀치며 일어났다.

"어서 오십시오, 손 선생님."

심재모는 손을 내밀었다. 손승호가 약간 주춤하는 듯하다가 손을 내밀었다. 심재모는 손승호의 손을 잡았다. 그런데 손승호는 자신의 손을 맞잡지 않았다. 서로 눈이 마주치는 것을 피한 채 손승호는 그저 손을 잡히고 있을 뿐이었다. 그의 손을 놓으며 심재모는 빙긋이 웃고 있었다.

"이렇게 시간 내주셔서 고맙습니다."

손승호가 외투를 벗어 걸고 앉자 심재모는 말했다. 손승호는 대꾸가 없었다. 그는 검정물 들인 무명에 솜을 넣은 한복 차림이었다. 그건 농민들이 흔히 입는, 방한을 위주로 한 작업복이었다. 빛바랜 한복과 핼쑥할 정도로 살이 없는 얼굴, 지금까지 그가 취하고 있는 행동에서 꺾일망정 휘어지지 않는다는 그의 성격을 심재모는 여실히 느끼고 있었다. 곧 술상이 들어왔다.

"이건 일본놈들이 좋아하던 술 같잖은 술입니다. 소주로 바꾸면 어떨까요."

언제까지고 말을 하지 않을 것처럼 입을 다물고 있던 손승호가 불쑥 한 말이었다.

"그러시죠."

심재모는 얼른 동의하며 웃음 지었다.

술이 소주로 바뀌어 오자 심재모가 먼저 술을 따랐다. 손승호가 따르는 술을 받으며 심재모가 입을 열었다.

"저어…… 뵙자고 한 건 다름이 아니라, 이지숙 선생에 대해 좀 알아보고 싶은 게 있어서 그랬습니다."

"재판 결과를 안 믿는다는 뜻입니까?"

손승호한테서 대뜸 날아온 말이었다.

"아, 그건 아닙니다. 그냥 알아보고 싶은 게 몇 가지 있어섭니다."

"저를 상대로 탐문수사를 하겠다는 겁니까?"

손승호는 노골적으로 불쾌감을 나타냈다.

"손 선생님, 오해하시거나 불쾌하게 생각진 말아주십시오. 저는 지금 공무를 수행하는 게 아닙니다. 직책상 몇 가지 의문이 있긴 한데 공적 처리를 하긴 어렵고 해서, 생각 끝에 이런 자리를 마련한 것뿐입니다. 수사는 아니니까 말씀하기 싫으면 안 하셔도 좋습니다."

"왜 하필 저를 택했습니까?"

소주잔을 단숨에 비운 손승호가 물었다. 그의 눈빛은 매서웠다.

"함께 근무했기 때문이지요."

"또 한 가지가 있을 텐데요? 제 과거도 고려됐거나, 의문시된 거겠지요?"

"그래요? 저를 일본 헌병 취급하시는군요. 그럼 저도 불쾌해지려 합니다."

심재모는 여전히 웃음 띤 얼굴이었다. 그러나 어조는 변해 있었다. 손승호는 고개를 젖혀 소주잔을 비웠다. 심재모는 그제야 좀 지나치지 않나 싶었던 손승호의 태도를 이해할 것 같았다. 손승호는 숙였던 고개를 들었다.

"글쎄요…… 제가 과민한 모양이군요." 손승호는 자조적인 웃음을 짓고는, "있는 그대로 말씀드리자면, 병원사건이 일어나고 세상에 알려진 것 외에는 제가 이 선생에 대해 아는 건 아무것도 없습니다. 이지숙과 안창민의 관계를 봐서는 이지숙의 사상 면을 의심해 볼 수도 있겠는데, 글쎄요. 그것이야말로 누가 알겠습니까" 하고는 고개를 저었다.

"예, 제가 이지숙을 의심할래서 의심하는 게 아닙니다. 서민영 선생 때문이지요. 이지숙이 서민영 선생이 운영하시는 야학선생이 됐는데, 사표를 냈으면 왜 고향으로 돌아가지 않을까 하는 생각과 함께, 이지숙이 혹시 사상이 불온해서 서 선생님이 피해 입는 일이 생기지 않을까 하는 생각을 하게 됐습니다. 그러다 보니 손 선생님을 만나보고 싶어진 겁니다."

손승호는 수긍이 된다는 듯한 얼굴로 느리게 고개를 주억거렸다.

"제가 남 일에 워낙 무관심해서⋯⋯."

"아니, 좋습니다. 꼭 그 용건만으로 뵙자고 한 건 아닙니다. 손 선생님하고 한잔 할 겸, 겸사겸사였지요."

그건 또 무슨 소리냐는 듯 손승호가 심재모를 빤히 쳐다보았다.

"왜, 입에 발린 소리로 들립니까? 서민영 선생께서, 김범우 선생과 손 선생을 사귈 만한 사람들이라고 권하십디다."

손승호는 천천히 눈길을 내리깔았다.

"요런 오살육시혀서 뼉따구를 잘근잘근 씹어뱉을 놈아, 외상술도 하로이틀이제 나넌 밑구녕 풀어서 술장시 헐끄나? 풀자도 살 놈이 없는 밑구녕이여."

주인여자의 악다구니 소리가 찌렁찌렁 울려왔다. 마시던 술잔을 입에서 뗀 심재모는 눈살을 찌푸리며 고개를 가로저었다. 그런 심재모를 건너다보고 있는 손승호의 얼굴에 웃음이 번지고 있었다.

"욕이 듣기 거북합니까?"

"아휴, 하고 싶은 말보다도 욕이 더 많으니 저게 어찌 된 일입니까. 말이 나왔으니 말인데, 왜 이곳 사람들은 욕을 그렇게 많이 합니까?"

"그게 전라도라는 뎁니다. 전라도사람들은 욕 많이 하는 걸 탓하면, 욕도 못하면 무슨 수로 사느냐고 맞섭니다."

"그 말이 무슨 뜻입니까?"

"글쎄요, 뼈 빠지게 농사지어 지주한테 다 뺏기고, 배곯고 헐벗고 사는 억울함과 분함을 욕으로라도 풀어야 그나마 살아갈 수 있지 않겠느냐는 뜻이겠지요."

"아, 네에. 그런데 문둥이라는 욕은 경상도 욕인 줄 알았는데 이곳 사람들은 걸핏하면 '문딩이, 문딩이' 하는데, 어쩐 일입니까?"

"아직 모르고 계신가요. 소록도 때문이겠죠. 소록도는 일정 때부터 나환자 집단수용소였습니다. 그러니 문둥이가 전라도 일대의 욕이 된 것이겠지요."

"경기도에도 소작인들은 있지만, 여기같이 심한 욕은 없습니다."

"글쎄요…… 물론 농토 있는 곳에 지주와 소작인은 있게 마련이지요. 그러나 지역에 따라 그 관계가 다르겠지요."

"어떻게 말씀인가요?"

"글쎄요, 그게 좀…….." 말하기를 꺼리는 듯한 표정으로 술잔을 기울인 손승호는 잠시 침묵했다가, "그건 두 가지로 요약할 수 있을 겁니다. 우리나라 역사가 반만년이라는데, 그 세월이 계속 농경

사회였다는 점이고, 다른 하나는 지역에 따라 경제구조가 다른 점입니다. 농경사회에서 주된 세금징수 대상은 쌀 생산이 많은 평야지대일 수밖에 없지요. 강원도나 함경도에 비해 전라도나 경상도가 관의 표적이 되는 건 피할 수 없는 일이지요. 다음이 지역적 경제구조의 문제인데, 농업 중심의 경제냐 상업 중심의 경제냐에 따라 소작인의 환경이 달라지겠지요. 평양을 중심으로 상업경제를 형성한 평안도나, 수원을 중심으로 한 경기도 같은 데서는 농업은 제2의 치부 수단에 불과합니다. 그러나 농업경제가 중심이 되는 평야지대에서는 치부의 절대수단이 땅입니다. 필연적으로 인정사정 없는 지주의 착취와 수탈이 행해지고, 지주는 고리대금업까지 겸하게 됩니다. 평야지대의 소작인들은 옛날부터 관과 지주에게 이중적으로 고통을 당해왔습니다."

"그렇겠군요. 저어, 전라도에 자가용 비행기를 가진 지주가 있다던데요?"

"알고 계시군요. 해방이 되고 없앴다는 말도 있는데, 그게 착취지주의 표본입니다. 자동차 한 대를 갖기도 어려운 세상에 상상이나 되는 일입니까? 그 지주는 배꼽이 간질간질한 기분으로 만경평야 위를 날아다녔겠지만, 무논에서 땀 뻘뻘 흘리고 있는 소작인들이 그 비행기를 올려다보며 욕이라도 퍼붓지 않으면 어찌 살겠습니까."

손승호는 심재모에게 잔을 권했다. 그의 음성이 약간 격해진 것을 반증이라도 하듯 얼굴에는 불그레하게 술기가 감돌았다. 심재모는 잔을 단숨에 비웠다.

"이해가 갑니다. 그래서 그런지 전라도사람들은, 이거 경솔한 말일지 모르겠습니다만, 어딘지 억센 것도 같고, 거친 것도 같고, 그러면서도 주눅 든 것 같고, 경계하는 것 같고, 그런 인상입니다."

"그렇게 보이던가요? 그렇다면 상당히 정확하게 보신 거군요. 그게 다 대대로 이중적인 착취를 당하며 살아온 사람들의 모습입니다. 그러나 그건 어디까지나 표면적인 관찰이지요. 그 사람들 가슴에는 끝없는 회한과 슬픔이 담겨 있습니다. 한이 맺혀 있는 거지요. 전라도나 경상도 땅은 옛날부터 다른 지역에 비해 한이 깊게 서린 땅입니다. 동학란이 전라도에서 일어나고, 경상도로 번져간건 결코 우연한 일이 아닐 겁니다. 욕으로 화풀이하며 견디고, 육자배기로 신세 한탄하며 견디고, 그러다가 도저히 더는 견딜 수 없어 폭발한 것이었지요."

"손 선생님도 욕을 잘하십니까?"

"한번 들어보고 싶습니까? 숨 안 쉬고 쉰 가지는 할 수 있습니다."

두 사람은 마주 보고 웃었다. 그리고 서로 술을 권했다.

"잘될지는 모르겠습니다만, 전라도를 이해하려고 노력하고 있습니다."

"예, 고마운 일입니다. 실은…… 양조장 사건을 그리 처리한 일이 없었더라면 오늘 약속에 응하지 않았을 겁니다. 그러니까 뭐랄까, 전라도를 다소나마 이해하는 깃은 우리 땅 전체의 민중이 겪고 있는 수난을 이해하는 것이 될 겁니다."

"그런가요…… 그런데 지난번에 유지들한테 끌려 어쩔 수 없이 남원장엘 갔었습니다. 거기서 전라도 고유의 것이라는 '소리'를 들었는데, 글쎄요, 잘 모르겠더군요."

"그랬군요. 전라도사람들 욕만 심하게 하는 게 아니라, 속에 맺힌 한을 그런 가락으로 나타내고, 풀었지요. 그게 전라도를 깊은 속까지 알기 어려운 대목입니다. 거기에는 여기서 태어나고 여기서 뼈가 굵은 사람만이 알 수 있는 그 무엇이 있습니다. 그건 설명이나 노력으로 되는 일이 아닐 겁니다. 심 사령관님이 끔찍해하는 욕이 여기서는 친숙한 보통호칭으로도 쓰이는, 그런 거리나 간격 같은 것이라 할 수 있습니다."

"그렇더군요. 야 이 씨발놈아, 야 좆같은 새끼야 같은 욕을 친구 사이에 웃어가며 예사로 하더군요."

"그래 조선시대부터 욕의 본향이 순천이라 명이 났었던 거겠죠."

"대장님, 대장님은 대장잉게 통금이 지내도 암시랑 않제라?"

기척도 없이 문을 열어젖힌 주인여자가 말했다. 심재모는 얼른 시계를 보았다.

"그만 일어나시죠."

"아닙니다, 기왕 늦었으니 채워진 잔이나 비우고 일어나도록 하지요. 댁에까지 제가 모셔다드리겠습니다."

심재모를 따라 손승호는 잔을 들었다. 자기 동네를 외지인의 보호를 받으며 가야 한다는 사실이 손승호의 가슴에 야릇한 비애감을 일으키고 있었다.

31

읍내를 에워싼 불길

그날은 눈이라도 퍼부을 것처럼 암회색 구름이 두껍게 덮이고 바람끝이 매웠다. 북쪽으로 금산, 남쪽으로 첨산, 서쪽으로 징광산, 동쪽으로 제석산이 모두 구름 속에 묻혀 있었다. 실가지들이 바람을 타고 우는 소리만 스산한 칠동 과수원에서 연달아 총성이 진동한 것은 오후 2시께였다. 그 총격전에서 배성오가 다른 한 명과 함께 죽었다. 뒤늦게 신원이 밝혀진 다른 한 명은, 같은 동네에서 입산한 고두일이었다. 읍내병력 중에서는 네 명이 목숨을 잃었다. 심재모의 계엄군이 한 명이었고, 임만수의 경찰 토벌대가 세 명이었다. 읍내병력이 갑절이나 사상자를 낸 것은, 창고 안에서 완강하게 저항하는 직을 상대해야 하는 위치의 불리함이 있었는 데다가, 심재모의 명령을 무시한 임만수가 무모하리만큼 경찰병력을 전진시켰던 것이다.

배성오와 고두일의 피로 물든 시체는 네 명의 군인·경찰들의 시체와 함께 군인들이 옮겨갔다.

"이놈덜아, 이놈덜아, 내 아들 쥑였으면 죽은 몸땡이나 놓고 가그라아아. 워쩔라고 느그가 갖고 가냐. 살았을 때 빨갱이고 공산당이제 죽어서도 빨갱이고 공산당이다냐, 이놈덜아아!"

사람들에게 양쪽 팔을 붙들린 과수원댁은 눈이 뒤집혀 발악하고 있었다. 과수원댁은 총격전이 계속되는 동안에는 군인들에게 붙들려 있다가 이제는 동네사람들에게 붙들린 것이었다. 몸부림을 치다가 치다가 과수원댁은 끝내 혼절하고 말았다.

동네사람들은 여기저기 삼삼오오 모여 수군거리고들 있었다. 아직 그대로 남은 공포감과 총성의 여음이 그들을 흩어지지 못하게 묶어놓고 있었다. "시상에나, 형제간이 아니라 웬수로 태였는갑구만." "형제간은 남남이란 옛말이 그른 디가 하나또 읎네." "근디, 좋은 일에 넘이고, 궂은일에 형제간이란 옛말도 안 있습디여." "글씨 말이시, 넘도 못헐 일얼 형제간에 혔으니 기가 맥히제." "그것도 동상이 헌 짓이라면 또 몰르겄소. 워찌 성이 그럴 수가 있는지, 귀신도 놀랠 일이요." "그 말 읎고 얌잔턴 사람 워디에 그리 모진 맘이 있었는지 몰르겄소." "참말로 무서운 사람이여." "그나저나 부모 가심얼 저리 한 맺히게 혀놓고 워찌 한지붕 밑에서 낯 대허고 살랑고?" "그까징 거 걱정혔음사 동상 죽일 일 꾸몄겄어?" "워찌 그리 모진 짓얼 혔으까이?" "음마, 이 사람 자다가 봉창 뚜딜기는 소리 허고 앉었네웨. 아, 동상이 허는 빨갱이질 땀세 자기 전정이 망쳐진

께 그랬제 위째."　"참말로 징허디징헌 놈이시. 동상 죽이고 지놈이 벼슬 허문 군수럴 해묵겄어, 도지사럴 해묵겄어. 아니, 군수고 도지사고 다 해묵는다고 쳐. 그 맛 에진간히 꼬시겄다, 문딩이."　"위따, 자그만치 열 내소. 목구녕에서 피 솟겄네."　"근디 말이여, 성오 총각이 잘못 생각혔는지도 몰를 일이랑게. 죽기럴 작정허고 뎀비지 말고 그 대장 말 믿고 자수혔드라면 죽는 것은 면했을란지도 몰르는디."　"금메 말이시. 그 군인 대장이, 자수허면 살려주겄다고 그리도 자수럴 권해쌓담시로?"　"그랬다등마. 자수혀서 살아났으면 즈그 엄니 가심에 못 안 박어서 좋고, 즈그 성 죄인 안 맹글고 전정 열려 좋고, 지 숨어댕김서 사는 고상 안 혀서 좋고, 이리저리 다 존 일이었는디."　"그것이야 다 존 쪽으로만 생각허니께 그렇고, 자수혔다가 꽝 쏴죽여뿔면 워쩔 것인가."　"설마 허니 그렇기야 허겄는가."　"설마가 사람 잡네. 염상진네가 쫓겨간 담에 설마 그리 몰악시럽게 사람 덜얼 떼로 죽일지 누가 알았드랑가?"　"그것이야 경찰이 헌 짓거리제 군인이 헌 일이 아니시."　"경찰이고 군인이고, 빨갱이 잡자고들 눈에다가 시퍼런 불 키기로는 매일반이시. 초록은 동색잉게."

　보성책 이해룡을 접선하고 온 하대치와 조성책 오판돌을 접선하고 온 강동식이 배성오네 과수원 끝머리 둔덕 아래서 합류한 것은 어둑어둑해질 무렵이었다. 강동식이 먼저 도착해서 보니 집 쪽에서 곡성이 들리고 사람들이 웅성거리고 있었다. 먼 거리에서 보아도 초상집 분위기가 분명했다. 그때까지만 해도 강동식은 배성오와 고두일이가 변을 당했으리라고는 전혀 예감하지 못했다. 누구

초상을 당했는지, 저렇게 눈이 많아서는 배성오네에서 하룻밤 은신하기로 한 것이 어렵겠다는 생각을 했을 뿐이었다. 그들은 배성오네에서 하룻밤을 보내고 다음날 고흥의 과역면 장을 보기로 계획되어 있었다. 보성이나 조성 장날에는 벌교사람들이 꽤나 모여들기 때문이었다. 강동식은 하룻밤을 어디서 은신해야 할지 걱정스러워하며, 누구 초상인지 탐지하려고 집 쪽으로 접근해 갔다.

"성오야, 불쌍헌 내 새끼야, 장개도 못 가고 니가 죽다니, 워쩔끄나아아, 그 생때겉은 나이에 아까와서 워쩔끄나아아……."

"요런 무정허고 모진 놈아, 니 좋자고 군인 경찰 내보내서 동상 죽이는 법 워디서 배왔드라냐. 이놈아, 윤오 이놈아, 동상 잡아묵고 워디 처백혀 있냐. 싸게 와서 에미 죽는 꼴 니 눈으로 똑똑허니 봐라. 나넌 인자 더 못산다. 요런 숭악허고 기맥힌 꼴 당허고 나가 워찌 더 살겄냐, 이놈아. 워디 있냐, 싸게 오니라."

과수원댁의 목이 쉰 통곡은 끊어지는 듯하다가 다시 이어지고, 멈추는 듯하다가 또 계속되고는 했다.

"워쩌?"

강동식의 간추린 말을 듣는 순간 하대치는 자신들이 처한 입장도 잊은 듯 버럭 소리쳤다. 하대치는 자신의 목소리에 흠칫 놀랐고, 강동식은 하대치를 향해 눈을 부릅떴다.

"참말로 뱃대지럴 터쳐 쥑여 배창시럴 나뭇가지에 널어 까마구가 뜯어묵게 혀야 헐 놈이다. 배성오고 고두일이고 아깝고 불쌍혀서 워째야 헐끄나."

하대치는 끓어오르는 분노를 억제하느라 주먹을 부르쥐며 떨었다.

"우리가 여그 이러고 있을 때가 아니시. 남은 일을 워쩔 것인지 정허고 얼렁 여그럴 뜨세."

강동식이 초조하게 말했다.

"근디, 배성오가 그 임무나 끝냈는지 몰르겄네?"

하대치가 미간을 구기며 고개를 갸웃거렸다.

"멀 말이여?"

"그 이 선상님허고 접선허는 일 말이시."

두 사람은 서로를 마주 보며 말이 없었다. 배성오의 어머니를 통해 이지숙과 접선하기로 된 일이 완료되었는지 어떤지 두 사람으로서는 알 수가 없었던 것이다. 당초의 계획은, 내일 과역면 장을 보고 돌아가는 길에 이지숙과 동행하기로 되어 있었다.

"어디서 알아볼 길도 없고, 오늘 일로 경비가 더 심해졌을 것잉께 낼 과역 장 보는 것도 위험허시. 그렁께 이 길로 그냥 부대로 돌아가 보고부텀 허세."

강동식이 신중을 기해 말했다. 그러나 하대치는 고개부터 저었다.

"고것은 안 될 말이여. 죽은 사람은 죽은 사람이고, 우리가 짊어진 임무는 임무여. 우리가 부대로 돌아간다고 죽은 사람이 살아날 것도 아니고, 계획만 다 허물어지는 것이여. 그라고 배성오가 임무럴 완수허고 죽었는디도 우리가 그냥 돌아가불먼 이 선상님은 낼 워처께 되겄능가."

"고런 것을 나도 안 생각헌 것이 아니시. 근디, 임무가 완수되얐는지 안 되얐는지 요런 헹편에 워찌 알겄냐 그것이여."

"고것이야 간딴허시. 이 선상님얼 찾아가보면 된께."

하대치는 무슨 단단한 물건을 콱 씹듯이 말했다.

"자네 미쳤는가? 읍내는 시방 호랭이굴이여."

"호랭이굴 아니라 불바다라도 상관읎네. 빨갱이질 험스로 늑대굴 호랭이굴 개릴 판이었으면 애시당초 시작도 안 혔을 것이네."

하대치는 안창민 동무를 생각하고 있었다. 그 사람은 허벅지에 총상을 입고도 다섯 동지들의 안전을 위해서 끝내 등에 업히지 않았었다. 그때 그 사람은 말했었다. '빨갱이는 이 정도로 죽지 않소.' 그리고 꼭 살아서 본부로 돌아갈 테니 걱정 말라고 했다. 그 약골로 생긴 사람은 결국 살아서 돌아왔다. 전부터 안창민을 대하면, 사람이 힘만으로는 살아지는 것이 아니라는 것을 느끼고는 했는데, 그 일이 있은 다음부터는 그 사람을 염상진 대장과 똑같이 우러르지 않을 수가 없었다.

"나 혼자 갈 것잉께 이따 만내세. 만낼 장소를 정허세."

"자네 참말로 미쳤네이. 위험헌 디럴 혼자 워쩌게 가, 항꾼에 가야제."

"경비가 심헐수록 각개행동 허라는 대장님 가르침을 자네 잊어뿌렀능가!"

강동식은 더 할 말이 없었다.

배성오의 형 배윤오는 읍사무소에 앉아 호적부를 들추게 될 때마다 자신의 앞에 탱자울타리가 막아서곤 하는 것을 느껴야 했다. 탱자나무 가지마다 촘촘히 박힌 그 억센 가시들을 뚫고 나갈 수도, 뛰어넘을 수도 없었다. 그렇다고 호적부의 기록을 남몰래 지울 수도 없는 일이었다. 그것이야말로 스스로 무덤을 파는 어리석은 짓이었다. 눈이 한둘이 아니었던 것이다. 동생이 죽어 없어졌다면 또 모를 일이었다. 그놈 때문에 결국 내 인생은 망쳐지고 말 것이다. 날이 갈수록 그 강박감은 심해져갈 뿐이었다. 여느 날과 마찬가지로 그는 자전거를 타고 집으로 점심을 먹으러 갔다. 그런데 대문을 들어서던 그는 함지박을 들고 무엇에 쫓기듯 허둥지둥 창고로 들어가는 어머니를 목격했다. 함지박에 든 것이 음식이라는 것쯤 먼발치에서도 대뜸 알아차릴 수 있었다. 창고와 음식과 어머니의 행동, 그는 사태를 직감했다. 창고로 접근했다. 직감은 틀림이 없었다. 그는 자전거를 되집어타고 읍내로 달리기 시작했다.

　다음날 점심 무렵 손승호가 심재모의 사무실로 뛰어들듯이 했다.

　"저게 도대체 무슨 짓이오! 나는 당신이 저 정도밖에 안 되는 줄을 몰랐소."

　손승호의 마른 얼굴은 창백했고, 입술은 푸들푸들 떨리고 있었다.

　"손 선생님, 진정하시고 잠깐 앉으세요."

　심재모가 괴로운 듯한 얼굴을 숙이며 의자에서 천천히 일어섰다.

　"당장, 당장 조처하시오!"

　손승호의 목소리가 갈라져나왔다.

　"난 군인의 몸이오."

심재모가 딱딱하게 굳은 얼굴로 말했다. 그는 손승호를 응시하고 있었다. 그의 눈을 맞쳐다보고 있던 손승호의 어깨가 처져내렸다. 고개가 떨구어졌다. 손승호는 들어올 때의 기세와는 정반대의 무거운 걸음걸이로 사무실을 나갔다.

역전 마당 한옆으로 두 구의 시체가 거적 위에 누워 있었다. 그 양쪽 옆에 총을 멘 경찰이 서 있었다. 오가는 사람들은 상을 찌푸리거나 혀를 차며 빠른 걸음으로 지나쳤고, 그 앞에서 걸음을 멈추는 사람은 드물었다. 조무래기들만이 쭈뼛거리고 멈칫거리는 몸짓들을 지으며 멀찍이 배돌 뿐이었다.

구름 낀 겨울밤의 어둠은 먹물이었다. 세 개의 어둠덩어리가 오금재를 넘어가고 있었다. 사람의 형체를 갖춘 것은 가운데 어둠덩어리였고, 앞뒤의 것은 거의 사람의 형체가 아니었다. 커다란 등짐들을 지고 있어서였다.

다음날 새벽 해가 솟을 즈음 과수원집에서는 소란이 벌어졌다. 안방 아랫목에 누워 있어야 할 과수원댁의 자취가 없었던 것이다. 옆에 붙어 앉아 지키고 있었던 세 사람, 두 자식과 그 아이들의 이모도 전혀 모르고 있었다. 과수원댁은 창고에 목을 매달아 죽어 있었다. 이틀 밤낮을 지키느라고 지칠 만큼 지친 옆사람들이 깜빡 잠에 빠진 사이에 과수원댁은 일을 저지른 것이었다.

"새끼 시체나 찾어다가 묻어주고나 갈 일이제, 머시가 그리 급혀 이 사람아." 뻣뻣하게 굳어진 아내의 시체를 받어 안으며 배성오의 아버지 배근우의 목은 잠겨들고 있었다. 열아홉 살 난 배성오의 여동생은 어머니의 치맛자락을 움켜잡고 발버둥질을 쳤고, 중학생인 남동생은 소울음을 토해내며 창고의 판자벽에 머리를 짓찧고 있었다.

옆걸음질을 하는 몸이 겨우 들어갈 수 있도록 신당 문을 열고 안으로 들어서는 들몰댁의 몸은 한사코 죄어들고 있었다. 신당 안은 어둠침침했다. 향이 타고 있는 것도 아닌데 짙은 향내음이 코를 자극했다. 오랜 세월 동안 방 안 구석구석에 배어 있는 냄새였다. 호랑이를 데리고 서 있는 신령님 화상과 울긋불긋한 종이꽃들과 색색의 폭이 넓은 무복과 굿에 쓰이는 가지가지 도구들……. 들몰댁은 으스스 무섬증이 들고, 무슨 몹쓸 짓을 하러 들어온 것처럼 두려움에 눌렸다. 들몰댁은 신령님 앞에 절부터 네 번을 올렸다. 그 때마다, 신령님 지는 심바람허로 들어왔구만이라를 되풀이했다. 소화의 심부름이라는 말을 확실하게 해야 마음이 놓이겠는데, 신령님 앞에서 소화를 어떻게 불러야 하는지 몰라 안타까웠다. 절을 마친 들몰댁은 신령님을 모신 단을 향해 무릎걸음으로 다가갔다. 단에 쳐진 진홍색 천에 눈이 부셔 들몰댁은 눈을 껌벅이며 숨을 몰아쉬었다. 어느 때 한번 감히 만져볼 생각조차 못했던 신단옷이었다. 들몰댁은 주저하며 진홍천을 잡았다. 손끝이 바들바들 떨렸다. 그것을 조심스럽게 걷어올렸다. 제기함이 드러났다. 그것을 싸 안듯이 해서 끌어냈다. 나무상자에는 제기들이 가득 들어 있었다. 하나씩 조심해서 들어냈다. 바닥에 한지가 깔려 있었다. 그 한지를 들추었다. 소화가 일러준 대로 돈은 거기에 있었다. 돈은 적은 액수가 아니었다. 어림잡아도 쌀 예닐곱 가마니 값은 되었다. "나 걱정은 말고 그 돈으로 아그덜허고 삼동 나도록 허씨요." 순천으로 넘어가기 직전에 소화가 한 말이었다. "나가 들몰댁헌테 똑 한 가지 부탁이 있소. 나가 없다고 이사허지 마씨요. 그라고 밤잠 깊이 자지 말고. 아무것도 몰르는 그분이 맘 놓고 왔다가는 큰일난께, 들몰댁이 밤낮으로 지키다가 그분이 오면 그 길로 뜨게 허란 말이오." 소화의 간곡한 부탁이었다. 들몰댁은 돈을 확인만 하고 제기들을 다시 넣었다. 제기함을 제자리에 옮겨놓고 신당을 나왔다.

소화는 삼동 추위에 감방 고생을 하는데 그 돈으로 쌀밥 끓여대며 앉았을 수는 없는 일이었다. 이번 일로 소화의 깊은 속을 헤아리게 된 들몰댁은 소화가 혈육처럼 느껴졌고, 자기보다 못했으면 못했지 나을 것이 아무것도 없는 소화의 팔자 기구함에 가슴이 메고 있었다.

들몰댁은 소화 뒷바라지가 우선이라고 생각했다. 점심은 으레 굶을 것이고, 아침저녁 두 끼를 오만 잡동사니를 섞어가며 밥을 하면 세 입이 삼동 나기에는 한 가마니 쌀로 견딜 것이었다. 면회부터 가보아야 할 일이었다. 핏기 없이 부석부석하던 얼굴이 한시도 눈앞에서 떠나지 않았다. 들몰댁은 술도가집을 찾아가기로 했다. 길도 서투르고 한데 낙안댁과 면회를 함께 간다면 여러모로 좋을 것 같은 생각이 들었던 것이다.

"아덜 외삼촌이 다 일을 맡어 헌께 나는 몰르겄소. 허고, 그 무당

일로 앞으로는 날 찾아오지 마씨요. 당자허고 다 헌 말이 있응께."

술도가집 안주인은 그대로 얼음덩이였다. 들몰댁은 말 한마디 더 건네보지 못하고 물러났다. 당자인 소화와 무슨 말을 한 것일까? 외삼촌이라는 사람이 소화의 일도 함께 도와주는 것일까? 다 물어서 대답을 듣고 싶은 말이었지만 그 범접할 수 없도록 냉담한 태도에 눌려 입을 열지 못하고 말았다. 무슨 까닭인지 소화가 더욱 불쌍하고 딱하다는 생각이 자꾸만 가슴에 서려들었고, 낳아서 서럽고 키우면서 더 깊어질 서러움인데 어차피 지워지기 잘한 자식이라는 생각이 들었다. 그려, 애시당초 맺어질 인연이 아니었제. 그리 애가 지워진 것도 다 신령님 뜻일 것이여. 들몰댁은 속으로 말하며 고개를 끄덕였다.

들몰댁은 돈을 꺼내다가 한약방부터 찾아갔다. 소화의 보신을 위해 환약을 지어야 했다. 면회 때 건네줄 사식에 슬쩍 끼워넣을 작정이었다. 발각될 것을 생각해서 돈도 미리 준비해 둘 예정이었다. 남편이 1년 옥살이할 때, 감옥에서도 돈이면 안 되는 것이 없다는 것을 알았던 것이다.

한약방에서 순서를 기다리던 들몰댁은 두 여자가 수군거리는 소리에 귀를 기울이게 되었다. "회정리 3구 외서댁?" "그렇탕께." "참말로 청년단장 애기까?" "장본인이 헌 말이라는디?" "썩을 놈, 빨갱이 마누래라고 지멋대로 혔으면 아가리나 닥칠 일이제." "그놈이 지명에 못 죽을라고 환장얼 헌 것이제. 그 냄편 강동식이란 사람이 마누래럴 끔찍허니 생각허는디다가, 사람도 보통내기가 아니라는

디, 지 마누래 배에 씨 뿌린 것 알면 그놈얼 가만두겠능가?" "고것이야 남정네덜찌리 죽으나 사나 헐 일이고, 소문이 요리 아침안개 퍼지대끼 허는 판이니 외서댁이란 여자가 큰탈났네." "금메 말이시, 죽도 사도 못허게 생겼네." "참말로 빨갱이 예펜네 된 것도 서러울 것인디, 그런 꼴할라 당허고, 소문꺼정 나부렀시니. 복쪼가리는 잔생이도 읎는 예펜네시."

들몰댁의 가슴은 두근두근 뛰고 있었다. 꼭 자신이 당한 일만 같았던 것이다. 외서댁과는 서로 아는 사이였다. 몇 차례씩 함께 잡혀 들어가 고초를 겪다 보니 얼굴들이 익었고, 눈으로 말을 나누는 사이들이 되었던 것이다. 표나게 곱지는 않지만 사람의 눈길을 머물게 하는 이상스런 냄새가 풍기는 것 같은 얼굴에 젖가슴이 유별나게 큰 실한 몸을 가진 여자였다. 인자 워찌 살라는고……. 들몰댁은 가슴에 바윗덩이가 얹힌 것만 같았다.

들몰댁은 한약방을 나와 포목점으로 갔다. 광목을 끊고 솜을 샀다. 소화는 솜 둔 옷을 입고 가기는 했지만 그건 몸맵시를 생각해서 지은 옷이라 솜이 종잇장처럼 얇았다. 성치도 않은 몸에 그 옷으로 삼동 감방생활을 하다가는 지레 얼어죽을 판이었다.

환약을 찾기로 한 이틀 동안 들몰댁은 사람 하나를 사서 소화의 몸에 맞게 남자한복 두 벌을 만들었다.

"들몰댁 여그 온 새에 그분이 오면 워쩔라고 이리 왔소. 나가 그리 당부혔는디."

들몰댁을 대하자마자 소화가 원망스러워하며 한 말이었다.

"워찌 해필허고 오늘 오시겄소. 기자(祈者)님 고상허실 것 뻔히 암스로 발 묶고 앉었을 수가 읎었구만이라."

"들몰댁 맘이야 고맙지만, 내 당허는 고상은 암시랑 않소. 내 고상 막을라다가 그분헌테 화 돌아가먼 그 후회, 그 한스러움을 어찌 허란 것이요. 그분만 건강허고 무사허먼 나넌 무신 고상을 당혀도 아무 상관이 읎소. 몸이 당허는 고상을 마음이 못 이기먼 고상이 되는 것이고, 몸이 당허는 고상을 마음이 이기먼 고상이 아닌 법이요. 나가 고상을 당해 그분이 무사헐 수만 있다면 요런 고상이야 평생도 당허겄소."

소화는 헛것을 보는 것 같은 몽롱한 눈으로 마치 주문을 외듯이 느리고 낮은 소리로 말하고 있었다. 그녀의 얼굴 부기는 더 심했고, 눈동자에는 핏발이 성했다. 들몰댁은 그런 소화를 겁나고 걱정되는 마음으로 지켜보고 있었다. 신이 내리는 것이 아닐랑가 몰라. 여그서 신이 내려뿔먼 위째야 쓸꼬.

사실 소화는 사건이 일어나기 전날 밤의 정하섭을 다시 만나고 있었다. "당신은 나에게 무엇일까. 갈수록 내 마음에 크게 번져오는 사람…… 당신은 달이다. 그래, 달이다." 젖가슴에 얼굴을 묻은 정하섭의 읊조림이었다. 그 음성은 귀로 듣지 않았다. 바로 가슴으로 울려왔다. 황송합니다. 달이길 감히 바라지 않습니다. 하나의 작은 별만이라도 황감합니다. 아닙니다, 별이기도 욕심하지 않겠습니다. 제 욕심이 행여 당신의 괴로움이 되어서는 아니 됩니다. 일순 스쳐지나는 구름이고 바람이어도 족했던 것을, 당신은 제게 빗방울까지 만들어주셨습니다. 당신은 정녕 제 해입니다. 소화는 소리 없는 대꾸를 했었다.

"시간 다 됐습니다."

간수가 메마른 소리를 냈다.

"들몰댁, 다시는 오지 마씨요. 나 일은 정 사장댁에서 다 손써주고 있응께. 집만 잘 지키겄다고 약속허씨요."

소화는 황급하게 말했다. 그때서야 제정신으로 돌아온 것 같았다.

"명심허겄구만이라. 끼니때마동 약 드시는 것 걸르지 마씨요. 열 알썩이요."

들몰댁은 아까 했던 말을 다시 다짐했다.

"고맙소, 들몰댁."

눈물이 크렁한 눈으로 소화가 돌아섰다. 소화의 모습이 문밖으로 없어져버린 다음에도 들몰댁은 그 자리에 한참이나 서 있었다.

들몰댁은 역을 향해 바쁜 걸음을 옮겨놓으며, 술도가집 찾아갔던 이야기를 하지 않은 것은 잘한 일이라고 생각하고 있었다. 그리고 정하섭을 향한 소화의 마음에 대해서는 "춘향이 넋이로시!" 그 말밖에는 달리 할 말이 없었다.

마삼수, 노덕보, 김복동은 이른 저녁들을 마치고 강동기네 아랫방으로 모여들었다. 정 사장네 집을 때려부순 손해배상금 장만을 위해서였다. 정 사장 처남의 치료비는 1차로 장만해서 전했던 것이다. 네 몫으로 분담하기로 한 그 돈도 꼼짝없이 빚을 낸 것이었다.

쌀 닷 가마니 값을 빚내 고스란히 갖다바치며 그들의 속은 하나같이 쓰리고 아렸다. 한 사람 앞에 한 가마니 두 말 닷 되의 쌀— 이런저런 잡곡을 섞어 고구마밥, 무밥, 콩나물밥 등속으로 꾸리면 그건 새끼들하고 반 겨울을 날 수 있는 양이었고, 시래기죽만 끓인다면 온 겨울도 날 수 있는 양이었던 것이다. 살점 베어내는 것 같은 돈을 당당하지도 못하게 넘겨주고 돌아선 그들은 홧김에 소 잡아먹은 후회를 씹고 씹으며 참담한 심정으로 도래등을 넘어섰던 것이다. 그때까지 서로 말 한마디 나누지 않은 그들은 동네 어귀에 이르러 약속이나 한 것처럼 주막으로 줄줄이 들어갔다. 그 빚돈도 쉽게 낸 것이 아니었다. 가진 것이라고는 다 헐고 낡은 오두막집이 한 채씩일 뿐 땅 한 뙈기 없는 그들에게 돈 가진 사람 그 누구도 빚을 주려 하지 않았다. 더구나 그 돈이 지주한테 횡포를 저지르고 그 배상금으로 쓰일 것이라는 데 문제가 있었다. 돈 가진 사람들이 대부분 지주인 형편에 그들은 이미 '상전을 몰라보고 나댄 싸가지 없는 것들'로 돈푼 줜 사람들의 눈 밖에 나 있었던 것이다. 배상금을 내야 할 날짜는 바득바득 다가오고, 그들은 어찌할 방도가 없어 마름 허출세를 찾아가지 않을 수가 없었다. 허출세는 초장부터 기고만장하게 거드름을 피우고 콧대를 세웠다. 네까짓 것들이 뛰어봐야 벼룩이지 하는 태도로 그들을 발밑에 깔았고, 그러면서도 돈은 빌려줄 수 없다고 고개를 틀었다. 그들은 그의 속셈을 환히 알고 있었다. 막다른 골목에 몰린 것을 알고 이자를 높이려는 수작이었던 것이다. 그의 그런 교활한 성정을 평소부터 잘 알고 있었기 때문에 그의 앞에 머리 숙이지 않으려고 여기저기 줄을 대다가 실패만 거듭했던 것이다. 허출세는 7부 이자를 내라고 했다. 5부로 내려달라고 네 사람은 돌아가며 사정하고, 간청하고, 애걸했다. 그래서 1부를 깎고, 6부 빚돈을 내었던 것이다.

침울한 얼굴을 맞대고 앉은 네 사람은 말이 없었다. 다시 허출세를 찾아가야 한다는 명백한 사실 앞에서 더 필요한 말이 있지도 않았다. 집을 파손한 배상금은 쌀 세 가마니 값이 다 되었다. 정확하게 계산하면 세 가마니에서 한 말이 빠지는 돈이었다. 심 사령관은, 치료비와 수리비를 한꺼번에 배상한다는 것은 무리이므로 1주일 간격으로 나눠서 한다는 합의서에 정 사장이 도장을 누르도록 해주었던 것이다. 이자가 불어나는 것을 생각하면 하루가 지나는 것이 무서운 그들에게 1주일의 여유란 여간 고마운 것이 아니었다.

그런데 그들이 침울한 것은 또 돈을 빌리러 가야 된다는 것 때문만이 아니었다. 그들이 은근히 기대했던 일이 여지없이 깨지고 말았던 것이다.

치료비를 배상하고 난 그들은 속이 쓰리고 아려 견딜 수가 없는데 또 며칠 후에 수리비 줄 생각을 하면 밤잠이 안 오고 배창자가 비비 꼬일 지경이었다. 그런 데다가 마누라들까지 고시랑거리기 시작했다. 이미 유치장에 갇혔을 때 고기반찬의 사식을 날라오던 마누라들은 아니었다. 남편들이 유치장에 갇혔을 때는 때 묻은 속곳까지 팔아서라도 징역살이시키지 않으리라 마음을 다졌고, 진정서에 도장을 받을 때는 발바닥에 물집이 잡히는 줄도 모르고 미친 듯이 동네마다 쏘다녔고, 합의가 이루어져 풀려나게 되자 그 조건에 그저 감지덕지했던 것이다. 그런데 시간이 흐름에 따라 차츰 차츰 마음이 변해가기 시작했다. 그러는 동안 정하섭의 사건이 발생하고, 정 사장이 잡혀 들어가고, 마침내 재판소로 넘어가고 말았다. 정 사장이 유치장에 갇혀 있을 때만 해도 그들은 그저 속 시원해하고, 고소해한 정도였다. 그런데 뜻밖에도 재판소로 넘겨지자 그들의 마음은 돌변하게 되었다. 어떻게 우물쭈물해서 수리비를 물어주지 않아도 되지 않을까. 그들 넷의 생각은 한 치의 틈도 없이 일치했다. 아니, 마누라들까지 합쳐서 여덟 사람의 마음은 떡판으로 찍어낸 떡이었다. 그리하여 그들 내외들은 수리비 배상을 모면할 수 있는 방법을 궁리해 내기 위해 머리들을 싸맸다. 이러저러한 말들이 수없이 오갔지만 이거다 싶은 묘책은 쉽사리 찾아지지 않았다. 이삼일 궁리 끝에 한 가지 방법으로 의견이 모아졌다. 낙안댁을 찾아가 잘못을 빌고, 수리비를 면하게 해달라고 사정을 하자는 것이었다. 낙안댁은 남편 정 사장보다야 심성이 낫고, 남편이 재판소로 넘어가 겁먹고 기죽어 있는 형편이니 의외로 쉽게 말이 먹혀들지도 모른다는 계산속을 가지고 있었다. 물론 그래서 안 되면 괜히 빈 것만 손해고, 더 속이 뒤집혀 어찌 살겠느냐, 하는 반대의사가 안 나온 것도 아니었다. 그러나 다른 뾰족한 방법이 없는 판에, 밑져봐야 본전이라는 뱃심을 부리게 되었다. "불난 집에 부채질허는 것잉가! 그 꼬라지덜 꿈에라도 보기 싫은께 썩 물러나!" 남편이 재판소로 넘어가 낙안댁은 겁먹고 기죽어 있는 것이 아니었다. 오히려 독 오르고 삼해져 있었다. 그들은 그것만으로 끝날 수는 없었다. 또 머리를 맞댄 끝에 젊은 군인 대장을 생각해 냈다. 큰키에 깡마른 얼굴이 엄하고 차게 보였지만 자신들의 편을 들어준 것을 보면 인정이 깊고 마음씨가 좋은 것이 분명했다. 6부 빚을 내서 배상금을 물어야 하는 자신들의 어려운 사정을 하소연하면 그 젊은 대장은 틀림없이 어려움을 해결해 줄 것이다. 그 대장이 명령을 한마디만 내리기만 하면 빨갱이 아들 문제에 걸려 있는 낙안댁은 찍소리 한번 못하고 말 것이다. 그들은 낙안댁을 찾아갈 때와는 다르게 약간씩 더듬거리고 머뭇거려지는 걸음걸이로 군인 대장을 찾아가게 되었다. "여러분들의 어려운 사정과 여러분들이 잘못을 저질러 합의서에 도장을 찍은 것과는 별개의 문젭니다. 만약 여러분들이 합의서 내용대로 책임완수를 하지 않는 경우 여러분들은 원점으로 돌아가 여러분의 죄를 재판받게 된다는 것을 잊지 마십시오. 손해배상금은 합의서에 적힌 날짜를 하루도 어김없이 지불해야 합니다." 군인 대장은 인상대로 엄하고 차가웠다. 두 번을 실패한 그들에게 수리비를 모면할 길은 더는 없었다. 다시 허출세를 찾아갈 일만 남아 있었다.

"또 허출세 그놈 부자로 출세시키게 슬슬 일어들 나세."

담배를 잉끄려 끈 마삼수가 기지개를 켜며 목소리를 길게 늘였다.

"니기미 헐 것, 나가 그때 워째 참지럴 못허고 대가리럴 치받고 들었는지, 이놈에 모강댕이럴 작두에 대고 챡 쳐뿔고 잡은 생각이 하로에도 열두 분도 더 든단 말이여."

김복동이 휴우우 한숨을 토해냈다.

"와따메, 구둘장 무너지겠네."

노덕보가 마땅찮은 얼굴로 내질렀다.

"허허, 그려도 쌈맛이야 성님이 질 옹골지게 봤음스로 멀 그러
요. 하, 코피 탱 풀어 던짐스로 번개 치대끼 박치기허고 들어가는
것이 지끔도 눈에 선허요. 그 꼬신 맛 생각험스로 죽은 자석 붕알
은 고만 만지작이씨요."

마삼수가 그동안 몇 번이고 했던 말을 되씹으며 느물거렸다.

"씨발눔에 것, 하늘허고 땅이 딱 맞붙어 맷돌질이나 다글다글해
뿌렀으면 속이 씨언허겄다."

김복동이가 성깔을 부렸다.

"어허, 오기 부리지 마씨요. 나사 안직도 시퍼런 청춘인디 요대
로 죽어뿔기는 억울허요. 우리 겉은 놈덜도 활개치고 살 시상이 올
란지도 몰롱께 당장은 고상시럽고 숨 맥혀도 나는 쪼깐 더 살아봐
야 쓰겄당께요."

마삼수의 옹이 박인 느물거림이었다.

"근디 말이여, 염상진이가 쬦겨가기 직전에, 지주덜 땅을 다 뺏어
갖고 농지분배를 실시허겄다고 발표허지 않았등감? 그 사람이 쬦
겨가지 않았으면 참말로 지주 땅 다 뺏어 우리 겉은 것들헌테 농토
를 골고로 갈라줬을랑가?"

노덕보가 밑도 끝도 없는 말을 청승스럽게 하고 있었다.

"참말로 귀신 씨나락 까묵는 소리 엔간히 허씨요."

마삼수가 핀잔을 주며 담배쌈지를 끌어당겼다.

"고것이 무신 귀신 씨나락 까묵는 소리여? 쫓겨가지만 안 혔음사 그 사람은 영축없이 그리 혔을 사람이시."

김복동이 앉음새를 고치며 이야깃거리를 잡았다는 듯 눈을 빛냈다.

"아, 그리 허고, 안 허고는 쫓겨가지 않은 담에 따져볼 문제고, 쫓겨가분 마당에 고런 소리 허는 것이 귀신 씨나락 까묵는 소리가 아니고 머요?"

마삼수는 한심스럽다는 듯 혀를 차댔다.

"정작 귀신 씨나락 까묵는 소리넌 지끔들 허고 있는 말이 전부다여. 징역살이 허고 잡지 않으면 염상진이 말은 꺼내덜 말어야 써."

여지껏 한마디도 없이 앉아 있던 강동기가 화라도 난 것처럼 거칠게 말을 내뱉으며 일어섰다. 세 사람도 따라 일어났다. 그들 앞에는 또 허출세를 찾아가야 하는 현실이 있을 뿐이었다. 그들은 침울하게 문지방을 차례로 넘어섰다.

남원장 큰방에는 걸직한 술판이 벌어져 있었다. 읍장 이병주를 중심으로 최익달·윤삼걸이 앉았고, 맞은편에는 신임 세무서장 최익도와 신임 금융조합장 유주상이 자리 잡고 있었다. 술상에는 가지가지 음식들이 자리다툼을 벌이며 상머리까지 그득하게 차 있었고, 손님들 옆에는 제각기 색깔과 무늬가 다른 한복을 입은 기생들이 맵시다툼을 하듯 분내음들을 진하게 풍기고 있었고, 윗목 쪽으로는 술맛 돋우는 데 어서 쓰이기를 고대하며 소리북과 가야금·장구가 나란히 숨죽이고 있었다. 그런 술자리의 완비에 비해 술상에 둘러앉은 다섯 사람의 기분은 썩 좋아 보이지가 않았다. 특히 최익달과 윤삼걸의 얼굴은 화난 기색이 역연했다. 술자리를 마련한 두 사람의 기분이 그러하므로 나머지 세 사람도 자리가 옹색했고, 자연히 술상머리 분위기는 어색스럽고 꺼끌꺼끌했다. 흥겹고 흐드러져야 할 술자리가 그리 된 데에는 무슨 까닭이 있을 것이었다. 그건 다름 아닌, 주빈 격인 심재모가 술자리를 채우지 않은 때문이었다. 심재모는 초청을 거절한 것이 아니었다. 예정된 공무집행 관계로 초청에 응할 수 없음을 분명히 밝혔고, 초청을 고맙게 생각한다는 인사까지 정중하게 했다. 그리고 예하부대 정기순시를 위해 조성으로 떠났다. 읍장을 통해 그런 연유를 상세히 들었고, 심재모가 읍내에 없다는 것까지 확인했으면서도 최익달이나 윤삼걸은 그가 일부러 초청을 거절한 것으로 받아들이고 있었다.

최익달과 윤삼걸은 심재모가 정 사장을 재판소로 송치시켜 버리는 것을 보고 퍼뜩 정신이 들었던 것이다. 저것이 아무래도 예삿것이 아니로구나. 저것이 필시 세상물정 모르고 나대는 젊은 혈기거나, 지방유지들 우습게 볼 만큼 서울 빽줄이 든든하거나, 둘 중에 하나일 것이다. 두 사람은 그렇게 의견을 모으고 나자, 앞서 정 사장 편을 들어 전화로 욕질을 해대고 막보기로 나간 것이 슬그머니 켕기는 것이었다. 앞뒤 안 가리는 젊은 혈기라 해도 그 손에 읍장이고 서장이 꼼짝 못하는 권력이 들렸으니 문제였고, 서울에 빽줄이 든든하게 이어져 있다면 그건 더욱 문제였던 것이다. 자기네가 그렇게 윽박지르고 몰아쳤으면 어느 정도 기가 꺾이고 주눅이 들어, 정 사장과 적당히 잘해서 어물어물 내보낼 줄만 알았던 것이다. 정 사장을 그 지경 만드는 걸 보면 어느 유지라고 안전(眼前)에 있을 리 없을 터였다. 칼 든 놈 앞에 목 디미는 어리석은 짓을 할 이유가 없었다. 어떻게 자연스러운 술자리를 꾸밀 것인지 살피고 있는데 마침 과수원집 사건이 터졌다. 빨갱이를 둘이나 사살한 전과와 노고를 축하하고 격려하기 위하여─술자리를 자연스럽게 벌이기에는 안성맞춤이 아닐 수 없었다. 거기다가 신임 세무서장과 금융조합장의 친목도모까지 덧붙였던 것이다. 그런데 심재모는 당장 빨갱이가 몰아닥치는 것도 아닌데 공무를 빙자해서 초청을 거절해 버렸던 것이다. 두 사람은 치솟는 성질대로 하자면 술자리 약속을 열 번이라도 걷어치우고 싶었다. 그러나 중간에서 수고한 읍장을 보나, 외지에서 부임해 온 금융조합장의 체면을 보나 이미 정해놓은 약속을 지키지 않을 수가 없었다.

"형님, 그만 기분 푸십시다. 그 사람이 고의로 술자리를 피헌 것 같지는 않습니다. 이쪽도 실수가 있었어요. 며칠 전에 미리 통고해서 시간을 맞추게 혔어야지요. 어찌 보면 젊은 사람이 신통허지 않습니까? 기생 끼고 앉는 고급 술자리에 정신없이 뎀비지 않고 빨갱이를 막겠다고 근무에 충실허는 것. 오늘만 날이 아닌께 오늘은 오늘대로 기분 좋게 놀고, 담에는 미리미리 통고해서 다시 술자리

를 만들면 되지 않겠는가요. 그래 드리는 말씀인데, 주제넘다고 야
단하지 마시고 좀 들어보십시오. 그게 다른 말이 아니라, 연고가
그러허니 형님은 그때 가서 술을 사시고, 오늘 술은 제가 내는 것
으로 해주십사 하는 말씀입니다."

신임 세무서장 최익도가 둥글둥글한 생김대로 구변 좋게 엮어내
렸다. 그는 최익달과 사촌이었고, 전임자 최익현의 자리를 이어받
는 데 국회의원 최익승이 결정적 역할을 했던 것이다.

"그거참 좋은 말씀입니다. 그리 허락하시지요."

신임 금융조합장 유주상이 거들었다. 그는 안씨 문중에서 차지
하려던 자리를 용케도 광주에서부터 차고 내려온 사람이었다. 그
래서 그가 도청에 굵은 줄이 닿아 있다는 소문이 부임하기 전에
이미 퍼졌었다.

"동상 체면 봐서라도 그것이 좋겠소."

술값을 반타작하기로 했던 윤삼걸이 거드는 척하며 발뺌을 하고
있었다.

"술이야 누가 내거나…… 동상 말 듣고 봉께 그럴 법도 허시."

최익달은 어물쩍거리며 술값을 동생에게 떠넘기고 있었다.

"자아, 새 기분으로 흥나게 술들 드십시다. 이년들아, 흥 안 돋구
고 멀 혀?"

세무서상 최익도가 술판을 맡고 나섰다. 좌중이 헛기침을 하며
자리를 고쳐 앉았고, 기생들이 생기를 띠며 제 짝을 찾아 눈웃음
쳤고, 바삐 술을 권하며 술판은 어우러져갔다.

"근디 말입니다, 시뻘건 대낮에 빨갱이가 칠동꺼지 잠입해 있었다는 것은 문제 아니겄능가요? 다행허게 잡아 죽이기는 혔는디, 만약에 잠입헌 것을 알려준 사람이 읎었드라면 고것덜얼 못 죽였을 것 아니요? 그랬으면 그날 밤에 고것덜이 읍내 안통으로 숨어들어 무신 일얼 저질렀을지 모를 일 아니겄소. 고것만 생각허먼 사나가도 벌떡 잠이 깨는 판이오. 정 사장 아들이 도래등에 나타나고, 죽은 두 놈은 정반대쪽 칠동에 잠입허고, 그러고 보면 다른 빨갱이들이라고 봉림이고, 쇠머리고, 안통이고, 지멋대로 싸돌아댕기지 않는다는 보장이 읎다 이 말이요. 이 문제를 위쩌들 생각허시요?"

윤삼걸이 자못 심각하게 문제점을 제기하고 있었다.

"그렇습니다. 저도 이번에 아주 놀랐습니다."

최익도가 고개를 끄덕거렸다.

"우리덜 웬수가 바로 빨갱인디, 고것덜 씨럴 말리자면 더 강력헌 방법을 쓰는 도리밖에 없을 것이오. 자네, 요번에 서울 가서 봉께 거그 기운은 위쩌등가?"

최익달은 동생 최익도를 처다보았다. 최익도는 자신을 세무서장 자리에 앉게 해준 재종형님 최익승에게 인사를 올리러 서울걸음을 했던 것이다.

"이승만 대통령 각하의 멸공 북진통일이야 변허지 않고 여일하지요."

최익도는 새로울 것 하나도 없는 말을, 그러나 자신감 넘치는 어조로 말했다. 형의 물음이 너무 갑작스럽고 엉뚱한 데다가, 자신은 서울에 가서 여자구경과 시내구경만 실컷 하고 돌아왔던 것이다. 그렇다고 체면상 대답을 어물거릴 수는 없는 일이었다.

"글씨, 무변여일헌 것은 존디, 온 나라 군대럴 여그로 싹 몰아다가 지리산이고, 백운산이고, 조계산이고, 빨갱이라고 백힌 것은 싹이 잡디끼 혀불지 않고 머 허고 있냐 그것이여."

최익달은 열이 오르고 있었다.

"그래도 이승만 대통령 각하께서 국부로 계시니 이만한 겁니다."

유주상이 정색을 하고 말했다.

"그 은덕이야 누가 몰르겄습니까. 빨갱이덜이 새로 꼼지락이는 눈치가 뵌께 답답혀서 허는 소리제."

최익달이 변명하듯 말했다.

"최 사장 말도 맞소. 도적놈 하나 열 포교가 못 당허드라고, 빨갱이덜 어설프게 다루다가는 언제 또 당헐란지 몰를 일이요."

윤삼걸이 최익달을 두둔하고 나섰다.

"아마 빨갱이들도 이번 겨울을 못 넘기고 끝장이 날 겁니다. 날은 춥지, 군·경은 조여들지, 제까짓 놈들이 산속에서 별수 있겄어요? 얼어죽고, 굶어죽고, 총 맞어 죽고, 뭐가 남겄어요?"

유주상은 여유만만했다.

"그리 되기가 쉽지요."

읍장이 만족스러운 표정을 지었다.

"그리만 됨사 머럴 더 바라겄소. 그라고 참, 칠동 빨갱이 잡는 디 큰 공을 세운 사람이 읍사무소 댕긴다면서요? 읍장님, 그 사람

공을 치하혀서 표창을 허거나, 승진을 시키거나 허는 것이 어쩔랑 가요?"

윤삼걸이 새로운 문제를 들고 나왔다. 읍장은 그저 고개만 끄덕이고 있었다. 그 사람이 그 일 이후 매일 술에 취해 출근을 하지 않고 있다는 것도, 그 사람의 처지를 고려해서 다른 곳으로 전근을 시켜줄까 하고 있는 생각도 입에 올리기가 싫었던 것이다.

"표창허는 것, 그것 아조 존 생각이요. 그 사람헌테만 표창헐 일이 아니고, 앞으로도 그런 공을 세운 읍민이면 누구헌테나 표창을 허는 것이요. 그것도 그냥 표창장만 달랑 주지 말고 상품이든 상금이든 쪼깐 후허게 주는 것이요. 그리 되면 워찌 될 것이냐? 사람덜언 상금 따묵을라고 눈에 불 키고 빨갱이덜얼 찾아낼라 헐 것이고, 군·경은 요분겉이 쉽게 빨갱이럴 잡을 것 아니겠냐 그것이요. 읍사무소에 상금 낼 돈이 따로 없으면, 우리 돈 가진 사람들이 염출허면 간딴허요. 내 생각이 어떠시요들?"

최익달의 열기 오른 말에 좌중은 좋소, 좋소를 연발했다. 읍장만 입을 다문 채 고개를 끄덕일 뿐이었다. 최익달의 생각이 아주 그럴싸하다고 여기면서도, 배윤오가 표창장을 받을 것 같지 않아 선뜻 동의할 수가 없었던 것이다.

"읍장님언 마땅찮으시요?"

모두의 찬동에 힘을 얻은 최익달이 읍장에게 따지듯이 물었다.

"그럴 리가 있겠소. 멀 좀 생각하고 있는 중이오."

"그렇겠지요. 우리보담도 읍장님이 먼첨 나서서 추진해야 헐 일인께요. 어허, 술맛 쪼오타. 싸게 여그 술 치고, 한가락 근사허니 뽑아봐라.”

최익달은 기분이 달떠올라서 옆에 앉은 아가씨의 엉덩짝을 철썩 갈겼다.

“그려, 경월이가 그 톱진 목소리로 우리 속얼 씨언허게 맹글어라.”

윤삼걸이가 맞장구를 쳤다.

“잘허지 못허는 소리제만 청허시니 불러올리겄습니다.” 최익도 옆에 앉은 경월이가 제 빛을 발할 때가 왔다는 듯 방그레 웃으며 나붓이 절하고는, “춘향전 중에서 이 도령과 춘향이가 이별 후 상면허는 대목을 허겄습니다.” 반허리걸음으로 뒤로 물러나며 말했다.

“가만있거라, 가만있거라.”

유주상이 팔까지 저으며 다급하게 말했고, 그 갑작스러움에 좌중의 눈길이 그에게로 쏠렸다.

“분명 이몽룡이 어사또 되어 동헌에서 춘향이 만나는 대목이겄다?”

유주상은 굳이 고개를 뒤로 돌려 엉거주춤 서 있는 경월이에게 확인했다.

“예에, 그렁마요.”

손님의 기색에서 무언가 심상찮음을 느낀 경월이의 음성은 흔들리고 있었다.

“이별하는 장면이 아니고 어찌 해필 상봉하는 장면이냐?”

“그냥 그 대목이 춘향전 중에서도 질 좋아서…….”

"그것 맹랑허다. 자리에 앉거라."

유주상의 명령에 경월이와 고수 노릇을 하려고 나앉았던 기생은 황급히 제자리를 찾아들었다.

"제가 왜 이러는고 하면, 춘향전이라는 것이 가만히 따져놓고 보면 아주 맹랑하고 기분 나쁜 이야깁니다. 그 줄거리야 다 아는 거니까 다시 말할 것 없고, 문제는 양반 자제가 천기의 딸을 첩이 아니라 정실로 맞아들이게 이야기를 억지로 꾸민 데 있습니다. 그 의도가 무엇인지 한 번씩 생각해 본 일들이 있으십니까?"

유주상은 좌중을 훑어보았다. 모두는 멀뚱한 표정일 뿐이었다. 유주상은 정종잔을 꼴깍 비우고 말을 이었다.

"당초에 그 이야기를 지어낸 것이 필경 상놈일 것인데, 그놈이 아주 음흉하고 고약한 놈입니다. 세상에는 있을 수도 없는 그런 억지 이야기를 꾸미며, 양반은 별것이냐, 상것을 정실로 맞아들이지 않느냐, 상것이라고 뭐가 다르냐, 양반 정실이 될 수 있다, 양반을 낮추고 상것을 올려서 양반이나 상놈은 다 똑같은 사람이다, 하는 말을 하고 있다 이겁니다. 요런 싸가지 없는 생각이 어디 또 있겠어요. 춘향전이 제대로 됐을라면 이별하는 장면에서 끝났어야 합니다. 이몽룡은 과거급제하고 양반집 새악씨를 정실로 맞고, 춘향이는 고분고분 변 사또 수청을 드는 것이 되어야 옳은 것입니다. 제 말이 어떻습니까?"

유주상은 득의에 찬 얼굴로 좌중을 훑어보았고, 고개를 약간씩 수그린 아가씨들은 표나지 않게 입술들을 삐죽이고 있었다.

"그거참 듣고 봉께 그러시."

"상것들 버르장머리 없게 맹근 것이 바로 춘향전일세그랴."

"어허, 천하에 요상허고 고약헌 것. 다시는 춘향전 안 들어야겄다."

그들은 진정으로 깨달았다는 듯한 표정들로 한마디씩 했다.

"니도 고런 엉큼헌 맘 품고 맨날 춘향전만 불러댔냐?"

윤삼걸이가 느닷없이 소리 질렀다.

"아니어라, 아니구만요. 그냥, 아는 것이 고것뿐이라……."

경월이는 말을 더듬거렸다.

"춘향전 말고, 적벽부 중에서 조조 병사 패하는 대목을 불러라. 조조 병사 패하는 것을 빨갱이 패하는 것으로 생각하고 듣자."

유주상이 말했고, 좌중은 그 희한한 생각에 유쾌한 동의를 표했다.

"그것은 부를지 몰르는디요……."

경월이는 죄진 몸짓으로 말했다. 그러면서 속으로는, 나가 알드라도 안 부를 것잉만, 반항하고 있었다.

"누구 부를 사람 없냐?"

유주상의 말에 아가씨들은 고개만 숙이고 있었다.

"알겄다. 아무도 할 만한 애들이 없는 모양인데, 그저 시늉소리지만 제가 한번 불러보면 어떨까요?"

유주상이 자청하고 나섰다. 좌중은 흥이 돋아 박수를 쳐댔다.

서민영에게 며칠간 집에 다녀오겠다고 양해를 받고 벌교를 떠난 이지숙은 사흘 만에 돌아왔다. 기차를 타고 떠난 그녀는 기차로 돌아왔다. 그녀가 역을 떠날 때 마당 한쪽에 누워 얼고 있던 두 구의 시체는 그녀가 돌아왔을 때는 어디로인지 치워지고 없었다. 하숙집에 당도한 그녀가 지극히 무심한 듯, 그러나 제일 먼저 꺼낸 말은 그것에 대해서였다. "가족헌테 줘서 장사 지내게 혔답니다. 그려도 그 대장이 영판 맘씨가 존 사람입니다. 원체는 닷새런 뉘어놔야 헌다는디 사흘 만에 그 벌을 면허게 혀줬응게요. 젊은 사람이 넘 가심 아픈 것도 다 알고, 고마운 일이제라." 아주머니는 콧물까지 찍어내고 있었다. "그렇네요, 고마운 일이군요." 그녀는 건성으로 대꾸하고 있었다.

이지숙은 손발을 씻고 이부자리를 폈다. 몸의 피로와는 달리 잠이 오지 않았다. 산들이 줄기를 이루며 뻗어나가고 있었다. 그 어떤 힘으로도 무너뜨릴 수 없는 굳건함과 완강함으로 산들은 어깨동무하며 끝없이 이어져가고 있었다. 그것은 굳센 힘이었고 강한 의지의 표상이었다. 그리고, 그것은 고난과 승리의 상징이었다. 산들의 끝없는 어깨동무는 높은 봉우리, 더 높은 봉우리를 향하여 이어지고 있었다. 더 이상 높을 수 없는 마지막 봉우리를 이루기 위하여 무수한 산들이 어깨동무하며 견디어내는 고난의 인내, 그것은 바로 혁명의 승리가 어떻게 얻어지는가를 보여주는 일깨움이었다. 그 산속에 산의 의미를 깨달은 인간의 산들이 있었다. 그 산들과 어깨동무하기를 주저할 까닭이 없었다. 이지숙은 우람한 산들을 가슴에 담아왔고, 다시 그 힘과 의지를 감동으로 음미하고 있었다.

이지숙은 안창민이 건강을 회복하고 있는 것이 무엇보다도 반갑고 기뻤다. "따로 고맙다는 말 하지 않겠소." 자신의 손을 잡고 안창민이 조용하게 말했다. 이지숙은 왈칵 부끄러움을 느꼈다. 안창민의 눈빛이나 어조는 염상진과 악수를 마치고 두 번째로 손을 맞잡았던 때의 의미가 아니었던 것이다. 이지숙은 자신도 모르게 염상진 쪽으로 고개를 돌렸다. "괜찮소. 얼마나 축하할 일이오." 염상진이 잔잔하게 웃음 띤 얼굴로 말했다. 그도 아까 '이 동무' 하며 손을 잡았을 때의 모습이 아니었다. 이지숙은 고개를 떨구었다. 걷잡을 수 없이 뜨거운 감정의 물결이 일고 있었다. 그것은 뜨거운 서러움이었고, 뜨거운 아픔이었고, 뜨거운 외로움이었다. 스스로에게 감추어 오고, 속여왔던 그런 감정들이 마침내 분출되고 있었던 것이다. 그 뜨거운 감정들이 눈물로 솟아 뚝뚝 떨어져내렸다. 그것은 한 여자가 찾아헤맨 마음자리를 적시는 거름이었고, 정의 씨였다. "오늘부터 떠나는 날까지 안 동무의 약 달이는 권한을 이지숙 동무한테 인계하겠소." 염상진이 껄껄 웃으며 자리를 피했던 것이다.

이지숙이 숯막에 머무른 것을 아는 사람은 염상진, 안창민, 하대치, 강동식 넷뿐이었다. 그러나 이지숙은 대원들의 인적 사항 일체를 확인했던 것이다.

느직한 아침을 먹은 이지숙이 한가로운 걸음걸이로 찾아간 곳은 책방이었다. 그녀는 이것저것 책을 골랐다. 그러나 그녀의 예리한 눈길은 순간순간 주인을 훑고 지나가고는 했다. 전부터 책방을 드나들었지만 주인은 얼굴 없는 사람일 뿐이었다. 그녀는 비로소 책방주인이 아닌 문기수의 얼굴을 만들어가고 있었다. 그녀는 톨스토이의『인생독본』을 빼가지고 돌아섰다.

"장사는 잘되시나요?"

"말도 마씨요. 빨갱이 등쌀에 장사고 머시고, 굶어죽게 생겼소."

주인은 책을 싸며 대꾸했다. 그 거침없는 말이 이지숙의 신경줄을 튕겼다. 그러나 이지숙은 더 입을 열지 않고 책을 받아가지고 돌아섰다. 주인은 전혀 자신을 알아보는 것 같지가 않았다. 이지숙은 그것이 다행하면서도 한편으로 미심쩍은 생각이 들었다. 병원 사건에 조금만 관심을 기울였어도 얼굴을 알아볼 텐데……. 이지숙은 석연찮은 마음으로 책방을 나섰다. 이지숙은 그 길로 몇 군데 대원들의 집을 확인하기로 했다.

이지숙이 강동식의 아내 외서댁이 저수지에 투신했다는 소식을 들은 것은 다음날 들몰에서였다. 그 일대에 있는 대원들의 집을 확인해 나가고 있던 참이었다. 그곳은 외서댁의 친정 마을 주변이었던 것이다. 이지숙은 외서댁이 투신에 이르게 된 연유까지 다 듣게 되었다. 염상구— 같은 형제간인데 어쩌면 그렇게 다를 수가 있는 것인지, 이지숙으로서는 풀기 어려운 수수께끼 중의 하나였다. 용서할 수 없는 반동, 이지숙이 자신의 의식 속에 찍은 화인이었다. 외서댁은 동네사람들의 손에 건져져 병원으로 옮겼는데 죽을지 살지는 아직 모른다는 것이었다. 이지숙은 일단 안도할 수 있었다. 외서댁이 숨 끊어진 시체로 건져진 것이 아님이 확실했고, 약기운이 몸에 퍼지는 음독에 비해 그만큼 소생의 확률이 컸던 것이다.

외서댁을 저수지에서 건져내게 한 사람은 경우 바르고 마음 넓기로 이름난 왕주댁이었다. 청년단원들의 입을 통해 퍼지기 시작한 외서댁에 대한 소문은 삽시간에 읍내 골목골목까지 다다랐다. 으레 그런 소문이 그렇듯이, 읍내 강아지까지 다 알 지경에 이르렀는데도 당사자인 외서댁만 까맣게 모르고 있었다. 특히 여자들은 뒤에서 혀가 닳아지도록 입방아를 찧어대다가도 당사자 앞에서는 시침을 뚝 떼고는 했다. 단 한 사람, 왕주댁만은 외서댁을 딱하고 가엾게 여기며 어떤 방법으로 그 소문을 알려주어야 할 것인지를 고심하고 있었다. 며칠을 망설이면서 보내고 있는데 외서댁 친정어머니가 동네로 들어서는 것을 목격했다. 왕주댁은 첫눈에 그 나들이의 의미를 알아차렸다. 외서댁의 친정에도 소문이 늦게 전해졌던 모양이었다. 외서댁 친정어머니가 집 안으로 들어간 다음 왕주댁은 외서댁의 집을 맴돌며 귀를 기울였다. 가만가만한 음성이 한동안 이어지다가 마침내 울음소리가 흘러나오기 시작했고, "죽어라, 죽어. 죽는 수밖에 달리 도리가 없다" 하는 말이 울음에 섞였다. 얼마쯤 지나 외서댁 친정어머니가 돌아갔다. 왕주댁은 그때부터 불안해지기 시작했다. 그러지 않아도 젊은 나이에 일 저지르기가 십상일 터인데 친정어머니까지 그렇게 몰아세우고 갔으니 일은 예사롭지가 않을 것 같았던 것이다. 외서댁네에서는 저녁때 굴뚝에서 연기가 오르지 않았다. 왕주댁은 체를 빌려달라는 구실을 내세워 외서댁을 불러냈다. 오냐, 니가 일 저질르기로 작심을 혔구나, 체를 들고 사립을 나서며 왕주댁은 생각하고 있었다. 헛것을 보고 있는 것 같은 외서댁의 얼굴에 그 느낌은 역력히 드러나 있었다. 그날 밤 왕주댁은 외서댁의 바로 뒷집인 중천댁의 아랫방에 쪼그리고 앉았다. 밤이 얼마나 깊었는지 알 수 없었다. 어디선가 애 우는 소리가 들려왔다. 그 소리는 점점 거세어져갔다. "중천댁, 일 났는갑다!" 왕주댁이 방문을 차고 나갔다. 외서댁은 안방에도 아랫방에도 없었다. 얼음장처럼 찬 방바닥에서 애만 자지러지게 울어대고 있었다. 목을 맸나 싶어 부엌이고 헛간을 살폈다. 어디에도 외서댁은 없었다. 저수지! 왕주댁의 머리를 스친 생각이었다. "외서댁 죽는다아아, 외서댁 죽는다아ㅡ." 왕주댁은 방망이로 양푼을 두들겨대며 있는 대로 외쳐댔다. 사람들이 몰려나와 짚단에 불을 당기기 시작했다. "한 패는 저수지로 가고, 한 패는 당산나무 쪽으로 가아!" 사람들을 두 패로 갈라지게 한 왕주댁은 저수지 쪽으로 달음박질치기 시작했다. 그들이 저수지에 당도했을 때 소복한 외서댁은 물 위에 둥둥 떠 있었다.

이지숙은 집으로 돌아가는 길을 일부러 병원 앞으로 잡았다. 병원 가까이 있는 가게로 들어가 캐러멜을 사며 지나가는 말처럼 물었다.

"누가 저수지에 빠졌다고 야단들이던데, 그 여자 어떻게 됐어요?"

"야아, 갱신히 살아나기는 혔답디다. 근디 살아나면 머 허겄소. 그런 팔자로 살아봤자 사나마나 헌 목심인디."

가겟집 여자의 무심한 것 같은 말이 외서댁의 앞날을 결정짓는 불길한 점괘처럼 이지숙의 가슴을 찔러왔다. 외서댁도 그런 생각으로 또 죽으려 할지도 모른다는 생각이 이지숙의 머리를 스쳐갔다.

짧은 겨울해는 노을을 남기는 일이 별로 없었다. 해가 서산에 기울면서 어둠이 밀려왔다. 어둠이 짙어져가면 그 농도만큼 겨울별들의 수도 늘어났다. 그리고 반짝임도 차게 맑았다. 겨울인 데다가 통금이 실시되고 있어서 읍내의 밤은 더 빨리 시작되었다. 어둠과 별과 바람이 밤의 주인이 되었다. 저녁밥들이 거의 끝나가는 7시 무렵이었다. "어, 저것이 뭐여? 도깨비불도 아니고……." 어느 행인이 걸음을 멈추었다. "아니! 저짝에도……." 다른 행인이 손가락질했다. "아닌디, 저짝에도 있는디." 또다른 행인이 반대쪽을 가리켰다. 그리고 그들은 서로의 얼굴을 쳐다보며 입을 다물었다. 잠시 굳어진 듯 서 있던 그들은 뿔뿔이 흩어져 황급히 어둠 속으로 사라졌다.

징광산 상봉에 불길이 솟고 있었다. 금산 상봉에 불길이 솟고 있었다. 제석산 상봉에 불길이 솟고 있었다. 세 산봉우리에서 거의 동시에 타오르기 시작한 불길은 차츰차츰 크게 너훌거리고 높게 솟았다. 어둠이 짙은 만큼 불길의 자태는 명료했고, 가까워 보였다.

행인들만이 걸음을 멈추는 것이 아니었다. 집집마다 사람들이 마당으로 나서기 시작했다. 사람들은 침묵 속에서 징광산의 불길을, 금산의 불길을, 제석산의 불길을 따라 고개를 돌리고 있었다. 사람들은 말이 없는 속에서 알고 있었다. 그 불길들이 염상진네의 것임을.

읍내를 에워싸듯 하고 있는 불길의 기세에 읍내가 문득문득 밝아지는 듯싶었다. 불길은 기세만큼의 함성을 지르는 것도 같았다.

징광산의 불길은 보성에서도, 조성에서도 환히 보일 거였다. 그곳 사람들도 그 불길이 누구의 것인지를 알 것이 분명했다.

징광산의 불길도, 금산의 불길도, 제석산의 불길도 잠시나마 잦아들거나 약해짐이 없이 자정 무렵까지 타올랐다. 그 불길들이 거의 동시에 타올랐던 것처럼 어느 것이 먼저인지 모르게 꺼져가게 되자 어둠은 한결 짙어졌다. 12월 하순의 밤이 정적 속에 잠겨들고 있었다.

〈제2부 「민중의 불꽃」, 4권에 계속〉

태백산맥 3

제1판 1쇄 / 1986년 10월 5일
제1판 56쇄 / 1994년 9월 29일
제2판 1쇄 / 1995년 1월 15일
제2판 46쇄 / 2001년 9월 5일
제3판 1쇄 / 2001년 10월 10일
제3판 41쇄 / 2006년 12월 20일
제4판 1쇄 / 2007년 1월 30일
제4판 68쇄 / 2020년 6월 30일
제5판 1쇄 / 2020년 10월 15일
제5판 9쇄 / 2024년 9월 30일

저자 / 조정래
발행인 / 송영석

발행처 / (株)해냄출판사
등록번호 / 제10-229호
등록일자 / 1988년 5월 11일(설립일자 | 1983년 6월 24일)

04042 서울시 마포구 잔다리로 30 해냄빌딩 5·6층
대표전화 / 326-1600 팩스 / 326-1624
홈페이지 / www.hainaim.com

ISBN 978-89-6574-923-3
ISBN 978-89-6574-920-2(세트)

파본은 본사나 구입하신 서점에서 교환하여 드립니다.